H. P. LOVECRAFT

러브크래프트 전집 ❸

- 드림랜드 -

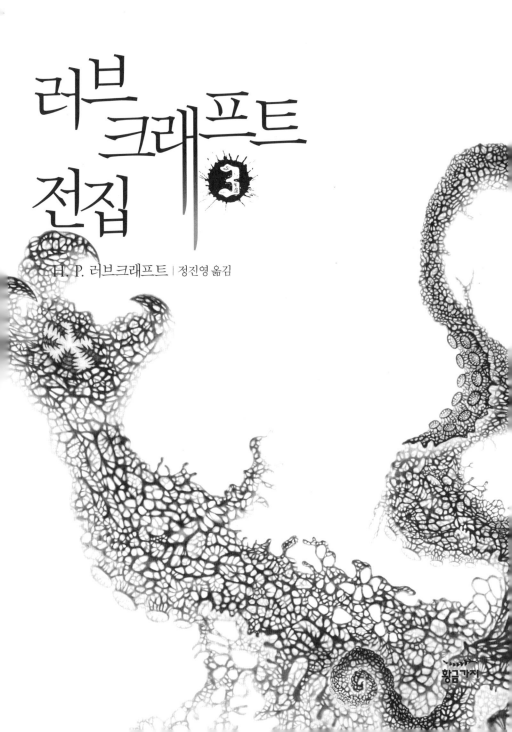

H. P. LOVECRAFT

러브크래프트 전집 3

H. P. 러브크래프트 | 정진영 옮김

황금가지

러브크래프트 전집에 대하여

러브크래프트는 60여 편의 단편과 세 편의 중장편을 비롯한 소설 외에도 시와 문학론 등을 남겼다. 물론 러브크래프트의 삶과 문학을 조명하는 주춧돌이자, 당대 문학을 연구하는데 귀중한 자료가 되는 서신도 빼놓을 수 없다. 실제로 러브크래프트는 역사상 유례 없이 편지를 많이 쓴 작가일 것이다. 무려 10만 통으로 추산되는 그의 방대한 서한들은 간단한 우편엽서부터 수십 페이지에 달하는 장문에 이르기까지 다양하며, 이중에서 최소 2만 통만 보존되어 있다고 해도 지금까지 출간된 서한집은 그중에서 극히 미미한 수준이다. 미국과 영국을 비롯해 세계 10여 개국에서 러브크래프트의 작품들을(소설, 시, 문학론을 망라해) 해마다 지속적으로 출간이 되고 있으며, 나머지 서한에 대해서는 발굴과 출판 작업이 동시에 진행되고 있다.

러브크래프트가 공포와 환상 소설에 남긴 유산을 한마디로 단언하기는 어렵다. 그러나 지금 이 시간에도 유명, 무명의 작가들이 러브크래프트의 상상력을 기반으로 창작에 몰두하고 있는 것만은 틀림없는 사실이다. '우주적 공포'로 대변되는 독특한 주제 의식, 이미지와 분위기를 통해 구축한 SF 코드에 이르기까지 적어도 수십 년을 앞서 갔다는 러브크래프트의 상상력은 문화 전반에서 끊임없이 재생산되고 있다. 그 일례가 문학, 영화, 만화, 게임, 음악, 캐릭터 산업에 이르기까지 광범위하게 재생산되는 크툴루 신화이다. 물론 '크툴루 신화'라는 말 자체는 러브크래프트 사후 오거스트 덜레스가 한 말에서 유래했으며, 작품 내에서 실제로 신화가 차지하는 비중이나 역할에 대해서는 계속적인 논란이 있다. 그러나 피상적인 작품 평가나 편견에서 벗어나, 애드거 앨런 포와 더불어 정통 문단에서도 가장 많이 거론되는 공포 문학 작가라는 사실에는 별다른 이견이 없어 보인다.

러브크래프트의 작품은 크게 공포와 판타지를 큰 축으로 한다. 그러나 여러 가지 요소가 혼합된 러브크래프트의 작품 성격을 명쾌하게 재단하기란 쉬운 일이 아니다. 공포는 전통적인 고딕 소설, 공포와 SF를 결합한 독특한 작품 세계로 나눌 수 있으며, 여기에는 크툴루 신화와 코스믹 호러의 작품들이 속한다. 러브크래프트의 판타지는 로드 던새니 풍의 초기 소설과 '드림랜드'를 중심으로 한 작가 특유의 환상과 꿈을 주제로 한 작품이 있다.

이번 전집 구성에 있어서 제1권 『러브크래프트 전집1: 크툴루 신화』에 수록할 작품으로 대표성과 작품성을 기준으로 삼되, 러브크래프트를 처음 접하는 독자에게 안내 역할을 할 만한 소설을 택했다. 1권의 수록 작품 중에서 크툴루 신화의 서막을 알리는 「크툴루의 부름」, 가상의 책 『네크로노미콘』이 가장 많이 인용된 「더니치 호러」, 러브크래프트를 시작하는데 최고의 작품으로 꼽히는 「인스머스의 그림자」, 문학적 완숙미를 느낄 수 있는 「누가 블레이크를 죽였는가」에 이르기까지 크툴루 신화의 작품들이 중심을 이룬다. 2권 『러브크래프트 전집2: 우주적 공포』는 공포와 SF를 결합하는 러브크래프트의 후기 대표작들을 망라하며, 러브크래프트를 심화해서 읽을 수 있는 대표작과 작가 자신의 야심작들을 수록했다. 「우주에서 온 색채」, 「광기의 산맥」, 「시간의 그림자」, 「어둠 속에서 속삭이는 자」 등 러브크래프트 SF의 백미로 꼽히는 작품들이 수록됐다. 3권 『러브크래프트 전집3: 드림랜드』(가제)는 러브크래프트 문학의 양대 축이라고 할 수 있는 환상 소설이 중심을 차지한다. 「랜돌프 카터의 진술」에서 「미지의 카다스를 향한 몽환의 추적」에 이르기까지 '랜돌프 카터 연작'의 환상 소설과 주제 면에서 여러 가지 특징이 혼합된 「찰스 덱스터 워드의 사례」가 여기에 포함된다. 4권 『러브크래프트 전집4: 아웃사이더』는 고딕 계열의 공포 환상 소설에서 풍자 소설에 이르기까지 딱히 분류하기 어려운 반면 다양하고 색다른 작가의 문학 세계를 접할 수 있는 작품들로 구성되었다. 이들 작품은 작가가 스스로를 '아웃사이더'라고 즐겨 칭했듯이 문단의 소외와 일상의 고단함 속에서 성취한 문학적 실험과 열정이 녹아있다.

황금가지의 이번 전집은 일차적으로 공동 저작과 유년 시절의 습작을 제외한 러브크래프트의 작품(미완성작 포함)을 모두 실었다. 러브크래프트가 다른 작가와 공동 집필한 작품들의 경우, 그 형태가 단순한 교정에서 대필에 이르기까지 다양한데, 러브크래프트가 어느 정도까지 참여했는지 분명하지 않다. 그래서 4권의 구성으로도 명실상부한 러브크래프트 전집이라고 해도 좋을 것이다.

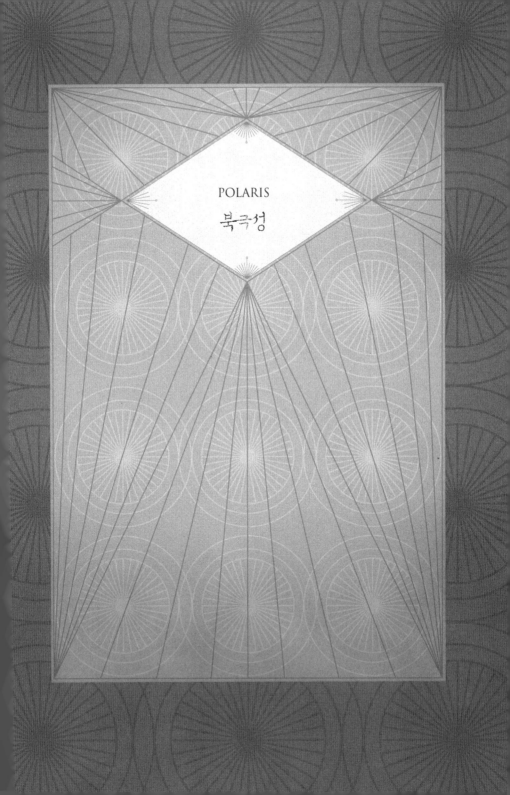

POLARIS

북극성

작품 노트 | 북극성 Polaris

1918년에 쓰여, 아마추어 저널인《필로서퍼Philosopher》에 실렸다. 이후《내셔널 아마추어National Amateur》,《판타지 팬Fantasy Fan》,《위어드 테일스Weird Tasles》에 게재되었다.

먼 선조에게 정신적으로 점령당한 이야기를 다룬 「무덤The Tomb」과 비슷한 색채를 띠고 있다. 러브크래프트는 모리스 모(Maurice W. Moe)에게 보낸 장문의 편지에서 "며칠 전에 이상한 도시에 대한 이상한 꿈을 꾸었습니다. 무수한 궁전과 황금빛 돔들로 이루어진 도시가 회색의 으스스한 산맥 사이, 움푹한 분지에 펼쳐져 있더군요……. 말했듯이, 도시가 눈앞에 선합니다. 그 곳에 들어가 주변을 돌아다녔으니까요. 하지만 내겐 육체가 없더군요."라고 썼다. 두 사람이 주고받은 편지에서 종교에 대한 논쟁이 벌어졌는데, 「북극성」은 그 과정에서 나온 작품이다.

러브크래프트는 나중에 로드 던새니(Lord Dunsany)의 작품과 「북극성」이 유사하다고 자주 말한 것으로 알려져 있다. 러브크래프트가 로드 던새니의 작품을 접한 것은 「북극성」을 쓴 이후다. 로드 던새니의 영향 외에 에드거 앨런 포(Edgar Allan Poe)의 산문시도 많은 영향을 미친 작품이다.

내 방의 북쪽 창문에 북극성이 으스스한 빛을 던지고 있다. 길고도 오싹한 어둠의 시간 내내, 저기서 빛나고 있다. 가을 이맘때, 북쪽에서 저주와 흐느낌이 바람에 실려 오고, 새벽녘 늪지의 붉은 잎나무들이 이지러진 초승달 아래서 잠시 뭔가를 서로 속닥거릴 때면, 나는 여닫이 창가에 앉아 북극성을 바라본다. 시간이 갈수록 반짝이는 카시오페이아[1]가 비틀거리며 내려오고, 안개를 머금고 밤바람에 흔들리는 늪지의 나무들 너머로 북두칠성이 육중하게 움직인다. 먼동이 트기 직전, 아루크투루스[2]는 낮은 산 묘지 위로 붉게 깜박이고, 머리털자리[3]는 신비로운 동쪽 멀리서 기이하게 반짝인다. 그러나 북극성은 여전히 검은 천공, 같은 자리에서 광인의 지켜보는 눈길처럼 섬뜩하게 깜박이고 있다. 뭔가 기묘한 메시지를 전하려고 애쓰는 것 같지만, 한때 그런 메시지가 있었다는 것만 간신히 알려주는 정도다. 이따금 북극성이 흐릿해질 때, 나는 잠들 수 있다.

거대한 극광이 비치는 밤, 늪지 너머로 사악한 빛이 소름 끼치게 번뜩일 때를 나는 또렷이 기억하고 있다. 빛이 흐릿해진 후에, 그제야 나는 잠들었다.

이지러진 초승달 아래, 나는 처음으로 그 도시를 보았다. 기이한 산봉우리 사이의 어느 골짜기, 그곳의 기이한 평원에 도시는 졸린 듯 고요히 놓여 있었다. 성벽과 누대와 기둥과 돔형 천장, 그리고 보도(步道)들이 으스스한 대리석으로 만들어져 있었다. 대리석 거리에 늘어선 대리석 기념주들, 그 윗부분에 수염을 기른 근엄한 남자들이 조각되어 있었다. 공기는 포근하고 잠잠했다. 그리고 천정으로부터 10도 남짓한 창공에서 북극성이 감시하듯 빛나고 있었다. 그 도시를 바라본 지 한참이 지났건만, 날은 밝지 않았다. 낮은 곳에서 깜빡이면서도 결코 지는 법이 없는 붉은 알데바란[4]이 원래의 자리에서 사 분의 일쯤 지평선 부근으로 이동했을 때, 나는 그 도시 집집의 불빛과 거리의 움직임을 보았다. 옷차림이 기이하면서도 고귀하고 친숙해 보이는 사람들이 돌아다니고 있었다. 이지러진 초승달 아래서 사람들은, 내가 배운 적 없음에도 이해할 수는 있는 언어로 지혜를 말했다. 그리고 붉은 알데바란이 원래의 자리에서 반 이상을 지평선 쪽으로 이동했을 때, 도시에 또 다시 어둠과 침묵이 찾아왔다.

잠에서 깨었을 때, 나는 예전의 내가 아니었다. 도시의 모습이 기억 속에 아로새겨져 있었고, 영혼 속에서는 지금까지와는 다르고 더 모호한 기억들이 일었는데, 당시에는 그 실체를 알지 못했다. 그 후로, 흐린 밤마다 잠이 들어서 그 도시를 자주 보았다. 지평선에서 낮게 선회할 뿐, 지지 않는 태양이 뜨거운 황금빛을 때때로 도시에 비추고 있었다. 그리고 맑게 갠 밤이면, 북극성이 전에 없이 곁눈질을 보냈다.

기이한 산봉우리 사이, 기이한 평원에 있는 그 도시에서 내가 어떤 위치인지, 점점 궁금해졌다. 처음에는 관찰만 하는 실체 없는 존재로서 도시를 바라보는 것으로 만족했지만, 지금은 그곳과 나와의 관련성을 분명히 해두고, 날마다 광장에서 대화를 나누는 근엄한 사람들과 어울려 심중을 털어놓고 싶었다. 나는 이렇게 혼잣말했다.

"이것은 꿈이 아니야. 북극성이 매일 밤마다 내 방의 북쪽 창문을 엿보는, 저기 낮은 산 묘지와 불길한 늪지의 남쪽 석조 건물에 또 다른 삶이 있다는 생생한 이 현실이 어떻게 꿈일 수 있겠어?"

조각상들이 많은 거대한 광장에서 오가는 대화를 듣고 있던 어느 밤, 나는 변화를 느꼈다. 그리고 내가 드디어 육체의 형태를 갖추고 있음을 깨달았다. 노턴 봉과 카디포네크 봉 사이의 사키아 평원에 자리 잡은 올라소[5] 거리, 그곳에서 나는 이방인이 아니었다. 내 친구 알로스가 말을 하고 있었다. 진실하고 애국심이 강한 그 친구의 연설은 내 영혼을 기쁘게 만들었다. 그날 밤, 다이코스가 멸망하고 이누토스[6]가 진격 중이라는 소식이 전해졌다. 이누토스는 땅딸막한 황색의 흉악한 악마로서 5년 전에 미지의 서쪽에서 나타나, 우리 왕국의 국경지대를 유린했고 결국 도시들을 포위했다. 우리 시민들이 전부 일어나 일당십으로 대항하지 못한다면, 산기슭에 진지를 구축한 이누토스 족은 거침없이 이 평원으로 진격할 태세였다. 그 땅딸막한 종족들은 전투력이 막강했다. 키가 크고 눈이 회색인 우리 로마인들이 명예를 존중하여 무자비한 정복을 자제해 온 반면, 그들은 전혀 그렇지 않았다.

내 친구, 알로스는 평원에 집결 중인 병력의 총사령관이었고, 그에게 우리 국토의 마지막 희망이 걸려 있었다. 그는 지금 우리가 직면한 위험을 알리면서 로마르 인 중에서도 가장 용맹한 올라소 시민들을 설득하고 있었다. 올라소의 조상들은 대빙원이 오기 전(우리 후손들이 머지 않아 로마르에서 퇴각해야 하는 상황처럼), 조브나에서 남쪽으로 이주하는 동안, 진로를 방해하는 털북숭이의 긴 팔 식인종, 그노프케[7]를 용맹하고도 도도하게 제압했던 바, 그런 조상의 전통을 이어야 한다고 말이다. 알로스는 내게 전사로서의 직책을 맡기지 않았다. 허약한 내가 중압감과 곤경에 처하면, 기이하게 실신을 하기 때문이었다. 그러나 날마다 오랜 시간을 『프나코틱 필사본』[8]과 조브나 조상들의 지혜를 연구해왔음에도, 나는 도시에서 가장 뛰어난 시력을 지니고 있었다. 그래서 내 친구는 전투에 직접 참가하는 대신 더없이 중요한 임무를 내게 맡겼다. 다프넨 망루에서 군대의 눈이 되어 달라는 것이었다. 이누토스 족이 노턴 봉 후위의 비좁은 고개를 이용해 성을 급습함으로써 수비대를 교란시킬 것이 분명하기에, 내가 대기 병력을 향해 봉화로 신호를 보낸다면 성이 순식간에 함락되는 사태는 막을 수 있었다.

건장한 주민들은 모두 저 아래 고개를 지켜야 했기에 나는 홀로 망대에 올랐다. 여러 날을 잠들지 못한 나는 흥분과 피로로 머리가 지끈거리고 멍멍했다. 그러나 사랑하는 고향 땅 로마르, 노턴 봉과 카디포네크 봉 사이의 대리석 도시 올라소가 있기에 내 목표는 확고했다.

그러나 망대의 가장 높은 곳에 서보니, 붉게 이지러진 초승달이 멀리 바노프 계곡에서 솟은 안개 너머로 불길하게 떨고 있었다. 열린 망대의 지붕 한 곳으로 창백하게 반짝이는 북극성이 살아 있듯 흔들거리며 악마처럼 곁눈질을 하고 있었다. 그것은 내게 사악한 충고를 속삭이는 것 같았다. 반역의 잠을 청하라고, 끝없이 되풀이되는 가증스러운 운율로 내게 약속하고 달래주었다.

잠들라, 망꾼이여.
천체가 6만 2000년의 공전을 마칠 때까지

내가 지금 불타고 있는 이곳으로 다시 돌아올 때까지.

천축으로

다른 별들이 곧 떠오를지니.

달래주는 별들이,

달콤한 망각으로 축복해주는 별들이.

내 일주가 끝난 후에야

과거는 그대의 문가를 괴롭힐지니.

   부질없이 졸음과 싸우는 동안, 저 기이한 말과 『프나코틱 필사본』에서 알게 된 하늘의 전설들을 관련지어 보려고 애썼다. 무겁고 어지러운 머리가 가슴까지 떨어졌고, 다시 눈을 들었을 때는 꿈속이었다. 꿈의 늪지에서 섬뜩하게 흔들리는 나무 너머로 북극성이 나를 보고 히죽이며 창문을 비추고 있었다. 그리고 나는 지금도 꿈을 꾸고 있다.

   나는 때때로 수치심과 절망 속에서 나를 둘러싼 꿈의 피조물들을 향해 미친 듯이 울부짖고 애원했다. 노턴 봉의 후위 고개를 은밀히 올라온 이누토스 족이 성을 급습하기 전에 깨워달라고. 그러나 그들은 악마였다. 그들이 나를 비웃으며 말하기를, 내가 꿈을 꾸고 있는 것이 아니라고 했기 때문이다. 내가 잠든 사이, 그들은 나를 비웃었다. 그 동안에 땅딸막한 황색의 적들이 소리 없이 우리에게 다가왔을 것이다. 나는 맡은 일에 실패했고, 대리석 도시 올라소를 배반했다. 친구이자 사령관인 알로스의 기대를 저버렸다. 그런데도 여전히 꿈의 그림자들은 나를 비웃고 있다. 내가 만든 한밤의 상상력 외에는 로마르라는 땅이 존재하지 않는다고. 북극성이 높이 반짝이고, 붉은 알데바란이 지평선 가까이 낮게 움직이는 저곳에는 무수한 세월 동안 얼음과 눈만 있었고, 추위에 시달리는 땅딸막한 황색의 '에스키모' 외에 인간은 단 한 사람도 없었다고 말이다.

내가 자책의 고통에 몸부림치면서 시시각각 위태로워지는 도시를 구하고자 사력을 다하는 동안, 그리고 음산한 늪지의 남쪽 석조 건물과 낮은 산의 묘지가 등장하는 그 부자연스러운 꿈을 떨쳐버리려고 부질없이 애쓰는 동안, 사악하고 기괴한 북극성은 검은 천공에서 광인의 지켜보는 눈처럼 오싹하게 깜박이며 곁눈질하고 있다. 뭔가 메시지를 전하려고 애쓰지만, 전에는 그런 메시지가 있었다는 것만 알려줄 뿐.

....

1) 카시오페이아(Cassiopeia): 북반구의 별자리로, 5개의 별들이 W자 모양을 이룬다.

2) 아루크투루스(Arcturus): 밤하늘에서 가장 밝은 5개의 별 가운데 하나. 북반구 별자리인 목자자리에서 가장 밝은 별로서 지구에서 약 40광년 거리의 오렌지색 거성이다. 큰곰자리의 꼬리를 연장한 선에 놓여 있는데, 그리스어로 '곰을 지키는 자'라는 뜻에서 이름이 유래했다.

3) 머리털자리(Coma Berenices): 머리털자리 은하단은 수천 개의 은하가 모인 집단으로서, 초속 6700km로 지구에서 멀어지고 있다. 머리털은 고대 이집트의 왕비 베레니케의 머리카락으로 기원전 3세기경 이집트의 왕 프톨레미 3세가 원정을 떠났을 때, 왕비 베레니케가 남편의 무사귀환을 기원하며 미의 여신 아프로디테의 신전에 바쳤다고 한다.

4) 알데바란(Aldebaran): 아랍어로 '수행원'이라는 뜻으로, 황소자리에서 1등성이다.

5) 올라소(Olathoe): 선사시대 로마르의 북쪽에 있던 가상의 대도시.『프나코틱 필사본』에 등장한다고 알려졌으며, 이 작품 「북극성」을 비롯해 「미지의 카다스를 향한 몽환의 추적」, 「아이라논의 열망」에 등장한다.

6) 이누토스(Inutos): 선사시대 로마르를 침공한 땅딸막한 황색종족. 에스키모 인들이 '인간'이라는 의미로 스스로를 부를 때 사용하는 '이누이트(inuit)'라는 말과 철자가 비슷한데, 러브크래프트 본인도 이누이트의 조상으로서 이누토스를 구상했다고 알려져 있다.

7) 그노프케(Gnophkehs): 이 작품에서 제일 먼저 언급된 털북숭이에 팔이 긴 육식 종족. 러브크래프트가 크툴루 신화를 의도적으로 체계화하지 않았듯이, 상당수의 가상공간이

나 가상 종족들은 작품마다 일관성이 결여되어 있다. 그노프케도 나중에 「미지의 카다스를 향한 몽환의 추적」에 등장하지만, 시대는 약간 다르게 기술되어 있다.

8) 프나코틱 필사본(Pnakotic Manuscripts): 태초부터 전해지는 섬뜩한 금서로서 무서운 괴물과 장소들이 담겨 있다고 알려져 있다. 러브크래프트가 창조한 가공의 책 중에서 가장 먼저 이 작품에 등장했으며, 『네크로노미콘』과 쌍벽을 이룬다. 그러나 책의 기원이 로마르의 북부이고, 울타르(Ulthar)에서 마지막으로 발견되었다는 암시만 있을 뿐, 상대적으로 이 책에 대한 설명은 거의 없다. 「미지의 카다스를 향한 몽환의 추적」과 「광기의 산맥」 중에 약간 구체적으로 언급된다.

BEYOND THE WALL OF SLEEP

잠의 장벽 너머

작품 노트 | 잠의 장벽 너머 Beyond the Wall of Sleep

1919년에 쓰여, 같은 해에 아마추어 저널인 《파인콘Pine Cones》에 실렸다. 이후
《판타지 팬》과 《위어드 테일스》에 다시 수록되었다.

이 작품은 《뉴욕 트리뷴New York Tribune》에 실린 짤막한 기사가 영감을 제공한 것
으로 알려져 있다. 당시 기사는 캐츠킬 산맥 인근에 거주하는 산간주민들의 낙후된
생활을 다룬 것으로, 이 작품에 등장하는 '슬레이터'라는 인물이 실명으로 거론되었
다고 한다. 러브크래프트는 이 기사와 당시에 발견된 신성(新星)에 대한 천문학적
인 관심을 결합하여 이 작품을 집필했다고 한다.

앰브로스 비어스(Ambrose Bierce)의 단편 「벽 너머에서Beyond the Wall」에서 영
향을 받은 작품이라는 의견이 있지만, 사실 두 작품은 제목의 유사성 말고는 관련이
거의 없다(러브크래프트는 가상의 창조물 중에서 하스터Hastur와 할리Hali 등 직 간접적
으로 비어스의 작품에서 일정부분 영향을 받았다. 그러나 비어스의 상기 작품은 유령을 다
룬 전통 고딕 소설이다.).

"잠을 자고 싶군요."[9]

— 셰익스피어

　이따금 나타나는 꿈의 중대한 의미와 그 속의 모호한 세계에 대해 곰곰이 생각해 보는 사람들이 과연 얼마나 있을까, 나는 종종 의아해진다. 한밤의 장면 중에서 상당 부분이 현실의 경험을 희미하게 환상적으로 반영한 것에 지나지 않지만 (프로이트의 미숙한 상징주의와는 반대로) 일반적인 해석을 불허하는 비범하고도 영묘한 잔상들이 여전히 존재한다. 그런 잔상들의 막연히 들뜨고 불안정한 효과는 육체적인 삶만큼 중요한 정신적 영역을 자세히 들여다볼 수 있는 가능성을 암시한다. 그럼에도 그 영역은 거의 통과할 수 없는 장벽으로 가로막혀 현실과는 분리되어 있다. 내 경험으로 보자면, 현세의 의식을 잃게 되면 인간은 익숙한 삶과는 전혀 다른 또 하나의 비실재적인 삶 속에 머물지만 잠에서 깬 후에는 가장 희미하고 흐릿한 기억만이 남는다. 그처럼 흐릿하고 단편적인 기억들에 대해 우리는 이런저런 짐작을 해보지만 입증되는 것은 거의 없다. 지상의 물질과 생명력은 꿈의 영역에서 변화될 수 있다. 시간과 공간은 우리의 현실적 자아가 이해하는 대로 존재하지 않는다. 이따금 나는 물질적이지 않은 삶이야말로 진정한 삶이며, 물과 육지로 이루어진 지구에 존재하는 우리의 허상 자체는 부수적이거나 그저 명목적인 현상에 불과하다고 생각한다.

나는 어렸을 때부터 이런 몽상과 사색에 잠겨 있었다. 1900년과 이듬해 겨울의 어느 오후, 나는 인턴으로 근무 중인 주립 정신 병원에 출근했다가 도저히 잊지 못할 환자 한 명을 만났다. 환자의 이름은 조 슬레이터 혹은 슬라더, 외모는 캐츠킬 산맥[10] 지역의 전형적인 토박이였다. 그의 조상인 식민지 시대의 원시 농민들은 인적이 드문 산간에 삼백 년 가까이 고립됨으로써 운 좋게 변화한 정착촌에 자리를 잡은 다른 동족들과 달리 야만적인 퇴행을 겪어왔다. 퇴폐성에서 남부의 '백인 쓰레기'[11]와 맞먹는 그 기이한 주민 사이에 법과 도덕은 존재하지 않았다. 그리고 그들의 일반적인 정신 수준은 여느 지역의 미국 정착민보다 낮은 것 같았다.

철통 같은 감시 속에서 조 슬레이터를 정신병원으로 호송한 네 명의 주 경찰에 따르면, 그는 극히 위험한 인물이었지만, 내가 그를 처음 봤을 때는 그런 징후가 전혀 없었다. 평균 신장보다 훨씬 크고 근골이 억센 체격과는 달리, 졸음에 취하고 물기에 어린 작고 흐릿한 벽안(碧眼)에서 느껴지는 무해한 우둔함은 외모에 우스꽝스러운 분위기를 주었다. 게다가 한 번도 면도를 하지 않고 방치한 누런 수염이 듬성듬성 자라 있었고, 두툼한 아랫입술은 힘없이 늘어져 있었다. 가족 사항이나 혈연관계에 관한 기록이 없는 터라, 나이도 모르는 상태였다. 그러나 앞이마가 벗겨지고 치아가 부패한 정도로 미루어, 수석 의사는 환자의 나이를 마흔 살가량으로 기록했다.

환자에 대한 정보는 의무기록과 법정 자료를 통해서 얻은 것이 전부였다. 부랑자이며 사냥꾼인 그 사내는 가장 가까운 지인들의 눈에도 언제나 기인으로 통했다. 밤이면 보통 사람들보다 훨씬 늦게 잠들었고, 깨어나서는 상상력이 없는 사람들마저 공포를 느낄 만큼 괴괴한 방법으로 미지의 괴물들에 대해 말하기 일쑤였다. 원래부터 천박한 은어로만 말을 했기에 그의 말 씀씀이가 이상하다고 보기는 어려웠다. 그러나 음색과 음질에서 느껴지는 불가사의한 야만성 때문에, 그의 말을 듣고 있노라면 예외 없이 불안해졌다. 그 자신도 듣는 사람처럼 겁에 질리고 당황하기는 마찬가지여서, 잠에서 깬 지 한 시간이 지나지 않아 자기가 한 말을 전부 잊어버렸다. 아니면, 적어도 그렇게 말하도록 만든 원인을 모조리 잊어버렸다. 그러고는 여느 산간주민들처럼 굼뜨고 상냥하기까지 한 원래의 모습으로 돌아간다는 것이다.

나이가 들수록, 슬레이터의 정신병증은 점점 그 횟수와 정도에서 심각해진 것으로 보인다. 결국에는 정신병원에 오기 한 달 전쯤에 충격적인 참사를 저지름으로써 경찰에 연행된 터였다. 어느 날 정오 무렵, 그는 술에 절어서 전날 오후 5시경부터 곯아 떨어졌다가 깊은 잠에서 깨어났다. 그는 난데없이 울음을 터뜨렸는데, 그 소리가 어찌나 섬뜩하고 소름이 끼쳤는지 이웃 사람 몇 명이 그의 오두막집을 찾아왔다. 더러운 돼지우리 같은 오두막집에는 그와 그처럼 설명하기 어려운 가족이 살고 있었다. 그런데 그는 눈밭으로 뛰쳐나오더니 하늘을 향해 두 팔을 치켜들고는 펄쩍펄쩍 뛰어오르기 시작했다. 그러면서 '지붕과 벽과 마루에 빛이 가득하고, 이상하고 요란한 음악이 멀리서 들려오는, 아주, 아주 큰 오두막'에 가겠다고 소리쳤다. 보통 체구의 남자 두 명이 그를 진정시키려고 하자, 그는 광적인 힘과 분노 속에서 '반짝반짝 흔들거리면서 웃고 있는 괴물'을 찾아 죽여야 한다고 울부짖었다. 결국에는 주민 중에서 한 사람이 불시에 일격을 가함으로써 그를 잠깐은 제압하는 것 같았다. 그런데 피에 굶주린 악마의 황홀경에 빠진 사람처럼 그는 상대방에게 덤벼들더니 "하늘 높이 뛰어올라, 앞길을 막는 놈은 누구든 불태우고 갈 것이다."라며 미친 듯이 악을 썼다.

가족과 이웃들은 겁에 질려 도망쳤다. 나중에 그 중에서 담력이 센 사람들이 돌아와 보니, 슬레이터는 종적을 감추었고, 한 시간 전만 해도 살아 있었던 이웃 한 명이 형체를 알 수 없는 종잇장처럼 놓여 있었다. 산간주민 중에서 아무도 그를 추적할 엄두를 내지 못했고, 차라리 그가 혹한으로 인해 죽었으면 하고 바랐다. 그러나 며칠 뒤, 멀리 좁은 골짜기에서 들려오는 비명소리에 사람들은 그가 살아 있음을 알았고, 어떤 식으로든 그를 죽여야 한다고 생각했다. 곧 무장한 수색대가 출발했다. 수색대의 원래 목적이 무엇이었든 간에, 도중에 인구가 많지 않은 그곳의 경찰대를 우연히 만나 심문을 받은 뒤 그들과 합류하면서 양측의 목적이 같아졌다.

사흘 뒤, 슬레이터는 속이 빈 나무 안에서 의식불명으로 발견되어 가장 가까운 감옥으로 이송되었다. 그곳에서 그가 의식을 되찾자, 곧 올버니 주에서 파견된 정신과 전문의들이 그를 진찰했다. 그가 의사들에게 한 말은 간단명료했다. 그의 말에 따르면, 어느 날인가 과음을 한 뒤에 해질 무렵 잠이 들었다는 것이다. 그리고 깨어보니, 자신의 오두막집 앞 눈밭에서 피 묻은 손으로 서 있었고, 발치에는 이웃의 피터 슬레이터가 난자당한 시체로 놓여 있더라고 했다. 겁에 질린 그는, 자신이 저지른 것이 분명한 범죄 현장에서 벗어나고 싶다는 막연한 생각에 숲으로 도망쳤다. 그밖에는 아는 것이 없어 보였고, 조사관들의 전문적인 심문을 통해서 추가로 밝혀진 사실은 전혀 없었다.

그날 밤, 슬레이터는 평온히 잠들었고, 다음 날 아침에는 약간의 표정 변화 말고는 별다른 증세 없이 깨어났다. 환자를 관찰해 온 버나드 박사는 환자의 흐릿한 푸른 눈에서 뭔가 독특한 빛이 어리고, 늘어진 입술이 거의 알아채지 못할 정도로 오므라져 있는 것을 발견했는데, 그것은 마치 지적인 결심을 한 것 같았다고 했다. 그러나 질문을 받은 슬레이터는 산간주민 특유의 멍한 표정으로 돌아오더니 하루 전에 했던 말을 되풀이할 뿐이었다.

슬레이터가 처음으로 정신 발작을 일으킨 것은 사흘째 아침이었다. 잠을 제대로 못 잔 기색을 보이다가 느닷없이 격렬한 발작을 일으켰다. 그런 그에게 환자용 구속복을 입히기 위해 네 명의 남자가 달려들었을 정도였다. 정신과 전문의들은 그의 말에 주목했다. 그가 말하는 가족과 이웃에 대한 매우 모순되고 장황하면서도 암시적인 이야기에 의사들의 관심이 고조되었기 때문이다. 슬레이터가 산간벽지의 사투리로 15분 가까이 쏟아낸 장광설은 으리으리한 빛의 건물, 우주의 바다, 기이한 음악, 그리고 어두운 산과 골짜기에 관한 것이었다. 그 중에서도 가장 장황하게 설명한 것은 신비하게 이글거리는 형체였다. 그것이 그를 동요시키고 비웃었다고 했다. 그 거대하고 불분명한 존재가 그에게 끔찍한 짓을 한 것 같았고, 그것을 죽여 복수하는 것이 일생의 소원이라고 했다. 그가 말하길, 그것을 찾아내기 위해서라면 텅 빈 심연을 힘껏 날아올라서, 그 길을 막아서는 방해물은 무엇이든 태워버리겠다고 했다. 계속되던 그의 장광설은 순식간에 멈추어졌다. 그의 눈에서 광기의 불꽃이 사라졌다. 그는 둔한 표정으로 의사들을 바라보며 자기가 왜 묶여 있느냐고 물었다. 버나드 박사는 그의 구속복을 벗기고 밤까지 그대로 놔두는 한편, 스스로를 위해서라도 구속복 착용에 동의하라고 그를 설득했다. 그래서 슬레이터는 구속복을 입은 상태에서 이따금 기묘하면서도 자기 자신도 모르는 이야기를 하기 시작했다.

일주일 동안 두 번의 발작이 더 있었지만, 의사들이 알아낸 것은 거의 없었다. 마침내 의사들은 슬레이터의 환영이 어디에서 비롯되었는지를 추정하기 시작했다. 슬레이터가 문맹인데다가 전설이나 동화를 들어본 일이 전혀 없어 보였고, 그가 말하는 화려한 이미지들을 도저히 설명할 수 없었기 때문이다. 그 불운한 광인의 단순한 표현 방식으로 판단할 때, 기존의 신화나 무용담이 환영의 출처일 리는 없었다. 그는 이해하지도 설명하지도 못하는 대상들에 대해 두서없이 지껄이고 있었다. 직접 경험한 일이라고 주장하지만, 정상적이거나 일관적인 이야기의 흐름을 알지 못했다. 이내 의사들은 그의 비정상적인 꿈이 살인 사건의 원인이라는데 의견을 모았다. 즉, 생생한 꿈이 한동안 그 열등한 남자의 현실 세계를 완전히 지배하고 있었다는 말이다. 정해진 절차에 따라 살인 혐의로 재판을 받은 슬레이터는 정신 이상으로 형을 면제받은 뒤, 내가 인턴으로 일하는 정신 병원으로 이송되었다.

내가 꿈의 세계에 대해 지속적으로 관심을 둬왔다고 이미 언급했으니, 그 환자에 대한 정보를 전부 파악한 직후부터 내가 열정적으로 연구를 시작했으리라는 것은 아마 여러분이 짐작하고 남을 것이다. 내가 관심을 숨기지 못하고 질문을 할 때 부드럽게 대하자, 그는 내게 친근감을 느끼는 것 같았다. 그가 발작을 일으키고, 내가 그의 혼란스럽지만 우주적이고 생생한 말에 정신없이 집중하는 동안에는 그는 나를 알아보지 못했다. 조용한 시간, 그러니까 짚과 버드나무로 엮어서 막아놓

28

은 창문 가에 앉아 있을 때, 다시는 누릴 수 없는 산간의 자유를 열망하고 있었을 그런 시간에는 나를 알아보았다. 그의 가족 중에서 아무도 면회를 오지 않았다. 타락한 산간 주민의 생활 방식에 따라 그의 가족은 이미 다른 가장과 생활하고 있을지 몰랐다.

조 슬레이터의 광기 어리고 환상적인 이야기에 나는 점점 압도적인 경이를 느끼기 시작했다. 그는 정신 능력과 언어 면에서 가여우리만큼 열등한 사람이었다. 반면, 그의 비천하고 두서없는 장광설로 묘사되는 강렬하고 거대한 환영들은 오직 우수하고 비범한 두뇌에서만 나올 수 있었다. 퇴락한 캐츠킬 산맥의 둔감한 상상력에서 어떻게 숨겨진 천재의 광휘만이 지닐 수 있는 장면들을 생각해 낼 수 있을까, 나는 자문하고는 했다. 산간벽지의 우매한 사람들 중에서 슬레이터가 난폭한 착란 상태에서 쏟아내는, 천상의 빛으로 반짝이는 왕국과 공간에 대해 아는 이가 과연 있을까? 내 앞에서 굽실거리는 불쌍한 위인이 펼쳐놓은 무질서한 핵심, 내 이해력을 뛰어넘는 그 뭔가를 나는 점점 더 믿고 싶어졌다. 상대적으로 경험이 풍부하면서도 상상력은 덜한 의학과 과학 초년생의 이해를 완전히 뛰어넘는 그 무엇 말이다.

그러나 나는 그 사내로부터 분명한 그 어떤 것도 이끌어내지 못하고 있었다. 그 동안의 조사를 종합해 보면, 실체가 모호한 꿈속에서 슬레이터는 인간에게 알려지지 않은 무한한 공간의 찬란하고 거대한 골짜기와 초원, 정원과 도시 그리고 빛의 궁전들을 배회하거나 떠다니고 있었다. 그곳에서 그는 농부 혹은 퇴락한 인물이 아니라, 중요하고 힘찬 삶을 사는 존재로서 돌아다닐 때에도 의기양양하고 보무가 당당했다. 오로지 강력한 숙적만이 그를 제지할 수 있는데, 그것은 눈에 띄기는 하지만 영묘한 신체를 지녔고, 사람의 모습도 아닌 것 같았다. 왜냐면,

슬레이터가 숙적을 표현할 때 사람이라고 언급한 적은 한 번도 없었고, '그것'이라고만 했기 때문이다. 그것에게 당한 모종의 끔찍한 일로 인해, 그 광인(슬레이터가 진짜 미쳤다면)은 복수를 열망하고 있었다.

슬레이터가 적과의 관계를 암시하는 것으로 미루어, 그와 빛을 내는 존재는 같은 조건에 놓여 있다는 생각이 들었다. 꿈속에서는 슬레이터도 숙적과 같은 종족으로서 빛을 내는 형태를 띠고 있었다. 움직일 때마다 방해물을 모조리 불태우면서 공간을 날아다닌다는 말을 자주 하기 때문에 슬레이터가 빛을 내는 존재라는데 일관성이 있었다. 그러나 그의 투박한 말로는 그런 개념들을 제대로 전달할 수 없는 상황이라, 나는 꿈의 세계가 실제로 존재하더라도 언어로는 그것을 표현하지 못할 거라는 결론을 내렸다. 열등한 신체에 들어와 있는 꿈의 영혼이 우매한 자의 투박하고 더듬거리는 말로는 표현할 수 없는 것들을 어떡해서든 말하고자 애쓰는 것은 아닐까? 내가 마주하고 있는 것은 지적인 에마나티온[12]으로서, 그것을 깨닫고 읽을 수만 있다면 이 미스터리를 설명할 수 있지는 않을까? 중년은 회의적이고 냉소적이며 새로운 생각을 받아들이려고 하지 않는 터라, 나는 나이 든 의사들에게는 그 일에 대해 말하지 않았다. 병원장이 최근에 내게 과로하지 말고 휴식을 취하라고 아버지처럼 충고를 하기도 했다.

인간의 생각은 기본적으로 원자와 분자의 움직임으로 이루어져 있으며, 열과 빛과 전기와 같은 방사 에너지나 에테르[13] 파동으로 변환된다는 것이 내 오랜 믿음이었다. 그래서 일찍부터 적절한 도구를 이용하는 텔레파시 혹은 정신 교감의 가능성을 생각해 왔다. 대학 시절에는 라디오 발명 이전의 미개한 시절에 무선 전신에서 사용했던 번잡한 장치와 흡사한 송수신 장치를 만들기도 했었다. 그러나 학우를 상대로 한 실험에서 아무런 성과를 내지 못해서, 나중에 혹시 과학적으로 하찮은 일에나마 사용할 수 있을까 싶어 장비를 상자에 넣어 치워놓았다.

조 슬레이터의 꿈 세계를 알아보고픈 강한 열망에 사로잡혔을 때, 나는 그 장비들을 다시 찾아내어 며칠 동안 손을 보았다. 장비가 완전히 복구된 후에는 당연히 실험해 볼 기회를 놓치지 않았다. 슬레이터가 격렬한 발작을 일으킬 때마다, 송신기를 그의 이마에, 수신기를 내 이마에 연결하고 정신 에너지의 다양한 파장에 맞춰 세밀한 조작을 해보았다. 설령 사유 인상이 제대로 전달이 된다 해도, 그것이 나의 두뇌에서 어떤 식으로 정신 반응을 일으킬지는 전혀 알지 못했다. 그러나 나는 그것을 탐지하고 해석할 자신이 있었다. 그래서 그 본질도 모른 채, 나는 실험을 계속해 나갔다.

그 일이 벌어진 것은 1901년 2월 21일이었다. 지금 와서 돌아보면, 수년 전의 그 일이 얼마나 비현실적인지를 실감한다. 그리고 모든 것이 나의 들뜬 상상력 때문이라는 펜튼 박사의 말이 사실일지 모른다는 의구심이 들 때도 있다. 그는 친절하고 참을성 있게 내 말을 들어주었지만, 곧바로 내게 신경제를 처방했고 다음 주부터 6개월간의 휴가를 조치했었다.

그 운명의 밤, 나는 크게 동요하고 당황했다. 훌륭한 치료를 받아왔음에도, 조 슬레이터가 죽어가고 있음이 분명했기 때문이다. 산속의 자유를 잃어버려서, 혹은 둔한 육체가 감당하기에는 정신적 혼란이 너무도 격심해서였는지 모른다. 어쨌든, 그의 퇴화한 육체에서 생명의 불꽃은 꺼질 듯 깜박이고 있었다. 임종을 앞두고 꾸벅꾸벅 졸더니, 밤이 되자 혼란한 잠 속으로 빠져들었다.

그가 죽기 전에 한 번 더 발작을 일으킨다고 해도, 너무 허약한 상태라 위협적이진 않을 것이기에 나는 평소와는 달리 구속복의 끈을 묶어두지 않았다. 그러나 내가 만든 우주의 '무선 장치'를 그와 내 이마에 연결했고, 얼마 남아 있지 않은 시간 동안이나마 꿈의 세계에서 처음이자 마지막 메시지가 전해지기를 바랐다. 병실에는 간호사 한 명이 더 있었지만, 그는 장치의 목적을 모르거나 필요한 의료 장비라고 생각하는 것 같았다. 시간이 지나면서 간호사는 불편한 자세로 머리를 떨어뜨렸지만, 나는 그를 깨우지 않았다. 나도 얼마 지나지 않아서 자장가처럼 들려오는, 건강한 사람과 죽어가는 사람의 리드미컬한 숨소리에 깜박 잠이 들었나 보다.

나를 깨운 것은 기이하면서도 서정적인 멜로디였다. 화음과 떨림, 조화로운 황홀경이 사방에서 열렬하게 메아리치는 가운데, 황홀에 취한 눈앞에 더없이 아름답고 장엄한 광경이 불쑥 나타났다. 나는 허공에 떠 있는 느낌이 들었다. 주변으로 벽과 기둥과 생생한 불의 아키트레이브[14]가 눈부시게 빛을 발하면서, 지극히 장려하고 높디높은 아치형의 천장까지 솟구쳐 있었다. 그런 광경에 대궐 같은 웅장함이 뒤섞이기도 하고, 간간이 회전하는 만화경처럼 새로이 나타나는 것이 있었으니, 흘깃 스쳐 가는 광활한 평원과 우아한 계곡, 높은 산과 유혹하는 동굴이었다. 속속들이 아름답기만 한 경치, 그것은 황홀에 취한 눈으로 능히 알아볼 수 있는 동시에 어딘지 빛을 발하면서 모습을 자유자재로 바꾸는 에테르성의 형체로서 물질을 대하는 것처럼 정신적으로도 일관성을 띠고 있었다. 경치를 응시하는 동안, 그 매혹적인 변형들이 무엇인지 단서를 찾아낸 느낌이 들었다. 내가 가장 보고 싶은 것을 떠올릴 때마다, 그것이 풍경으로 나타났기 때문이다. 보이는 것과 들리는 것이 전부 익숙한 것으로 봐서 나는 그 극락의 세계에서 이방인이 아니었다.

마치 그 세계가 영겁의 세월 전부터 있어 왔고, 또 앞으로도 영원히 존재할 것이듯이.

그때 빛으로 된 내 형제의 찬란한 광휘가 다가와 나와 대화를 나누었다. 그것은 고요하면서도 완벽하게 사유를 교환하는 영혼과 영혼의 대화였다. 우리 동료들이 마침내 퇴행기의 속박으로부터 탈출하는 승리의 시간이 다가오고 있지 않은가? 영원히 탈출하는 동시에 친구를 뒤흔들게 될, 우주적인 복수심에 불타서 저주스러운 압제자를 쫓아 에테르의 극단까지 갈 준비를 하고 있지 않은가? 우리는 그렇게 잠시 떠 있었다. 그런데 어떤 힘이 지상으로 (내가 조금도 가고 싶어 하지 않는 그곳으로) 나를 부르는 것처럼 우리 주변의 물체들이 약간 흐릿해지고 희미해졌다. 우리의 대화를 서서히 결론지으려고 한 것으로 봐서, 내 곁의 형체도 그때의 변화를 느낀 것 같았다. 그는 떠날 준비를 하더니, 이내 다른 형체들보다 느린 속도로 내 시야에서 멀어져 갔다. 우리는 몇 차례 더 생각을 주고받았다. 우리가 함께하도록 다시 부름을 받겠지만, 그 빛나는 형제에게는 그것이 마지막 생일지 몰랐다. 소멸을 앞둔 불운한 행성, 내 동료는 한 시간 안에 그 압제자를 쫓아서 은하수를 따라 별들을 지나고 무한의 경계까지 갈 것이다.

분명한 충격 때문에, 흐릿해지는 빛의 풍경을 바라보던 마지막 인상이 끊어졌다. 갑작스럽고 겸연쩍게 깨어난 내가 의자에서 몸을 일으키는데, 죽음을 앞두고 병상에서 들썩거리는 환자의 모습이 보였다. 그것이 마지막일지 모르지만, 조 슬레이터는 실제로 깨어나고 있었다. 좀 더 자세히 살펴보니, 전에 없이 그의 앙상한 뺨이 빛나고 있었다. 이상하리만큼 입술을 꼭 다물고 있어서 슬레이터가 아니라 더 강한 인물처럼 느껴졌다. 이윽고 슬레이터의 얼굴 전체에서 빛이 강해졌고, 눈을 감은 채 머리를 이리저리 돌렸다.

나는 잠든 간호사를 깨우지 않은 채, 텔레파시 장비의 헝클어진 헤어밴드를 다시 조정한 뒤에 잠든 환자가 전해줄지 모르는 이별의 메시지를 기다렸다. 곧바로 환자의 머리가 내 쪽으로 돌려졌고 눈이 떠졌다. 나는 깜짝 놀라서 그를 응시했다. 캐츠킬의 퇴화한 주민, 조 슬레이터였던 사내가 약간 짙어진 듯한 푸른색 눈을 빛내며 나를 보고 있었다. 그의 시선에서 광기나 퇴화의 그림자는 보이지 않았다. 내가 마주 보고 있는 얼굴에서 분명히 고원하고 활발한 정신이 느껴졌다.

서로를 응시하는 동안, 내 두뇌에 지속적으로 작용하는 외부의 힘이 느껴졌다. 내가 생각을 좀 더 집중하기 위해 눈을 감자, 오랫동안 기다려온 정신적 메시지가 드디어 전해지는 것을 확실히 알 수 있었다. 전송된 각각의 생각들은 빠르게 내 마음속에 자리 잡았다. 실제로 언어를 사용하지 않았음에도, 개념과 표현에 대해 내가 지니고 있는 평소의 연상 능력이 강해서 일상적인 영어로 메시지를 받아들였던 것 같다.

"조 슬레이터는 죽었다."

잠의 장벽 너머에서 들려온 대리인의 목소리에 나는 소스라치게 놀라고 말았다. 나는 기묘한 공포 속에서 병상의 환자를 쳐다보았지만, 그의 파란 눈은 여전히 침착하게 빛났고, 지적으로 생기를 띤 얼굴도 그대로였다.

"저자는 죽는 것이 낫다. 우주적 존재의 활발한 지능을 감당하기에는 어울리지 않으니까. 저자의 천한 육체는 에테르의 삶과 지구의 삶을 오가는데 필요한 적응력을 갖추지 못했다. 지나치게 동물적이고 하찮은 사람이다. 그러나 저자의 결점으로 인해 그대가 나를 발견했다. 우주의 영혼과 지구의 영혼은 실제로는 만날 수 없으니까. 그대가 사는 지구의 시간으로 저자는 42년 동안 내게 고문과 감금을 당해 왔다.

그대가 꿈이 없는 잠의 자유 속에서 스스로 되고자 하는 존재, 그것이 바로 나다. 나와 그대는 빛의 형제로서 눈부신 계곡을 함께 떠다녔다. 그대의 실제 자아 중에서 지구에 깨어 있는 절반의 자아에 대해 내가 발설하는 것은 금기지만, 우리는 모두 거대한 공간의 방랑자이며 무수한 세월의 여행자다. 내년에 내가 머물 곳은, 그대가 고대라고 칭하는 이집트 아니면 앞으로 3000년 후에 도래할 찬-첸[15]의 냉혹한 제국일 것이다. 그대와 나는 붉은 아루크투루스 주변에서 흔들리는 세계까지 흘러갔다가, 목성의 네 번째 달 주변을 도도하게 기어 다니는 곤충 철학자들의 몸속에 자리를 잡았다. 지구의 자아가 알고 있는 삶과 그 경계란 얼마나 하찮은가! 그대들이 자신의 평온을 위해 알아야 하는 것이 얼마나 하찮은가!

압제자에 대해서는 말할 수 없다. 그대는 자기도 모르게 지구에서 멀리 있는 그 존재를 느꼈을 것이다. 그대들은 제대로 알지도 못하면서 깜빡이는 그 별을 알골[16], 악마별이라고 부르고 있다. 내가 영겁의 세월 동안 거추장스러운 육체의 방해로 인해 헛되이 애쓰기만 해왔지만, 곧 그 별에서 압제자를 만나 처단할 것이다. 오늘 밤 나는 정당하고 격렬한 복수의 불꽃을 안고 네메시스[17]가 되어 갈 것이다. 악마별 가까운 창공에서 나를 지켜보라.

조 슬레이터의 몸이 점점 차갑게 경직되고, 열등한 두뇌도 내가 원하는 대로 진동하지 못하는 상태라 더 길게 말할 수 없다. 그대는 이 지구에서 나의 유일한 친구이자, 여기 불쾌한 인물 속에 들어 있는 나를 느끼고 찾아낸 유일한 영혼이다. 우리는 다시 만날 것이다. 오리온 검[18]의 빛나는 안갯속에서, 혹은 선사 시대 아시아의 황량한 평원에서, 혹은 오늘 밤의 기억되지 않는 꿈속에서, 혹은 태양계가 완전히 사라지게 될 영겁의 세월 뒤에 또 다른 어딘가에서."

그 순간 사유파(思惟波)가 갑자기 중단되었고, 꿈꾸는 환자(아니면 죽은 사람이라고 말해야 할까?)의 창백한 눈동자에서 빛이 흐릿해지는 것을 보았다. 반쯤 멍한 상태에서 나는 병상으로 다가가 환자의 팔목을 짚어보았다. 이미 차갑게 경직되어서 맥박이 없었다. 앙상한 뺨은 다시 창백해졌고, 벌어진 두툼한 입술 사이로 퇴화한 조 슬레이터의 썩은 이가 역겹게 드러나 있었다. 나는 진저리를 치면서 끔찍한 얼굴 위로 담요를 끌어올리고 간호사를 깨웠다. 그러고는 병실에서 나와 조용히 내 방으로 갔다. 불현듯 잠을 자고 싶다는, 그래서 기억하지 말아야 할 꿈을 꾸고 싶다는 까닭 모를 충동이 일었다.

이 사건의 클라이맥스? 과학의 명료함으로 이런 수사학적인 효과를 자랑스레 떠벌릴 수 있을까? 나는 지금까지 사실이라고 판단하는 부분만을 언급함으로써 여러분이 원하는 대로 재구성할 수 있게 하였다. 이미 언급했듯이, 나의 나이 지긋한 상관인 펜튼 박사는 내가 말한 모든 것의 현실성을 부인했다. 그는 과로 탓에 건강을 해친 것이라고 장담하면서, 인자하게도 장기간의 유급 휴가를 권했다. 또한, 의사로서의 명예를 걸고 조 슬레이터는 저급한 편집광이며, 그의 환상들은 가장 후진적인 지역에까지 나도는 조악한 민담에서 비롯된 것이 틀림없다고 나를 안심시켰다. 그것이 그가 말한 전부다. 그럼에도 나는 슬레이터가 죽은 다음 날 밤에 하늘에서 본 것을 잊을 수 없다. 나를 편견에 치우진 목격자라고 할지 몰라서, 다른 이의 결정적인 증언을 첨가하려는데, 아마도 이것으로 여러분이 기대하는 사건의 절정을 대신할 수 있을지 모르겠다. 저명한 천문학자인 가렛 P. 서비스 교수가 쓴 페르세우스 신성[19)]에 대한 글을 압축해서 인용하겠다.

1901년 2월 22일, 에든버러의 앤더슨 박사가 알골과 가까운 지점에서 놀라운 새별을 발견했다. 그 지점에서 별이 관측된 것은 처음이다. 24시간 동안 새별은 카펠라[20)]를 능가할 정도로 밝게 빛났다. 일이 주 후부터 눈에 띄게 빛을 잃다가, 수개월 만에 육안으로 확인할 수 없게 되었다.

---

9) 셰익스피어의 「한 여름 밤의 꿈」 4막 1장, 티타니아와 바틈이 나누는 대화 중에서.

10) 캐츠킬 산맥(Catskill Mountains): 뉴욕 주 남동부에 걸쳐 있는 실제 산맥. 또 다른 단편 「잠재된 공포Lurking Fear」의 배경이기도 하다.

11) 백인 쓰레기(white trash): 미국 남부의 가난한 백인을 경멸적으로 지칭하는 말.

12) 에마나티온(emanation): 에머내이션이라고도 하며, 방사성 물질에서 방출되는 기체 원소의 고전적 호칭.

13) 에테르(aether, ether): '맑고 신비한 대기'라는 뜻으로 빛을 매개하는 가상의 물질로 알려졌지만, 그 정체와 운동성에 대해 논란이 많았다. 파동설을 확립한 프레넬 (Augustin Jean Fresnel, 1788~1827)을 비롯해 많은 학자들이 실험을 거듭했지만, 마이컬슨(Albert Abraham Michelson, 1852~1931)이 그 존재를 부정하고, 아인슈타인의 상대성 이론이 등장하면서 그 존재 자체의 의미를 잃게 되었다. 러브크래프트가 즐겨 사용하는 말로, 단순히 '대기'라는 의미로 쓰일 때도 많다.

14) 아키트레이브(architrave): 고전 건축의 기둥 양식인 엔타블레이처(entablature)에서 프리즈, 코니스와 함께 세 가지 중요 부분을 구성한다. 아키트레이브는 가장 낮은 부분의 띠장식이고, 중간 부분의 띠장식은 프리즈, 그리고 맨 위의 띠장식인 코니스는 프리즈의 가장자리에서 돌출된 쇠시리로 만들어진다.

15) 찬-첸(Tsan-Chan): 훗날 지구에 도래할 가상의 제국. 「시간의 그림자」에도 서기 5000년에 도래하는 사악하고 잔인한 제국으로 묘사된다.

16) 알골(Algol): 북반구 별자리인 페르세우스 자리에서 두 번째로 밝은 별로, 어두울 때도 육안으로 쉽게 관측된다. 알골이라는 이름의 유래는 '악마' 또는 '재앙을 일으키는 자'라는 뜻의 아랍어에서 유래한 것으로 알려져 있다.

17) 네메시스(Nemesis): 그리스 신화에 등장하는 복수의 여신. 러브크래프트의 시 중에서 동명의 작품이 있다.

18) 오리온(Orion)은 그리스 신화에서 사냥꾼이다. 오리온 성운은 오리온을 나타내는 사냥꾼의 모습에서 칼을 나타내는 부분에 위치하는데, 육안으로도 확인할 수 있다.

19) 페르세우스 신성(Nova Persei): 1901년 출현한 신성으로 절대등급이 -9.2로 밝다.

20) 카펠라(Capella): 라틴어로 '암염소'를 뜻한다. 밤하늘에서 여섯 번째로 밝고, 마차부자리에서 가장 밝은 별이다.

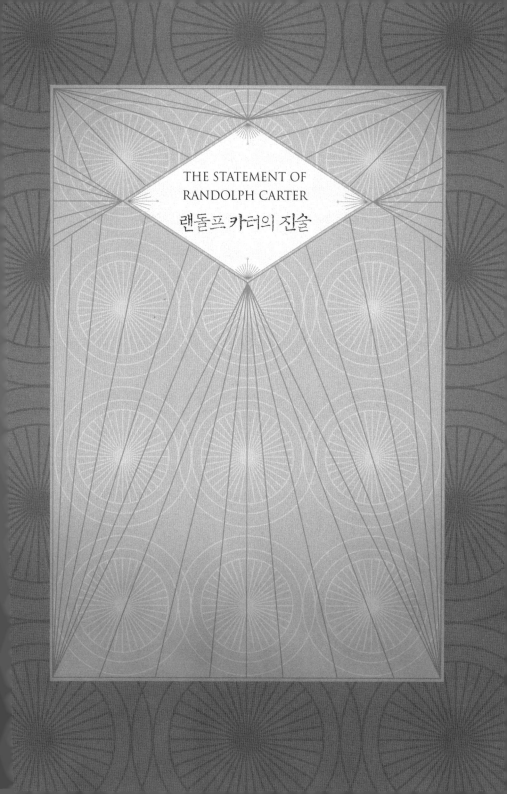

THE STATEMENT OF RANDOLPH CARTER

랜돌프 카터의 진술

작품 노트 | 랜돌프 카터의 진술 The Statement of Randolph Carter

1919년에 쓰여, 1920년《베이그런트 The Vagrant》에, 1925년《위어드 테일스》에 각각 실렸다.

이 작품은 러브크래프트의 환상 소설을 대변하는 '카터 연작'의 출발점이다. 러브크 래프트 문학에서 공포와 SF를 결합한 코시모시즘(cosmocism)이 한 축을 이룬다 면, 랜돌프 카터의 진술로 시작되는 일군의 연작 판타지가 또 다른 축을 형성한다. 랜 돌프 카터의 연작은 「형용할 수 없는 것 Unnameable」, 「실버 키The Silver Key」, 「실버 키의 관문을 지나서 Through the Gates of the Silver Key」, 「미지의 카다스 를 향한 몽환의 추적 The Dream Quest of Unknown Kadath」으로 이어진다.

랜돌프 카터가 할리 워런과 어느 무덤에 갔다가 벌어진 일을 경찰에 진술하는 구성을 취하고 있다. 이야기 자체는 판타지보다 공포에 가깝지만, 일련의 카터 연작에서 플 롯의 일부를 이룬다. 카터는 러브크래프트의 이상적 자아를 대변하는데, 랜돌프 카 터의 연작 외에도 「사나스에 찾아온 운명 The Doome that Came to Sarnath」, 「셀 레파이스 Celephais」, 「화이트 호 The White Ship」 등에도 언급된다. 랜돌프 카터 의 모험을 소재로 로버트 블록(Robert Bloch), 브라이언 럼리(Brian Lumley)를 비 롯한 많은 작가들이 작품을 선보이는 등, 랜돌프 카터라는 독특한 인물은 작가 자신 뿐 아니라 동료 및 후배 작가들에 의해 유명세를 탔다.

이 작품은 「형용할 수 없는 것 Unnameable」(1988)을 영화화한 「공포의 집」의 속편 「공포의 집2: 랜돌프 카터의 진술 Unnameable II:The Statement of Randolph Carter」(1993)로 영화화되었다.

다시 말하지만, 여러분, 아무리 심문하셔도 소용없습니다. 여러분은 마음만 먹으면, 얼마든지 저를 이곳에 영원히 붙잡아 둘 수 있을 겁니다. 정의라고 하는 환영으로 보상받고자 하는 피해자가 있다면, 저를 가두거나 처형해도 좋습니다. 그러나 저는 이미 말한 것 이상은 모릅니다. 제가 기억하는 것은 모두 솔직하게 말했으니까요. 왜곡하거나 숨긴 것은 전혀 없으며, 혹시 애매한 부분이 있다면, 그것은 단지 저의 정신을 휩싸고 있는 먹구름 때문입니다. 그 먹구름과 모호한 공포가 지금 저를 짓누르고 있습니다.

똑같은 말이지만, 저는 할리 워런이 어떻게 됐는지 모릅니다. 물론 그가 평화롭게 생을 마쳤을 거라고 짐작하고, 그랬기를 바라지만, 과연 그런 축복이 남아 있을지 의문이군요. 지난 5년 동안 그와 절친한 친구로 지냈으며, 미지의 대상을 쫓는 끔찍한 연구를 부분적으로나마 함께 했다는 것은 사실입니다. 기억이 희미하지만, 여러분이 내세운 목격자의 말대로 우리 두 사람은 그 끔찍한 밤 11시 30분 무렵 게인스빌 파이크를 지나 빅 사이프레스 늪지 쪽으로 걸어가기는 했습니다. 각자 손전등과 삽, 전선 다발과 장비를 들고 있었다는 말도 부인하지는 않겠습니다. 왜냐하면, 그런 물건들이 지금은 혼란스러울 뿐인 기억에서도 가장 끔찍한 장면을 연출하는데 사용됐기 때문입니다. 그러나 그 다음에 일어난 일이나 다음 날 아침 제가 홀로 늪지대에서 의식불명의 상태로 발견된 이유에 대해서는 수도 없이 말한 것 외에 달리 알고 있는 내용이 없습니다. 여러분은 그런 끔찍한 일이 벌어졌다고 할 만한 어떤 증거도 늪지와 그 인근에서 발견되지 않았다고 말했습니다. 저 역시 두 눈으로 본 것 외에는 아무것도 모른다고 말할 뿐입니다. 환영이나 악몽이었을지 모르지만 (그랬기를 저도 간절히 바랍니다만) 우리가 사람들의 시선에서 사라진 뒤 그 오싹한 시간 동안 일어난 사건은 제 기억에는 그것뿐입니다. 때문에 할리 워런이 왜 돌아오지 않았는지에 대해, 그 친구 혹은 그 그림자(아니면 설명할 수 없는 이름 모를 존재)에 대해서 모르는 것이 당연합니다.

전에도 말했듯이, 저는 할리 워런의 괴팍한 연구에 대해 잘 알고 있었고, 상당 부분은 그와 함께했습니다. 그는 금기의 주제를 다룬 기묘하고 희귀한 책들을 많이 수집해 놓았는데, 그 중에서 제가 아는 언어로 쓰인 책들은 모두 읽었습니다. 그러나 제가 이해하지 못하는 언어로 쓰여 읽지 못한 책들이 훨씬 많았습니다. 제 생각에는 그 대부분이 아랍어로 쓰인 것 같더군요. 그리고 마지막으로 접한 그 끔찍한 책(워런이 호주머니에 넣어 세상 밖으로 가져온)은 제가 생전 처음 보는 언어로 쓰여 있었습니다. 워런은 책의 내용에 대해 제게 알려준 적이 없습니다. 우리가 몰두하던 연구에 대해 제가 완전히 알고 있는 게 아니라고 다시 말해야 합니까? 다 알지 못한 것이 천만다행인 것 같습니다. 적극적인 관심이 있어서가 아니라 내키지 않는 매혹에 끌려 그와 연구를 함께한 것이니까요. 워런은 언제나 저를 압도했기에, 종종 그 친구가 두려울 때가 있었습니다. 그 끔찍한 일이 벌어지기 전날 밤, 그가 쉴 새 없이 자신의 이론을 얘기할 때 제가 얼마나 몸서리를 쳤는지 기억납니다. 그는 시체 중에서 일부가 전혀 부패하지 않고 천 년 동안이나 무덤 속에 온전히 남아 있는 이유를 설명했습니다. 그러나 지금은 그가 두렵지 않습니다. 지금 생각해 보니, 그는 저보다 훨씬 더 공포에 떨었던 것 같거든요. 지금은 그가 더 걱정됩니다.

똑같은 말이지만, 그날 밤 우리가 무슨 생각을 하고 있었는지 제대로 기억나지 않습니다. 아마, 워런이 갖고 있는 책과 관련이 컸을 테지만 (그 해독할 수 없는 고서(古書)는 한 달 전에 그가 인도에서 가져온 겁니다.) 맹세컨대, 우리가 앞으로 무엇을 발견하게 될지는 꿈에도 몰랐습니다. 우리가 11시 30분 무렵 게인스빌 파이크에서 빅 사이프러스 늪지 쪽으로 향하는 모습을 본 목격자의 말도 있었습니다. 목격자의 말이 사실이라고 생각하지만, 정말 그랬는지는 또렷하지 않습니다. 제 머릿속에는 딱 한 가지 장면만 남아 있는데, 안개 자욱한 하늘에 초승달이 떠 있었던 것으로 봐서 자정이 지난 시간이었습니다.

그 곳은 아주 오래된 묘지로, 오랜 세월을 말해 주는 온갖 흔적 때문에 간담이 서늘했을 정도입니다. 묘지는 움푹 들어간 곳에 있었으며, 수풀과 이끼, 으스스한 잡초가 무성할 뿐 아니라 이상야릇한 악취가 가득해서 돌이 썩고 있는 것은 아닐까 엉뚱한 생각마저 들었습니다. 어디를 봐도 버려지고 낡은 흔적뿐이어서 수백 년 동안의 숨 막히는 침묵을 깬 사람이 워런과 제가 처음이었을지 모른다는 생각에 사로잡혔습니다. 계곡 너머 기울어 가는 초승달은 비밀의 지하 묘지에서 뿜어진 듯한 기분 나쁜 안개 사이로 슬며시 빛을 던졌고, 그 희미한 달빛 아래서도 섬뜩하게 늘어선 석판과 묘비, 능의 모습이 드러났습니다. 모든 것이 부서진 상태로 이끼에 덮이고 습기를 머금은 채, 불길한 수풀에 가려져 있었습니다.

그 오싹한 폐허의 묘지에서 처음으로 느낀 생생한 인상은 반쯤 무너진 지하 묘지 앞에서 워런이 갑자기 멈춰서 우리가 가져온 물건들을 내려놓았다는 겁니다. 지금은 좀 더 또렷하게 떠오르는데, 저는 손전등과 삽 두 개를, 워런은 저와 비슷한 손전등과 무전기를 갖고 있었나 봅니다. 장소도 그렇거니와 우리가 해야 할 일을 잘 알고 있었기에 일절 말을 주고받지는 않았습니다. 우리는 지체 없이 삽을 들고 수풀과 이끼를 헤치며 평평한 무덤을 파기 시작했습니다. 세 개의 거대한 화강암 석판으로 이루어진 무덤 표면이 전부 드러나자, 우리는 뒤쪽으로 물러나 납골당의 구조를 이모저모 살펴보았습니다. 워런은 마음속으로 분주하게 측량을 하는 것 같았습니다. 그는 곧바로 삽을 지렛대 삼아서 석판 하나를 들어 올렸습니다. 그 석판은 예전에 묘비였던 것으로 보이는 부서진 돌에서 가장 가까이 있는 것이었습니다. 하지만 좀처럼 석판이 들리지 않자, 저한테 도와 달라는 시늉을 하더군요. 둘이 힘을 합친 결과 마침내 석판이 흔들리더니 한쪽 끝이 들렸습니다.

석판을 제거하자 시커먼 구멍이 나타났지만, 그 속에서 돌연 독가스 같은 역겨운 기운이 확 끼치는 바람에 우리는 깜짝 놀라 뒤로 물러났습니다. 그러나 잠시 후 다시 구멍 쪽으로 다가갔을 때는 독한 기운이 훨씬 누그러져 있더군요. 돌계단 맨 위에 손전등을 비추자, 계단 안쪽의 흙에서 기분 나쁜 물기가 스며 나왔고, 질산칼륨으로 뒤덮인 축축한 벽이 에워싸고 있었습니다. 제가 기억하는 말소리가 처음으로 들려온 게 그때였습니다. 워런 특유의 나긋나긋한 목소리는 그 소름 끼치는 환경에도 전혀 흔들림이 없었습니다.

"미안하지만, 자네는 위에 남아 있어야겠는걸. 자네처럼 신경이 약한 사람을 끌고 이 밑으로 들어가는 것도 범죄 행위가 될 테니까. 지금까지 네가 책을 많이 읽고 내 이야기를 듣긴 했지만, 그 정도로는 밑에 무엇이 있을지 상상조차 하지 못할 거야. 카터, 아주 무시무시한 작품이 이 안에 있어. 제아무리 고래 심줄을 지닌 사람이라도 제정신으로 그것을 바라보진 못할 거야. 자네를 다치게 하고 싶지 않아. 물론 자네와 함께 들어간다면 그처럼 기쁜 일도 없겠지만, 나는 책임을 져야 할 입장이거든. 혹시 죽거나 미칠지도 모르는 상황에서 자네처럼 여린 사람을 끌고 들어갈 수는 없어. 그것이 무엇인지, 자네는 정말 상상도 못할 거라고! 하지만 매 순간 무전기로 자네한테 알려줄게. 이걸 봐, 땅속 한복판까지 들어갔다가 올 정도로 전선을 충분히 가져왔잖아!"

저는 지금도 그 냉정하고 침착한 목소리를 생생히 기억합니다. 그리고 제가 워런에게 항변했던 기억도 또렷합니다. 친구를 혼자 무덤 속으로 들여보내는 것이 몹시 걱정스러웠지만, 그를 설득시키지는 못했습니다. 제가 자꾸 함께 가겠다고 고집한다면 그냥 돌아가 버리겠다고 으름장을 놓더군요. 그 말을 듣고 저도 어쩔 수 없었던 것이 사실 비밀을 푸는 열쇠는 그 친구 혼자만 알고 있었으니까요. 우리가 무엇을 찾고 있었는지 기억이 없지만, 지금 기억할 수 있는 것은 다 말했습니다. 제가 할 수 없이 그의 말에 따르겠다고 하자, 워런은 전선 다발과 무전기를 집어 들었습니다. 저는 전선의 한쪽 끝을 건네받고, 무덤 입구의 낡고 부서진 묘비 위에 털썩 주저앉았습니다. 워런은 제게 악수를 청한 뒤, 전선 다발을 어깨에 짊어지고 그 끔찍한 무덤 속으로 홀연히 사라져 버렸습니다.

1분가량, 워런의 손전등 불빛이 보이고 풀어놓는 전선의 부스럭거림이 들려 왔습니다. 그러나 계단이 갑자기 꺾어졌는지 불빛이 순식간에 사라졌고, 전선 소리도 들려오지 않았습니다. 저는 야윈 초승달의 희미한 달빛 아래 홀로 남아 전선 하나에 의지한 채 미지의 지하 세계와 연결된 상태였습니다.

저는 계속해서 손전등으로 시계를 살피며 무전기에 무슨 소리라도 들려오는지 바짝 신경이 곤두서 있었습니다. 그러나 15분이 흘렀을 때까지 아무 소리도 들려오지 않았습니다. 어느 순간 찰칵하는 소리가 들려오자, 저는 무전기에 대고 애타게 친구의 이름을 불렀습니다. 줄곧 걱정하고 있었지만, 막상 오싹한 무덤 속에서 들려오는 친구의 목소리가 그처럼 불안에 떨 줄은 미처 몰랐으니까요. 조금 전만 해도 냉정하리만큼 침착하게 저를 혼자 남겨두고 떠난 친구가 이제 날카로운 비명보다 더 불길하게 떨리는 속삭임을 전하고 있었지요.

"세상에! 자네도 이걸 봤어야 하는데!"

저는 아무런 대답도 하지 못했습니다. 말없이 귀를 기울일 수밖에 없었습니다. 곧바로 몹시 흥분한 음성이 다시 들려왔습니다.

"카터, 정말 소름 끼쳐. 믿을 수가 없어!"

그쯤에서 저도 흥분한 목소리로 무슨 일이냐고 다그쳐 물었습니다. 겁에 질려서 저는 계속해서 소리쳤습니다.

"워런, 무슨 일이야? 무슨 일이냐니까?"

다시 한차례 두려움에 짓눌린 친구의 목소리가 들려왔는데, 이번에는 절망까지 느껴졌습니다.

"카터, 말할 수가 없어! 상상할 수도 없는 일이야. 도저히 자네한테 말해 줄 엄두가 나지 않아. 살아 있는 인간 중에서 이것을 본 사람은 아무도 없을 거야. 아, 이럴 수가! 정말 꿈에도 생각지 못한 일이야!"

워런은 다시 침묵에 잠겼고, 저만 황급히 두서없는 질문을 하고 있었습니다. 얼마 후, 경악한 친구의 목소리가 들려 왔습니다.

"카터! 제발 부탁이니, 석판을 다시 덮고 가능한 한 빨리 여기서 도망쳐! 빨리! 장비는 놔두고 어서 이곳에서 벗어나란 말이야! 마지막 기회야! 이유는 묻지 말고, 어서!"

하지만 저는 미친 듯이 무전기에 대고 물었습니다. 주변에는 무덤과 암흑과 어둠의 그림자가 전부였고, 발밑에는 인간의 상상력을 초월하는 모종의 위험이 도사리고 있는 셈이었지요. 그러나 친구가 더 큰 위험에 빠져 있었기에, 저는 두려움 속에서도 친구를 버리고 혼자만 위험에서 벗어나라고 다그치는 워런에게 어렴풋한 분노가 느껴졌습니다. 찰칵하는 소리가 들리더니 곧바로 워런의 가엾은 울부짖음이 전해졌습니다.

"도망쳐! 제발, 석판을 덮고 도망쳐, 카터!"

겁에 질려 아이처럼 울부짖는 친구의 목소리를 듣는 순간, 정신이 번쩍 들더군요. 저는 마음을 다잡고 단호하게 소리쳤습니다.

"워런, 조금만 기다려! 내가 내려갈 테니까!"

하지만 내 말을 들은 워런은 극도의 절망과 함께 고함쳤습니다.

"안 돼! 자네는 이해할 수 없어! 너무 늦었어. 다 내 잘못이야. 석판을 다시 덮고 도망치라니까. 자네도, 그 누구도 나를 도와줄 수 없단 말이야!"

워런의 목소리는 다시 바뀌었는데, 이번에는 완전히 체념한 사람처럼 맥 빠진 음성이었습니다. 그런 와중에서도 저를 걱정하는 절박한 심정은 여전했습니다.

"어서, 더 늦기 전에!"

저는 워런의 말을 떨쳐 버리고, 꼼짝할 수 없는 마비 상태에서 깨어나 친구를 돕겠다는 약속대로 무덤 속으로 뛰어들고자 애썼습니다. 그러나 계속되는 친구의 속삭임에서 저는 여전히 공포의 사슬에 묶여 꼼짝도 못하는 저 자신을 발견해야 했습니다.

"카터, 빨리! 소용없는 일이야. 나 하나면 족하단 말이야! 석판을 다시 덮고……"

갑작스러운 침묵에 이은 찰칵 소리, 그리고 워런의 희미한 목소리가 들렸습니다.

"이제 곧 끝장이 날 거야. 일을 더 어렵게 만들지 말란 말이야. 그 빌어먹을 계단을 막아버리고 죽어라 도망쳐. 시간이 없어. 자, 이제 작별을 해야겠어. 카터, 다신 못 보겠지."

그때 워런의 속삭임이 갑자기 비명으로 바뀌었습니다. 그리고 비명 소리는 점점 오랜 세월의 공포에 짓눌린 쓰디쓴 절규로 변해 갔습니다.

"이 빌어먹을 괴물들아, 뒈져 버려라! 아, 이런 세상에! 도망쳐! 도망쳐! 도망쳐!"

침묵이 흘렀습니다. 저는 그 자리에 얼어붙은 채 얼마나 오랫동안 멍하니 앉아 있었는지 기억할 수 없습니다. 그저 무전기에 대고 속삭이다가 중얼거리고, 욕을 내뱉다가 악다구니를 썼을 뿐입니다. 그 뒤로도 한참 동안 저는 속삭이고 중얼거리다가 욕을 하며 고래고래 소리를 질렀습니다.

"워런! 워런! 대답해, 거기 있는 거야?"

그때 찾아온 공포의 절정, 그것은 도저히 믿을 수 없고, 상상할 수 없으며, 형용하기조차 힘든 일이었습니다. 앞서 말씀드렸듯이, 워런이 어서 도망치라고 절망적으로 외친 이후 얼마나 많은 시간이 흘렀는지조차 모르는 상황에서 무시무시한 침묵을 깨고 있는 것은 저 자신의 울부짖음뿐이었지요. 그런데 얼마쯤 지났을까, 무전기에서 찰칵 하는 소리가 들리기에, 저는 귀를 바짝 갖다 대고 소리를 들으려고 안간힘 썼습니다. 제가 다시 소리쳤습니다.

"워런, 거기 있는 거야?"

곧이어 대답이 들려왔지만, 그 부분은 기억에 가물가물합니다. 여러분, 저는 애써 그 목소리의 정체를 설명할 생각이 없으며, 자세히 입에 올릴 엄두도 나지 않습니다. 목소리가 들리는 순간, 이미 저는 의식을 잃고 다음날 병원에서 깨어날 때까지 머리가 휑하니 비어 있었으니까요. 그 목소리가 굵은 저음이었다고, 공허하고 끈적끈적했다고, 이 세상의 것이 아니고 인간의 것이 아니었다고 말하면 될까요? 육체에서 분리된 목소리라고 해야 할까요? 아니면 뭐라고 말할 수 있을까요? 그것으로 저의 기억도, 사건의 내막도 끝입니다. 저는 그저 얼어붙은 상태로 으슥한 묘지 한가운데 앉아서, 부서진 비석과 붕괴한 무덤, 무성한 수풀과 사악한 안개 한복판에서 그 소리를 들었을 뿐입니다. 저주받은 달빛 아래 실체 없는 죽음의 그림자가 춤추는 모습을 지켜보면서 저는 열린 무덤 깊은 곳에서 솟구치는 그 목소리를 들었습니다.

제가 들은 목소리는 이랬습니다.

"멍청한 놈 같으니, 워런은 이미 죽었어!"

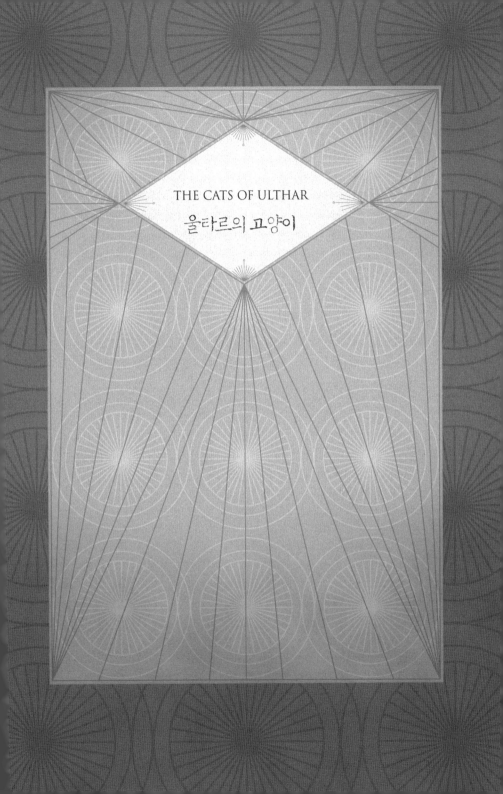

THE CATS OF ULTHAR

울타르의 고양이

작품 노트 | 울타르의 고양이 The Cats of Ulthar

1920년에 쓰여, 같은 해 11월 《트라이아웃Tryout》에 발표됐다.

이 작품은 로드 던새니(Lord Dunsany) 경의 영향을 받으면서 1년 전(1919년)에 집필한 「화이트 호 The White Ship」와 「사나스에 찾아온 운명 The Doom That Came to Sarnath」에 이어지는 판타지 계열의 소설이다. 소품이라고 보일 만큼 분량이 짧고 아기자기한 느낌이 들지만, 실제로는 이국적인 요소와 함께 공포를 담고 있다. 러브크래프트의 환상 소설뿐 아니라 전반적으로 작가의 작품을 처음 접하는 독자에게 추천할 만한 소설이다. 실제로 이 소설을 읽고 러브크래프트의 판타지에 관심을 갖고 애독자가 됐다는 사람들도 적지 않다.

'울타르의 고양이'는 그 자체로 러브크래프트의 드림랜드에서 중요한 캐릭터이며, 특히 「미지의 카다스를 향한 몽환의 추적」에서 랜돌프 카터를 돕는 역할을 한다.

스카이 강 너머 '울타르'라는 곳에서는 사람이 고양이를 죽일 수 없다는 말이 있다. 나는 모닥불 앞에서 나지막이 말하던 그를 응시하며 그 말을 의심하지 않았다. 고양이는 신비한 동물이며 인간이 알지 못하는 기이한 것들과 관련이 있기 때문이다. 고대 아이기프토스[21]의 영혼이자, 메로에[22]와 오빌[23]에 얽힌 전설을 간직해 온 동물이기도 했다. 밀림의 제왕과 먼 친척이며, 장엄하고 불길한 아프리카의 비밀을 알고 있다. 그뿐인가! 스핑크스 역시 고양이의 친척이며, 고양이의 말을 사용했다. 그러나 고양이가 스핑크스보다 오랜 역사를 지니고 있으며, 스핑크스가 모르는 사실까지 기억하고 있다.

울타르에서 고양이 살육을 금지하기 전, 이웃의 고양이들을 잡아 죽이는데 희열을 느끼는 한 늙은 농부와 아내가 살았다. 그들 부부가 왜 그런 짓을 했는지는 알 수 없다. 다만 많은 사람이 한밤에 들려오는 고양이의 울음소리를 싫어했으며, 황혼녘 마당과 밭에서 고양이가 은밀하게 달려가는 모습을 불길한 징조라고 여긴 것으로 전해진다. 그러나 정확한 내막이야 어찌 됐든, 그 늙은 농부와 아내는 그들의 오두막집

가까이 다가오는 고양이를 모두 잡아 죽였다. 마을 사람들은 어둠 속에서 들려오는 소리를 듣고 그들 부부가 아주 독특한 방법으로 고양이를 죽이나 보다 상상하곤 했다.

그러나 마을 사람들은 농부 부부와 그런 일에 대해서는 일절 말을 하지 않았다. 무엇보다 노부부의 표정이 늘 섬뜩했고, 그들의 작고 음산한 농가가 숨겨져 있는 곳이 버려진 땅 뒤편의 무성한 참나무 숲 속이었기 때문이다. 사실 고양이를 기르고 있는 사람들의 상당수가 그들을 저어하고 두려워했다. 그래서 그들의 야만적인 살육을 꾸짖고 바로잡기보다는 애완 고양이가 그 음침한 나무숲 가까이 가지 않도록 조심하는 것이 고작이었다. 행여 나무숲 인근에서 고양이를 잃어버리고 한밤에 고약한 소리를 듣게 된다면, 무기력한 슬픔과 불안에 빠져 자신의 고양이는 아닐 거라고 스스로 위로하였다. 울타르의 주민들은 매우 단순한 사람들이어서 고양이가 맨 처음 어떻게 그 마을에 살게 되었는지 알지 못했다.

어느 날, 남쪽에서 온 낯선 카라반(隊商)들이 울타르의 비좁은 자갈길에 모습을 드러냈다. 그들은 흑인 방랑자들이었고, 일 년에 두 번 그 마을을 지나던 다른 유목민들과는 많이 달랐다. 그들은 시장에서 은광 얘기를 하며 화려한 구슬을 사 갔다. 그들이 어디서 왔는지 아무도 몰랐지만, 이상한 예배 의식과 마차 옆에 그려놓은 해괴한 그림들이 눈에 띄었다. 그림에는 사람의 몸에 고양이와 매, 숫양, 사자의 머리를 합쳐 놓은 듯한 것들이 나타나 있었다. 그리고 그들의 우두머리로 보이는 사람은 두 개의 뿔이 달린 두건을 쓰고 있었는데, 뿔 사이로 묘하게 생긴 원반이 보였다.

그 흑인 카라반 사이에 꼬마 아이가 있었다. 그 아이는 검은 고양이 새끼를 무척이나 예뻐했다. 역병 때문에 부모님을 여읜 슬픔을 고양이 새끼로 달래는 것 같았다. 소년은 아주 어렸을 때부터 그 검은 고양이의 재롱에 많은 위로를 받았다. 그래서 흑인들 사이에서 메네스라고 불렸던 소년은 기이하게 색칠한 마차 앞에서 고양이와 함께라면 마냥 즐거워하곤 하였다.

흑인 카라반들이 울타르에 머문 지 나흘째 아침, 메네스는 고양이가 사라진 것을 발견했다. 메네스가 시장에서 엉엉 소리 내서 울고 있자, 몇몇 마을 사람들이 다가와 늙은 노부부 얘기와 한밤에 들려왔다는 소리에 대해 말해 주었다. 메네스는 그 말을 듣고 나자 울음을 그치고 골똘한 생각에 잠기더니 이내 기도를 올리는 것이었다. 태양을 향해 두 팔을 쭉 펼치고 마을 사람들이 알아들을 수 없는 말을 중얼거렸다. 주변에 모여든 사람들은 하늘가에 기묘한 형태를 띠고 있는 구름에 정신이 팔려 소년이 무슨 말로 기도를 하는지 굳이 알려고 들지 않았다. 무엇보다 소년의 간청에 화답하듯 창공에 떠도는 어렴풋한 형체가 사람들에게 깊은 인상을 심어 주었다. 뿔에 원반이 달린 왕관을 쓴 그것은 여러 가지 모습이 혼합된 형체였다. 그 형체를 보고 있자니, 상상력이 꼬리에 꼬리를 물어 별의별 환영이 떠다니는 것 같았다.

그 날 밤, 카라반들은 울타르를 떠났고, 다시는 그 곳을 찾지 않았다. 그들이 떠난 직후, 마을에 한바탕 소란이 일었다. 마을의 고양이가 전부 사라져 버린 것이었다. 크기와 색깔과 무늬에 상관없이 집집이 기르던 고양이들은 감쪽같이 자취를 감추었다. 크라논 시장은 그 흑인 무리가 메네스의 고양이를 죽인 보복으로 마을의 고양이를 전부 가져갔다고 단언했다. 그러나 공중 업무를 맡고 있던 깡마른 체구의 니스는 지금까지 고양이에게 악랄한 증오와 야만적인 행동을 일삼은 점으로 볼 때 늙은 노부부가 범인일 가능성이 더 크다고 주장했다.

곧이어 여인숙 집 아들, 아탈[24]이 전날 저녁 무렵 울타르의 고양이들이 그 저주받은 나무숲에 몰려들어 짐승들만의 기이한 의식을 치르듯 음침하고 느릿느릿 오두막 주위를 맴돌았다고 말했다. 그렇지만 누구도 그 노인 부부를 탓할 엄두를 내지 못했다. 게다가 꼬마 아이의 말을 어디까지 믿어야 할지도 모를 일이었다. 설령 그 사악한 노인들이 고양이에게 죽음의 주술을 걸었다고 해도, 직접 그 오두막을 찾아가기보다는 그들이 그 음침한 숲가에서 나올 때를 기다리는 편이 바람직하다는 의견이 우세했다.

그렇게 울타르의 주민들은 맥 빠진 분노를 곱씹으며 잠자리에 들었다. 그런데 사람들은 새벽녘에 마주친 놀라운 광경에 넋을 잃었다. 모든 고양이가 예전 그대로 돌아와 있었던 것이다! 크기와 색깔과 무늬에 상관없이 사라졌던 고양이들이 모두 돌아왔다. 한결같이 살이 토실토실해져 윤기가 흐르고, 만족스러운 듯 울음소리도 아주 낭랑했다.

마을 사람들은 간밤에 벌어진 사건에 관해 얘기를 하느라 여념이 없었다. 크라논 시장은 보란 듯이 그 흑인 무리가 고양이를 가져갔던 것이 틀림없다는 주장을 다시 폈다. 그 끔찍한 노부부에게 잡혀갔다면 고양이들이 살아 돌아오지는 못했을 거라고 하였다. 의견이 분분했지만, 마을 사람들도 한 가지 사실에 대해서는 수긍을 하는 눈치였다. 즉 다시 돌아온 고양이들이 평소에 먹었던 고기와 물, 우유를 거들떠보지도 않는다는 사실이었다. 이틀 내내 울타르의 고양이들은 나른해진 모습으로 음식엔 입도 대지 않고 그저 난롯가나 햇빛 아래서 잠만 잘 뿐이었다.

마을 사람들이 숲가 오두막 창가에 해가 떨어진 후에도 불빛이 새어

56

나오지 않음을 발견한 것은 그 후로 꼭 일주일이 지난 뒤였다. 말라깽이 니스는 고양이가 사라졌던 밤 이후 그 노부부의 모습을 보지 못했다고 말했다.

다음 주, 크라논은 두려움을 억누르고 시장의 임무를 다하기 위해 적막에 휩싸인 노부부의 오두막을 찾아갔다. 시장은 대장장이 샹과 석공 투울을 증인 삼아 함께 데려갔다. 그들이 삐거덕거리는 문을 열고 들어선 후 발견한 것은 이러했다. 아주 말끔하게 발라진 사람 해골이 바닥에 뒹굴었고, 어두운 구석마다 이상하게 생긴 딱정벌레들이 우글거리고 있었다.

시장의 말에 이어 여러 가지 의견들이 쏟아졌다. 검시관 제이스는 니스와 논쟁을 벌였고, 크라논 시장과 샹, 투울은 사람들의 끝없는 질문 공세에 시달려야 했다. 여인숙 아들 아탈도 예리한 질문을 내놓고 상으로 사탕과자를 손에 넣었다. 마을 사람들은 노부부와 흑인 카라반, 꼬마 메네스와 그의 검은 고양이, 메네스의 기도와 하늘에 나타난 기이한 현상, 카라반이 떠난 날 밤 사라진 마을 고양이, 저주받은 오두막에 남겨져 있는 해골과 딱정벌레에 대해 쉬지 않고 말을 주고받았다.

결국 크라논 시장은 울타르에 왕래하는 하세그[25]의 상인들과 니르의 여행자들에게 회자되고 있는 특별법을 선포하기에 이른다. 이름하여, 울타르에서는 고양이를 죽일 수 없다는 법이었다.

....

21) 아이기프토스(Aigyptos): 그리스신화의 인물로 다나오스(Danaos)의 쌍둥이 형이다. 아이기프토스는 아들만 50명, 다나오스는 딸만 50명이었다. 다나오스의 딸과 결혼한 아들 중 한 명만 빼고 첫날 만에 모두 죽자, 슬픔 때문에 왕위에서 물러난다.

22) 메로에 (Meroe): 수단 북부 나일 강 동부의 유적.

23) 오빌(Ophir): 구약성서의 지명. 홍해의 아라비아 연안, 현재의 예멘 지역으로 추정되지만 정확하지 않다.

24) 이 작품에 등장하는 꼬마 아탈(Atal)은 「또 다른 신들 The Other Gods」(1921)에서 현자 바자이(Barzai)와 함께 하세그-클라 산에 올라 지상의 신들을 직접 목격하고, 나중에 랜돌프 카터가 조언을 구하는(미지의 카다스를 향한 몽환의 추적) 인물로 이어진다.

25) 하세그(Hatheg): 드림랜드의 가상공간으로, 이후 「또 다른 신들 The Other Gods」(1921)과 「미지의 카다스를 향한 몽환의 추적」에 나온다. 울타르 인근의 마을로 하세그-클라(Hatheg-Kla)라는 금기의 산이 있다.

HYPNOS

히프노스

작품 노트 | 히프노스 Hypnos

1922년에 쓰여, 1923년 《내셔널 아마추어 National Amateur》에 실렸다.
히프노스가 그리스 신화에 등장하는 '잠의 신'이듯, 이 소설은 러브크래프트 자신의
꿈을 작품화 한 것이다. 화자는 어느 날 플랫폼에 쓰러져 있는 한 사내를 만나 그를
정신적 스승으로 받아들이면서 금지된 예술과 꿈의 세계를 찾아 여정을 시작한다. 초
기 소설인 「무덤 The Tomb」(1917)과 비슷한 구성을 취하고 있지만, 주제 면에서
보다 깊이가 있다. 여행의 세부적인 과정을 생략한 반면, 결말 부분에 남는 의문이 흥
미롭다. 즉, 화자의 친구이자 정신적 스승은 화자 자신이 만들어 낸 가상의 인물인지,
아니면 실제 히프노스가 화자의 기억을 지워버린 것인지 러브크래프트는 독자에게
답을 구하고 있다.

소설에 등장하는 천체(왕관자리)는 「북극성」에서처럼 러브크래프트 자신이 천문학
에 관심과 지식이 많았다는 사실이 소재로 사용된 예이다. 그는 실제로 프로비던스
지역 신문에 수년간 천문학 관련 에세이를 쓰기도 했는데, 아마추어 천문학자로서의
지식이 다른 작품에도 일정 부분 영향을 미쳤다.

밤마다 겪는 불길한 모험인 수면, 대담하게도 사람들은 매일 잠든다. 이런 대담성은 우리가 잠의 위험에 무지하기 때문이 아니라면 결코 설명될 수 없을 것이다.[26]

— 보들레르

부득이하다면 신의 자비를, 의지력이나 인간이 발명한 교활한 약물에도 의지할 수 없는 시간을 지켜 주시기를, 그래서 잠의 수렁에 빠져들지 않기를 나는 소망한다. 되돌아올 것이 없으니, 죽음이 바로 축복이겠지만, 가장 어두운 밤의 침실에서 수척한 모습으로 돌아온 사람에게 휴식은 두 번 다시 찾아오지 않는 법이다. 아무도 탐한 적이 없는 비밀을 불온한 열정으로 파헤치려 했으니, 나는 참으로 어리석은 인간이다. 나의 유일한 친구이자, 나를 이끌고 나보다 앞서, 결국에는 여전히 내가 고통받고 있는 이 공포 속으로 사라진 그 사람 역시 어리석은 자 아니면 신일지 모른다.

우리는 기차역에서 만났다. 당시에 그는 군중의 야비한 호기심에 둘러싸여 있었다. 그는 발작을 일으켰는지 의식이 없었고, 약간 까무잡잡한 피부가 이상할 정도로 굳어 있었다. 언뜻 보기에 마흔 살 정도, 얼굴에 주름이 깊게 지고, 야윈 두 뺨이 움푹 들어간 모습이었지만, 갸름한 얼굴의 윤곽만큼은 매우 아름다운 사내였다. 숱이 많은 곱슬머리는 희끗희끗했고, 얼굴을 뒤덮은 수염은 원래 새카만 색이었으리라. 펜텔리쿠스의 대리석[27]처럼 희고, 반듯한 이마에서 고귀함이 느껴졌다.

나는 열정적인 조각가처럼 내심, 그 사내가 고대 그리스의 신전에서 나와 생명을 얻었지만 답답한 현대에 적응하지 못하고 덧없는 세월의 무게와 냉혹함을 반추할 뿐인 파우누스[28] 조각상이라고 생각했다. 그리고 움푹 들어간 커다랗고 새카만 그의 눈동자가 광채를 번뜩이며 열리는 순간, 그가 나의 유일한 친구(그때까지 단 한 명의 친구도 없었던 내게)가 될 것을 알았다. 그 눈빛에서 보통 사람의 의식과 현실을 초월한 왕국의 숭고함과 공포를 보았기 때문이다. 내가 늘 상상해 왔지만, 헛된 망상이라고 여겼던 왕국 말이다. 그래서 내가 군중을 헤치고 그에게 다가가 나와 함께 집으로 가자고, 심오한 비밀을 푸는 스승이자 길잡이가 되어 달라고 말하자, 그는 묵묵히 고개를 끄덕였다. 얼마 후 나는 비올[29]의 선율을 떠올리게 하고 수정처럼 맑은 그의 목소리를 들을 수 있었다. 나는 종종 밤에 그와 함께 산책을 나갔으며, 낮에는 그의 흉상을 조각하고, 상아에다 그의 독특한 표정을 새겼다.

인간이 상상하는 것과는 거의 관련이 없기에, 우리가 함께 연구한 내용을 설명하기는 불가능하다. 그것은 물질과 시공의 깊숙한 곳에 놓여 있는 의식과 어렴풋한 실체로 이루어진 세계에 관한 연구로서, 매우 광대하고 섬뜩한 것이었다. 그 세계에 사는 존재들에 대해 우리는 그저 꿈의 형태로만 추측할 뿐이며, 그 꿈 역시 보통 사람에게는 찾아오지 않는 꿈 이상의 진귀한 것이나, 상상력이 풍부한 사람들만이 일생에 한두 번은 경험할 만했다. 인간이 알고 있는 우주는 꿈에서나 등장하는 그런 세계에서 탄생했고, 그 과정 또한 장난삼아 만든 거품처럼 우연에 불과하기에 창조자가 또 다시 변덕을 부려 허락하지 않는 한은 그 근원에 접근하기가 불가능하다. 학식 있는 사람들도 대부분 그 같은 사실을 무시하거나 하찮게 여긴다. 현자들이 줄곧 인간의 꿈을 해석해 왔지만, 정작 신들은 비웃을 뿐이었다. 동양의 눈을 지닌 사람이 유일하게 모든 시공이 서로 밀접한 관련을 맺고 있다고 말했지만, 사람들은 웃고 지나쳤을 뿐이다. 그러나 동양의 눈을 지닌 사람도 추측 이상은 하지 못했다. 나는 단순한 추측 이상의 것을 원했고, 똑같이 노력해 온 나의 친구는 어느 정도 결실을 보고 있었다. 그래서 함께 뜻을 모은 우리는 고색창연한 켄트[30]의 장원에 있는 탑실에서 독특한 약물을 사용하여 섬뜩한 금기의 꿈에 몰입하였다.

그날 이후에 겪어야 했던 고통은 차마 말로 할 수 없다. 그 불경한 탐험의 시간 동안 내가 보고 깨달은 것을 도저히 입에 올릴 수 없다. 어떤 언어로도 그 상징이나 암시를 표현할 길이 없기 때문이다. 우리가 발견한 것은 처음부터 끝까지 감각에만 관련돼 있으며, 보통 사람의 신경체계로는 감당하기 어려운 인상들로 가득 차 있었다. 감각들 속에 상상을 초월한 시간과 공간의 본질이 놓여 있었고, 그 심연에서 마주친 존재들은 뚜렷한 실체를 지니고 있지 않았다. 인간의 언어로는 그저 곤두박질치고 솟구친다는 표현밖에는 할 수 없을 것이다. 그 깨달음의 과정에서 시종일관 우리의 정신은 현실적인 모든 것에서 급격히 분리된 후, 충격적이고 컴컴한 공포의 심연을 따라 날아갔기 때문이다. 이따금 끈적끈적하고 텁텁한 수증기 덩어리라고밖에는 표현할 수 없는 장벽을 통과하다가 찢기는 느낌이 들기도 했다.

그 음산한 정신의 비행을 하는 동안, 우리는 따로 떨어져 있기도 하고 함께 있기도 했다. 우리가 함께 있을 때, 내 친구는 항상 저 멀리 앞서 있었다. 내가 알고 있는 친구의 얼굴은 사라져 버린 상태였지만, 나는 그가 앞에 있다는 사실을 알 수 있었다. 꿈속에서 그는 생경하고도 기이하고 섬뜩하리만큼 아름다운 황금빛을 발산했다. 게다가 놀라우리만큼 젊어진 얼굴에서 눈빛이 이글거렸고, 올림퍼스의 신을 닮은 이마뿐 아니라, 칠흑 같은 머리칼과 수염이 자라있었다.

시간이 흐를수록, 시간 자체가 환영처럼 느껴져서 우리의 기억도 허상처럼 실체를 잃어갔다. 마침내 우리가 전혀 나이 들지 않았다는 놀라운 사실을 접한 것으로 봐서, 그저 아주 독특한 무엇인가가 관련돼 있었다고만 말할 수 있다. 우리의 대화는 신을 모독하는 내용이었으며, 섬뜩하리만큼 야심만만한 것이었다. 그 어떤 신이나 악마도 우리가 속삭임 속에서 깨달은 사실과 발견에 조금도 영향을 미치지 못했다. 그때의 일을 입에 올리려는 순간 전율이 느껴져서 차마 입 밖으로 낼 수가 없다. 그러나 내 친구는 한 번인가 감히 입에 올릴 수 없는 소망을 글로 쓴 일이 있는데, 나는 그 종이를 불태우고 두려움 속에서 창 밖의 빛나는 밤하늘을 바라보았다는 정도만 밝혀 두겠다. 그때 친구가 무슨 소망을 글로 적었는지, 넌지시 암시만 하자면, 그가 눈에 보이는 것 이상의 세계를 통치하고자 했다는 것이다. 그는 자신이 직접 지구와 별을 다스리고, 살아 있는 만물의 운명을 손에 넣고자 했다. 나는 맹세코 그런 극악한 꿈을 꾼 적이 없다. 내 생각과는 달리 그 친구가 무엇을 말하고 글로 적었든, 그것은 착각에 불과했다. 오직 한 사람만이 성취할 수 있는 모험, 그것을 감행할 정도로 나는 강인한 인물이 아니었기 때문이다.

어느 밤, 미지의 공간에서 바람이 불어와 우리 두 사람을 모든 사유와 존재 너머의 무한한 진공 속으로 밀어 넣은 일이 있다. 형언할 수 없는 광기의 깨달음이 한꺼번에 우리에게 쇄도했다. 그 순간만큼은 기쁨에 겨워 전율했을 정도로 무한한 깨달음이었지만, 지금은 기억에서 사라지거나 그렇지 않은 부분도 차마 다른 이에게 알릴 수 없는 내용이다. 주마등처럼 빠르게 스치는 기억 속에 우리를 가로막은 끈적끈적한 장벽들도 떠오른다. 나는 마침내 우리가 예상한 것보다 훨씬 멀리 떨어져 있는 왕국에 다시 태어나 있음을 알게 되었다.

순결한 대기로 둘러싸인 대양에 뛰어든 순간, 내 친구는 아주 멀리 앞서 있었다. 나는 공중에서 번뜩이는 너무도 앳된 그의 얼굴에서 불길한 환희의 표정을 볼 수 있었다. 친구의 얼굴이 희미해지더니 홀연히 사라져 버렸고, 곧바로 나는 어느 장벽에 부딪혀 통겨졌다. 그때까지 통과해 온 다른 장벽들과 다르지 않았지만, 그 두께가 상상을 초월했다. 끈적끈적하고 냉습한 덩어리, 이 표현 외에 비(非)물질의 영역에서 마주친 그 장벽을 달리 설명할 길이 없다.

내 친구이자 스승이 성공적으로 통과한 장벽에 나는 발목을 잡힌 셈이었다. 장벽을 뚫기 위해 다시 한 번 안간힘을 쓰다가, 나는 약에 취한 꿈에서 깨어나 탑실의 한쪽 구석 자리에서 눈을 떴다. 맞은편에서 내 친구는 여전히 의식을 잃고 몽환에 취해 창백하게 누워 있었다. 누르스름한 녹색 달빛 아래, 그 대리석 같은 모습은 너무도 수척하고 아름답게 보였다.

잠시 후, 친구의 몸이 들썩였다. 신이 연민을 베풀어, 그때 내 눈앞에서 펼쳐진 광경과 소리를 잊게 해 주시기를. 친구의 비명 소리와 공포에 사로잡힌 새카만 눈동자에 일순 떠올랐다가 사라진 지옥의 광경을 어찌 설명해야 할지. 나는 그때 의식을 잃었고, 다시 눈을 떴을 때는 친구가 내게서 공포와 음산한 생각을 쫓아내기 위해 정신없이 나를 흔들고 있었다.

꿈의 동굴을 향한 우리의 자발적인 탐험은 그렇게 끝이 났다. 장벽을 넘어 멀리까지 갔다가 공포와 충격과 불길한 생각에 사로잡힌 내 친구는 다시는 그 꿈의 왕국을 찾지 말라고 내게 경고했다. 그가 과연 장벽 너머에서 무엇을 보았는지는 말하지 않았다.

그러나 지혜로운 표정으로, 가능한 우리가 잠들지 말아야 한다고 말했다. 필요하다면 약물에 의지해서라도 깨어 있어야 한다고 말이다. 잠시 정신을 놓고 잠이 들 때마다, 나는 말 못할 공포를 경험했기에 친구의 말이 옳다고 생각했다.

그러나 최소한의 수면은 필요했고, 잠깐씩 잠을 자고 난 후에 나는 점점 나이 든 나 자신과 무섭도록 빠르게 늙어 버린 친구의 모습을 발견했다. 주름진 얼굴과 흰 머리칼을 두 눈으로 확인하는 것은 정말이지 끔찍했다. 우리의 생활 방식은 완전히 변하고 말았다. 그때까지만 해도 우리는 은둔에 가까운 생활을 했지만, 실명과 출생에 관한 이야기를 한 번도 한 적이 없는 내 친구는 점점 홀로 있는 시간에 광적인 두려움을 드러내기 시작했다. 특히 밤에는 죽어도 혼자 있으려고 하지 않았지만, 다른 사람들과 함께 있어도 위안을 얻지 못했다. 그는 떠들썩한 주흥과 도락에서 유일하게 위로를 찾을 수 있었다. 그래서 젊은이들의 쾌활한 모임 따위는 우리에게 낯설었다.

우리의 외모와 조로(早老) 현상은 당연히 다른 사람들의 입에 자주 오르내려서 몹시 언짢았다. 그러나 내 친구는 놀림감이 되는 것이 혼자 있는 것보다 낫다고 생각했다. 그는 특히 별들이 총총한 밤에 홀로 문

밖에 나가는 것을 두려워했는데, 피치 못할 상황에서는 그를 뒤쫓는 괴물이 하늘에 있기라도 한 듯 자꾸 머리 위를 힐끔거리는 것이었다. 하늘을 흘깃거릴 때도 항상 한 곳만 바라보는 것은 아니었다. 때에 따라 바라보는 지점도 달랐다. 예를 들어, 봄날 밤에는 북동쪽 낮은 곳을 바라보았다. 여름에는 머리 바로 위를 올려다보았다. 가을에는 북서쪽, 겨울에는 동쪽을 바라보았지만, 대부분 새벽 무렵 잠시 훑어보는 정도였다.

한겨울밤이 그나마 친구에게 가장 두려움이 적은 시간인 것 같았다. 2년이 흐른 후에야 나는 친구의 두려움을 구체적인 대상과 관련지을 수 있었지만, 당시에는 친구가 그토록 두려워하는 것이 계절에 따라 위치가 바뀌는 별자리라고 생각했다. 눈짐작으로 판단했을 때, 대략 북쪽 왕관자리[31] 같았다.

우리는 나중에 런던으로 거처를 옮겼다. 둘이 떨어져 있는 경우는 없었지만, 불가해한 세계의 비밀을 파헤치고자 했던 예전의 일들을 결코 입에 올리지는 않았다. 우리는 약물과 방탕한 생활, 과도한 긴장감 때문에 더욱 늙고 쇠약해졌다. 특히 친구는 머리칼이 빠지고 수염이 허옇게 변해 버렸다. 점점 공포가 심해지는 잠의 그림자를 피하고자 하루에 한두 시간만 잠들었던 것은 지금 생각하면 놀랍다.

안개와 비가 잦은 1월이 찾아오자, 우리는 수중에 돈이 떨어져 약을 사기도 어려워졌다. 내가 만든 조각상과 상아 제품은 모두 팔아 치운 상태였고, 새로 만들 작품의 재료를 살 돈도 없었을뿐더러 의욕과는 달리 작품 구상을 할 만한 여력도 없었다. 나날이 비참한 생활을 하던 어느 날 밤, 내 친구는 깊은 잠에 빠져들고 말았지만 나는 억지로 그를 깨울 수 없었다. 지금도 그때의 장면이 생생하게 떠오른다. 어둠에 빠진 황량한 처마 밑 다락방에 떨어지는 빗방울 소리, 탁자에서 째깍거리는 시계 소리, 멀리서 들려오는 삐거덕거림, 안개에 짓눌린 도시의 소음, 그러나 무엇보다 끔찍했던 것은 소파에서 잠든 친구의 단조로우면서도 깊고 불길한 숨소리였다. 친구의 영혼이 상상 너머 아득히 떨어져 있는 금기의 세계를 떠돌며 천상의 고통과 공포를 표현하듯, 숨소리는 리드미컬하게 들려왔다.

긴장감이 점점 심해지고, 몽롱한 정신 속으로 온갖 인상과 관념들이 노도처럼 밀려들기 시작했다. 어디선가 괘종시계의 묵직한 울림이 들려오자 (우리 집에 있던 시계는 괘종시계가 아니었다.) 나는 병적인 상상 속에서 또 다른 방황이 시작되는 순간이라고 생각했다. 시계 — 시간 — 공간 — 무한, 곧이어 나의 상상은 다락방 지붕과 안개와 비를 지나서 대기 너머로 이끌렸고, 북쪽왕관자리가 북동쪽에서 모습을 드러내기 시작했다.

내 친구가 두려워했을 그 북쪽왕관자리와 반짝이는 별자리는 짙은 대기에 가려져 또렷하게 보이지 않았다. 그때, 예민한 귓가에 낯설고 아득한 소리가 포착되었는데, 약 기운 때문에 왜곡되고 혼합된 느낌이 들었다. 아주 멀리, 북서쪽에서 되풀이해서 들려오는 나지막한 쌔근거림, 나른하면서도 요란하고, 비웃듯 누군가를 부르는 소리.

그러나 순식간에 내 정신을 앗아가고, 평생 씻을 수 없는 공포의 문신을 새겨 넣은 것은 그리 먼 곳에 있지 않았다. 건물 사람들과 경찰이 문을 부수고 들어오게 한 그 비명 소리와 발작은 가까운 곳에서 비롯되었다. 그것은 귀로 들은 것이 아니라 눈으로 본 것이었다. 어둠에 잠긴 초라한 방 안, 북서쪽 구석 자리에서 불그스름한 황금빛 광선이 솟구쳤기 때문이다. 그 광선은 어둠을 쫓아낼 정도로 밝지 않았지만, 고통스럽게 잠든 친구의 머리 위에 내려앉아 기이하리만큼 앳된 얼굴과 광채를 형성하는 것이었다. 언젠가, 심연의 공간과 자유로운 시간의 꿈속에서, 내 친구가 장벽 너머의 은밀하고 가장 깊숙한 악몽의 금기 속으로 들어갔을 때, 그 때 본 적이 있는 얼굴이었다.

내가 바라보는 동안, 새카맣고 축축한 머리가 들썩이더니 움푹 들어간 두 눈이 번쩍 열렸다. 어둠에 물든 가녀린 입술이 벌어졌지만, 너무도 두려워 비명마저 지를 수 없는 것 같았다. 유령처럼 흐늘거리는 얼굴에서 육체 없는 정신의 광채가 번뜩였고, 어둠 속에서 더욱 견고하고 충만해진 활력이 느껴졌다. 그 순간, 나는 이 세상에서 가장 극악한 공포를 맛보았다.

아득했던 소리가 점점 가까워지는 동안 한마디 말소리도 들리지 않았지만, 나는 먼 기억 속의 앳된 얼굴이 뚫어지라 향해진 시선을 따라 그 광선이 흘러나오는 쪽을 바라보았다. 소용돌이처럼 다가오는 광선, 내가 그 실체를 보는 순간, 고막을 찢는 비명이 터졌고, 건물의 다른 하숙인과 경찰이 들이닥쳤다. 내가 무엇을 봤는지, 다시 말하지만 도저히 말할 엄두가 나지 않는다. 나보다 더 많은 것을 보았던 친구의 얼굴에서도 더 이상 한마디 말도 흘러나오지 않았다. 그러나 나는 항상 냉소적이고 탐욕적인 히프노스[32], 그 밤의 제왕을 조심해야 한다. 밤하늘과 지식과 철학의 광기 어린 욕심을 경계해야 한다.

그때 무슨 일이 벌어졌는지 알 길이 없다. 나는 기이하고 끔찍한 광선 때문에 넋이 나간 상태였을 뿐 아니라, 집으로 들이닥친 사람들도 미쳤다고밖에는 설명할 수 없는 망각에 빠져들었기 때문이다. 그들이 내게 한 말을 도저히 납득할 수 없다. 즉 나한테 친구가 없고, 예술과 철학과 광기가 나의 비참한 일생을 사로잡았다는 것이다. 그날 밤, 건물 사람들과 경찰은 나를 위로했고, 의사는 내게 진정제 주사를 놓았지만, 그날 벌어진 끔찍한 사건에 대해서는 까맣게 모르는 눈치였다. 나의 불행한 친구도 그들에게서 연민을 끌어내지 못했고, 방 안 소파에서 사람들이 발견한 것으로 인해 나는 역겨운 찬사와 명예를 얻게 되었다. 나는 머리가 벗겨지고 잿빛 수염이 덥수룩한 모습으로 몇 시간 동안이나 절망에 몸부림치면서 약에 취한 몰골로 사람들이 발견한 물체를 어루만지기도 하고 애원하기도 했다는 이야기다.

왜냐하면, 그들은 조각상을 모두 팔아 치웠다는 내 말이 틀렸다면서, 광선이 남겨놓은 차갑고 말 없는 물체를 가리키며 탄성을 자아냈기 때문이다. 그것이 내 친구의 모습이었다. 나를 광기와 파멸로 이끈 친구 말이다.

고대 그리스의 대리석 같은 숭고함과 시간을 초월한 젊음, 아름다운 얼굴, 미소를 머금고 부드럽게 곡선을 그린 입술, 올림퍼스의 신을 닮은 이마, 풍성한 머리칼과 황금빛 왕관을 쓴 사내. 그들은 그 소름 끼치는 기억 속의 얼굴이 바로 내 손으로 만든 작품이라고 말했다. 스물다섯 살 때 말이다. 그러나 대리석 조각 밑 부분에 그리스어로 다음과 같은 이름이 적혀 있었다. 히프노스.

---

26) 보들레르의 「벌거벗은 내 마음Mon Coeur mis a Nu」 중에서.

27) 펜텔리쿠스(Pentelicus): 펜텔리콘(Pentelikon)이라고도 하며, 그리스의 산으로 그 곳에서 나는 대리석으로 고대 그리스의 건물을 지었다고 한다.

28) 파우누스(Faunus): 로마 신화에 등장하는 목신, 그리스 신화의 사티로스와 동일시된다.

29) 비올(viol): 16~18세기 유럽에서 실내악 연주에 쓰인 현악기로 음색이 맑고 투명하다.

30) 켄트(Kent): 영국 남동부에 있는 주(州).

31) 북쪽왕관자리(Corona Borealis): 봄철에 천정 근처를 지나는 북쪽 하늘의 별자리이며, 밝기가 비슷한 7개의 별이 반원형으로 늘어서 왕관 모양을 이루고 있다.

32) 히프노스(Hypnos): 그리스 신화에 등장하는 잠의 신으로 '최면(hypnotism)', '잠(somni)'의 어원이 되었다. 날개 달린 벌거숭이 청년이나 턱수염을 기른 남자로 묘사된다고도 한다.

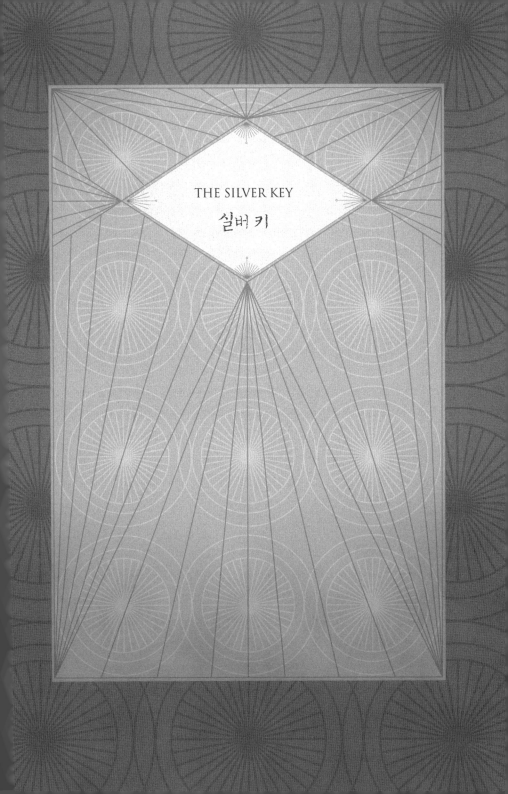

THE SILVER KEY

실버 키

작품 노트 | 실버 키 The Silver Key

1926년에 쓰여, 1929년에 《위어드 테일스》에 실렸다.

이 작품은 짧은 분량이지만, 러브크래프트를 이해하는데 중요한 작품이다. '랜돌프 카터'의 연작이라는 점 외에 작가 자신의 사상을 응축하고 있기 때문이다. 러브크래프트의 철학이나 사상은 깊이나 논리가 부족하다는 비판이 있기도 하지만, 이 작품은 작가 자신의 윤리적, 미학적인 관점을 압축하고 있다.

러브크래프트 문학의 선언서라고 할 정도로 주목받는 작품인 동시에 그만큼 관념적인 내용으로 인해 작가를 처음 접하는 독자에겐 쉽게 읽히는 작품은 아니다. 다른 작품을 먼저 접한 뒤 읽어본다면 작가 자신뿐 아니라 그의 문학을 이해하는데 유용하다.

「랜돌프 카터의 진술」에서 금기의 비밀을 탐구하는데 수동적이었던 카터가 이 소설에서 성숙한 모습으로 등장한다. 서른 살에 꿈의 세계(드림랜드)로 가는 은 열쇠를 잃어버리고, 현실 세계와 타협을 모색하는 과정에서 카터가 얻는 깨달음은 러브크래프트 자신의 고뇌이자 성찰이다. 신의 세계와 기계론적 유물론이라는 모순된 요소를 결합함으로써 자신의 문학 세계를 구축한 작가의 노력이 읽혀지는 작품이다.

랜돌프 카터는 서른 살 때, 꿈으로 가는 관문의 열쇠를 잃어버렸다. 그전까지 그는 밤마다 우주 너머의 기이한 고대 도시와 영묘한 바다 건너 펼쳐진 그림처럼 아름다운 땅을 여행하며 지루한 일상을 보상받을 수 있었다. 그러나 중년의 고단한 삶에 짓눌리면서, 차츰 그 같은 자유를 빼앗기다가 마침내 환상의 세계와는 완전히 담을 쌓게 되었다. 더 이상 그의 갤리선[33]은 오크라노스 강을 따라 트란[34]의 산봉우리 사이를 미끄러지듯 항해하지 않았다. 그뿐 아니라, 결무늬 상아 기둥으로 세워진 전설의 궁전이 달빛 아래 아름답고 평온하게 잠들어 있다는 클레드의 향긋한 밀림 사이로 코끼리를 탄 카라반이 힘차게 행진하는 일도 없었다.

그는 사물의 본질에 대해 많은 책을 읽었고, 많은 사람들과 대화를 나누었다. 마음씨 좋은 철학자들은 그에게 사물의 논리적인 연관성을 살피고, 생각과 환상을 구분하고 분석하는 방법까지 알려주었다. 경이로움은 사라졌으며, 인생은 머릿속에 있는 그림의 조합에 불과하고, 사물의 실체와 꿈 사이에는 아무런 차이가 없다는 사실, 어떤 것이든 더욱 가치가 있다고 따질만한 명분은 존재하지 않는다는 사실마저 망각하고 말았다. 사람들은 그에게 실재하는 것을 존중하라고 귀에 못이 박이도록 일렀기에, 그는 자신이 환상에 빠져 있음을 부끄럽게 여겼다. 현자들은 그의 순수한 환상이 얼마나 어리석고 유치한 것인지 충고하면서, 맹목적인 우주가 무에서 유로, 다시 유에서 무로 아무 목적도 없이 흘러갈 뿐 어둠 속에서 잠시 명멸하는 인간의 소망이나 존재에 대해 아무런 관심도 이해도 없는데, 환상을 통해 완전한 의미니 목적이니 하는 몽상에 잠겨 있으니 얼마나 터무니없느냐고 반문하기도 했다.

그들은 카터가 현실을 직시하게 만들었고, 사물의 이치를 설명함으로써 세상에는 신비로울 것이 없다고 강조했다. 카터가 불평하면서, 기적을 통해서 모든 것이 생동감을 얻고 숨 막히게 아름다운 광경과 영원한 즐거움이 있는 황혼의 왕국으로 가기를 갈망하자, 그들은 새로이 발견된 과학의 위대함을 알려주며, 원자 운동과 대기의 특징에서 경이와 신비를 발견하라고 일렀다. 그러나 카터가 이미 익숙해져 새로울 것이 없는 문명의 이기 속에서 아무런 매력도 발견하지 못하자, 그들은 카터의 상상력이 메마르고 인간의 실제적인 창조물보다 몽환의 환영을 더 좋아하므로 철이 없다고 말했다.

그래서 카터는 다른 사람들이 이르는 대로 실천하고, 보통 사람의 감정과 일상적인 사건들이 소수의 섬세한 영혼만이 느낄 수 있는 환상보다 더 중요하다고 생각하려고 노력했다. 꼬챙이에 찔린 돼지의 아픔이나 소화불량에 걸린 농부의 고통이 옥수(玉髓)로 이루어진 둥근 천장과 100개의 문으로 이루어진 나라스의 독보적인 아름다움보다 더 중요하다고 사람들이 말했을 때, 카터는 굳이 반박하지 않았다. 그는 꿈에서 본 나라스의 모습을 어렴풋이 기억하고 있었다. 그뿐 아니라, 사람들의 가르침에 따라 연민과 비극의 고통스러운 감정을 배우기 시작했다.

그러나 이따금, 카터는 인간의 영감이라는 것이 참으로 천박하고 변덕스러우며 의미 없음을 깨달았다. 소중히 지켜야 한다는 현학적인 관념과는 달리 인간들의 실제적인 충동이 얼마나 공허한가를 두 눈으로 확인하곤 했다. 그때부터 그는 꿈의 사치와 허상을 물리칠 때 사용하라고 사람들이 가르쳐준 점잖은 조롱의 방법을 나름대로 활용하기 시작했다. 인간의 일상적인 삶이야말로 사치와 허상으로 가득하고 아름다움이 부족할 뿐 아니라 정작 합리성과 목적이 없다는 사실을 인간 스스로 인정하는데 우둔할 정도로 주저하므로 존중할 가치가 없다고 생각했기 때문이다. 이런 의미에서 그는 해학적인 사람이 됐다고 해도 무방했다. 왜냐하면, 일관적이든 아니든 참다운 기준이라고는 없는 무지한 세상에서 해학마저도 공허하다는 사실까지는 그도 몰랐기 때문이다.

속박의 생활을 시작할 즈음에는 조언자들을 의심 없이 믿고 따랐던 카터였기에 종교에 의지한 적이 있었다. 일상의 탈출구를 기대하며 신화의 세계에 관심을 둔 것도 그쯤이었다. 그러나 자세히 살필수록, 상상력과 아름다움이 결핍된 신화는 진부하고 무미건조했을 뿐 아니라, 확고한 진실 운운하는 학자연한 엄숙함과 괴변들이 대부분의 신화학자들 사이에 넌덜머리 날 정도로 만연돼 있음을 깨달았다. 그리고 신화에서 미지의 것을 마주한 어느 원시 종족이 그 정체에 대해 추측하면서 느낀 엄청난 공포를 엄연한 사실로 다루고 있음에도 학자들은 그것을 인정하는데 몹시 거북해했다. 이 세계가 자부하는 과학에 의해 속속들이 반박되고 있는 고대 신화에서 세속적인 진실을 이끌어 내려는 사람들의 엄숙한 노력도 카터를 지치게 하였다. 그처럼 그릇된 진지함 때문에 오히려 카터가 소중히 간직해 온 옛것에 대한 신념이 말살 당하는 느낌이었기 때문이다. 즉, 옛것이야말로 영묘한 환상이라는 진실한 가면을 통해서 격조 높은 의례와 정서적인 탈출구를 제공한다는 신념 말이다.

그러나 옛 신화를 배척하는 사람들을 살펴본 결과, 그들은 차라리 신화를 고집하는 사람들보다 더 형편없다는 결론을 내렸다. 그들은 조화 속에 아름다움이 있음을 모른 채, 무턱대고 혼돈 일부에서 지구라는 하찮은 세계를 만들어낸 꿈과 감정의 조화 외에 목적 없는 우주 한복판에서 삶의 아름다움을 규정할 만한 기준이 없다는 것도 알지 못했다. 그들은 선과 악, 아름다움과 추함이 단지 관념의 허울 좋은 결과물임을 이해하지 못했다. 그러한 관념들은 선조의 생각과 감정을 기억하는 방편으로만 유일한 가치를 지니며, 세부적으로 들어가면 인종과 문화마다 각양각색이기 마련이다. 그뿐 아니라, 그들은 신화적인 모든 것을 부인하는 데서 그치지 않고, 고루한 사람과 촌부들에게서나 발견되는 조악하고 불분명한 직관 정도로 무시해 버렸다. 그 때문에 그들의 삶은 여전히 고통과 추함과 불균형에 이끌리고 있는데도 정작 그들 자신은 불경한 것에서 벗어났다며 터무니없는 자부심까지 느끼고 있었다. 그러나 그들은 벗어났다고 자부하는 그 불경함을 그대로 간직하고 있는 셈이었다. 그들은 삶의 면죄부와 무질서를 정당화하기 위해서 무시무시한 신들의 형상과 맹목적인 신앙심을 앞세웠다.

카터는 그 같은 현대의 자유를 깊이 맛볼 수 없었다. 그 천박함과 불결함은 정신적인 아름다움을 시들게 하고, 그들 스스로 배척했다는 우상에서 두려움만 따로 떼어 내어 야만적인 충동을 겉치장하는 수단으로 삼는 등 그들의 허약한 논리에도 반감이 들었기 때문이다. 그들 대부분은 버림받은 성직자의 권위를 그대로 차용하고, 인간에게 꿈이 없더라도 얼마든지 삶은 의미로 충만하다는 착각을 버리지 못했다. 더구나 과학적 발견이라는 미명 아래 자연의 본성은 질식당하고 비인간적인 부덕에 비명을 지르는 상황이건만, 그들은 여전히 아름다움을 초월한 윤리와 의무만 강조하는 포악한 생각을 고집했다. 정의, 자유, 일관성이라는 잠재된 미망에 뒤틀리고 더욱 완고해진 그들은 오랜 신념과 함께 태고의 전설과 방식을 무시하기에 바빴다. 그러나 한편으로는, 분명한 목적이나 굳건한 기준도 없는 무의미한 우주에서 현재의 사유와 판단을 형성하고 유일한 안내자이자 표준으로 작용한 것이 다름 아닌 태고의 전설과 방식이었다는 사실마저 부인할 수는 없었다. 거짓과 위선에 매몰되면서, 그들의 삶은 점점 방향과 극적인 흥미를 잃고 말았다. 결국에는 삶의 권태에서 벗어나고자 요란하고 인위적인 편리성, 소란과 흥분, 야만적인 과시와 동물적 감각에 탐닉하게 되었다. 그러나 이런 방식에서 점점 싫증과 실망을 느끼고 반감과 혐오감이 덧쌓였을 때, 그들은 아이러니와 독설에서 위안을 찾으며 사회 질서에 문제가 있음을 깨달았다. 그들은 스스로 야만적인 사회 기반이 선조가 창조한 신의 형상과 마찬가지로 유동적이고 모순적이라는 사실을 몰랐고, 일시적인 만족은 곧 재앙으로 이어진다는 것을 이해하지 못했다. 진정한 평화와 꿈속에서만 영원할 수 있는 아름다움과 위안들은, 사람들이 현실을 중시하고 유년의 비밀과 순수를 상실했을 때 이미 사라져 버린 것이다.

공허하고 불안정한 혼돈 속에서 카터는 냉철한 통찰력과 훌륭한 가문에 어울리는 사람이 되려고 노력했다. 주위의 비웃음과 함께 꿈의 세계도 점차 희미해지자, 그는 어떤 것에도 믿음을 지니기 어려웠지만 조화로운 사랑만이 그나마 그를 당대의 사람들과 환경에 연결하는 유일한 끈이 되었다. 그는 무감각한 표정으로 도시들을 돌아다녔고, 어떤 광경도 현실적으로 보이지 않아 한숨지었다. 고층 건물에 내려앉은 황금빛 석양과 초저녁 불빛 속에서 난간으로 에워싸인 너른 광장을 바라볼 때마다 예전에 익숙했던 꿈이 떠올라서 더 이상 찾아갈 길 없는 영묘한 땅에 대한 향수가 깊어졌다. 여행에서 그가 얻은 것은 거짓과 허상뿐이었다. 제1차 세계대전 당시 프랑스군의 외인부대[35]에 소속되어 참전하기도 했지만, 전쟁 역시 그에게 별다른 변화를 주지 못했다. 한동안 친구를 사귀기도 했지만, 이내 그들의 천박한 감정에 넌덜머리가 났다. 아무도 그의 정신적인 삶을 이해하지 못했기에 그는 주변에서 멀어지고 고립되는 상황을 오히려 반겼다. 그를 유일하게 이해해 준 조부와 종조부 크리스토퍼도 이미 고인이 된 지 오래였다.

그래서 그는 맨 처음 꿈이 사라졌을 때부터 그만두었던 소설을 다시 쓰기 시작했다. 그러나 여전히 만족이나 성취감이 없었다. 세속에 물들어 예전에 알았던 아름다운 것들을 떠올릴 수 없었기 때문이다. 냉소적인 글쓰기는 황혼녘의 광탑을 무너뜨리고, 개연성을 걱정하는 현실 감각은 환상의 정원에 핀 섬세하고 놀라운 꽃들을 짓밟았다. 위선적인 연민은 그의 소설에 등장하는 인물들을 신파조의 감상에 빠뜨렸고, 인간사의 사실성과 의미가 중요하다는 통념 때문에 그의 드높은 환상은 교활한 우화와 값싼 사회 풍자로 변질되었다. 그렇게 새로 쓴 소설들은 과거 어느 작품보다도 성공을 거두었다. 공허한 집단을 즐겁게 하는 것은 공허함뿐이라는 사실을 잘 알았던 그는 소설들을 불태우고 절필했다. 사실 소설들은 그가 경쾌하게 그려낸 환상의 세계를 점잖게 비웃는다는 점에서 매우 세련된 작품들이었다. 그러나 세련됨이 소설의 생명력을 완전히 고갈시킨다는 사실을 그는 알고 있었다.

그가 평범함이라는 독약에 대한 해독제로서 기이하고 유별난 개념을 실험하고 의도적인 환영을 만들어낸 것은 그 무렵이었다. 그러나 그것들 역시 얼마 안 있어 빈곤과 황량함을 보여주는데 그쳤다. 그는 신비주의의 원칙도 과학의 원칙만큼 메마르고 경직돼 있으며, 그런 결점을 보완하기 위해서는 결국 진실을 약간씩 왜곡해야 한다는 것을 알게되었다. 그러나 일상에서 벗어나 더 높은 수준으로 수련된 지성을 보여주기는 불가능했다. 그래서 카터는 더욱 기이한 책을 사 모으고, 환상 세계를 잘 아는 기인들과 점점 더 깊은 관계를 맺었다. 그는 소수의 인간만이 도달한 정신의 비밀을 탐했고, 삶과 전설과 태고의 시간에서 은밀한 틈과 그 의미를 깨달음으로써 이후에도 오랫동안 마음이 어지러웠다. 비범하게 살기로 마음먹고, 보스턴의 집을 그런 결심에 맞게 새로 치장했다. 방마다 독특한 색채를 주고, 적절한 책과 물건을 배치했으며, 조명, 온도, 소리, 정취, 향까지 각각 다르게 꾸몄다.

한번은 남부 어딘가 산다는 한 남자에 대한 풍문이 들려왔다. 인도와 아라비아에서 몰래 입수한 진흙 서판과 선사 시대의 고서를 읽는 등 사람들이 모두 그를 피하고 두려워한다고 했다. 카터는 그 남자를 찾아가 7년 동안 그와 함께 살면서 비밀을 연구하다가 결국에는 어느 밤에 미지의 고대 묘지에서 한 사람만 살아남는 운명을 맞았다. 그 후에 그는 끔찍한 마녀가 출몰한다는 뉴잉글랜드의 옛 마을이자 선조의 뿌리가 있는 아컴[36)]으로 돌아왔다. 그 곳의 늙은 버드나무와 무너져 가는 맞배지붕에 둘러싸여 그는 어느 미친 조상의 일기 중에서 일부분을 영원한 비밀로 남겨 두게 되었다. 그러나 그 같은 공포는 그를 현실의 극단으로 몰고 갔을 뿐, 그가 유년 시절에 알았던 꿈의 세계를 잊게 하지는 못했다. 그래서 오십의 나이에도 그는 아름다움을 탐하고 꿈을 통찰하느라 휴식과 만족을 잃었다.

마침내 현실의 공허함과 황량함을 깨닫고, 카터는 남은 생을 유년 시절의 애닮은 꿈의 파편 속에서 은둔했다. 그는 더 이상 삶에 연연하는 것이 우둔하다고 여기고, 남부의 미국인 친구에게서 얻은 아주 기묘한 약물을 마심으로써 고통 없는 죽음을 택하기로 마음먹었다. 그러나 뿌리 깊은 삶의 습관 때문에 그의 계획은 곧바로 실행되지 못했다. 그는 과거의 시간을 배회하며 벽에서 기이한 물건들을 떼어 내고 집안을 유년 시절처럼 자줏빛 창틀과 빅토리아풍의 가구들로 바꾸었다.

시간이 지날수록 유년의 잔재와 세상과의 거리감 탓에 삶과 학식이 매우 아득하고 비현실적으로 느껴졌다. 그는 오히려 끝없이 배회하고 있는 자신의 모습을 기뻐했다. 그리고 마법과 기대감이 밤의 선잠 속으로 슬그머니 돌아왔다. 지난 수년 동안의 선잠에서 본 것은 보통의 꿈과 다름없는 일상의 일그러진 단면뿐이었지만, 지금은 기이하고 광활한 무엇인가가 살며시 돌아와 있었다. 그것은 유년 시절에 아주 선명한 형체를 띠었던 놀랍고 거대한 것이었기에 그는 오래전에 잊어버린 어떤 것들을 떠올릴 수 있었다. 그는 오래전에 돌아가신 어머니와 할아버지를 부르며 잠에서 깨곤 하였다.

그러던 어느 밤, 꿈속의 할아버지는 그에게 열쇠 하나를 일깨웠다. 생전처럼 생생한 모습으로 나타난 노학자는 조상의 내력을 오랫동안 솔직히 말해 주었고, 그 중에서 섬세하고 예민한 사람들이 보았다는 기이한 예시도 알려주었다. 그는 사라센 인에게 포로로 붙잡혔다가 엄청난 비밀을 알게 된 이글거리는 눈빛의 십자군 전사에 대해서도 말했다. 그리고 엘리자베스 여왕의 통치 시절, 마법을 연구했다는 가문의 시조 랜돌프 카터 경에 대해서도 알려주었다. 그 밖에도 세일럼 마녀 재판[37]

에서 처형되기 직전에 탈출한 뒤, 선조로부터 물려받은 거대한 은 열쇠를 낡은 상자에 보관했다는 에드먼드 카터의 이야기도 있었다. 카터가 잠에서 깨기 전, 온화한 방문자는 그 상자가 어디에 있으며, 지난 200년 동안 그 참나무 조각 상자의 무시무시한 뚜껑을 연 사람이 없었다는 사실을 귀띔해 주었다.

카터는 먼지와 어둠으로 채워진 커다란 다락방으로 들어가 그동안 잊고 있었던 기다란 장롱 서랍 뒤쪽에서 그 상자를 찾아냈다. 가로세로 30센티미터 정도의 상자로, 뚜껑에 새겨진 섬뜩한 고딕풍의 조각을 보면서 에드먼드 카터 이후로 누구도 그 상자를 열려고 하지 않은 것도 당연하다는 생각이 들었다. 상자를 흔들자, 아무런 소리도 들리지 않았지만 막연한 향기에 이상한 기분이 들었다. 그 상자 안에 실제로 베일에 가려져 있던 전설의 열쇠가 있으며, 랜돌프 카터의 부친조차 그 상자가 있다는 사실을 알지 못했다. 철로 두른 상자의 테두리는 녹이 슬어 있었고, 견고하게 잠가 놓은 자물쇠 같은 것은 보이지 않았다. 카터는 막연하게 그 속에서 잃어버린 꿈으로 가는 열쇠를 얻게 되리라 생각했지만, 그것을 어디에 어떻게 사용하는지는 꿈속의 조부도 전혀 알려준 바 없었다.

카터의 늙은 하인이 상자를 열 때, 음산한 숲에서 소름 끼치면서도 어딘지 낯익은 얼굴들이 엿보는 것 같았다. 상자 안에는 뜻 모를 아라베스크 무늬로 뒤덮인 커다란 은 열쇠가 색 바랜 양피지에 쌓여 있었지만, 설명서 같은 것은 보이지 않았다. 여러 장의 양피지에는 갈대로 쓴 기이한 상형 문자만 나타나 있었다. 카터는 그 글자들이 어느 날 밤 이름 모를 묘지에서 실종된 남부의 으스스한 학자가 가지고 있던 파피루스 두루마리에서 본 것과 똑같다는 사실을 깨달았다. 그 사내는 그 두

루마리를 읽을 때마다 몸서리를 쳤는데, 지금의 카터도 마찬가지였다.

그러나 그는 열쇠를 깨끗이 닦은 다음 밤마다 열쇠가 든 상자를 곁에 두었다. 한편 점점 생생해지는 꿈속에서 기이한 도시와 환상적인 고대의 정원들만 스칠 뿐이었지만, 그 의미만은 정확히 알 수 있었다. 시간을 거슬러 그를 부르는 소리였으며, 모든 선조가 의지를 결집해 그에게 숨겨진 고대의 근원으로 이끄는 것이었다. 그는 과거 속으로 돌아가 그 시간과 자신을 뒤섞어야 한다고 생각했다. 날마다 으스스한 아컴과 험준한 미스캐토닉, 선조의 쓸쓸한 고향이 펼쳐져 있는 북부의 산간 지대를 떠올렸다.

가을의 은근한 열기 속에서 카터는 오랜 기억에 의지하여 완만하고 우아한 산등성이와 돌담이 있는 초원, 멀리 펼쳐진 삼림지와 골짜기, 구불구불한 도로와 반쯤 가려진 농장, 미스캐토닉[38]의 깨끗한 고갯길을 따라 돌다리 혹은 나무다리를 건너며 여기저기를 돌아다녔다. 한 굽이를 돌았을 때, 150년 전에 조상 한 분이 홀연히 사라졌다는 거대한 느릅나무 숲을 바라보다가, 어떤 메시지를 전하듯 지나가는 바람에 몸서리를 쳤다. 곧이어 눈에 들어온 마녀 구디 폴러의 집은 작고 음흉한 창문과 함께 커다란 지붕이 북쪽 땅에 닿을 듯 기울어져 있었다. 그는 그 집을 지나칠 때 자동차의 속도를 높이고, 그의 어머니와 외가 쪽 조상들이 태어났다는 언덕에 오를 때까지 속도를 늦추지 않았다. 험준한 비탈과 푸른 계곡이 절경으로 펼쳐진 도로 건너편에 낡은 흰색 저택이 여전히 도도한 자태를 뽐내고 있었다. 저택 너머에는 아득히 먼 지평선을 따라 킹스포트[39]의 첨탑과 고색창연한 환상의 바다가 배경처럼 펼쳐져 있었다.

드디어 40년 만에 보는 카터 가의 옛집이 가파른 산비탈에 나타났다.

산기슭에 닿았을 때는 어느덧 해가 저물었다. 고갯길을 반쯤 더 올라간 그는 서녘 하늘에서 드리운 신비한 햇살 속에 황금빛으로 펼쳐진 시골 풍경을 바라보았다. 세속에서 벗어난 고요한 풍경 속에서 기이하고 예시적이었던 근래의 꿈들이 생생한 모습으로 변하는 것 같았다. 무너진 울타리 사이로 물결처럼 빛나는 쓸쓸한 잔디밭, 동화 속의 배경처럼 자리 잡은 수풀, 그 너머 끝없이 펼쳐진 자줏빛 산등성이를 따라 지절대는 계곡 물을 굽어보는 유령 같은 골짜기 숲을 바라보면서, 그는 알지 못하는 어느 행성들의 고독을 떠올렸다.

문득 그가 찾는 왕국에서는 자동차가 필요 없다는 생각이 들었다. 그래서 자동차를 숲가에 놔둔 채, 외투 주머니에 커다란 열쇠를 집어넣고 산을 올랐다. 옛집은 북쪽을 제외하면 나무가 없어 탁 트인 둔덕에 자리 잡고 있다는 기억이 떠올랐지만, 막상 그를 에워싼 수풀은 몹시 울창했다. 그 집은 30년 전 기인으로 알려진 종조부 크리스토퍼가 죽고 카터도 관심을 잃은 후로 줄곧 버려져 왔기에 과연 어떻게 변했을지 궁금했다. 어렸을 때는 그 집에 찾아가 오랫동안 머물곤 했지만, 지금 와서 과수원 너머의 숲을 바라보니 기이할 정도의 놀라움을 금할 수 없었다.

밤이 가까워져서 사위의 어둠은 더욱 짙어졌다. 오른쪽의 샛길로 접어들자, 어스름한 초원과 함께 멀리 킹스포트 센트럴 언덕에서 낡은 조합 교회의 첨탑이 스쳤다. 하루의 마지막 햇살에 분홍빛으로 물든 교회, 그 작고 동그란 창가가 빛나고 있었다. 다시 이어지는 울창한 숲, 문득 교회의 모습은 유년 시절의 기억에 불과하다는 사실을 깨닫고 소스라치게 놀랐다. 그 낡은 흰색 교회가 조합 병원에 자리를 물려주고 허물어진 지 오래전이기 때문이었다. 그는 오래전 교회의 울퉁불퉁한 땅

속에서 기이한 굴과 통로 같은 것들이 발견됐다는 신문 기사를 흥미롭게 읽은 적이 있었다.

게다가 이상한 목소리가 들린 것 같아서 어리둥절해 있다가 이내 그 익숙함을 기억해 냈다. 종조부 크리스토퍼의 하인 중에 베니자 코리라는 노인이 있었는데, 카터가 어렸을 때도 이미 나이가 지긋했다. 살아 있다면 백 살이 넘었을 테지만, 그 목소리는 베니자의 것이 분명했다. 카터는 무슨 말인지 알아듣지 못했지만, 이상하게도 목소리의 여운이 집요하고 또렷하게 맴돌았다. 베니자 노인이 아직 살아 있단 말인가!

"랜돌프 도련님! 랜돌프 도련님! 어쩐 일이시죠? 마사 숙모님이 어쩌다 돌아가셨는지 알고 싶으신가요? 밤에는 얌전히 집에 있다가 나중에 돌아가라고 숙모님이 말하지 않던가요? 랜돌프! 랜돌…… 프……! 그만큼 숲 속에서 뜀박질을 잘하는 아이를 보지 못했죠. 삼림지 위에 있는 뱀굴까지 단숨에 뛰어갔으니까요! ……. 이봐요, 랜돌…… 프!"

랜돌프 카터는 어둠 속에서 멈춰서 손등으로 눈을 비볐다. 정말 기이한 일이었다. 그가 있어야 할 곳이 아닌 것 같았다. 오지 말아야 할 곳을 오랫동안 정처 없이 찾아왔고, 시간도 너무 늦은 것 같았다. 지금이라도 호주머니에 든 망원경으로 시간을 확인할 수 있었으나, 그는 킹스포트 첨탑의 시계를 보지 않았다. 그러나 그는 늦었다는 느낌이 전에 없이 생소하고 이상하게 여겨졌다. 작은 망원경이 호주머니에 있는지 확인해 보았다. 아니, 망원경 대신에 커다란 은 열쇠가 담긴 상자가 있었다. 종조부 크리스토퍼는 언젠가 열쇠가 들어 있다는 상자에 대해 말한 적이 있지만, 마사 숙모님이 그러잖아도 머리에 이상한 생각만 들어있는 아이한테 그런 이야기를 한다며 갑자기 종조부의 말을 막았더랬다.

카터는 열쇠를 어디서 발견했었는지 기억을 더듬었지만, 매우 혼란스러웠다. 보스턴 집의 다락방이었던 것 같고, 파크스에게 일주일치 용돈의 절반을 쥐여주며 상자 여는 일을 도와주고 비밀을 지켜 달라고 말한 기억도 어렴풋이 떠올랐다. 그러나 활달한 런던 토박이였던 파크스의 얼굴이 갑자기 주름투성이의 기묘한 모습으로 바뀌었다.

"랜돌…… 프! 랜돌…… 프! 안녕! 안녕! 랜돌프!"

어두운 굽잇길을 따라 흔들리는 손전등 불빛에 이어 베니자 노인이 침묵을 깨고 나타났을 때, 순례자는 어안이 벙벙했다.

"이런, 도련님, 드디어 오셨군요! 꿀 먹은 벙어리가 됐잖습니까! 30분 동안 도련님 이름을 불렀으니, 진작 내 목소리를 들었을 텐데! 밤늦게 밖에 돌아다니면 마사 숙모님이 안절부절못하시는 걸 몰랐나요? 크리스토퍼 씨가 기분 좋을 때 잘 말해줄 테니까 걱정 마세요! 이런 시간에 돌아다닐 곳이 아니에요. 봐서 좋은 거라고는 여기에 없답니다. 자, 어서 가요, 랜돌프 도련님. 이러다가 저녁 식사에 늦겠어요!"

그래서 랜돌프 카터는 가을의 높은 나뭇가지들이 별빛을 받고 줄지어 있는 길을 올라갔다. 개 짖는 소리가 들릴 무렵, 멀리 모퉁이에서 아담한 창문으로 노란 불빛이 새어나왔고, 어스레한 서쪽 하늘을 배경으로 커다란 맞배지붕이 보이는 탁 트인 둔덕 너머로 플레이아데스[40]가 반짝이고 있었다. 마사 숙모는 문간에 서 있었지만, 카터를 데리고 느릿느릿 걸어오는 베니자에게 크게 꾸중을 하지는 않았다. 그런 문제라면 카터 가의 혈통을 타고난 남편 크리스토퍼에게 맡길 일이라고 생각했다. 랜돌프는 열쇠 이야기는 일절 하지 않은 채, 묵묵히 저녁을 먹었다. 하지만 잠자리에 들라는 말을 들었을 때만큼은 불평했다. 종종 깨어 있을 때도 꿈에 잠기곤 하던 터라, 그날은 열쇠를 사용해 보고 싶었기 때문이다.

다음 날 아침, 일찍 일어난 랜돌프는 종조부의 눈에 띄어 억지로 아침 식탁에 끌려가지만 않는다면 삼림지 위까지 달려갈 생각이었다. 그는 다 떨어진 양탄자가 깔려 있고, 들보와 주춧대가 훤히 드러나 있는 방 안을 초조하게 두리번거리다가, 납으로 창틀을 댄 뒷창문에 과수원의 나뭇가지가 부딪치는 것을 보고 비로소 미소를 지었다. 나무와 산이 그를 향해 다가왔다. 시간을 초월한 그의 진정한 왕국으로 가는 관문이 열리기 시작했다.

자유로워졌을 때, 웃옷 호주머니에 열쇠가 있다는 사실을 깨달았다. 마음이 놓인 그는 과수원 너머로 나무가 우거진 언덕을 뛰어 넘고 산 정상까지 솟아올랐다. 이끼 긴 숲의 바닥은 어딘지 신비로운 분위기를 자아냈으며, 비밀의 숲 한가운데 일그러지고 부푼 나무줄기 사이로 드루이드의 거석처럼 생긴 암석들이 거대한 균류로 뒤덮인 채 희미한 어둠 속에서 여기저기 솟아 있었다. 랜돌프는 내친김에, 숨어 있는 파우누스[41]와 아에기르[42], 드리아데스[43]를 부르는 비밀의 주문처럼 떨어지는 폭포를 지났다.

마침내 그는 비탈에 있는 기이한 동굴에 도착했다. 그 곳은 마을 사람들이 무서워 피하고 베니자도 가까이 가지 말라고 수없이 당부하던 '뱀굴'이었다. 동굴은 랜돌프가 생각했던 것보다 훨씬 깊었다. 소년은 예전부터 동굴 너머에 있는 시커먼 틈을 알고 있었다. 그 틈은 기이한 환영을 일으키는 화강암 돌벽에 둘러싸인, 음산한 묘지까지 이어졌다. 이번에도 여느 때처럼 저택 거실에서 몰래 가져온 성냥으로 불을 밝히며 이상하리만큼 열망에 휩싸여 마지막 틈새까지 기어갔다. 왜 그토록 자신만만하게 막다른 벽까지 다가갔는지, 그러면서 본능적으로 은 열쇠를 꺼내 들었는지 자신도 그 이유를 설명할 수 없었다. 그러나 그는 계속 동굴 속으로 기어갔다. 그리고 그날 밤에 집으로 돌아와서는 어디를 돌아다니다 늦게 왔는지 변명을 하지 않았을 뿐 아니라, 저녁 식사를 알리는 뿔 나팔 소리도 모른 척했다는 꾸지람까지 묵묵히 받아들였다.

지금은 랜돌프 카터의 먼 친척들까지 열 살 먹은 소년의 상상력을 부추기는 일이 벌어졌노라 인정하고 있다. 친척 중에서 시카고에 사는 어니스트 B. 에스핀월처럼 랜돌프보다 열 살 이상 나이가 많은 이들도 1883년 가을 이후로 소년에게 일어난 변화를 또렷하게 기억하고 있다. 랜돌프는 극소수의 사람만이 볼 수 있는 환상의 장면을 목격했고, 평범한 일상에서는 더욱 기이한 모습을 보여주었다. 그는 예언이라는 기묘한 선물을 얻게 된 것 같았다. 그리고 아무렇지 않은 듯이 행동하면서도 사물을 대하는 태도가 남달랐고, 나중에는 그런 태도에 아주 특별한 의미가 있었음이 밝혀지고는 했다. 이후 수십 년 동안 새로운 발명품과 새로운 이름, 새로운 사건들이 하나씩 역사책에 등장할 때마다 오래전에 카터가 먼 미래의 일들을 지나치듯 말했다는 사실을 기억하는 사람들이 있다. 카터도 자신이 하는 말의 의미를 몰랐으며, 특정 사물에서 무슨 이유로 유독 특별한 감정을 느끼는지도 알지 못했다. 다만 기억하지 못하는 꿈 때문일 거라고 어렴풋이 짐작은 하고 있었다. 어느 여행자가 벨로이앙 상트르라는 프랑스 마을에 대해 말하자 카터가 창백하게 질린 것이 1897년, 그런데 1916년 제1차 세계대전 당시에 그가 외인부대로 참전했다가 목숨이 위태로울 정도로 중상을 입은 것은 친구들에 의해 입증되었다.

카터의 친척들이 그런 일화를 지나치게 많이 떠벌리고 있는 이유는 그가 최근에 실종됐기 때문이다. 그의 기행에도 오랫동안 묵묵히 하인으로 남았던 파크스는 어느 날 아침에 카터가 최근에 발견한 열쇠를 지닌 채 홀로 자동차를 몰고 어디론가 떠났다고 말했다. 파크스는 낡은 상자에서 열쇠를 꺼낼 때 옆에서 도와주었고, 상자에 새겨진 기괴한 조각과 설명하기 곤란한 특징 때문에 깊은 인상을 받았다고 했다. 파크스에 따르면, 카터는 떠나면서 오랜 조상이 묵었던 아컴 인근을 방문할 것이라고 말했다.

카터 가의 폐허로 가는 길목인 느릅나무 숲까지 반쯤 올라간 지점, 이곳에서 사람들은 길가에 조심스레 세워진 카터의 자동차를 발견했다. 향기가 나는 나무상자를 우연히 발견한 시골 사람들은 기이한 조각을 보고 질겁했다. 상자에서 발견된 양피지의 글자에 대해 어떤 언어학자나 고문서 전문가도 해독하거나 정체를 밝히지 못했다. 보스턴 수사관들이 무너진 카터 저택의 목재 사이에서 뭔가 이상한 것을 발견했다는 말이 있었지만, 발자국 같은 흔적들은 빗물에 모두 지워진 상태였다. 그들의 말에 따르면, 누군가 폐가 주변을 뒤진 것 같다고 했다. 산중턱의 숲 속 바위 사이에서 발견된 흰색의 평범한 손수건은 실종자의 것이 분명해 보였다.

상속인들 사이에서 랜돌프 카터의 부동산 분배를 둘러싼 논의가 한창이다. 그러나 나는 그가 죽었다고 생각하지 않기에 그런 논의를 단호히 반대한다. 몽상가만이 도달할 수 있는 시간과 공간, 환영과 현실의 비틀림이 존재한다. 내가 아는 한, 그는 그 미로를 건너는 방법을 발견한 것이다. 그가 돌아올 것인지에 대해 말할 수 없다. 그는 잃어버린 꿈의 땅을 원했고, 유년 시절을 그리워했다. 그가 열쇠를 발견했을 때, 나는 기이한 모험을 위해 그가 열쇠를 사용하리라 짐작하고 있었다.

머지않아 우리가 탐구해 온 꿈의 도시에서 서로 만날 터, 그때 가서 언제 돌아올 것인지 물어봐야겠다. 스카이 강 너머 울타르라는 곳에서 들리는 소문에 의하면, 새로운 왕이 이레크-바드의 오팔 왕좌를 물려받아 전설의 도시를 통치한다고 전해진다. 그 도시는 황혼의 바다를 굽어보는 유리 절벽 위에 탑으로 이루어져 있으며, 절벽 아래 바닷속에는 수염과 지느러미가 달린 그노리 족이 미로를 만들었다고 알려졌다. 나는 그 소문을 어떻게 받아들여야 할지 알게 될 것이다. 나는 그 커다란 은 열쇠를 직접 보기를 간절히 바라고 있다. 열쇠의 신비한 아라베스크 속에 참으로 냉혹한 우주의 목적과 신비가 모두 상징화되어 있기 때문이다.

---

33) 갤리선(galley): 그리스 로마 시대부터 사용한 군용선의 일종으로 노를 사용하고 돛은 보조 수단으로 활용했다고 한다.

34) 트란(Thran): 오크라노스 서쪽에 있는 도시로, 이곳에 들어가려면 붉은 로브를 걸친 수문장에게 상상을 초월한 꿈 세 가지를 말해야 한다. 「미지의 카다스를 향한 몽환의 추적」에 다시 등장한다.

35) 외인부대(Foreign Legion): 알제리에 주둔하였던 프랑스 보병 부대. 프랑스 사람은 입대할 수 없고 공로가 큰 사람에게는 제대한 뒤 프랑스 사람이 되는 혜택도 있었다.

36) 아컴(Arkham): 아컴은 러브크래프트 소설에 등장하는 가상 공간 중에서 핵심적인 배경이라고 할 수 있다. 아컴이 처음으로 언급된 소설은 미스캐토닉 계곡과 함께 「그 집에 있는 그림 The Picture in the House」(1920)이다. 아컴은 이후 오거스트 덜레스와 원드레이가 러브크래프트 작품을 전문적으로 출간하기 위해 세운 출판사 이름이 되기도 한다.

37) 1692년 미국 매사추세츠 주(州) 세일럼에서 벌어진 마녀 재판 당시를 말한다. 세일럼은 현재 댄버스(Danvers)로 지명이 바뀌었다. 마녀 재판의 발단은 세일럼의 한 목사의 노예인 티츠바가 지껄이는 신들린 소리를 듣고 젊은 여성들이 땅에 엎드려 괴상한 행동을 취한 데서 비롯되었다. 마녀의 소행으로 간주, 수백 명이 체포되었고, 그중 19명이 교수형에 처해졌다.

38) 미스캐토닉 대학(Miskatonic): 미스캐토닉이라는 지명은 아컴과 함께 '그 집에 있는 그
   림'에 처음으로 언급됐다. 미스캐토닉 대학과 함께 러브크래프트의 작품에 자주 등장
   한다.

39) 킹스포트(Kingsport): 「페스티벌 The Festival」(1923)에 처음 등장하는 가상의 도시. 매
   사추세츠 주의 마블헤드(Marblehead)와 유사하다고 알려져 있다.

40) 플레이아데스 (Pleiades): 황소자리에 있는 산개(散開)성단으로 이중에서 육안으로 확
   인할 수 있는 별을 7개로 7자매별이라고 부르기도 한다.

41) 파우누스 (Faunus): 고대 로마의 목신(牧神)이며, 그리스의 신 판(Pan)과 동일시되기
   도 한다.

42) 아에기르(Aegir): 북유럽 신화에 나오는 신(神)으로 그리스 신화의 포세이돈과 유사하
   게 여겨진다.

43) 드리아데스(Dryads): 그리스신화에 나오는 나무의 요정(Dryad)의 복수형.

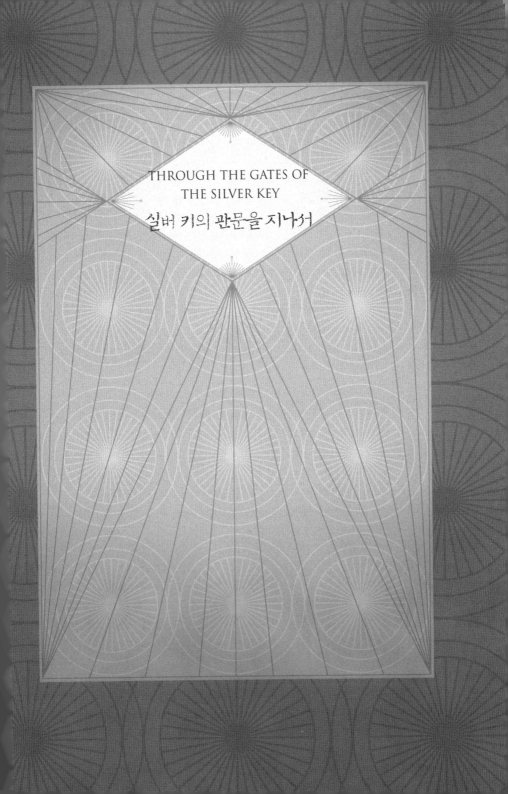

THROUGH THE GATES OF
THE SILVER KEY

실버 키의 관문을 지나서

작품 노트; 실버 키의 관문을 지나서 Through the Gates of the Silver Key

1933년 쓰여, 1934년《위어드 테일스》에 실렸다.

이 작품은 「실버 키」의 속편이다. 「실버 키」의 완결된 구성을 들어 속편이 불필요했다는 의견이 있다. 러브크래프트가 E. 호프만 프라이스(E. Hoffman Price)과 공동 집필을 했다는 사실도 작품 평가의 한 요소가 된다.

프라이스가 소설의 초안(제목은 「환상의 제왕 The Lord of Illusion」)을 작성해서 러브크래프트에게 보냈지만, 처음에는 작가 자신도 속편을 쓰는데 별 관심이 없었다고 한다. 프라이스의 초안을 바탕으로 러브크래프트는 몇 가지 방침을 정했다. 우선 밋밋한 스토리와 화려한 수식어의 남발을 배제하여 전작인 「실버 키」와 유사하게 만들고, 역시 지나치게 많은 플롯을 전작과 일치시키며, 현실 세계에서 초공간으로 이동하는 과정을 구체적으로 묘사한다는 것이었다. 프라이스가 초안을 집필할 때, 전작의 특징을 고려하기보다는 지나치게 많은 요소를 억지로 끼어 넣으려고 했다는 지적이 있었다.

러브크래프트는 헤이즐 힐드(Hazel Heald), 질리아 비숍(Sealia Bishop) 등의 작품을 대필하거나 프라이스 외에도 공동 집필을 한 경우가 있다. 공동 집필의 어려움을 "이번 작업을 통해서 창작보다 두 배는 어렵다는 생각을 했습니다……. 기존의 구성에 맞춰야 하니 정말 보통 일이 아닙니다."라고 토로하기도 했다. 이 작품에 대해 초안자이자 공동 집필가인 프라이스는 "초안에서 내가 쓴 단어 중 남아 있는 게 50개도 안 된다."며 전적으로 러브크래프트의 소설이며, 자신의 역할은 거의 없다고 밝혔다. 전작에 비할 바는 아니지만, 역시 러브크래프트의 신념과 철학의 일면을 담고 있으며, 랜돌프 카터 연작의 한 부분을 차지한다.

Ⅰ

기이하게 짠 아라스제 태피스트리와 장인의 손길이 느껴지는 고풍
스러운 보카라 융단으로 치장된 커다란 방, 서류가 널려 있는 탁자 앞
에 네 명의 사내가 앉아 있었다. 몹시 늙은 흑인이 검은색 제복 차림으
로 이따금 구석 자리에 놓인 기묘한 청동 제단에 올리바눔[44]을 갈아 넣
자, 몽롱한 유향 냄새가 방 안에 가득했다. 한쪽 벽면의 깊숙한 벽감에
서 째깍거리고 있는 관 모양의 시계, 그것의 문자판에 불가사의한 상형
문자가 새겨져 있고, 네 개의 바늘은 지구의 시간 체계와는 전혀 다른
방식으로 움직이고 있었다. 독특하면서도 으스스한 방, 그러나 모임의
목적을 따진다면 이처럼 최고의 전문가들이 한데 모이기도 쉽지 않았
다. 전국에서 가장 뛰어난 신비주의자와 수학자, 동양학자가 그 곳에
모인 이유는, 4년 전 세상에서 종적을 감춘 어느 탁월한 신비주의자이
자 학자, 문필가이자 몽상가의 재산 문제를 협의하기 위함이었다.

랜돌프 카터, 그는 평생 동안 꿈의 풍경과 가상의 세계를 통해 현실

의 권태와 한계에서 벗어나고자 애쓰다가 1928년 10월 7일 54세의 나이로 홀연히 사라진 인물이었다. 그의 삶은 기이하고 고독했으며, 그가 쓴 몇 편의 소설에는 그의 이력보다 훨씬 기괴한 이야기들이 담겨 있었다. 특히 사우스캐롤라이나의 신비주의자로서 히말라야 사제들의 나칼어(語)[45]를 연구하다가 충격적인 결말을 맞은 할리 워런과 랜돌프 카터가 밀접한 관계였다고 알려져 있었다. 실제로, 어느 소름 끼치도록 안개 자욱한 밤에 워런이 음습한 고대의 묘지 속으로 들어갔다가 다시는 돌아오지 못한 과정을 지켜본 사람이 바로 카터였다. 카터는 보스턴에 살았지만, 그 곳 역시 그의 선조들이 뿌리를 내렸던 스산하고 유서 깊은 아컴 너머의 거칠고 흉흉한 산맥에서 멀지 않았다. 그가 종적을 감춘 곳이 그 은밀하고 침울한 산 속이었다.

파크스라는 그의 늙은 하인(1930년에 숨을 거둔)에 따르면, 언젠가 카터의 저택 다락방에서 기묘한 향기를 풍기는, 생김새가 섬뜩한 상자 하나를 발견했다. 상자 속에는 정체 모를 양피지와 이상하게 생긴 은 열쇠가 들어 있었는데, 이 부분에 대해서는 카터도 다른 사람들에게 쓴 편지에서 밝힌 바 있다. 카터가 파크스에게 말하기를, 조상 대대로 물려받은 그 은 열쇠가 있으면 잃어버린 유년 시절과 그때까지 그저 한순간씩 어렴풋한 꿈을 통해서만 접해 온 낯선 세계와 환상의 제국으로 갈 수 있다고 했다. 그러던 어느 날, 카터는 상자와 그 내용물을 자동차에 싣고 집을 나섰다가, 그 후로 다시는 돌아오지 않았다.

나중에 사람들은 카터의 조상들이 거주했던 쇠락한 아컴 뒤편, 수풀 무성한 산길에서 카터의 자동차를 발견했다. 그 주변 언덕에 카터 가의 대저택이 폐허로 남았고, 무너진 지하실이 하늘을 향해 입을 벌리고 있었다. 1781년 또 한 명의 카터 가 사람이 실종된 곳도 저택 인근의 울창한 느릅나무 숲이었다. 그 곳은 마녀로 알려진 구디 파울러의 반쯤 허물어진 오두막에서 멀지 않았는데, 그전까지 그 곳에서 독약이 만들어졌다고 전해졌다. 세일럼의 마녀 재판 과정에서 도주한 사람들이 그 지역에 정착한 시기는 1692년, 그러나 지금까지도 실체 모를 불길한 악명을 간직하고 있다. 그 무렵, 에드먼드 카터가 갤로스 언덕에서 종적을 감추었고, 그의 소행이라는 마법과 관련된 이야기가 무성했다. 그런데 지금, 그의 고독한 후손 한 명이 조상을 만나기 위함인지 또다시 종적을 감추고 말았다니!

차 안에서 발견된 것은 섬뜩한 조각이 새겨진 향나무 상자와 아무도 해독할 수 없는 양피지였다. 은 열쇠는 카터와 함께 사라지고 없었다. 그 이상 카터의 실종과 관련해 단서가 될 만한 것은 없었다. 보스턴에서 온 형사들은 카터 가 저택의 무너진 목재들이 이상할 정도로 을씨년스럽다고, 저택 뒤편에 있는 바위투성이의 흉흉한 비탈에서 손수건이 발견됐다고 말했다. 그 비탈에서 멀지 않은 곳에 '뱀굴'이라는 동굴이 있었다.

그때부터 인근 산간 마을에서 뱀굴에 대한 소문이 끊이지 않았다. 농부들은 오래전에 마법사 에드먼드 카터가 그 소름 끼치는 동굴에서 요괴스러운 짓을 일삼았다고 수군거렸고, 나중에는 랜돌프 카터가 어린 시절에 그 동굴을 자주 찾았다는 말이 보태졌다. 카터가 어렸을 때까지만 해도 고색창연한 맞배지붕[46]의 저택이 폐허가 되기 전이었고, 그의 종조부인 크리스토퍼가 그곳에 거주하고 있었다. 종종 그곳을 찾아간 카터는 유독 뱀굴에 관한 이야기를 많이 했다고 한다. 마을 사람들은 카터가 동굴의 깊은 틈과 깊숙이 자리 잡은 내부 동굴에 대해 한 말을 떠올리면서 그가 아홉 살 때 동굴에서 특별한 하루를 보낸 이후 변하기 시작했다고 말했다. 그 때도 10월의 어느 날이었고, 그때부터 카터는 앞날을 내다보는 신비한 능력을 보여주었다는 것이다.

카터가 사라진 날은 밤늦도록 비가 내려서 아무도 자동차에서 이어진 그의 발자국을 발견하지 못했다. 뱀굴 내부는 비가 스며들어 흙탕물로 가득했다. 커다란 느릅나무가 길까지 드리워진 뱀굴 인근의 흉흉한 산허리, 그러니까 예전에 손수건이 발견됐던 지점에 발자국이 남아 있었다고 무지한 시골 사람들만이 수군거렸다. 그러나 랜돌프 카터가 어렸을 때 신었다는 앞이 네모진 부츠처럼 뭉툭하고 작은 발자국 따위에 누가 신경이나 썼겠는가? 그래서인지, 베니자 코리의 어지러운 발자국이 길가에 난 뭉툭하고 작은 발자국 쪽으로 향해져 있었다는 소문도 미친 소리로 여겨졌다. 베니자 노인은 랜돌프 카터가 어렸을 때 카터 집안에서 고용한 인물이었지만, 죽은 지 벌써 30년이 되었다.

이러한 소문들은(기묘한 아라비아풍의 은 열쇠가 유년 시절로 들어가는 관문을 열어 준다고 파크스와 다른 사람에게 말한 카터 자신의 언급까지 포함해서) 많은 신비학 학자들로 하여금 카터가 시간의 길을 따라 45년 전의 어린 시절, 그러니까 뱀굴에 머물렀다는 1883년 10월의 어느 날로 돌아간 것이라고 주장하게 만드는 계기가 되기도 했다. 그들의 주장에 따르면, 동굴에서 밤을 보냈을 때, 카터는 어떤 방식으로든 1928년까지 시간 여행을 하고 돌아갔을 것이라고 했다. 그래서 그 날 이후로 미래를 예견할 수 있었던 것은 아닐까? 게다가 그는 1928년 이후의 일에 대해서는 단 한 번도 언급한 적이 없었다.

이런 학자들 중에서 로드아일랜드 주 프로비던스에 거주하는 어느 괴팍한 노인은 카터와 오랫동안 편지를 주고받았다고 알려져 있었다. 그는 특히 카터의 실종과 관련해 좀 더 그럴듯한 이론을 제시했다. 요컨대, 카터가 단순히 유년 시절로 돌아간 것이 아니라 유년 시절의 꿈에서 접한 현란한 광경 사이를 여행하며 더 큰 자유를 느끼고 있다는 것이었다. 그는 기묘한 예시(豫示)를 본 이후, 책으로 출간한 카터의 실종 이야기에서 카터가 현재 단백석[47]으로 이루어진 이레크-바드의 왕좌에서 통치자가 되어 있다고 암시했다. 그의 말에 따르면, 이레크-바드는 우묵한 유리 절벽 정상에 세워진 전설의 도시로서, 아가미와 지느러미가 달린 그노리 종족이 독특한 미궁을 만들어 놓았다는 황혼의 바다를 굽어보고 있다.

카터의 부동산을 상속인(모두가 먼 사촌뻘이었지만)에게 배분해야 한다는 주장에 가장 적극적으로 반대한 사람은 워드 필립스라는 노인이었다. 그는 카터가 다른 차원에서 아직 살아 있기에 언젠가는 다시 돌아올 거라고 주장했다. 그리고 카터보다 열 살 연상이지만 법정 공방에서만큼은 패기만만한 인물로 시카고에 거주하는 어니스트 K. 에스핀월은 사촌 중에서도 법적 대응력이 가장 뛰어났는데, 워드 필립스와도 극한 대립각을 세웠다. 4년 동안 양측의 팽팽한 대립이 극으로 치달아 온 상속 문제를 이제 어떤 식으로든 매듭지어야 할 시점인지라, 그 해결을 위해 모인 장소가 바로 뉴올리언스의 크고 기이한 방이었다.

그 저택은 카터의 문학 작품과 재정 문제를 관리해 온 대리인의 거처였다. 그 대리인은 프랑스계 이주민으로서 신비주의와 동양 상고사 분야에서 저명한 에티엔느 로랑 마리니였다. 카터는 전쟁 동안 프랑스 외인부대에서 마리니를 처음 만났고, 취향과 외모가 비슷하다는 점 때문에 이내 절친한 사이가 되었다. 복무 기간에 휴가를 얻자, 학식 있는 프랑스계 젊은이는 사색을 즐기는 보스턴의 몽상가를 이끌고 프랑스 남부의 비욘이라는 음산한 옛 도시를 찾아가 도시 지하에 간직된 섬뜩한 비밀을 보여주었다. 그때부터 그들은 영원한 우정으로 맺어졌다. 카터는 기꺼이 마리니를 자신의 대리인이라고 불렀지만, 이제 부동산 문제를 해결해야 하는 학자의 심정은 착잡할 수밖에 없었다. 로드아일랜드의 워드 필립스처럼 그도 카터가 죽었다고는 생각하지 않았으니 애통한 일이었다. 그러나 신비주의자의 몽상으로 세상의 탐욕스러운 이치에 맞설 수는 없지 않은가?

프랑스계 노인의 거처에 모여 기이한 방 안의 탁자에 둘러앉은 이들은 카터의 재산 처분 문제와 밀접한 관련이 있다고 주장하는 사람들이었다. 카터의 상속인이 거주하고 있다고 판단되는 지역마다 신문지상을 통해 통례적인 법적 공지를 했지만, 지구의 시간과는 상관없이 째깍거리는 관 모양의 시계 앞에 앉아서 반쯤 커튼이 쳐진 부채꼴 채광창 너머에서 들려오는 정원의 분수 소리에 귀 기울이고 있는 사람은 고작 네 명에 불과했다. 시간이 흐를수록, 네 명의 얼굴은 청동 제단에서 피어오르는 향 연기에 가려져 어슴푸레해졌다. 그래서인지, 어느 틈에 미끄러지듯 다가와 향을 채워 넣는 흑인의 초조한 안색도 점점 사람들의 이목을 끌지 못했다.

에티엔느 마리니는 호리호리한 체격에 피부가 검은 편이었고, 콧수염을 기른 준수한 외모에서 아직 젊은 혈기가 느껴졌다. 상속인의 대표자 자격으로 참석한 에스핀월은 백발에다 구레나룻을 길렀는데, 얼굴에 다혈질이 그대로 드러나 있었고 전체적으로 뚱뚱한 편이었다. 프로비던스에서 온 신비주의자, 필립스는 마른 체구와 긴 콧날이 특징인 중년 남자로서 말끔하게 수염을 깎았고 어깨가 구부정했다. 마지막으로 나이를 가늠하기 어려운 한 남자, 그는 검은 피부와 마른 체구의 소유자였다. 유난히 단정한 그의 얼굴에서 표정 변화가 드러나지 않는데다 브라만 계급[48]을 나타내는 터번을 두른 채, 사물을 깊숙이 꿰뚫어 보듯 새카만 눈동자를 이글거리고 있었다. 그는 베나레스[49]에서 온 스와미 찬드라푸트라라고 자신을 소개하면서 알려줄 중요한 정보가 있다고 했다. 그와 서신을 주고받았던 마리니와 필립스는 곧바로 그의 신비한 주장을 믿을 만하다고 판단했다. 영어를 사용하는 것이 몹시 부담스러운지, 그의 말투에서 이상할 정도의 거북함과 금속성의 공허함마저 느껴졌다. 그러나 그가 구사하는 영어 자체는 앵글로색슨 토박이처럼 정확했고 어법에도 잘 맞았다. 전반적인 옷차림은 평범한 유럽인과 다르지 않았으나, 헐거운 옷이 어딘지 어색해 보였고 덥수룩한 검은 수염과 동양식 터번, 흰색의 커다란 장갑 때문에 이국적이고 기이한 분위기를 풍겼다.

마리니는 카터의 차에서 발견된 양피지를 만지작거리며 한창 이야기를 하는 중이었다.

"아니, 양피지에 대해서는 딱히 할 말이 없습니다. 여기 계신 필립스 씨도 포기했답니다. 처치워드 대령에 따르면, 양피지에 쓰인 언어는 나칼어가 아닐뿐더러, 이스터 섬[50]의 전투용 곤봉에 새겨진 상형문자와도 아무 관련이 없다고 합니다. 그러나 상자에 새겨진 글자는 이상하게도 이스터 섬과의 관련성을 암시하고 있습니다. 제가 이 양피지의 글자에 대해 추측할 수 있는 것이라고는 (글자들이 전부 밑으로 늘어져 있는 것으로 볼 때) 가엾은 할리 워런이 일전에 가지고 있던 책의 일부라는 점입니다. 카터와 제가 1919년 워런을 방문했을 때 양피지를 가져왔습니다. 그러나 당시 워런은 양피지에 대해 아무 말도 하지 않았습니다. 우리가 모르는 편이 좋을 거라면서 그저 지구 이외의 곳에서 만들어졌을 가능성만 넌지시 비췄을 뿐이니까요. 그해 12월, 그는 그 책을 가지고 낡은 묘지의 무덤으로 들어갔지만, 그 사람도 책도 다시는 무덤 밖으로 나타나지 않았습니다. 얼마 전, 저는 여기 계신 스와미 찬드라푸트라에게 기억이 나는 대로 책의 글자를 대충 적어서 카터의 양피지를 촬영한 사진과 함께 보냈답니다. 이 분은 참고 문헌을 찾아보고 자문을 구한다면, 언어를 해독할 수 있다고 했습니다.

그러나 핵심적인 부분은 카터가 제게 보낸 사진입니다. 그 기묘한 아라베스크 문양은 글자가 아니지만, 양피지를 만든 장본인과 깊은 관련이 있는 것으로 보입니다. 자세한 이야기를 한 적은 없지만, 카터는 그 수수께끼를 풀고야 말겠다고 입버릇처럼 말했습니다. 언젠가부터는 일이 진척되는 과정에 대해 거의 함축적으로만 설명하기 시작했습니다. 그 고풍스러운 은 열쇠에 대해서도, 우리 앞을 가로막은 일련의 관문을 여는 열쇠로서 시공을 초월한 거대한 회랑을 지나 인간이 한 번도 건넌 적이 없는 경계선까지 이를 수 있다고 말했지요. 무서운 천재, 사다드가 건설하여 아라비아의 사막에 숨겨 놓은 후로 그 경계선을 넘은 사람은 없었다고 합니다. 그 곳은 수천 개의 기둥으로 이루어진 아이렘[51]의 무수한 광탑과 웅장한 건물이 들어서 있습니다. 카터에게 편지를 쓴 굶주린 탁발승과 목말라 미쳐 버린 유목민들만이 그 어마어마한 건물의 입구와 아치문의 맨 위에 새겨진 손의 모습을 봤다고 말할 뿐, 누구도 그들의 말을 확인하기 위해 석류석으로 수놓아진 사막을 따라 가본 사람은 없답니다. 카터는 그 조각된 거대한 손에 들려져 있던 것이 은 열쇠는 아닐까 막연한 추측을 말한 적이 있습니다.

카터가 왜 열쇠와는 달리 양피지는 남겨 두고 사라졌는지는 알 수 없습니다. 어쩌면 깜박 잊어버렸을지도 모르고, 아니면 그와 비슷한 책을 들고 무덤에 들어갔다가 다시는 돌아오지 않은 워런의 전철을 밟지 않으려고 양피지를 일부러 놔두고 갔는지도 모릅니다. 그것도 아니라면, 우리의 간절한 바람대로 양피지가 중요한 것이 아니기 때문이겠지요."

마리니가 말을 멈추자, 필립스가 쉬고 떨리는 목소리로 말했다.

"우리는 오로지 꿈을 통해서만 랜돌프 카터의 여정을 이해할 수 있소. 나도 꿈속에서 낯선 장소를 숱하게 돌아다녔고, 스카이 강 너머에 있는 울타르에서 기이하고도 중요한 이야기들을 많이 전해 들었소. 양피지가 꼭 필요하진 않았을 것 같소. 왜냐하면, 카터가 유년 시절의 꿈속으로 돌아가 현재 이레크-바드의 왕이 되어 있을 것이기 때문이오."

에스핀월이 다혈질의 성격을 억누르지 못하고 흥분된 어조로 지껄이기 시작했다.

"말도 안 되는 소리 좀 집어치울 수 없나요? 그 정도면 시답잖은 소릴랑 그만둘 때도 되지 않았냐 이 말입니다. 문제는 재산을 배분하는 겁니다. 지금 그걸 위해서 모인 거란 말이오."

그때, 스와미 찬드라푸트라가 매우 이상한 목소리로 그날 처음으로 말을 꺼냈다.

"이 문제에는 여러분이 생각하는 것 이상이 포함돼 있습니다. 에스핀월 씨는 꿈의 증거에 대해 비웃음을 삼가시는 편이 좋을 겁니다. 필립스 씨는 꿈을 많이 꾸지 않았으므로 견해가 완전하다고 볼 수 없습니다. 나는 숱한 꿈을 꾸었습니다. 카터 집안사람들이 그랬듯이, 우리 인도에서도 꿈의 세계는 그리 낯선 것이 아닙니다. 에스핀월 씨, 선생님은 외가 쪽 친척이니 엄밀하게 따지면 카터 가와는 직접적인 관련이 없는 분입니다. 내가 꾼 꿈과 다른 정보들을 종합함으로써, 여러분이 아직 모르는 내용을 상당 부분 알려줄 수 있습니다. 예를 들어, 랜돌프 카터 씨가 해독하지 못한 양피지를 가져갔더라면 더 좋은 결과가 있었을 겁니다. 여러분, 나는 4년 전 10월 7일 해질 무렵 은 열쇠를 가지고 차에서 사라진 이후 카터 씨에게 무슨 일이 벌어졌는지 많은 것을 알고 있습니다."

에스핀월은 노골적으로 비웃었지만, 다른 사람들은 몹시 궁금한 표정으로 앉아 있었다. 청동 제단에서 피어오르는 연기가 자욱해졌고, 관 모양의 시계에서 들려오는 격렬한 째깍거림은 점과 선으로 이루어진 외계의 신비한 메시지를 알리듯 야릇한 소리로 바뀌었다. 인도인이 의자 등받이에 몸을 기대고 눈을 반쯤 감은 채, 힘겨워 보이면서도 어법에 정확히 들어맞는 영어로 말을 잇는 동안, 다른 사람들의 머릿속에 랜돌프 카터에게 무슨 일이 벌어졌는지 조금씩 그림이 떠오르기 시작했다.

II

아컴 뒤편의 산간 지역은 기묘한 마법으로 가득하다. 에드먼드 카터가 1692년 세일럼에서 그곳으로 도주했을 때, 어쩌면 뭔가가 별에서 내려오고 지하에서 솟구쳤는지 모른다. 다시 그 산간에 들어서는 순간, 랜돌프 카터는 하나의 관문에 도달했음을 깨달았다. 그 관문은 이질적이고 혐오스러운 것을 추구하는 대담한 사람들 중에서도 소수만이 지구와 외계의 절대 공간 사이에 가로놓인 거대 장벽을 뚫고 도달할 수 있는 곳이었다. 오래전 그맘때쯤에도, 그는 빛바랜 은 열쇠에 새겨진 아라베스크 문양을 몇 달 만에 해독하고 그곳에 찾아왔던 것을 기억해 냈다. 저무는 태양을 향해 열쇠를 높이 치켜들고 어떤 식으로 돌리는

지, 마지막에 외워야 하는 아홉 번째 주문은 무엇인지, 그는 이제 알 것 같았다. 어두운 극성과 가까운 지점에서 관문이 그를 유혹하고, 은 열쇠는 본연의 역할을 기억하고 있는 듯했다. 그날 밤 카터는 항상 애타게 그리워하던 유년 시절에서 안식을 얻었음이 틀림없다.

그는 열쇠를 주머니에 넣고 차에서 내려 으슥한 산속으로 점점 더 깊숙이 걸어 들어갔다. 구불구불 으스스한 시골 길과 포도 넝쿨로 뒤덮인 돌벽, 울창한 삼림 지대, 아무도 돌보지 않는 황량한 과수원, 휑한 창문, 버려진 농가, 그리고 정체 모를 폐허의 잔해가 그의 시야를 스쳤다. 일몰 무렵, 멀리 킹스포트의 첨탑이 불그스름하게 빛날 때, 그는 열쇠를 꺼내 주문과 함께 원을 그리기 시작했다. 그제야 그는 실제로 그 의식이 효과가 있다는 것을 깨달았다.

점점 짙어지는 어스름 속에서 그는 과거의 목소리를 들었다. 종조부가 고용했던 베니자 코리 노인의 목소리였다. 베니자는 30년 전에 죽지 않았던가? 30년 전 언제였을까? 몇 시였을까? 그가 1883년 10월 7일에 카터를 불렀던 것이 과연 기이한 일일까? 종조모 마사의 말을 어기고 너무 늦게까지 밖에 있지는 않았을까? 그리고 작은 (두 달 전 아버지가 아홉 번째 생일 선물로 사준) 망원경이 있어야 할 호주머니에 들어 있는 열쇠의 정체는 무엇인가? 다락방에서 발견했던 것은 아닐까? 뱀굴의 깊숙한 동굴 뒤편, 들쭉날쭉한 바위 사이에서 그가 예리한 시선으로 발견한 신비의 탑문을 여는 열쇠일까?

그곳은 언제나 마법사 에드먼드 카터를 떠올리게 하는 장소였다. 사람들은 그 곳에 가기를 꺼렸고, 카터를 제외한 어느 누구도 나무뿌리에 가려진 틈새를 따라가면 탑문이 달린 거대하고 캄캄한 내실에 다다른다는 사실을 알아채거나 눈여겨 본 사람은 없었다. 살아 있는 듯한 암석에 탑문을 만들어 놓은 이는 과연 누구일까? 마법사 에드먼드였을까, 아니면 그와 모종의 관련을 맺고 명령을 내린 또 다른 존재였을까?

그날 저녁, 꼬마 랜돌프는 종조부 크리스토퍼와 종조모 마사, 그렇게 셋이서 고풍스러운 맞배지붕의 저택에서 저녁을 먹었다.

다음 날 아침, 그는 일찍 일어나 울창한 사과 과수원을 따라 고지대의 삼림지로 향했다. 그 곳의 괴괴한 참나무 숲 사이에 뱀굴의 입구가 사람의 접근을 금하듯 은밀하게 숨어 있었다. 까닭 모를 흥분에 휩싸여 있던 카터는 은 열쇠가 그대로 있는지 호주머니를 확인하다가 손수건을 떨어뜨린 것을 알지 못했다.

그는 강렬하고 대담한 확신을 하고 시커먼 구멍 속으로 기어들었고, 거실에서 가져온 성냥불에 의지해 앞으로 나아갔다. 얼마 후, 막다른 곳에 이르러 뿌리에 얽혀있는 틈을 혜집고 들어가자, 마지막 돌벽이 버티고 있는 거대한 내부 동굴이 나타났다. 돌벽에 난 관문은 의도적으로 날카롭게 다듬어 놓은 것 같았다.

물이 뚝뚝 떨어지는 음습한 돌 벽 앞에 서서 그는 놀라움에 할 말을 잃고 성냥불에 드러나는 모습을 살펴보았다. 환상적인 아치 문 위쪽에 튀어나온 조각상은 진정 거대한 손의 형상이었을까? 마침내 그는 은 열쇠를 앞으로 내밀고, 희미한 기억을 되살리며 예정된 동작과 주문을 하기 시작했다. 미처 기억해 내지 못한 것은 없을까? 그는 눈앞의 장벽을 지나 꿈속에서 본 전대미문의 땅과 모든 차원이 완전히 해체된 심연으로 가고 싶었을 뿐이다.

III

그때 무슨 일이 벌어졌는지는 말로 설명할 길이 없다. 현실에서는 불가능한 역설과 모순과 예외성으로 가득하기 때문이다. 그러나 그런 요소들은 훨씬 환상적인 꿈을 채우고, 우리가 다시 협소하고 경직된 세계의 한계와 3차원적인 논리로 돌아올 때까지는 당연한 것으로 받아들일 만했다. 인도인은 한창 이야기를 진행할수록, 유년 시절로 돌아갔다는 한 남자의 내력 이상으로 진부하고 미숙한 과장의 분위기를 떨쳐버리지 못했다. 그 때문에 에스핀월은 연신 콧방귀를 끼며 아예 귀를 막아버렸다.

랜돌프 카터가 내부 동굴에서 행한 은 열쇠의 의식은 헛된 것이 아니었다. 동작과 주문을 하는 순간부터 기묘하고 놀라운 변화의 빛이 분명히 나타났다. 시간과 공간이 엄청난 혼돈에 빠져드는 것 같았다. 그러나 그가 어떤 동작을 얼마 동안 취하고 있었는지는 정확히 알 수 없다. 눈으로 직접 확인할 수 없는 시간과 위치 따위는 더 이상 중요한 의미를 지니지 않았다. 그 전날, 랜돌프 카터는 기적적으로 수년의 세월을 뛰어넘었다. 이제 소년과 어른의 경계는 사라졌다. 지리적 배경과 상황은 모두 망각된 채, 일련의 이미지만으로 존재하는 랜돌프 카터가 있을 뿐이었다. 방금 전까지만 해도, 기괴한 아치문과 함께 벽 위에 거대한 손이 조각돼 있었다. 그러나 지금은 동굴도, 동굴이 사라졌다는 느낌도 존재하지 않았다. 벽도, 벽이 사라졌다는 느낌도 존재하지 않았다. 추상적일 정도로 희미한 인상의 흐름만 있었다. 마음에 떠오른 모든 것들을 느끼거나 표현한 결과였지만, 랜돌프 카터가 의식적으로 그 인상들을 받아들이려고 한 것은 아니었다.

의식이 끝나자, 카터는 지구의 지질학자도 모르는 공간과 역사에 존재하지 않는 시대에 도달해 있음을 깨달았다. 그 같은 일이 완전히 낯설게만 느껴지지 않았기 때문이다. 비서(秘書)『프나코틱 필사본』에서 단편적으로 암시되고, 아랍의 광인 압둘 알하즈레드가 쓴 금서(禁書)『네크로노미콘』[52]의 한 장 전체에 언급됐을 뿐 아니라, 그가 은 열쇠에 새겨진 문양을 해독하는 순간 그 중요성을 분명하게 깨달은 일이었다. '최종 관문'은 아니지만, 그래도 지구와 그 시간에서 시간을 초월한 지구의 외연으로 향하는 관문 하나가 열렸다. 그 지점을 통과하면 모든 행성과 우주와 물질을 초월한 '마지막 공간'으로 가는 끔찍하고 위험한 최후의 관문이 나타났다.

무시무시한 '안내자'가 있을 것이었다. 인간이 상상하지 못할 수백만 년 전, 고대의 존재들이 뜨거운 지구를 오가고 최초의 포유동물들이 뛰놀던 마지막 폐허의 한복판에 '안내자'는 기묘한 도시를 세웠다. 카터는 오싹한『네크로노미콘』에서 그 안내자와 관련해서 모호하고 혼란스럽게 언급된 부분을 기억했다.

"그리고 그들이 존재했을 때," 아랍의 광인은 그렇게 적었다. "그들은 감히 베일 너머를 보고자 '그'를 안내자로 받아들였다. 그들은 '그'와 대화를 하지 않는 편이 현명했다. 단 한 번 흘깃 보는 것만으로 혹독한 대가를 치러야 한다는 사실이『토트의 책』[53]에 쓰여 있기 때문이다. 광대한 공간에서 우리의 세계는 꼼짝할 수 없는 어둠의 형태이기에 일단 통과한 자는 돌아오지 못할 것이다. 사건이 어둠 속에서 꿈틀거리고, 악한 것은 엘더 사인[54]에 반항하며, 무덤마다 숨겨져 있다는 비밀의 입구를 지키고 선 무리는 무덤 속에서 자란 것들을 먹고 번영한다.[55] 이같은 암흑은 관문을 지키는 '그'에 비하면 보잘 것 없다. 그는 무모한 자를 모든 세상 너머에 있는 이름 모를 탐욕의 심연으로 안내하기 때문이다. 그는 '움라트-타윌'[56], 즉 '초고대인'의 수장이며, 이 말은 다시 '생명의 연장'이라는 뜻이기 때문이다."

격렬한 혼돈 속에서 기억과 상상은 알 듯 말 듯한 윤곽을 띠었지만, 카터는 희미한 이미지의 실체가 기억과 상상에 불과하다고 생각했다. 그러나 그의 마음속에 그런 형태가 나타난 것이 우연이라기보다는 너무도 사실적이면서도 말로 형용할 수 없고 초월적으로 느껴졌다. 그것들은 그를 에워싸고 그가 이해할 만한 상징을 통해서 스스로 의미를 전하려 애쓰고 있었다. 인간 중에서 우리가 알고 있는 시간과 차원을 벗어나 불규칙한 심연 속에 얽혀 있는 온갖 형태의 확장을 이해할 수 있는 이는 없기 때문이었다.

카터 앞에서 떠도는 어렴풋한 형체와 장면들은 지구의 원시적인 공간이자 영겁 동안 잊혀왔던 과거와 관련이 있었다. 온전한 정신으로는 꿈도 꾸지 못할 상상의 공간에서 기괴한 생물체들이 유유히 움직이고, 인간 세계와는 거리가 먼 기이한 식물과 절벽, 산맥과 대저택이 그 배경이었다. 바다 밑에 도시가 있으며, 그 곳에 시민이 살았다. 거대한 사막에는 높은 탑들이 있었고, 구체 모양과 실린더 모양 그리고 날개 달린 미지의 생물체들이 이 사막에서 우주를 향해 솟구치거나 우주에서 이 사막으로 곤두박질쳤다. 이미지들은 아무 관련도 없이 떠돌았지만, 카터는 이해할 수 있었다. 구체적인 형태나 위치를 파악할 수는 없었다. 그러나 변화무쌍한 그 형태와 위치는 분명 소용돌이치는 그의 상상력 안에 있었다.

그는 유년의 꿈에서 매료됐던 지역을 찾고 싶었다. 갤리선들이 오크라노스 강을 따라 트란의 첨탑을 지나고, 코끼리를 탄 카라반들이 클레드의 향기로운 밀림을 힘차게 행진하며, 줄무늬 상아 기둥으로 이루어진 왕궁들이 달빛 아래 고요히 잠들어 있는 곳. 더욱 자유로워진 상상에 취해, 그는 자신이 무엇을 찾고 있는지도 알지 못했다. 마음속에 불경한 용기가 한없이 샘솟았다. 두려움 없이 무시무시한 '안내자'를 만나 기괴하고 섬뜩한 질문을 할 수 있다고 생각했다.

쇄도하던 이미지들은 돌연 구체적인 모습을 띠기 시작했다. 솟구친 거대한 돌과 함께 나타난 조각상은 생경했고, 기하학에 반하는 이상한 형태로서 미지의 법칙을 암시하고 있었다. 오묘한 색채의 하늘에서 이상한 방향으로 빛이 흘러나와 커다란 상형 문자가 새겨진 대좌의 곡선을 의도적인 것처럼 비추었다. 육각형 혹은 그 이상으로 보이는 대좌는 망토를 입은 불분명한 형체로 에워싸여 있었다.

대좌가 아닌 곳에도 어떤 형체가 나타났지만, 그것은 어렴풋이 바닥으로 보이는 지층에 미끄러지듯 움직이거나 떠다니는 것 같았다. 그것은 일정한 형태가 아니고, 보통 사람의 반밖에 안 되는 크기였지만, 인간의 먼 조상을 떠올리게 만들었다. 그것도 대좌에 있는 형체들과 마찬가지로 잿빛 직물로 짠 두툼한 망토를 걸치고 있었다. 그러나 카터는 자신을 바라보는 듯한 그 형체에서 눈동자를 찾을 수 없었다. 육체적인 조직과 기능을 훨씬 초월한 존재처럼 느껴졌으므로 구태여 상대를 바라볼 필요도 없는 것 같았다.

잠시 후, 카터는 그 생각이 옳다는 것을 깨달았다. 그 형체가 소리나 언어를 통하지 않고 그의 마음에 말을 걸었기 때문이다. 그것은 끔찍하고 섬뜩한 이름을 언급했지만, 랜돌프 카터는 겁먹지 않았다. 오히려 소리나 언어가 없는 똑같은 방식으로 『네크로노미콘』에서 배운 인사를 건넸다. 이미 그 공간은 로마르[57]가 바다에서 솟구치고, '파이어 미스

110

트'의 후손들이 태고의 전설을 인간에게 알려주기 위해 지구를 찾은 이후, 모든 세계가 두려워한 곳이기 때문이었다. 그 형체가 바로 무시무시한 안내자이자 관문의 수호자인 '움라트-타월', 즉 초고대인[58]으로서 '생명의 연장'이라는 의미를 가진 자였다.

안내자는 모든 것을 알고 있었기에 카터의 탐험과 방문이 있을 것이며, 꿈과 비밀을 쫓는 그 몽상가가 아무 두려움 없이 그 앞에 설 것도 알고 있었다. 그가 내뿜는 빛에서 공포나 적의는 느껴지지 않았다. 그래서 카터는 아랍의 광인이 이제부터 벌어질 일에 질투를 느껴서 안내자에 대해 섬뜩하고 불경한 암시를 한 것은 아닐까 잠시 의아했다. 아니면 안내자가 자신이 두려워하는 대상에 대해서는 공포와 적의를 드러내지 않는 것인지 몰랐다. 빛이 계속 방사됐으며, 카터는 마침내 그 빛이 언어의 한 형태라고 생각했다.

"내가 바로 초고대인의 수장이다." 안내자가 말했다. "그대는 이미 우리를 알고 있다. 초고대인들과 나, 이렇게 우리는 그대를 기다려 왔다. 오래 지체됐지만, 여기 온 것을 환영한다. 그대가 열쇠를 가지고 있기에 나는 '일차 관문'을 열었다. 이제 '최종 관문'이 그대를 시험하기 위해 기다리고 있다. 두렵다면, 포기하라. 여기에 온 것처럼 아무 문제 없이 돌아갈 수 있다. 그러나 일단 선택을 한 후에는……."

돌연한 침묵이 불길했지만, 빛은 여전히 우호적으로 흘러나왔다. 카터는 강렬한 호기심에 사로잡혀 잠시도 머뭇거리지 않았다.

"도전하겠습니다." 카터는 빛으로 응답했다. "그리고 당신을 저의 안내자로 받아들이겠습니다."

카터의 답변을 듣고, 안내자는 팔인지 아니면 그와 비슷한 신체 일부인지 정확하지는 않지만, 옷자락을 들어 신호를 보냈다. 두 번째 신호가 이어졌을 때, 카터는 전설에 대한 해박한 지식을 바탕으로 그가 마침내 '최종 관문'에 가까이 왔음을 깨달았다. 빛은 역시 형용할 수 없는 색으로 변했다. 육각형의 대좌에 있던 형체들이 좀 더 뚜렷하게 보였다. 그들이 몸을 조금 일으키자, 카터는 그럴 리 없다고 생각하면서도 그 모습이 인간과 흡사하다고 느꼈다. 망토로 덮인 머리에 영묘한 색채의 기다란 관이 씌워 있었다. 그들의 모습은 어느 이름 모를 조각가가 타타리에 있는 금단의 고산(高山)에서 살아 있는 절벽을 따라 새겼다는 미지의 존재를 암시했다. 한편, 그들의 행렬 속에서 눈에 띄는 긴 지휘봉은 기괴한 고대의 미스터리를 상징하는 것 같았다.

카터는 그들이 누구이며, 어디서 왔는지, 또 누구를 섬기는지 추측해보았다. 그리고 섬김의 대가는 무엇인지도. 그러나 한 번의 위대한 모험을 통해서 모든 것을 알게 되리라 생각하니 여전히 흡족했다. 누구든 흘깃 바라만 보아도 파멸한다는 말은 그저 근거 없는 낭설이 아닐까? 영원한 꿈에서 깨어나 인류에게 저주를 내리기라도 할 것처럼 초고대인을 사악한 존재로 매도한 사람들의 속임수에 대해 의문이 생겼다. 거대한 존재가 한갓 지렁이 같은 미물을 상대로 광적인 복수를 한다는 얘기도 마찬가지였다. 그때 육각형 기둥에 모여 있던 무리들이 기이하게 조각된 지휘봉의 신호에 따라 카터에게 인사와 함께 메시지를 전했다.

"우리는 초고대인의 수장과 그대, 랜돌프 카터를 환영합니다. 용기 있는 자, 그대 랜돌프 카터는 우리의 일부가 되었습니다."

카터는 대좌의 하나가 비어 있는 사실을 발견했고, 초고대인의 수장은 그를 위한 자리라고 신호를 보냈다. 그는 다른 것에 비해 기다란 대좌도 발견했다. 그 중심에는 기이한 (반원이나 타원도 아니고, 포물선이나 쌍곡선도 아닌) 곡선이 그려져 있었다. 카터는 그것이 안내자의 권좌라고 생각했다. 그의 몸은 이상하게 움직여 허공으로 떠올랐다가 그 자리에 앉혀졌다. 안내자도 자신의 자리에 앉는 모습이 보였다.

차츰, 초고대인의 수장이 입고 있는 로브[59] 밖으로 희미한 물체가 카터의 눈에 들어왔다. 일부러 보이거나 아니면 망토 두른 동료에게 답하기 위한 도구 같았다. 무지개 빛깔의 금속으로 만든 커다란 구체로서, 안내자가 그것을 비스듬히 앞으로 뻗자, 지구의 리듬과는 전혀 다르게 설득하는 듯한 음향이 일정한 간격을 두고 높아졌다가 낮아졌다. 인간에겐 합창처럼 들리는 소리였다. 곧이어 구체 비슷한 물체에서 빛이 나왔고, 점점 오묘한 색으로 밝아지면서 차갑게 흔들렸다. 카터는 빛의 깜박임과 낯선 합창의 운율이 일치하는 것을 깨달았다. 그리고 관을 쓰고 지휘봉을 잡은 형체들이 대좌에서 일제히 운율에 맞춰 몸을 흔들었고, 기이한 광선이 그들의 감춰진 머리를 돌며 구체 모양으로 빛났다.

인도인이 말을 멈추더니, 상형 문자가 새겨진 문자판과 네 개의 바늘로 이루어진, 기다란 관 모양의 시계를 유심히 바라보았다. 시계의 이상한 째깍거림은 지구의 리듬과는 달랐다.

"마리니 씨," 그는 박식한 집주인에게 불쑥 말했다. "육각형 기둥에서 두건을 쓴 존재들이 합창하고 고개를 끄덕이는 과정에서 나온 독특한 리듬을 따로 설명할 필요는 없을 겁니다. 선생님은 미국에서 외계의 공간을 알고 계시는 유일한 분이니까요. 저 시계, 아마 가엾은 할리 워런이 얘기하던 인도의 명상가가 선생님께 보냈을 겁니다. 할리 워런은 은폐된 영겁의 렝[60] 고원에 있다는 얀-호를 직접 찾아간 유일한 인간입니다. 그리고 그 소름 끼치는 금기의 도시에서 어떤 물건을 가져왔습니다. 선생님은 그 미묘한 특징을 얼마나 알고 계시는지요? 만약 저의 꿈과 지식이 옳다면, 그 물건은 '일차 관문'에 대해 잘 아는 사람들이 만든 것입니다. 하지만 일단 이야기를 계속하겠습니다."

이윽고, 계속된 인도 사람의 말에 따르면, 무리의 합창과 흔들림이 멈추자 머리 주변을 떠돌던 희미한 빛도 사라졌으며, 망토를 쓴 무리는 대좌에 이상하게 주저앉았다고 말했다. 그러나 구체는 계속해서 불가사의한 빛과 어울려 떨고 있었다. 카터는 처음 봤을 때처럼 초고대인이 잠들었음을 알았고, 자기가 우주의 잠을 깨웠다는 생각에 외경심을 느꼈다. 천천히 그의 마음속에 떠오르는 진실은, 그 기이한 합창 의식이 가르침이며, 초고대인의 수장이 지시하는 대로 망토 쓴 형체들은 은열쇠로 통과할 수 있는 '최종 관문'을 열기 위해 또 한 번 새롭고 특별한 잠에 빠져들었다는 것이었다. 깊은 잠의 신비 속에서 그들은 상상을 초월하는 완전하고 절대적인 외연의 광대무변(廣大無邊)을 사색하며, 카터에게 필요한 일을 준비시키려는 것이다.

안내자는 그들과 함께 잠들지 않았지만, 무언의 미묘한 방식을 통해서 여전히 카터에게 가르침을 전하는 것 같았다. 실제로 그는 꿈에서 성취할 일들을 이미지를 통해 망토 쓴 형체들에게 주입하고 있었다. 카터는 초고대인 각각이 예정된 사유를 형상화하고 있음을 깨달았다. 그 결과 사유의 핵심은 인간의 눈으로 볼 수 있는 현시로 나타날 것이었다. 망토 쓴 형체들의 꿈이 하나로 일치될 때, 그 현시와 함께 카터에게 필요한 모든 것이 구체적인 모습으로 드러날 것이다. 카터는 인도에서 그 비슷한 일을 목격한 적이 있었다. 그때 원형으로 둘러앉은 명상의 대가들이 각각의 의지를 결집하고 투사함으로써 희디흰 광휘 속에서 그들의 생각을 전달했는데, 그것을 아는 이는 극소수에 불과했다.

최종 관문의 정체가 무엇이며, 어떻게 통과할 수 있는지, 카터는 확신할 수 없었지만, 강렬한 욕망을 느꼈다. 그는 자신이 육체와 비슷한 것을 지니게 됐으며, 운명의 은 열쇠를 손에 쥐고 있다는 느낌을 받았다. 정면에 솟구쳐 있는 벽처럼 평평한 석상들, 그의 시선은 그 중심으로 이끌렸다. 돌연, 초고대인의 수장이 정신 파동을 중단했다는 느낌이 들었다.

카터는 정신적으로 육체적으로 완전한 침묵이 얼마나 무서운 것인가를 처음 깨달았다. 조금 전까지 만해도 희미하나마 지구의 차원과 유사하고 비밀의 맥박 같은 리듬을 느낄 수 있었지만, 지금은 심연의 침묵이 모든 것을 휩싸고 있었다. 육체를 느끼면서도, 그는 자신의 숨소리를 들을 수 없었고, '움라트-타윌'의 구체에서 발하는 광휘도 차츰 떨림을 멈추었다. 망토 쓴 형체의 머리에 떠돌던 빛보다 더 강렬한 원광이 무시무시한 안내자의 가려진 두상 위에 이글거렸다.

카터는 현기증을 느끼고 방향 감각을 완전히 상실했다. 기이한 불빛은 몇 겹으로 쌓인 암흑과 같아서 그 속을 도저히 꿰뚫어 볼 수 없었다. 육각형 대좌에 바짝 웅크리고 있는 초고대인들의 모습에서 놀라운 거리감이 느껴졌다. 그때 카터는 얼굴에 닿는 향기로운 온기를 느끼며 알 수 없는 심연 속으로 날아가는 기분이 들었다. 마치 강렬한 장밋빛 바다 위에 떠 있는 느낌이었다. 마약을 탄 술이 바다를 이루어 청동빛 불꽃이 일렁이는 해변을 향해 포말을 일으키는 것 같았다. 아득히 먼 해변에서 광활한 바다를 지켜보며 카터는 크나큰 두려움에 사로잡혔다. 그러나 침묵이 깨진 것은 그때였다, 음절로 이루어진 물리적 소리가 아닌 다른 언어를 통해 파도가 그에게 말을 건넸던 것이다.

"진리를 아는 자는 선악을 초월한다." 목소리 아닌 목소리가 말했다. "진리를 아는 자는 '완전한 합일(合一)'로 이끌린다. 진리를 아는 자는 환영이 곧 현실이며, 물질이 곧 거짓임을 알고 있다."

곧이어 카터의 시선을 사로잡고 있던 석상에서 아주 오래전에 3차원의 가상적인 내부 동굴에서 본 것처럼 거대한 아치문의 윤곽이 나타났다. 그는 자신이 은 열쇠를 사용하고 있음을 깨달았다. 배운 적은 없지만 '내부 문'을 열었을 때처럼 본능에 따라 열쇠를 움직이고 있었다. 두 뺨에 일렁이는 장밋빛 바다는 알고 보니 금강석처럼 단단한 벽이었다. 벽은 이제 그의 주술 앞에서 조금씩 열리기 시작했다. 초고대인의 사유가 소용돌이를 일으키며 그의 주술을 돕고 있었다. 여전히 본능과 단호한 결심에 이끌려, 그는 공중에 뜬 상태에서 앞으로 움직였고, 마침내 최종 관문을 통과하기 시작했다.

IV

거대한 석조물 사이를 통과한 랜돌프 카터의 모험은 흡사 행성 사이를 빠르게 이동하는 것 같았다. 그는 아주 멀리서 밀려드는 달콤하고 장엄한 승리감을 맛보았다. 곧이어 거대한 날개가 퍼덕이고, 지구 혹은 태양계에 알려진 바 없는 물체들이 짹짹거리고 웅얼대는 소리가 들려왔다. 그가 뒤를 돌아보자, 하나가 아니라 여러 개의 관문이 나타났다. 그 중 어느 한 곳에서 기묘한 형체들이 소동을 일으키고 있었지만, 다시는 기억하고 싶지 않은 광경이었다.

갑자기 그 어떤 것에서도 느껴보지 못한 거대한 공포가 엄습해 왔다. 그것은 그 자신과 관련된 것이라 도저히 벗어날 수 없는 공포였다. 일차 관문을 통과할 때 평온을 빼앗기고, 자신의 신체와 주변 사물과의 모호한 관련성에도 확신을 잃었지만, 자아의 통일성만큼은 혼란을 겪지 않았다. 그는 여전히 랜돌프 카터였고, 소용돌이치는 차원의 정점이었다. 그러나 최종 관문을 지난 지금, 그는 자신이 하나가 아니라 여럿이라는 섬뜩한 공포에 직면했다.

그는 동시에 여러 곳에 있었다. 1883년 10월 7일 지구, 랜돌프 카터라는 소년은 고즈넉한 저녁 빛을 받으며 뱀굴을 나와 험준한 비탈을 뛰어 내려오고 있었다. 소년은 나뭇가지들이 뒤엉킨 과수원을 지나 아컴 너머 산중에 있는 크리스토퍼 삼촌의 집으로 향했다. 그러나 그 똑같은 시간, 좀 더 정확하게 1928년의 그때 랜돌프 카터의 모습을 한 그림자가 지구 외부에서 초고대인들과 함께 대좌에 앉아 있었다. 뿐만 아니라, 제3의 랜돌프 카터는 최종 관문 너머 형체 없는 미지의 우주 심연에 있었다. 그리고 무한하고 기괴한 다양성으로 그를 미치기 직전까지 몰고 간 혼돈의 장면들 어딘가에서 더없이 혼란스러운 자아와 지금 최종 관문 너머에 일부만 나타난 존재가 매우 흡사해졌다.

지구의 역사로서 알려지거나 추정되는 시대뿐 아니라 지식과 의혹, 신빙성을 통해 인간의 기원이라고 할 만한 시기에서 여러 명의 카터가 존재했다. 카터의 분신들은 인간과 비인간, 척추동물과 무척추동물, 지적 존재와 그렇지 않은 존재, 동물과 식물 등 여러 가지 형태를 띠고 있었다. 게다가 그 중에는 인간의 삶과는 딴판으로, 낯선 행성과 체계, 은하와 우주 공간을 종횡무진 하는 카터의 분신도 있었다. 죽지 않는 포자의 형태로 세계에서 세계로, 우주에서 우주로 떠다니는 그들은 모두 카터 자신이었다. 희미하면서도 생생하고, 독특하면서도 일관적인 꿈의 단편들은 처음으로 꿈을 꾼 이후 그가 오랜 세월 동안 경험한 결과였다. 그리고 극소수의 인간만이 세속의 논리로는 설명할 수 없는 그 집요하고 매력적이며 끔찍한 경험을 공유할 수 있었다.

그 같은 깨달음에 직면한 카터는 극도의 공포 속에서 현기증을 느꼈다. 이지러진 달빛 아래 고대의 음침한 공동묘지를 찾아갔다가 두 사람 중에서 오직 한 사람만 살아 돌아온 그 끔찍한 밤에도 그 같은 공포는 없었다. 죽음, 숙명, 번민, 그 어떤 것도 자아를 상실하고 표류하는 절망감을 압도하지 못했다. 무(無)로 합쳐진다면 그것은 평화로운 망각이다. 그러나 자신이 존재한다는 사실을 알면서도 다른 존재와 구분되는 차이를 잃는다면, 더 이상 자아가 없다면, 그것은 정체 모를 고뇌와 공포의 절정일 것이다.

그는 보스턴에 한 명의 랜돌프 카터가 존재했다는 것을 알았다. 그러나 최종 관문 너머에 있는 존재의 일부 혹은 일면일지 모르는 그의 정체가 과연 어떤 카터였는지는 확신할 수 없었다. 그의 자아는 지워졌다. 그러나 개인이 완전히 무효화된다는 관점에서 '그'라는 존재가 실제로 존재할 수 있다면, 그는 불가해한 방식으로 여러 개의 자아가 합쳐진 존재라고 할 수 있었다. 마치 그의 육체는 사지와 머리가 여러 개 달린 인도 신전의 어느 조각상으로 변한 것 같았다. 그는 당혹감 속에서 자아의 결합체 중 어느 것이 본질이고 어느 것이 추가된 것인지 알아내려고 생각에 잠겼다. 만약(얼마나 소름 끼치는 가정인가!) 다른 자아와 구분되는 본연의 자아가 실제로 존재한다면 말이다.

망연자실해진 '관문 너머 카터의 분신'은 공포의 밑바닥 같았던 곳에서 더욱 깊고도 강렬한 공포의 검은 구덩이 속으로 내동댕이쳐졌다. 극한 공포는 더욱 강렬하게 그를 사로잡았다. 이번에는 주로 외부에서 느껴지는 공포였고, 그와 맞서서 에워싸면서도 그에게 스며드는 어떤 힘 혹은 인물이었다. 그런데 이 부분적인 실체에는 그 자신의 일부가 포함된 것 같았다. 그들은 시간을 초월해 동시에 존재하며, 공간을 초월해 연속하는 것 같았다. 시각적인 이미지는 없어도 존재감이 느껴졌고, 분신과 자아와 무한성이 한데 어우러졌다는 섬뜩한 생각이 들었다. 그 때문에 지금까지 상상할 수도 없었던 숨 막히는 공포가 밀려들었다.

충격 때문에 카터의 분신은 개성을 말살 당했다는 공포마저 잊었다. 무수한 존재와 자아가 '하나 속의 전체'이자 '전체 속의 하나'였다. 하나의 시공간에 있는 사물뿐 아니라, 완벽하게 진화한 어느 존재의 본질과도 결합된 느낌이었다. 그 완벽한 존재는 상상과 수학적 계산을 초월했기에 그 정체를 알 수 없었다. 그것은 지구의 일부 비밀 의식에서 조심스럽게 전해지고, 여러 가지 신의 이름으로 불려 왔다는 요그-소토스[61]일지 몰랐다. 유고스[62]라는 곳의 갑각류 종족[63]이 요그-소토스를 초월자로 숭배했다. 두뇌가 나선형의 수증기 형태로 이루어진 그 갑각류들은 해독할 수 없는 표식을 통해서 요그-소토스를 알아본다고 했다. 그러나 카터의 분신은 문득 그 같은 생각들이 얼마나 하찮고 단편적인 것인지 깨달았다.

일격을 가하듯, 불태우고 천둥을 내리치듯 거대한 파동을 통해서 카터의 분신에게 말을 거는 존재가 있었다. 감당하기 힘들 정도로 에너지가 결집된 파동은 그 파괴력이 실로 엄청났다. 초고대인의 기묘한 흔들림에서 느껴지던 생소한 리듬과 일차 관문을 넘었을 때 명멸하던 기괴한 빛의 움직임과 비슷했다. 태양과 세계와 우주가 하나의 지점에 모여 엄청난 분노로 모든 것을 파괴해 버릴 태세였다. 그러나 공포가 강해질수록 그 일부분은 약해졌다. 이글거리는 파동 때문에 관문 너머 카터의 분신과 무수하게 복제된 분신이 분리되고, 혼란에 빠졌던 정체성이 상당 부분 회복됐기 때문이다. 잠시 후, 카터가 자신이 아는 언어로 파동을 번역하자, 공포와 중압감이 사라지기 시작했다. 공포는 완전한 경외감으로 바뀌었으며, 불경할 정도로 이상하게 보였던 것들도 이제 신성하고 웅장한 모습이 되었다.

"랜돌프 카터," 파동은 그렇게 말하는 것 같았다. "나를 대변하는 지구의 대리인이자 증거인 초고대인들이 그대를 이곳으로 보냈다. 그대는 잃어버린 꿈의 대륙으로 돌아왔으며, 여전히 더 큰 자유와 더 신성한 욕망과 호기심을 원하고 있다. 그대는 황금빛 오크라노스를 향해 항해하고, 연보랏빛 클레드에서 우리의 잊힌 상아 도시를 찾아내고자 한다. 그대는 지구와 우주에 알려지지 않은 창공에서 하나뿐인 붉은 별을 향해 솟구쳐 있는 전설의 건물과 무수한 돔으로 이루어진 이레크-바드의 왕좌를 차지하고자 한다. 두 개의 관문을 지나온 지금, 그대는 더 숭고한 것을 원하고 있다. 그대는 아름다운 꿈과 어울리지 않는다 하여 아이처럼 도망치지 않으며, 모든 장면과 꿈을 초월해 있는 궁극의 비밀을 향해 어른처럼 뛰어들고자 한다.

나는 그대의 욕망 속에서 선함을 발견했다. 나는 지구상의 존재에게 열한 번밖에 주지 않은 기회를 그대에게 기꺼이 허락하겠다. 그 중 다섯 번의 기회는 인간 혹은 그와 유사한 종족에게 허락한 바 있다. 나는 그대에게 '절대의 신비'를 보여줄 것이며, 그것이 연약한 정신을 파괴할 수 있다는 점도 알려주고자 한다. 그대가 비밀의 시작이자 끝을 완전히 보기 전에, 포기할 기회를 주겠다. 그대가 원한다면, 눈에 보이지 않는 장벽과 두 개의 관문을 지나 다시 돌아갈 수 있다."

V

갑자기 파동이 중단되면서, 카터는 황량한 냉기와 섬뜩한 침묵 속에 남겨졌다. 사방으로 무한한 공간이 펼쳐져 있었다. 그러나 카터는 그 존재가 여전히 함께 있음을 알았다. 잠시 후, 그는 정신의 언어를 생각해 냈다.

"받아들이겠습니다. 포기하지 않겠습니다."

파동이 다시 밀려들었고, 카터는 그것이 존재의 화답임을 알 수 있었다. 카터에게 새로운 전망을 열어 주고 우주에 관한 전대미문의 이해력을 선사할 지식과 설명이 '무한한 정신'으로부터 쏟아지기 시작했다. 3차원의 세계가 얼마나 유치하고 편협한 개념이며, 상하좌우, 전후 외에도 얼마나 무한한 방향이 존재하는지, 카터는 전해 들었다. 증오, 분노, 사랑과 허영, 찬사를 받고자 하는 욕망과 희생, 이성과 자연에 모순된 신념을 위한 요구 등등 인간사와 손바닥만 한 지구의 신들 또한 얼마나 보잘것없고 공허한 것인지도 알게 되었다.

메시지의 대부분이 저절로 카터에게 번역되는 동안, 해석을 돕는 또 다른 감각이 느껴졌다. 혹은 눈으로, 혹은 상상으로 카터는 인간의 눈과 머리를 초월한 차원에 들어와 있음을 깨달았다. 이제 그는 권능의 소용돌이에서 무한한 공간으로 바뀌는 그림자를 통해 감각을 어지럽히는 창조의 번뜩임을 보았다. 기묘한 시점을 통해 그는 일생 동안 비밀을 연구해 왔음에도 여전히 벗어나지 못한 존재와 크기와 경계의 개념을 뛰어넘는 무수한 외연의 거대한 형체를 보았다. 1883년 아컴 농장의 소년 랜돌프 카터와 일차 관문 너머 불분명한 육각형 기둥에 있는 희미한 카터의 그림자, 무한한 심연에서 지금 정신의 존재를 마주하고 있는 분신, 그리고 카터 자신이 생각할 수 있는 모든 분신들이 동시에 존재하는 이유에 대해 어렴풋이 이해하기 시작했다.

그때 파동이 강렬해지면서 카터의 이해를 도왔으며, 현재의 분신은 일부일 뿐 실제로는 여러 형태가 혼합된 존재임을 깨닫게 해 주었다. 파동에 따르면, 여러 공간마다 따로 존재하는 카터의 분신들은 그들이 서로 교차하면서 생긴 결과에 지나지 않았다. 그것은 입방체에서 잘라 낸 정방형 혹은 구체에서 잘라낸 원과 같다고 했다. 그러므로 3차원의 입방체와 구체는 인간이 오직 추측과 꿈을 통해서만 알고 있는 사차원의 그것들에서 잘린 결과였다. 그리고 4차원의 그것들은 5차원의 형태에서 잘린 것이며, 이런 식으로 헤아릴 수 없을 정도로 무수한 차원까지 이어진다 했다. 인간과 그들이 만든 신의 세계는 극미한 단계이자 존재에 불과했다. 일차 관문 안쪽에 있는 3차원의 작은 세계이며, '움라트-타윌'이 초고대인에게 꿈을 꾸도록 지시하는 지점이었다. 인간들이 3차원을 현실이라고 큰소리치고, 원래 다차원이었던 공간을 비현실이라고 하지만, 진실은 그와 정반대인 셈이었다. 인간이 물질과 현실이라고 부르는 것은 그림자이며 환영이었다. 인간이 그림자와 환영이라고 부르는 것이 곧 물질이며 현실이었다.

파동은 계속해서, 시간은 정지해 있으며, 시작도 끝도 없다고 말했다. 흐르는 시간이 변화의 원인이라는 생각은 착각이라고 했다. 실제로 시간 자체가 환영에 불과하며, 제한된 차원에서 사는 존재들의 협소한 시각이 아니라면, 시간에는 과거, 현재, 미래가 존재하지 않았다. 변화 때문에 시간을 떠올리는 인간의 개념 역시 환영에 불과했다. 과거에 있었고, 현재에 있고, 앞으로 있을 것은 모두 동시에 존재한다.

그 같은 설명은 엄숙하게 전해졌으므로 카터는 의문을 품을 수 없었다. 비록 설명의 대부분을 이해할 수 없었지만, 그는 궁극적인 우주의 현실이 인간의 전망과 편협한 사고방식과는 전혀 다르다는 점에서 전언의 내용이 사실일 거라고 생각했다. 심오한 사색은 제한적이고 부분적인 개념에 얽매이지 않는다는 것쯤은 그도 잘 알고 있었다. 제한적이고 부분적인 개념이야말로 현실이 아니라는 믿음에서 지금까지 탐험을 해 왔던 카터가 아니던가?

묵직한 침묵 뒤에 파동은 계속해서 제한된 차원에서 사는 존재들이 변화라고 칭하는 것은 정신의 기능에 불과하며, 그것은 외부 세계를 다양한 우주의 차원과 다르게 보는 시각이라고 말했다. 망토 쓴 형체들이 다양한 각에서 잘린 원뿔형이듯이(원, 타원, 포물선 혹은 쌍곡선은 그 각에 따라 결정되지만, 원뿔 자체에는 아무런 변화도 없으며) 영원불변의 현실이라는 부분적인 견해는 그에 상응하는 우주의 각과 함께 변한다 했다. 의식의 다양성이라는 측면에서 보면, 극히 드문 경우를 제외하고 내부 세계의 연약한 존재들은 스스로 통제하는 방법을 모르기 때문에 노예에 불과하다. 금기된 지식을 탐구하는 소수의 학자만이 미약한 통제력을 얻음으로써 시간과 변화를 정복한다. 그러나 관문 외부의 존재들은 모든 상황을 통제한다. 또한 자신들이 원하는 대로, 우주의 무수한 부분들을 단편적이고 유동적인 개념으로 이해하기도 하고, 사물의 상관관계를 초월하여 변화 없는 전체의 개념으로 이해하기도 한다.

파동이 또 멈추자, 카터는 처음에는 두렵기만 했던 자아 상실의 기묘한 본질을 희미하면서도 오싹하게 이해하기 시작했다. 그의 직관은 단편적인 깨달음을 종합함으로써 비밀을 이해하는데 좀 더 가까이 다가섰다. 그가 은 열쇠로 최종 관문을 열 수 있도록 '움라트-타윌'의 마법이 돕지 않았더라면, 그는 지금 일차 관문의 내부에 갇힌 채 무시무시한 (지구의 무수한 관계망 속에서 자아가 분열되는) 비밀의 폭로에 직면해 있을 것이었다. 그는 더욱 명료한 지식을 얻고자 사유의 파동을 통해 자신의 다양한 분신들 사이에 정확히 어떤 연관성이 있는지 알려 달라고 말했다. 최종 관문 너머에 있는 현재의 분신, 일차 관문의 육각형 대좌에 있는 분신, 1883년의 소년, 1928년의 남자, 그의 운명과 자아를 형성했을 선조의 분신들, 최초의 섬뜩하고 궁극적인 깨달음의 섬광처럼 그와 동질성을 느끼게 한 다른 시대 다른 세계에 사는 미지의 존재들에 대하여. 정신의 존재는 천천히 파동을 발함으로써 인간에게 불가해한 설명을 시작했다.

파동이 전하기를, 제한된 차원에서 사는 존재의 가계와 개개인의 성장은 차원 외부 공간에 있는 하나의 근원적이고 영원한 존재에서 비롯된다고 했다. 아들, 아버지, 할아버지 같은 개인과 영아, 유아, 소년, 성인 같은 성장 단계는 근원적이고 영원한 하나의 존재가 끝없이 변화하는 과정의 일부분에 지나지 않았다. 그런 변화를 가져오는 원인은 근원적인 존재를 분리한 의식의 단면에서 일어나는 변이였다. 모든 시대에 존재하는 랜돌프 카터, 즉 랜돌프 카터와 그 조상, 인류 이전의 인간, 지구와 지구 생성 이전의 존재 등등 이 모든 것들은 시공을 초월한 하나의 절대적이고 영원한 '카터'의 일면에 불과했다. 영원한 원형을 매번 잘라낼 때마다 생기는 의식의 단면에 의해서만 존재의 구분이 가능하다.

각이 약간만 변해도 오늘의 학자는 어제의 아이로 바뀔 수 있다. 랜돌프 카터는 1692년 세일럼에서 탈출해 아컴의 산 속으로 숨어든 마법사 에드먼드 카터가 될 수도 있고, 혹은 2169년 기묘한 수단을 이용하여 호주에서 몽골 유목민을 내쫓게 될 픽맨 카터가 될 수도 있다. 뿐만 아니라, 인간인 카터를 한때 아르크투루스[64] 주위를 돌던 쌍둥이 행성,

키타밀에서 지구로 날아온 이후 원시 북극에 거주하며 검은색의 차토구아[65]를 숭배했다는 고대의 외계 종족으로 바꿀 수 있다. 지구인 카터를 머나먼 키타밀 행성의 이상하게 생긴 존재 혹은 훨씬 더 오래전에 스트론티 은하에 살던 생물체로 바꿀 수도 있다. 아니면 오래전의 4차원 시공간에서 수증기로 존재했던 정신체, 혹은 기이한 궤도를 도는 암흑의 방사형 혜성에 앞으로 존재할 식물체로 바꾸는 등, 무한한 우주의 순환에서 얼마든지 변화할 수 있다.

파동이 떨리면서, 원형의 존재들은 '절대의 심연'에서 사는 자들인데, 형체가 없고 설명할 길이 없어서 낮은 차원의 세계에서는 소수의 몽상가만이 추측할 수 있다고 말했다. 정신의 존재가 파동으로 알려준 바에 따르면, 그 중에서 핵심은 존재 자체로서……. 카터 자신의 원형이라고 했다. 카터의 채워지지 않는 욕망과 우주의 비밀에 대한 선조들의 금기는 최고 원형에서 파생된 자연스러운 결과였다. 모든 세계의 위대한 마법사, 위대한 사상가, 위대한 예술가는 모두 '그것'의 일부분이다.

정신을 차릴 수 없을 정도로 놀라는 한편 오싹한 기쁨을 느끼면서 랜돌프 카터의 의식은 초월적 존재에 깊은 존경을 바쳤다. 파동이 다시 멈추자, 그는 장엄한 침묵 속에서 기이한 의식과 더욱 기이한 질문과 훨씬 더 기이한 요구에 대해 곰곰이 생각했다. 생경한 이치와 뜻밖의 발견에 어찔해진 카터의 머릿속으로 상반된 개념들이 흘러들었다. 만약 그 모든 것이 정녕 사실이라면, 마법으로 정신의 단계를 변화시킴으로써 지금까지 꿈속에서만 알고 있던 아득한 시대와 우주의 곳곳을 직접 찾아갈 수 있다는 생각이 들었다. 그렇다면 은 열쇠로 그 마법을 불러낼 수 있지는 않을까? 은 열쇠가 없었더라면, 1928년의 사내에서

1883년의 소년으로, 그 다음에는 시간 외부의 어떤 존재로 변화할 수 있었을까? 현재 분명한 육체적 감각을 느낄 수 없었지만, 기이하게도 그는 아직까지 은 열쇠를 지니고 있다고 생각했다.

침묵이 계속되는 동안, 랜돌프 카터는 떠오르는 생각과 질문을 전했다. 그 절대의 심연에서 그는 자신의 원형에서 나온 모든 분신들과 똑같은 거리에 있음을 알았다. 즉, 인간 혹은 비인간, 지구 혹은 지구 외부의 존재, 은하 혹은 은하 외부의 존재, 특히 가장 호기심이 느껴지는 아주 먼 곳의 존재까지 그 거리는 똑같았다. 그 중에서도 1928년의 시공간에서 가장 멀리 떨어져 있으며, 일생 동안 꿈속에서 가장 집요하게 나타났던 분신에 대한 궁금증에 그는 몸이 달았다. 그는 원형의 존재가 마음만 먹는다면 그의 의식 수준을 변화시킴으로써 과거의 머나먼 분신을 직접 찾아가도록 도와줄 것이라고 생각했다. 밤마다 단편적으로 알아왔던 무시무시하고 기이한 사건 속을 실제로 걷다가 충격을 받을지 모르지만, 그는 간절히 원했다.

확실히 마음을 정하지 못한 채, 그는 정신의 존재에게 오색의 태양과 낯선 천공, 아찔한 검은색의 바위, 집게발과 주둥이가 달린 존재, 현란한 금속탑, 설명할 길 없는 터널, 날아다니는 신기한 원통이 끝없이 떠오르는 그 환상의 세계로 갈 수 있는지 물었다. 우주 공간에서 그곳만이 다른 존재와 접촉할 수 있는 가장 자유로운 곳이라는 생각이 어렴풋이 들었다. 그리고 언뜻 스쳤을 뿐인 그 공간을 탐험하고, 우주 공간을 날아서 집게발과 주둥이가 달린 존재들이 사는 훨씬 더 먼 세계에 가고 싶었다. 두려워할 시간이 없었다. 자신의 기이한 삶에서 가장 위험한 순간일지라도, 무엇보다 격렬한 호기심을 주체할 수 없었다.

파동이 다시 놀라운 맥동을 전하는 순간, 카터는 자신의 끔찍한 요청이 받아들여진 것을 알았다. 정신의 존재는 그가 앞으로 건너야 할 암흑의 심연과 외계를 도는 미지의 은하에 오각의 별이 있다고 말했다. 또한 집게발과 주둥이가 달린 존재들이 사는 세계에는 끝없이 전쟁이 벌어지고, 그들 내부에 깊은 공포가 배어있다고도 알려주었다. 정신의 존재는 계속해서 카터의 정신 수준과 그가 찾아갈 세계의 시공간에 알맞은 정신 수준을 말해 주었다. 그 두 개의 수준이 서로 충돌함으로써 그 세계에서 카터의 분신이 살았을 때의 수준을 회복할 것이라고 했다.

정신의 존재는 그 멀고 낯선 세계에서 다시 돌아오려면 상징에 대해 확신을 가져야 한다고 카터에게 말했다. 카터는 급한 마음에 서둘러 알았다고 화답했다. 그는 여전히 은 열쇠를 몸에 지니고 있다고 확신했으며, 그 덕분에 1883년의 세계와 당시의 모습으로 돌아왔음을 모르지 않았다. 물론 은 열쇠의 상징이 의미하는 것도 잘 알았다. 정신의 존재는 카터의 급한 마음을 알아채고, 무시무시한 돌진을 준비하기 시작했다. 파동이 갑자기 멈추었다. 형언할 수 없는 무시무시한 기대감과 더불어 일시적인 정적의 팽팽한 긴장감이 이어졌다.

그때 느닷없이 윙윙, 둥둥하는 소리가 들려오더니 엄청난 천둥소리로 커졌다. 이제는 익숙해진 우주의 이질적인 리듬 속에서 때리고 두드리고 불로 지지듯 결집되는 강력한 에너지, 카터는 또다시 그 힘의 구심점이 자기 자신임을 느꼈다. 그러나 그 강력한 에너지가 이글거리는 어느 별의 폭열인지, 아니면 절대 심연의 얼어붙는 냉기인지 알 수는 없었다. 그의 앞에서 일렁이며 엇갈리는 색채의 띠와 선은 인간 세계의 스펙트럼과는 전혀 달랐다. 그는 무서운 속력으로 움직이고 있음을 깨달았다. 육각형 이상의 어렴풋한 왕좌에 '홀로' 앉아 있는 누군가의 모습이 언뜻 스쳤다…….

VI

인도인은 말을 멈추고, 마리니와 필립스가 그를 뚫어지게 바라보는 것을 알아차렸다. 에스핀월은 그의 말을 무시하는 척하면서 앞에 놓인 서류들을 보고 있었다. 낯선 리듬으로 째깍이는 관 모양의 시계는 새롭고 불길한 의미를 전했고, 숨 막히는 청동 향로에서 피어오른 향은 환상적이고 기이한 형체를 띠며 흔들거리는 태피스트리의 괴괴한 그림과 조화를 이루었다. 그들을 시중들던 늙은 흑인은 보이지 않았다. 아마 팽팽해지는 긴장감에 겁을 먹고 저택에서 도망친 모양이었다. 인도인은 이상할 정도로 힘겨워 보이면서도 정확한 어법으로 이야기를 다시 시작했지만 미안한 듯 주저하며 쉽게 말을 잇지 못했다.

"여러분은 이런 심연의 이야기를 믿지 못하실 겁니다. 그러나 형태를 띠고 우리 앞에 놓여 있는 물질이야말로 더욱 믿기 어렵다는 것을 알게 될 겁니다. 그것이 바로 정신의 본질입니다. 있음직한 꿈의 영역에서 3차원의 형태로 경이로운 일을 설명하는 순간, 훨씬 믿을 수 없게 됩니다. 저는 여러분께 너무 많은 것을 말해서는 안 됩니다. 그건 또 다른 이야기가 될 테니까요. 여러분이 반드시 알아야 하는 것만 말하겠습니다."

이상하고 영롱한 리듬의 마지막 소용돌이 이후, 카터는 순간적으로 집요하고 오랜 꿈속에 들어와 있다고 생각했다. 숱한 꿈에서처럼 그는 여러 가지 색으로 이글거리는 태양광선 아래 괴상한 금속 미로의 거리를 지나 집게발과 주둥이가 달린 무리 사이를 걷고 있었다. 밑을 내려다보자, 자신의 몸이 달라져 있었다. 주름진 몸에 군데군데 비늘이 달려 있어서 전체적으로 곤충을 닮았지만 인간의 모습과 비슷한 면모도 없지 않았다. 집게발이 거슬렸지만, 그 안에 은 열쇠가 여전히 움켜져 있었다.

어느 순간, 꿈을 꾸는 느낌은 사라지고 오히려 꿈에서 방금 깨어난 기분이 들었다. 절대 심연(절대자 혹은 신) 아니면 터무니 없고 이상한 종족이 아직 오지 않은 미래의 세계에서 랜돌프 카터를 불렀다. 이런 일들은 야디스[66] 행성의 마법사 즈카우바의 집요하게 반복되는 꿈속에서 한 부분을 이루었다. 꿈은 너무도 집요하여 즈카우바가 굴속의 오싹한 도울 족(族)[67]을 막기 위해 주문을 외우는 일까지 방해했으며, 광속선(光速船)을 타고 수없이 방문했던 현실 세계와도 마구 뒤섞이기 시작했다. 어느새 꿈은 전에 없이 현실적인 모습으로 바뀌었다. 오른쪽 집게발에 들려 있는 묵직한 은 열쇠는 꿈에서 본 이미지와 정확히 일치했지만 좋은 징조는 아니었다. 그는 휴식을 취하면서 닝[68]의 서판에서 무엇을 해야 할지 조언을 구해야 했다. 그는 광장 옆 오솔길에 있는 금속 벽을 기어오르고, 아파트로 들어가 서판이 있는 방으로 다가갔다.

일곱째 날이 지나자, 즈카우바는 놀라움과 절망에 빠져 각기둥에 쪼그리고 앉아 있었다. 새롭고 모순된 일련의 기억이 떠올랐기 때문이다. 두 번 다시 하나의 완전한 개인으로서 평온을 구할 수 없었다. 모든 시간과 공간에서 그는 둘이었다. 야디스의 마법사로서 카터라는 지구의 역겨운 포유동물을 떠올리며 몸서리치는 즈카우바가 그 하나이며, 지구의 보스턴에서 집게발과 주둥이 달린 형체에 전율하는 랜돌프 카터가 또 다른 그였다.

인도인은 야디스에서 흘러간 시간을 말하다가 목이 잠겼고 (힘겨운 목소리에서 피곤한 기색이 느껴지기 시작했다.) 이야기 자체도 개연성을 잃었다. 스트론티와 엠수라, 카스를 비롯해 야디스의 광속선으로 갈 수 있는 28개 은하의 다른 세계를 여행한 이야기가 이어졌다. 그리고 야디스의 마법사들에게 알려진 다양한 상징과 은 열쇠를 이용하여 영겁의 시간을 오간 여행담도 있었다. 원시 터널이 벌집 모양으로 나 있는 행성에서 희고 끈적끈적한 도올 족과 벌인 무시무시한 전쟁담도 있었다. 일만 개의 세계에서 벌어진 삶과 죽음의 방대한 전설 중에서도 도서관에 보관돼 있다는 경이로운 사건들도 있었다. 또 다른 고대 종족 '보'를 비롯해 야디스의 다른 생물체와 맺어진 강력한 동맹에 관한 이야기도 있었다. 즈카우바는 자신의 정체성에 벌어진 일을 누구에게도 말하지 않았지만, 랜돌프 카터의 분신이 생각날 때마다 인간의 모습으로 지구에 돌아갈 수 있는 모든 방법을 연구하고 있었다. 그리고 전혀 다른 발성 기관으로는 받아들이기 힘든 인간의 언어를 습득하기 위해 필사적으로 노력했다.

얼마 후, 카터의 분신은 은 열쇠로는 인간의 형태로 돌아갈 수 없다는 사실을 두려움 속에서 깨달았다. 너무 때늦은 깨달음이었지만, 그가 꿈에서 보고 야디스의 전설에서 알게 된 존재들은 지구 북극에 거주하는 생명체로서 인간의 정신 수준을 압도하는 종족이었다. 그러나 수준을 바꾸고 의지에 따라 지금의 신체 그대로 내보낼 수는 있었다. 무한한 힘을 발휘할 수 있도록 끊임없이 첨가된 주술이 있었다. 그러나 그것 역시 인간의 방식이었다. 그것은 갈 수 없는 지역으로 공간 이동을 할 때 사용하는 방법이지 야디스의 마법사들이 분신을 복제하는 방법은 아니었다. 그것은 해독할 수 없는 언어로 양피지에 쓰여, 은 열쇠와 함께 상자에 들어 있었다. 카터는 양피지를 놔두고 온 사실에 비통하게 한숨지었다. 이제는 접근할 수 없는 심연의 존재는 카터에게 상징을 믿으라고, 부족한 것은 없다는 확신을 가지라고 이른 바 있었다.

시간이 흐를수록 그는 심연과 전능한 존재에게 돌아가는 방법을 찾기 위해 야디스의 기괴한 전설을 활용하는데 전력을 다했다. 새롭게 습득한 지식을 바탕으로 잃어버린 양피지의 내용에 어느 정도 근접했지만, 현재의 상황에서 그 힘은 허상에 불과했다. 그러나 즈카우바의 분신이 중심을 차지할 때마다 그는 모순되고 심란한 카터의 기억을 지우려고 애썼다.

그렇게 오랜 시간이 흘러갔다. 오래 지속된 한 시대가 종말을 고한 직후에 야디스의 생물체가 죽었으니, 그 시간은 인간의 상상을 초월할 만큼 유구한 것이었다. 숱한 격변을 겪은 이후, 카터의 분신은 즈카우바의 분신보다 우위에 섰고, 야디스와 지구 사이에 놓인 시공간의 거리를 계산하는데 오랜 시간을 몰두했다. 수치는 놀라웠다. 가늠할 수 없는 영겁의 광년이었다. 그러나 야디스의 오랜 전설을 의지해, 카터는 그런 일들을 이해할 수 있었다. 그는 매 순간 지구 행을 위해 꿈의 힘을 배양하면서 낯선 지구에 대해 많은 사실을 습득해 나갔다. 그러나 잃어버린 양피지 때문에 필요한 공식을 꿈에서 구할 수 없었다.

마침내 그는 야디스를 탈출하겠다는 위험한 계획을 세웠다. 즈카우바의 분신을 영원히 잠재울 수 있는 약을 발견한 후부터 그 생각을 해왔지만, 즈카우바의 지식과 기억을 지워버리는 것은 아직 시기상조였다. 그는 광속선을 이용할 계획이었는데, 그것은 야디스에서 어느 누구도 감행한 일이 없는 방법이었다. 광속선을 이용한다면, 육체를 지닌 상태에서 영겁의 시간과 무수한 은하를 횡단해 태양계와 지구에 도착할 수 있었다. 일단 지구에 도착한 후, 비록 집게발과 주둥이의 모습이지만 아컴의 자동차에 남겨 둔 양피지의 상형 문자를 해독함으로써 어떻게든 방법을 찾아낼 수 있을 것이었다. 해독한 문자와 열쇠를 이용한다면, 정상적인 인간의 모습으로 돌아갈 수 있었다.

그는 맹목적으로 위험을 감수하지는 않았다. 만약 그가 행성의 각을 적절한 무한의 시간대로 변화시킨다면(우주 공간을 돌파하는 순간에는 할 수 없는 일이었다.), 야디스는 득의양양한 도울 족의 손아귀에 넘어가고 죽은 세계로 전락하고 말 것이었다. 무엇보다 광속선을 이용한 탈출이 과연 가능한지도 의혹이었다. 고수들처럼 생기를 연장시키는 방법까지 터득해야만 끝없는 심연을 통과하는 오랜 여정을 견딜 수 있었다. 또한 여정이 성공한다는 가정하에, 그는 야디스의 신체 조건으로 감당하기 위험한 지구의 미생물과 환경에 적응하려면 면역력을 길러야 한다는 것도 알고 있었다. 무엇보다 양피지를 찾아 해독한 후 진정한 인간의 모습으로 돌아갈 때까지, 인간으로 변장할 필요도 있었다. 그렇지 않으면 공포에 질린 인간의 손에 죽임을 당할 것이었다. 그리고 정확한 시점을 찾아가기 위해서는 약간의 금이 필요했다(다행히 금은 야디스에서 구할 수 있었다.).

카터의 계획은 천천히 진행됐다. 그는 엄청난 시간 변환과 검증된 바 없는 우주 비행을 감당할 수 있을 만큼 단단한 광속선을 준비했다. 계획을 철저히 시험하면서 1928년의 시점으로 가능한 한 가까이 접근하기 위해 끊임없이 지구를 향해 꿈을 발산했다. 생기를 연장하는 기법도 괄목할 만한 성공을 거두었다. 박테리아 항체를 찾아내고, 지구에 맞는 중력을 다양한 각도에서 실험했다. 사람들 사이를 스스럼없이 돌아다니기 위해 교묘한 밀랍 가면과 몸매가 드러나지 않는 헐렁한 의복도 준비했다. 뿐만 아니라, 머나먼 미래 시점에서 황폐한 암흑의 야디스를 탈출하는 동안 도울 족의 공격을 지연시킬 만한 강력한 주문도 연마해 놓았다. 지구에서는 구할 수 없는 약을 가능한 한 많이 준비함으로써 야디스의 신체에서 벗어날 때까지 즈카우바의 분신을 잠재울 계획도 착착 진행됐다. 물론 지구에서 사용하기 위한 약간의 금을 마련하는 일도 잊지 않았다.

대망의 날, 의혹과 근심이 교차했다. 카터는 광속선의 승강구로 올라서면서 잠시 니톤 행성에 다녀올 일이 있다고 둘러댔고, 번쩍이는 금속체의 내부로 기어들었다. 촉박한 시간을 이용해 은 열쇠의 의식을 치른 후, 천천히 광속선을 이륙시켰다. 섬뜩한 격동과 혼란 그리고 엄청난 고통이 찾아왔다. 우주는 아무렇게나 흔들리고, 행성들은 암흑의 공간에서 춤을 추었다.

얼마 지나지 않아 카터는 새로운 평정을 느꼈다. 행성간 우주 공간의 냉기가 광속선의 외피를 갉아댔지만, 그는 우주에 자유로이 떠 있는 자신을 발견했다. 광속선의 금속 선체는 이미 오래전부터 부식되고 있었다. 밑에는 거대한 도울 족이 득시글거렸다. 그가 바라보는 순간에도 도울 족 중 하나가 수십 미터나 되는 발을 치켜들어 그를 붙잡으려고 버둥거렸다. 그러나 그의 주문은 효과가 있었기 때문에 얼마 후 그는 무사히 야디스를 벗어날 수 있었다.

VII

늙은 흑인 하인이 본능적으로 도망쳐 나온 뉴올리언스의 그 괴상한 방에서 인도인 찬드라푸트라의 쉰 목소리는 점점 더 거칠어지고 있었다.

"여러분, 저는 제 말을 믿어 달라고 하기 전에 특별한 증거를 보여 드릴 생각입니다. 랜돌프 카터가 이름 모를 외계인의 몸으로 전자 동력의 날렵한 광속선을 타고 무수한 광년과 무수한 시간, 헤아릴 수 없는 거리를 건너 우주를 통과했다는 제 이야기를 믿든 안 믿든, 그것은 나중에 결정하십시오. 그는 극도로 신중하게 생기를 연장함으로써 1928년과 가까운 시점의 지구에 도달하고자 했습니다.

그는 깨달음을 결코 잊지 않았습니다. 여러분, 영겁의 여정에서 잠들기 전, 그가 야디스의 낯설고 무서운 환경 속에서 숱한 세월 지구의 시간을 찾기 위해 애썼다는 사실을 기억하십시오. 살을 에는 혹한과 꿈이 중단되는 위험한 순간이 있었고, 광속선 밖으로 스쳐 가는 것들이 있었습니다. 어디에나 행성과 성단과 성운이 스쳤으며, 마침내 그가 알고 있는 지구와 비슷한 윤곽이 나타났습니다.

그가 태양계에 착륙한 일에 대해서는 훗날 얘기할 수 있겠지요. 그는 태양계 끝에 있는 하이나스와 유고스를 목격했고, 해왕성 가까운 지점을 통과하며 그 곳에서 소름 끼치는 흰색의 균류를 보았습니다. 차마 말로 옮기지 못할 목성의 비밀과 그 위성 중 하나가 얼마나 무서운지도 가까이서 봤습니다. 화성의 불그스름한 표면에 펼쳐져 있는 거대한 폐허도 지나쳤습니다. 가는 초승달 같았던 지구의 크기는 가까워질수록 예상외로 커졌습니다. 한시라도 속히 고향에 당도하고 싶은 마음을 억누르고, 그는 속력을 줄였지요. 카터에게 직접 전해 들은 그때의 심정을 이 자리에서 자세히 말하지는 않겠습니다.

아무튼, 마지막 순간 카터는 지구의 상층권에 머물며 서반구로 해가 저물기를 기다렸습니다. 그는 자신이 떠났던 아컴 뒤편의 뱀굴 인근에 착륙하고자 했습니다. 오랜만에 고향을 찾은 사람이라면 한 번쯤 경험할 텐데요, 뉴잉글랜드의 완만한 산세와 거대한 느릅나무, 굽이치는 과수원과 낡은 돌벽들을 보면서 카터의 감회가 어떠했을지 여러분도 알 겁니다.

그는 새벽녘 대대로 내려오는 카터 가의 목장에 착륙했습니다. 그리고 주위가 한적한 것을 다행으로 여겼지요. 계절은 그가 떠났을 때처럼 가을이었으므로, 언덕의 향기는 그의 영혼을 위로해 주었습니다. 내부 동굴로 향하는 무성한 잡풀 숲까지 광속선을 가져갈 수는 없었지만, 그는 가까스로 뱀굴 초입에 있는 목재지 비탈에 그것을 끌어다 놓았습니다. 외계인의 몸에 인간의 옷과 밀랍 가면을 걸친 곳도 뱀굴 초입이었습니다. 그는 적당한 은닉 장소를 찾아낼 때까지 그 곳에 광속선을 1년 넘게 보관했습니다.

그는 아컴을 향해 걸었답니다. 인간의 움직임과 지구의 중력을 시험하면서 말이지요. 그리고 은행에서 황금을 돈으로 바꾸었습니다. 그는 영어에 서툰 외국인을 가장해 몇 가지 질문도 했고, 당시가 그의 목표보다 2년밖에 어긋나지 않은 1930년이라는 사실을 알아냈습니다.

물론, 그는 몹시 힘겨운 입장이었습니다. 자신의 신분을 밝힐 수 없었고, 매 순간 경계를 늦출 수 없었으며, 음식물을 구하거나 즈카우바의 분신을 통제하기 위한 약물을 보관하는 일도 어려웠습니다. 그래서 그는 가능한 신속하게 움직여야 했습니다. 보스턴으로 간 후, 허름한 웨스트엔드에 방 하나를 얻은 후부터 남의 눈에 띄지 않는 누추한 생활을 시작했습니다. 동시에 랜돌프 카터의 부동산과 재산을 알아보기 시작했습니다. 이 자리에 있는 에스핀월 씨가 카터의 재산을 처분하기 위해 얼마나 혈안이 되어 있는지, 또 마리니 씨와 필립스 씨가 그것을 저지하기 위해 얼마나 애쓰고 있는지 알아낸 것도 그때였습니다."

인도인이 고개를 숙여 보였으나, 검은 피부에 수염이 덥수룩한 얼굴은 침착하고 무표정했다. 그가 계속 말했다.

"우회적인 방법을 동원해서 카터는 잃어버렸던 양피지의 사본을 찾아냈고, 곧장 해독 작업에 들어갔습니다. 그 과정에서 제가 도움을 줄 수 있어서 얼마나 기쁜지 모릅니다. 그는 아주 일찍 저한테 도움을 청했고, 저를 통해서 전 세계의 신비학 자료를 얻을 수 있었기 때문입니다. 저는 보스턴의 챔버스 가에 있는 초라한 집에서 그와 함께 생활했습니다. 양피지에 대해서라면, 특히 마리니 씨의 고민을 덜어주게 돼무척 다행입니다. 마리니 씨, 그 상형 문자는 나칼어가 아니라 리예[69]어입니다. 아주 오래전, 크툴루[70]의 후손이 지구로 가져온 것이지요. 물론 양피지의 언어는 수백만 년 전 북극에서 사용했던 '차스-요'라는 원시어로 번역된 것입니다.

해독 작업은 카터의 예상보다 훨씬 힘들었지만, 쉽게 희망을 버리지는 않았습니다. 올해 초, 네팔에서 주문한 책 덕분에 해독 작업에서 큰 진전이 있었고, 오래지 않아 결실을 맺게 될 것이 분명했습니다. 그러나 안타깝게도 한 가지 문제가 생기고 말았습니다. 즈카우바의 분신을 통제하는 외계의 약물이 바닥이 난 것입니다. 그러나 그리 큰 위기는 아니었습니다. 카터의 분신이 육체를 지배하고 있었고, 즈카우바가 전면에 나타나는 경우에도 (시간상으로 아주 짧았고, 카터가 몹시 흥분할 때에만 그랬지만) 즈카우바는 대체로 혼란스러운 상태여서 카터의 작업을 방해하지는 못했으니까요. 게다가 야디스로 돌아갈 금속 광속선도 찾지 못했습니다. 딱 한 번 찾을 뻔했지만, 즈카우바의 분신이 완전히 통제된 동안에 카터가 광속선을 다른 곳으로 숨겨두었지요. 즈카우바가 할 수 있는 일이라고는 몇 몇 사람에게 겁을 주어 보스턴의 웨스트엔드에 사는 폴란드 인과 리투아니아 인들 사이에 흉흉한 소문이 나돌게 한 것뿐이었습니다. 아직까지는 카터의 분신이 신중하게 준비해 놓은 가면을 망가뜨리지는 못했습니다. 종종 가면을 집어던져 군데군데 손을 봐야 하는 경우가 있긴 합니다만. 저는 가면이 벗겨진 모습을 보았지만, 썩 좋은 경험은 아니더군요.

한 달 전, 카터는 이 모임이 열린다는 광고를 보고, 자신의 부동산을 지키기 위해 신속하게 대처해야 한다는 사실을 알았지요. 양피지를 완전히 해독하고 인간의 모습을 되찾을 때까지 기다릴 시간이 없었던 겁니다. 그래서 저를 대리인으로 이곳에 보낸 거지요.

여러분, 저는 랜돌프 카터가 죽지 않았음을 밝힙니다. 지금은 잠시 예외적인 상황에 놓여 있을 뿐, 두세 달 안에 원래의 모습을 되찾아 그의 재산권을 행사할 것이라는 점도 분명히 말해 둡니다. 필요하다면 증거를 제시하겠습니다. 그러므로 이 모임을 일정 기간 연기해 주시길 바랍니다."

VIII

마리니와 필립스는 무엇에 홀린 듯이 인도인을 바라보았고, 에스핀월은 콧방귀를 끼며 투덜거렸다. 그 늙은 변호사의 분노는 이제 폭발 직전이어서 힘줄이 돋은 주먹으로 거칠게 책상을 내리치고 말았다. 그가 고함을 치듯 말했다.

"언제까지 이 멍청한 짓거리를 참아야 합니까? 한 시간 동안이나 이 정신병자이자 사기꾼의 얘기를 들었소. 그런데 이제는 뻔뻔스럽게 랜돌프 카터가 살아 있다며, 명분도 없이 결정을 연기하자고 하잖소! 이 불한당을 내쫓는 게 어떻겠소, 마리니 씨? 우리 모두를 이 협잡꾼 아니

멍청이 손에 놀아나게 할 작정이오?"

마리니는 손을 들더니 부드럽게 말했다.

"차근차근 생각해 봅시다. 지금까지 아주 독특한 이야기를 들었고, 그것을 모두 무시해 버리거나 있을 수 없는 일이라고 단정 지을 수는 없어요. 무엇보다 1930년 이후 저는 여기 인도인과 편지를 주고받았는데, 그 내용은 지금 한 얘기를 뒷받침하는 것입니다."

그가 말을 멈춘 사이, 늙은 필립스 씨가 어렵게 말을 꺼냈다.

"찬드라푸트라 씨는 증거가 있다고 말했소. 나도 그 증거가 중요하다는 점을 인정합니다. 나 역시 지난 2년 동안 이분한테 믿을 만한 편지를 상당수 받아 왔소. 하지만 이야기 자체는 매우 극단적인 면이 있군요. 혹시 보여줄 만한 증거가 있기는 한가요?"

이윽고 차분한 표정의 인도인이 천천히 쉰 목소리로 대답하며, 헐렁한 외투 주머니에서 무엇인가를 끄집어냈다.

"이중에서 은 열쇠를 실제로 본 사람은 아무도 없을 겁니다. 마리니 씨와 필립스 씨는 사진으로 봤을 겁니다. 자, 알아보시겠습니까?"

그가 흰색 장갑이 끼워진 커다란 손으로 책상에 내려놓은 것은 반짝이는 묵직한 은 열쇠였다. 길이는 13센티미터 정도, 이국적인 장인의 손길이 느껴졌을 뿐 아니라 아주 기묘한 상형 문자로 뒤덮여 있었다. 마리니와 필립스는 숨을 죽였다.

"바로 저거야! 사진 그대로야. 틀림없어!"

마리니가 소리쳤다. 그러나 에스핀월은 웃고 있었다.

"헛소리! 저것으로 뭘 증명한단 말이오? 저 열쇠가 실제로 내 사촌의 소유물이었다면, 지금 저 외국인, 저 염병할 검둥이가 어떻게 손에 넣었는지 물어봐야 할 것 아니오! 랜돌프 카터는 4년 전 열쇠와 함께 사라졌소. 강도를 당하고 살해당하지 않았다고 누가 장담하겠소? 그는 미쳐있는데다, 더 미친 사람들과 어울렸단 말이오. 이봐, 검둥이 양반, 그 열쇠를 어디서 얻은 거지? 랜돌프 카터를 죽인 건가?"

인도인의 이상할 정도로 침착한 표정은 변하지 않았다. 그러나 홍채가 없는 검은 눈동자 너머 위험한 빛이 타올랐다. 그는 몹시 힘겹게 말했다.

"에스핀월 씨, 부디 진정하십시오. 다른 증거를 제시할 수 있지만, 모든 분한테 유쾌할 것 같지는 않습니다. 합리적으로 행동합시다. 여기 1930년 이후 작성한 것이 분명한 서류가 있고, 랜돌프 카터의 필적이라는 사실도 확실합니다."

그는 어색한 동작으로 느슨한 외투 안주머니에서 기다란 봉투를 꺼내 노기등등한 변호사에게 건넸다. 마리니와 필립스는 혼란 속에서도 경이감을 느끼며 그 모습을 지켜보았다.

"물론 필체를 거의 알아볼 수 없습니다. 그러나 현재 랜돌프 카터가 인간의 문자를 자유자재로 쓸 만한 신체 구조가 아님을 기억해 주십시오."

에스핀월은 성급히 서류를 훑어보다가 눈에 띄게 당황하는 기색이었지만, 태도만은 변함이 없었다. 방 안은 흥분과 까닭 모를 공포로 채워졌다. 관 모양의 시계에서 들려오는 기이한 리듬에 변호사는 눈 하나 깜짝하지 않는 것 같았지만, 마리니와 필립스에게는 완전히 악마의 소리처럼 느껴졌다.

에스핀월이 다시 말했다.

"교묘한 위조문서요. 위조문서가 아니라면, 저의가 의심스러운 사람들에게 억류된 상태에서 랜돌프 카터가 썼을 것이오. 지금 해야 할 일은 딱 한 가지, 저 사기꾼을 체포하는 것이오. 마리니 씨, 경찰에 전화해 주시겠소?"

"잠깐 기다려 봅시다." 집주인이 말했다. "경찰을 부를 만한 일은 아닌 것 같습니다. 나한테도 생각이 있어요. 에스핀월 씨, 이분은 신비학에 아주 정통한 사람입니다. 그리고 랜돌프 카터에 대해 개인적으로 잘 안다고 말하잖아요. 이 분한테 카터 씨와 잘 아는 사람만이 대답할 수 있는 질문을 해서 확인한다면, 에스핀월 씨도 만족하겠지요? 정확한 테스트를 위해 참고할 만한 책을 가져오겠습니다."

그가 서재 문으로 돌아서자, 어리둥절한 표정의 필립스는 무의식적으로 그쪽을 향했다. 에스핀월은 변함없는 태도로 앉아서 이상할 정도로 침착한 표정의 인도인을 뚫어지게 바라보았다. 갑자기 찬드라푸트라가 어색한 동작으로 은 열쇠를 호주머니에 도로 집어넣으려고 하자, 변호사는 고함을 질렀다.

"어이, 이제 알겠군! 이 사기꾼 불한당 같은 놈. 동인도인일 리가 없지. 네 놈의 얼굴, 그건 얼굴이 아니라 가면이야! 얘기를 듣고 보니 사실이었어. 얼굴에 전혀 변화가 없고, 저 터번과 수염으로 가면의 가장자리를 감추고 있는 거야. 이놈은 사기꾼이야! 외국인이 아니란 말씀이야. 말투를 보면 알아. 미국인이야. 저 장갑을 보라고. 혹시 지문이라도 묻을까 봐 끼고 있는 거잖아. 망할 자식, 그 놈의 가면을 벗겨 주마……"

"그만!" 인도인의 이상할 정도로 이질적이고 쉰 목소리에서 지상의 그 무엇보다 더한 공포감이 전해졌다. "필요하다면 다른 증거를 제시하겠다고 말했고, 그런 일까지 없기를 바란다고 경고했습니다. 여러분, 이 노기등등한 참견꾼 양반이 옳습니다. 저는 솔직히 동인도인이 아닙니다. 이것은 가면이며, 인간이 아닌 얼굴을 가리고 있습니다. 방금 전에 느낀 건데, 여러분도 이미 짐작하고 있는 듯합니다. 제가 이 가면을 벗는다면 유쾌할 수 없을 겁니다. 진심으로 하는 말이니, 가면은 그냥 놔두길 바랍니다. 차라리 제가 랜돌프 카터라고 실토하겠습니다."

아무도 움직이지 않았다. 에스핀월은 콧방귀를 끼며 묘한 동작을 취했다. 마리니와 필립스는 맞은편에서 벌겋게 상기된 에스핀월의 얼굴과 그 앞에 앉아서 터번을 두르고 있는 인도인의 뒤통수를 바라보았다. 시계의 기이한 째깍거림이 소름이 끼쳤고, 향로의 연기와 흔들리는 아라스 천이 죽음의 춤을 추었다. 숨넘어갈 듯한 표정의 변호사가 침묵을 깼다.

"가면을 벗어, 이 사기꾼아. 그런다고 겁먹을 것 같나! 가면을 벗고 싶지 않은 이유가 따로 있겠지. 정체가 탄로 날 테니까. 가면을 벗으면……"

그가 손을 뻗자, 인도인은 장갑 낀 한쪽 손으로 어색하게 에스핀월의 손을 붙잡았다. 그 순간, 인도인의 입에서 고통과 충격이 뒤섞인 이상한 비명이 흘러나왔다. 마리니는 두 사람 쪽으로 달려왔지만, 인도인의 비명이 웅웅 하는 시끄러운 소리로 바뀌자 그 자리에 멈추어 섰다. 에스핀월은 불그레한 얼굴에 노기를 띤 채, 나머지 손으로 인도인의 덥수룩한 수염을 낚아채려고 했다. 이번에는 제대로 붙잡은 수염을 힘껏 잡아당기자, 터번에서 떨어져 나온 밀랍의 얼굴 전체가 변호사의 우악스러운 손아귀에 매달렸다.

이때 에스핀월은 겁에 질려 숨넘어갈 듯 비명을 질렀다. 필립스와 마리니는 에스핀월의 얼굴이 심하게 뒤틀리고 경련하는 것을 보았다. 사람의 얼굴에서 그토록 완전한 공포의 발작과 섬뜩한 표정을 본 것은 그

때가 처음이었다. 한편 가짜 인도인은 붙잡았던 에스핀월의 손을 놓고 멍하니 서서, 웅웅하는 아주 이상한 소리를 냈다. 곧 터번에 감긴 모습이 인간이라고 하기엔 이상할 정도로 구부정해지더니, 우주의 기이한 리듬을 전하고 있는 관 모양의 시계를 향해 발을 질질 끌었다. 가면이 벗겨진 그의 얼굴은 반대편으로 향해져 있어서 마리니와 필립스는 방금 전에 있었던 변호사의 행동을 이해할 수 없었다. 두 사람은 그제야 바닥에 쓰러져 있는 에스핀월에게 시선을 돌렸다. 경련은 멈춰 있었다. 그러나 그들이 다가가 보니, 그 노인은 죽어 있었다.

마리니는 발을 질질 끌고 걷는 인도인의 뒷모습을 다급히 바라보았다. 덜렁거리는 팔 한쪽에서 흰 장갑이 벗겨져 있었다. 뿌연 올리바눔 연기 속에서 보이는 것이라고는 길고 검은 손이었다. 필립스가 멀어지는 인도인을 뒤따라가려고 했지만, 필립스가 그의 어깨를 붙잡아 말렸다.

"그냥 놔둬요! 우리가 누구를 상대하는지도 모르잖아요. 또 다른 분신, 야디스의 마법사라는 스카우바일지도 몰라요……."

마리니가 속삭였다.

터번을 두른 형체는 기이한 시계에 다가서 있었다. 마리니와 필립스는 짙은 연기에 가려진 검은 집게발이 상형 문자가 새겨진 기다란 시계의 문을 더듬거리는 광경을 지켜보았다. 더듬거리는 동작에서 찰칵하는 매우 기묘한 소리가 들려왔다. 그 형체는 관 모양의 시계 속으로 들어가 문을 닫았다.

마리니가 더 이상 참지 못하고 시계의 문을 열었지만, 그 안은 텅 비어 있었다. 기이한 째깍거림은 변함없이 신비의 관문이 모두 열리는 것처럼 음산한 우주의 리듬을 전달했다. 바닥에 떨어져 있는 커다란 흰색 장갑과 수염이 덥수룩한 가면을 움켜쥐고 죽어 있는 남자의 시체는 더는 아무것도 말해 주지 않았다.

　1년이 지났지만, 랜돌프 카터의 소식은 들려오지 않았다. 그의 부동산 문제는 여전히 미제로 남았다. '스와미 찬드라푸트라'가 1930년에서 32년까지 신비한 사건에 대해 도처에 편지를 보냈던 보스턴 주소지에는 실제로 이상한 인도인이 살았었다. 그러나 그는 뉴올리언스의 회동이 있기 직전에 그 곳을 떠난 후로 다시는 모습을 보이지 않았다. 그에 대해서 피부가 검고 무표정하며 수염이 덥수룩했다는 말이 있었다. 그리고 별일 아니라는 듯이 가면을 내밀었을 때, 그의 집주인은 그 까무잡잡한 가면이 그와 많이 닮았다고 말했다. 그러나 누구도 그가 인근의 슬라브 인들이 쉬쉬하는 끔찍한 괴물이라고는 생각하지 못했다. 아컴 뒤의 산악 지대에서 '광속선'을 찾기 위한 수색이 벌어졌지만, 그 비슷한 것도 발견되지 않았다. 그러나 퍼스트 내셔널 뱅크 아컴 지점의 한 은행원은 1930년 10월 터번을 두른 사내가 약간의 황금을 현금으로 바꾼 일이 있다고 회상했다.

　마리니와 필립스는 그 일을 어떻게 처리해야 할지 알 수 없었다. 결국 무엇을 증명할 수 있겠는가? 꾸며냈을지 모를 이야기가 있다. 카터가 1928년 아무에게나 보냈던 사진을 보고 복제했을지 모르는 열쇠가 하나 있다. 의문투성이의 종이 몇 장이 있다. 가면을 쓴 이방인이 있었지만, 누가 그 가면 너머의 얼굴을 봤을까? 팽팽한 긴장과 올리바눔의 연기 한복판에서 시계 속으로 사라진 것은 착각이었을지 모른다. 인도인은 최면술에 관해서도 일가견이 있었다. '스와미'가 랜돌프 카터의 재산을 가로채려 한 공모자였다는 편이 더 그럴듯했다. 그러나 검시관은 에스핀월의 사인이 쇼크라고 말했다. 쇼크의 원인이 그저 격분했기 때문이었을까? 그리고 그 이야기 속에는 또 다른 것이 있다……

기묘한 무늬가 그려진 아라스 천이 걸려 있고, 올리바눔 연기가 가득한 넓은 방에서 에티엔느-로랑 마리니는 종종 상형 문자가 새겨진 관 모양의 시계에서 들려오는 기이한 리듬을 어렴풋이 느끼곤 한다.

---

44) 올리바눔(olibanum): 향료나 향수의 재료로 쓰인다.

45) 나칼어(Naacal): 1926년 고고학계에 일대 파란을 몰고 온 영국인 제임스 처치워드(James Churchward)의 저서 『사라진 뮤 대륙 (The Lost Continent of Mu)』에 '나칼 비문'이 등장한다. 점토판에 새겨진 비문으로 뮤 대륙의 실존 가능성을 입증하는 증거로 제시됐으며, 이 사건이 러브크래프트에게 영감을 주었을 가능성이 높다.

46) 맞배지붕: 박공지붕이라도 하는 17세기 후반에서 18세기 초 뉴잉글랜드의 건축 양식, V자를 거꾸로 한 형태로 양쪽 지붕의 각도가 완만하게 경사를 이룬다. 대부분이 뉴잉글랜드를 배경으로 하는 러브크래프트의 작품에서 맞배지붕, 뾰족 지붕, 첨탑 등의 건물이 자주 등장한다.

47) 단백석(蛋白石): 오팔이라고도 하며 비결정질 혹은 그에 가까운 함수 규산염 광물로서 붉은 남색을 띤 것은 보석 장식에 사용한다.

48) 브라만(Brahman): 카스트 제도에서 가장 높은 지위인 승려 계급.

49) 베나레스(Benares): 바라나시로 불리는 인도 우타르프라데시 주에 있는 도시.

50) 이스터 섬(EASTER ISLAND): 칠레 령의 섬으로 남태평양 폴리네시아 동쪽에 자리 잡고 있다. 네덜란드 탐험가 J. 로게벤이 1722년 부활절(Easter day)에 상륙했다고 해서 이스터 섬으로 불리게 되었다. 얼굴이 큰 거인상으로 이루어진 거석문화(巨石文化)의 유적이 유명하다.

51) 아이렘(Irem): '기둥의 도시'로도 불리는 아이렘이 처음 언급된 소설은 「이름 없는 도시The Nameless City」(1921)이며, 아이렘의 폐허에서 『네크로노미콘』의 저자 압둘 알하즈레드의 램프가 발견되기도 한다.

52) 네크로노미콘(Necronomicon): 러브크래프트의 가장 잘 알려진 가공의 책. 「사냥개(The Hound)」(1922)에 처음으로 등장한다. 「네크로노미콘의 역사(History of

Necronomicon」(1927)에도 소개되어 있지만, 작품마다 단편적으로 언급되어 있다.「더 니치 호러 The Dunwich Horror」(1928)에 가장 많은 인용된다. 반면, 압둘 알하즈레드 라는 이름은「이름없는 도시(The Nameless City)」(1921)에 처음으로 언급됐다. 러브크 래프트는『네크로노미콘』을 가공의 책이라고 밝혔지만, 실제로 존재한다고 믿는 사람 들이 적지 않다. 아랍의 광인, 압둘 알하즈레드 역시 어렸을 때 읽은 아라비안나이트에 서 착안한 허구의 인물이다. 네크로노미콘은 크툴루와 함께 지금도 가장 많이 재생산 되는 창조물 중의 하나이다.

53) 토트의 책(Book of Thoth): 앨레이스터 크롤리(Aleister Crowley)가 쓴 책으로 헤브루 신비 철학인 카발리즘(Cabalism)과 점성술을 주제로 하고 있다. 토트는 이집트 신화에 등장하는 지혜의 신이다.

54) 엘더 사인(Elder Sign): 러브크래프트는「인스머스의 그림자」에서 올드원(Old Ones)이 돌 주변에 남겨놓는 마법의 표식 같은 것으로, 만자(卍) 모양이라고 설명했다. 그러나 오거스트 덜레스(August Derleth)에 의해 별 모양 안에 눈동자가 들어 있는 표식으로 더 많이 알려지게 되었다.

55) 묘지를 도굴하고, 유해에서 생명을 불러내는 마법사에 관한 이야기는「찰스 덱스터 워 드의 사례 The Case of Charles Dexter Ward」(1927)에서 중심 소재로 등장한다.

56) 움라트-타윌(Umr At-Tawil): 요그-소토스를 향해 가는 관문, 혹은 관문을 지키는 초고 대인으로 묘사되고 있다는 점에서 '빛나는 트레피저헤드론(Shining Trapezohedron)' 과 관련이 많다. 둘을 동일물로 보는 의견도 있다. 차이점이 있다면, 빛나는 트레피저 헤드론은「누가 블레이크를 죽였는가 The Haunter of Dark」에서 검은 색에 가까운 광 물체로 묘사되는 부분이다.

57) 로마르(Lomar): 가상의 도시. 러브크래프트는 서한 중에서『프나코틱 필사본』이 전해 진 곳으로 로마르와 하이퍼보레아(北方淨土, hyperborea)를 몇 차례 언급한 것으로 보 아 두 곳이 동일 장소일 수 있다.「북극성」참고.

58) 초고대인(Ancient Ones): 외계의 고대 종족을 뜻하며, 올드원(Old Ones)과 동일한 존 재로 보는 경우가 많다.

59) 로브(robe): 아래위가 하나로 붙어 있는 길고 헐렁한 겉옷.

60) 렝(Leng): 드림랜드의 가상 공간으로, 인가노크의 동쪽 산맥에 위치하고 있다. 그 곳의 석조 수도원에서 '금기의 제사장'이 니알라토텝과 외계의 신들을 숭배한다.「미지의 카다스를 향한 몽환의 추적」에 자세히 묘사되어 있다.

61) 요그-소토스:「찰스 덱스터 워드의 사례」에 처음으로 언급된 우주 존재. 후기 소설에

서 많이 등장하지만, 이 작품에서 특히 중요하게 다루고 있다. 러브크래프트는 나중에 서신을 통해서 요그-소토스에 대해 "촉수 비슷한 것이 달려 있지만 가장 단단한 벽도 뚫을 수 있으며, 요그-소토스의 손길이 닿으면 누구도 살아남지 못한다. 심지어 그 이름을 크게 입 밖에 내는 것만으로도 치명적이지만, 우리가 무사한 것은 자비로운 망각에 의해 그 이름을 정확하게 발음하지 못하기 때문이다. 때로는 고체, 액체, 기체 등으로 모양을 자유자재로 바꾸므로 어떤 물리적 한계를 뛰어넘을 수 있다"고 설명했다. 요그-소토스는 이 작품에서 실버 키의 관문을 지키는 초고대인(Anceint Ones), '초월자(Beyond One)', '수문장', '안내자'로 표현되고 있다.

62) 유고스(Yuggoth): 태양계에서 아홉 번째 행성으로 실제로는 명왕성을 말한다. 이름 모를 종족이 이 행성에 살았으며, 나중에 미고(Mi-Go)의 주요 거주지가 되었다. 「어둠 속에서 속삭이는 자 The Whisperer of Darkness」(1930)에서 자세히 언급된다.

63) 유고스에 사는 종족은 미고(Mi-Go)를 말하는 것으로 보이지만, 「어둠 속에서 속삭이는 자」에는 균류 생물로 묘사되고 있다. 다른 표현으로 쓰이는 설인(雪人, Abominable Snowman)은 히말라야산맥 고지(高地)의 설선(雪線) 부근에 살고 있다는 정체불명의 존재로서 러브크래프트는 미-고(Mi-Go)라는 자신만의 창조물로 차용한 것으로 보인다. 설인은 네팔, 티베트에서 실제 전해지는 민담으로, 미-고라는 말 자체도 티베트 어원으로 보는 견해에 따르면, 미(mi)는 '사람', 고(go)는 '민첩한'으로 '빠르게 움직이는 사람과 유사한 생물'이 된다.

64) 아르크투루스(Arcturus): 목동자리에서 가장 밝은 오렌지색의 별.

65) 차토구아(Tsathoggua): 러브크래프트의 동료 작가, 클라크 애슈턴 스미스(Clark Ashton Smith)의 창조물이다. 러브크래프트는 두꺼비 형상의 외계 종족 혹은 신으로 작품에 차용했다.

66) 야디스(Yaddith): 태양계에서 수백만 광년 떨어진 다른 은하의 행성. 서브-니거레스가 이곳에서 왔다고 알려져 있다. 이 작품에서 처음 등장했고, 우주적 공포를 다룬 「누가 블레이크를 죽였는가」에서 한 번 더 나온다.

67) 도울 족(Dholes 族): 이 작품에서는 마법사와의 전쟁을 벌여 야디스를 정복하는 것으로 그려지는 반면, 「미지의 카다스를 향한 몽환의 추적」에서는 프노스 골짜기에 사는 종족으로 등장한다. 거대한 다족류로 항상 소리 없이 움직이며 지나가는 생물을 순식간에 해치운다. 도울이라는 용어와 관련해서 흥미로운 논란이 있다. 원래의 표기가 도울이 아니라 보울(bhol)이라는 것인데, 러브크래프트의 작품을 본격적으로 출판하기 시작한 오거스트 델레스가 표기를 착각했다는 것이다. 덧붙여 도울과 보울이 비슷하

게 생긴(혹은 동종 관계의) 가상의 몬스터라는 의견도 있다. 최근의 영문판에는 보울로 수정해서 출간하는 경우도 많다.

68) 닝(Nhing): 금속으로 된 서판으로, 이 작품 외에 언급이 없다. 야디스 행성의 마법사, 즈카우바가 어려움에 처할 때 이 서판에서 조언을 구하며, "도울 족은 어디든 따라온 다."는 경고가 담겨 있다고 알려져 있다.

69) 리예(R'lyeh): 태평양 밑에 침몰했다는 '그레이트 올드원(Great Old Ones)'의 도시. 크 툴루가 이곳에서 부활을 기다린다. 아틀란티스나 레무리아에 상응하는 가상의 도시로, 크툴루와 함께 많은 작품에 등장한다.

70) 크툴루(Cthulhu): '그레이트 올드원'의 대사제 혹은 지도자. 문어와 용, 인간의 몸을 합 성한 듯한 모습을 하고 있다. 일명, '크툴루의 후예(the spawn of Cthulhu)'들은 크툴루 를 위해 리예라는 도시를 건설하며, 이들은 「광기의 산맥」 중에 '올드원' 이후 멀리 우 주 공간에서 지구를 찾아온 외계 생물체로 다시 등장한다. 크툴루를 주제로 한 작품에 「크툴루의 부름 The Call of Cthulhu」(1926)이 있다.

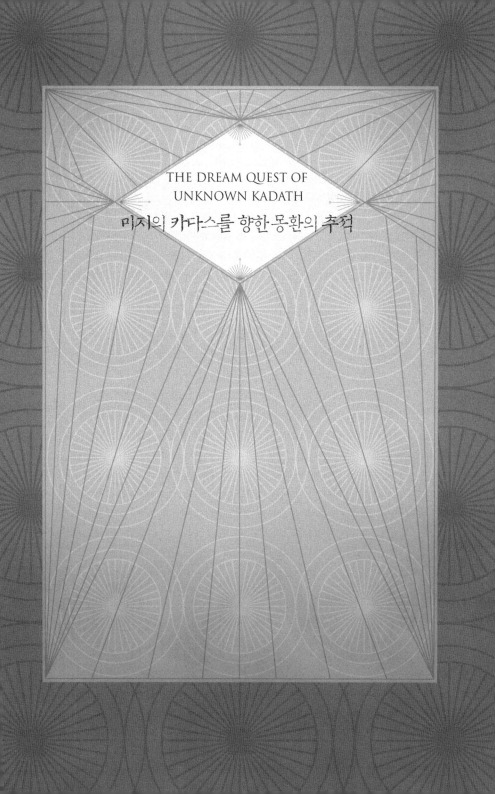

THE DREAM QUEST OF
UNKNOWN KADATH

미지의 카다스를 향한 몽환의 추적

작품 노트 | 미지의 카다스를 향한 몽환의 추적 The Dream Quest of Unknown Kadath

1927년에 쓰여, 1943년 아컴 출판사의 《잠의 장벽 너머에 Beyond the Wall of Sleep》에 수록되어 출간됐다.

이 작품은 오랫동안 공들여 집필했음에도 러브크래프트 생전에 잡지에 실리거나 출간된 적이 없다. 자신의 작품 평가에 혹독한 데다 출판사가 요구하는 수정에 대해서 좀처럼 응하지 않았던 러브크래프트의 성격 탓도 있지만, 집필하는 동안에도 이 작품에 대해서는 스스로 회의적이었다고 알려져 있다. 그는 서한에서 "랜돌프 카터의 모험에 독자들이 식상해할까 봐 걱정입니다. 또한 너무 과도한 이미지 때문에 원래 계획한 기이한 인상들이 파괴될지도 모르겠습니다."고 작품에 대한 탐탁지 않은 심경을 토로했다. 그나마 미덕이 있다면 "앞으로 진정한 소설 형태를 시도하기 위한 유용한 습작"이라고 밝혔다. 그래서인지, 작품 평가에서도 '최고의 환상 소설'이라는 호평과 '여러 요소를 복잡하게 뒤섞은 산만한 소설'이라는 혹평이 엇갈린다.

내용상으로는 드림랜드를 종횡무진 하는 랜돌프 카터의 젊은 시절 모험담에 가깝기 때문에 「실버 키」와 「실버 키의 관문을 지나서」보다 앞서고, 집필 시기도 '랜돌프 카터 연작'의 맨 마지막이 아니지만, 완성도 면에서 연작의 완성이자 정점으로 보는 견해가 많다.

랜돌프 카터의 연작을 비롯하여, 로드 던새니의 영향이 짙은 일군의 환상 소설을 총집결한 작품인 동시에, 기존의 영향력에서 벗어나 작가 자신의 독특한 드림랜드를 구축한 유의미한 작품으로 평가받는다. 물론 주인공 카터가 카다스와 그레이트원 (Great Ones)을 찾아 떠나는 여정은 던새니의 영향력에서 완전히 탈피했다고 보기 어렵다는 견해도 있지만, 구성이나 여러 가지 특징은 분명 독립적이다.

이 작품은 2003년에 독립 영화 제작 방식으로 동명의 만화와 애니메이션 영화로 제작되었다.

랜돌프 카터는 꿈에서 경이로운 도시를 세 번 보았으며, 그때마다 자기 자신은 도시의 높은 테라스 위에 멈추어 선 채 순식간에 사라지곤 했다. 돌벽과 신전, 주랑과 줄무늬 대리석으로 만든 궁형 다리, 너른 광장에서 무지갯빛 물보라를 일으키는 은제 분수와 향기로운 정원, 아름다운 나무와 꽃, 항아리와 일렬로 반짝이는 상아 조각상 사이로 뻗어 있는 거리, 이 모든 것이 황혼녘 도시와 함께 온통 황금빛으로 아름답게 빛났다. 한편 가파른 북쪽 비탈을 따라 층층이 쌓여 있는 붉은색 지붕과 낡고 뾰족한 박공들이 수풀 무성한 작은 자갈길을 숨기고 있었다. 그것은 신들의 열정이며 천상의 트럼펫이 연주하는 팡파르이자 영묘한 심벌즈의 울림이었다. 아무도 찾지 않은 전설의 산을 휘감고 있는 구름처럼 도시는 신비감이 드리워져 있었다. 카터가 숨 막히는 기대를 품고 발코니에 서 있는 동안, 기억이 사라져 버리는 듯한 무서운 불안감과 상실의 고통, 경이롭고 소중한 그 곳을 다시 찾겠다는 절박감이 엄습했다.

　　꿈속의 시대가 언제인지, 구체적인 모습은 무엇인지, 꿈인지 생시인지 말은 못해도, 그는 자신에게 그것이 절대적인 의미임을 알았다. 꿈은 오래전에 잊힌 유년 시절을 어렴풋이 떠올리게 했다. 하루하루가 놀랐고 즐겁기만 했던 시절, 새벽의 여명과 저녁의 어스름이 간절한 류트의 음률과 노래를 예언하듯 성큼 다가오던 그때, 더 깊고 놀라운 기적을 향해 불타는 관문이 열렸었다. 그러나 꿈속의 높은 대리석 테라스에서 기묘한 항아리와 조각이 새겨진 난간에 둘러싸여 고요한 황혼의 도시가 영롱하고 성스럽게 빛나는 모습을 지켜볼 때, 그는 난폭한 꿈의 신들에게 구속당한 느낌을 받았다. 그 높은 곳에서 벗어날 수 없었고, 넓은 대리석 계단 밑으로 유혹하듯 끝없이 펼쳐진 마법의 거리로 내려설 수도 없었기 때문이다.

계단을 내려가지도 못하고 고요한 일몰에 잠긴 거리를 걸어 보지도 못한 채 꿈에서 세 번째 깨어났을 때, 그는 인간의 발길이 닿지 않은 차가운 황무지이자 미지의 카다스에서 변덕스럽게 구름을 내려다보고 있을 보이지 않는 꿈의 신들에게 간절히 기도했다. 그러나 신들은 대답하지 않았고, 그에게 일말의 연민도 보여주지 않았다. 뿐만 아니라, 그가 꿈속에서 기도하고, 현실의 관문에서 그리 멀지 않은 곳에 불꽃의 기둥과 조각상으로 이루어진 신전에서 수염을 기른 나쉬트와 카만-타 사제를 통해서 지극정성으로 호소해도 신들은 호의적인 손짓마저 거부했다. 오히려 그의 기도가 정반대의 의미로 전달된 것이 틀림없었다. 왜냐하면, 기도를 한 직후부터 그는 경이의 도시를 전혀 볼 수 없었기 때문이다. 마치 세 번의 어렴풋한 광경도 그저 우연이나 착각에 지나지 않으며, 신들의 숨겨진 계획이나 뜻을 거스르는 결과였던 것처럼 말이다.

마침내, 반짝이는 일몰의 거리와 고대의 기와지붕 사이로 이어진 신비한 언덕의 오솔길을 잊지 못해 잠 못 들고 깊은 시름에 잠긴 카터는 인간으로서 처음으로 무모한 탄원을 해보기로 결심했다. 그는 구름에 가리고 기상천외한 별들로 뒤덮인 채 그레이트원[71]들의 마노 성에 얽힌 비밀과 밤을 간직한 미지의 카다스를 향해 감히 얼음 사막과 암흑을 헤치고 나갈 생각이었다.

그는 얕은 잠에서 불꽃 동굴로 향해진 70계단을 내려가 수염 기른 사제 나쉬트와 카만-타에게 자신의 계획을 말했다. 사제들은 머리를 흔들며 카터의 영혼이 죽게 되리라 장담했다. 그들은 그레이트원이 이미 그들의 뜻을 전했고, 끈질긴 탄원에 시달리고 싶지 않은 것 역시 그들의 뜻임을 지적했다. 또한 인간 중에서 어느 누구도 카다스에 간 적이 없으며, 그곳이 어디에 있는지 추측조차 한 일이 없음을 카터에게 상기시켰다. 그들은 카다스가 지구 주변의 드림랜드에 있거나, 상상을 초월해 포말하우트[72]나 알데바란 어딘가에 있을지 장담할 수 없다고 했다. 만약 그 곳이 지구 주변의 드림랜드에 있다면, 갈 수 있을 거라 상상이나마 할 수 있겠지만, 태초가 열린 이후 단 세 사람만이 불경한 심연을 넘고 건너 다른 지역의 드림랜드를 찾았으며, 그 중 두 사람은 완전히 미친 상태로 돌아왔다고 했다.

이 여정 곳곳에는 예측불허의 위험이 도사리고 있다. 뿐만 아니라 질서정연한 우주를 초월하여 꿈속에서도 갈 수 없는 외계의 충격적인 마지막 파국에 대해서는 횡설수설하는 말로도 표현할 길이 없다. 불경한 말과 왁자지껄한 소음이 가득한 무한의 중심, 그 극한 혼돈의 궁극에 형태 없는 그림자가 있다. 감히 그 이름을 입에 올릴 수도 없는 악마의 제왕, 아자토스[73]다. 시간 너머, 상상을 초월하는 암흑의 방에서 사악한 북소리의 숨죽인 광기와 오싹하고 단조로운 피리 소리에 휩싸인 아자토스가 굶주림에 몸부림치고 있었다. 거기서 거대한 절대의 신들은 불안하게 발을 구르고 느릿느릿 어색하고 우스꽝스럽게 피리 소리에 맞춰 춤을 춘다. 이 맹목적이고 음산하고 목소리 없는 냉혹한 외계의 신들을 대변하는 화신이자 사자(使者), 그가 바로 '기어드는 혼돈 니알라토텝'[74]이다.

이처럼 불꽃 동굴에서 나쉬트와 카만-타 사제는 카터에게 경고했지만, 그는 여전히 그 곳이 어디든 차가운 황무지에 있다는 미지의 카다스의 신들을 찾아가 경이로운 황혼의 도시를 보고 기억할 수 있게 해달라고 허락을 얻어낼 생각이었다. 그 여정은 기이하고 길 것이며, 그 레이트원들의 뜻에 어긋나는 것임을 카터는 모르지 않았다. 그러나 그는 드림랜드에서 지낸 관록과 더불어 도움이 될 만한 유용한 기억과 장치를 많이 알고 있었다. 그래서 그는 사제들에게 형식적인 축복의 말을 부탁하고, 앞일을 꼼꼼히 따져보면서 '깊은 잠의 관문'으로 통하는 700계단을 성큼 내려간 후 '마법의 숲'으로 들어섰다.

웅크리고 있는 거대한 참나무들이 더듬듯 가지를 뻗고 기묘한 균류 무리가 희미하게 빛을 발하는 그 울창한 숲에는 비밀의 은둔자, 주그 족이 살고 있었다. 그 위치를 밝히는 것은 재앙이 되겠지만, 꿈과 현실의 경계에 살고 있다는 이유로 주그 족은 드림랜드의 숱한 비밀과 현실 세계의 몇 가지 비밀을 알고 있었다. 주그 족과 접촉하는 인간들 사이에서 설명할 수 없는 소문과 사건과 실종에 관한 말들이 나돌았으며, 그들이 꿈의 세계를 벗어나 멀리까지 갈 수 없다는 것도 기정사실이었다. 그러나 꿈의 세계에 인접한 곳까지 주그 족은 자유롭게 오갔고, 조그만 갈색 몸을 숨긴 채 날아다니면서 그들이 좋아하는 숲 속에서 몇 시간이고 떠들만한 통쾌한 이야깃거리를 가져오고는 했다.

그들 대부분은 굴에 살았지만, 일부는 커다란 나무줄기에 기거하기도 했다. 주로 균류를 먹고 살지만, 육체의 형태와 영적인 형태를 가리지 않고 그 고기를 약간씩은 맛본다는 소문도 들려왔다. 그 때문에 그 숲에 들어간 몽상가 중에서 상당수가 다시 돌아오지 못했다는 것이다. 그러나 카터는 두렵지 않았다. 노련한 몽상가로서 주그 족의 떠들썩한 언어를 이해할 수 있을 뿐 아니라, 그들을 상대하는 방법도 많이 터득했기 때문이다. 그들의 도움을 받아 타나리안 언덕 너머 오스-나르가이에 있는 화려한 도시 셀레파이스[75]를 찾아갈 생각이었다. 현실에서는 다른 이름으로 불리기도 하는 인간이자 위대한 왕 쿠라네스[76]가 셀레파이스를 일 년 중 반 동안 통치하고 있었다.

거대한 나무줄기 사이로 푸른빛이 도는 통로를 걷는 동안, 카터는 줄곧 주그 족의 떠들썩한 언어를 흉내 내 이따금 반응을 살폈다. 그는 이끼 긴 거대한 돌이 원형으로 늘어서 있는 숲 한복판에 주그 족이 사는 특별한 마을이 있고, 훨씬 오래전 개간지였던 그곳에 섬뜩한 괴물들이 살았다는 풍문을 기억했다. 그곳에 가는 것이 망설여졌다. 그는 괴상한 버섯 무리를 길잡이로 삼았는데, 고대의 괴물들이 춤을 추며 제물을 바쳤다는 공포의 땅에 가까이 갈수록 버섯들은 이상할 정도로 토실토실해 보였다. 마침내 살찐 버섯에서 나는 환한 빛이 기분 나쁜 녹색과 회색 빛깔을 띠더니 숲 속 멀리 보이지 않는 곳까지 뻗쳤다. 거대한 원형의 석상에서 아주 가까운 곳이며, 주그 마을과도 인접한 곳이었다. 카터는 주그 족의 떠들썩한 언어를 다시 흉내 내며 참을성 있게 반응을 기다렸다. 이윽고 무수한 눈동자가 나타났다. 주그 족이었다. 그들의 작고 미끌미끌한 갈색 몸뚱이보다 기이한 눈동자가 항상 먼저 보이기 때문이었다.

희미한 불빛이 일렁이는 일대를 완전히 뒤덮을 때까지, 그들은 떼를 지어 굴과 벌집 모양의 나무에서 쏟아져 나왔다. 그 중에는 카터를 함부로 밀치는 난폭한 무리도 있었고, 심지어 귀를 깨무는 녀석도 있었다. 그러나 그처럼 방자한 무리들은 이내 그들의 연장자에 의해 제지를 받았다. 현자 집단에서 카터를 알아보고, 몹시 섬뜩한 나무의 수액을 담아놓은 호리병을 건넸다. 달에서 그 씨앗을 가져왔다는 나무였다. 카터가 공손히 호리병을 들이킨 후, 아주 기이한 대화가 시작됐다. 안타깝게도 주그 족은 카다스가 어디 있는지, 차가운 황무지가 인간의 드림랜드에 있는지 아니면 다른 드림랜드에 있는지조차 알지 못했다. 그레이트원에 대한 소문도 사정이 다르지 않았다. 기껏해야 달이 뜨고 구름이 낄 때 산봉우리에서 회상에 잠겨 춤을 추는 것으로 보아, 그레이트원들을 보려면 계곡보다는 높은 산꼭대기로 가야 한다는 말이 고작이었다.

그때 아주 나이든 주그가 혼자만 알고 있는 사실을 기억해 냈다. 그의 말에 따르면, 스카이 강 너머 울타르라는 곳에, 오랜 옛날 북극 왕조의 현자들이 만든 고서(古書) 『프나코틱 필사본』의 마지막 한 권이 남아 있는데, '그노프케'라는 털북숭이 육식 종족이 올라소의 신전을 정복하고 로마르의 영웅들을 모조리 학살했을 때 그 책이 꿈의 세계로 유출됐다는 것이다. 『프나코틱 필사본』에는 신과 관련된 내용이 많고, 울타르에서 신의 표식을 봤다는 사람이 있을 뿐 아니라 나이 든 사제 한 명은 달빛 비추는 거대한 산에서 신들이 춤추는 광경을 어렴풋이나마 목격했다는 말이 전해진다고 했다. 그 사제는 다시 돌아오지 못했고, 그와 동행했던 한 사람만이 무사히 인간 세계로 돌아와 은둔의 삶을 살고 있었다.

랜돌프 카터는 또 한 번 달 나무의 술이 담긴 호리병을 건네며 친절을 베푼 주그 족에게 감사를 전하고, 다른 곳으로 가기 위해 푸른빛이 도는 숲을 걸어갔다. 그가 가려는 곳은 레리온[77] 산비탈에서 스카이 강이 급류를 이루며 흘러드는 지점으로, 하세그와 니르와 울타르가 평원 곳곳에 산재해 있었다. 카터의 뒤를 따라 은밀하고 눈에 띄지 않게 호기심 많은 주그들이 기어왔다. 그에게 벌어진 일을 알아냈다가 나중에 동료들에게 알려주기 위해서였다.

마을 뒤쪽으로 들어갈수록 거대한 참나무 숲이 더욱 무성해졌다. 그는 이상할 정도로 무성한 버섯 사이에서 어느 한 지점을 매섭게 노려보았다. 그 곳엔 참나무가 완전히 말라 죽은 상태로 쓰러져 있었고, 죽은 줄기에 곰팡이가 피어 있었다. 그곳에서 그는 갑자기 방향을 바꾸었다. 거대한 석판이 숲 바닥에 놓여 있어서였다. 감히 그곳에 가까이 가본 이들의 말에 따르면, 석판에 지름이 1미터에 이르는 쇠 반지가 있다고 했다. 이끼 긴 거대한 원형의 고대 석상을 기억하고 그것의 목적을 짐작하는 주그 족들은 그 석판 가까이는 얼씬도 하지 않았다. 그들은 석판이 만들어진 원래의 목적이 완전히 사라지지 않았다는 사실을 알았고, 석판 조각이 천천히 의도적으로 솟구치는 광경을 보고 싶지 않았기 때문이다.

카터를 길을 돌아갔고, 뒤에서는 소심한 주그 무리가 겁에 질려 내는 와자지껄한 말소리가 들려왔다. 주그 무리가 뒤따라오는 것을 이미 알고 있었던 카터는 불쑥 들려온 말소리에 놀라지는 않았다. 그리고 염탐하기 좋아하는 그들의 습성에도 매우 익숙해진 후였다. 숲 끝에 다다랐을 때는 어스름해졌을 무렵, 점점 강렬해지는 빛으로 보아 아침의 여명 같았다. 스카이 강으로 펼쳐져 있는 비옥한 평원의 시골집 굴뚝에서 연기가 모락모락 피어오르고 있었다. 평화로운 땅 어디에나 울타리와 농경지와 초가지붕이 펼쳐져 있었다. 물 한잔 얻어 마실 요량으로 어느 농가에 들르자, 풀숲 사이에 숨어 있는 주그 무리를 향해 집 안의 개들이 전부 사납게 짖기 시작했다. 사람들이 붐비는 다른 집에서 그는 신들이 춤을 추기 위해 가끔 레리온에 내려오는지 물었다. 그러나 농부와 그의 아내는 엘더 사인을 보이며, 니르와 울타르로 가는 길목만 알려줄 뿐이었다.

정오 무렵, 그는 예전에 와본 적이 있는 니르의 넓은 고지대 거리를 걷고 있었다. 그쪽 방향으로는 지금까지 가장 멀리 여행한 곳이기도 했다. 얼마 후 스카이 강을 가로지르는 거대한 돌다리가 나타났다. 그 다리는 1300년 전에 세워진 것으로, 석조물 중심 부분에 살아 있는 인간을 제물로 집어넣었다는 말이 전해졌다. 다리 끝에 고양이들이 많이 나타난 것으로 봐서(주그 무리를 향해 등을 활처럼 잔뜩 부풀리면서) 울타르가 멀지 않음을 알 수 있었다. 울타르에서는 아무도 고양이를 죽이지 말라는 고대의 율법이 있기 때문이었다.

울타르의 외곽 지역은 매우 유쾌한 곳으로, 녹색의 아담한 집과 산뜻하게 울타리를 두른 농장들이 눈에 띄었다. 예스러운 마을 중심으로 들어서면 더욱 기분이 좋아지는데, 오래된 뾰족지붕과 돌출한 2층, 무수한 굴뚝뿐 아니라, 비좁은 언덕길에서 우아한 자태의 고양이들이 자리를 비켜준다면 바닥에 깔린 오랜 자갈까지 볼 수 있다. 보일 듯 말 듯한 주그 무리 때문에 고양이들이 뿔뿔이 흩어진 가운데, 카터는 사제들과 고대 기록을 접할 수 있다는 현대풍의 엘더원 신전으로 곧장 발길을 재촉했다. 담쟁이덩굴이 무성한 원형의 웅장한 석조 건물(울타르의 가장 높은 산보다 더 높은 건물)에 들어서자, 그는 아탈 원로부터 찾았다. 아탈은 돌사막에 있는 금기의 하세그-클라[78] 봉우리까지 올라갔다가 살아서 돌아온 인물이었다.

신전의 꼭대기, 꽃 장식된 사당의 상아 교단에 나이 삼백 살의 아탈이 앉아 있었다. 나이에 비해 정신과 기억력은 대단히 명료한 편이었다. 카터는 그에게서 신에 대한 많은 것들을 전해 들었지만, 대부분 우리의 드림랜드를 힘없이 지배할 뿐 다른 지역에 대해서는 아무런 권한도 없는 지상의 신에 국한된 이야기였다. 아탈이 말하기를, 지상의 신들이 자비롭다면 인간의 기도를 들어줄지도 모른다고 했다. 그러나 그들을 찾아 차가운 황무지에 있는 카다스의 마노 성(城)까지 올라갈 생각은 말라고 했다. 그곳을 찾는 대가가 혹독할 것이므로, 인간이 카다스의 위치를 모르는 편이 차라리 행운이라는 것이었다.

아탈의 동료였던 현자 바자이는 하세그-클라 봉우리에 올랐다가 비명을 지르며 하늘 속으로 빨려 올라갔다. 하물며 지금까지 한 번도 발견된 적이 없는 미지의 카다스라면, 그 결과는 더욱 무서울 것이었다. 지구의 신들이 종종 현자의 운명에 압도당하기도 하지만, 그들은 여기서 언급할 수 없는 외계의 또 다른 신들의 보호를 받고 있기 때문이다. 세계 역사상 적어도 두 차례에 걸쳐 외계의 신들은 지구의 원시 화강암에 그들의 표식을 남겨놓았다. 한 번은 대홍수 이전, 너무 오래되어 판독하기 어려운 『프나코틱 필사본』에 그려진 그림으로 추측할 뿐이다. 또 한 번은 현자 바자이가 달빛 아래 춤추는 지구의 신들을 보기 위해 하세그 클라 산에 올랐을 때 표식이 새겨졌다. 아탈은 적절한 기도 외에는 신들을 방해하지 말라고 일렀다.

아탈의 맥 빠진 충고와 고서 『프나코틱 필사본』과 『샨의 비서 7권』[79]에서 도움이 될 만한 내용이 없다는 사실에 카터는 의기소침했지만, 완전히 낙담한 것은 아니었다. 우선, 그는 늙은 사제에게 난간이 있는 테라스에서 바라본 경이로운 황혼의 도시에 대해 물었다. 어쩌면 신의 도움의 없이도 그곳까지 갈 수는 있지 않을까 싶어서였다. 그러나 아탈은 아무것도 말해줄 수 없었다. 어쩌면 그 도시는 많은 이들에게 익숙하고 일반적인 상상의 세계가 아니라 카터만 알고 있는 특별한 꿈의 세계 혹은 다른 행성에 속해 있을지 모른다고 그는 말했다. 그렇다면 지구의 신들은 그러고 싶어도 카터를 안내할 수 없다는 의미였다. 그러나 카터의 꿈이 어느 순간 희미하게 사라진 것은 그레이트원의 뜻으로 여겨졌고, 다른 행성일 가능성은 없었다.

카터는 그때 좋지 않은 짓을 했다. 주그 족에게 받아온 달 술을 정직한 아탈에게 쉬지 않고 권함으로써 노인이 무책임할 정도로 말이 많아졌기 때문이다. 자제력을 잃은 아탈은 스스럼없이 금기의 말을 입 밖에 냈다. 여행자들이 남해의 오리에브 섬에 있는 엔그라네크 산의 단단한 암석에서 봤다는 거대한 조각상에 대해 말하며, 그 형상이 아마 달빛 아래 춤을 췄던 지구의 신들이 한낮에 자신의 모습을 직접 그린 것일지 모른다는 암시까지 덧붙였다. 그가 딸꾹질하면서 말하기를, 그 조각상은 매우 기이해서 누구라도 쉽게 알아보고 신의 표식임을 확신할 수 있다고 했다.

카터는 아탈의 이야기가 신을 찾는 유일한 방법이라고 확신했다. 그레이트원 중에서 젊은 세대가 변장하고 인간의 딸을 아내로 맞이한다는 이야기는 이미 알려진 것이므로, 카다스가 있는 차가운 황무지 인근의 농부들은 모두 그 혈통을 지니고 있을 것이었다. 그렇다면, 그 황무지를 찾기 위해서 엔그라네크에 새겨진 조각상을 확인하고 그 특징을 알아내야 했다. 그리고 그 형상을 신중하게 필사하여 인간 중에서 그와 비슷한 용모를 찾는 것이다. 그 특징이 가장 뚜렷하고 많이 드러나는 지역 인근에 신들이 살고 있을 것이고, 그런 마을들 너머에 펼쳐져 있을 황량한 황무지에 어딘가에 카다스가 있을 것이었다.

그 지역에는 그레이트원과 관련된 이야기들이 많이 나돌 것이다. 그리고 그들의 혈통을 지닌 이들은 탐험가에게 아주 유용할 만한 기억을 간직하고 있을 것이었다. 그레이트원들은 인간들 속에서 자신들의 모습이 발견되기를 원치 않으니, 그 피를 물려받은 인간들이라도 자신의 조상에 대해서는 아는 바가 없을 것이다. 그러나 그들은 주위에서 이해하지 못할 정도로 매우 고차원적인 생각을 품고 있으며, 멀리 외딴곳과 정원에서 노래를 부르는 등의 드림랜드에서도 낯선 행동 때문에 보통 사람들에게 놀림을 당하는 일이 있을지 몰랐다. 그런 식으로 따져보면, 카다스의 오랜 비밀을 알아내고, 신들이 비밀리에 간직하고 있을 경이로운 황혼의 도시에 대해 단서를 얻을 수 있을 것이었다. 게다가 경우에 따라서는 인질로 잡혀 신의 사랑을 받는 아이를 찾아내거나 어여쁜 처녀를 아내로 맞이한 젊은 신의 모습을 직접 볼 수도 있을 터.

그러나 아탈은 오리에브 섬의 엔그라네크 산을 어떻게 찾아가는지는 알지 못했다. 그는 카터에게 스카이 강의 다리를 따라 남해로 내려가라고 일렀다. 울타르의 사람들이 직접 가본 적은 없지만, 상인들이 배편이나 노새와 이륜마차를 끌고 남해로 가기도 한다는 것이었다. 그곳에 다이레스-린이라는 큰 도시가 있지만, 3열짜리 노가 있는 검은색 갤리선이 이름 모를 해안에서 루비를 가져온다는 소문 때문에 울타르에서는 평판이 좋지 않았다. 보석상과 거래를 하는 갤리선의 상인들은 사람과 비슷한 생김새를 하고 있지만, 노 젓는 사람들을 본 이는 아무도 없었다. 그리고 노 젓는 사람도 없이 정체 모를 곳에서 나타난 음산한 갤리선과 거래를 하는 사람들에 대해서도 울타르에서 평판이 좋지 않았다.

아탈은 비몽사몽 간에 그 같은 말을 들려주었고, 카터는 무늬가 수놓인 흑단 침상에 그를 눕힌 뒤 기다란 수염을 가지런히 가슴 위에 모아주었다. 그는 발길을 돌리면서 뒤에서 나지막이 따라붙던 주그의 웅성거림이 들려오지 않는다는 사실을 깨달았다. 주그 무리가 왜 기묘한 추적을 그만두었는지 의아했다. 그때 윤기가 흐르고 기분이 좋아 보이는 울타르의 고양이들이 이상할 정도로 입맛을 다시며 턱을 핥는 광경이 보였다. 카터는 늙은 사제의 말에 정신이 팔려 있는 동안 신전 아래쪽에서 고양이의 성난 으르렁거림과 야옹 소리를 어렴풋이 들었던 기억을 떠올렸다. 특히 염치없는 젊은 주그가 자갈길에서 검은색 새끼 고양이를 몹시 허기진 표정으로 바라보던 기억도 났다. 검은 새끼 고양이를 유난히 좋아했던 카터가 입맛을 다시고 있는 울타르의 매끈한 고양이들을 쓰다듬어 주었다. 호기심 많은 주그 무리의 호위를 더 이상 받을 필요가 없으니 슬퍼할 일도 아니었다.

어느덧 해가 저물었고, 카터는 마을 일부가 내려다보이는 오르막길에 있는 한 낡은 여인숙에 들어갔다. 객실 발코니로 나가보니, 바다처럼 펼쳐져 있는 붉은 기와지붕과 자갈길, 그 너머 상쾌한 들판에 이르기까지 모든 것이 저무는 햇살 아래 아름답고 신비했다. 미지의 위험도 마다치 않을 만큼 황혼의 도시에 대한 생생한 기억만 없다면, 울타르야말로 사람이 살기에 가장 이상적인 곳이라고 생각했다. 황혼 속에서 회반죽을 바른 분홍빛 박공벽들은 신비로운 분홍빛으로 변했고, 격자 창문마다 하나씩 노란 불빛이 켜지기 시작했다. 신전에서 은은한 종소리가 울리고, 스카이 강 너머 초원 위에 첫 별이 부드럽게 빛을 발했다.

밤의 소음이 노래처럼 들려오는 가운데, 카터는 순박한 울타르의 집집 발코니와 모자이크 모양의 정원 너머를 바라보며 옛날을 찬미하는 류트 연주자처럼 고개를 끄덕였다. 울타르의 무수한 고양이가 내는 울음소리에서도 달콤함이 느껴졌지만, 기묘한 축제처럼 대부분 묵직한 침묵을 전했다. 그 중에는 마을 사람들이 달의 어두운 면에 있다고만 말할 뿐 고양이들만 알고 있다는 마법의 왕국으로 슬그머니 찾아간 고양이들도 있었다. 고양이들은 높은 지붕에서 뛰어올랐지만, 한 마리 검은 새끼 고양이는 카터의 무릎에 파고들어 그르렁거리며 장난을 쳤다. 카터가 이윽고 잠을 재촉하는 향기로운 허브 베개를 베고 작은 침상에 눕자, 새끼 고양이는 그의 발치에 웅크리고 앉았다.

다음 날 아침, 카터는 울타르의 양모와 양배추를 싣고 다이레스-린으로 향하는 상인 무리에 합류했다. 그들은 엿새 동안 스카이 강변의 완만한 길을 따라 종소리를 울리며 걸어갔다. 며칠 밤은 예스러운 작은 어촌의 여인숙에서 묵기도 했고, 어느 날은 잔잔한 강물 너머 뱃사공의 노래를 들으며 야영을 하기도 했다. 마을은 녹색 울타리와 수풀, 그림처럼 지붕이 뾰족한 집, 팔각의 풍차와 함께 매우 아름다운 풍경을 자아냈다.

7일째, 지평선에 흐릿한 연기가 솟더니 대부분 현무암으로 이루어진 다이레스-린의 웅장한 검은색 탑들이 나타났다. 모서리가 가느다란 탑으로 이루어진 다이레스-린은 멀리서 보면 자이언츠 코즈웨이[80]처럼 보였고, 거리가 음침해서 선뜻 다가갈 마음이 들지 않았다. 각양각색의 부두마다 음산한 여인숙이 즐비했고, 지구 곳곳에서 몰려와 북적거리는 낯선 뱃사람 중에는 지구 이외의 곳에서 온 사람들도 몇 명 있었다. 카터는 기이한 옷차림을 한 그 곳의 주민들에게 오리에브 섬의 엔그라네크 봉우리에 대해 물었다.

사람들은 엔그라네크에 대해 잘 알고 있었다. 그 섬의 바하나에서 왔다는 선박 중 하나는 한 달 안에 다시 그곳으로 돌아갈 예정이었고, 엔그라네크는 그 항구에서 얼룩말을 타고 달리면 이틀이면 갈 수 있을 정도로 가까운 거리였다. 그러나 돌에 새겨진 신의 얼굴을 본 사람은 거의 없었다. 돌상이 있는 위치가 엔그라네크에서도 아주 험준한 곳으로 바위투성이 산과 섬뜩한 용암 계곡만 보이기 때문이었다. 언젠가 신들이 그 지역에 사는 인간들에게 몹시 노여워하여 그 문제를 외계의 다른 신들에게 알렸다고 전해진다.

다이레스-린의 여인숙에 묵는 상인들과 선원들은 대부분 괴상한 갤리선에 대해 수군대는 것을 더 좋아한 터라, 카터는 필요한 말을 전해 듣기가 녹록지 않았다. 갤리선 중 한 척이 일주일 후에 미지의 해변에서 루비를 싣고 오기로 했다는데, 마을 사람들은 그 배가 부두에 들어와도 내다볼 생각이 없을 정도로 두려워하고 있었다. 그 배를 타고 오는 자들이 누구인지에 대해서는 사람마다 의견이 분분했고, 이마 위에 살짝 걸쳐놓듯 쓴 터번을 보면 특히 기분이 좋지 않다고들 했다. 뿐만 아니라 그들의 신발은 '여섯 왕국'에서도 가장 작고 이상하게 생겼다고 했다.

그러나 무엇보다 섬뜩한 것은 갤리선에서 노 젓는 사람들을 볼 수 없다는 점이었다. 3열짜리 노가 너무 빠르고 정확하며 힘차게 움직여서 기분이 언짢을 정도지만, 상인들이 거래하는 몇 주 동안 갤리선이 부두에 머물고 있어도 그 선원들의 모습이 눈에 띄지 않았다. 다이레스-린의 선술집 주인이나 식료품 상인, 푸줏간 주인에게는 부당한 일이 아닐 수 없었다. 먹을 것을 따로 갤리선에 공급한 적이 없기 때문이었다. 상인들은 황금이나 강 건너 파지에서 온 튼튼한 흑인 노예를 실어갈 뿐이었다. 그 기분 나쁜 생김새의 상인과 눈에 띈 적이 없는 선원들이 가져가는 것은 그것밖에는 없었다. 그들은 고기나 식료품을 산 적이 없으며, 오로지 황금과 파지의 살찐 흑인 노예들만 원했다. 바람에 실려 부두의 갤리선에서 풍기는 냄새는 뭐라고 설명하기 어려웠다. 향이 강한 잡풀에 끝없이 불을 지펴놓아도 낡은 여인숙에 모여든 사람들은 갤리선의 냄새를 견딜 수 없었다. 다른 곳에서 루비를 얻을 수만 있다면 다이레스-린 주민들이 그 음산한 갤리선들을 그냥 봐주지 않을 테지만, 지구의 드림랜드 어느 광산에서도 그 갤리선처럼 많은 양의 루비를 싣고 오는 예가 없었다.

지금까지의 이야기가 다이레스-린의 주민들이 주로 말한 내용이었고, 카터는 엔그라네크의 험준한 봉우리까지 데려다 줄지 모른다는 희망으로 바하나에서 배가 도착하기를 참을성 있게 기다렸다. 그러나 멀리까지 여행한 사람들의 입에서 차가운 황무지의 카다스나 황혼녘 높은 곳에서 내려다보이는 은 분수와 대리석 벽으로 이루어진 경이로운 도시 비슷한 이야기만 흘러나와도 카터는 놓치지 않았다. 한 번인가 사팔뜨기의 나이 든 상인이 차가운 황무지에 대해 말하는 내용이 아주 그럴듯하다는 생각이 들었지만, 그밖에는 여행자들의 이야기에서 얻을 만한 것은 없었다. 그 상인은 얼음으로 뒤덮인 황량한 렝 고원에 있는 소름 끼치는 마을과 거래를 한다고 알려져 있었다. 보통 사람이라면 렝 고원에 가지 않을 뿐 아니라, 밤에는 멀리서도 그 곳의 사악한 불꽃을 바라보지 않는다고 했다. 그는 '금기의 제사장'과도 거래를 한다는 소문이 돌았는데, 그 제사장은 얼굴에 노란색 비단 가면을 쓰고 선사 시대에 지어진 석조 수도원에 홀로 머문다고 했다. 그 사람이라면 차가운 황무지에 산다는 존재들에 대해서도 어느 정도 알고 있으리라 확신이 들었지만, 카터는 얼마 지나지 않아 그 상인에게 물어봤자 헛수고라는 걸 깨달았다.

이윽고 검은색 갤리선 한 척이 현무암 방파제와 등대를 지나 고요히 부두로 미끄러져 들어오자, 마을로 부는 남풍에 실려 기이한 악취가 풍겼다. 부두 여인숙에 불편한 동요가 일더니 잠시 후 터번을 두른, 입이 검고 커다란 상인들이 흥정을 하기 위해 작은 발로 슬그머니 해안으로 내려왔다. 카터는 그들을 유심히 바라보았지만, 오래 보면 볼수록 기분 좋은 모습이 아니었다. 상인들은 투덜거리며 파지에서 온 튼튼한 흑인 노예들을 독특한 갤리선에 싣기 시작했다. 카터는 어느 땅으로(아니면 땅이 아닌 곳으로) 그 가엾은 노예들이 팔려가는 것인지 의아했다.

갤리선이 정박한 지 사흘째 되는 날, 기분 나쁜 상인 중 한 명이 여인숙에서 그 동안 카터가 수소문하는 바를 들었다며 능글맞은 표정으로 말을 걸었다. 그는 공공연히 말할 수 없는 비밀을 알고 있는 것처럼 행동했다. 그 목소리가 몹시 귀에 거슬렸지만, 카터는 그의 말을 무시할 수만은 없었다. 그래서 그는 상인을 자신의 방으로 은밀히 데려온 후 주그 족에게서 받은 마지막 달 술을 대접했다. 그 이상한 상인은 단번에 술잔을 들이켰지만, 능글맞은 표정은 변함이 없었다. 그는 자신이 가져온 술병까지 앞으로 내밀었다. 술병은 독특한 루비로 만들어진 것으로, 불가사의한 무늬가 새겨져 있었다. 카터는 상인이 권하는 술을 살짝 맛보았을 뿐이지만, 천지가 소용돌이치는 현기증과 정글의 뜨거운 열기가 온몸에 끼치는 것이었다. 그 동안 상인은 점점 더 만면에 웃음을 띠었다. 카터는 정신을 잃기 직전, 흉측하게 일그러진 검은색의 불쾌한 얼굴과 발작적인 웃음으로 흐트러진 오렌지색 터번 사이에서 튀어나온 두 개의 불룩한 혹을 보았다.

카터가 지독한 악취 속에서 정신을 차린 곳은 배 갑판에 세워진 천막 비슷한 공간이었다. 남해의 놀라운 해변들이 아주 빠르게 스치고 있었다. 묶여 있지는 않았지만, 주변에 야릇한 웃음을 띤 흑인 상인 세 명이 보였다. 그들의 터번 속에 불룩한 혹을 보자, 천막 틈으로 들어오는 악취만큼 역겨운 생각이 들어 정신을 잃을 것 같았다. 어느 몽상가 (고대 도시 킹스포트에서 등대지기를 하는) 친구가 예전에 종종 입에 올렸던 영광의 대지와 도시들이 뱃전으로 스쳐 갔다. 잊힌 꿈들이 간직된 자크 신전의 테라스. 라티 유령이 지배하는 곳이자 일천 가지 놀라움이 가득한 악마의 도시로 악명 높은 살라리온[81]의 첨탑. 천상의 즐거움이 있는 땅, 슈라[82]의 묘지 정원. 특히 슈라의 수정으로 이루어진 쌍둥이 곳은 축복받은 환상의 땅 소나-닐[83] 항구를 호위하며, 꼭대기에서 찬란한 활처럼 하나로 합쳐지는 자태를 보여주고 있었다.

온갖 기막힌 풍광을 지나, 악취 가득한 갤리선은 보이지 않는 선원들이 밑에서 힘차게 젓는 노의 힘에 이끌려 기분 나쁜 질주를 계속했다. 그날이 끝나기 전에 카터는 배의 목적지가 순박한 사람들 사이에서 으리으리한 카투리아[84]가 있다고 전해지는 곳 너머 서쪽의 현무암 기둥임을 알았다. 그러나 그 곳은 현자들의 꿈에서 기괴한 폭포의 관문이 있다고 잘 알려진 지점으로, 지구의 드림랜드가 완전히 심연의 무(無)로 떨어진 후 진공을 지나 다른 세계와 다른 행성, 질서정연한 우주 외부의 끔찍한 공간으로 빠져든다고 했다. 그 곳에는 맹목적이고 목소리가 없으며, 음산하고 무심한 외계의 신들이 그들의 화신이자 사자인 니알라토텝과 함께 떠들썩한 피리 연주에 맞춰 지옥의 춤을 추는 동안 악마의 제왕 아자토스가 굶주림에 몸부림치고 있다.

한편, 세 명의 냉소적인 상인들은 속내를 밝히지 않았지만, 카터는 그들이 자신의 여정을 방해하려는 자들과 한 편임을 잘 알고 있었다. 외계의 신들이 인간 세계에 무수한 대리인을 두고 있다는 사실은 꿈의 세계에서 이미 알려졌었다. 대리인들은 인간이든 그보다 못한 무리든, 외계 신들의 소름 끼치는 화신이자 사자이며 '기어드는 혼돈'으로 알려진 니알라토텝의 환심을 얻고자 맹목적이고 냉혹한 신들의 뜻을 행하는 데 혈안이 돼 있었다. 그래서 카터는 감히 카다스의 성에 있는 그레이트원을 찾으려 한다는 자신의 뜻을 전해 들은 상인들이 그를 니알라토텝에게 데려간 대가로 과연 어떤 하사품을 받게 될 것인지 궁금해졌다. 상인들이 사는 곳이 인간에게 알려진 우주에 있는지, 아니면 소름 끼치는 외계의 공간에 있는지, 카터는 짐작할 수도 없었다. 그들이 니알라토텝에게 그를 넘겨주고 대가를 요구하게 될 밀회의 장소가 어디쯤일지 역시 상상할 수 없었다. 그러나 어떤 인간이나 그 비슷한 종족도 절대 암흑의 제왕이자 악마 아자토스가 있다는 무형의 중심 공간으로 감히 접근하지는 못할 것이었다.

해질 무렵, 상인들은 커다란 입술을 쉴 새 없이 핥으며 허기진 눈빛을 보였다. 그 중 한 명이 불결한 비밀의 선실로 내려가더니 항아리와 쇠 통을 가져왔다. 그들은 갑판의 천막 밑에 쪼그리고 앉아서 김이 나는 고기를 먹기 시작했다. 그들이 고기 한 점을 카터에게 건넸지만, 그 크기와 모양이 너무도 끔찍하게 보였다. 그래서 그는 전보다 더 창백하게 질린 채, 아무도 안 보는 틈을 타 고깃덩어리를 바다에 던져 버렸다. 그는 다시 한 번 보이지 않는 선원들을 떠올리며, 대체 무슨 음식을 먹기에 그토록 기계적인 힘으로 노를 젓는 것인지 의아했다.

갤리선이 서쪽의 현무암 기둥 사이를 통과한 것은 어두워질 무렵, 앞에서 폭포 소리가 점점 더 크게 들려왔다. 폭포의 물보라가 별빛을 가리고, 갑판이 점점 물기에 젖는가 싶더니, 배는 쏜살같은 조류에 휩쓸렸다. 곧이어 기이한 바람 소리와 함께 위로 솟구치는 기분이 들자, 카터는 거대한 갤리선이 멀리 지구를 떠나 침묵의 우주 공간을 혜성처럼 질주하고 있다고 생각했다. 에테르 속에 숨어 뛰놀고 허우적거리다가, 지나가는 여행자를 흘겨보며 히죽 웃음을 던지기도 하고, 때로는 호기심에 이끌려 끈적끈적한 발톱을 들이대는, 형체 없는 암흑의 존재가 있음을 카터는 처음으로 알았다. 그들은 외계 신들의 정체 모를 어린 새끼로서 신들과 마찬가지로 맹목적이고 냉혹하며, 엄청난 굶주림과 갈증을 지닌 존재들이었다.

그러나 기분 나쁜 갤리선은 카터가 두려워하는 곳까지 멀리 가지는 않았다. 얼마 후 키잡이가 달을 향해 방향을 잡았다는 사실을 알았기 때문이다. 가까이 갈수록 점점 커지던 초승달이 독특한 분화구와 봉우리를 언짢게 드러냈다. 배가 달의 가장자리에 다다르자, 그 목적지가 항상 지구에서 반대쪽으로 향해져 있는 비밀의 지점이라는 사실이 분명해졌다. 몽상가 스니레스-코를 제외하고는 인간 중에서 달의 반대편을 본 이가 없었다. 목적지에 가까이 다가갈수록, 갤리선의 움직임이 몹시 불안했고, 달 표면 여기저기 흩어져 있는 폐허의 규모와 모습에 카터는 기분이 좋지 않았다. 산에서 눈에 띄는 황량한 신전들은 찬양할 만한 신들을 잃었고, 부서진 기둥에 뜻 모를 암흑의 의미가 담겨 있는 것 같았다. 그 곳에서 오래전 숭배자들이 어떤 형태로 신을 섬겼는지, 카터는 한사코 떠올리고 싶지 않았다.

갤리선이 가장자리를 돌아 인간에게 보이지 않는 땅에 들어섰을 때, 생명의 기운이 느껴지는 기묘한 풍경이 나타났다. 카터는 기이할 정도로 희끄무레한 균류 들판에서 낮고 넓은 형태의 둥그런 집들을 보았다. 집마다 창문이 없는 것이 에스키모의 집과 비슷했다. 완만한 바다의 미끈거리는 파도가 언뜻 스치자, 카터는 또 한 차례 바다 아니면 적어도 액체 사이를 항해하게 될 것으로 생각했다. 갤리선이 이상한 소리와 함께 수면에 닿았고, 파도는 기이할 정도로 똑바로 일어선 형태로 배를 받아들이는 것 같아 몹시 어리둥절했다. 배는 엄청난 속도로 미끄러지기 시작했다. 한번은 비슷한 갤리선 한 척을 지나치기도 했지만, 눈에 띄는 것은 대부분 맹렬하게 빛나는 태양에도 불구하고 별이 수놓아진 어둡고 기묘한 바다와 하늘이었다.

앞쪽으로 비듬처럼 빛나는 해안과 들쭉날쭉한 언덕이 나타났다. 카터는 몹시 불편한 심정으로 도시의 잿빛 탑들을 바라보았다. 탑들의 기울고 구부러진 형태와 모여 있는 방식뿐 아니라, 어디에도 창문 하나 없다는 사실은 억류된 카터의 마음에 큰 동요를 일으켰다. 그는 상인이 건넨 기묘한 술을 받아 마신 자신의 우둔함을 처절히 후회했다. 해안이 가까워지면서 도시의 악취가 강해질 즈음, 그는 들쭉날쭉한 언덕에서 울창한 숲을 발견했다. 그 중에서 지구의 마법의 숲에 딱 한 그루만 있는, 갈색의 조그만 주그 족들이 즙을 내서 이상한 술을 만들었던 달 나무와 비슷한 것들이 눈에 띄었다.

카터는 눈앞에 드러난 악취 나는 부두에서 움직이는 형체들을 보았고, 그 모습이 또렷이 보일수록 두려움과 혐오감이 더해졌다. 그들은 인간이 아니었으며, 비슷하지도 않았다. 희끄무레하고 미끈거리는 거대한 몸을 자유자재로 펼쳤다 오므렸다 했는데, 전반적인 생김새는 (자주 변하기는 했지만) 눈 없는 두꺼비 같았고, 뭉뚝해 보이는 주둥이에 달린 짧은 분홍색 촉수가 기이하게 떨리고 있었다. 그들은 부두를 부산

170

하게 움직이며 초인적인 힘으로 궤짝과 상자를 날랐다. 앞발에 기다란 노를 들고 정박해 있는 갤리선을 오르내리기도 했다. 다이레스-린에서 거래를 하는 상인들처럼 입이 커다랗고 인간과 비슷하게 생긴 노예 무리를 인솔하는 감독관도 보였다. 그러나 노예들 역시 터번이나 신발, 옷 따위를 걸치지 않아서 인간이라고 말하기는 어려웠다. 특히 감독관이 살집을 짚어보고 확인한 살찐 노예들은 배에서 내리자마자 상자에 갇혀서 창고에 넣어지거나 거대한 짐차에 실렸다.

짐차가 움직이자, 곳곳에서 괴물들을 접해 온 카터마저 숨죽일 만큼 기괴한 생물이 짐차를 몰고 있었다. 여기저기 흑인 상인들처럼 터번을 두르고 비슷한 옷차림을 한 노예들이 상관이자 항해사, 선원으로 이루어진 두꺼비 무리를 따라 갤리선에 실리기도 했다. 카터는 인간과 흡사한 생물체들은 따로 분류된 후, 키잡이나 요리사, 잔심부름꾼, 지구나 다른 행성에서 인간과 거래를 담당하는 등의 힘이 필요 없되 좀 더 치욕스러운 일이 맡겨진다는 것을 알았다. 인간과 생김새가 비슷하기 때문에 의복과 신발에 신경을 쓰고 터번까지 두르면, 별 어려움 없이 수상쩍은 설명을 하지 않고도 인간들과 값을 흥정할 수 있기 때문이었다. 그러나 마르거나 용모가 특히 추한 편이 아닌 한, 대부분의 노예들은 벌거벗긴 채 상자에 갇혀 짐차에 실렸다. 이따금 다른 생물체도 배에서 내려 상자에 포장됐는데, 그 중에는 인간과 아주 흡사한 무리도 있고, 약간 비슷하거나 아예 다른 무리도 있었다. 카터는 파지에서 데려온 튼튼한 흑인들이 과연 끔찍한 짐차에 실려 내륙의 어디로 끌려갈 것인지 궁금했다.

갤리선이 해면석으로 이루어진 미끈한 부두에 도착하자, 갑판 밑에서 떼 지어 나온 두꺼비 괴물들 중에서 둘이 카터를 붙잡아 해안으로 끌어내렸다. 그 도시의 냄새와 모습은 도저히 설명할 길이 없어서 카터는 그저 비스듬한 도로와 시커먼 건물의 출입구, 창문 없는 회색의 벽이 깎아지르듯 버티고 있다는 정도만 알아챌 수 있었다. 이윽고 그는 야트막한 출입구로 끌려가 어둠 속으로 난 무수한 계단을 올라가야 했다. 두꺼비 괴물들은 빛과 어둠의 차이를 느끼지 못하는 것 같았다. 악취가 지독한 어느 방에 홀로 갇혔을 때, 카터는 그 곳의 정체를 알아내기 위해 더듬거릴 힘도 남아 있지 않았다. 지름이 대충 6미터쯤 되는 원형의 공간 같았다.

그때부터 시간을 가늠할 수 없었다. 일정한 간격을 두고 음식이 들어왔지만, 카터는 손도 대지 않았다. 앞으로 자신에게 어떤 일이 벌어질지, 그는 알 수 없었다. 그러나 외계 신들의 화신이자 사자이며 기어드는 혼돈, 니알라토텝을 위해 자신이 붙들려 왔다는 직감이 들었다. 마침내 몇 시간인지 몇 날인지 알 수 없는 시간이 흐른 후, 거대한 돌문이 다시 한 번 활짝 열리더니, 카터는 계단을 내려가 그 끔찍한 도시의 붉게 물든 거리로 끌려갔다. 달에서 맞이하는 밤, 어느 곳에나 노예들이 횃불을 들고 꼼짝없이 서 있었다.

무시무시한 행렬처럼 정방형의 대오가 갖춰졌다. 열 마리의 두꺼비 괴물을 중심으로 그 양쪽에 영장류 노예가 열하나씩, 앞뒤로 하나씩 서서 도합 스물넷이었다. 카터는 가운데 줄에 있었는데, 앞뒤로 두꺼비 괴물이 다섯씩, 좌우로는 횃불을 든 영장류 노예가 하나씩 자리 잡고 있었다. 두꺼비 괴물 몇몇이 이상한 조각이 새겨진 상아 피리를 불자 기분 나쁜 소리가 들려왔다. 소름 끼치는 피리 소리에 맞춰 행렬은 비스듬한 도로를 따라 앞으로 움직였고, 어둠에 빠진 균류 들판을 지나 곧바로 도시 뒤편의 완만한 경사의 언덕을 오르기 시작했다. 그 곳의 무시무시한 비탈이나 불경한 평원 어딘가에서 기어드는 혼돈이 기다리고 있음을 카터는 의심치 않았다. 그저 숨 막히는 긴장감이 어서 끝나기만 바랐다. 사악한 피리 소리가 너무도 섬뜩하여 그는 괴상한 소리를 지껄이기도 했지만, 두꺼비 괴물은 목소리가 없었고, 노예들은 말이 없었다.

별빛에 얼룩진 어둠 속을 지나자, 이번에는 위에서 소리가 들려왔다. 높은 언덕과 주변의 봉우리에서 내려온 소리들은 아비규환 같은 합창으로 메아리쳤다. 그것은 한밤을 찢어 놓을 듯한 고양이의 울음 소리였다. 카터는 마침내 고양이들만이 아는 마법의 왕국이 있으며, 늙은 고양이들이 높은 지붕에서 은밀히 뛰어올라 그 곳에 가곤 한다는 고대 마을 사람들의 추측이 맞는다는 것을 깨달았다. 고양이들이 그 곳 달의 반대편으로 뛰어올라 언덕을 뛰놀며 고대의 존재들과 대화를 나누는 것이 분명했다. 카터는 끔찍한 행렬 속에서 익숙하고 친근한 고양이의 울음소리를 듣다가, 경사진 지붕과 따뜻한 난로와 희미하게 불 켜진 창문을 떠올렸다.

얼마 후 고양이의 울음소리에서 많은 부분을 이해하게 되자, 랜돌프 카터는 그 끔찍하고 머나먼 땅에서 당연히 도와 달라고 외치기 시작했다. 그러나 그럴 필요도 없었다. 소리쳐 본들 들려오는 것은 점점 다가오는 고양이의 합창 소리였고, 보이는 것은 별빛을 배경으로 작고 우아한 형체들이 언덕 사이로 뛰어다니는 모습이었기 때문이다. 우두머리의 신호가 들려왔다. 그러나 불결한 행렬에 미처 공포가 찾아들기도 전에, 고양이의 털이 숨 막힐 듯 천지를 뒤덮고 살기 어린 발톱이 폭풍처럼 행렬을 덮쳤다. 피리 소리가 멈추고, 밤은 비명으로 채워졌다. 영장류 노예들은 절규하며 죽어 갔으며, 고양이들이 으르렁거리며 날뛰었다. 그러나 두꺼비 괴물들은 균류로 가득하고 잔구멍이 많은 땅 위에 악취 나는 녹색 액체를 흘리면서도 아무 소리를 내지 않았다.

아직 남아 있는 횃불 아래 처참한 광경이 펼쳐졌다. 카터는 그토록 많은 고양이들을 일찍이 본 적이 없었다. 검정, 회색, 흰색, 황색과 호랑이 무늬가 뒤섞여 있었다. 페르시아산 고양이를 비롯해 맨 섬, 티베트, 앙고라, 이집트 고양이도 있었다. 천지에 살육의 분노가 가득했고, 부바스티스[85] 신전의 여신을 찬미하는 듯한 심오함과 신성함마저 느껴졌다. 고양이들은 일곱씩 무리를 지어 영장류 노예의 목과 두꺼비 괴물의 분홍빛 주둥이를 덮치고는 균류로 덮인 땅바닥으로 사납게 잡아끌었다. 무수한 고양이가 기다렸다는 듯 달려들어 광기의 발톱과 신성한 살육의 이빨을 들이댔다. 카터는 얼어붙은 노예에게서 횃불을 넘겨받았지만, 이내 쇄도하는 그의 충실한 수호자들에 의해 불빛도 가려졌다. 완전한 어둠 속에 남겨진 그는 전쟁의 소음과 승리자의 외침을 들었고, 주변에서 날뛰는 동료들의 부드러운 발톱을 느꼈다.

두려움과 피로에 젖어 그는 결국 눈을 감았다. 다시 눈을 떴을 때는 기이한 장면이 펼쳐져 있었다. 달보다 13배가 큰 거대한 원반이 기이한 빛과 함께 떠올랐으며, 광활한 평야와 분화구 너머 사방에는 고양이들이 질서정연하게 끝없는 물결을 이루고 있었다. 고양이들은 겹겹이 호위하듯 다가왔다. 그 중 두세 마리의 우두머리가 카터의 얼굴을 핥으며 위로하듯 그르렁거렸다. 노예와 두꺼비 괴물의 시체는 아무 흔적도 남아 있지 않았지만, 그와 고양이들 사이 빈자리에 뼈 하나가 스쳤다.

카터는 이제 고양이들의 부드러운 언어로 우두머리들과 말을 주고받았다. 그들과 맺어진 오랜 우정이 그 곳에서도 잘 알려져서 자주 회자된다는 사실을 알게 되었다. 그가 떠나올 때 울타르를 지나면서 특별한 행동을 한 적은 없지만, 늙은 고양이들은 검은 새끼 고양이를 음흉하게 바라보던 굶주린 주그 무리를 주의 깊게 살펴보는 과정에서 고양이들을 토닥이던 카터의 행동을 기억하고 있었다. 게다가 여인숙에서 그가 새끼 고양이를 반겨 주었고, 아침에 여행을 떠나기 전 크림이 수북이 담긴 접시를 준 것도 기억했다. 그 새끼 고양이의 할아버지뻘 되는 고양이가 당시 공격을 감행한 무리의 우두머리였다. 멀리 언덕에서 기분 나쁜 행렬을 지켜보다가 그 중에 붙잡힌 포로가 지구와 꿈의 세계에서 동족의 친구였음을 알아보았던 것이다.

멀리 산봉우리에서 울부짖음이 들려오자, 늙은 우두머리는 갑자기 말을 멈추었다. 지구의 고양이들이 두려워하는 적들을 감시하기 위해 가장 높은 산봉우리에 마련한 기지에서 들려오는 소리였다. 그들의 적은 토성에서 온 아주 커다랗고 독특한 고양이 무리인데, 여러 가지 이유 때문에 달의 어두운 지역에 미련을 버리지 못했다. 그 고양이들은 두꺼비 무리와 동맹을 맺고 지구의 고양이들에게 못된 짓을 일삼았다. 그래서 그 같은 상황에서 서로 부딪칠 경우 사태가 매우 심각해질 가능성이 컸다.

참모진의 간단한 회의 후, 고양이들은 전보다 대오의 간격을 좁히면서 카터를 보호하듯 에워쌌다. 그리고 지구와 드림랜드에 있는 지붕으로 돌아가기 위해 도약을 준비했다. 나이 든 야전 사령관은 도약하는 과정에서 편안하게 힘을 빼라고 카터에게 충고했다. 그리고 뛰어오르는 고양이들을 따라 도약하고 멋지게 착지하는 방법도 알려주었다. 또한 원하는 곳까지 데려다 주겠다고 약속하기에, 카터는 음산한 갤리선이 출발했던 다이레스-린이 좋겠다고 말했다. 그곳에서 오리에브 섬과 조각상이 있는 엔그라네크로 다시 항해를 하고 싶었고, 가능하다면 데

이레스-린의 주민들에게 앞으로는 그 갤리선과 거래를 하지 말라고 주의를 주고 싶어서였다. 신호가 떨어지자, 고양이들은 카터를 한복판에 안전하게 호위하고 일제히 도약했다. 한편, 달의 산봉우리 정상에 있는 불경한 동굴은 그때까지도 기어드는 혼돈 니알라토텝을 헛되이 기다리고 있었다.

고양이들은 눈 깜짝할 사이에 공간을 뛰어넘었다. 카터는 동료들에게 둘러싸여 있었다. 그래서 이번에는 심연에 숨어 뛰놀고 허우적거리는 암흑의 거대한 존재들이 보이지 않았다. 무슨 일이 벌어지고 있는지 제대로 깨닫기도 전에, 그는 다이레스-린의 눈 익은 여인숙 방에 도착해 있었고, 조심스럽고 친근한 고양이들이 줄지어 창 밖으로 나가고 있었다. 울타르에서 온 늙은 우두머리는 맨 마지막으로 방을 나서며 카터의 손을 잡고 자신은 새벽까지 고향에 갈 수 있을 거라고 말했다. 새벽이 오자, 카터는 아래층으로 내려갔다가 그가 납치를 당한 이후 한 주의 시간이 흘렀다는 사실을 깨달았다. 오리에브로 출항하는 배를 타려면 아직 두 주를 더 기다려야 했기에 그 동안 사악한 갤리선과 그 악랄한 소행을 사람들에게 알렸다. 대부분의 마을 사람들은 카터의 말을 믿었지만, 보석상들은 커다란 루비에 정신을 빼앗긴 상태라 입이 큰 상인들과 거래를 그만두겠다고 딱 부러지게 말하지는 않았다. 그 같은 거래 때문에 다이레스-린에 끔찍한 일이 벌어진다고 해도, 이젠 카터의 잘못이라고 할 수는 없었다.

일주일쯤 지나자, 기다리던 선박이 음산한 방파제와 높은 등대를 지나 부두에 들어왔다. 카터는 건강한 선원들과 색칠한 선체, 커다란 삼각돛, 비단 제복을 입고 있는 중년의 선장과 함께 나타난 범선을 보고 기뻐했다. 뱃짐에서 오리에브 깊숙한 숲의 송진 냄새가 났으며, 바하나의 장인들이 구운 섬세한 도자기와 엔그라네크의 고대 용암으로 만든 기이하게 생긴 조각상도 눈에 띄었다. 그들은 싣고 온 물건들을 팔고 울타르의 모피와 하세그의 무지갯빛 직물, 흑인들이 파지의 강 너머에서 자른 상아를 샀다. 카터는 바하나까지 동행하기로 선장과 약조를 하면서 열흘 정도 후에 떠난다는 말을 들었다.

그는 출항을 기다리는 동안 엔그라네크의 선장과 많은 대화를 나누었고, 그 곳에 조각돼 있다는 얼굴을 본 사람이 거의 없다는 말도 들었다. 그런데도 대부분의 여행자들이 바하나의 노인과 용암 수집가 및 조각가한테 이야기만 전해 듣고, 각자의 머나먼 고향으로 돌아가 직접 그 얼굴상을 본 것처럼 말한다는 것이었다. 선장은 현재 살아 있는 인간 중에서 그 얼굴상을 본 자가 있을지조차 의문이라고 했다. 엔그라네크에서 얼굴상이 있는 지역은 매우 험준한 불모의 땅이며 사악한 곳으로, 산봉우리 주변에 '나이트곤'[86]이 산다는 소문까지 돌기 때문이었다. 그러나 선장 자신은 그 괴물의 생김새를 말하려 들지 않고, 그것을 자주 떠올리는 사람들의 꿈에 집요하게 나타난다고만 덧붙였다. 카터는 차가운 황무지에 있는 미지의 카다스, 그 경이로운 황혼의 도시에 대해서도 물었지만, 정직한 선장은 그에 대해 아는 바가 없었다.

조수가 바뀐 어느 날 이른 아침, 카터는 다이레스-린을 출발하며 음산한 현무암 도시의 가늘고 모난 탑에 비추는 첫 햇빛을 바라보았다. 그들은 이틀 동안 녹색 해변을 지나 동쪽으로 항해했다. 꿈에 잠긴 듯한 오랜 부두와 어망이 말라붙은 해변에서 붉은색 지붕과 굴뚝으로 층층이 형성된 기분 좋은 어촌을 지나치기도 했다. 그러나 사흘째, 그들은 물살이 급한 남쪽으로 갑자기 방향을 돌렸고, 얼마 후 아무 경치도 보이지 않는 지역을 지나갔다. 닷새째, 선원들에게 동요가 일자, 선장은 그들이 불안해하는 것에 대해 카터에게 미안하다면서 이제 곧 아주 오래전에 침몰한 도시의 이끼 낀 성벽과 부서진 기둥 위를 지나가야 하기 때문이라고 설명했다. 그리고 물이 맑을 때는 바닷속 깊숙한 곳에서 움직이는 숱한 그림자를 볼 수 있는데, 순박한 사람들은 그 같은 광경을 좋아하지 않는다고 했다. 뿐만 아니라, 선장은 그 지점에서 많은 배들이 실종됐다는 것을 인정했다. 모두 떠들썩한 함성을 지르며 그 곳에 가까이 다가갔지만, 이후 다시 돌아온 배는 없었다.

그날 밤은 달이 아주 밝아서 물 속 깊은 곳까지 볼 수 있었다. 바람도 거의 없어서 배의 움직임이 더뎠고, 바다는 더없이 잠잠했다. 카터는 난간 너머로 바다에 잠겨 있는 거대한 신전의 돔 천장과 한때는 공공 광장이었을 곳으로 이어지는 이상한 스핑크스의 거리를 보았다. 돌고래 무리가 폐허 속을 흥겹게 노닐며 여기저기서 어색하게 재주를 부리다가 이따금 수면까지 올라와 물 밖으로 뛰어오르기도 했다. 언덕 사이로 솟아오른 해저 면을 지나칠 때, 무수한 작은 집들의 담장과 옛 거리가 또렷하게 나타났다.

곧이어 도시의 외곽 지역이 나타났고, 어느 언덕에 홀로 세워진 거대한 건물이 보였는데, 다른 건물에 비해 구조가 단순하고 보존 상태가 좋았다. 건물은 검은색의 저층 구조로서 정방형으로 에워싼 사면의 모서리마다 탑이 세워져 있었다. 중앙에는 포장된 마당이 보였고, 건물 전체에 이상하게 생긴 작은 창문들이 나 있었다. 건물 대부분이 해초에 뒤덮여 있었지만, 현무암으로 지어진 것 같았다. 그리고 언덕 멀리 독특한 장소에 따로 세워져 있는 것으로 봐서 신전이나 수도원 같았다. 발광체 어류가 건물 안으로 오가며 작고 둥그런 창문에 빛을 던지자, 카터는 선원들의 두려움을 탓할 수 없었다. 그는 축축한 달빛 속에서 건물의 마당 한복판에 세워져 있는 높은 돌기둥과 그곳에 무엇인가 묶여 있는 광경을 발견했다. 선장실에서 가져온 망원경으로 살펴보자, 묶여 있는 것은 오리에브의 비단 제복을 입고 있는 선원이었다. 눈알이 모두 사라진 얼굴을 숙이고 있었다. 때마침 바람이 불어 범선이 좀 더 건전한 지역으로 움직였으므로 그는 내심 다행이라고 생각했다.

다음 날, 그들은 보라색 돛을 달고 잊힌 꿈의 땅, 자르로 향하는 선박 한 척을 만나 이야기를 나누었다. 그 배에는 이상한 색깔의 바다나리가 가득 실려 있었다. 열하룻날 저녁, 오리에브 섬과 함께 멀리 엔그라네크의 눈 덮인 봉우리가 나타났다. 오리에브는 매우 거대한 섬으로, 그곳의 바하나 항구 역시 대도시였다. 반암으로 이루어진 바하나 항구, 그 너머 거대한 돌 단구 사이에 우뚝 솟아 있는 도시는 거리마다 건물과 그 사이에 놓인 다리가 허공을 천장처럼 감싸고 있었다. 도시 밑으로 지나는 수로와 화강암 관문을 따라 거대한 운하가 내륙의 야스 호 (湖)로 이어졌다. 야스 호의 가장자리에 이름도 잊힌 원시 도시의 거대한 진흙 벽이 폐허로 남아 있었다. 쌍둥이 등대 '쏜'과 '달'의 환영을 받으며 그날 저녁 배가 항구로 들어설 때, 바하나의 무수한 창문마다 부드러운 불빛을 비추고 어스름한 창공으로 별들이 조금씩 모습을 드러내고 있었다. 시간이 흐를수록, 항구 도시는 하늘의 별과 항구에 비치는 그 그림자 사이에 걸린 또 하나의 별자리처럼 빛을 냈다.

선장은 도시 뒤편에서 내리막으로 이어져 있는 야스 호의 아담한 집에 카터를 초대했다. 선장의 아내와 하인들이 손님을 위해 진기하고 맛있는 음식을 대접했다. 그리고 며칠 동안 카터는 용암 수집가와 조각가들이 모이는 여인숙과 선술집을 돌며 엔그라네크에 관한 소문과 전설을 물었지만, 그 높은 봉우리를 직접 올랐거나 얼굴상을 본 사람은 아무도 없었다. 엔그라네크는 그 뒤쪽으로 저주받은 계곡 하나만 펼쳐져 있는 험준한 산이라는 말만 있을 뿐, 그곳에 출몰한다는 나이트곤에 대해서도 확실히 아는 사람이 없었다.

선장이 다시 다이레스-린을 향해 떠났을 때, 카터는 도심의 좁은 길에 있는 낡은 여인숙에 묵었다. 벽돌로 지어진 여인숙은 야스 호의 폐허를 연상시켰다. 그곳에서 그는 엔그라네크 등정 계획을 세우고, 그 길목에 대해 용암 수집가들에게 들은 정보를 종합해 보았다. 나이 지긋한 여인숙 주인 남자는 카터에게 도움이 될 만한 전설을 많이 알고 있었다. 그는 심지어 카터를 데리고 위층 객실로 올라가 사람들이 엔그라네크 봉우리를 오르는데 좀 더 용감하고 망설임이 없었던 시절에 어느 여행자가 진흙 벽에 그렸다는 서툰 그림을 보여주기도 했다. 여관 주인의 증조부가 역시 그 증조부에게 전해 들었다는 이야기로는, 벽에 그림을 그린 여행자는 직접 엔그라네크를 올라 그 얼굴상을 봤다고 했다. 그러나 그림에 나타난 모습들이 성급하게 아무렇게나 그려진데다, 뿔과 날개와 집게발뿐 아니라 구부러진 꼬리까지 달린, 매우 꺼림칙한 무리들이 그림 대부분을 차지하고 있어서 카터는 그 이야기를 믿기 어려웠다.

마침내 바하나의 여인숙과 공공장소에서 얻을 수 있는 정보는 더 이상 없다고 판단이 서자, 얼룩말을 산 카터는 어느 날 아침 야스 호를 따라 험준한 엔그라네크가 시작된다는 내륙을 향해 출발했다. 오른쪽으로 늘어서 있는 언덕과 상쾌한 과수원, 말끔하고 아담한 돌집을 바라보면서 그는 스카이 강을 따라 펼쳐진 비옥한 들판을 떠올렸다. 저녁 무렵 야스 호의 깊숙한 기슭에 있는 이름 모를 고대 도시의 폐허가 나타났다. 밤에는 그곳에서 야영하지 말라던 늙은 용암 수집가의 말이 생각났지만, 그는 부서지는 돌벽 앞에 있는 기묘한 기둥에 얼룩말을 묶고, 뜻 모를 조각물 아래쪽 구석 자리에 담요를 깔았다. 오리에브의 밤은 추워서 담요 한 장을 더 꺼내 몸에 둘둘 감았다. 벌레가 얼굴에 닿은 것 같아 한 차례 잠을 깬 후에는 담요를 머리까지 감싸고 새들이 멀리 숲에서 지저귈 때까지 곤히 잠들었다.

넓은 산기슭 너머 태양이 살짝 얼굴을 들었다. 기슭에는 수 킬로미터에 달하는 원시 벽돌과 부서진 벽, 군데군데 금이 간 기둥과 축받이가 쓸쓸히 야스 호까지 이어져 있었다. 카터는 묶어놓은 얼룩말을 찾아 두리번거렸다. 놀랍게도 그 유순한 동물은 묶여 있던 기묘한 기둥 옆에 고꾸라져 있었다. 무엇보다 얼룩말이 목에 난 독특한 상처를 통해 피를 모두 빨린 채 죽어 있어서 그는 안절부절못했다. 봇짐도 헝클어져 있었고, 광택이 나는 물건들이 사라지고 없었다. 메마른 땅에는 커다란 집게발자국이 방향을 알 수 없을 정도로 어지럽게 흩어져 있었다. 용암 수집가들의 이야기와 경고가 떠올랐고, 한밤에 무엇인가 얼굴을 비비고 지나간 기억이 났다. 그는 짐을 챙겨 엔그라네크를 향해 성큼성큼 걸어갔다. 어느새 길은 낡은 신전의 폐허에 생긴 거대한 틈으로 이어졌고, 가늠할 수 없는 깊은 어둠으로 연결되는 계단 앞에 서자 그는 몸서리쳤다.

길은 이제 오르막으로 변해 더욱 거칠고 울창한 삼림지대를 지났다. 보이는 것이라고는 숯가마와 숲에서 송진을 모으는 사람들이 머무는 움막뿐이었다. 공기 중에 발삼 수지 향이 가득했고, 햇빛을 받은 새들은 일곱 가지 색깔을 번쩍이며 즐겁게 노래했다. 해질 무렵, 용암 수집가들이 두둑해진 짐낭을 들고 엔그라네크의 저지대에서 쉬어 가는 움막을 찾아들었다. 카터도 그 곳에 여장을 풀었다.

사람들의 노랫소리와 이야기 가운데 동료를 잃었다는 두런거림도 들려왔다. 일행 중 한 명이 더 좋은 용암을 찾아 혼자 높은 곳까지 올라 갔지만, 해가 질 때까지 돌아오지 않은 모양이었다. 일행이 다음날 그를 찾아보았지만, 터번 외에는 바위산에 아무 흔적도 남아 있지 않았다. 일행 중에서 나이 든 사람이 소용없는 일이라고 하는 바람에 그들은 그쯤에서 수색 작업을 포기했다. 나이트곤들에 대해서는 거의 허구에 가까울 정도로 확실한 것이 없었지만, 그들의 소행이 아니라고 단정짓는 사람도 없었다. 카터는 그들에게 혹시 나이트곤들이 광택이 나는 물건을 좋아하고 피를 빨아먹는지, 또 집게 발자국을 남기는지 물었지만, 그들은 고개를 저으며 그런 질문을 받는 것 자체에 두려워하는 기색이었다. 그가 더 이상 묻지 않았음에도 사람들이 침묵에 빠져들자, 그는 담요를 덮고 잠을 청했다.

다음날 카터는 용암 수집가들과 함께 잠을 깬 후, 서로 작별 인사를 나눴다. 그들은 서쪽으로, 그는 그들에게 산 얼룩말을 타고 동쪽으로 향했다. 그들 중에서 나이 든 사람들이 카터에게 축복의 말과 함께 엔그라네크에서 너무 높은 곳까지 올라가지 말라고 주의를 주었다. 그는 진심으로 고맙다는 말을 했지만, 포기할 생각은 없었다. 여전히 미지의 카다스에 있는 신들을 찾아내고, 잊을 수 없는 황혼의 경이로운 도시로 가는 방법을 알아내야 한다는 생각 때문이었다.

점심 무렵, 오랫동안 오르막길을 오르다가 버려진 산간 마을을 발견했다. 그 곳의 주민들은 한때 엔그라네크 가까운 지역에 거주하면서 부드러운 용암에 그림을 새겼던 사람들이었다. 그 마을에는 늙은 여인숙 주인의 증조부가 생존해 있을 당시까지 사람들이 살았지만, 그때도 마을 사람들은 스스로 세인에게 달가운 존재가 아니라고 생각했다. 그들의 집은 산비탈까지 이어져 있었고, 지대가 높아질수록 해 뜰 무렵 실종되는 사람들이 많았다. 마침내 그들은 어둠 속에서 이따금 스치는 까닭 모를 괴물의 모습 때문에 모두 떠나기로 했다. 그래서 그들 모두 해변으로 내려와 바하나의 옛 지역에 정착했고, 오늘날까지 조각술의 오랜 기법을 자자손손 전수하고 있었다. 카터가 바하나의 낡은 여인숙을 전전하면서 엔그라네크에 대해 가장 그럴듯한 이야기를 전해 들은 것도 그 산간 마을 사람들의 후손들에게서였다.

카터가 가까이 다가갈수록 엔그라네크의 음산한 지역은 더욱더 높아만 보였다. 산 초입의 낮은 비탈에는 듬성듬성 나무도 자라 있고, 왜소한 수풀도 눈에 띄었지만, 이내 황량하고 오싹한 바위들이 유령처럼 하늘로 솟구치더니 서리와 얼음, 만년설과 섞이기 시작했다. 카터는 거무스름한 바위의 갈라진 틈과 거친 표면을 바라보며 그 곳을 꼭 올라가야 하는지 동요를 느꼈다. 곳곳에 용암이 굳어 있었고, 화산재 더미가 비탈과 암봉을 뒤덮었다. 9000억 년 전 신들이 산의 정상에서 춤을 추기 전에도 그 산은 불과 대화를 나누고 천둥의 목소리에 맞춰 으르렁거렸다. 지금은 음산한 한쪽 면에 거대한 비밀의 형상을 지닌 채, 완전한 침묵과 불길함에 휩싸여 솟구쳐 있었다. 산에 있을 동굴들도 이제는 텅비어서 홀로 세월의 어둠을 간직하고 있거나 (소문이 맞는다면) 짐작도할 수 없는 괴물이 살고 있을지 몰랐다.

땅은 경사를 이루며 엔그라테크의 기슭으로 이어졌고, 제대로 자라지 못한 참나무와 물푸레나무, 암석과 용암, 오래된 석탄재로 덮여 있었다. 용암 수집가들이 잠시 쉬어갔을 움막들은 타다 남은 모습이 많았고, 그들이 그레이트원의 노기를 달래거나 엔그라네크의 산길과 복잡한 동굴에서 혹시 모를 봉변을 면하게 해 달라고 기원했던 몇 개의 조악한 재단도 눈에 띄었다. 저녁 무렵, 카터는 가장 멀리에 있는 움막에 도착해서 그곳에서 밤을 지내기로 마음먹었다. 그는 얼룩말을 어린 묘목에 묶어두고, 담요로 단단히 몸을 감았다. 그 밤 내내 멀리 숨겨진 웅덩이에서 울음소리가 들려왔지만, 카터는 양서류 동물에 대해서는 두려움이 없었다. 어떤 동물도 감히 엔그라네크의 비탈까지 접근하지 못한다는 말을 들었기 때문이다.

아침의 청명한 햇살 속에서 카터는 소용이 닿는 곳까지 얼룩말을 데려갈 생각으로 기나긴 등정을 시작했지만, 산길이 매우 가팔라지는 지점에 이르러 왜소한 물푸레나무에 얼룩말을 묶어놓을 수밖에 없었다. 그때부터 홀로 산을 오르기 시작했다. 처음에는 잡초 무성한 개간지에 남아 있는 오랜 촌락의 흔적을 지났고, 듬성듬성 나무가 자라 있는 거친 풀숲을 지났다. 길이 깎아지르듯 가팔라지고 현기증이 밀려들자, 점점 더 나무가 적어진다는 사실이 애석했다. 이윽고 시골의 풍경은 모두 그의 발아래 펼쳐졌다. 조각을 새기던 사람들의 버려진 집, 솔숲과 그것을 모으는 사람들의 움막, 무지갯빛 새의 둥지와 지저귐이 있는 숲이 발밑에 내려다보였고, 야스 호와 그 곳의 이름 모를 고대 도시의 폐허마저 머나먼 흔적처럼 물러서 있었다. 그는 가능한 주변을 두리번거리지 않고 나무가 거의 없어지고 거친 풀만 눈에 띄는 지점까지 무조건 올라가는 데 집중했다.

척박한 땅에는 바위가 파헤쳐진 커다란 빈자리와 좁은 틈 사이에 큰 독수리의 둥지가 눈에 띄었다. 마침내 헐벗은 바위 외에는 아무것도 보이지 않았다. 바위가 단단하고 메마르지 않았다면 더 이상 산을 오르기가 어려웠을 것이다. 그러나 울퉁불퉁한 암석의 마디와 암봉, 모서리 따위가 큰 도움이 되었다. 암석에서 용암 수집가들이 다녀간 흔적을 볼 때마다 그보다 앞서 다른 사람들이 그곳에 왔었다는 생각에 힘이 솟았다. 얼마쯤 더 올라가자, 손으로 잡고 발로 디딘 자리와 암맥과 용암을 캐낸 자국에서 인간의 흔적이 더욱 또렷해졌다. 한 곳에서는 좁은 암붕이 인위적으로 잘려 오른쪽의 중심 등산로로 가는 발판 역할을 하고 있었다. 한두 차례 카터는 용기를 내서 발밑을 바라보다가 까마득히 펼쳐진 광경에 그만 정신을 잃을 정도로 놀라고 말았다. 그와 해변 사이에 놓여 있는 섬의 모습이 한눈에 들어왔고, 바하나의 돌 단구와 멀리 신비하게 연기가 피어오르는 굴뚝의 모습도 보였다. 그 너머 드넓은 남해가 특별한 비밀과 함께 펼쳐져 있었다.

그때까지는 산을 우회하는 길이라, 더 깊숙한 곳과 얼굴상이 새겨진 절벽은 아직 보이지 않았다. 위로 솟구쳤다가 왼쪽으로 꺾어진 암붕을 바라보며 카터는 자신이 가고자 하는 방향이라고 생각하고, 그 길이 계속 이어져 있기를 바라며 발을 옮기기 시작했다. 10분 후, 예상대로 길이 막히지 않았지만, 갑자기 방향이 어긋났는지 산세가 활처럼 굽으며 가팔라지기 시작했다. 몇 시간 동안 길을 따라 미지의 남쪽 비탈을 오르는 동안, 황량한 바위와 저주받은 용암계곡이 발아래 펼쳐졌다.

시야에 처음으로 들어온 시골 풍경은 그가 지나온 바다 쪽 광경보다 훨씬 황량하고 거칠었다. 산세도 매우 달랐다. 지금까지의 직선 경로에서는 볼 수 없었던 기묘한 틈과 동굴이 그를 힐끔거리고 있었다. 틈과 동굴은 그가 서 있는 곳의 위와 아래에 있었으며, 모두 깎아지르는 절벽을 향해 있어서 인간이 도저히 접근할 수 없었다. 공기도 몹시 싸늘해졌지만, 어떤 어려움에도 그는 포기할 생각이 없었다. 공기가 희박해지는 것만이 그를 괴롭혔는데, 다른 여행자들이 발길을 돌리거나 추락한 동료들이 나이트곤에게 당했다며 엉뚱한 이야기를 만들어낸 곳 같았다. 그는 여행자들의 이야기에 그리 신경 쓰지 않았지만, 만일을 대비해 훌륭한 조각이 새겨진 언월도를 단단히 챙겨두었다. 사사로운 잡념은 미지의 카다스에 군림하는 신들에게 가는 길을 알려줄지 모르는 얼굴상을 보고 싶다는 욕망에 묻혀 버렸다.

마침내, 그가 오싹하고 싸늘한 고지대에서 엔그라네크의 숨겨진 절벽으로 완전히 돌아서자, 발아래 펼쳐진 끝없는 협곡 사이에 그레이트 원의 오랜 분노가 숨 쉬는 바위와 불모의 용암 계곡이 펼쳐졌다. 남쪽으로 펼쳐진 넓디넓은 시골 지역도 있었다. 그러나 그곳은 농경지나 농가의 굴뚝이라고는 없는 불모의 땅으로 그저 끝없이 펼쳐져 있을 뿐이었다. 오리에브는 거대한 섬이었으므로, 그 위치에서는 바다를 볼 수 없었다.

시커먼 동굴과 기이한 틈은 여전히 가파른 절벽마다 무수했지만, 어느 것 하나 접근하기는 불가능했다. 위쪽으로 툭 튀어나온 거대한 바위가 시선을 가로막으며 어렴풋이 나타나자, 카터는 그 곳을 넘어갈 수 없다는 생각에 의기소침해졌다. 수 킬로미터 상공의 거센 바람 속에서, 한쪽에는 허공과 죽음, 다른 한쪽에는 미끄러운 암벽만이 버티고 있는 상황. 그는 왜 사람들이 엔그라네크의 은밀한 지역을 피하는지 그 공포를 실감했다. 몸을 돌려 확인할 수 없었지만, 이미 해는 저물고 있었다. 위쪽으로 가는 방법이 없다면, 그는 아마 그 자리에서 몸을 웅크린 채 밤을 보내고, 새벽 무렵에는 종적도 없이 사라져 있을지 몰랐다.

그러나 방법이 하나 있었고, 그는 그것을 제때에 발견했다. 아주 노련한 몽상가만이 눈에 띄지 않는 발판을 이용할 수 있는데, 카터에게는 쉬운 일이었다. 그때부터 돌출한 암석을 올라갔다. 알고 보니, 거대한 빙하가 녹은 자리에 흙과 암벽과 함께 넓은 공간이 나타났기 때문에 아래쪽보다는 위쪽 경사면이 훨씬 오르기 수월했다. 왼쪽으로 헤아릴 수 없는 높이에서 헤아릴 수 없는 깊이로 뚝 떨어지는 낭떠러지에 그가 닿을 수 없는 동굴의 시커먼 입구가 있었다. 그러나 그밖에는 경사가 꽤 완만한 편이어서 기대어 설 수 있을 정도의 공간도 없지 않았다.

으스스한 한기가 느껴지는 것으로 봐서 설선[87]에 가까운 지점 같았다. 저무는 불그스름한 햇빛을 받고 반짝이는 산봉우리에 혹시 무엇인가 빛나고 있을지 모른다는 생각에 그는 고개를 들었다. 정말 그랬다. 까마득한 높이에 눈이 있었다. 그 밑에는 그가 방금 올라온 것처럼 돌출한 거대한 암벽이 영겁의 세월 동안 또렷한 윤곽을 형성하고 있었다. 그 암벽을 보는 순간, 그는 두려움 속에서 비명을 지르며 튀어나온 바위를 움켜잡았다. 불룩하게 튀어나온 암벽은 지구의 일출 때 생기는 효과가 아니라, 일몰 속에서 붉은색으로 빛나는 거대한 신의 얼굴을 드러냈기 때문이다.

불타는 황혼에 비친 그 얼굴은 엄숙하고 무서웠다. 어떤 인간도 그 크기를 짐작조차 할 수 없겠지만, 그것을 만든 이가 인간이 아니라는 것만은 단번에 알 수 있었다. 신의 손으로 새겨진 신의 얼굴이 오만하고 위엄 있게 탐험가를 굽어보고 있었다. 카터는 그 기이한 모습을 단번에 알아볼 수 있다던 소문이 사실임을 깨달았다. 길고 좁은 눈과 귓불이 긴 귀, 가늘고 오똑한 코와 날카로운 턱, 그것은 분명 인간이 아니라 신의 형상이었다.

그는 그토록 바라던 것을 눈앞에 두고도 공포에 사로잡힌 채 위험한 고도에 매달려 있었다. 신의 얼굴에는 예언에서 말한 기적 이상의 것이 있었다. 거대한 신전보다도 크고 거대한 용암으로 숱한 세월 신성하게 만들어진 신의 얼굴이 황혼의 신비한 침묵 속에서 내려다본다면, 누구도 강렬한 외경심에서 벗어나진 못할 것이다.

놀라움을 더하는 깨달음도 있었다. 그 얼굴과 닮은 신의 후손을 찾아 드림랜드 전역을 찾아다닐 계획이었지만, 인제 보니 그럴 필요가 없었던 것이다. 분명히, 산에 새겨진 거대한 얼굴은 그다지 낯설지 않았다. 타나리안 언덕 너머 오스-나르가이에 있는 항구 도시이자, 카터가 현실 세계에서 안면이 있는 쿠라네스 왕이 다스리는 셀레파이스의 여인숙에서 자주 본 얼굴이었다. 그와 비슷한 얼굴을 한 선원들이 해마다 북쪽에서 음산한 배에 마노를 싣고 찾아와 셀레파이스의 비취와 금실, 붉은 명금(鳴禽)과 바꾸었다. 그들이 바로 그가 찾는 신의 얼굴임이 틀림없었다. 그들이 사는 지역 가까이 차가운 황무지가 있고, 그 안에 미지의 카다스와 그레이트원을 위한 마노 성이 있을 것이었다. 그래서 오리에브에서 아주 먼 셀레파이스까지 가야 하는데, 그러기 위해서는 다이레스-린으로 돌아간 다음 스카이를 따라 북상하여 니르 인근의 다리까지 가야 했다. 그리고 다시 주그 족이 사는 마법의 숲으로 돌아가, 그곳에서부터 북쪽으로 오크라노스 강을 따라 '정원의 대지'를 통과해 트란의 첨탑을 지나야 했다. 트란에서 세레네리안 해로 향하는 갤리온선[88]을 수소문할 수 있을 것이었다.

그러나 벌써 어둠이 짙어졌고, 거대한 얼굴 조각상은 어둠 속에서 훨씬 더 엄하게 그를 내려다보고 있었다. 암반에 위태롭게 의지한 탐구자에게 밤이 찾아오고 있었다. 어둠 속에서 내려갈 수도 올라갈 수도 없는 진퇴양난, 그저 날이 밝을 때까지 그 비좁은 곳에 서서 몸을 떨며 잠들지 않기를, 행여 손아귀에서 힘을 잃고 아찔한 허공을 거쳐 저주받은 계곡의 날카로운 암석에 떨어지지 않기를 기도하는 수밖에 없었다. 별들이 모습을 드러냈지만, 그 외에는 아무것도 없는 암흑만 존재했다.

죽음과 맺어진 공허, 그 손짓을 거부하며 그는 암석을 힘껏 붙잡고 보이지 않는 낭떠러지에서 한발 더 물러나 암벽에 바짝 몸을 기댔다. 황혼 속에서 마지막으로 본 속세의 것은 그의 곁, 서쪽 벼랑으로 솟구쳤다가 닿을 수 없는 동굴에 다가서서 갑자기 울부짖으며 도망치는 한 마리 콘도르였다.

그때 느닷없이 어둠 속에서 소리가 들려왔다. 카터는 허리춤에서 언월도를 슬며시 끌어당기는 손길을 느꼈다. 곧이어 아래의 암석 쪽으로 언월도가 덜컥거리는 소리가 들려왔다. 그는 은하수까지 펼쳐진 창공에서 아주 끔찍한 뿔과 꼬리, 박쥐 날개가 달린 가느다란 윤곽을 본 것 같았다. 서쪽 별 무리에서 다른 형체들도 불쑥 빠져 나왔는데, 그 모습이 마치 낭떠러지에 있는 난공불락의 동굴에서 한 떼의 흐릿한 무리들이 조용히 육중한 날갯짓을 하면서 빠져나오는 것 같았다. 그때, 사늘한 고무질의 팔 같은 것들이 그의 목과 발을 움켜잡았고, 그는 느닷없이 솟구쳐 허공에서 흔들거렸다. 잠시 후 별들이 모습을 감추었고, 카터는 나이트곤에게 붙잡혔음을 깨달았다.

그들은 순식간에 카터를 낭떠러지 동굴로 데려가 그 너머의 기괴한 미로를 누비기 시작했다. 그가 처음에 본능적으로 몸을 버둥거리자, 그들은 일부러 그의 몸을 간질였다. 그들은 아무 소리도 내지 않았다. 심지어 막 구조로 생긴 날개마저 조용히 움직였다. 그들의 몸뚱이는 오싹할 정도로 차갑고 축축했으며 미끈거렸다. 게다가 다닥다닥 붙어 있는 발톱은 흉측하기만 했다. 그들은 곧장 메스꺼울 정도로 소용돌이치는 무덤 같은 축축한 공기 속으로 곤두박질쳤다. 카터는 그들이 예리하고 사악한 광기의 극단 속으로 뛰어들고 있다고 생각했다. 그는 계속해서 비명을 질렀지만, 그때마다 검은 발톱이 훨씬 교묘하게 그를 간질이며 움켜잡았다. 주위에서 희끄무레한 푸른빛이 비추자, 그는 결국 어렴풋한 전설들이 말하는 소름 끼치는 지하 세계에 들어섰음을 깨달았다. 악취와 뒤섞인 섬뜩한 공기와 지구의 중심에서 피어오르는 안개 사이로 창백한 도깨비불만이 어른거렸다.

마침내 까마득히 밑에서 희미한 윤곽을 드러낸 잿빛의 불길한 산봉우리들은 그가 전설로만 알고 있는 트로크 봉이 분명해 보였다. 영원한 암흑의 심연이라는 원 모양의 평평한 표면에 솟구친 산봉우리는 섬뜩하고 불길하기만 했다. 이 트로크 봉은 인간의 계산 능력을 초월하는 높이였고, 이 봉우리의 호위를 받는 오싹한 계곡에는 도울 족이 기어다니며 추잡한 굴을 파고 있었다. 그러나 카터는 자신을 움켜쥐고 있는 괴물보다 차라리 그 산봉우리를 보는 편을 택했다. 그들은 너무도 고약하고 투박한 검은 괴물로, 매끄럽고 미끈거리는 고래의 살갗과 안쪽으로 구부러진 한 쌍의 뿔, 소리 없이 퍼덕이는 박쥐 날개와 억세고 추한 발톱을 가졌고, 미늘이 달린 꼬리를 쓸데없이 불안하게 휘저었다. 무엇보다 그들이 끔찍한 이유는 말하거나 웃지 않는데다, 얼굴이 있어야 할 자리가 시커멓게 비어 있어서 미소조차 지을 수 없어서였다. 그들이 할 수 있는 일이라고는 낚아채고 날면서 간질이는 것뿐이었다. 그것이 바로 나이트곤이었다.

그들 무리가 사방에 잿빛으로 솟구쳐 있는 트로크 봉의 밑으로 내려가자, 그 혹독하고 단단한 화강암의 영원한 황혼 속에서 아무것도 살 수 없음이 분명해졌다. 더 낮은 곳에서는 도깨비불이 여전히 너울거렸고, 멀리 악마처럼 솟구쳐 있는 가느다란 산봉우리들을 제외하면 천지가 원시의 암흑뿐이었다. 산봉우리들은 이내 멀어졌으며, 밑바닥의 작은 틈에서 뿜어진 축축한 바람만이 거세게 소용돌이쳤다. 이윽고 나이트곤이 내려선 곳은 바닥에 온통 해골이 깔려 있는 것 같았다. 그들은 그 암흑의 계곡에 카터를 홀로 남겨두었다. 엔그라네크를 수호하는 나이트곤들에게 맡겨진 임무는 그를 그곳까지 데려오는 것인지, 임무를 끝내자 그들은 소리 없이 날개를 퍼덕이며 사라졌다. 그들의 비행을 지켜보았지만 아무것도 보이지 않았다. 트로크 봉마저 시야에 들어오지 않을 정도였다. 주위에는 오로지 암흑과 공포, 침묵과 해골이 있었다.

이제 카터는 거대한 도울 족이 기어 다니고 굴을 판다는 프노스 골짜기에 있음을 확신했다. 그러나 도울 족을 직접 보거나 그 생김새를 추측할 수 있는 사람은 없었기에, 앞으로 무슨 일이 벌어질지는 예측불허였다. 희미한 풍문으로만 전해지는 도울 족은 뼈 무덤 사이에서 살랑거리는 소리를 내며, 꿈틀거리며 지나가다가 어느새 끈적거리는 손길을 전한다고 했다. 어둠 속에서만 기어 다녀서 그들을 볼 수 없었다. 카터는 도울 족과 맞닥뜨리고 싶지 않아서 주변의 뼈 무덤 사이에 혹시 무슨 소리라도 들리는지 귀를 쫑긋 세웠다. 그처럼 무시무시한 곳에서조차 그는 나름대로 계획과 목표가 있었다. 과거에 그와 많은 대화를 나눈 사람들도 프노스의 속삭임에 대해서는 전혀 아는 바가 없었기 때문이다. 간단히 말하자면, 그 곳은 현실 세계의 구울[89]들이 한바탕 향연을 벌인 후 찌꺼기를 남겨놓는 장소가 분명했다. 그리고 만약 운이 좋다면, 트로크 봉보다 높고 구울의 영토가 시작된다는 거대한 바위산으로 올라갈 수 있을지 몰랐다. 수북한 뼈를 보면 대충 어느 쪽인지 짐작이 갔고, 일단 구울을 발견하면 사다리를 내려 달라고 소리칠 생각이었다. 이상한 얘기지만, 그는 그 끔찍한 존재들과 특별한 인연을 맺고 있었다.

그가 알고 있는 보스턴의 어떤 사내(묘지 주변의 오래되고 섬뜩한 골목에 은밀한 화실을 차려놓고 기이한 그림을 그리는 화가)는 실제로 구울과 친분을 맺은 인물로서, 구울의 역겹게 짖는 소리와 꽥꽥대는 소리 중에서 간단한 부분을 어떻게 알아듣는지 그에게 가르쳐준 일이 있었다. 그 사내는 결국 실종되고 말았지만, 카터는 이제 그를 만나게 될 것이며, 드림랜드에서 처음으로 현실 세계의 영어와는 전혀 다른 말을 사용하게 되리라 짐작하였다. 어쨌든, 그는 구울에게 프노스에서 벗어나게 해 달라고 설득할 수 있을 것 같았다. 그런 이유 때문에라도 눈에 보이지 않는 도울 족보다는 눈에 보이는 구울을 만나는 편이 나았다.

그래서 어둠 속을 걸어가던 카터는 발아래 뼈 무덤 사이에서 이상한 소리를 들은 것 같자 무작정 달리기 시작했다. 갑자기 앞을 가로막은 돌 비탈은 트로크 봉우리 중 하나의 기슭이 분명했다. 그때 달가닥거리는 기괴한 소리가 점점 허공에서 가까이 다가오자, 그는 드디어 구울의 바위 근처에 도달했다고 생각했다. 그 계곡에서 수 킬로미터나 떨어진 아래까지 소리가 들릴지는 몰랐지만, 지하 세계에 걸맞은 기이한 법칙이 있음을 깨달았다. 그렇게 생각에 잠겨 있는 동안, 두개골로 보이는 묵직한 뼈에 부딪혔다. 운명의 바위산에 다다랐다고 생각한 그는 바위산을 오르며 구울의 호출음을 내기 위해 안간힘을 썼다.

소리는 아주 천천히 전해졌으므로 그 화답이 들려오기까지 꽤 시간이 필요했다. 그러나 어쨌든 구울은 반응을 해왔고, 얼마 지나지 않아 밧줄 사다리를 내려보내겠다는 말이 전해졌다. 그의 외침이 뼈 무덤 사이에서 또 무엇을 깨웠을지 몰라서 사다리를 기다리고 있자니 몹시 조바심이 났다. 실제로 잠시 후 멀리서 살랑거리는 소리가 들려왔다. 몹시 신중하게 접근해 오는 움직임 때문에 그는 더욱더 마음이 불편해졌다. 사다리가 내려오기로 한 지점에서 벗어나고 싶지 않았기 때문이다.

결국 조바심은 도저히 참을 수 없을 정도로 심해졌다. 그가 공포에 사로잡혀 도망치려는데 가까운 곳에서 쿵 하는 또 다른 소리가 들려왔다. 사다리였다. 그는 잠시 더듬거리다가 사다리를 잡을 수 있었다. 그러나 여전히 계속되는 또 다른 소리는, 그가 사다리를 올라가는 동안에도 점점 다가오고 있었다. 그가 1.5미터 정도 올라갔을 때, 밑에서 살랑거리는 소리가 갑자기 커지더니 3미터를 올라갔을 때는 뭔가 밑에서 사다리를 잡아 흔드는 것이었다. 4.5미터 혹은 6미터 정도, 갑자기 양쪽에서 끈적거리는 기다란 물체가 꼼지락거리며 부풀었다가 오므라들었다. 그때부터 그는 필사적으로 사다리를 오르며 인간의 눈에 보이지 않는다는 거대한 도울의 손길에서 벗어나려고 발버둥쳤다.

그는 팔이 까지고 손에 물집이 잡힌 채 몇 시간 동안 사다리를 올라가면서 또 한 번 트로크의 꺼림칙한 봉우리들과 잿빛 도깨비불을 보았다. 이윽고 위쪽에 구울이 사는, 거대한 바위산의 가장자리가 돌출해 있음을 알아챘지만, 그 두께가 어느 정도인지는 짐작이 가지 않았다. 다시 몇 시간이 흐른 후, 그는 노트르담 성당의 난간을 흘깃거리는 가고일처럼 호기심 어린 얼굴 하나를 볼 수 있었다. 그 때문에 하마터면 정신을 잃고 사다리를 놓칠 뻔했지만, 잠시 후 간신히 정신을 차렸다. 실종된 친구 리처드 픽맨이 언젠가 구울에 대해 알려준 덕분에 카터는 개를 닮은 구울의 얼굴과 움츠린 몸뚱이, 뭐라고 표현하기도 힘들 정도로 독특한 모습을 잘 알고 있었다. 그래서 소름 끼치는 괴물이 아찔한 허공에서 바위 가장자리로 그를 끌어올렸을 때, 그는 한쪽 끝에 쌓여 있는 먹다 만 시체 더미와 빙 둘러앉아 이를 갈며 호기심 어린 눈초리로 그를 빤히 바라보는 구울의 무리를 보고도 비명을 지르지 않았다.

그가 서 있는 곳은 어스름에 물든 평지로서, 유일한 특징이라면 거대한 표석이자 굴로 들어가는 입구라는 점이었다. 몇몇이 쭈뼛하며 흘깃거리는 가운데 그 중 하나가 그에게 달려들어 할퀴려고 했지만, 대체로 그들은 점잖은 편이었다. 끈기 있게 꽥꽥 기이한 소리를 흉내 내며 사라진 친구에 대해 묻자, 그 친구가 현실 세계 인근의 심연에 있는 험준한 돌출 지대에서 구울의 일족이 되었다는 사실이 밝혀졌다. 푸르스름한 색의 나이 든 구울이 픽맨의 주거지까지 그를 데려다 주겠다고 하자, 그는 본능적인 혐오감에 불구하고 구울을 따라 큼지막한 굴속으로 들어가 몇 시간 동안 악취로 진동하고 곰팡이가 낀 바닥을 기어갔다. 그들은 지상의 독특한 유물(낡은 묘비, 깨진 항아리, 을씨년스러운 기념비의 파편)로 뒤덮인 평지로 나왔다. 카터는 불의 동굴에서 '깊은 잠의 관문'으로 700계단을 내려온 이후 현실 세계에 가장 가까이 다가왔다는 느낌을 받았다.

1768년 보스턴의 그래너리 묘지[90]에서 훔친 묘비 위에 앉아 있는 구울 하나, 그가 바로 한때 리처드 업튼 픽맨으로 통했던 예술가였다. 벌거벗은 구울의 몸뚱이는 고무처럼 탄력이 있었고, 인간 시절부터 이미 나타났던 구울 특유의 표정이 이젠 분명히 자리를 잡고 있었다. 그러나 구울은 여전히 약간의 영어를 기억하고 있었으므로 투박하고 짧은 단어로 카터와 대화를 나누면서 간간이 구울의 요란한 언어를 사용했다. 카터가 마법의 숲으로 가서 그곳에서 다시 타나리안 언덕 너머 오스-나르가이의 셀레파이스까지 가려 한다고 말하자, 구울은 약간 의아한 표정을 지었다. 현실 세계에 있는 구울의 무리는 드림랜드 고지대의 묘지뿐 아니라(그쪽 지역은 죽은 도시에서 태어난다는 붉은 발의 왐프[91]가 관할하고 있었다), '거그'의 소름 끼치는 왕국을 비롯해 그들의 서식지와 마법의 숲 사이에서 벌어지는 일들에게 대해서도 관심이 없기 때문이었다.

털이 많고 몸집이 커다란 거그는 그 숲에서 한때 원형으로 석탑을 세우고 '다른 신들'과 기어드는 혼돈 '니알라토텝'에게 기이한 제물을 바쳤지만, 결국에는 지상의 신들에게 그 기행이 발각되어 동굴 지하로 추방되었다. 쇠로 테두리를 두른 거대한 석제 해치만이 지하의 거그와 마법의 숲을 연결하는 유일한 통로였지만, 그들은 저주를 받을까 두려워 그 문을 열지 않았다. 인간 몽상가가 그들의 동굴 왕국을 지나 그 문을 무사히 빠져나간다는 것은 상상할 수 없는 일이었다. 인간 몽상가들은 예전에 그들의 먹이였으며, 전설에 의하면 그들에겐 몽상가들의 맛이 특히 별미로 전해지기 때문이었다. 물론, 추방을 당한 후로는 햇빛 때문에 죽은 혐오스러운 시체와 '진'의 지하에 살면서 캥거루처럼 긴 뒷다리로 뛰어오르는 가스트 따위만 먹을 수밖에 없는 상황이지만, 그렇다고 위험이 줄어드는 건 아니었다.[92]

그래서 한때 픽맨이었던 구울은 렝 고원 아래 계곡에 버려진 도시, 사커맨드의 지하를 통과하되, 그 곳에는 날개 달린 사자가 드림랜드에서 낮은 심연으로 가는 검은색 초석 계단을 지키고 있으니 조심하라고 충고했다. 그는 또 다른 방법으로, 교회 묘지를 통해 현실 세계로 돌아가서, 그곳에서 다시 '가벼운 잠'에서 '불의 동굴'로 가는 칠십 계단을 내려간 다음 '깊은 잠의 관문'으로 가는 칠백 계단을 따라 마법의 숲으로 가라고 덧붙였다. 그러나 그 방법들은 탐구자에게 맞지 않았다. 그는 렝에서 오스-나르가이로 가는 방법을 전혀 모를 뿐 아니라, 지금까지 꿈에서 얻은 것들을 모두 잊어버릴 것이 두려워 다시 잠에서 깨어나기를 저어했기 때문이다. 북쪽에서 나타나 셀레파이스에서 마노를 거래하는 선원들이자, 신의 후손인 그들의 얼굴을 자칫 잊게 된다면, 그 레이트원이 거주하는 차가운 황무지와 카다스를 찾아가려는 그의 여정에 큰 문제가 생길 수밖에 없었다.

오랜 설득 끝에 구울은 거그의 왕국을 둘러싼 거대한 벽 내부까지 카터를 안내해 주기로 약속했다. 카터가 원형 석탑으로 이루어진 어스름의 왕국을 몰래 통과할 수 있는 유일한 방법은, 거그들이 안에서 모두 배불리 먹고 코를 골며 잠드는 한 시간 동안 '코스 사인'[93]이 있는 중앙 석탑에 도달하는 것이었다. 그 석탑에 있는 계단을 따라 마법의 숲으로 통하는 해치까지 갈 수 있었다. 픽맨은 그를 도와 묘비를 지렛대 삼아 해치를 여는 데 필요한 구울 셋을 빌려주기로 했다. 구울 족 사이에서도 거그 무리는 특히 두려움의 대상이었고, 그 거대한 묘지에서 동족을 잡아먹는 거그를 보고 도망치는 구울 족이 종종 있어서 쉬운 결정이 아니었다.

픽맨은 또한 카터에게 구울로 변장하라고 충고했다. 그 동안 길렀던 턱수염을 깎고(구울은 턱수염이 없으므로), 벌거벗은 몸에 곰팡이를 덮어 비슷한 윤곽을 만들라고 했다. 웬만한 높이에서는 껑충 뛰어내리되 벗은 옷가지를 짐 보따리처럼 꾸미면 무덤에서 파낸 간식거리로 보일 거라는 얘기였다. 그들은 적당한 굴을 통과해서 거그의 도시(왕국 전체와 연결되는 지점)에 도착한 다음, 계단이 있는 코스 석탑에서 멀지 않은 묘지로 나올 계획이었다. 그러나 묘지 부근에 있는 커다란 동굴을 조심해야 했다. 왜냐하면 그 동굴의 입구가 바로 진의 지하 세계로 가는 통로이기 때문이었다. 그 복수심에 불타는 가스트들은 동족을 사냥하고 잡아먹는 상부 지하의 거그들을 항상 살기 어린 눈초리로 감시하고 있었다. 그들은 거그가 잠든 사이 밖으로 나오는데, 거그와 구울을 식별하지 못하기 때문에 무조건 공격을 가할 것이었다. 게다가 매우 원시적이어서 서로 잡아먹기까지 했다. 거그들은 진의 지하로 통하는 좁은 입구에 보초를 세우지만, 가끔 잠을 자다가 가스트에게 혼쭐이 나기도 했다. 가스트 무리는 햇빛이 있으면 살지 못하지만, 지하의 어스름한 빛 정도는 몇 시간 동안 버틸 수 있었다.

마침내 카터는 구울 셋의 도움을 받아 끝없는 동굴을 기어갔다. 구울들은 세일럼의 차터 가 묘지에서 1719년 사망한 콜 네피미아 더비의 석판 묘비를 운반했다. 그들 일행이 다시 어스름한 공터에 나타났을 때는 거대한 이끼가 낀 거석들이 숲을 이루듯 까마득히 솟아 있었으니, 그곳이 바로 거그의 묘지 중에서도 보통 규모에 속했다. 그들이 버둥거리며 빠져나온 구멍 오른쪽에서 거석 사이를 통해 눈에 띈 것은 지하의 잿빛 허공으로 솟구친 거대한 원형 석탑이었다. 그들은 거그의 거대 도시와 9미터에 이르는 출입구들을 바라보았다. 구울도 종종 그곳에 오는데, 거그의 묘지는 거의 1년분의 식량을 제공하기 때문에 추가 위험을 무릅쓰면서까지 인간의 무덤보다는 거그의 굴을 노릴 때가 있었다. 카터는 그제야 프노스 골짜기에서 간혹 발밑에 커다란 뼈가 밟혔던 이유를 알 수 있었다.

앞쪽, 묘지 바로 바깥에 깎아지르는 절벽이 솟구쳐 있었고, 그 밑에 거대하고 무시무시한 동굴이 입을 벌리고 있었다. 함께 온 구울이 말하기를, 그 동굴은 진의 지하 거주지로 가는 입구이자 어둠을 틈타 거그가 가스트를 사냥하는 곳이므로 가급적 가까이 가서는 안 된다고 했다. 그리고 기다렸다는 듯이 구울의 말이 입증되었다. 구울 하나가 거그의 휴식 시간이 맞는지 확인하려고 석탑 쪽으로 가까이 다가가는 순간, 거대한 동굴 입구의 어둠 속에서 노르스름한 붉은색 눈동자가 번뜩였던 것이다. 처음에는 가스트의 눈알 두 개가 번뜩였다가 곧 다른 눈빛들이 나타난 것으로 봐서 거그는 망보는 일에 서툰 반면, 가스트는 냄새를 아주 잘 맡는 것 같았다. 구울이 돌아와서 카터 일행에게 조용히 하라고 신호를 보냈다. 가스트의 무리가 스스로 판단하고 물러나게 하는 편이 가장 좋았고, 거그의 보초와 싸우다가 지쳐서 생각보다 일찍 수색을 포기할지 몰랐다. 잠시 후 잿빛 어스름 속에 이상한 냄새가 몰칵 풍기자, 카터는 우툴두툴하고 병적인 짐승의 얼굴에 구역질을 느꼈다. 가스트의 얼굴은 코와 입 따위가 없음에도 기이할 정도로 인간과 흡사했다.

곧바로 세 마리의 다른 가스트가 깡충거리며 뛰어와 동료와 합류했다. 구울은 그들에게 싸운 상처가 없으니 나쁜 징조라고 카터에게 조용히 웅얼거렸다. 잠든 거그의 보초와 싸움을 벌이지 않고 살짝 지나왔다는 뜻이므로 카터 일행을 찾아낼 때까지 힘과 난폭함이 그대로일 것이었다. 이내 열다섯 마리로 불어난 불결하고 볼썽사나운 동물들이 거대한 석탑과 거석이 솟구쳐 있는 잿빛 어스름 속에서 캥거루처럼 여기저기를 들쑤시고 다니는 모습은 정말이지 기분 나빴다. 그러나 더욱 끔찍한 것은 기침하듯이 새어나오는 그들의 말소리였다. 그러나 그들이 아무리 끔찍하다고 해도, 갑자기 허둥지둥 동굴에서 그들을 쫓아 달려오는 것에 비할 바는 아니었다.

그것은 80센티미터쯤 되는 앞발과 무시무시한 발톱을 지니고 있었다. 다른 쪽 발이 나타났다가 이번에는 짧은 팔뚝에 연결된 검은 털의 거대한 팔이 보였다. 분홍색 눈알 두 개가 번뜩이더니, 방금 잠에서 깬 거그의 보초가 드럼통만 한 머리를 드러냈다. 두 개의 눈은 5센티미터 정도 튀어나와 딱딱한 눈두덩과 빳빳한 털에 가려져 있었다. 그러나 얼굴 모양이 그토록 흉측한 건 입 때문이었다. 누런 송곳니가 나 있는 입은 수평이 아니라 머리 위에서 아래까지 수직으로 벌어져 있었다.

그러나 그 불운한 거그가 동굴에서 빠져 나와 6미터에 달하는 신장으로 벌떡 일어서기 직전, 복수심에 불타는 가스트의 무리들이 득달같이 달려들었다. 그 순간 카터는 혹시 거그가 소리를 쳐서 동료들을 부르지는 않을까 두려웠지만, 거그는 소리를 내지 못하기에 얼굴 표정으로 대화를 주고받는다고 구울 중 하나가 알려주었다. 곧이어 벌어진 싸움은 정말이지 무시무시했다. 성난 가스트들이 사방에서 꾸물거리는 거그에게 맹렬하게 달려들어 물어뜯으면서 딱딱하고 날카로운 발굽을 마구 휘둘렀다. 그들은 줄곧 미친 듯이 기침 소리를 냈고, 간혹 거그의 커다란 입에 물렸는지 날카로운 울부짖음이 뒤섞였다. 수세에 몰린 거그가 동굴 깊숙이 쫓겨 가지 않는다면, 싸움 소리가 잠든 도시를 한꺼번에 깨울지 몰랐다. 다행히 소동은 어둠 속으로 사라졌으며, 간간이 들려오는 섬뜩한 메아리만이 싸움이 끝나지 않았음을 알리고 있었다.

이윽고 구울 사이에서 움직이라는 신호가 떨어졌다. 그들을 따라 거석의 숲에서 나온 카터는 까마득한 높이까지 솟구친 원형 석탑으로 둘러싸인 도시의 어둔 거리로 뛰어들었다. 그들은 울퉁불퉁한 돌길을 조용히 걷는 동안, 거그의 숙소로 보이는 검은색의 거대한 출입구에서 들려오는 역겨운 숨소리에 귀 기울였다. 거그의 휴식 시간이 끝나면 큰일이었기에, 구울 일행은 발길을 재촉했다. 거리 자체가 워낙 먼 거인의 도시라서 여정이 간단치만은 않았지만, 그들은 마침내 가장 큰 석탑 앞 공터까지 다다랐다. 석탑의 거대한 출입구 위에 돋을새김으로 만들어진 기괴한 표식은 그 의미를 몰라도 소름이 끼쳤다. 코스의 표식이 있는 중앙 석탑이 틀림없었다. 어둑한 내부 공간에서 지상의 드림랜드와 마법의 숲으로 이어진 거대한 계단이 언뜻 스쳤다.

그때부터 칠흑 같은 어둠을 헤치며 계단을 올라야 하는 대장정이 시작됐다. 거그에 맞게 만들어진 계단 한 칸의 높이는 거의 1미터에 달했다. 올라갈 계단이 몇 개인지 짐작도 가지 않는 상황에서 카터는 이내 지쳐버렸다. 때문에 전혀 피곤한 기색이 없던 구울들이 그를 부축해 주어야 했다. 계단은 끝없이 이어지고, 언제 발각돼 추적을 당할지 모르는 위험이 뒤따랐다. 거그 무리는 그레이트원의 분노 때문에 숲으로 통하는 돌문을 감히 열지는 못했다. 그러나 석탑과 계단에서는 그런 구속이 없기 때문에 도망치는 먹이를 쫓아 꼭대기까지 따라오는 경우가 종종 있었다.

거그는 청각이 매우 발달해 있어서 도시가 깨어 있는 시간이라면 맨발과 맨손으로 계단을 오른다고 해도 쉽게 들킬지 몰랐다. 게다가 어둠속에서 가스트 무리를 사냥하는데 익숙하기 때문에 거대한 계단에서 커다란 보폭으로 몇 번만 움직여도 작고 느린 사냥감 정도는 능히 붙잡을 수 있었다. 카터 일행은 거그의 고요한 추적을 눈치 챌 방법이 없는데다 어둠 속에서 불시에 무시무시한 공격을 받을 거라 생각하니 눈앞이 캄캄했다. 구울 사이에서 오랫동안 지속돼 온 거그에 대한 공포는 거그에게만 유리한 장소에서 더욱 심해질 수밖에 없었다. 게다가 거그가 잠든 시간에 석탑까지 뛰어다니는 가스트의 교활함과 복수심도 위험하기는 마찬가지였다. 거그의 수면 시간이 길어지고, 얼마 후 동굴에서 복수를 끝낸 가스트의 무리가 다시 돌아온다면 카터 일행의 냄새는 그 역겹고 심술궂은 무리에게 금세 들통 날 것이었다. 만약 그런 일이 벌어진다면, 차라리 거그에게 잡아먹히는 편이 나았다.

끝없이 계단을 오르는 가운데, 위쪽에서 기침 소리가 들려왔다. 사태는 몹시 심각하고 예기치 못한 상황으로 빠져들었다. 가스트 한 마리가 카터 일행이 석탑에 도착하기 전부터 그 곳에 있었던 게 분명했다. 게다가 위기는 아주 가까이 닥쳐 있었다. 앞장섰던 구울이 잠시 숨을 고른 후 카터와 다른 일행을 벽으로 데려가 적이 나타날 때를 대비해 석판 묘비를 앞으로 치켜들고 싸울 태세를 갖추었다. 구울은 어둠 속에서도 잘 볼 수 있어서 카터가 혼자일 경우보다는 상황이 나쁘지 않았다. 잠시 후 계단 아래쪽으로 달가닥거리는 발굽 소리로 판단했을 때, 상대는 한 마리였다. 묘비를 움켜쥔 구울들은 일격을 가하기 위해 만반의 준비를 했다. 곧바로 노르스름한 붉은색 눈동자가 나타났고, 발굽 소리와 함께 헐떡이는 숨소리도 들려왔다. 상대가 바로 위 계단까지 내려서자, 구울들은 있는 힘껏 묘비를 휘둘렀다. 찍 하는 울음에 이어 곧바로 바닥에 널브러지는 소리가 들려왔다. 예상대로 상대가 한 마리뿐인 것 같아서 잠시 귀를 기울이던 구울이 다시 움직이라는 신호를 카터에게 보냈다. 구울들에겐 여전히 카터를 도와야 하는 의무가 있었다. 카터는 보이지 않는 어둠 속이지만 먹다 버린 가스트의 시체들이 즐비하게 널려 있을 대학살의 현장을 떠나게 돼 마음이 가벼워졌다.

이윽고 구울들이 카터에게 멈추라는 신호를 보냈다. 카터는 드디어 거대한 돌문에 다다랐음을 깨달았다. 그 거대한 문을 활짝 열기는 애당초 불가능했지만, 구울들이 묘비로 문을 들어 올려 카터가 빠져나갈 정도의 틈만 벌려도 성공이었다. 그들은 사자가 관문을 지키고 있다는 으스스한 사커맨드로 가는 육로를 몰랐지만, 민첩성이 뛰어났다. 그래서 일이 끝나면 다시 계단을 내려가 거그의 도시를 통해 돌아갈 계획이었다.

구울 셋서 돌문을 들어 올리기가 힘겨워 보이자, 카터도 나름대로 힘을 보태 밀기 시작했다. 그들은 돌문의 오른쪽 가장자리가 가장 들어

올리기 좋다고 판단하고 그쪽에 온 힘을 집중했다. 잠시 후 빛이 틈새로 새어들었다. 카터는 틈새에 묘비의 끝이 향하도록 방향을 잡는 일을 맡았다. 이어서 구울들이 한차례 묘비를 힘껏 밀어 올렸다. 그러나 진전이 매우 더디었고, 묘비의 위치가 어긋날 때마다 바로 잡는데도 시간이 걸렸다.

갑자기 계단 밑에서 소리가 들리자, 절박감에 쫓겨 들어 올리는 힘이 몇 배로 강해졌다. 얼마 전 그들에게 당한 가스트의 시체가 밑으로 굴러떨어지는 소리였다. 그러나 시체가 갑자기 굴러떨어진 이유를 떠올린다면 조금도 안심할 수 있는 상황이 아니었다. 그래서 거그의 행동방식에 익숙한 구울들은 다시 한 번 죽을힘을 다했고, 갑자기 돌문이 번쩍 들려졌다. 그들이 비석을 잡고 지탱하는 동안 카터가 그 방향을 돌리자 돌문이 크게 벌어졌다. 카터는 구울의 질기고 단단한 어깨를 타고 올라갔다. 드림랜드의 축복받은 땅으로 빠져나가기까지 구울들이 그의 다리를 붙잡아 주었다. 잠시 후 구울들이 거대한 돌문을 닫으려고 기를 쓰는 동안, 밑에서 헐떡이는 숨소리가 들려왔다. 그레이트원의 분노 때문에 더 이상 돌문 위에는 거그의 무리가 나타날 수 없었다. 카터가 깊은 안도감과 평온을 느끼며 마법의 숲에서 두터운 균류 위에 조용히 누워 있는 동안, 밑에서는 그를 안내했던 구울들도 그들 특유의 방식으로 쪼그리고 앉아 휴식을 취했다.

마법의 숲은 그가 오랫동안 두려워했던 곳이지만, 막상 지하의 골짜기를 지나온 뒤에는 그처럼 천국 같고 기쁠 수가 없었다. 주그 족은 그 돌문을 피하기 때문에 주변에는 아무도 없었다. 카터는 밑에 있는 구울들과 함께 앞으로의 계획에 대해 의논했다. 그들은 이제 석탑을 다시 지나갈 엄두가 나지 않았지만, 현실 세계를 통해 돌아가자면 불의 동굴에 있는 나쉬트와 카만-타 사제를 지나야 하기 때문에 그 역시 내키지 않는 기색이었다. 결국 그들은 어떻게 가는지도 모르는 사커맨드와 심연의 관문을 통과하여 돌아가기로 결정했다.

카터는 사커맨드가 렝 아래 계곡에 있다는 것을 기억해 냈다. 렝에서 장사를 한다는 어느 불길한 사팔뜨기의 늙은 상인을 다이레스-린에서 만났던 것도 기억해 냈다. 그래서 들판을 가로질러 니르까지 간 다음 스카이 강을 따라 그 하구로 향하면서 다이레스-린을 찾으라고 구울들에게 알려주었다. 구울들은 카터의 말대로 하기로 결정하고, 어스름이 짙을 동안 지체 없이 길을 떠나기로 했다. 카터는 오싹한 구울들의 앞발을 마주 잡은 채, 도와준 것에 고마움을 표하고 한때 픽맨이었던 구울에게도 역시 고마움을 전해 달라고 말했다. 그러나 사라지는 구울 무리의 뒷모습을 보면서 그는 기쁘면서도 착잡하게 한숨을 쉬었다. 구울은 구울일 뿐, 인간에게는 기껏해야 불쾌한 무리에 지나지 않았기 때문이다. 카터는 물웅덩이를 찾아 지하에서 묻은 진흙을 닦고, 정성스럽게 보관해 온 옷으로 갈아입었다.

기괴한 나무들이 위압적으로 들어선 숲에는 어느덧 밤이 찾아왔으나, 푸른빛 덕분에 한낮처럼 움직일 수 있었다. 카터는 타나리안 언덕 너머 오스-나르가이의 셀레파이스로 향하는 잘 알려진 길을 따라 걷기 시작했다. 걷는 동안, 아주 오래전 멀리 오리에브의 엔그라네크에 있는 물푸레나무에 매어둔 얼룩말을 떠올리며 혹시 용암 수집가들이 얼룩말에게 먹이라도 주고 놓아주었는지 궁금했다. 그리고 바하나에 돌아가 야스 해안의 고대 폐허 속에서 무참히 살육된 얼룩말의 복수를 할 수 있을지, 늙은 여인숙 주인이 그를 기억하고 있을지 의구심이 들었다.

다시 찾은 드림랜드의 공기 속에서 이런저런 상념들이 떠올랐다. 그러나 불현듯 아주 크고 속이 빈 나무에서 들려온 소리 때문에 발걸음을 멈추었다. 당장은 주그와 만나고 싶은 생각이 없었기에 둥그렇게 돌이 세워져 있는 곳을 피해 갔다. 그러나 거목에서 요란하고 독특한 소리가 들려오는 것으로 봐서 주변에서 중요한 모임이 열리는 것 같았다. 거목에 점점 가까이 다가갈수록, 격앙되고 열띤 토론의 분위기가 느껴졌다. 얼마 후 토론의 내용이 그에게도 매우 중대한 문제임을 깨달았다. 주그의 최고 회의에서 지금 한창 논쟁 중인 주제가 고양이들과의 전쟁에 관한 것이었기 때문이다.

은밀히 카터의 뒤를 따라서 울타르에 갔던 주그들이 모두 죽었고, 그것은 고양이들이 불온한 의도로 처벌했기 때문이라는 판단에서 비롯된 문제 같았다. 주그들에게는 오랫동안 사무친 일이었다. 그래서 소집된 주그 군대가 적어도 한 달 안에 전체 고양잇과 종족을 대상으로, 무차별 기습 공격을 감행함으로써 울타르의 고양이들이 적절한 훈련과 전시 동원에 들어갈 기회마저 주지 않을 계획이었다. 그러므로 카터는 대장정을 떠나기에 앞서 주그의 계획을 저지해야만 했다.

랜돌프 카터는 아주 은밀하게 숲의 가장자리로 다가가 별빛 가득한 들판을 향해 고양이 울음소리를 냈다. 가까운 오두막에서 커다란 늙은 암고양이가 그 소리를 듣고 구불구불 펼쳐진 산간으로 다시 전하자, 큰 고양이, 작은 고양이, 검은색, 회색, 얼룩무늬, 흰색, 노란색, 각양각색의 고양이 전사들에게 카터의 소식이 울려 퍼졌다. 그 소리는 니르를 지나 스카이 강 너머 울타르까지 메아리쳤고, 울타르의 무수한 고양이들은 일제히 울음을 터뜨리며 대오를 갖추었다. 다행히 달이 뜨지 않은 밤이어서 모든 고양이들이 지상으로 모습을 드러냈다. 소리 없이 민첩하게 움직이면서 그들은 벽난로와 지붕을 뛰어넘어 노도처럼 평원을 지나

숲의 가장자리로 다가왔다.

카터는 그 곳에서 고양이들을 맞았고, 어둠의 심연에서 보고 지나온 것들을 떠올리면서 새삼 날렵하고 활달한 고양이들의 모습이 보기 좋다고 생각했다. 그는 존경하는 친구이자 울타르 파견대의 수장으로서 한차례 그의 목숨까지 구해 준 고양이를 만나 무척 기뻤다. 그 고양이의 매끄러운 목에 계급을 나타내는 목걸이가 걸려 있었고, 전투를 앞둔 긴장감으로 수염이 빳빳해져 있었다. 게다가 활달하고 젊은 중위는 울타르의 여인숙에서 아주 오래전 아침 카터가 크림이 듬뿍 담긴 접시를 주었던 새끼 고양이어서 감회가 더욱 새로웠다. 그는 어느덧 건장하고 전도유망한 고양이로 성장하여 카터와 악수를 나누며 우렁찬 울음을 토해냈다. 군대가 제격이라는 할아버지의 말대로, 그는 실전을 한 번 더 치르면 무난히 대장의 물망에 오를 예정이었다.

카터가 고양이 부족의 위험을 대충 설명하자, 여기저기서 고양이들이 그르렁거리며 고마움을 표했다. 그는 장군들과 의논을 하면서 주그의 회의장과 그 외의 본거지를 공격하는 등의 즉각적인 전략을 짰다. 주그의 급습을 봉쇄하고 그들이 군사적 침략에 나서기 전에 협정을 맺도록 압박한다는 계획이었다. 그래서 지체 없이 고양이들은 거대한 물결처럼 마법의 숲으로 쇄도해 들어갔고, 회의가 열리는 나무와 거대한 원형 광장을 에워쌌다. 고양이 무리를 본 주그들은 돌연한 공포에 빠져 극심한 동요를 보였지만, 교활하고 호기심 많은 그들 중에서 저항의 기미는 조금도 보이지 않았다. 그들은 승산이 없음을 알고, 복수보다는 살아남는 쪽을 택했다.

고양이들 중 절반이 포로가 된 주그들을 둥그렇게 에워싸고, 숲의 다른 지역에서 추가로 잡혀 올 포로들을 위해 작은 길 하나만 열어놓았다. 카터가 중재 역할을 맡은 가운데 본격적인 협상이 시작됐고, 주그 족이 숲에서 상대적으로 중요하지 않은 지역에 사는 상당수의 뇌조, 메추라기, 꿩 등의 공물을 고양이에게 바치는 조건으로 주그의 자유를 보장한다는 결정이 내려졌다. 승리자들은 12마리의 귀족 출신 주그들을 울타르에 있는 고양이 신전에 볼모로 잡아가는 한편, 주그가 관할하는 영토에서 고양이가 한 마리라도 사라지는 경우 엄청난 재앙이 뒤따를 것이라는 점도 분명히 했다. 그 같은 문제들이 해결되자, 고양이들은 포위망을 풀고 주그들이 하나씩 각자의 집으로 슬금슬금 빠져나가도록 놔두었다. 주그들은 언짢은 눈빛으로 뒤를 힐끔거리면서도 다급히 그 곳을 벗어났다.

주그 족이 전쟁 계획을 무산시킨 것에 앙심을 품고 잔악하게 복수를 할지 모른다면서, 늙은 고양이 장군은 카터가 가고자 하는 국경지대까지 호위해 주겠다고 말했다. 카터는 그 제의를 고맙게 받아들였다. 신변의 위험뿐 아니라 고양이 같은 우아한 동료와 함께 가는 것이 좋았기 때문이다. 쾌활하고 장난스러운 대군의 호위 속에서 랜돌프 카터는 무사히 임무를 마쳤다는 안도감을 느꼈다. 그는 거목이 울창하고 푸른빛이 도는 마법의 숲을 위풍당당 걸어가며 늙은 장군과 그의 손자에게 앞으로의 여정에 대해 말했다. 한편 다른 고양이들은 주변을 깡충거리며 바람에 실려 나부끼는 나뭇잎을 쫓아 태고의 숲에 핀 균류 사이를 뛰어다녔다. 늙은 고양이 장군은 차가운 황무지에 있는 미지의 카다스에 대해 많은 이야기를 들었지만, 그 곳이 어디인지는 모른다고 했다. 경이로운 황혼의 도시에 대해서는 들어본 일조차 없지만, 혹시 나중에라도 정보를 얻으면 전령을 보내서라도 기꺼이 알려주겠노라 했다.

그는 카터에게 드림랜드의 고양이 사이에서 아주 쓸 만한 암호를 몇 개 가르쳐 주었고, 목적지인 셀레파이스에 있는 고양이 종족의 우두머리를 찾아가라고 추천도 해주었다. 그 우두머리라면 몰타 출신의 고귀한 고양이로서 다방면에 막강한 영향력을 행사하는 등 카터도 약간은 아는 바가 있었다. 그들이 숲의 가장자리에 도착한 것은 새벽녘, 카터는 친구들에게 아쉬운 작별을 고했다. 새끼 고양이 때 만났던 젊은 중위가 카터를 따라가고 싶다고 하자 연로한 장군은 굳이 말리지 않았지만, 고양이 부족의 엄한 수장의 자격으로서 중위의 길이 부족과 군대에 있음을 알렸다. 그래서 카터는 버틀 강변을 따라 신비하게 펼쳐져 있는 황금 들판을 홀로 걸어갔고, 고양이들은 숲으로 돌아갔다.

카터는 세레네리안 해안의 숲 속에 펼쳐져 있는 '정원의 대지'에 대해 매우 잘 알고 있었으므로, 지절대는 오크라노스 강을 따라 흥겹게 걸었다. 관목과 잔디로 가득한, 완만한 비탈 너머 높게 솟은 태양은 산에 만발한 온갖 꽃의 색채를 도드라지게 만들었다. 아지랑이는 축복하듯 사방에서 피어올랐고, 눈 부신 햇살, 새와 벌의 흥겨운 여름 콧노래가 어느 곳에 더하고 덜함이 없었다. 그래서 그 곳을 걸어가는 이들은 동화 속을 거니는 기분을 느끼고, 나중에 기억하는 것보다 훨씬 더 많은 즐거움과 놀라움을 만끽하곤 했다.

정오 무렵 카터는 강가로 비스듬히 펼쳐진 키란의 벽옥 단구에 다다랐다. 그 곳에는 머나먼 바다 왕국, 이레크-바드의 왕이 1년에 한 번씩 오크라노스 신에게 기도하기 위해 황금 가마를 타고 들르는 아름다운 신전이 있었다. 이레크-바드의 왕이 강변의 오두막에 머물 때 오크라노스 신이 노래를 불러준 일도 있었다. 단구 전체가 신전이었으며, 1300평 대지에 신전의 벽과 정원, 7개의 뾰족탑이 들어서 있었다. 숨겨진 수로를 따라 강물이 흘러드는 내부의 성지에서 밤이면 신이 나지막이 노래를 불렀다. 정원과 테라스와 뾰족탑에 달빛이 비출 때 여러 차례 신기한 선율이 들려오곤 했지만, 그것이 신의 노래인지 은밀한 사제들의 찬송인지는 이레크-바드의 왕만 아는 일이었다. 오직 그만이 신전에 들어가거나 사제들을 알현할 수 있기 때문이었다. 섬세한 신전이 침묵에 잠겨있는 나른한 한낮, 카터는 거대한 강물의 웅얼거림, 새와 벌의 노랫소리를 들으며 황홀한 햇살 속을 묵묵히 걸어갔다.

　오후 내내 순례자는 향기로운 초원을 거닐고, 평화로운 오두막과 벽옥 혹은 금록옥으로 조각한 신들의 성지가 있는 강가의 산간 지대로 들어섰다. 종종 오크라노스 강둑을 가까이 지날 때면 수정처럼 깨끗한 강물에서 기분 좋게 노니는 오색의 물고기를 향해 휘파람을 불었고, 갑자기 분주해진 강물의 속삭임을 듣고 멀리 맞은편에서 강가까지 나무가 이어져 있는 거대한 숲을 응시하기도 했다. 예전에는 꿈속에서 기묘하고 육중한 뷰포스[94]들이 물을 먹기 위해 슬며시 숲에서 나오는 모습을 보기도 했지만, 이제는 아무것도 보이지 않았다. 이따금 그는 걸음을 멈추고 육식 물고기가 새를 잡아먹는 광경을 지켜보았다. 물고기는 유혹적인 비늘을 햇살에 살짝 드러내고 숨어 있다가 새가 접근하면 아주 커다란 입으로 덥석 물어 버렸다.

　저녁이 가까워져 오면서 수풀이 우거진 야트막한 언덕에 올라서자, 황혼 속에서 불타는 트란의 무수한 첨탑들이 나타났다. 경이로운 도시의 설화석고(雪花石膏)로 만든 벽들은 상상을 초월하는 높이로 가파르게 내륙으로 펼쳐지더니 꼭대기에 이르러 재질을 알 수 없는 견고한 하나의 덩어리로 합해졌다. 그곳은 기억보다 오래된 도시였다. 100개의 성문과 200개의 작은 탑으로 이루어진 성벽 자체도 높았지만, 황금색 첨탑 아래 희디흰 색으로 모여든 석탑 역시 높이를 가늠할 수 없었다.

그래서 그 주변 평지에서 바라보면, 하늘을 찌를 듯 솟구친 탑들이 때론 깨끗하게 빛나며 때론 구름과 안개에 꼭대기가 가려 있고, 때론 낮게 걸린 구름을 굽어보며 수증기 속에서 번뜩이기도 하였다. 트란의 성문이 강변으로 열려 있는 곳은 대리석의 거대한 항구로서, 향기로운 삼나무와 흑단으로 만들어진 갤리온 선이 얌전히 정박해 있었다. 그리고 이상하게 수염을 기른 선원들이 머나먼 나라의 상형 문자가 새겨진 들통과 짐짝 위에 앉아 있었다. 성벽 너머 내륙 쪽으로는 농촌 마을이 펼쳐져 있는데, 아담한 흰색의 촌가들이 작은 산을 사이에 두고 꿈에 잠겨 있었다. 숱한 돌다리와 함께 비좁은 길들은 시내와 밭 사이를 우아하게 줄달음치고 있었다.

땅거미가 지는 동안, 카터는 신록의 대지를 따라 내려가며 강에서 트란의 황금빛 첨탑까지 걸려 있는 저녁놀을 바라보았다. 완전히 어둠이 내려앉을 무렵 그는 남쪽 성문에 다다랐지만 붉은 제복을 입은 보초의 제지를 받자, 지금까지 지나온 세 개의 꿈을 말해 주며 그 자신이 몽상가로서 트란의 가파르고 신비한 길을 올라 시장에서 화려한 갤리온 선에 실려 온 물건들을 구경할 만한 인물이라고 입증해 보였다. 이윽고 그는 경이로운 도시로 들어갈 수 있었다.

성벽이 얼마나 두꺼운지 성문 자체가 터널처럼 길었다. 그곳에서부터 하늘 높이 솟구친 석탑 사이로 구불구불하고 비좁은 길이 끝없이 굽이치고 있었다. 발코니가 있는 격자 창문에서 불빛이 새어나왔고, 대리석 분수가 부글거리는 정원 안쪽에서 류트와 피리 소리가 들려왔다. 길을 잘 알고 있는 카터는 어두운 거리를 지나 강가의 낡은 여인숙으로 향했다. 그 곳에 이전의 숱한 꿈속에서 보았던 선장과 선원들이 묵고 있었다. 그는 셀레파이스로 가는 거대한 녹색 갤리온 선을 예약하고,

여인숙에서 하룻밤 묵으며 위엄 있는 고양이와 진지한 대화를 나누었다. 그 고양이는 거대한 벽난로 앞에서 오래전의 전쟁과 잊힌 신들을 추억하며 나른한 눈빛에 취해 있었다.

다음날 아침, 카터는 셀레파이스로 가는 갤리온 선에 올라 뱃머리에 자리를 잡았다. 밧줄이 치워지고, 바야흐로 세레네리안 해를 따라 기나긴 여정이 시작되었다. 한참 동안은 트란과 흡사한 풍경이 그대로 이어지면서 이따금 오른쪽 멀리 언덕 위로 신기한 신전이 솟아 있고, 해안에는 경사진 붉은 지붕과 그물을 펼쳐 놓은 마을들이 몽롱하게 스쳐 갔다. 카터는 의욕적으로 선원들에게 셀레파이스의 여인숙에서 만났던 사람들에 대해 물어보았다. 길고 좁은 눈매와 길게 늘어진 귓불, 가늘고 오뚝한 코, 날카로운 턱을 하고 북쪽에서 검은 배에 마노를 싣고 와서 셀레파이스의 비취와 금실, 붉은 명금과 맞바꾸는 사람들의 이름과 생활에 대해 물었다. 선원들은 그들에 대해 말을 삼가고 외경심을 보일 뿐 그리 자세히 알고 있지는 못했다.

그들이 사는 곳은 인가노크라는 아주 머나먼 곳으로, 춥고 어두울 뿐 아니라 으스스한 렝 고원이 가까이 있어서 사람들이 가기를 꺼린다고 했다. 그러나 아주 험준한 산맥들이 렝을 에워싸고 있는 터라, 실제로 그 사악한 고원의 소름 끼치는 돌집 마을과 오싹한 수도원이 어디에 있는지, 아니면 달빛을 등지고 음산하게 서성이는 엄청난 높이의 산봉우리들을 보고 소심한 사람들이 두려움 때문에 지어낸 풍문에 불과한 것인지 확인할 수 없는 게 현실이었다. 분명한 것은 사람들이 여러 개의 다른 대양을 거쳐 렝에 도달했다는 점이다. 인가노크의 경계가 어디부터인지, 선원들은 알지 못했다. 그들은 모호하고 근거 없는 풍문 외에는 차가운 황무지와 미지의 카다스에 대해서도 들어보지 못했다. 사정이 그렇다 보니 카터가 찾고 있는 경이로운 황혼의 도시에 대해서는 전혀 아는 바가 없었다. 그래서 카터는 더 이상 자세한 얘기들은 묻지 못했고, 춥고 어두운 인가노크에 머물면서 엔그라네크의 조각상을 닮아 신의 후손이 분명한 사람들과 직접 대면할 기회를 기다리는 수밖에 없었다.

그날 늦게 갤리온 선은 클레드의 향기로운 정글을 관통하는 여울로 들어섰다. 카터는 그쯤에서 내리는 것이 좋을 것 같았다. 열대의 정글 속에 예전의 모습 그대로 쓸쓸한 잠에 빠져 있는 상아의 궁전에 지금은 잊혀진 전설의 군주들이 살았다고 전해지기 때문이었다. 엘더원이 다시 사용할 생각으로 마법을 걸어 놓아서 궁전은 온전한 모습으로 남아 있었다. 궁전을 지키는 수호자들 때문에 감히 가까이 가본 사람은 없지만, 달빛에 의지해 멀리서나마 코끼리를 탄 카라반들이 그 곳을 얼핏 보는 일은 있었다. 그러나 배는 질주를 계속했으며, 어둠은 한낮의 소음을 잠재우고 강둑의 때 이른 반딧불에 화답하듯 첫 별이 얼굴을 내미는 동안, 어느새 정글은 추억처럼 향기만 남긴 채 멀어졌다. 갤리온 선은 밤새 볼 수도 상상할 수도 없는 비밀들을 스쳐 갔다. 한번은 동쪽 언덕에 불빛이 있다는 망꾼의 보고가 있었지만, 졸음에 겨운 선장은 누가 불을 켰는지 알 길이 없으니 애써 살펴볼 필요가 없다고만 말하는 것이었다.

아침이 밝자, 강줄기가 매우 넓어졌다. 카터는 세레네리안 해의 흐라니스라는 거대한 상업 도시에 인접한 강변을 따라 줄지어 있는 집들을 바라보았다. 울퉁불퉁한 화강암으로 이루어진 성벽과 대들보, 회반죽 박공이 있는 기이할 정도로 뾰족한 지붕의 집들도 지나갔다. 흐라니스 사람들은 드림랜드의 어느 곳보다 현실 세계에 가까워 보였다. 그래서 그 도시는 단순히 교역을 위한 장소가 아니라 장인들의 탁월한 작품들이 경연을 벌이는 각축장이었다. 오크로 만들어진 흐라니스 부두에서 선장이 선술집에 들른 동안 갤리온 선은 정박 준비를 했다.

카터도 배에서 내려 바퀴 자국으로 어지러운 도로를 가득 메운 황소마차와 자신들의 상품을 목청껏 알리는 상인들을 호기심 있게 바라보았다. 선술집은 전부 자갈이 깔리고 높은 파도의 물보라가 섞이는 부둣가에 몰려 있었는데, 검은색 들보가 낮은 천장과 녹색의 둥근 창틀을 포함해 무척이나 낡은 모습들이었다. 선술집에 모인 늙은 선원들은 멀리 있는 항구와 어스름의 도시 인가노크에서 온 기이한 남자들에 대해 많은 이야기를 했지만, 갤리온 선의 선원들에게 들은 것과 별반 차이는 없었다. 물건을 싣고 내리기를 수차례, 마침내 갤리온 선은 황혼의 바다를 향해 닻을 올렸다. 하루의 마지막 황금빛 햇살과 더불어 점점 작아지는 흐라니스의 담장과 박공들은 어떤 사람도 경험할 수 없는 경이로움과 아름다움을 선사했다.

두 번의 밤과 낮이 지나고, 갤리온 선이 세레네리안 해로 미끄러지는 동안, 육지나 다른 배는 눈에 띄지 않았다. 다음날 저녁 무렵, 낮은 비탈에 은행나무가 흔들리는 눈 덮인 아란 봉이 앞에 모습을 드러내자, 카터는 드디어 오스-나르가이와 경이로운 도시 셀레파이스에 도착했음을 알았다. 곧바로 환상의 도시를 알리는 번쩍이는 광탑과 청동 조각상이 있는 깨끗한 대리석 성벽, 나락사[95]가 바다와 만나는 거대한 돌다리가 눈에 띄었다. 잇따라 도시 뒤편에 나타난 완만한 산들은 백합 정원과 관목, 작은 성지와 촌가를 품고 있었다. 그리고 산 너머 멀리 험준하고도 신비한 타나리안의 붉은 산등성이가 펼쳐져 있는데, 그 곳 너머 현실 세계와 또 다른 드림랜드로 갈 수 있는 금기의 길들이 놓여 있었다.

항구에 붐비는 형형색색의 갤리 선 중에는 바다와 하늘이 만나는 영원의 공간, 세라니언[96]의 구름 도시에서 온 배도 있었다. 어떤 배는 드림랜드에서도 좀 더 현실에 가까운 지역에서 온 것 같았다. 그들 선원 중에는 향기가 좋은 선창 쪽으로 성큼성큼 걸어오는 이들도 있었다. 그곳에 갤리온 선이 어스름을 받으며 정박을 준비하는 동안, 때마침 물 위로 도시의 휘황찬란한 불빛이 반짝이기 시작했다. 그 곳에서는 시간도 변색이나 파괴의 힘을 잃어서 영원한 환상의 도시처럼 보였다. 예전과 변함없이 나스-호르사스[97]의 터키옥(玉)을 그대로 간직하고, 여든 개의 난초 화환을 쓴 사제들도 만 년 전에 도시를 세웠을 때에 비해 조금도 변하지 않은 모습이었다. 거대한 청동 관문이 여전히 빛을 발하는 가운데, 마노로 포장한 도로는 티끌만치도 풍파에 찌들거나 부서진 흔적이 없었다. 성벽에서 상인들과 낙타 몰이꾼을 굽어보는 거대한 청동 상은 전설보다도 오래된 것이지만 여러 갈래의 수염에는 잿빛 먼지 하나 보이지 않았다.

카터는 신전이나 궁전 혹은 성을 찾아가지 않고 줄곧 상인들과 선원들 사이에 묻혀 바다 쪽 성벽 부근에 머물렀다. 곧 날이 어두워져 그가 잘 아는 여인숙에서 더 이상 풍문과 전설을 전해 듣기에는 시간이 늦었으므로 미지의 카다스와 신들을 꿈꾸며 잠자리에 들었다. 다음날, 그는 인가노크의 기이한 선원들에 대해 사방으로 수소문했지만, 그들 중에서 지금 항구에 있는 이는 한 사람도 없으며 지난 2주 동안 북쪽에서 온 갤리선도 없다는 말만 들었다. 그러나 인가노크의 어스름한 마노 채석장에서 일한 적이 있다는 토라보니언 선원을 만날 수 있었다. 그 선원의 말에 따르면 그 곳은 사람들이 사는 북쪽 지류에 있으며 모든 이들이 두려워 피한다고 했다. 악마와 정체 모를 수호자들에 관한 풍문도 있지만, 그 황량한 지역은 소름 끼치는 렝 고원으로 가는 무시무시한 산봉우리 인근에 있어서 사람들이 두려워한다는 것이었다. 그곳이 전설에서 미지의 카다스가 있다는 황무지인지는 그도 모르지만, 악마니 수호자니 하는 존재들은 그런 곳에 머물 이유가 없으므로 소문이 틀렸을 거라고 덧붙였다.

다음날 카터는 기둥의 거리를 따라 터키옥 신전까지 올라가 제사장과 이야기를 나누었다. 셀레파이스에서 나스-호르사스를 주로 숭배하지만, 한낮의 기도자들 사이에서 그레이트원이 늘 불린다고 했다. 제사장은 그런 분위기를 적절한 운문으로 표현했다. 멀리 울타르에 있는 아탈처럼 제사장 역시 그레이트원을 직접 찾아갈 생각은 말라고 충고했다. 그들은 까다롭고 변덕스러울 뿐 아니라 '기어드는 혼돈, 니알라토텝'이 화신이자 사자로 있는 외계 신들의 보호까지 받고 있다는 것이었다. 경이로운 황혼의 도시 뒤에 숨겨진 그들의 질투심으로 판단컨대, 그들은 카터가 그곳에 도달하는 것을 원치 않으며, 그들을 보고 간청하려는 방문자를 어떻게 대할지도 의문이라고 했다. 지금까지 카다스를 발견한 인간은 없었으며, 앞으로도 그러는 편이 이롭다고도 했다. 게다가 그레이트원이 산다는 마노 성에 관한 풍문들은 도저히 믿을 수 없다는 것이었다.

난초 화관을 쓴 제사장에게 감사의 뜻을 전하고, 카터는 신전을 떠나 셀레파이스의 우두머리 고양이가 느긋하게 여생을 보내고 있다는 목양업자의 시장을 찾아갔다. 그 잿빛의 위엄 있는 고양이는 마노 거리에서 정체를 숨긴 채, 방문자가 다가오는 동안 힘없는 앞발을 쭉 뻗어 보였다. 그러나 카터가 암호를 수차례 되풀이하면서 울타르에 있는 노

(老)장군의 소개를 받았다고 알리자, 그 원로 고양이도 이내 태도를 바꿔 성심껏 대화에 응했다. 고양이는 오스-나르가이의 해변 기슭에 사는 고양이 부족에게 전해지는 비밀의 전설들을 자세히 알려주었다. 무엇보다 고양이들이 얼씬도 하지 않는 인가노크의 검은 배와 그 선원들에 대해 셀레파이스의 선창에 산다는 겁 많은 고양이들의 이야기를 빌어 넌지시 알려준 것이 카터에게 큰 소득이었다.

고양이들이 그 배를 피하는 이유는 아니지만, 그 선원들은 지상의 것이 아닌 영기를 지니고 있었다. 그 때문에 고양이들은 인가노크 선원들의 그림자를 견디지 못했고, 그 차가운 황혼의 제국에 기분 좋은 그르렁거림이나 야옹하는 울음소리는 들리지 않았다. 온갖 억측이 난무하는 가운데 감히 넘을 수 없는 렝의 산봉우리에 산다는 존재들 때문인지, 아니면 차가운 사막에서 북쪽으로 스며든 그 무엇의 기운 때문인지는 아무도 단정할 수 없었다. 그러나 그 머나먼 땅에 인간보다 예민한 고양이들이 싫어하는 외계의 흔적이 있음은 분명했다. 그러므로 고양이들은 인가노크의 현무암 방파제로 향하는 검은 배에는 절대로 오르려 하지 않았다.

늙은 고양이 우두머리는 카터의 친구인 쿠라네스 왕을 어디 가면 만날 수 있는지 알려주었다. 카터가 최근에 꾼 꿈에서 쿠라네스는 셀레파이스에 있는 '70가지 환희'라는 장밋빛 석영 궁전과 세라니언의 하늘에 떠 있는 구름 요새를 번갈아 통치했었다. 그는 더 이상 그런 곳에서 만족을 얻지 못하고 유년 시절의 영국 절벽과 목초지를 몹시 그리워하는 것 같았다. 꿈결 같은 아담한 마을에서 저녁때면 격자 창문 너머 영국의 오랜 민요가 새어나오고, 회색 빛 교회 첨탑들이 멀리 푸른 계곡 사이로 아름답게 나타났다. 그는 현실 세계의 그 마을로 다시 돌아갈 수 없었다. 그의 육신은 이미 죽었기 때문이다.

그러나 그는 차선책으로 해안 절벽에서 타나리안 언덕 초입까지 초원이 우아하게 펼쳐져 있는 셀레파이스의 동쪽 시골 마을을 바라보며 현실 세계의 자취를 꿈속에 그려보았다. 꿈속에서 그는 바다를 내려다보는 고딕풍의 회색 석조 저택에 머물며, 그 곳이 바로 그가 태어나고 13대 가문 대대로 자손이 태어난 옛날의 트레버 타워스라고 생각했다. 그리고 가까운 해변에 콘웰식 아담한 어촌과 가파른 자갈길을 만들고, 영국인을 가장 많이 닮은 사람들과 함께 지내며 고대 콘웰 어부들의 말까지 가르치려고 애썼다. 그의 집 창가에서도 보일 만큼 멀지 않은 계곡에 거대한 노르만 대성당을 세우고, 그 주변에 마련한 묘지에 선조들의 이름을 새긴 회색 돌을 갖다 놓고 고대 영국의 이끼와 흡사한 이끼류로 덮었다. 쿠라네스는 꿈의 세계에서 화려함과 기적, 웅장함과 아름다움, 환희와 기쁨, 새로움과 전율 등의 모든 것을 소유했지만, 순수하고 고요한 영국에서의 순박했던 어린 시절을 영원히 되찾을 수만 있다면 그 모든 힘과 쾌락과 자유를 기꺼이 포기할 생각이었다. 그 아름답고 예스러운 영국은 그가 하나의 인격체로 자란 곳이자, 변치 않을 그의 일부분이었다.

그래서 카터는 늙은 고양이에게 작별을 고한 뒤, 장밋빛 석영으로 층층이 지워진 궁전 대신에 동쪽 관문을 지났고, 해안 절벽까지 이어진 오크 숲 사이로 언뜻 스치는 뾰족한 박공을 향해 데이지가 핀 들판을 가로질렀다. 거대한 울타리와 작은 벽돌집이 딸린 관문이 나타났을 때, 그가 종을 울리자 그를 맞이하기 위해 뒤뚱거리며 나타난 이는 제복을 입은 궁전의 하인이 아니라 작업복 차림의 땅딸막한 남자로, 그는 콘웰의 말투를 간신히 흉내 냈다. 카터는 영국의 나무와 흡사하게 생긴 수풀 사이 응달진 길을 걸어갔고, 앤 여왕 시대처럼 정원 사이에 나 있는 테라스로 올라섰다. 양쪽에 돌을 두른 현관에는 익숙한 풍경처럼 고양이들이 앉아 있었고, 구레나룻을 기른 집사가 제복 차림으로 나타났다. 집사는 곧바로 그를 서재로 안내했다. 그곳에 오스-나르가이와 세라니언 창공의 군주 쿠라네스가 생각에 골몰한 표정으로 창가에 앉아 있었다. 그는 자신의 아담한 해변 마을을 바라보며, 마차가 기다리고 어머니는 거의 인내심을 잃기 직전인데도 교구 목사의 집에서 열리는 끔찍한 원유회에 갈 준비를 못 했다며 늙은 보모라도 나타나 잔소리를 해주었으면 하고 바라고 있었다.

쿠라네스는 당대 런던의 재봉사들 사이에서 유행이던 목욕용 덧옷 차림으로 벌떡 일어서 손님을 반겼다. 현실 세계의 앵글로색슨족과 비슷하다면, 콘월이 아니라 보스턴이나 매사추세츠에서 온 색슨족이라도 그에겐 더없이 소중한 손님이었다. 그들은 오랫동안 옛 시절을 화제로 삼았다. 둘 다 노련한 몽상가로서 환상적인 장소의 놀라움을 운문으로 표현하는 데 능했으므로 꽤 많은 이야기가 오갔다. 실제로 쿠라네스는 절대 공간의 행성 너머까지 다녀왔으며, 그런 여정에서 제정신으로 돌아온 유일한 인물로 알려져 있었다.

마침내 카터는 자신의 탐험을 화제에 올리며 지금까지 다른 이들에게 찾아온 해답을 집주인에게 구했다. 쿠라네스는 카다스나 경이로운 황혼의 도시가 어디 있는지 알지 못했다. 그러나 그레이트원은 애써 찾아가기엔 매우 위험한 상대고, 외계의 신들이 기묘한 방법으로 무례한 호기심으로부터 그들을 보호하고 있다는 사실만은 알고 있었다. 그는 머나먼 다른 공간에 외계의 신들이 있으며, 특히 그 곳에는 형태는 없되 색채를 띤 기체들이 가장 심오한 비밀을 탐구하고 있다고 말했다.

'스은가크'라는 보라색 기체가 그에게 기어드는 혼돈 니알라토텝에 대해 말해 주었고, 악마의 제왕 아자토스가 어둠 속에서 굶주린 채 이를 갈고 있는 중앙의 공간에 얼씬도 말라고 경고했다는 것이다. 뿐만 아니라, 엘더원에 관심을 갖는 것도 바람직하지 않다고 했다. 즉, 그들이 시종일관 경이로운 도시에 대해 접근을 거부한다면, 애써 찾지 말고 내버려두라는 것이었다.

쿠라네스는 자신이 직접 다녀온 도시에 대해서도 카터가 얻을 것이 없다며 회의적이었다. 그는 오랫동안 아름다운 셀레파이스와 오스-나르가이의 땅을 꿈꾸고 갈망해 왔는데, 그 이유는 속박과 인습, 우매함에서 벗어나 삶의 자유와 운치, 수준 높은 경험을 원했기 때문이었다. 그러나 그 도시와 그 땅에 들어와 왕이 된 지금, 그는 자유와 생기가 얼마나 순식간에 사라졌는지, 그래서 무의미한 단조로움만이 그의 감정과 기억을 채우고 있음을 깨달았다. 그는 오스-나르가이의 왕이지만 아무런 의미를 찾지 못하고, 그의 유년을 형성하는 오래전 영국의 익숙한 것들을 떠올리며 의기소침해졌다. 왕국 전체를 콘웰의 교회 종소리로 채우고, 셀레파이스의 수천 개 광탑을 고향 마을의 경사진 지붕처럼 꾸며 놓기도 했다. 그래서 그는 황혼의 도시를 찾더라도 카터가 그리 만족하지 못할 거라면서 차라리 흐릿한 꿈의 영광 속에 남겨놓는 편이 낫다고 말했다. 그는 현실 세계에서 종종 카터를 방문했으므로 그가 태어난 아름다운 뉴잉글랜드의 산들을 잘 알고 있었다.

마침내 쿠라네스는, 카터가 결국은 유년 시절의 기억을 동경만 하게 되리라 확신했다. 저녁 무렵 비컨 언덕에 타오르는 석양, 예스러운 킹스포트의 기다란 첨탑과 굽이치는 산길, 오래되고 흉흉한 아컴의 고색창연한 맞배지붕, 자유롭게 줄달음치는 돌담과 울창한 나무 그늘 사이로 흰색 농가의 박공이 스치는 축복의 초원과 계곡이 그것이었다. 쿠라네스가 그런 말을 했으나, 카터는 여전히 자신의 목적을 포기하지 않았다. 결국 그들은 각자의 신념을 확인한 채 작별을 고했고, 카터는 청동관문을 지나 다시 셀레파이스와 방파제에 인접한 기둥의 거리로 돌아왔다. 그곳에서 멀리 항구에서 온 선원들과 이야기를 나누며 그레이트 원의 후손으로서 기이한 용모를 하고 마노를 파는 선원들이 차갑고 어두운 인가노크에서 검은 배를 타고 나타나기를 기다렸다.

별빛이 빛나는 어느 날 밤, 파로스⁹⁸⁾ 등대가 항구를 환히 비추고 있을 때, 그토록 기다리던 배가 들어왔다. 기이한 얼굴의 선원과 상인들이 방파제를 따라 줄지어 있는 낡은 여인숙으로 삼삼오오 찾아들었다. 엔그라네크의 조각상과 닮은 얼굴들을 다시 보게 된 것은 몹시 설레는 일이었지만, 카터는 그 과묵한 선원들과 말을 하려고 서두르지 않았다. 신의 후손들에게 얼마나 큰 자부심과 비밀, 천상의 기억이 남아 있을지 장담할 수 없었다. 게다가 자신의 여행 목적을 말하거나 석양의 땅 북쪽에 펼쳐져 있는 차가운 황무지에 대해 너무 자세히 묻는 것도 분명 현명치 못한 일이었다. 그들은 부두의 낡은 여인숙에서 다른 사람들과는 대화를 거의 하지 않았다. 그러나 먼 곳에서 온 사람들 사이에 무리 지어 이국적인 곡조로 자기들끼리 노래를 하거나 드림랜드에서도 생경한 언어로 서로에게 긴 이야기를 들려주고는 했다. 그들의 노래와 이야기는 너무도 진기하고 감동적이어서 보통 사람들에게는 이상한 운율과 뜻 모를 가락으로만 들릴 뿐이지만, 그들의 얼굴을 보고 있으면 나름대로 놀라운 추측을 할 수도 있었다.

일주일 동안 이상한 선원들이 여인숙에 머물며 셀레파이스의 시장에서 거래한 뒤, 다시 항해에 나서기 전, 카터는 자신이 오래전부터 마노를 취급하는 광산업자로서 그들의 광산에서 일하고 싶다고 말함으로써 함께 승선해도 좋다는 허가를 받았다. 그 배는 아주 아름답고 빈틈없이 축조된 것으로, 흑단 장식과 황금 격자가 있는 티크 재목을 사용하고, 선실은 비단과 벨벳이 걸려 있었다. 조수가 바뀌는 어느 날 아침, 올려진 닻이 경쾌하게 움직일 때, 카터는 높은 고물에 서서 일출로 이글거리는 성벽과 청동 조각상, 유구한 셀레파이스의 황금빛 광탑들이 멀리 사라지고, 맨 산의 눈 덮인 봉우리가 점점 작아지는 광경을 바라보았다. 세레네리안 해의 부드러운 푸른 수면 외에는 아무것도 보이지 않는 정오 무렵, 색칠한 갤리선 한 척이 바다와 하늘이 만난다는 세라니언 왕국을 향해 멀리 대장정에 오르고 있었다.

눈부신 별들과 함께 밤이 찾아오자, 검은 배는 유유히 북극성을 돌아 북두칠성과 작은곰자리로 방향을 잡았다. 선원들은 미지의 땅을 주제로 기이한 노래들을 부르다 하나둘 조용히 선실로 사라졌지만, 긴장한 망꾼들은 난간에 몸을 기대고 옛 노래를 웅얼거리며 이물 쪽 바닷속에서 뛰노는 밝은색 고기를 힐끔거렸다. 카터가 자정에 잠자리에 들었다가 아침이 채 밝기 전에 일어났을 때, 태양은 평소보다 훨씬 남쪽으로 멀어진 것처럼 보였다. 이튿날 온종일 그는 선원들과 서로 얼굴을 익히며 그들의 차가운 석양의 땅과 훌륭한 마노 도시, 렝 고원이 있다는 높고 험준한 산봉우리 너머 그들이 간직한 두려움에 대해 조금씩 말을 주고받았다. 그들은 인가노크에 고양이가 없어서 유감이며, 아마 렝 고원이 가까이 있다는 이유 때문일 거라고 말했다. 그러나 북쪽의 험준한 사막에 대해서는 그들도 입을 열지 않았다. 그 사막과 관련해 불안한 것이 있으며, 사막 자체가 있다는 사실을 애써 부인함으로써 평온을 얻고자 하는 것 같았다.

그 다음 날부터는 카터가 일하게 될 채석장에 대한 말들이 많았다. 인가노크 도시 전체가 마노로 이루어져 있어서 채석장은 많지만, 거대하게 다듬은 마노 덩어리는 리나르, 오그로댄, 셀레파이스 그리고 고향에서 거래하는데, 주로 트라아, 일라네크, 카다세론 등지의 전설적인 항구에서 나는 아름다운 물건과 맞바꾼다고 했다. 그리고 북쪽 멀리, 인가노크 사람들이 인정하지 않으려는 차가운 사막 인근에 어느 곳보다 거대하고 풍부한 채석장이 있었다. 오래전부터 일정한 부피와 윤곽이 패인 빈자리는 보는 이에게 공포감을 자아냈다. 누가 그토록 엄청난 크기로 파냈으며 과연 운반을 제대로 했을지 아무도 짐작할 수 없었다. 그러나 인류 이외의 기억이 집요하게 떠도는 그 채석장에 대해서는 모른 척하는 것이 상책으로 받아들여졌다. 그래서 그 곳은 석양의 도시에서도 완전히 고립된 지역으로 남았으며, 오로지 까마귀와 풍문으로 나도는 샨타크 새가 무한히 번식하고 있었다. 카터는 그 말을 듣고 깊은 생각에 골몰했는데, 그레이트원들이 머문다는 곳이 바로 미지의 카다스 정상에 있는 마노 성이었기 때문이다.

날이 갈수록 태양은 하늘에서 점점 더 낮게 떠오르고, 안개는 짙어졌다. 그리고 2주 후에는 햇빛이 전혀 보이지 않았고, 낮에는 기묘한 잿빛 석양이 창공을 수놓았다. 별이 없는 밤에는 구름 밑에서 싸늘한 푸른색 빛이 흘러나오는 것이 전부였다. 20일째, 멀리에서 들쭉날쭉 나타난 거대한 암벽은 아란 산의 눈 덮인 봉우리를 멀리한 이후 처음으로 발견한 육지였다. 카터는 선장에게 그 암벽의 이름을 물었지만, 돌아온 답변은 이름이 없으며 밤에 그곳에서 들리는 소리 때문에 배들이 접근하지 않는다는 말이었다. 날이 저물고 그 들쭉날쭉한 화강암에서 둔중하고 끝없는 울부짖음이 들려오자, 카터는 그곳을 그냥 지나친 것이나 암벽에 이름이 없는 것이나 모두 다행이라고 여겼다. 선원들은 귓가에서 소리가 사라질 때까지 기도를 하고 찬송을 불렀다. 카터는 몇 시간 잠을 자는 동안 끔찍한 꿈을 꾸었다.

그로부터 두 번의 아침이 지났을 때, 멀리 동쪽 전방으로 석양의 세계답게 구름에 가려진 거대한 회색 산봉우리들이 줄지어 나타났다. 그 모습을 접한 선원들은 기쁨의 노래를 불렀고, 그 중에는 갑판에 무릎을 꿇고 기도를 올리는 이도 있어서 카터는 마침내 인가노크에 도착했으며 곧이어 거대 도시의 현무암 부두에 들어서리라 짐작했다. 정오가 가까워지면서 검은색 해안선이 나타났고, 3시가 되기 전, 북쪽을 등지고 구근 모양의 돔형 건물과 마노 도시의 아름다운 첨탑들이 다가왔다. 성벽과 부두 위로 솟아 있는 고대 도시는 참으로 진기하고 기묘했다. 소용돌이 장식과 세로 홈 장식, 금을 상감한 아라베스크 무늬와 검은색 마노가 우아하게 어우러져 있었다.

집들은 높고 창문이 많았다. 사방을 에워싼 화단과 어두운 대칭 구조물은 보는 이의 마음에 현기증과 함께 경쾌함보다는 예리한 아름다움을 일깨웠다. 한쪽이 가늘어진 돔형 건물이 있는가 하면, 기이함과 상상력의 극단을 보여주며 무리진 광탑 위에 피라미드처럼 겹겹이 쌓인 건물도 있었다. 야트막한 성벽에 관문이 많이 설치되어 있었고, 관문마다 거대한 아치 밑 부분에 머나먼 엔그라네크의 기괴한 얼굴 조각상과 똑같은 기법으로 신의 두상이 조각돼 있었다. 한복판의 언덕 위에는 가장 거대한 16각의 탑이 세워져 있는데, 평평한 돔형의 꼭대기 부분에서 종루가 눈에 들어왔다. 선원들은 그 탑이 엘더원의 신전이며, 깊은 비밀을 알고 시름에 잠겨 있는 늙은 제사장이 다스리는 곳이라고 말했다.

일정한 간격으로 괴이한 종소리가 마노 도시에 울려 퍼졌고, 그때마다 뿔 나팔과 비올, 찬송하는 목소리가 신비하게 화답했다. 신전의 높은 돔형 지붕을 따라 늘어선 청동 제단에서 한동안 불꽃이 타올랐다. 그 도시의 사제와 시민들은 태고의 신비에 밝았으며, 『프나코틱 필사본』보다 오래된 두루마리에 새겨진 그레이트원들의 리듬을 충실히 지켰다. 배가 거대한 현무암 방파제를 지나 부두로 들어서자, 도시의 소음이 또렷해졌다. 카터는 부두에서 노예와 선원, 상인들을 보았다. 선원과 상인들은 신의 종족임을 드러내는 이상한 얼굴이었지만, 노예들은 렝 고원 너머의 계곡부터 험준한 산봉우리 인근에 유랑한다는, 풍문대로 땅딸막한 체구에 사팔뜨기 모습이었다. 부두는 도시 성벽 외곽으로 넓게 펼쳐져 있었다. 어디에나 정박한 갤리선에서 나온 물건들이 즐비하게 쌓여 있는 반면, 한쪽 끝에는 조각하거나 가공하지 않은 마노 더미가 리나르, 오그라댄, 셀레파이스의 시장으로 가기 위해 선적을 기다리고 있었다.

검은 배가 돌출한 석조 부두에 정박한 건 저녁이 채 되기 전, 선원과 상인들은 모두 무리를 지어 배에서 내려 아치문을 통해 도시로 들어갔다. 마노로 포장이 되어 있는 도시의 거리들은 넓고 곧게 뻗은 것에서 구불구불하고 비좁은 것에 이르기까지 제각각이었다. 물가 가까운 집들은 다른 곳에 비해 낮았고, 신기한 아치문 위에 저마다 좋아하는 작은 신들의 형상을 금으로 새겨놓았다.

선장은 멀리서 온 선원들이 주로 묵는 여인숙으로 카터를 데려가면서 다음날 황혼의 도시에서 진기한 것들을 구경시켜 주고, 북쪽 성벽에 있는 마노 광부들의 여인숙으로 안내하겠다고 약속했다. 밤이 되자, 작은 청동 램프에 불이 켜졌고, 여인숙에 모인 선원들은 머나먼 타향의 노래를 불렀다. 그러나 도시의 높은 석탑에서 거대한 종소리가 울려 퍼지고, 뿔 나팔과 비올, 기도의 목소리가 천둥처럼 도시를 휩쓸자, 선원들은 노래와 잡담을 멈추고 소리의 여운이 사라질 때까지 묵묵히 절을 올렸다. 인가노크라는 석양의 도시에서 느껴지는 놀라움과 기이함 때문에 사람들은 도시의 제의를 무시하다가는 뜻밖의 파멸과 복수를 당할지 모른다고 두려워했다.

카터는 여인숙의 구석 자리에서 땅딸막한 사내를 발견했는데, 그는 아주 오래전 다이레스-린의 여인숙에서 보았던 늙은 사팔뜨기 상인과 아주 흡사해서 꺼림칙한 마음이 들게 했다. 그때 만난 상인은 건전한 사람이라면 방문하지 않는다는, 그 곳의 사악한 불꽃을 밤이면 멀리서도 볼 수 있다는 렝 고원의 오싹한 석기 마을과 거래를 할 뿐 아니라, 심지어 노란색 비단 가면을 쓰고 선사 시대의 석조 수도원에서 홀로 지낸다는 '금기의 제사장'과도 모종의 계약을 맺고 있다고 알려져 있었다. 카터가 다이레스-린에서 차가운 황무지와 카다스에 대해 상인들에게 묻고 다녔을 때, 그 사내는 뭔가 아는 눈빛을 했었다. 그런 그가 어둡고 으스스한 인가노크에 나타나 북쪽의 비밀에 한층 가까이 있다는 사실은 카터에게 그다지 고무적인 일은 아니었다. 카터가 미처 말을 걸기도 전에 그는 시야에서 사라져 버렸고, 나중에 선원들이 한 말에 따르면, 그는 어딘지 분명치 않은 곳에서 야크를 탄 카라반과 함께 왔으며, 전설적인 샨타크 새의 거대하고 맛좋은 알을 갖고 와서 일라네크[99] 산(産) 비취옥 잔과 바꾼다고 했다.

다음 날 아침, 선장은 카터를 데리고 황혼의 하늘 아래 어두운 인가노크의 마노 거리를 걸어갔다. 상감한 문과 그림이 그려진 현관, 조각이 새겨진 발코니와 석영 창유리를 넣은 퇴창들이 전부 어두운 광택으로 빛을 발하고 있었다. 이따금 탁 트인 광장에서 검은색 기둥과 함께 반은 인간, 반은 환상의 형태를 띤 조각상이 나타났다. 아래쪽으로 거침없이 풍경이 펼쳐지는가 하면, 골목과 구근 모양의 돔과 첨탑, 아라베스크 양식의 지붕들이 말로 형용할 수 없는 기이함과 아름다움을 뽐내며 시야를 막아서기도 했다. 그러나 뭐니 뭐니 해도 중앙에 솟구쳐 있는 거대한 엘더원의 신전이 가장 웅장했다. 조각이 새겨진 16면의 외벽, 납작한 돔 천장, 당당한 뾰족탑의 종루 등은 주변의 어떤 거대한 풍경도 압도하며 굽어보고 있었다. 그리고 변함없이 동쪽으로, 도시의 성벽과 목초지 저 멀리 렝 고원이 있다는 난공불락의 산봉우리들이 정상을 숨긴 채 을씨년스러운 잿빛의 산허리만 내밀고 솟구쳐 있었다.

선장은 카터를 이끌고, 정원이 있는 거대한 원형 광장과 거기부터 바큇살처럼 사방으로 펼쳐진 길을 따라 그 웅장한 신전으로 향했다. 정원에 있는 일곱 개의 아치문마다 성벽의 관문과 마찬가지로 얼굴상이 조각돼 있었다. 문이 모두 활짝 열려 있어서 사람들은 타일 덮인 길을 공손히 내려와 기괴하게 연결된 작은 오솔길을 따라 가장 신성한 신들을 모신 성소로 다가갔다. 곳곳에 분수, 연못, 웅덩이가 있어서 높은 발코니에 있는 청동 향로에서 타오르는 불꽃을 반사했다. 모두 마노로 만들어졌으며 수심이 얕은 대양에서 잠수부들이 잡아온 작고 광채 나는 물고기가 그 안에서 뛰놀고 있었다.

신전의 종루에서 들려오는 묵직한 종소리가 정원과 도시를 뒤흔들고, 뿔 나팔과 비올, 기도의 합창 소리가 일곱 개의 정원 출입문 밖으로 울려 퍼지자, 신전의 일곱 개 문마다 가면과 두건을 쓴 검은 법복의 사제들이 길게 늘어서서 기이한 증기가 피어오르는 거대한 황금 접시를 앞쪽으로 쭉 받쳐 들었다. 일곱 개의 행렬이 일사불란하게 움직이는데, 그들은 무릎을 구부리지 않고 다리를 쭉 뻗는 걸음으로 일곱 개의 문으로 사라진 뒤 다시 나타나지 않았다. 신전과 연결된 지하 통로, 길게 늘어선 사제들이 그 길을 이용한다고 했다. 마노로 이루어진 그 지하의 계단이 다다르는 비밀의 공간이 어디인지는 아무도 몰랐다. 그러나 몇몇 사람만은 가면과 두건을 쓴 사제들이 인간이 아닐 거라는 암시를 하곤 했다.

베일에 가려진 왕의 허락을 구하지 않았으므로, 카터는 신전에 들어가지 않았다. 그러나 정원을 떠나기 직전, 또 한 차례 타종 시간이 찾아왔고, 머리 위에서 귀청이 떨어질 듯 들리는 오싹한 종소리와 관문에서 통곡처럼 이어지는 뿔 나팔과 비올, 합창의 소리를 들었다. 그리고 접시를 든 사제들이 독특한 동작으로 길게 늘어서서 걷는 동안, 카터는 그들에게서 인간 이외의 공포를 느꼈다. 행렬의 마지막 사제가 사라졌을 때, 접시가 지나간 보도에 얼룩이 남았다. 선장마저도 그 얼룩을 피해 서둘러 언덕 쪽으로 카터를 재촉했는데, 그 곳에는 베일에 가려진 왕의 궁전이 무수한 돔 천장과 함께 꿈결처럼 늘어서 있었다.

마노 궁전으로 가는 길은 가파르고 비좁았지만, 왕과 그 수행원들이 야크나 야크가 끄는 마차를 타고 지난다는 굽잇길 하나만은 꽤 넓었다. 카터와 그의 안내자는 금으로 기이한 표식이 상감된 벽면 사이의 계단을 오르며 발코니와 퇴창을 지날 때는 간간이 부드러운 선율을 듣고 이국적인 향기를 맡았다. 어김없이 전방에 버티고 있는 거대한 벽과 웅장한 부벽, 구근 모양으로 무리진 돔은 베일에 가려진 왕의 유명한 궁전이었다. 이윽고 그들은 검은색의 거대한 아치문을 지나 군주가 즐거움을 맛보는 정원에 들어섰다.

그곳에서 카터는 너무도 아름다운 광경에 넋을 잃고 멈추어 섰다. 마노 테라스와 주랑, 화사한 받침대와 섬세한 꽃나무로 만든 황금빛 격자, 청동 항아리와 얕은 돋을새김이 뛰어난 청동 제단, 줄무늬 검은색 대리석으로 만들어져 금방이라도 숨을 쉴 듯 받침대에 올려진 조각상, 현무암으로 바닥을 댄 분수와 빛나는 물고기, 조각이 새겨진 기둥 꼭대기마다 오색영롱한 명금들이 들어 있는 조그만 새장, 거대한 청동 관문의 놀라운 소용돌이무늬, 우아한 벽면을 따라 줄달음치는 풍성한 덩굴 등등 그 모든 것이 현실을 초월해 드림랜드에서마저 꾸며낸 듯한 환상의 아름다움을 자아냈다.

잿빛의 어스름 아래 앞쪽에는 궁전의 돔과 웅장한 번개무늬, 오른쪽으로 멀리 난공불락의 산봉우리가 어우러진 기묘한 실루엣은 환영처럼 빛을 발했다. 작은 새들과 분수의 끝없는 노랫소리와 진기한 꽃향기가 환상의 정원을 장막처럼 휘감았다. 인간의 그림자가 없어서 카터는 기뻤다. 궁전 본관에는 방문자가 들어갈 수 없었기에, 그들은 발길을 돌려 마노 계단을 다시 내려왔다. 게다가 중앙의 거대한 돔을 오랫동안 바라보면서 기이한 꿈과 호기심을 떠올리는 것은 좋지 않았다. 그곳은 풍문으로 떠도는 샨타크 새의 조상이 둥지를 틀었던 곳으로 알려져 있기 때문이었다.

선장은 '카라반의 관문'에서 가까운 도시의 북쪽 주거지역으로 카터를 안내했다. 그 곳은 야크 상인과 마노 광부들이 묵는 여인숙이 많았다. 채석 공들이 많이 모여 있는 야트막한 천장의 여인숙에서 두 사람은 작별을 고했다. 선장은 따로 볼일이 있었고, 카터도 채석 공들에게 북부에 대해 묻고 싶은 게 많았다. 여인숙에는 사람들이 적지 않았다. 카터는 얼마 지나지 않아 그들 중 몇 명과 이야기를 나누기 시작했다. 그는 마노를 캐는 늙은 광부라고 자신을 소개하면서 인가노크의 채석장에 대해 알고 싶은 게 많다고 했다.

그러나 사람들이 북부의 차가운 황무지와 채석장에 대해 입에 올리기 꺼렸기에, 카터는 지금까지와 다른 이야기를 들을 수 없었다. 그들은 렝 고원의 산맥에서 파견됐다는 가공의 밀사와 암석이 흩뿌려져 있는 북부 극단의 사악한 존재, 정체불명의 수문장들을 두려워했다. 뿐만 아니라, 소문이 자자한 샨타크 새는 전혀 이로운 동물이 아니므로 그것을 본 사람이 아무도 없다는 사실이 오히려 다행이라고 수군거리는 것이었다(왕의 돔 궁전에 있다는 샨타크의 전설적인 조상새는 어둠 속에서만 먹이를 찾기 때문이었다.).

다음날, 직접 여러 곳의 채석장을 둘러보고 농가와 고풍스러운 인가 노크의 마노 마을을 방문하기로 결심한 카터는 야크 한 마리를 사서 안장주머니에 많은 짐을 챙겼다. '카라반의 관문'을 지나자 경작지 사이로 길이 곧게 뻗어 있었고, 낮은 돔 천장을 한 기이한 농가들이 무수히 눈에 띄었다. 카터는 농가 중 몇 곳에 들러 질문을 던지다가 그 중에서 유독 엄하고 과묵하며 엔그라네크의 거대한 조각상처럼 독특한 위엄까지 지닌 집주인 한 명을 만나게 되었다. 카터는 그 사람이 인간 세계에 사는 그레이트원들의 마지막 후손 중 하나이거나 적어도 90퍼센트는 그 피를 물려받았다고 생각했다. 엄하고 과묵한 집주인은 아주 조심스럽게 신들에 대해서 많은 이야기를 하면서 카터가 아직 그들에게 접근하지 못한 것을 천만다행이라고 말했다.

그날 밤, 카터는 길가 초원에 있는 커다란 라이게스 나무에 야크를 묶어놓고 그 아래서 야영을 한 후, 아침에 다시 북쪽으로 순례에 올랐다. 10시쯤, 아담한 돔형으로 이루어진 마을이자 상인이 쉬어가고 광부들이 담소를 나눈다는 '얼그'에 도착해서 그 곳의 여인숙에 정오까지 머물렀다. 그 마을부터 거대한 카라반의 길은 서쪽 '세란'으로 방향을 틀지만, 카터는 채석장 길을 따라 계속 북쪽으로 향했다. 오후 내내 따라간 오르막길은 한길보다 점점 좁아지더니, 경작지보다 훨씬 험준한 지역으로 이어지기 시작했다. 저녁 무렵, 왼쪽의 낮은 산등성이가 꽤 험준한 검은색 절벽으로 바뀌자, 카터는 채석촌에 다다랐음을 깨달았다. 그 동안에도 금기의 산맥은 헐벗은 산허리를 드러내며 오른쪽 멀리에서 서성였다. 더욱 깊숙이 걸어갈수록, 간혹 길가에서 만나는 농부와 상인, 마노 수레를 모는 사람들은 그 산맥에 대해 더욱 괴괴한 이야기를 전했다.

여행을 떠난 지 이틀째 밤, 그는 거대한 검은색 바위 아래 잠자리를 마련하고 야크는 주변에 있던 말뚝에 매어 놓았다. 북녘의 구름에서 점점 강해지는 푸른빛을 바라보는 동안, 구름을 등진 검은 형체를 본 것 같다는 생각이 여러 번 들었다. 사흘째 아침, 처음으로 마노 채석장이 눈에 띄었다. 카터는 그곳에서 곡괭이와 끌로 일하는 사람들에게 인사를 건넸다. 저녁이 오기 전까지 그는 열한 개의 채석장을 지났다. 그때부터 이어지는 마노 절벽과 옥석의 대지에는 식물이라고는 전혀 없이 시커먼 땅바닥 여기저기 거대한 암석 조각만이 흩어져 있었다. 오른쪽으로 적막하고 불길하게 솟아 있는 산봉우리들의 모습은 여전했다.

여행을 떠난 지 사흘째 밤, 카터는 깜박이는 모닥불이 서쪽의 매끄러운 절벽에 기이한 음영을 드리우는 채석공의 캠프에서 묵었다. 그들이 노래를 부르고 이야기꽃을 피우는 가운데, 옛 시절과 신의 습관에 대해 생경한 지식을 알려주자, 카터는 조상으로서 그레이트원에 대한 그들의 잠재 기억이 적지 않음을 깨달았다. 그들은 카터에게 어디로 가는지 묻고, 북쪽까지 너무 멀리 가지는 말라고 당부했다. 그러나 그는 새로운 마노 채석장을 찾고 있으며, 여느 투자자처럼 그리 큰 위험을 감수

할 생각은 없다고 답했다.

아침이 밝자, 카터는 그들에게 작별을 고하고 더욱 어둠이 짙어지는 북쪽을 향해 길을 떠났다. 그 곳에서 인류보다 오래된 존재들이 거대한 돌덩이를 캐낸 전인미답의 무시무시한 채석장을 발견할지 모른다고 사람들이 주의를 준 바 있었다. 그런데 그가 손을 들어 마지막 작별을 고하기 위해 돌아섰을 때, 가까운 캠프에서 땅딸막하고 교활한 사팔뜨기의 늙은 상인을 본 것 같아 마음이 꺼림칙했다. 멀리 다이레스-린에서 렝 고원과 거래를 한다는 소문이 돌던 상인이었다.

두 개의 채석장을 더 지나자, 인가노크의 주거지는 완전히 끝난 것 같았다. 험준하고 시커먼 낭떠러지 사이로 야크가 겨우 오를 만큼 길도 비좁고 가팔라졌다. 오른쪽 멀리 어김없이 을씨년스러운 산봉우리들이 따라붙는 동안, 카터는 점점 더 인적이 닿지 않은 땅으로 들어갈수록 어둡고 춥다는 사실을 깨달았다. 얼마 후 검은 길에서 발자국과 발굽이 사라지자, 기어코 오래전의 낯설고 버려진 길로 들어섰다는 생각이 들었다. 이따금 멀리 창공에서 까마귀가 시끄럽게 울었고, 거대한 바위 뒤편에서 날갯짓 소리가 들릴 때면 전설의 샨타크 새가 떠올라 마음이 수꿀해졌다. 그러나 그와 털북숭이 야크 외에 그곳을 가는 길손은 없었다. 그런데 좋은 종자의 야크마저 점점 앞으로 가기를 주저하고, 무슨 소리만 들려도 질겁하며 콧김을 내뿜으면서 카터의 애를 태웠다.

길은 이제 음침하게 빛나는 돌벽 사이로 숨어들어 전보다 더 가팔라졌다. 발을 디디기도 어려워서 야크는 군데군데 두툼한 돌부리에 미끄러지기 여러 차례였다. 두 시간 후, 앞에 막다른 절벽이 버티고 있었고, 그 너머에는 찌푸린 잿빛 하늘뿐이지만 다행히 평지나 내리막길로 보이는 부분이 있었다. 그러나 절벽 꼭대기까지 오르는 것도 만만찮은 일이었다. 길이 거의 깎아지르듯 가팔라졌기 때문인데, 자갈이나 작은 돌멩이만 헛디뎌도 위험천만한 상황이었다. 결국 카터는 야크에서 내려 불안에 떠는 짐승을 잡아끌었다. 야크가 주저하거나 우왕좌왕할 때면 있는 힘껏 발에 힘을 주고 버텨야 했다. 그런 과정에서 그는 어느새 정상에 도착했고, 그 너머의 기막힌 광경을 대하곤 숨을 죽였다.

길은 실제로 약간 내리막을 이루며 지금까지와 마찬가지로 천연의 돌벽을 거느리고 곧장 앞으로 뻗어 있었다. 그러나 왼쪽으로는 광활할 정도의 기괴한 공간이 펼쳐져 있는데, 어떤 고대의 힘이 천연의 마노 절벽을 찢고 파냈는지 거인의 채석장을 만들어 놓았다. 단단한 절벽을 따라 깊게 팬 거대한 홈과 지구의 내장까지 파고들어 간 흔적이 훵하게 드러났다. 그것은 인간의 채석장이 아니었다. 움푹 들어간 지표면은 거대한 정방형의 형태를 띤 채 이름 모를 손과 끌로 다듬어진 돌의 크기가 어느 정도일지 말해 주고 있었다. 들쭉날쭉한 산세 너머 커다란 까마귀들이 날갯짓하며 울부짖었고, 깊이를 가늠할 수 없는 곳에서 들려오는 웅웅하는 소리는 박쥐 아니면 영원한 어둠 속에서 떠도는 정체불명의 괴물을 떠올리게 했다. 그렇게 카터는 어스름 속에서 험준한 내리막길을 앞에 두고 서 있었다. 오른쪽에는 깎아지르는 마노 절벽이 시선이 닿는 곳까지 무한정 솟구쳐 있고, 왼쪽의 절벽은 뭉텅 잘려나가 오싹하고 섬뜩한 채석장을 이루었다.

느닷없이 울면서 그의 손아귀에서 빠져나간 야크가 겁에 질려 미친 듯이 북쪽으로 향하는 좁은 내리막길 사이로 뛰어가더니 사라져 버렸다. 발굽에 채인 돌멩이들이 채석장 가장자리로 굴러떨어졌지만, 바닥에 부딪치는 소리는 들리지 않았다. 카터는 위험에도 아랑곳없이 도망치는 야크를 뒤따라갔다. 곧바로 왼쪽 절벽의 더욱 비좁은 길이 나타났지만, 카터는 필사적으로 도망친 야크의 커다랗게 짓이겨진 발자국을 따라 달려갔다.

겁에 질린 발굽 소리를 들었다는 생각이 들자, 카터는 더욱 속력을 높였다. 수 킬로미터를 달렸을까, 조금씩 넓어진 길은 어느새 차갑고 오싹한 황무지로 변하여 북쪽으로 펼쳐져 있었다. 멀리 금지된 산봉우리의 괴괴한 잿빛 산허리가 다시 오른쪽 바위산 위로 나타났고, 앞쪽에는 바위와 옥석으로 이루어진 공터가 곧 음침한 불모의 평지로 이어지리라 예고하고 있었다. 그의 귓가로 전보다 또렷하게 발굽 소리가 또 들려왔지만, 이번에는 그도 쫓아갈 용기보다는 두려움을 느꼈다. 겁에 질려 도망가는 야크의 발굽 소리가 아니었기 때문이다. 그것은 거침없고 의도적인 소리인데다 그의 뒤쪽에서 들려왔다.

야크를 뒤쫓던 카터는 거꾸로 보이지 않는 추적자에게 쫓기는 신세가 되었다. 비록 뒤돌아볼 엄두도 나지 않았지만, 그에게 다가오는 것이 무해하다거나 입에 올릴 만한 존재가 아님은 분명해 보였다. 야크는 그보다 먼저 위험을 알아챈 것이지만, 카터는 그 정체가 인간의 유령인지, 아니면 음산한 채석장의 구덩이에서 튀어나온 그 무엇인지 생각하고 싶지 않았다. 절벽은 뒤로 멀어진 반면, 점점 다가오는 밤의 어둠이 거대한 모래 황무지와 유령 같은 암석 사이에 난 길을 뒤덮기 시작했다. 야크의 발자국도 어둠에 묻혀 보이지 않았지만, 뒤에서 점점 다가오는 기분 나쁜 딸각거림은 변함이 없었다. 이제는 그를 쫓는 소리와 함께 그의 상상 속에서 들려오는 거대한 날갯짓과 웅웅거림까지 섞이기 시작했다. 그는 곧 길을 잃고, 쓸모없는 암석과 모래로 채워진 황폐한 사막 한복판에서 절망적으로 헤맬 운명이었다. 오른쪽으로 멀리 떨어져 있는 금단의 산봉우리만이 유일한 길잡이였다. 그러나 그 산봉우리들마저 저무는 잿빛 황혼과 메스껍게 인광을 머금은 구름 사이에서 점점 흐릿해지고 있었다.

그때 어스름 속의 흐릿하고 안개 자욱한 북녘에서 그는 끔찍한 것을 보았다. 한동안은 음산한 산맥이라고 생각했지만, 이제는 눈앞에 그 이상의 무엇이 있었다. 음침한 구름의 인광이 그것과 그것의 실루엣마저 또렷하게 보여주고 있었다. 가늠할 수 없었지만, 분명히 아주 먼 거리였다. 까마득한 창공, 금지의 잿빛 산봉우리에서 미지의 서쪽 공간까지 거대한 원호가 펼쳐지면서 한때 장대한 마노 산맥의 산등성이 중 하나였을 형상이 나타났다. 그러나 그들 산맥은 더 이상 산이 아니었다. 인간보다 거대한 손길이 스쳐 갔기 때문이었다. 산맥은 늑대와 구울의 무리처럼 웅크리고 앉아 구름과 안개를 머리에 이고 영원한 북부의 비밀을 지키고 있었다. 반원형으로 웅크리고 모여든 산맥은 개를 본뜬 거대한 조각상 같았고, 인류를 향해 위협적으로 오른손을 치켜든 형상이었다.

비스듬하게 머리를 맞댄 형상들이 움직이는 느낌이 든 것은 구름의 빛 때문이었지만, 카터는 도저히 환영이라고 할 수 없을 정도로 생생하게 일어서는 거대하고 음산한 움직임에 그만 비틀거리고 말았다. 매 순간 날갯짓과 웅웅 소리가 점점 커지자, 카터는 자신의 비틀거림도 이제 마지막이라고 생각했다. 그처럼 생긴 새 혹은 박쥐는 지상과 드림랜드 어디에도 알려진 바 없었다. 그들은 코끼리보다 컸으며, 말의 머리를 하고 있었다. 카터는 그들이 바로 흉흉한 소문으로만 떠돌던 샨타크이며, 북녘의 바위 사막에 인간의 접근을 막는 사악한 수문장과 이름 없는 파수꾼이 있다는 것을 믿어 의심치 않았다. 카터는 자포자기 심정으로 걸음을 멈추고 마침내 뒤를 돌아보았다. 깡마른 야크에 올라타 히죽

거리며 달려오는 이는 악명이 자자했던 사팔뜨기의 땅딸막한 상인이었다. 그가 앞세운 사나운 샨타크 무리의 날개에는 지하 갱도의 서리와 초석이 아직 붙어 있었다.

말의 머리를 한 전설의 괴조(怪鳥)에 포위된 형국이었지만, 랜돌프 카터는 정신을 잃지 않았다. 끔찍하고 거대한 괴조들이 머리 위를 까마득히 뒤덮는 가운데, 사팔뜨기의 상인이 야크에서 뛰어내려 히죽거리며 포로 앞에 버티고 섰다. 그는 샨타크에 올라타라고 카터에게 손짓했고, 카터가 몸서리를 치며 주저하자 그가 다가와 부축까지 해 주었다. 샨타크의 몸에 깃털 대신 달린 비늘은 매우 미끄러워서 올라타기가 쉽지 않았다. 카터가 올라타자, 사팔뜨기의 상인이 그 뒤에 훌쩍 뛰어올랐고, 깡마른 야크는 샨타크 한 마리한테 이끌려 북쪽을 따라 파헤쳐진 산맥으로 사라졌다.

곧이어 오싹한 날갯짓 소리가 차가운 대지를 채우고, 카터를 태운 샨타크는 끝없이 솟구쳐 렝 고원이 있다는 금지된 산맥의 을씨년스러운 잿빛 산허리를 향해 동쪽으로 날았다. 구름보다 더 높이 나는 동안, 항상 번뜩이는 안개의 소용돌이 속에 묻혀 인가노크 주민들도 본 적 없는 전설의 산봉우리들이 그들의 발아래 펼쳐져 있었다. 카터는 스치는 산봉우리들을 똑똑히 바라보았고, 최고봉에서 기이한 동굴을 발견했을 때는 엔그라네크의 동굴을 떠올렸다. 그러나 그는 포획자들에게 아무런 질문도 하지 않았다. 인간이나 말의 머리를 한 샨타크 둘 다 그 봉우리들을 이상할 정도로 두려워했다. 샨타크가 초조히 서두르며 봉우리들이 멀리 시야에서 벗어날 때까지 팽팽한 긴장감을 풀지 못했기 때문이다.

샨타크는 이제 고도를 낮추었고, 지붕처럼 창공을 뒤덮은 구름 밑으로 황량한 잿빛 평원과 아주 멀리서 반짝이는 희미한 불꽃이 보였다. 그들이 밑으로 내려가는 동안, 간간이 화강암과 삭막한 돌로 지어진 외딴 마을과 작은 창가에서 새어나오는 창백한 불빛이 나타났다. 그리고 오두막과 마을에서 몽롱한 피리 소리와 기분 나쁜 덜컥거림이 들려왔는데, 문득 카터는 인가노크 주민들 사이에 떠도는 소문이 맞다고 생각했다. 여행자들은 전에도 인가노크에서 그런 소리를 들었지만, 그저 아무도 가본 적 없는 차가운 사막 고원이 그 진원지라고만 생각했던 것이다. 사악함과 신비감이 떠도는 그 곳, 바로 렝 고원이었다.

희미한 모닥불 주변에서 검은 형체들이 춤을 추고 있었다. 카터는 그들의 정체에 몹시 호기심이 일었다. 아무도 렝을 찾아온 사람은 없었고, 멀리서 보이는 불꽃과 돌집만으로 그 곳이 렝이라고 짐작만 해왔기 때문이다. 그들은 매우 느리고 서툰 동작으로 뛰어오르다가 도저히 눈뜨고 볼 수 없을 정도로 미친 듯이 온몸을 비틀고 구부렸다. 그래서 카터는 모호한 전설 때문에 그 얼어붙은 고원은 사악한 악령이자 드림랜드 전역이 경원하는 공포의 대상이 될 수밖에 없었다고 생각했다. 샨타크가 더욱 고도를 낮추자, 춤추는 형체들의 혐오스러움은 오싹한 익숙함과 뒤섞이기 시작했다. 카터는 눈을 부릅뜨고 기억을 쥐어짜며 과연 그들을 어디서 본 적이 있는지 단서를 찾으려고 애썼다.

그들은 발 대신 발굽이 달린 몸으로 뛰어올랐다. 머리에도 작은 뿔이 달린 가발이나 투구를 쓰고 있는 것 같았다. 털북숭이 몸에는 따로 옷을 걸치고 있지 않았다. 뒤에는 작은 꼬리가 오그라져 있었고, 그들이 위를 바라보자 아주 커다란 입이 나타났다. 그제야 카터는 그들의 정체가 무엇인지, 그들이 가발이나 투구를 쓰고 있는 게 아니라는 것을 알았다. 렝의 이 은밀한 종족은 다이레스-린에서 루비를 거래하는 갤리선의 기분 나쁜 상인들과 모종의 관련이 있었기 때문이다. 그들 상인은 인간이 아니라, 흉측한 달의 괴물들이 부리는 노예였다! 그들은 아주 오래전에 마약으로 카터의 정신을 어지럽힌 뒤 불쾌한 갤리선에 강제로 태운 무리였으며, 카터는 저주받은 달의 도시에서 지저분한 부두에 무리져 있던 그들의 동족을 직접 보기도 했었다. 그들 중에서 살찐 무리는 형체 없는 다지류 주인을 위해 상자에 따로 실려 갔었다. 이제 카터는 정체가 묘연한 그 생물체들이 어디서 왔는지 깨달았고, 렝 고원이 달의 형태 없는 괴물들에게도 알려져 있다는 생각에 몸서리를 쳤다.

그러나 샨타크는 모닥불과 돌집, 인간이 아닌 춤꾼들을 지나쳐 회색 화강암의 황량한 언덕을 넘고 암석과 얼음, 눈으로 뒤덮인 황무지 위로 솟구쳤다. 날이 밝았고, 구름의 인광도 북녘의 흐릿한 어스름에 묻혔지만, 혐오스러운 새는 여전히 냉기와 침묵 속으로 날갯짓을 계속할 뿐이었다. 간간이 사팔뜨기의 상인이 오싹한 후음으로 뭐라고 말을 하면 샨타크는 가루 유리를 긁어대는 듯한 고약한 소리로 대꾸를 하기도 했다. 그 동안 점점 높아진 지세는 마침내 황량하고 텅 빈 세계의 지붕처럼 바람이 거세게 휘도는 고원 지대로 바뀌었다.

모든 것이 적막과 어둠과 냉기에 휩싸여 있었다. 투박한 돌로 만들어진 낮고 창문 없는 건물 한 채와 천연의 거석들이 건물을 둘러싸듯 세워져 있었다. 구조물 어디에도 인간의 흔적은 없었다. 카터는 오랜 전설을 떠올리며 세상에서 가장 섬뜩하고 믿기 어려운 곳에 도달해 있다고 짐작했다. 그곳은 '금기의 제사장'이 홀로 기거하는 선사 시대의 외딴 수도원, 노란 비단 가면을 쓴 제사장이 외계의 신과 기어드는 혼돈 니알라토텝을 위해 기도를 올리는 장소였다.

이윽고 오싹한 새가 땅에 내려앉자, 사팔뜨기 상인이 훌쩍 뛰어내려 카터를 부축했다. 이제 그가 카터를 잡아온 목적이 분명해졌다. 그는 어둠의 세력을 추종하는 대리인으로서, 미지의 카다스를 찾아 마노 성의 그레이트원 앞에서 소원을 말하려는 인간을 붙잡아 주인 앞에 대령하려고 안달이 나 있었던 것이다. 그는 전에도 한 차례 다이레스-린에서 달의 괴물이 부리는 노예들을 이용하여 카터를 납치한 적이 있으며, 고양이 구조대에 의해 좌절됐던 일을 이번에는 기필코 마무리할 생각이었다. 무시무시한 니알라토텝을 비밀리에 접견하는 장소로 카터를 데려가 미지의 카다스를 찾겠다는 그의 무모함을 일러바칠 것이었다. 렝과 인가노크의 북부 차가운 황무지는 외계의 신들에게 아주 가까운 곳이 틀림없고, 카다스로 가는 길목도 철저히 보호받고 있을 터였다.

사팔뜨기 상인은 체구가 작았지만, 말의 머리를 한 거대한 샨타크는 그의 말에 고분고분 따랐다. 그래서 카터는 그가 이끄는 대로 원형으로 둘러선 거석의 내부를 지나 창문 없는 석조 수도원의 야트막한 아치문 앞에 다가섰다. 컴컴한 건물 안에서 사악한 상인은 흉측한 돋을새김이 있는 작은 진흙 램프에 불을 켜고 미로처럼 비좁고 구불구불한 복도로 카터의 등을 떠밀었다. 복도의 벽면에는 역사보다 오래된 끔찍한 장면들이 새겨져 있었다. 그 표현 양식은 지상의 어떤 고고학자들에게도 알려지지 않은 것이었다. 오싹한 렝 고원의 추위와 건조함이 무수한 태고의 유물을 무사히 지켜냈는지, 영겁의 세월을 거치면서도 벽화의 안료는 여전히 또렷했다. 카터는 희미하게 흔들리는 램프 불빛에 스치는 벽화와 그것이 전하는 의미에 절로 몸서리를 쳤다.

고대의 프레스코 벽화 속에 렝의 역사가 담겨 있었다. 뿔과 발굽이 달리고 입이 커다랗지만 거의 인간과 흡사한 무리들이 잊혀진 도시 한복판에서 흉악하게 춤을 추고 있었다. 렝의 유인족(類人族)들이 인근

골짜기의 거대한 자줏빛 거미와 싸우는 고대 전쟁의 장면들도 눈에 띄었다. 달에서 검은 갤리선이 다가오는 장면과 배에서 꿈틀꿈틀 떼 지어 뛰어내리는 다지류의 형체 없는 괴물에게 렝의 주민들이 복종을 맹세하는 광경도 있었다. 그들이 신으로 숭배하는 미끈거리고 희끄무레한 괴물들이 주민 중에서 가장 건장하고 살찐 남자들을 갤리선에 태워 데려가도 아무런 불평이 없었다. 그 기괴한 '달짐승'들은 바다의 험준한 섬 하나에 본거지를 마련했다. 카터는 프레스코 벽화를 통해서 그 본거지가 바로 인가노크로 오는 과정에서 목격한 이름 없는 외딴 바위섬임을 깨달았다. 인가노크 선원들이 피해 간다는 회색의 저주받은 바위섬에서 밤새 사악한 울부짖음이 흘러나왔다.

뿐만 아니라, 프레스코 벽화에는 유인족의 거대한 항구 도시이자 수도가 나타나 있었다. 낭떠러지와 현무암 부두 사이에 도도하게 서 있는 도시는 높은 창문과 곳곳의 조각들로 신비감을 자아냈다. 절벽과 여섯 개의 스핑크스가 올려진 관문에서 거대한 정원과 방사형의 도로가 뻗어 나와 중앙의 대형 광장까지 미쳤다. 광장에는 날개달린 한 쌍의 거대한 사자가 지하 세계로 가는 계단을 지키고 있었다. 날개달린 거대한 사자들은 계속에서 벽화에 등장하는데, 낮에는 잿빛 어스름이, 밤에는 흐릿한 인광이 그들의 억센 옆구리를 비추었다.

카터가 비틀거리며 자주 반복해서 나타나는 벽화를 바라보며 걷는 동안, 마침내 그 의미가 무엇이며, 검은 갤리선이 도착하기 오래전부터 유인족이 통치했던 도시의 정체가 무엇인지 알게 되었다. 드림랜드의 전설은 광범위하고 풍부했으므로 그가 잘못 생각할 리는 없었다. 그 태고의 도시는 최초의 인류가 등장하기 전 100만 년 동안 폐허로 남았던, 거대한 쌍둥이 사자가 드림랜드에서 '절대 심연'으로 가는 계단을 영원히 지키고 있다는 전설의 사르코만드였다.

　벽화의 또 다른 부분에는 을씨년스러운 잿빛 산봉우리가 인가노크와 렝을 가르고, 기괴한 샨타크 새가 그 중간 지점의 암봉에 둥지를 틀고 있었다. 게다가 최고봉 인근에 나 있던 기묘한 동굴들과 무슨 연유로 샨타크처럼 용감무쌍한 새까지 울부짖으며 그곳을 피하는지도 벽화에 담겨 있었다. 카터는 발 아래 스치는 동굴을 보았고, 엔그라네크의 그것과 비슷하다고 생각한 바 있었다. 그는 이제 벽화에 나타난 섬뜩한 동굴의 주인을 보면서 두 곳의 동굴이 비슷하다는 자신의 추측이 틀리지 않았음을 알았다. 박쥐의 날개, 휘어진 뿔, 미늘 달린 날개, 억센 발톱, 미끈거리는 몸뚱이, 동굴을 차지하고 있는 그것은 분명 그에게 낯설지 않았다. 그는 이미 소리 없이 그 생물체에게 붙잡혀 날아다닌 일이 있었다. 그들은 '절대 심연'의 냉혹한 수문장이자 그레이트원마저 두려워하는 존재로, 니알라토텝이 아니라 백색의 노덴스[100]를 주인으로 섬겼다. 그들은 얼굴이 없어서 웃거나 미소를 지을 수 없는 무시무시한 '나이트곤'으로, 어둠 속에서도 프나스의 골짜기[101]와 외부 세상으로 가는 통로를 쉽게 날아다녔다.

　카터가 사팔뜨기의 상인에게 떠밀려 들어간 곳은 거대한 돔형 공간이었다. 벽면의 얕은 돋을새김들이 충격적이었고, 중앙에 있는 구멍 주변에 흉흉하게 색칠된 여섯 개의 돌 제단이 에워싸고 있었다. 음습한 냄새 가득한 거대한 지하 공간은 어둠에 잠겨 있어서 간사한 상인의 작은 램프만으로는 사물을 제대로 확인하기 어려웠다. 맞은편 벽면에 높은 돌 제단이 다섯 개의 계단으로 연결돼 있었는데, 단 위의 황금 왕좌에는 뭉뚝한 형체 하나가 붉은 무늬의 노란색 비단옷을 입고 얼굴에 노란색 비단 가면을 쓴 채 앉아 있었다. 사팔뜨기 상인이 그 형체를 향해 손으로 신호를 보내자, 어둠 속에 파묻힌 상대방은 비단으로 둘러싸인 앞발로 흉측한 생김새의 피리를 집어들더니 비단 가면을 출렁이며 오싹한 소리를 불기 시작했다.

그들의 대화가 한동안 계속되는 동안, 카터는 피리 소리와 메스꺼운 악취에서 어딘지 익숙한 느낌이 들었다. 오싹한 붉은빛의 도시와 그곳을 지나가던 역겨운 행렬이 떠올랐다. 그리고 지상의 친구였던 고양이들이 구조하러 쇄도하기 전까지, 줄곧 도시 너머의 달빛 비추는 풍경을 지나 끝없이 어디론가 올라가던 기억이 뒤따랐다. 단에 앉아 있는 존재는 의심할 나위 없이 '금기의 제사장'으로, 그 악마성과 기형에 대해서는 조심스러운 풍문으로만 전해져 왔을 뿐이다. 그러나 카터는 그 소름끼치는 제사장이 과연 어떻게 생겼을지 상상도 하고 싶지 않았다.

그때 희끄무레한 앞발이 비단을 살짝 들추는 바람에 카터는 그 끔찍한 제사장의 모습을 보고 말았다. 일순, 발작적인 공포에 빠진 그는 이성으로는 도저히 설명할 길 없는 어떤 극단으로 치달았다. 송두리째 흔들리는 의식 속에서도 그는 황금 옥좌에 웅크린 형체로부터 도망쳐야 한다는 절박한 심정만은 놓치지 않았다. 그는 그 공간과 외부의 차가운 고원 지대 사이에 미로처럼 얽힌 통로를, 설령 밖으로 나간다 해도 그곳에서 기다리고 있을 샨타크를 떠올리며 절망했다. 그럼에도, 그의 마음은 비단에 쌓여 꼼지락거리는 기형의 존재로부터 속히 도망쳐야 한다는 절박한 요구에 사로잡혀 있었다.

사팔뜨기의 상인은 구덩이 주변에 있는 흉흉한 색깔의 돌 제단 하나에 이상한 램프를 올려놓고, 제사장과 수화로 뭔가 대화를 나누기 위해 앞으로 나아갔다. 그때까지 움츠리고 있던 카터는 있는 힘껏 사내를 밀쳤고, 사내는 진의 지하 세계로 연결된 구멍 속으로 곤두박질쳤다. 그 밑 어둠 속에서 거그가 먹이를 찾고 있을 터였다. 카터는 곧바로 제단에 놓인 램프를 움켜잡고 프레스코 벽화가 수놓아진 미로 속으로 뛰어들었다. 그는 무작정 달렸다. 등 뒤의 돌바닥에 사뿐히 내려앉는 형체 없는 발톱과 어두운 복도로 따라붙는 조용한 움직임을 생각하지 않으려고 이를 악다물었다.

잠시 후 그는 자기가 경황없이 서두르고만 있다고 후회했다. 그가 들어올 때 지나온 프레스코 벽화를 따라 제대로 길을 택했기를 바랄 뿐이었다. 솔직히, 지나치게 헷갈리고 비슷한 벽화들은 좋은 길잡이 역할을 해주진 못했지만, 벽화 외에는 의지할 수 있는 방법도 없었다. 전에 비해 훨씬 끔찍한 벽화들이 나타났으므로, 그는 복도를 잘못 들어섰음을 깨달았다. 때마침 추적의 움직임이 없는 것을 확인하고, 속력을 조금 늦추었다. 그러나 안도감을 채 느끼기도 전에 새로운 위험이 찾아왔다. 램프의 불빛이 사그라지기 시작했다. 얼마 후면 불빛도 안내자도 없는 상황에서 칠흑 같은 어둠에 갇힐 운명이었다.

불빛이 완전히 꺼지자, 그는 천천히 어둠을 더듬으면서 그레이트원들에게 도와달라고 간절히 빌었다. 이따금 바닥이 오르락내리락 심하게 경사를 이루었고, 한번은 별다른 장애물이 없음에도 발부리에 걸려 휘청거리기도 했다. 앞으로 갈수록 공기는 점점 축축해지는 것 같았고, 복도가 교차하는 지점이나 중간 통로가 나올 때마다 그는 시종일관 아래쪽으로 향하는 길을 택했다. 어쨌든 그는 아래쪽으로 내려가고 있다고 믿었다. 지하의 음습한 냄새, 미끈거리는 벽과 바닥의 표면에서도 그가 렝 고원의 지하 깊숙이 들어가고 있음을 경고하고 있었다. 그러나 추적자가 뒤따르고 있다는 위기감은 들지 않았다. 끔찍한 공포와 충격, 숨통을 옥죄는 혼돈 속으로 그를 몰아가는 건 추적자의 존재 자체였다.

거의 평지에 가까운 미끄러운 바닥을 천천히 더듬으며 발길을 옮기는 순간, 그는 깎아지르는 듯한 수직 갱도를 따라 쏜살처럼 곤두박질치기 시작했다.

얼마나 미끄러져 들어왔는지 알 수 없었지만, 욕지기와 광기의 희열마저 느껴질 정도로 꽤 오랜 시간이 흐른 것 같았다. 문득 미끄러짐이 끝나자, 인광을 띤 구름과 함께 창백하게 빛나는 북녘의 하늘이 그의 머리 위에 있었다. 주위는 온통 부서진 성벽과 기둥이 즐비했고, 그가 누워 있는 바닥에는 억센 수풀과 뒤틀린 관목이며 초목들이 찌를 듯 엉켜 있었다. 뒤에는 현무암 절벽이 꼭대기를 숨긴 채 가파르게 버티고 섰다. 벽면에 조각되어 있는 혐오스러운 형상들과 함께 그가 방금 빠져나온 내부의 어둠으로 통하는 아치형의 출입구도 뚫려 있었다.

앞에는 기둥이 2열로 늘어서 있었고, 부서진 파편과 기둥 다리는 널찍했던 과거의 도로를 말해 주었다. 기둥을 따라 널브러져 있는 항아리와 물그릇은 거대한 정원의 거리에서 본 것들이었다. 멀리 끝에는 기둥이 늘어선 형태로 봐서 거대한 원형 광장이 있으며, 그 한복판에서 한 쌍의 괴물이 한밤의 창백한 구름 아래 모습을 드러냈다. 그들은 날개 달린 거대한 사자였다. 두 마리 사이에 짙은 어둠과 그림자가 놓여 있었다. 사자들은 6미터에 달하는 몸뚱이로 기괴하고 야만스러운 머리를 들어올리고 주변의 폐허를 비웃듯 으르렁거렸다. 전설에 등장하는 그런 쌍둥이는 유일했으니, 카터가 그들의 정체를 모를 리 없었다. 그들은 '절대 심연'의 변함없는 수문장이었고, 그 음산한 폐허는 분명 원시의 사르코만드였다.

카터는 우선 부서진 돌멩이와 기이한 파편들로 절벽의 출입구를 막았다. 앞에서 부딪쳐야 할 위험이 적지 않아서, 렝의 오싹한 수도원에서 뒤쫓아올지 모를 추적자만이라도 저지하고 싶었다. 사르코만드에서 사람들이 사는 드림랜드로 빠져나가는 방법에 대해서는 전혀 아는 바가 없었다. 구울도 딱히 잘 아는 길이 없어서 구울의 동굴로 내려가는 방법은 그다지 이롭지 않았다. 그가 주그의 도시를 통과해 외부 세계로 나가도록 도와주었던 세 마리의 구울도 돌아갈 때는 사르코만드로 가는 길을 몰라서 다이레스-린의 늙은 상인들에게 물어보기로 했었다. 그는 주그의 지하 세계로 돌아가 또다시 코스 석탑의 거대한 계단을 올라 마법의 숲으로 돌아가고 싶지는 않았지만, 다른 방법들이 모두 수포로 돌아간다면 어쩔 수 없이 시도할 최후의 방법으로 남겨놓았다.

외딴 수도원을 지나야 하는 렝 고원은 아예 엄두가 나지 않았다. 제사장의 밀사들이 한둘이 아닐 것이고, 결국에는 샨타크를 비롯해 다른 상대와 맞닥뜨릴 것이 분명했다. 수도원의 미로에 있던 원시 프레스코 벽화에 따르면 그곳에서 사르코만드의 현무암 부두까지 그리 멀지 않았기에 배를 구할 수만 있다면 험준하고 오싹한 바위섬을 지나 인가노크로 돌아갈 수 있었다. 그러나 영겁의 세월 동안 버려졌던 도시에서 배를 구할 수 있을지 의문이어서 시도조차 해볼 여지가 없어 보였다.

랜돌프 카터의 머릿속에 이런저런 생각이 오가는 가운데 문득 새로운 인상이 떠오르기 시작했다. 그 앞에는 지금 부서진 기둥과 스핑크스가 장식된 관문, 거대한 석조물과 창백한 구름을 등지고 있는 한 쌍의 날개 달린 사자상과 함께 전설의 사르코만드가 거대한 송장처럼 누워 있었다. 그런데 멀리 오른쪽에 구름과는 상관없는 불빛이 일렁이는 것을 깨닫자, 그 죽은 도시의 침묵 속에 혼자만 남겨져 있는 게 아니라는 생각이 들었다. 불빛은 계속해서 밝게 타올랐다가 잦아들기를 되풀이하며 녹색 빛을 띠고 있어서 쉽게 안심이 되지는 않았다. 어지러운 거리를 따라 기다시피 무너진 벽의 좁은 틈새를 통과하면서, 카터는 그 불빛이 부두 주변에서 타오르는 모닥불이며, 그 주변에 흐릿한 형체들이 무수히 모여 있음을 확인할 수 있었다. 그런데 고약한 악취가 주변에 가득했다. 그들 너머 번들거리는 부두의 수면에 정박 중인 커다란 갤리선이 모습을 드러냈다. 카터는 그 배가 달에서 온 무시무시한 검은 갤리선 중 하나라는 것을 깨닫고 돌연한 공포에 사로잡혔다.

그 으스스한 불꽃을 등지고 돌아가려는 순간, 그는 무리진 형체들 사이에 이는 동요를 보았고, 독특하면서도 익숙한 소리를 들었다. 겁에 질린 구울의 울음소리였다. 순식간에 그 소리는 격한 고통에서 나오는 합창으로 요란해졌다. 카터는 괴괴한 폐허의 그림자에 몸을 숨기고, 공포보다는 호기심에 이끌려 뒤로 물러나는 대신 앞으로 기어갔다. 탁 트인 도로를 지날 때는 바닥에 배를 바짝 붙이고 벌레처럼 기어갔지만, 부서진 대리석 조각이 많아 소리가 날지 모르는 곳에서는 할 수 없이 두 발로 걸어가야 했다. 다행히 그는 들키지 않고 거대한 기둥까지 다다랐고, 그곳에서는 녹색 불빛 주변에서 벌어지는 광경을 전부 볼 수 있었다.

모닥불은 달에서 가져온 기분 나쁜 균류의 가지를 태운 것으로, 그 주변에 두꺼비처럼 생긴 달짐승과 그들의 노예인 유인족들이 쪼그리고 앉아 악취를 풍기고 있었다. 노예 몇 명이 넘실거리는 불꽃에다 이상한 쇠꼬챙이를 달구었다. 그들은 우두머리 앞에 포박당한 채 몸부림치는 세 마리의 포로를 향해 일정한 간격을 두고 허옇게 달구어진 쇠꼬챙이를 들이댔다. 촉수의 움직임으로 판단컨대, 주둥이가 뭉툭한 달짐승들은 그 광경을 몹시 즐기는 것 같았다. 카터가 갑작스러운 비명 소리에 깜짝 놀라 살펴보니, 고문을 당하는 구울의 무리는 지하에서 안전하게 그를 안내한 뒤 마법의 숲에서 사르코만드와 그곳의 관문을 찾아 본거지로 돌아가기 위해 떠난 고마운 삼인조였다.

녹색 불빛 주변에서 고약한 냄새를 풍기는 무리들은 그 수가 아주 많아서, 카터는 예전의 동료들을 당장 구할 방법이 없었다. 구울들이 어쩌다 붙잡히게 됐는지도 짐작이 가지 않았다. 그러나 회색의 두꺼비 괴물들이 다이레스-린에서 사르코만드로 가는 길을 묻는 구울이 있다는 소문을 듣고 그들이 렝 고원과 '금기의 제사장'에게 접근하는 것을 막으려고 했다는 생각이 들었다. 그는 잠시 어떻게 해야 할지 궁리하다가 구울의 지하 왕국으로 가는 관문이 멀지 않음을 떠올렸다.

쌍둥이 사자가 지키고 있는 동쪽의 광장으로 가서 곧바로 지하로 내려가는 것이 가장 현명한 방법이었다. 일단 지상에서 목격한 위험보다는 지하 쪽이 안전할 것이며, 빠른 시간 내에 구울의 무리를 만나 동족이 처한 위험을 알리면 그들은 즉시 구조에 나서 검은 갤리선에서 나온 달짐승들을 전멸시킬 수 있을지 몰랐다. 지하로 가는 다른 관문과 마찬가지로 '나이트곤'들이 지키고 있을 거라는 생각도 들었지만, 당장은 얼굴 없는 그들이 두렵지 않았다. 그들은 구울과 신성한 조약을 맺고 있을 뿐 아니라, 한때 픽맨이었던 구울이 알려준 암호를 사용하면 그들과도 의사소통이 가능할 것이었다.

그래서 카터는 또 다시 숨죽인 포복으로 폐허를 지나 천천히 거대한 중앙 광장과 날개달린 사자들을 향해 접근해 갔다. 몹시 고된 과정이었지만, 달짐승들은 흥에 겨워서 흩어진 돌조각 사이에서 그가 실수로 두 차례 소리를 낸 것도 알아채지 못했다. 이윽고 광장에 다다른 그는 쓰러진 나무와 덩굴 사이로 방향을 잡았다. 머리 위로 거대한 사자상들이 창백한 구름을 등지고 나타났지만, 그는 용감하게 그들을 향해 접근했다. 그들의 약간 옆쪽에 그들이 지키고 있는 강렬한 어둠이 있었다. 3미터 앞에 비웃는 듯한 얼굴을 한 사자들이 거대한 (그 측면에 소름 끼치는 돋을새김이 있는) 받침대 위에 서 있었다. 그들 사이에 타일이 깔린 뜰이 나타났는데, 한때는 마노로 만든 난간이 있던 흔적도 보였다. 카터는 이제 낡고 곰팡이 핀 계단을 따라 악몽의 지하로 연결되는 입구에 다다랐음을 깨달았다.

몇 시간이나 내려가야 하는 암흑의 계단은 정말이지 끔찍한 기억의 일부였지만, 카터는 보이지 않는 나선형의 가파르고 미끄러운 계단을 끝없이 돌고 돌았다. 계단은 무척 낡고 비좁았으며, 지하의 습기로 인해 몹시 미끄러워서 어느 순간 발을 헛디뎌 까마득한 높이를 추락할지 모르는 일이었다. 게다가 나이트곤이 실제로 그 통로를 지키고 있다면 그들이 언제 어떻게 그에게 달려들지 장담할 수 없었다. 주위에 가득한 지하의 냄새 때문에 숨이 막혀서 더더욱 인간이 들어올 곳이 아니라는 생각이 들었다. 그는 완전히 감각을 잃고 몽롱한 상태에서 이성적인 의지보다는 기계적인 충동에 따라 움직이고 있었다. 그래서 잠시 멈칫하는 순간에 뒤에서 무엇인가 살며시 그를 붙잡는 것도 알아채지 못했다. 그는 갑자기 공중으로 솟구쳤고, 난폭한 손아귀를 느끼고서야 질긴 몸뚱이의 나이트곤들이 그들의 임무를 수행하고 있음을 깨달았다.

얼굴 없는 비행사의 차갑고 축축한 손아귀에 거북해진 카터는 구울의 암호를 기억해 내고, 바람과 비행의 혼돈 속에서 있는 힘껏 소리를 질렀다. 냉혹하기로 소문난 나이트곤이었지만, 효과는 단번에 나타났다. 난폭한 발톱에서 힘을 빼더니 카터에게 훨씬 편안한 자세로 옮겨 잡는 것이었다. 이에 용기를 얻은 카터는 몇 가지 설명을 해 보았다. 즉, 세 마리의 구울이 달짐승에게 포로로 잡혀 고문을 당하고 있으니, 속히 그들을 구하기 위해 구울의 무리를 모아야 한다는 요지였다. 소리를 내지 못하지만 나이트곤은 카터의 말을 이해하는 것 같았다. 그들의 비행이 더욱 급해지고 목표 의식이 느껴졌다.

짙은 어둠은 돌연 지하의 잿빛 어스름으로 바뀌었고, 앞쪽에 구울의 무리가 즐겨 앉아서 배를 채우는 황량한 평지가 나타났다. 흩어진 묘비와 해골들이 그곳의 주인이 누구인지를 말해주고 있었다. 카터가 다급히 무리를 불러 모으는 소리를 지르자, 십여 개의 굴에서 개처럼 생긴 구울이 뛰어나왔다. 나이트곤들은 고도를 낮추고 카터를 평지에 내려놓은 뒤 약간 뒤로 물러나 반원을 그리며 에워쌌다. 그 동안 구울들이 손님을 환영하고 있었다.

카터가 빠르고 정확하게 상황을 설명하자, 구울 중 넷이 곧바로 여러 굴로 들어가 소식을 전하고 구조에 필요한 최대한의 인원을 모으기 시작했다. 오랜 기다림 끝에 심각한 표정의 구울이 나타나 나이트곤들에게 의미심장한 손짓을 하자, 나이트곤들 중에서 둘이 곧바로 어둠을 향해 날아올랐다. 그때부터 평지에 웅크리고 있던 나이트곤들에게 동료들이 날아들었고 마침내는 끈적끈적한 땅이 온통 검은색으로 뒤덮였다. 한편, 흥분한 소리를 지르며 구울의 무리가 하나둘 동굴에서 빠져나와 나이트곤과 멀지 않은 곳에 투박한 전투대형을 이루었다. 그리고 한때 보스턴의 예술가 리처드 픽맨이었다가 이제는 위엄과 영향력을 지닌 구울로 변한 옛 친구가 나타나자, 카터는 그에게 무슨 일이 벌어졌는지 상세히 알렸다. 픽맨이자 구울은 옛 친구를 다시 만나게 돼 몹시 기뻐했고, 매우 진지한 표정으로 그때까지도 계속 불어나는 무리에서 약간 떨어져서 다른 우두머리들과 회의를 했다.

마침내 신중하게 상황을 검토한 끝에 우두머리들은 일치된 의견을 모으고 구울과 나이트곤을 향해 명령을 내리기 시작했다. 나이트곤으로 이루어진 선봉대가 곧장 어둠 속으로 날아올랐다. 나머지는 둘씩 짝을 이루어 앞다리를 쭉 펼친 상태로 엎드린 채 하나씩 다가오는 구울을 기다렸다. 구울은 각각 정해진 한 쌍의 나이트곤에게 다가왔고, 곧바로 허공으로 들어 올려져 어둠 속으로 실려 갔다. 카터와 픽맨, 그 밖의 여러 우두머리, 몇 쌍의 나이트곤을 제외하고 모든 무리들이 어둠 속으로 사라졌다. 픽맨은 나이트곤들이 구울의 선봉대이자 군마(軍馬)의 역할을 맡고, 전투 부대가 달짐승들을 상대하기 위해 사르코만드로 이동한 것이라고 설명했다. 곧이어 대기 중인 나이트곤에게 다가간 카터와 구울의 우두머리들도 축축하고 미끈거리는 발톱에 몸을 맡겼다. 잠시 후 그들은 어둠과 바람을 빠른 속도로 가르며, 끝없이 위로, 위로, 원시 사르코만드의 독특한 폐허와 날개 달린 수문장이 지키고 있는 관문으로 솟구쳤다.

한참이 지나, 카터가 창백하게 빛나는 사르코만드의 밤하늘을 다시 보았을 때, 거대한 중앙 광장은 구울과 나이트곤의 군대로 가득했다. 곧 날이 밝겠지만, 군대의 위용이 대단해서 적들을 기습 공격할 필요는 없을 것 같았다. 구울의 울음소리가 잠잠해진 것으로 봐서 일시적으로 고문이 중단된 모양이지만, 부두 주변의 녹색 불빛은 여전히 희미하게 타오르고 있었다. 나이트곤들에게 조용히 방향 지시가 떨어지자, 구울의 무리는 곧장 거대한 소용돌이를 일으키며 황량한 폐허를 지나 사악한 불꽃을 향해 날아갔다. 픽맨과 함께 최전방에 포진한 카터는 악취 나는 모닥불이 가까워질수록 달짐승들이 완전히 무방비 상태라는 걸 알아챘다. 세 마리의 구울 포로들은 모닥불 옆에 죽은 듯이 묶여 있었고, 두꺼비를 닮은 약탈자들은 주변에 아무렇게나 웅크리고 앉아 졸린 기색이었다. 유인족 노예들은 잠든 상태로, 장소가 장소인 만큼 보초들도 맡은 임무를 중요하게 여기지 않는 모양이었다.

나이트곤들의 마지막 부대가 착륙하자, 구울의 움직임이 매우 기민해졌다. 희끄무레한 두꺼비 괴물과 그들의 유인족 노예들은 소리 한번 지르지 못하고 나이트곤들에게 붙잡히는 신세가 되었다. 물론 달짐승들은 목소리가 없었지만, 유인족마저 질긴 발톱에 눌려 죽을 때까지 거의 비명 한 번 제대로 지르지 못했다. 냉혹한 나이트곤에게 붙잡힌 달짐승은 거대한 해파리처럼 강하게 몸부림쳤지만, 검은색의 억센 발톱을 뿌리치기에는 역부족이었다. 달짐승이 극렬하게 저항하는 경우, 나이트곤은 괴물의 부들거리는 분홍색 촉수를 움켜잡고 잡아당겼는데, 그때마다 몸부림이 멈출 정도로 치명상을 입는 것 같았다.

카터는 대대적인 살육이 벌어질 거라고 예상했지만, 구울의 전투 계획은 훨씬 치밀하고 지능적이었다. 그들은 포로를 잡은 나이트곤들에게 간단한 명령만 내리고, 나머지는 그들의 본능에 맡겼다. 그 결과 불운한 포로들은 조용히 '절대 심연'으로 옮겨져, 도울과 거그, 가스트를 비롯해 먹이를 취하는 데 있어 별다른 고민을 하지 않는 암흑의 무리들에게 골고루 분배될 운명에 처했다. 한편, 포로로 붙잡혔던 세 마리의 구울이 승리한 동족들에게 위로를 받는 동안, 그 밖의 무리들은 혹시 남아 있을 달짐승을 찾아 주변을 수색했다. 그들은 부두에 정박 중인 악취 나는 검은 갤리선에도 올라가 패배자의 잔당이 탈출할 여지를 없앴다. 승리자들의 수색 결과 적들이 생존해 있을 가능성이 전무한 터라 완벽한 승리였다. 드림랜드의 남은 지역을 여행할 수단이 절실했던 카터가 구울 무리에게 갤리선을 침몰시키지 말아 달라고 부탁했다. 그의 부탁은 포로의 위기를 알려준 고마움의 대가로 기꺼이 받아들여졌다.

카터는 배에서 발견된 기묘한 물건들과 장식품 중에서 일부를 즉시 바다에 던져 버렸다.

구울과 나이트곤들은 각각 독립적인 대오를 갖추고, 전자는 구조된 동료들에게 그간의 사정을 묻기 시작했다. 세 마리의 구울은 카터의 조언에 따라 '마법의 숲'에서 니르와 스카이를 경유해 다이레스-린으로 향했다. 한적한 농가에서 인간의 옷을 훔쳐 입고 걸을 때도 가능한 인간의 걸음걸이를 흉내 냈다. 다이레스-린의 여인숙에서 그들의 기이한 행동거지와 생김새 때문에 의견이 분분했다. 그러나 그들은 사르코만드로 가는 길을 끈질기게 물었고, 마침내 어느 늙은 여행자가 그 답을 알려주었다. 레라그-렝으로 가는 선박만이 유일하게 그들의 목적지에 가까웠다. 그때부터 그들은 참을성 있게 그 배를 기다렸다.

그러나 사악한 첩자들이 이미 많은 사실을 보고한 뒤였다. 얼마 후 검은 갤리선이 부두에 나타났고, 입이 큰 루비 상인들이 여인숙에서 술이나 한잔 하자며 구울 일행을 초대했다. 독특한 루비로 만든 괴상한 병에서 술이 따라진 이후 구울들은 카터의 경우처럼 검은 갤리선에 포로가 되어 있었다. 그러나 그들의 경우에는, 보이지 않는 선원들이 달이 아니라 고대의 사르코만드로 노를 저었다. '금기의 제사장' 앞에 그들을 끌고 갈 의도가 분명했다. 갤리선이 인가노크 선원들이 피해 가는 바다 북부의 험준한 바위섬에 잠시 들렀을 때, 구울들은 그 곳에서 처음으로 붉은빛의 선장을 보았다. 자신들의 생김새 때문에 웬만한 대상에 대해서는 무감각한 구울들도 그때만큼은 형체 없는 사악함과 소름 끼치는 악취에 넌더리를 냈다. 그들은 바위섬에 상주하면서 그곳을 지키는, 두꺼비 모습의 수비대가 일삼는 괴상한 오락거리도 목격했다. 사람들이 두려워하는 한밤의 울부짖음도 그 오락의 결과였다. 그 후로 폐허가 된 사르코만드에 도착했고, 구조대가 도착할 때까지 고문이 계속되었다.

앞으로의 계획도 논의되었다. 구조된 세 마리의 구울은 험준한 바위섬을 급습해서 두꺼비 수비대를 몰살하자고 제안했다. 그러나 나이트곤들이 반대하고 나섰다. 그들은 물 위를 나는 걸 좋아하지 않았기 때문이다. 대부분의 구울은 바위섬 급습에 대해 찬성했지만, 날개달린 나이트곤들이 도와주지 않는다면 그곳까지 갈 수 있는 방법이 없어 난감해했다. 그래서 카터는 그들이 정박한 갤리선을 조정할 수 없다는 점을 알고 거대한 노를 어떻게 젓는지 가르쳐 주겠다고 말했다. 카터의 제안에 모두 기뻐했다.

잿빛 하루가 밝자, 무채색의 북녘 하늘 아래 선발된 구울의 무리가 악취 나는 갤리선에 올라 노 젓는 자리에 앉았다. 카터는 그들의 학습 능력이 매우 뛰어나다는 것을 발견했고, 밤이 오기 전 주변 항구로 몇 차례 시험 운항까지 마칠 수 있었다. 그러나 안전하게 정복자의 항해에 오르기 위해서는 사흘의 시간이 더 필요했다. 훈련받은 선원과 함께 나이트곤을 배 안에 싣고 본격적인 항해가 시작되었다. 픽맨과 우두머리들은 갑판에 모여 이후의 전략을 의논했다.

첫날밤, 바위섬에서 울부짖음이 들려왔다. 갤리선의 선원들이 눈에 띄게 몸서리를 칠 정도로 흉악한 소리였다. 그러나 구조된 세 마리의 구울은 그 울부짖음의 의미를 정확히 알고 있었기에 누구보다도 동요가 심했다. 밤에 공격하는 것은 좋지 않다고 판단, 갤리선은 구름의 인광 아래 머물며 잿빛 여명이 밝기를 기다렸다. 주변이 약간 밝아지고 선원들의 공포를 자아내는 괴성이 여전했다. 갤리선은 화강암의 기암괴석이 무채색 하늘을 배경으로 기괴하게 버티고 있는 바위섬을 향해 천천히 다가갔다. 바위섬 주변은 몹시 가팔랐다. 그러나 암봉 여기저기에 창문 없는 기묘한 주거지의 벽면과 큰길의 난간 따위가 보였다. 선원 중에서 바위섬에 그토록 가까이 접근한 예가 없었다. 적어도 그 정도로 접근했다가 다시 무사히 돌아간 예는 없었다. 그러나 카터와 구울 무리는 두려움을 떨치고 꿋꿋하게 바위섬의 동쪽을 돌며 세 마리의 구울이 말한 대로 항구처럼 가파른 곳이 형성되어 있다는 남쪽 면에서 배를 댈 만한 부두를 찾고 있었다.

곶은 천연적으로 섬의 지세가 연장된 곳으로, 한 번에 한 척의 선박만 겨우 빠져나갈 수 있을 정도로 비좁았다. 외부에 보초가 없는 틈을 타 갤리선은 대담하게 가파른 도랑 같은 해협을 통과하여 침침하고 악취 나는 항구로 들어섰다. 그런데 항구는 뜻밖에도 부산하고 활기에 넘쳤다. 몇 척의 선박이 금단의 석조 부두를 따라 정박해 있었고, 10여 명의 유인족 노예들과 달짐승들이 궤짝과 상자 옆에서 일을 하거나 정체 모를 괴상한 생물체를 짐마차에 싣고 있었다. 부두 위의 깎아지르는 절벽에는 돌로 지은 작은 마을이 있었는데, 그 곳에서 시작된 구불구불한 도로가 눈에 보이지 않는 고지대의 암봉까지 나선형으로 이어져 있었다. 그 거대한 화강암 봉우리에 무엇이 있을지는 누구도 장담할 수 없었지만, 바깥쪽에 보이는 광경만으로도 간담이 서늘했다.

부두에 있던 무리들은 다가오는 갤리선에 큰 관심을 보이며, 눈이 있는 무리는 뚫어질 듯 응시하고, 눈이 없는 무리는 분홍색 촉수를 이리저리 꼼지락거렸다. 물론 그들은 갤리선의 주인이 바뀌었다는 사실을 몰랐다. 구울은 뿔과 발굽이 달린 유인족과 생김새가 비슷했고, 나이트곤들은 아래쪽에 몸을 숨기고 있었기 때문이다. 그때쯤에는 우두머리들이 전략을 완벽하게 세운 후였다. 즉, 부두에 닿자마자 나이트곤들을

252

그곳에 풀어놓고 곧장 멀리 떠난다는 계획이었다. 그 후의 모든 문제는 냉혹한 나이트곤의 본능에 맡길 예정이었다. 바위섬을 어슬렁거리다가 눈에 띄는 생물을 움켜잡고 회귀본능에 따라 바다의 두려움도 잊은 채 심연으로 돌아갈 것이었다. 어둠의 목적지를 향해 그들과 함께 가야할 희생양은 아마도 그 심연에서 다시 살아 돌아오지는 못할 것이다.

픽맨이었던 구울은 아래로 내려가 나이트곤들에게 마음대로 해도 좋다고 말했다. 그 동안 갤리선은 불길하고 악취 나는 부두에 바짝 다가서고 있었다. 부두에서 갑자기 새로운 동요가 일었는데, 카터가 보기에 갤리선의 움직임 때문에 의혹이 인 것 같았다. 노를 젓는 구울들이 예정된 위치에 배를 대지 못했고, 부두에서 지켜보던 무리들이 그쯤에서 구울과 유인족 노예간의 차이를 알아챘다. 암묵적인 경계 신호가 있었는지, 곧바로 볼썽사나운 달짐승들이 창문 없는 건물의 작고 검은 문에서 쏟아져 나와 오른쪽의 굽잇길을 따라 내려오기 시작했다. 기묘한 투창이 소나기처럼 갤리선으로 날아들었다. 갤리선은 부두에 뱃머리를 부딪쳐 두 마리의 구울이 바다로 떨어지고 그 외 몇몇이 가벼운 부상을 입었다. 바로 그때 갑판의 해치가 한꺼번에 열리자, 검은 구름처럼 솟구친 나이트곤들이 뿔 달린 거대한 박쥐 떼처럼 마을로 쇄도하기 시작했다.

젤리 같은 달짐승들은 커다란 장대로 침입한 갤리선을 밀어내려고 했지만, 달려드는 나이트곤 앞에서 쉽게 할 수 있는 일이 아니었다. 얼굴 없는 고무질의 나이트곤들이 부두의 무리들을 농락하는 광경은 참으로 처절했으며, 마을을 지나 구부러진 길 위로 몰려가는 모습도 진기할 따름이었다. 종종 그들은 포획한 두꺼비 모양의 생물들을 높은 창공에서 실수로 떨어뜨리기도 했는데, 포획물이 땅에 부딪혀 터지는 광경이나 냄새가 차마 견디기 어려울 지경이었다. 나이트곤이 남김 없이 갤리선에서 솟아오르자, 구울 우두머리들의 퇴각 명령에 따라 갤리선은 잿빛 곶 사이의 항구에서 조용히 미끄러져 나왔다. 그 동안에도 마을에는 전쟁과 침탈의 아비규환이 계속되고 있었다.

픽맨 구울은 몇 시간 동안 나이트곤들이 욕구를 채우고 바다 비행에 대한 두려움을 극복하도록 배려하는 한편, 험준한 바위섬에서 1.5킬로미터쯤 떨어진 곳에 갤리선을 세우고 부상당한 부하들을 치료했다. 밤이 오자, 잿빛 어스름은 낮게 깔린 구름의 창백한 푸른빛으로 바뀌고 우두머리들은 저주받은 바위섬의 산봉우리를 바라보며 나이트곤이 날아오는지 살폈다. 아침이 가까워질 즈음, 바위섬의 가장 높은 봉우리 위에 머뭇거리듯 떠 있는 작은 점이 나타났다. 얼마 후 작은 점이 점점 커졌다. 여명이 오기 직전, 부풀어 오른 점이 흩어지더니 15분 만에 멀리 북동쪽으로 완전히 사라져 버렸다.

한두 차례 사라지는 무리 속에서 무엇인가 바다로 떨어지기도 했다. 그러나 카터는 두꺼비 모양의 달짐승들이 헤엄치지 못한다는 사실을 확인하고 크게 걱정하지는 않았다. 마침내, 나이트곤들이 사르코만드와 거대한 심연을 향해 불운한 포로들을 데리고 떠난 것에 만족하며 구울 무리는 다시 잿빛 곶 사이의 항구로 돌아갔다. 못생긴 구울 무리는 전부 뭍에 올랐고, 단단한 암석을 파서 만든 탑과 집, 요새가 무방비로 남겨진 바위섬을 호기심 어린 표정으로 느긋하게 걸어 다니기 시작했다.

그 사악하고 밀폐된 소굴은 처참한 광경으로 남아 있었다. 먹다가 만 시체가 적지 않았고, 원래의 모습을 찾아볼 수 없을 정도로 온갖 형상으로 찢겨 있었기 때문이다. 카터는 살아 있는 느낌의 시체들을 헤치고 걷다가 정체 모를 몇몇 물체에 질겁하며 물러서기도 했다. 악취로 가득한 집들은 대부분 달 나무로 만든 괴상한 의자와 기다란 탁자로 꾸며져 있었으며, 정체불명의 기괴한 문양들이 그려져 있었다.

지상에 존재하지 않는 독특한 존재를 묘사한 단단하고 거대한 루비 물상(物像)을 비롯하여 무수한 무기와 도구, 장신구들이 주변에 즐비했다. 그 독특한 재료에도 불구하고, 그 같은 물건들은 관찰자들의 시선을 오래 끌지는 못했다. 그러나 카터만은 망치로 다섯 개의 물건을 잘게 깨뜨려 보았다. 그는 흩어져 있는 작살과 투창을 모은 뒤, 픽맨의 허락을 얻어 구울 무리에게 나누어주었다. 그런 무기들은 개과의 구울 무리에게는 새로운 것이었지만, 상대적으로 단순한 습성 덕분에 몇 마디 설명만 듣고도 쉽게 무기들을 다룰 줄 알았다.

바위섬의 고지대에는 마을에 비해서 신전이 많았다. 무수한 방마다 소름 끼치는 제단과 이상하게 색칠된 글자, 카다스 정상의 난폭한 신들보다 더 기괴한 존재들을 숭배하기 위한 성소도 발견되었다. 거대한 신전 뒤로 낮고 어두운 통로가 이어져 있었는데, 카터가 횃불을 들고 그 통로를 따라가자 반구형의 거대한 공간이 나타났다. 돔 천장에는 사악한 조각으로 채워져 있었다. 그 한복판에 입을 벌리고 있는 불결하고 깊은 우물은 오싹한 렝 수도원에서 '금기의 제사장'이 홀로 있던 공간에서 본 구멍과 비슷했다. 우물 너머 멀리 그늘진 자리에 청동으로 이상하게 만들어진 작은 문이 눈에 띄었다. 그러나 몇 가지 이유 때문에 그는 감히 그 문을 열거나 가까이 갈 엄두를 내지 못하고 서둘러 못생긴 동료들 곁으로 돌아갔다.

구울들은 신이 나서 아무렇게나 주변을 뒤뚱거리고 돌아다녔지만, 카터로서는 그러기가 쉽지 않았다. 그들은 달짐승 무리의 시체를 살펴보고 그들만의 방식으로 이득을 취했다. 게다가 독한 달 술이 담긴 커다란 술통을 발견하고 부두까지 굴려서 가져갔다. 배에 실어간 뒤 나중에 민주적인 절차에 따라 이용하기 위해서였다. 구조된 세 마리의 구울이 다이레스-린에서 이미 그 술의 효과를 경험한 후여서 마셔서는 안 된다고 동료들에게 경고를 했지만 소용없는 일이었다. 부두에서 가까운 지하실에 달의 광산에서 가져온 루비들이 원석이나 가공된 형태로 가득 쌓여 있었다. 그러나 구울들은 찾아낸 루비들을 먹을 수 없다는 이유로 쉽게 흥미를 잃었다. 카터도 루비를 채석하기까지의 과정을 잘 알고 있어서 단 한 개도 가져갈 마음이 없었다.

갑자기 부두에서 보초를 서던 구울들이 흥분한 소리를 질렀고, 약탈에 몰두하던 무리들은 부랴부랴 부두로 몰려갔다. 잿빛 곶 사이로 갤리선 한 척이 빠른 속도로 다가오고 있었다. 갑판에 있던 유인족은 마을이 침략당한 것을 눈치채고 선실의 괴물들을 향해 뭐라고 소리를 질렀다. 다행히 구울들은 카터가 나눠준 투창과 작살을 들고 있었다. 픽맨 구울의 지지를 얻은 카터의 명령 아래 구울들은 갤리선의 상륙을 저지하기 위해 전투대형을 갖추었다.

곧이어 갤리선에서 마을의 이상한 낌새를 알리는 선원들의 아우성이 들려오다가 돌연 배가 멈춘 것으로 봐서 구울이 수적으로 우세하다는 것을 파악한 것 같았다. 잠시 후, 갤리선은 조용히 방향을 돌려 곶 사이를 다시 빠져나갔지만, 충돌을 피했다고 보기는 어려웠다. 그 음산한 배는 전력을 보강할 계획이거나 섬의 다른 지점에 상륙을 시도할지 몰랐다. 그래서 곧바로 일단의 정찰대가 산봉우리로 올라가 적들의 동태를 살피라는 명령을 받았다.

몇 분 후, 숨을 몰아쉬며 돌아온 정찰대원의 보고에 따르면, 달짐승과 유인족 무리는 험준한 잿빛 곶에서 동쪽으로 떨어진 외곽에 상륙하여 숨겨진 길과 암붕을 따라 올라오고 있었다. 그와 동시에 갤리선이 도랑 같은 해협 사이에서 다시 모습을 나타냈지만, 그것도 잠시 순식간에 사라져 버렸다. 그런데 몇 분 후, 두 번째 정찰대원이 헐레벌떡 달려와 곶 반대편에도 일단의 무리가 상륙했다고 알리는 것이었다. 두 군데 상륙한 수를 보면 갤리선이 수용할 수 있는 인원보다 많은 것 같았다. 최소한의 노 젓는 인원만 남겨졌을 갤리선은 해협으로 이동한 뒤 이물을 악취 나는 항구 쪽으로 향하고 정박했다. 곧 있을 전투를 살피면서 만일의 사태를 대비하는 것 같았다.

그때 카터와 픽맨은 구울을 세 개의 부대로 나누어, 두 군데의 병력은 양쪽으로 침입한 적군과 대치하고, 한 군데는 마을에 남도록 조치했다. 2개 부대는 곧바로 각각 지시를 받은 방향으로 바위를 올랐고, 나머지 1개 부대는 다시 육지와 해상을 나누어 담당했다. 해상 병력은 카터의 명령에 따라 정박한 갤리선에 올라 수적으로 불리한 적함을 향해 진격했다. 그 모습을 본 적군은 해협에서 공해상으로 도망치기 시작했다. 카터는 마을에서 멀리 벗어나지 말아야 한다는 판단 때문에 즉시 적함을 뒤쫓지는 않았다.

한편, 달짐승과 유인족으로 구성된 오싹한 군대가 곶 정상까지 올라와 잿빛의 침침한 하늘을 배경으로 양편에 소름 끼치는 그림자를 드리웠다. 적 진영에서 가늘고 오싹한 피리 소리가 들려오기 시작했다. 여러 가지가 뒤섞이고 일정한 리듬도 없는 선율을 듣고 있자니, 두꺼비 같은 달짐승이 발산하는 냄새처럼 역겨운 느낌이 치솟았다. 곧이어 구울의 2개 부대가 우글거리며 곶으로 기어올라 적군의 그림자 속에 뛰어들었다. 곶 양편에서 작살이 날기 시작했고, 구울의 짖는 듯한 비명과 유인족의 짐승 같은 울부짖음이 피리 소리와 뒤섞이면서 악마의 불협화음처럼 광적이고 무시무시한 혼란이 일었다. 가파른 곳 바깥쪽 혹은 안쪽의 항구로 떨어지는 형체들이 많았다. 특히 항구 쪽으로 떨어진 병사들은 거대한 거품을 일으키는 정체불명의 해저 생물에게 곧바로 붙잡히고 말았다.

양쪽 진영에서 펼쳐지는 격전은 30분 동안 하늘을 뒤흔들었고, 마침내 서쪽 곳에서 적군이 완전히 괴멸되었다. 그러나 달짐승이 직접 진두지휘하는 모습이 포착되는 동쪽 곳에서는 구울이 고전을 면치 못했다. 결국 구울은 서서히 가파른 비탈까지 퇴각하기 시작했다. 픽맨은 즉시 마을에 주둔하는 부대에게 동쪽 곳을 지원하라고 지시했고, 지원군이 합류함으로써 전세는 크게 바뀌었다. 그쯤에서 전투를 완전히 끝낸 서쪽 곳의 구울 부대는 의기양양하게 수세에 몰린 아군을 지원하기 위해 반대편 곳으로 기어오르기 시작했다. 이번에는 전세가 역전돼 적군이 곳의 가파른 가장자리까지 쫓겨 갔다. 유인족들은 거의 전멸했지만, 두꺼비 괴물은 강인하고 혐오스러운 발톱에 거대한 투창을 움켜잡고 필사적으로 대항했다. 작살을 사용할 상황이 아니어서, 가파르고 비좁은 절벽 가에서의 격전은 이제 육탄전 양상으로 바뀌었다.

분노와 무모함이 더해갈수록, 바다로 떨어지는 수도 늘어갔다. 항구 방면에 떨어진 자들은 전과 마찬가지로 거품을 일으키는 바다 생물에게 끌려 들어간 반면, 곳의 바깥쪽 공해상에 떨어진 자들 중에는 곳 밑이나 바위에 무사히 기어오르는 구울이 있는가 하면 허우적거리다가 정박 중인 적군 갤리선에 구조되는 달짐승도 있었다. 곳은 적군이 상륙한 지점 외에는 올라갈 만한 길이 없었으므로 그 밑에 기어오른 구울들은 다시 전선에 합류하지 못했다. 구울 중 몇몇은 적군 갤리선이나 곳 위에서 던진 작살에 맞아 죽었지만, 소수는 끝까지 살아남아서 구조되었다. 마을 주둔군 중에서 육상 병력은 상대적으로 한산해 보였지만, 카터의 갤리선은 곶 사이를 누비며 적군을 공해상으로 멀리 쫓아내느라 분주했다. 그 과정에서 바위에 올라가 있거나 아직 물속에서 헤엄치고 있는 구울들을 구하기 위해 배를 세우기도 했다. 바위나 모래톱에 기어오르는 달짐승들은 발견 즉시 카터 부대에 의해 죽임을 당했다.

마침내, 달짐승의 갤리선은 멀리 공해상으로 쫓겨 갔고, 구울군은 전투력을 한곳에 집중할 수 있었다. 카터는 적군의 후방에 배를 대고 많은 병력을 상륙시켰다. 이제 전투가 끝나는 것은 시간문제였다. 협공을 받게 된 적군은 우왕좌왕하다가 일격을 받거나 바다로 떨어졌다. 저녁 무렵, 구울의 우두머리들은 마침내 바위섬을 다시 평정했음을 공개적으로 알리기에 이르렀다. 한편, 적군 갤리선은 어디론가 사라져 버렸다. 대군을 결집해 다시 공격에 나설 때까지는 바위섬에서 철수하는 것이 이롭다고 판단한 것 같았다.

밤이 되자, 픽맨과 카터는 구울을 전원 소집한 뒤 인원을 점검했다. 그 결과, 전투에서 인원의 4분의 1 이상을 잃었다. 픽맨은 부상당한 동족을 죽이거나 먹어치우는 구울의 오랜 관습을 깨기 위해 노력해 왔다. 그래서 부상병들은 선실로 옮겨졌고, 경상자들은 노를 젓거나 다른 일에 투입되었다. 한밤의 푸른빛 구름 아래 갤리선은 항해를 시작했고, 카터는 암흑의 반구형 공간과 깊은 우물, 그리고 혐오스러운 청동 문이 머릿속을 떠도는 비밀의 바위섬을 떠난다고 해서 전혀 아쉬울 게 없었다. 새벽녘, 갤리선이 사르코만드의 황량한 현무암 방파제에 다가서자, 그 곳에서 소수의 나이트곤들이 그들을 기다리고 있었다. 나이트곤들은 인류의 출현 이전에 이미 삶과 죽음을 끝낸 섬뜩한 도시의 부서진 스핑크스와 기둥 위에 뿔 달린 검은색 가고일처럼 웅크리고 있었다.

구울은 사르코만드의 부서진 석조물 사이에 캠프를 차리고, 그들을 실어 나를 나이트곤을 더 불러오라고 전령을 보냈다. 픽맨과 우두머리들은 카터의 도움에 진심으로 고마움을 전했다. 카터는 이제 다시 여정에 올라야 할 때라고 생각했다. 드림랜드의 또 한 지역을 떠나기 위해서 그리고 그의 꿈에서 기이하게 사라져버린 경이로운 황혼의 도시와 미지의 카다스 정상에 있는 신들을 찾아가는 운명의 여정을 위해서라도 무시무시한 동료들의 도움을 받고 싶었다.

카터는 자신의 속마음을 구울의 우두머리들에게 털어놓았다. 카다스가 있는 차가운 황무지에 대해, 흉악한 샨타크 새와 산맥을 지키는 수호자이자 머리가 두 개 달린 형체에 대해 그가 아는 바를 말해 주었다. 거대한 말의 머리를 한 샨타크가 나이트곤을 두려워하여 인가노크와 오싹한 렝 고원을 양분하는 잿빛 산봉우리의 동굴을 지날 때 비명을 지르며 다급해했다는 얘기도 했다. 뿐만 아니라, '금기의 제사장'이 있는 밀폐된 수도원에서 목격한 프레스코 벽화를 통해서 알게 된 나이트곤에 관한 사실도 알려주었다. 즉, 그레이트원들마저 두려워하는 나이트곤들은 '기어드는 혼돈, 니알라토텝'이 아니라 절대 심연의 제왕이자 불멸의 존재 노덴스의 명을 받든다는 사실이었다.

무엇보다 카터는 구울 무리를 향해 자신의 바람을 전하면서 지금까지 그들을 도와준 점을 떠올리면 그리 무리한 요구는 아닐 거라고 말했다. 그는 샨타크의 영토와 조각이 새겨진 산맥을 안전하게 넘어 어떤 인간도 살아 돌아온 적이 없다는 태고의 황무지까지 가려면 나이트곤들의 도움이 절실하다고 말했다. 그는 차가운 황무지의 카다스 정상에 있는 마노 성까지 날아가 황혼의 도시로 가는 길을 막지 말아 달라고 그레이트원에게 간청할 생각이며, 그곳까지 나이트곤들이 무리 없이 갈 수 있을 거라고 자신감을 보였다. 평지의 숱한 위험을 발 아래 지나치고, 잿빛 어스름 속에 영원히 웅크리고 있는 산맥의 머리 두 개 달린 수호상도 맞닥뜨릴 필요가 없기 때문이었다. 그리고 그레이트원 자신이 두려워하는 존재가 바로 나이트곤이므로 뿔 달리고 얼굴 없는 그들이 혹시라도 빠져들 위험은 전무한 편이었다. 만에 하나 그레이트원을 비호한다는 외계의 신들이 예기치 못한 간섭을 하는 경우에도 두려워할 이유는 없었다. 니알라토텝을 주인으로 섬기는 것이 아니라, 막강한 태고의 노덴스를 경배하는 말 없고 미끈거리는 나이트곤들에게 외계의 지옥은 큰 위협이 되지는 않을 것이기 때문이었다.

나이트곤의 습성을 인간보다 잘 알고 다스릴 수 있는 구울이 소수 함께 가는 것이 좋지만, 어쨌든 열에서 열다섯 정도의 나이트곤만 있으면 샨타크가 덤벼들어도 물리칠 수 있다고 카터는 역설했다. 나이트곤 무리는 전설의 마노 성이 있는 적당한 곳에 그를 내려주고, 그가 성 안에서 지상의 신에게 기도를 하고 돌아오거나 다른 지시가 있을 때까지 어둠 속에서 기다리면 되었다. 만약 구울도 합류하고 스스로 원하여 그레이트원이 있는 성 안까지 그를 호위해 준다면, 고마울 것이라고도 말했다. 그들이 동행한다면 그의 탄원에 무게가 실리고 중요성이 더할 것이기 때문이었다. 그러나 그는 그 정도까지는 바라지 않았다. 다만 미지의 카다스 정상까지 가서, 신들이 허락한다면 경이로운 황혼의 도시까지 이어지는 마지막 여정을 끝내고, 그의 간청이 좌절된다면 마법의 숲에 있는 '깊은 잠의 관문'까지 그를 데려다 주기를 바란다고 덧붙였다.

구울들이 전부 카터의 말을 경청하는 동안, 전령이 불러온 나이트곤들이 하늘을 검게 뒤덮었다. 날개 달린 군마들은 구울 병사를 반원형으로 에워싸고 앉아서, 구울의 우두머리들이 여행자의 소원에 대해 의논하는 동안 공손히 기다렸다. 픽맨이었던 구울이 동료들을 설득하는데 전심을 다한 결과, 카터가 내심 최대한 생각했던 것 이상의 편의를 제공받게 되었다. 그가 달짐승을 무찌를 때 구울을 도왔기에, 누구도 돌아온 적 없는 왕국을 찾아가려는 그의 열망을 그들도 기꺼이 돕겠다는 것이었다. 갤리선과 바위섬에서 반격해 올지 모를 적군을 대비해 최소한의 수비대만 남겨놓고 캠프에 집결해 있는 구울 병사 전원과 그들의 동료인 나이트곤이 그의 여정에 동참하겠다고 했다. 그가 원할 때 언제든지 출격할 수 있도록 만반의 준비를 하고, 일단 카다스에 도착하면 일단의 구울이 마노 성에서 탄원을 하는 동안 그를 수행할 계획이라는 것이다.

이루 말할 수 없이 만족하고 감격한 카터는 자신의 대담한 여정에 대해 구울의 우두머리들과 계획을 짜기 시작했다. 그들은 정체불명의 수도원과 사악한 석조 마을이 있는 렝 고원의 상공을 지나되, 거대한 잿빛 봉우리에 잠시 들러 그 곳의 벌집 같은 동굴에 있다는 나이트곤들로부터 정보를 얻은 다음에, 조각이 새겨진 인가노크 북부 산맥의 사막을 통과할 것인지 아니면 좀 더 북쪽에 있는 기분 나쁜 렝 고원 자체에 접근할 것인지 최종적인 진로를 정하기로 했다. 개를 닮은 구울과 무정한 나이트곤들은 어느 쪽이든 금기의 사막을 두려워하지 않았을 뿐 아니라 신비의 마노 성만 덩그러니 세워져 있다는 카다스에 대해서도 외경심 따위는 느끼지 않았다.

구울과 나이트곤이 비행을 준비하는 한낮 동안, 구울 각각에 한 쌍의 나이트곤들이 배정되었다. 카터의 자리는 픽맨의 바로 옆 우두머리 대열로, 구울을 싣지 않은 나이트곤들이 이중으로 호위하는 선봉의 위치였다. 픽맨의 힘찬 호령과 함께 원시 사르코만드의 부서진 기둥과 무너진 스핑크스 위로 대군이 일대 검은 구름을 일으키며 솟구쳤다. 그들은 거대한 현무암 절벽 너머의 마을도 사라지고, 황량한 렝 고원의 외곽이 시야에 펼쳐질 만큼 높이 올라갔다. 그러나 나이트곤들은 고도를 더욱 높였고, 렝 고원마저 멀리 작아졌다.

그들이 바람이 휘몰아치는 공포의 고원 북쪽으로 나는 동안, 카터는 원형으로 세워진 거친 거석과 창문 없이 웅크린 건물을 바라보며 그곳에서 오싹한 비단 가면을 쓴 괴물에게 거의 잡힐 뻔한 기억을 떠올리고 몸서리쳤다. 이번에는 박쥐처럼 쇄도하는 무리에 묻혀 그 황량한 곳에 내리지 않아도 됐으며, 불경한 석조 마을의 희미한 불빛을 까마득한 높이에서 스쳤을 뿐, 발굽과 뿔이 달린 유인족의 미친 춤사위와 끝없는 피리 소리에 마음을 졸이지 않았다. 한 차례 멀리 평원을 나는 샨타크 한 마리를 보기도 했지만, 그 새는 그들을 보자 사납게 울부짖으며 극도의 공포에 빠져 북쪽으로 황급히 날아가 버렸다.

땅거미가 질 무렵, 그들은 인가노크의 경계를 이루는 잿빛의 험준한 산봉우리에 도착한 뒤 카터의 기억에 샨타크가 몹시 두려워했던 정상 부근의 기이한 동굴 위를 선회하였다. 구울 우두머리들이 줄기차게 짖어대자, 동굴에서 뿔 달린 검은 형체들이 튀어나오더니 구울과 그들의 동료인 나이트곤과 몹시 볼썽사나운 몸짓으로 대화를 나누었다. 얼마 후 렝의 북부는 외계의 신과 기어드는 혼돈 니알라토텝과 관련된 것으로 전해지는 반구형의 흰색 건물이 기이한 산에 자리 잡고 있으며, 그곳에 음산한 힘이 집중되어 있는 등 나이트곤들마저 저어하는 위험이 도사리고 있다는 정보에 따라 인가노크의 북부 차가운 황무지를 비행하는 것이 최선이라는 결정이 내려졌다.

샨타크와 산을 조각한 수호상이 지키고 있는 산맥 너머 대단히 놀라운 무엇인가가 있다는 것 외에 산봉우리에 있는 나이트곤 무리도 카다스에 대해 아는 바가 없었다. 그들은 전인미답의 그 곳에 거대한 괴물들이 있다는 풍문과 밤이 영원히 지속된다는 어느 왕국에 대한 속삭임을 떠올렸다. 그러나 그밖에는 그들이 줄 수 있는 정확한 정보가 없었다. 그래서 카터와 그의 일행은 고마움을 표하고, 화강암 산봉우리를 넘어 인가노크의 창공으로 날아올랐다. 밑에는 한 밤의 인광을 내는 구름층이 펼쳐져 있었고, 한때 산이었던 원시의 암석에 공포를 조각한 거대한 손길에 의해 오싹하게 변한 가고일들이 멀리서 웅크린 모습을 드러냈다.

가고일들은 반원형으로 무시무시하게 웅크리고 앉아, 다리는 사막의 모래에 올려놓고 머리는 인광을 내는 구름 속에 처박고 있었다. 늑대를 닮은 불길한 두 개의 머리, 성난 얼굴, 추어올린 오른손. 그들은 둔감하면서도 위협적으로 인간 세계의 변방을 감시하며 인간의 것이 아닌 차가운 북부 세계로의 접근을 무섭게 막아서고 있었다. 그들의 무릎에서 코끼리만 한 몸집의 사악한 샨타크 무리가 솟구쳤지만, 흐릿한 창공에서 나이트곤의 선봉대를 목격하고는 미친 듯이 소리를 지르며 멀리 도망쳤다.

카터 일행은 가고일 산의 북쪽으로, 아무도 찾지 않은 희미한 사막 위를 수십 킬로미터 비행했다. 구름의 빛이 점점 어두워졌고, 마침내 카터는 온통 어둠뿐인 세계에 빠져들었다. 그러나 지하의 가장 어두운 심연에서 자라고, 눈이 아니라 고무질의 축축한 몸뚱이 전체로 사물을 보는 나이트곤 무리에게는 조금도 머뭇거릴 이유가 없었다. 그들은 끝없이 날갯짓하며 정체 모를 냄새와 소리를 실어오는 바람 속을 헤쳤다. 어느 때보다도 짙은 어둠과 광대한 공간 속에서 카터는 그 곳이 과연 지구의 드림랜드인지 아닌지조차 알 수 없었다.

　돌연 구름이 엷어지고 그 위에서 별들이 유령처럼 빛나기 시작했다. 아래는 여전히 암흑 천지였지만, 창백한 별빛은 전에 없이 어떤 의미와 방향을 암시하면서 살아 움직이는 것 같았다. 별자리가 달랐기 때문이 아니라, 낯익은 형태가 예전과는 달리 중요한 의미를 전하고 있었기 때문이다. 모든 것이 북쪽을 강조하고 있었다. 반짝이는 하늘의 곡선과 성좌는 다급히 보는 이의 시선을 잡아끈 다음, 끝없이 앞으로 펼쳐진 얼음의 황무지 너머 하나의 은밀하고 섬뜩한 목표점으로 안내하는 거대한 지도의 일부분이었다. 카터는 인가노크를 따라 험준한 산봉우리가 에워싸고 있는 동쪽을 바라보며, 별을 등지고 들쭉날쭉한 산세가 계속됨을 보았다. 산세는 갈라진 절벽과 기이하게 일어선 봉우리들로 더욱 험준해졌다. 카터가 뭔가를 암시하듯 기괴한 산맥의 윤곽이 꺾어지고 기울어지는 부분을 유심히 살폈을 때, 알듯 말듯 북쪽으로 재촉하는 별빛과 일맥상통하는 데가 있었다.

　그들이 엄청난 속도로 날아가는 바람에 주변을 자세히 보기 위해서 긴장을 늦출 수 없었다. 최고봉 바로 위에서 별빛을 등진 어두운 물체가 움직였는데, 그 방향이 쏜살처럼 날고 있는 그들의 방향과 정확히 일치했다. 구울의 무리가 주변에서 조그맣게 수군대는 것으로 봐서 그들도 그 물체를 본 것 같았다. 잠시 동안 카터는 그 물체가 보통 종(種)보다 훨씬 거대한 샨타크일지 모른다고 생각했다. 그러나 이내 그 생각을 버려야 했다. 산맥 위에 나타난 물체는 말의 머리를 한 새가 아니었기 때문이다. 별을 등진 그것의 윤곽은 당연히 흐릿하긴 했지만, 거대한 머리 혹은 극도로 확대된 한 쌍의 머리처럼 보였다. 게다가 창공에서 위아래로 빠르게 움직이는 모습은 날개 없는 물체를 떠올릴 만큼 아주 독특했다. 카터는 그것이 산맥의 어느 쪽에 떠 있는지 알 수 없었지만, 산등성이가 깊숙이 들어간 부분에서 별빛을 완전히 가리는 것으로 봐서 처음에 목격했던 모습이 전부가 아니라 아래쪽으로 몸이 더 연결되어 있는 것 같았다.

곧이어 산등성이에 넓은 간극이 나타났다. 산 너머의 오싹한 렝 고원 일대가 희미한 별빛 사이로 나 있는 낮은 산 고개 근처의 차가운 황무지와 만나는 지점이었다. 집중해서 간극을 지켜보던 카터는 하늘을 배경으로 산봉우리를 빠르게 날아가는, 거대한 물체의 아랫부분을 보았다. 그 물체가 그들보다 약간 앞에서 날기 시작하자 몸 전체의 그림자가 나타났고, 카터 일행의 눈길이 일제히 그것에 쏠렸다. 거대한 물체는 간극에서 가까운 산봉우리를 서서히 넘어갔는데, 구울 무리와 너무 멀어지지 않으려는 듯이 속도를 약간 늦추었다. 몇 분 동안 날카로운 긴장감이 팽배했다. 순식간에 그 물체의 그림자가 완전히 드러났다. 구울의 입에서 우주적 공포에 짓눌린 비명이 흘러나왔다. 카터의 영혼은 다시 회복될 수 없으리만큼 싸늘하게 얼어붙었다. 산등성이를 가리고 위아래로 까닥이며 날아가는 그 거대한 형체는 머리(비스듬히 붙어 있는 두 개의 머리)였고, 그 밑으로 어마어마하게 비대한 몸뚱이가 껑충껑충 뛰고 있었다. 은밀하고도 조용하게 산처럼 커다란 괴물이 속보를 하고 있었던 것이다. 하이에나를 닮은 모습으로 하늘을 가리고 음산하게 뛰어가는 거대한 유인원류. 원뿔형의 혐오스러운 머리 한 쌍은 하늘에 닿을 듯 높이 있었다.

노련한 몽상가 카터는 정신을 잃거나 크게 비명을 지르거나 하지 않았다. 그러나 두려움 속에서 뒤를 돌아보았을 때, 산봉우리 위로 또 한 쌍의 기괴한 머리가 음영을 던지며 앞의 것을 은밀히 따라오는 모습을 보고 온몸을 떨었다. 그리고 바로 그 뒤쪽에는 어마어마한 산더미 세 개가 남쪽별을 등지고 오롯이 모습을 드러내고 있었다. 그것들은 육중하게 그러면서도 늑대처럼 은밀하게 움직였는데, 그들의 머리가 수 천 미터 상공에서 까닥이고 있었다. 그렇다면 조각된 산은 인가노크의 북부에서 반원형으로 웅크리고 오른손을 치켜든, 빳빳하게 굳은 모습이 아니었다. 그들에겐 맡겨진 임무가 있었고, 그 임무는 제대로 수행되었다. 그러나 말 없고 심지어 발소리까지 나지 않는 그들은 소름 끼치는 존재였다.

한편, 픽맨 구울이 나이트곤들에게 뭐라고 지시를 내리자, 무리 전체가 하늘 높이 솟구쳤다. 그들은 더 이상 아무것도 하늘을 가리지 않는 곳까지 기괴한 기둥처럼 솟구쳐 올랐다. 그곳에는 가만히 누워 있는 잿빛 화강암 산등성이도, 걸어 다니는 산더미도 없었다. 발밑은 온통 암흑이었고, 비행단은 창공의 정체 모를 웃음소리와 돌풍을 가르며 북쪽으로 날았다. 샨타크를 비롯해 어떤 괴물도 그 스산한 황무지에서 그들을 쫓아 날아오지 않았다. 더 멀리, 더 빠르게 그들은 총알처럼, 궤도를 도는 행성처럼 아찔한 속도를 내고 있었다. 카터는 그토록 엄청난 속도로 나는 동안에도 여전히 발밑에 지상의 세계가 펼쳐져 있다는 것이 의아했지만, 꿈의 세계에서는 차원들이 기이한 속성을 띠고 있음을 알고 있었다. 영원한 밤의 왕국에 들어섰다는 확신이 들었고, 머리 위의 별자리도 슬며시 북쪽으로 초점을 맞추고 있다는 생각이 들었다. 주름진 자루를 펼쳐 그 안의 마지막 내용물을 보여주듯 별들은 비행단을 북극의 공간으로 떠미는 것 같았다.

그때 나이트곤들은 날갯짓을 하고 있지 않았고, 그것을 알아챈 카터는 무서워졌다. 뿔 달리고 얼굴 없는 군마들은 막으로 이루어진 날개를 접고, 소용돌이치며 낄낄거리는 바람에 수동적으로 몸을 맡기고 있었다. 그들을 움켜쥔 것은 지상의 힘이 아니었다. 누구도 다시 돌아온 적 없는 북극을 향해 잡아당기는 거침없고 광적인 물결 앞에서 구울과 나이트곤들도 속수무책이었다. 마침내 멀리 지평선에 나타난 하나의 창백한 빛은 그들이 다가갈수록 조금씩 솟아오르기 시작했다. 빛 아래 별빛을 가리는 검은 덩어리가 놓여 있었다. 그 정도의 높이에서 거대하게 보이는 물체는 산밖에 없어서, 그 빛은 산맥에 밝혀진 봉화라고 카터는 생각했다.

원뿔 대형의 나이트곤 집단이 북녘 하늘의 반을 가릴 때까지, 봉화는 더욱더 높이 솟아올랐고, 어둠은 저 아래 가라앉았다. 그들만큼 높이 솟구친 창백하고 불길한 봉화는 지상의 모든 봉우리와 인간사를 압도하며, 신비한 달과 미친 행성들이 돌고 도는 대기를 빨아들여 타고 있었다. 그들 앞에 나타난 것은 인간계에 알려지지 않은 미지의 산이었다. 높은 구름마저 산의 낮은 기슭을 수놓는 장식품이었다. 현기증을 일으키는 가장 높은 대기는 산의 허리띠에 불과했다. 조소를 머금은 유령처럼 영원한 어둠 속에서 지상과 하늘을 잇는 다리에 올라, 미지의 별을 왕관 삼은 그 산의 놀랍고도 무시무시한 윤곽이 매 순간 뚜렷해졌다. 구울의 무리는 경악에 빠져들었고, 카터는 단단한 마노로 이루어진 거대한 절벽에 그들 일행이 부딪쳐 산산조각이 나지는 않을까 두려움 속에서 몸서리쳤다.

더욱더 높이 솟구친 빛은 천정(天頂)의 궤도와 섞이더니, 비행하는 무리에게 야릇한 냉소를 보내듯 깜박였다. 북녘은 온통 암흑이었다. 닿을 수 없는 곳에서 창백하게 깜박이는 빛을 제외하고 끝없는 깊이에서 끝없는 높이까지 무섭고 단단한 암흑뿐이었다. 빛을 더욱 찬찬히 살펴본 카터는 별을 배경으로 빛의 뒤에 그어진 새카만 윤곽이 무엇인지 깨달았다. 거대한 산꼭대기에 세워진 탑이었다. 탑은 장인의 손길을 초월하여 헤아릴 수 없는 불경한 층과 다발로 이루어진 오싹한 돔형 구조물이었다. 총안과 축대는 경이롭고도 위협적이었고, 시선이 닿는 가장 먼 곳에서 심술궂게 비추는 별빛을 등지고 모든 것이 작고 검고 먼 윤곽을 띠고 있었다. 까마득한 산맥에 앉아 있는 하나의 성, 그것은 인간의 상상을 뛰어넘어 사악한 빛을 발하고 있었다. 문득 랜돌프 카터는 자신의 여정이 끝났음을 예감하며, 머리 위에 펼쳐진 금기의 계단과 대담한 환상을 보았다. 그것은 미지의 카다스 정상에서 그레이트원들이 기거한다는 전설과 환상의 집이었다.

무력하게 바람에 휩쓸려온 카터 일행의 진로에도 변화가 생겼다. 그들은 갑자기 솟구치고 있었다. 창백한 빛이 비추는 마노 성이 그들의 목적지가 분명했다. 거대한 암흑의 산을 아주 가까운 거리에서 질풍처럼 올라갔기에 어둠 속에 무엇이 있는지 도저히 분간할 수 없었다. 암흑의 성 위로 점점 거대하게 나타나는 음침한 탑들은 카터에게 그 광대함과 함께 신성을 모독하는 불경함을 맛보게 했다. 암석이 파헤쳐진 인가노크의 북쪽 흉흉한 골짜기에서 이름 모를 석공이 찾아낸 돌로 탑을 만든 것 같았다. 그 크기가 어마어마해서 인간이 그 입구에 선다면 지상에서 가장 높은 요새를 떠도는 한낱 공기처럼 느껴질 것 같았다. 미지의 별들이 무수한 돔형의 탑 위에 창백하고 옅은 빛을 드리워서 매끄러운 마노의 음울한 벽면에 또 하나의 석양이 걸려 있는 듯했다. 희미한 봉화라고 생각한 불빛은 이제 보니 탑에서 유일하게 빛나는 창문이었다. 무기력하게 산의 정상으로 이끌리면서 카터는 희미한 광경을 가로지르는 스산한 그림자를 느꼈다. 그 기이한 아치형의 창문은 인간에게 너무도 생경한 형태였다.

단단한 암석은 이제 기괴한 성의 거대한 토대로 이어졌다. 그쯤에서 비행 속도가 조금 줄어든 느낌이 들었다. 불쑥 막아서는 으리으리한 성벽, 그리고 그들이 휩쓸려 들어가는 거대한 관문이 언뜻 스쳐 갔다. 광대한 뜰에서 모든 것이 어둠이었다. 커다란 입구가 그들을 집어삼킬 때 어둠은 더욱 깊어졌다. 차가운 회오리바람이 마노의 보이지 않는 미로를 휩쓸며 축축하게 불어 닥쳤다. 카터는 끝없이 돌고 도는 하늘 길을 따라 과연 어떤 거인의 계단과 회랑들이 고요히 놓여 있을지 결코 알 수 없었다. 계속 위로 올라가면서 섬뜩한 어둠 속으로 뛰어드는 동안, 비밀의 두터운 장막을 깰만 한 소리도 촉감도 스치는 물체도 없었다. 구울과 나이트곤들로 이루어진 대군단은 지상의 요새보다 훨씬 광대한 공간에서 헤매고 있었다. 이윽고 봉화처럼 보였던 탑의 유일한 창문에서 붉은 빛이 새어나와 주변을 비추자, 카터는 오랫동안 끝없는 벽과 까마득한 천장을 바라보며 그 곳이 무한한 외부의 창공은 아님을 깨달았다.

랜돌프 카터는 구울의 인상적인 수행을 받으며 위엄 있게 그레이트원들의 옥좌가 있는 방으로 들어가서 가장 자유롭고 탁월한 몽상가로서 탄원하기를 원했다. 그레이트원 자체는 인간의 힘으로 능히 닿을 수 있는 존재라고 생각해 왔다. 그리고 이 지상의 신을 보기 위해서 성이나 산을 찾아올 때마다 인간을 좌절시켰던 외계의 신과 기어드는 혼돈 니알라토텝이 이번만큼은 그레이트원을 돕지 않는 행운이 카터 자신에게 찾아와 줄 거라고 믿었다. 게다가 필요하다면 자신의 가공할 만한 호위군과 함께 외계의 신에게 도전해 볼 수도 있다고 생각했다. 구울들에겐 따로 섬기는 주인이 없었고, 나이트곤들은 니알라토텝이 아니라 태고의 노덴스만을 주군으로 모시기 때문이었다. 그러나 이제 그는 차가운 황무지의 장엄한 카다스야말로 암흑의 신비와 정체 모를 수문장에 둘러싸여 있으며, 외계의 신들이 온화하고 연약한 지상의 신을 지켜주고 있음을 깨달았다. 공간 자체가 구울과 나이트곤을 압도했으며, 외계의 냉혹하고 불경한 무정형의 존재들은 여전히 필요할 때 언제든지 카터 일행을 제압할 수 있었다. 그러므로 구울과 함께 그레이트원의 옥좌를 찾은 랜돌프 카터는 자유롭고 탁월한 몽상가라고 자처할 수 없었다. 그들은 별에서 불어오는 악몽 같은 태풍에 휩쓸리고, 북부 황무지의 보이지 않는 괴물들에게 쫓겨 왔다. 그렇게 음산한 빛에 갇혀 무기력하게 떠 있던 그들은 소리 없는 명령에 의해 무시무시한 바람이 사라졌을 때에야 어리둥절해하면서 마노 바닥으로 떨어졌다.

랜돌프 카터 앞에 황금 제단은 없었다. 엔그라네크의 조각상처럼 좁은 눈매와 기다란 귓불, 가늘고 오뚝한 코, 날카로운 턱으로 왕관을 쓰고 후광을 발하며 장엄하게 둘러앉아서 몽상가의 탄원을 들어주어야 할 신들의 모습도 없었다. 하나의 탑실을 제외하고 카다스 위의 마노 성은 주인 없는 어둠만 있었다. 카터는 차가운 황무지에 있는 미지의 카다스를 찾아왔건만, 신을 볼 수 없었다. 그러나 여전히 붉은빛이 일렁이는 탑실, 탑문은 외부 공간만큼 컸으며, 그 까마득한 벽과 지붕은 시야가 닿지 않는 안갯속으로 굽이쳐 사라졌다. 분명히 지상의 신들은 그곳에 없었지만, 눈에 잘 띄지 않는 미묘한 흔적들이 있었다. 온화한 지상의 신들은 흔적 없이 사라진 반면, 외계의 신들은 자취까지 숨기지는 않았다. 성 중의 성, 마노 성은 분명 버려진 것은 아니었다. 또 얼마나 격노한 모습 혹은 모습들을 통해서 공포가 나타날 런지, 카터는 짐작조차 할 수 없었다. 그는 자신의 방문이 이미 예견되었음을 느꼈고,

지금까지 줄곧 기어드는 혼돈 니알라토텝의 한결같은 감시를 받고 있지는 않았을까 의구심이 들었다. 외계 신들의 섬뜩한 화신이자 사자이며 변화무쌍한 니알라토텝, 그는 균류의 달짐승이 섬기는 존재였다. 카터는 험준한 바위섬 전투에서 두꺼비 괴물에게 불리한 전세로 바뀌자 모습을 감춘 검은 갤리선을 떠올렸다.

생각에 골몰해 있던 카터는 희미한 빛에 물든 무한 공간에서 사악한 트럼펫 소리가 진동하자 깜짝 놀라 휘청거렸다. 오싹한 청동의 울부짖음이 세 번 울리고, 세 번의 메아리가 잦아들 즈음, 카터는 문득 자신이 혼자 남겨진 것을 깨달았다. 어디로, 어떻게 구울과 나이트곤들이 순식간에 사라졌는지, 짐작조차 가지 않았다. 그가 아는 게 있다면, 갑자기 홀로 남았으며, 비웃듯이 주변에 서성이는 힘은 우호적인 지상의 드림랜드와는 완전히 다르다는 것이었다.

곧이어 옥좌가 있는 방 맨 끝에서 또 다른 소리가 들려왔다. 역시 규칙적인 트럼펫 소리였다. 그러나 이번에는 동료들을 사라지게 만든 고약한 음색은 아니었다. 낮게 깔리는 팡파르의 메아리는 천상의 꿈처럼 신비한 멜로디가 담겨 있었다. 기이한 가락과 어딘지 생경한 소리마다 상상을 초월한 이국의 아름다운 정취가 떠돌았다. 향냄새가 금빛 곡조와 어우러졌다. 머리 위에서 거대한 빛이 지상의 스펙트럼과는 다른 색채의 변화를 보였고, 트럼펫 연주도 빛의 변화와 기묘한 조화를 이루었다. 멀리서 횃불이 타올랐고, 강렬한 파장과 함께 북 소리가 가까워졌다.

안개와 향이 점점 엷어지면서, 영롱한 비단옷을 허리에만 걸친 거구의 흑인 노예들이 두 줄로 나타났다. 그들의 머리에 씌워진 커다란 헬멧 모양의 금속 물체가 빛을 발했고, 은근한 발삼[102] 냄새가 소용돌이치는 증기와 함께 퍼졌다. 곁눈질하는 괴물 조각상이 달린 수정 지팡이가 오른손에, 차례로 불고 있는 은색의 길고 가는 트럼펫이 그들의 왼손에 들려 있었다. 그들은 팔찌와 발목 장식을 하고 있었고, 발목 양쪽에 연결된 금색 사슬 때문에 보폭이 일정했다. 그들이 지상의 드림랜드에 있는 보통 흑인인 것은 단번에 알 수 있었지만, 그들의 제식과 의상은 완전히 낯선 것이었다. 카터와 3미터 떨어진 곳에 멈춘 흑인들이 갑자기 두툼한 입술로 트럼펫을 동시에 불기 시작했다. 흥분과 황홀경이 밀려왔다. 곧이어 흑인의 목구멍에서 교묘하게 떨려나오는 합창 소리는 더욱 거친 절규처럼 이어졌다.

두 줄로 늘어선 무리 사이에서 기다란 형체가 성큼 걸어왔다. 큰 키에 호리호리한 체구, 고대의 파라오를 닮은 젊은이의 얼굴, 눈부신 무지갯빛 로브를 걸치고 빛나는 금관을 쓴 모습이었다. 카터에게 성큼 걸어온 그는 제왕의 기품을 지니고 있었다. 그는 자신의 풍채와 용모에 자부심을 드러냈으며, 암흑의 신 혹은 타락한 대천사로서 변화무쌍한 성격을 나른한 불꽃에 담아 눈동자에 숨기고 있었다. 레테[103]의 거친 강물에 잔물결을 일으키듯 감미로운 목소리로, 그는 말하였다.

"랜돌프 카터, 그대는 그레이트원을 만나러 왔으나, 그것은 인간에게 허락되지 않은 일이다. 감시자들이 그 일을 알려왔다. 외계의 신들은 절대의 암흑 속에서 옅은 피리 소리를 들으며 무심히 구르고 몸부림치며 불평하였다. 그 암흑의 공간에는 감히 그 이름을 입에 올릴 수 없는 암흑의 제왕이 생각에 골몰해 있다.

현자 바자이가 하세그-클라를 올라 달빛 아래 구름 위에서 그레이트원이 춤추며 웃는 모습을 봤을 때, 그는 다시 돌아가지 못하였다. 외계의 신들이 그 곳에 있었고, 그들이 해야 할 일을 하였다. 아포라트의 제니그는 황무지에 있는 미지의 카다스를 찾았으나, 지금 그의 두개골은 굳이 말할 필요도 없는 누군가의 새끼손가락에 낀 반지에 박혀 있다.

그러나 그대, 랜돌프 카터는 지상의 드림랜드에서 가장 용감하고, 지금도 탐험의 열망에 불타고 있다. 그대는 호기심이 아니라 자신의 소명을 다하기 위해 온 것이며, 지상의 온화한 신들에 대해서 단 한 번도 존경을 잃지 않았다. 그러나 그들 신들이 그대의 꿈에서 황혼의 도시를 빼앗았으니, 그것은 그들의 사소한 탐욕 때문이다. 필시, 그들은 그대의 상상력이 만들어낸 기이한 아름다움을 탐한 것이니, 이제부터 그들은 어디에도 머물지 못하리라.

그들은 미지의 카다스에 있는 자신들의 성을 떠나 그대의 경이로운 도시로 이주하였다. 그들은 줄무늬 궁전에서 낮 동안 주연을 열고, 해가 지면 향기로운 정원으로 나가 신전과 주랑의 황금빛 영광, 궁형 다리, 은으로 만든 분수, 꽃이 만발한 항아리와 상아 조각상이 줄줄이 반짝이는 드넓은 거리를 바라보았다. 밤이 오면 그들은 이슬에 젖은 높은 테라스를 올라 별을 보기 위해 반암으로 조각한 벤치에 앉았다. 때로는 엷은 난간에 기대어 마을의 가파른 북쪽 언덕을 바라보면, 낡은 뾰족 박공의 집집 창문마다 하나둘 은은한 노란색 촛불이 새어나왔다.

그대의 경이로운 도시를 사랑한 신들은 이제 더 이상 신의 길을 걷지 않았다. 그들은 지상의 높은 곳과 그들의 젊음을 기억하는 이 산맥을 잊었다. 지상에는 이제 예전의 신들이 존재하지 않았고, 외계에서 온 다른 신들만이 망각된 카다스를 통치하였다. 랜돌프 카터, 그대가 유년 시절에 소유했던 머나먼 계곡에서 지금 그레이트원이 방탕하게 즐기고 있다. 음, 그대 현명하고 위대한 몽상가여, 인간의 상상계에 있던 꿈의 신들을 오롯이 그대만의 소유였던 곳으로 옮겨놓았으니, 그대의 꿈은 참으로 훌륭했노라. 소년이었던 그대가 작은 환상으로 만들어낸 궁전이 오래전에 사라진 어떤 환영보다 아름다웠다.

지상의 신들이 그들의 옥좌를 거미줄에 남겨두고, 그들의 왕국을 다른 신들이 다른 어둠의 방식으로 통치하게 한 것은 애석한 일이다. 외부에서 온 힘은 문제의 제공자인 그대 랜돌프 카터에게 혼돈과 공포를 주려 할 것이다. 그러나 그들도 신들을 예전의 자리로 돌아오게 할 수 있는 이가 그대뿐임을 알고 있다. 그대의 것인 현실과 꿈의 중간 세계에 미칠 수 있는 암흑의 힘은 없다. 오직 그대만이 이기적인 그레이트원들을 그대의 경이로운 황혼의 도시에서 북부 어스름을 지나 차가운 황무지에 있는 미지의 카다스 정상으로, 그들의 옛 성으로 돌아오게 할 수 있다.

그러므로, 랜돌프 카터여, 외계 신의 이름으로 그대 스스로 그대의 것인 황혼의 도시를 찾아 게으름에 취해 있는 신들을 원래의 드림랜드로 돌려보내도록 기회를 주노라. 장밋빛에 취해 있는 신들과, 천상의 트럼펫 팡파르, 영묘한 심벌즈 소리를 찾기는 어렵지 않을 것이다. 현실의 장(場)에서, 꿈의 심연에서 그대의 머릿속에 집요하게 떠돌고, 사라진 기억의 암시와 장엄하고 중대한 대상을 상실한 고통에 시달리게 했던 신비한 장소와 의미를 찾기는 어렵지 않을 것이다. 놀라움으로 가득했던 그대의 일상에서 이루어진 상징과 유물은 그대의 저녁 산책로를 맑게 반짝이는 견고하고 영원한 보석이었으니, 역시 그것을 찾기는 어렵지 않을 것이다. 보라! 그대의 여정이 계속될 곳은 미지의 바다 건너가 아니라 그대에게 익숙한 과거의 시간이다. 유년의 찬란하고 기이했던 물건과 과거의 장면을 젊은이의 눈에 떠올려준 햇빛 머금은 마법의 풍광으로 돌아가라.

그대의 황금빛 대리석 도시는 그대가 유년에 사랑했던 것들을 합쳐

놓은 것에 불과함을, 그대는 잘 알고 있다. 그것은 보스턴 산중턱의 농가와 석양에 물든 서쪽 창가의 영광이며, 꽃향기 가득한 공원과 언덕의 거대한 돔 지붕, 숱한 다리 밑으로 냇물이 나른하게 지절대는 보랏빛 계곡에서 박공과 굴뚝이 어우러진 영광이다. 랜돌프 카터, 그것은 그대가 어느 봄날 유모와의 첫나들이에서 봤으며, 앞으로도 기억과 사랑의 눈으로 간직하게 될 마지막 광경이다. 그리고 세월의 수심에 잠긴 옛 세일럼과 험준한 절벽들을 수백 년 동안 간직해온 괴괴한 마블헤드가 있노라! 지는 해를 배경으로 마블헤드의 목초지에서 항구 너머 아득하게 보이는 세일럼의 누대와 첨탑의 영광이라.

푸른 항구 너머 일곱 개의 언덕에 당당하고 고풍스러운 자태를 드러내는 프로비던스, 그곳엔 살아 숨 쉬는 고대 유적의 첨탑과 성으로 가는 푸른 단구가 있으며, 꿈꾸는 방파제에서 유령처럼 기어오르는 뉴포트 항구가 있다. 이끼 낀 박공지붕과 바위 많은 풀밭이 펼쳐져 있는 아컴이 그 곳에 있다. 고색창연한 킹스포트가 무리진 굴뚝과 버려진 부두, 박공과 함께 있으며, 높은 절벽의 신비와 멀리 부표가 떠있는 우윳빛 안개 바다가 있다.

콩코드의 시원한 계곡, 포츠머스의 자갈 땅, 저녁놀로 띠를 두른 소박한 뉴햄프셔의 도로에서 거대한 느릅나무가 흰색 농가의 울타리와 깨진 두레박을 숨겨준다. 글로스터의 부두와 트루로의 바람 부는 버드나무 숲이 있다. 노스 쇼어(북쪽 해안)를 따라 멀리 가파른 비탈 마을과 꼬리를 무는 산간, 그곳에는 한적한 돌 비탈과 로드아일랜드 벽지의 거대한 표석 그늘 아래 담쟁이 두른 야트막한 오두막들이 눈에 띈다. 바다 내음과 함께 향기로운 들녘이 있다. 울창한 숲의 마법, 과수원과 정원의 즐거움이 여명에 눈을 뜬다. 바로 그것이, 랜돌프 카터, 그대의 도시라. 그 모든 것이 그대의 것이라. 뉴잉글랜드는 그대를 낳고, 그대의 영혼 속에 사라지지 않을 사랑의 샘물을 쏟아 부었다. 수년의 기억과 꿈으로 틀을 잡아서 단단히 다듬은 아름다움, 그것이 곧 경이로운 황혼의 도시다. 기묘한 항아리와 조각한 난간으로 이루어진 대리석 발코니를 찾아 끝없이 펼쳐진 계단을 밟고 도시의 넓은 광장과 영롱한 분수에 도착하기 위해, 그대 자신이 그리워하는 유년의 생각과 환상으로 돌아가기만 하면 된다.

영원한 밤의 별빛이 빛나는 저 창가를 통해 보라! 지금도 그대가 알고 소중히 여겼던 광경을 비추고 있지만, 꿈의 정원에서는 그 매혹이 더 아름답게 빛날지니. 저기 안타레스[104]가 지금 트레몬트 가의 지붕에 눈짓을 보내고 있으니, 그대는 비콘힐의 창가에서 저 빛을 보았으리라. 저 별들은 나를 보낸 냉혹한 주인들이 있는 머나먼 심연에서 하품을 하는 것이니, 언젠가 그대도 저 곳을 지날 수 있으리라. 그러나 그대가 현명하다면 그런 우둔한 짓은 하지 않을지어다. 저 곳에서 유일하게 살아 돌아온 자가 있으나, 맹렬하고 사나운 공포에 정신을 갈가리 찢기고 말았기 때문이다.

무섭고 불경한 존재들이 영역을 차지하기 위해 서로 물어뜯는 저기, 무엇보다 거대한 악이 있는 곳이다. 그대는 이미 그대를 내 앞에 이끈 자들을 통해서 운명을 예감했겠으나, 나는 그대를 해칠 마음이 없다. 다른 곳에서 분주한 일이 없었다면 그대를 직접 이곳까지 이끌고, 그대 스스로 길을 찾도록 도왔을 것이다. 그러니 외계의 지옥으로부터 도망가라. 침착하게 그대 유년의 아름다움을 찾아라. 그대의 경이로운 도시를 찾아 변절한 그레이트원들을 그들 유년의 것이며 지금도 그들이 돌아오기를 불편하게 기다리고 있는 이 성으로 돌려보내라.

내가 그대를 위해 준비해 놓은 길이 있으니, 희미한 기억의 길보다는 훨씬 수월할 것이다. 보라! 그대 마음의 평온을 위해서라면 영원히 보지 말아야 할 노예 하나가 저기 샨타크를 이끌고 이리로 오고 있지 않은가. 서둘러 오를 준비를 하라, 어서! 검은 자 요거쉬가 비늘 달린 끔찍한 그 새에 오르도록 도와줄 것이다. 가장 밝은 별, 직녀성을 따라 천궁의 남쪽으로 향하라. 두 시간 후면 황혼의 도시 단구(段丘) 위를 날고 있을 것이다. 높은 창공에서 아득한 노랫소리가 들릴 때까지 계속 날아라. 높이 날수록 광기가 숨어 있으니, 노랫가락이 들리는 순간부터 샨타크를 부리는데 특히 유념하라. 그쯤에서 지상을 내려다보면, 신전의 지붕에서 아이레드-나아의 영원히 불타는 제단이 반짝일 것이다. 그 신전은 그대가 바라마지 않는 황혼의 도시에 있는 것이니, 노래에 현혹되어 정신을 잃기 전에 그 곳으로 가라.

도시에 가까이 다가갈 때, 그대가 오래도록 찾아온 영광의 발코니를 찾아 방향을 잡되, 샨타크가 크게 울 때까지 채찍을 가하라. 그 울음소리를 듣고, 향기로운 테라스에 앉아 있던 그레이트원들은 문득 그대의 신비한 도시마저 위로할 수 없었던 향수를 느끼고, 카다스의 음산한 성과 그곳을 비추는 영원한 별빛을 떠올릴 것이다.

그대는 머뭇거리는 그레이트원에게 그들의 고향과 젊은 시절에 대해 되풀이해 말하라. 결국 그들은 흐느끼며 그들이 잃어버린 귀향의 길을 알려 달라고 그대에게 부탁할 것이다. 그때 대기 중인 샨타크를 창공으로 보내 귀소(歸巢)의 울음을 내게 하라. 그 소리를 듣고 그레이트원들은 뛸 듯이 기뻐하며 오래전의 환희를 떠올리고, 샨타크를 따라 신의 방식대로 창공의 깊은 심연을 건너 카다스의 익숙한 탑과 돔으로 찾아갈 것이다.

그후 경이로운 황혼의 도시는 그대의 것이 되어 그대가 영원히 아끼며 살게 되리라. 그리고 지상의 신들은 다시 한번 예전의 자리에서 인간의 꿈을 다스릴 것이다. 지금 떠나라. 창이 열리고, 별들이 밖에서 기다린다. 샨타크도 이미 참을성을 잃고 씨근거리며 숨죽여 울고 있다. 직녀성을 따라 밤을 통과하되, 노랫소리가 들리면 방향을 돌려라. 그것을 명심하지 않는다면, 무시무시한 공포에 휩쓸려 비명과 광기의 심연에 빠질 것이다. 외계의 신을 기억하라. 그들은 거대하고 냉혹하며 무서운 존재로서 외계의 공간에 도사리고 있다. 그들은 피해야 할 신들이다.

헤이! 아-샨타 니그! 가거라! 지상의 신을 미지의 카다스로 돌려보내고, 숱한 모습으로 존재하는 나를 다시는 만나지 않도록 기도하라. 잘 가거라, 랜돌프 카터, 그리고 조심하라. 내가 바로 '기어드는 혼돈 니알라토텝'이다."

랜돌프 카터는 어지러운 발걸음으로 숨죽인 채 오싹한 샨타크에 올랐다. 그는 날카로운 울부짖음과 함께 직녀성이 싸늘하게 푸른빛을 내는 북녘의 창공으로 솟구쳤다. 뒤를 돌아보았을 때, 마노의 무시무시한 탑에서 여전히 창백하고 쓸쓸한 빛을 발하는 창가와 지상의 드림랜드를 뒤덮은 구름을 보았다. 거대한 폴립[105] 형태의 괴물이 미끄러져 지나갔다. 보이지 않는 박쥐 날개가 주변에서 요란하게 퍼덕였지만, 그는 말의 머리를 하고 비늘로 뒤덮인 새의 갈기를 힘껏 붙잡았다. 그를 조롱하듯 춤을 추는 별들은 이따금 그가 두려워했던 미지의 운명을 알리며 일정한 신호를 보내고 있었다. 그리고 지옥의 바람은 우주 너머의 정체 모를 암흑과 쓸쓸함에 대해 울부짖었다.

반짝이는 천공 저 앞에 강렬한 침묵이 놓였고, 여명을 앞두고 밤의 기운이 조금씩 사라짐에 따라 바람과 공포도 모두 잠들었다. 격렬하게 물결치는 성운의 황금빛이 기이한 광경을 자아낼 때, 우리 우주의 별들이 알지 못하는 아득한 멜로디의 여운이 들려오기 시작했다. 음악이 커질수록, 샨타크는 귀를 쫑긋하고 앞으로 곤두박질쳤다. 카터도 그 아름다운 선율에 넋을 잃었다. 그것은 노래였지만, 목소리가 내는 노래는 아니었다. 밤과 친구가 부르는 노래이자, 우주와 니알라토텝, 외계의 신들이 태어났을 때처럼 오래된 것이었다.

샨타크는 속도를 높였다. 자세를 더욱 낮춘 카터는 이상한 심연의 신비에 취하여 외계의 마법이 일으키는 투명한 소용돌이에 몸을 맡겼다. 악마의 전령이 노래의 광기에 조심하라 일러준 경고를 떠올리기엔 너무 늦었다. 노랫소리는 안전한 길과 경이로운 황혼의 도시를 알려주던 니알라토텝을, 단숨에 카터의 의지를 꺾어 놓을 수 있는 게으른 신들의 비밀을 알려준 그 검은 전령을 비웃었다. 결국 주제넘은 인간에게 니알라토텝이 준 유일한 선물은 광기와 우주의 난폭한 보복이었다. 혐오스러운 새를 되돌리기 위해 카터는 필사적으로 노력했지만, 울부짖는 샨타크는 불길한 기쁨에 취해 미끈거리는 거대한 날개를 퍼덕이며 꿈이 닿지 않는 심연을 향해 맹렬하게 날아갔다. 그 곳에 감히 입에 올릴 수도 없는 냉혹한 악마의 제왕, 아자토스를 중심으로 불경함이 가득한 무한의 공간과 형체 없는 극한 혼란의 마지막 어둠이 있었다.

소름 끼치는 샨타크는 사악한 명령에 이끌려 어둠 속에 은둔하고 희롱하는 무리와 여기저기 긁고 더듬는 존재 사이를 지나갔다. 그들은 외계 신의 이름 모를 새끼로서 역시 맹목적이고 냉혹하며, 엄청난 굶주림과 갈증을 느끼는 존재들이었다.

무시무시한 비늘이 달린 괴물 새는 밤의 노래가 솟구치고, 천체가 도는 곳을 향하여 즐거운 괴성을 지르며 무기력한 카터를 태우고 돌진했다. 그들은 부딪쳤다가 퉁겨지고, 극단의 가장자리를 헤치며 심연의 외곽에서 소용돌이쳤다. 그렇게 별과 물질의 세계를 뒤로하고, 돌진하는 유성처럼 시간을 초월한 어둠의 방으로 들어갔다. 그 곳에서 아자토스가 사악한 북소리의 억눌린 광기와 가늘고 단조로운 피리 소리에 묻혀 흉포하고 굶주린 모습으로 몸부림치고 있었다.

울부짖음과 와자지껄한 웃음소리, 소름 끼치게 부산한 심연을 뚫고 앞으로, 앞으로 나아갈 때, 문득 멀리서 랜돌프 카터에게 운명 지어진 이미지와 깨달음이 다가왔다. 변신한 니알라토텝이 구구절절 알려준 계획은 그 어떤 공포로도 지울 수 없을 만큼 완벽한 것이었다. 고향—뉴잉글랜드—비콘힐—현실 세계.

"그대의 황금빛 대리석 도시는 그대가 유년에 사랑했던 것들을 합쳐 놓은 것에 불과함을, 그대는 잘 알고 있다. 그것은 보스턴 산중턱의 농가와 석양에 물든 서쪽 창가의 영광이며, 꽃향기 가득한 공원과 언덕의 거대한 돔 지붕, 숱한 다리 밑으로 냇물이 나른하게 지절대는 보랏빛 계곡에서 박공과 굴뚝이 어우러진 영광이다…… 수년의 기억과 꿈으로 틀을 잡아서 단단히 다듬은 아름다움, 그것이 곧 경이로운 황혼의 도시다. 기묘한 항아리와 조각이 새겨진 난간으로 이루어진 대리석 발코니를 찾아 끝없이 펼쳐진 계단을 밟고 도시의 넓은 광장과 영롱한 분수에 도착하기 위해, 그대 자신이 그리워하는 유년의 생각과 환상으로 돌아가기만 하면 된다."

보이지 않는 더듬이들이 할퀴고, 끈적끈적한 주둥이들이 들이받고, 정체불명의 괴물들이 끝없이 웃어대는 어둠을 헤치며 앞으로, 앞으로 최후의 운명을 향해 아찔하게 치달았다. 그러나 이미지와 깨달음이 다가오자, 랜돌프 카터는 자신이 그저 꿈을 꾸고 있다는 것과 그 장소는 그의 유년 시절이 여전히 머물고 있는 도시와 현실 세계의 중간쯤 어느 곳임을 알았다. 말소리가 다시 들려왔다.

"그대 자신이 그리워하는 유년의 생각과 환상으로 돌아가기만 하면 된다."

주변의 어둠이 휘돌 때, 랜돌프 카터는 마침내 방향을 바꿀 수 있었다.

그의 감각을 움켜쥐고 있는 난폭한 악몽의 위세가 대단했지만, 랜돌프 카터는 방향을 틀어 움직일 수 있었다. 그가 만약 니알라토텝의 명령에 따라 파멸을 향해 돌진하는 사악한 샨타크의 등에서 뛰어내릴 수 있다면, 그는 능히 움직일 수 있을 터였다. 뛰어내려서 끝없이 펼쳐진 깊은 어둠과 공포에 맞설 수 있을 터였다. 혼돈의 중심에서 그를 기다리고 있는 혹독한 운명을 극복할 수 없으리라는 공포는 여전히 깊었다. 그는 방향을 틀어 뛰어내릴 수 있을 것이다. 뛰어내릴 것이다. 뛰어내릴 것이다.

운명과 목숨을 건 몽상가는 말의 머리를 한 거대한 괴물의 등에서 뛰어내려 살아 있는 어둠의 공간을 끝없이 추락했다. 풀어지는 영겁의 시간, 우주는 소멸했다가 다시 태어났으며, 별은 성운이 되고 성운은 별이 되었다. 그러나 살아 있는 암흑의 공간에서 랜돌프 카터의 추락은 끝나지 않았다.

서서히 다가오는 영원의 길목에서 우주의 주기는 또 한 번 무의미한 일주를 끝냈다. 만물은 다시 한번 헤아릴 수 없는 한 겹 이전의 모습으로 돌아갔다. 예전에 익숙한 우주의 방식대로 물질과 빛이 다시 태어났다. 존재와 소멸, 소멸과 존재, 무변 그리고 처음 아닌 처음으로의 돌아옴을 말해 줄 이는 살아남지 못했지만, 혜성, 태양, 그리고 세계가 홀연히 생명을 얻었다.

창공이 다시 나타났고, 추락하는 몽상가의 눈에 바람과 자줏빛 광선이 보였다. 신과 존재와 의지가 있었다. 아름다움과 악이 있으며, 불경한 밤의 비명은 그 먹이를 빼앗겼다. 알 수 없는 영겁의 주기를 통해서 몽상가의 유년에 품었던 생각과 환상이 살아남아서 현실 세계와 소중한 도시가 있음을 새로이 보여주고 증명했다. 보라색 기체 스은가크가 길을 가리키고, 끝없는 지하에서 태고의 노덴스가 카터를 소리쳐 불렀다.

별은 새벽으로 몰려갔고, 새벽은 황금빛, 분홍빛, 자줏빛으로 폭발했으며 몽상가는 여전히 추락하고 있었다. 빛의 조각들이 외부에서 온 악마들을 격퇴하자, 비명 소리가 대기를 찢었다. 백색의 노덴스가 승리의 환호를 지를 때, 니알라토텝은 채석장 인근에 서서 자신이 보낸 무형의 사냥 괴물들이 잿빛 먼지로 사그라지는 광경에 어리둥절해 있었다. 랜돌프 카터는 마침내 경이로운 도시로 이어지는 드넓은 대리석 계단에 내려섰다. '그'라는 인간을 만들어냈던 아름다운 뉴잉글랜드의 세계를 다시 찾아온 것이었다.

무수한 새들의 지저귐이 오르간의 선율을 만들고, 언덕 위 거대한 돔형 의회 의사당의 자줏빛 창문으로 새벽의 광휘가 눈부실 때, 랜돌프 카터는 보스턴의 자기 방에서 소리를 지르며 깨어났다. 새들은 숨겨진 정원에서 노래했고, 울타리 포도덩굴은 할아버지가 심었을 때와 똑같은 향기를 전했다. 고전적인 벽난로와 처마, 기이하게 만든 벽면에 아름다움과 빛이 감돌았고, 매끈한 검은 고양이가 주인의 놀람과 비명을 듣고 불편한 기색으로 난롯가에서 하품하며 일어섰다. 그렇게 '깊은 잠의 관문'과 '마법의 숲', '정원의 대지'와 '세레네리안 해', '석양의 도시 인가노크'를 지나, 거대한 무한은 멀어져갔다. '기어드는 혼돈 니알라토템'은 시무룩한 표정으로 차가운 황무지의 '미지의 카다스' 정상에 있는 마노 성을 찾았고, 경이로운 도시에서 감미로운 주연을 벌이던 지상의 신들을 느닷없이 잡아들인 뒤 그들을 거만하게 조롱했다.

....

71) 그레이트원(Great Ones): 「또 다른 신들 The Other Gods」(1921)에서 지상의 신(Gods of Earth)로 그려졌다가, 이 작품에서 같은 의미의 그레이트원으로 등장한다. 그레이트원은 주로 드림랜드에 등장하는 창조물이다. 러브크래프트의 또 다른 주요 창조물인 '그레이트 올드원(Great Old Ones)'이나 '위대한 시간의 여행자(Great Race)'와는 별개의 존재다.

72) 포말하우트(Fomalhaut): 남쪽물고기자리에서 가장 밝은 별. '물고기의 입'이라는 아랍어에서 이름이 유래했다고 한다.

73) 아자토스(Azathoth): 외계의 신이자 우주의 중심. 끝없이 사악한 존재로서 감히 그 이름을 입에 올리지 못한다. 시간을 초월한 숨 막히는 광기의 북소리와 저주받은 피리 소리에 묻혀 있다. 니알라토텝도 아자토스의 명령을 받들어 혼돈의 임무를 수행한다. 아자토스는 이 작품과 「광기의 산맥」 등에 등장하며, 「아자토스」(1922)라는 미완성 단편이 있다.

74) 니알라토텝(Nyalarthotep): 니알라토텝은 러브크래프트의 창조물 중에서 여러 작품에 다양한 모습으로 등장한다. '까무잡잡하고 호리호리한 체구'와 이집트에서 왔다는 것 외에 생김새에 대한 묘사가 없는 편이다. 사자(使者)이자 외계의 신이 그 중에서 뚜렷한 실체에 가깝다. '그레이트 올드원(Great Old Ones)'과 '아자토스(Azathoth)'의 사자로서 인간의 신체를 빌어 나타나는 경우가 많다. 냉혹함, 거대함, 절대 혼돈, 어둠의 중심 등의 수식어를 달고 다니듯, 매우 음산한 이미지다.

75) 셀레파이스(Celephais): 동명의 소설 「셀레파이스 Celephais」(1920)에 등장하는 가상의 공간으로서 환상 문학의 거장, 로드 던새니(Lord Dunsany)경의 작품 『경이의 책 The Book of Wonder』에서 거의 흡사하게 차용했다고 알려져 있다.

76) 쿠라네스(Kuranes): 「셀레파이스」에 먼저 등장하는 인물. 인스머스 인근의 트레버 타워스에 사는 유복한 가정 출신이며, 지상에서 죽은 후 드림랜드에서 왕국을 통치한다.

77) 레리온(Lerion): 「또 다른 신들」에서 언급한 드림랜드의 산으로 바람이 거세고 험준하다.

78) 하세그-클라(Hatheg-Kla): 「또 다른 신들」에 언급된 부분에 따르면, 울타르 인근의 하세그라는 마을에서 걸어서 13일 걸리는 위치의 금기의 산을 말한다. 하세그 사람들은 이 산을 피하며, 특히 옅은 수증기가 달빛을 가리는 밤에는 절대 올라서는 안 된다고 생각한다.

79) 샨의 비서(秘書) 7권 (Seven Cryptical Book of Hsan): 『샨의 비서 7권』은 『프나코틱 필사본』과 관련해서 이 작품과 「또 다른 신들」에 한 차례씩 언급되고 있다.

80) 자이언츠 코즈웨이 (Giant's Causeway): 아일랜드의 북동부, 포트러시와 밸리캐슬 사이의 해안에 있는 현무암 각주(角柱)의 갑(岬). 이 지방에 살던 거인족이 스코틀랜드의 스태퍼 섬으로 건너가기 위하여 만든 길이라는 뜻에서 자이언츠 코즈웨이(거인의 방축길)라는 이름이 붙었다고 한다.

81) 살라리온(Thalarion): 「화이트 호 The White Ship」(1919)에 등장하는 환상의 땅으로, '인간의 상상을 초월한 모든 신비와 천 가지 경이가 간직된 도시'로 묘사된다.

82) 슈라(Xura): 「화이트 호」에 등장하는 환상의 땅이다.

83) 소나-닐(Sona-Nyl): 소나-닐은 「화이트 호」에서 우아함과 아름다움이 가득한 환상의 땅으로 묘사되고 있다.

84) 카투리아(Cathuria): 「화이트 호」(1919)에서 서부 현무암 기둥 너머에 있는 '희망의 땅'으로 묘사된다.

85) 부바스티스(Bubastis): 이집트 삼각주 지대에 있는 고대 도시로 시샤크가 22왕조를 일으킨 근거지라고 알려져 있다. 이곳에서는 고양이 머리를 한 바스테트(Bastet 혹은 바스트) 여신을 숭배한다.

86) 나이트곤(Night-Gaunts): 러브크래프트는 꿈속에 나타난 '나이트곤'에 대해 서한에서 다음과 같이 설명했다. "기괴한 존재(저는 그것을 '나이트곤'이라고 불렀습니다)가 계속 악몽에 나타나 내 배를 잡고 날아 오릅니다……. 무시무시한 도시들의 탑 위로 데려가지요. 이윽고 잿빛 공간에 다다르는데, 밑을 바라보면 까마득히 아래에 바늘처럼 뾰족한 산봉우리들이 보입니다. 그때 그들이 나를 내려놓는 겁니다. 목소리도 없고 그저 내 배를 간질이는 버릇이 있더군요……. 종종 그들이 아주 높은 산봉우리 어딘가 벌집 같은 굴속에서 산다는 생각이 듭니다. 대체로 스물다섯부터 오십씩 무리를 지어 나타나고, 때때로 저희들끼리 나를 던졌다 받았다 합니다."

87) 설선(雪線): 만년설의 최저 경계선.

88) 갤리온 船(galleon): 3~4층 갑판의 대형 범선으로 16세기 초에 등장한 이후 원래 목적인 군함 이외에도 상선으로도 사용되었다.

89) 구울(Ghouls):시체를 파먹는 귀신이라는 뜻으로, 이 작품과 같은 해에 쓰인 「픽맨의 모델 Pickman's Model」(1926)에서 주인공 픽맨의 기이한 예술적 성향을 묘사할 때 등장한다. 픽맨은 실제 구울로 변해 이 작품에 등장하고 있다.

90) 그래너리 묘지(Granary Burying Ground): 보스턴 최초의 곡물 창고에 가까워 '그래너리'라는 이름으로 불리게 된 묘지로서 1770년에 일어났던 보스턴 학살 사건의 희생자들도 이곳에 잠들어 있다.

91) 왐프(Wamps): 이 작품에만 등장하는 생물로 시체를 먹고 산다.

92) 진(Zin)은 가스트의 서식지이자 거그의 도시로 가는 지하 길목이다. 「고분 The Mound」에서는 요스(Yoth)에서 가장 큰 도시에 있는 지하 세계로 그려지고 있다. 러브크래프트는 편지에서 "『프나코틱 필사본』에 언급된 지하 세계로, 알하즈레드와 본 준쯔를 연구하는 사람들에게는 잘 알려져 있다."고 언급했다. 가스트(Ghasts)는 오거스트 덜레스와 공동 집필한 것을 제외하고 이 작품에만 등장하는 지하의 생명체다.

93) 코스 사인(Sign of Koth): 마법사들이 황혼 속에 우뚝 서 있는 검은 탑의 출입구에서 발견하는 표식이다. 러브크래프트가 정확한 언급을 한 부분이 없지만, 후에 린 카터(Lin Carter)가 로터스(연꽃 모양)의 표식으로 묘사했다.

94) 뷰포스(buopoth): 코끼리와 소를 합해놓은 듯한 모습의 괴물.

95) 나락사(Naraxa): 드림랜드에 있는 강. 오스-나르가이 계곡을 거쳐 셀레파이스까지 흐른다.

96) 세라니언(Serannian): 드림랜드의 도시. 셀레파이스를 통치하는 쿠라네스 왕은 세라니언과 셀레파이스에 각각 궁전을 두고 오간다.

97) 나스-호르사스(Nath-Horthath): 셀레파이스에서 숭배되는 신으로 「셀레파이스」에 먼저 등장했다.

98) 파로스(Pharos): 파로스 등대는 원래 고대 알렉산드리아 만의 파로스 섬에 있었다고 전해지는, 세계 7대 불가사의 중에 하나다. 러브크래프트는 이것을 차용해 셀레파이스 항구의 등대 혹은 항로표지로 설정한 것으로 보인다.

99) 일라네크(Ilarnek): 나르에 인간이 세운 도시로, 일라네크와 사나스 사이에 카라반의 길이 있다.

100) 노덴스(Nodens): 「안개 속의 기이한 집 The Strange High House in the Mist」(1926)에서 절대 심연의 제왕이자 바다의 신, 엘더윈(Elder Ones)의 하나로 묘사된다.

101) 프나스(Pnath): 프노스(Pnoth)와 표기가 비슷하지만 다른 골짜기다. 프노스 골짜기는 도울 족의 근거지로 묘사되는 반면, 프나스 골짜기에는 쇼고스(광기의 산맥 참고)가

세운 거석의 기둥과 눈 없는 괴물이 살고 있는데 이 작품에서는 이런 언급이 없다.

102) 발삼 (balsam): 송진이 주성분으로, 접착제와 향료 따위를 만드는 데에 사용한다.

103) 레테(Lethe): 그리스 신화에 등장하는 강으로, 망자의 혼이 그 물을 마시면 과거를 전부 잊게 된다.

104) 안타레스(Antares): 전갈자리에서 가장 밝은 별.

105) 폴립(Polyp): 원통형의 강장동물을 총칭하는 말.

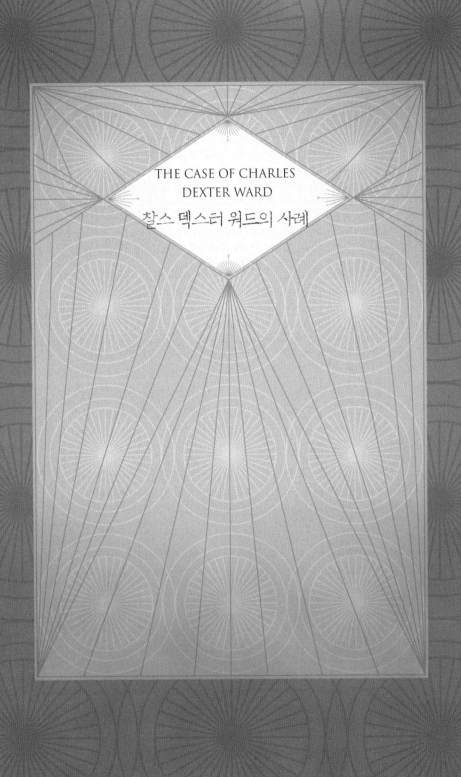

THE CASE OF CHARLES DEXTER WARD

찰스 덱스터 워드의 사례

작품 노트 | 찰스 덱스터 워드의 사례 The Case of Charles Dexter Ward

1927년에 쓰여, 1941년에 《위어드 테일스》에 실렸다.

러브크래프트의 작품 중에서 최대 장편에 속한다. 로드아일랜드의 프로비던스를 배경으로 옛것에 관심이 많은 워드가 열여섯 살 때 조상의 비밀을 접하면서 개인사와 질병에서 그만의 독특한 사례를 만든다. 평단에서는 에드거 앨런 포와 어깨를 나란히 하고, 공포와 판타지 장르에서 후대 작가들에게 준 영향력 면에서는 단연 최고라는 러브크래프트의 명성에 걸맞게 워드의 특별한 '사례'는 많은 작가들에게 또 다른 사례를 재생산하게 만들었다. '랜돌프 카터'가 한차례 언급되지만, 카터 연작으로 통하는 환상 소설이나 크툴루의 SF 공포와도 작품의 성격이 다르다. 여러 가지 특징이 혼합돼 있으며, 마법과 초자연적인 공포가 주된 분위기를 형성한다는 점에서 고딕 판타지에 가깝다.

조지프 커웬, 찰스 덱스터 워드, 윌렛 박사가 작품을 이끌어 가는 중심인물이지만, 작가의 고향이기도 한 프로비던스 자체도 단순한 배경을 넘어 핵심적인 역할을 한다. 「인스머스의 그림자」에서 보여준 작가 특유의 지형학적 요소가 이 작품에도 유감없이 빛을 발한다. 미국 독립혁명 전에서 20세기 초에 이르기까지 프로비던스를 배경으로 역사적 실존 인물과 지명을 바탕으로 한 사실성과 마법이라는 초자연적인 요소를 제대로 결합했다는 평가를 받는다.

작품에 등장하는 마법의 주문처럼 이 소설을 읽다보면 몇 가지 흥미로운 의문을 발견한다. 작품에서 자주 언급되는 'B.F.'라는 이니셜로 표기된 인물과 '118번'이라는 번호로 등장하는 인물의 정체는 독자들의 궁금증을 자아낸다.

이 소설은 로저 코먼(Roger Corman) 감독의 「유령 출몰지 The Haunted Palace」(1963)과 「에일리언」의 시나리오 작가였던 댄 오배넌(Dan O'Bannon)이 메가폰을 잡은 「어둠의 부활 The Resurrected」(1992)로 각각 영화화되었다.

"동물의 필수 염분은 흔하면서도 보존이 가능하므로, 진정한 천재라면 자신의 연구실에 노아의 방주를 구현하고, 동물의 재에서 그 원래의 모습을 기꺼이 되살릴 수 있다. 동일한 방식으로 인간의 시체에서 필수 염분을 추출한다면, 현자는 범죄적인 마법의 도움 없이 화장된 선조의 유해에서 생전의 모습을 불러낼 수 있다."

—보렐러스[106]

제 1 장
결말이자 서문

I

최근, 로드아일랜드 주, 프로비던스 인근의 한 사립 정신 병원에서 대단히 독특한 인물이 사라졌다. 그의 이름은 찰스 덱스터 워드이며, 단순한 기벽에서 시작해 악마적 성향에 심취하기까지 뚜렷한 정신적 변화와 살인의 가능성마저 보이자, 침통한 표정의 아버지가 몹시 주저하며 그를 입원시켰다. 심리학적 측면뿐 아니라 생리학적인 면에서도 기이한 사례였으므로, 의사들은 그의 병증에 대해 당혹스러움을 감추지 못했다.

첫째, 환자는 스물여섯이라는 나이에 비해 지나치게 나이가 들어 보였다. 물론 정신병이 사람을 급속히 노화시키는 것은 사실이지만, 그 젊은 환자의 얼굴에서 어딘지 자연스러운 연륜이 엿보였다. 둘째, 의학계에서 유례를 찾아볼 수 없을 정도로 환자의 기질(器質)적인 변화 과정이 매우 기묘했다. 비정상적인 호흡과 심장 운동, 속삭이는 소리밖에는 낼 수 없을 정도로 변화된 성대, 적은 양만 처리하고 그 과정이 몹시 둔화된 소화력, 일반적인 자극에 반응하는 신경계의 상태 등등, 어느 것도 유사한 병증을 찾아보기 어려웠을 뿐 아니라, 정상인지 병인지조차 구분할 수 없었다. 피부는 차갑고 건조했으며, 거친 조직 세포는 그 구조가 느슨한 상태였다. 선천적으로 오른쪽 엉덩이에 남아 있던 커다란 올리브색 모반(母斑)이 사라지는 대신, 아주 특이한 사마귀처럼 거무스름한 반점이 가슴에 새로 생겼다. 대체로 의사들은 워드의 신진대사 과정이 전례가 없는 퇴행성 변화를 겪고 있다는 점에 의견의 일치를 보았다.

찰스 워드의 사례는 심리학계에서도 독특한 것이었다. 그의 광증은 최근에 발표된 가장 상세한 논문에서도 유사한 사례가 없었고, 그토록 기이하고 괴상한 형태로 일탈을 겪지 않았다면 천재나 사회 지도자에 손색이 없을 만큼 정신 능력이 출중한 경우였다. 워드 가문의 주치의인 윌렛 박사는 광증과는 상관없는 다른 문제에서 그 동안 워드가 보여준 반응으로 판단할 때, 그의 비범한 지력은 발병 후에 두드러진 결과라고 주장했다. 워드가 성실한 학자이자 골동품 수집가였다는 점은 분명했지만, 정신과 전문의들과의 상담 과정에서 드러났듯이, 가장 뛰어나다는 그의 초기 연구 성과에서도 썩 놀라운 성찰과 통찰력은 보이지 않았다. 사실, 다른 사람들의 말만 듣고 열정적이고 명석한 젊은이를 합법적으로 정신 병원에 수용하는 것은 녹록지 않았다. 다만, 그의 뛰어난 지력에서 나타나는 숱한 병적 균열이 심각한 정도였으므로, 마침내 그를 입원시키는 쪽으로 결정이 내려졌다. 병원에서 종적을 감추기 전까지, 그는 게걸스럽게 책을 읽었고, 손상된 성대가 허락하는 한 다른 사람과 대화하기를 좋아했다. 그 때문에 병원 관계자들은 그가 탈출하리라고는 짐작도 하지 못한 채 머잖아 퇴원하게 될 것이라고만 생각했다.

분만 과정부터 찰스 워드의 육체와 정신이 성장하는 모습을 지켜본 윌렛 박사는 병원에서 탈출함으로써 그가 자유를 누리게 됐다는 생각에 유난히 두려워하는 것 같았다. 그는 의심이 많은 동료 의사들에게는 밝힐 수 없을 만큼 끔찍한 일을 목격하고 경험했다. 실제로 윌렛 자신도 찰스 워드의 사건과 관련해 한 가지 사소한 의혹을 남겨 놓았다. 그는 찰스 워드를 마지막으로 만난 인물인데, 3시간 후 워드의 탈출 소식이 전해지면서 몇 사람이 기억해 낸 바에 따르면, 그들의 마지막 대화 직후 윌렛 박사가 공포와 안도감이 뒤섞인 표정으로 병실에서 나왔다는 것이다. 워드의 탈출 사건은 웨이트 박사의 정신 병원에서도 풀리지 않는 수수께끼로 남아 있다. 지상에서 수직으로 18미터 높이의 창문이 열려 있었다는 것은 설명하기 어렵겠지만, 윌렛 박사와 만난 직후 워드가 사라진 것은 분명했다. 윌렛 박사는 워드가 탈출한 이후 전보다 이상할 정도로 편안해 보였지만, 그 스스로 공식적인 설명을 한 적은 없다. 사람들이 보기엔, 만일 많은 사람들이 믿어만 준다면, 그도 입을 다물고 있지만은 않을 것 같았다. 그가 병실에서 워드를 만나고 떠난 직후 간호사가 문을 두드렸지만, 아무런 소리도 들리지 않았다. 사람들이 병실 문을 열었을 때, 환자는 이미 사라진 후였고, 열린 창문으로 4월의 서늘한 바람이 들어와 푸르스름한 잿빛 먼지 구름을 일으키는 바람에 모두 숨이 막힐 지경이었다. 그 전에 개들이 짖었다는 것은 사실이나, 그때는 윌렛 박사가 아직 병실에 있을 때였고, 그 이후에는 특별히 이상한 조짐은 없었다. 곧바로 아들이 탈출했다는 전화를 받은 워드의 부친은 놀라기보다는 슬퍼하는 것 같았다. 웨이트 박사가 직접 워드의 집을 찾아왔을 때, 마침 이야기를 나누고 있던 워드의 부친과 윌렛 박사는 둘 다 탈출을 사전에 알고 있거나 돕지는 않았다고 말했다. 워드의 부친과 윌렛 박사의 절친한 친구들이 단서가 될 만한 이야기를 해준 적은 있으나, 그 또한 사람들이 납득하기에는 터무니없는 내용이었다. 한 가지 분명한 사실이 있다면, 이 순간까지도 실종된 광인의 흔적을 찾지 못했다는 것이다.

유서 깊은 마을의 내력뿐 아니라, 언덕 정상의 프로스펙트 가에 위치한 양친의 저택 곳곳에 즐비했던 유물 덕분에 찰스 워드는 어렸을 때부터 골동품에 관심이 컸다. 시간이 지날수록 그는 점점 더 골동품에 흥미를 느꼈다. 역사, 계보학, 식민지 시대의 건축과 가구 및 예술품이 결국에는 그의 관심을 오롯이 사로잡았다. 이 같은 취향은 그의 광증을 짚어보는 데 중요하다. 광증에 사로잡힌 결정적인 이유가 독특한 취향 때문은 아니라고 해도, 표면적으로 중요한 역할을 했기 때문이다. 워드의 정신병적 징후에서 정신과 의사들이 주목했던 부분은 현대에 벌어진 사건을 기억하지 못하는 대신, 극도로 상세할 정도로 과거의 사건을 알고 있음으로써 그 공백을 상쇄하고 있다는 점이었다. 물론 환자 스스로 그 같은 공백을 철저히 은폐하려고 했지만, 교묘한 질문을 통해서 의도적이라는 사실이 밝혀졌다. 그래서 이 환자가 자동 최면과 같은 방법으로 과거의 시대로 전이된 것이라는 추측까지 나올 정도였다. 이상한 점은 조예가 깊었다는 골동품에 대해 더는 관심을 보이지 않았다는 것이다. 너무 잘 알 아는 분야라서 관심이 없어졌다는 식이었다. 그는 자신이 완전히 망각해 버린 현대의 상식을 습득하기 위해, 그 같은 사실을 숨기기 위해 무던히 애썼다. 그러나 그가 몰두했던 책과 대화의 내용으로 판단할 때, 1902년에 태어나 정상적으로 교육받은 사람이라면 당연히 알고 있어야 할 20세기의 상식과 문화적인 배경뿐 아니라 자기 자신의 삶에 대해 꼭 알아내고 싶은 갈망이 그대로 나타나 있었다. 지금, 정신과 전문의들은 탈출한 환자가 불완전한 지식으로 복잡한 현대 세계에 적응할 수 있을지 궁금해하고 있다. 그가 현대적인 정보를 제대로 습득하기 전까지 은둔할 것이라는 의견이 지배적이다.

워드가 발병한 시기에 대해서는 의사들마다 의견이 다르다. 보스턴에서 활동하는 저명한 라이먼 박사의 경우, 워드가 모지즈 브라운 고등학교[107]를 졸업하기 직전인 1919년이나 1920년을 발병 시기로 보고 있다. 이 시기에 워드는 갑자기 과거에 대한 관심을 포기하고 초자연적인 것을 연구하기 시작했고, 개인적으로 중요한 연구를 해야 한다는 이유로 대학 진학을 포기했다. 그것은 당시에 이미 성향이 변했다는 증거인데, 특히 마을의 역사를 수집하고 1771년 조셉 커웬이라는 조상이 매장됐다는 무덤을 찾기 위해 묘지를 줄기차게 돌아다니기도 했다. 그가 나중에 한 말에 따르면, 스템퍼스 힐의 올니 코트에서 커웬이 거주한 것으로 알려진 낡은 저택의 판자벽 뒤에서 서류를 발견했다고 했다.

1919년과 이듬해 겨울 동안, 누가 보기에도 워드에게 커다란 변화가 일어났다. 그때부터 골동품 연구를 포기하고, 집과 밖 어디서나 초자연적인 주제에 탐닉하는 한편 집요할 정도로 조상의 무덤을 찾아다녔다.

그러나 오랫동안 워드를 지켜본 윌렛 박사는 나중에 워드가 끔찍한 연구를 진행하던 중에 무엇인가를 발견했고, 발병 시기도 그쯤이라고 생각했다. 모종의 연구와 그 과정에서 발견한 것 때문에 심각한 변화를 겪었다는 얘기다. 그런 이야기를 할 때면 워드의 목소리가 떨렸고, 그 내용을 글로 쓸 때는 손까지 떨었기 때문이다. 윌렛 박사도 1919년과 1920년에 걸쳐 나타난 변화가 1928년에 절정으로 치달은 섬뜩하고 비통한 광증의 초기 증상이라는데 이의를 제기하지 않았다. 그러나 개인적인 관찰 결과로 볼 때, 병세의 전후 시기에서 미세하면서도 분명한 차이가 있다고 말했다. 어린 시절 워드가 정서적으로 불안했고, 주변의 사건들에 대해 쉽게 흥분하며 민감했다는 사실을 인정하면서도, 윌렛 박사는 고등학교 시절에 나타난 변화를 정상과 광기를 구분하는 전환점이라고는 생각하지 않았다. 그보다는 인간에게 경이롭고 심오한 어떤 것을 발견 혹은 재발견했다는 워드 본인의 말에 신빙성을 두었다.

윌렛 박사는 후반기에 나타난 변화와 함께 워드의 정신병이 시작됐다고 자신했다. 시기적으로 커웬의 초상화와 고문서들이 발견되고 난 후였다. 그때, 워드는 낯선 외지를 여행하고 돌아와, 기이하고 은밀한 상황에서 악마를 불러내는 오싹한 주문을 외웠다. 주문을 외우자 뚜렷한 반응이 나타났고, 말 못할 고뇌와 번민 속에서 한 통의 편지를 휘갈겨 썼다. 그때는 또한 흡혈귀와 흉흉한 포턱셋에 얽힌 소문이 나돌던 무렵이기도 했다. 언어 장애와 함께 신체적으로 미묘하면서도 분명한 변화가 생기고, 워드의 기억에서 현대의 모습들이 사라지기 시작한 것도 그 무렵이었다.

윌렛 박사는 워드에게 끔찍한 악몽이 찾아든 것이 바로 그 시점이라고 그럴듯한 분석을 내놓았다. 그는 당시 워드의 중대한 발견을 뒷받침하는 증거도 충분했다며 몸서리를 쳤다. 첫째, 믿을 만한 인부 두 사람이 조셉 커웬의 고문서를 찾아냈다는 소식이었다. 둘째, 워드가 윌렛 박사에게 보여 준 고문서들과 커웬의 일기에는 조작된 흔적이 없었다. 워드는 그 물건들을 찾아냈다는 장소에 대해서도 사실적으로 설명해서 딱히 의심이 가지 않았다. 결국, 윌렛 박사는 믿을 수도, 증명할 수도 없는 상황에서 매우 신빙성 있는 그 증거들을 훑어본 셈이었다. 그 이후, 신기한 우연처럼 오르니와 허친슨의 편지가 발견되었고, 커웬의 필체가 문제 되자 탐정들은 앨런 박사라는 인물을 찾아 나섰다. 게다가 월렛이 충격을 받고 의식을 잃었다가 깨어났을 때, 주머니 속에 중세의 고서체로 적힌 섬뜩한 메시지가 담겨 있었다.

무엇보다 윌렛 박사가 마지막 조사 과정에서 입수한 한 쌍의 공식이 결정적이었다. 그 공식대로 하자 두 가지 무시무시한 일이 벌어졌다. 그것은 문서들이 사실일 뿐 아니라, 인간의 지식으로는 영원히 알 수 없는 그 내용의 소름 끼치는 암시까지도 신빙성이 있다는 방증이었다.

II

찰스 워드가 골동품에 애착을 느꼈다니, 과거라는 시간에 몰두했던 그의 어린 시절을 한번 돌아볼 필요가 있다. 1918년 가을, 군사 훈련에 큰 흥미를 느낀 그는 집에서 가까운 모지즈 브라운 고등학교에서 2학년 생활을 시작했다. 학교의 낡은 본관 건물은 1819년에 지은 것으로, 골동품에 관심이 많은 워드에겐 언제나 매력적으로 보였다. 교사(校舍)가 자리 잡은 널찍한 공원도 그의 눈길을 끌만큼 풍광이 수려했다. 그는 사교성은 거의 없었다. 대부분 집에서 시간을 보냈고, 학교 수업과 군사 훈련이 끝나면 산책을 하거나 골동품과 계보학 관련 자료를 찾기 위해 시청, 주 의회 의사당, 국립 도서관, 박물관, 역사 학회, 브라운 대학교 도서관, 베너핏 가에 새로 개관한 새플리 도서관에 들르기도 했다. 당시에 워드는 키가 껑충하고 몸집이 호리호리했으며, 금발 머리와 학구적인 눈길에 옷차림이 수수하고 약간 구부정했다. 이런 워드의 외모에서 아마 사람들은 인간적인 매력보다는 악의없는 거북스러움을 느꼈을 것이다.

그의 산책은 언제나 옛것을 향한 모험이었다. 매혹적인 고도(古都)의 유적에서 생생하고 일관적인 수백 년 전의 자취를 찾아냈다. 그가 사는 조지안 풍의 대저택은 강 동쪽에 절벽처럼 솟구친 언덕 정상에 자리 잡고 있었다. 본채에서 산만하게 뻗은 물림의 뒤창에서 그는 빽빽한 뾰족탑과 웅장한 건물, 지붕과 마천루, 마을 너머의 자줏빛 언덕까지 어찔한 기분으로 한눈에 내려다볼 수 있었다. 그는 그 저택에서 태어났고, 유모가 미는 유모차에 실려 이중 벽돌 건물의 예스러운 현관을 나서면서 생애 첫 바깥 구경에 나섰다. 200년 전부터 도시의 한 부분이었던 흰색의 아담한 농가를 지나, 장엄하고 화려한 거리를 따라 위풍당당하게 자리 잡은 대학 건물로 향했다. 거리마다 오래된 정방형 벽돌로 지어진 대저택과 좁고 묵직한 기둥으로 이루어진 도리아식 베란다의 목재 주택들이 널찍한 마당과 정원 사이에서 생생하고도 독특한 꿈에 잠겨 있었다.

그는 유모차에 실려 가파른 언덕 자락의 나른한 콩든 가와 높은 지대에 동향으로 지어진 주택들을 지나갔다. 계속 발전 중인 마을이 이 언덕부터 시작되기 때문에 이곳의 아담한 목재 주택들은 대부분 더 오래된 것들이었다. 그는 그 지역을 지날 때마다 기이한 식민지 촌의 분위기를 만끽했다. 유모는 종종 발길을 멈추고 프로스펙트 테라스의 벤치에 앉아 경관들과 말을 주고받았다. 아이의 가장 오래된 기억 중 하나는 어느 겨울 오후 그 곳의 커다란 울타리 제방에서 바라본, 거대한 바다처럼 서쪽으로 펼쳐져 있는 어렴풋한 지붕과 건물, 첨탑과 아득한 언덕이었다. 붉은색과 황금색, 자주색과 기묘한 녹색으로 세계의 종말을 암시하듯 불타는 저녁놀 아래 모든 것이 보라색을 띠고 신비로웠다. 주의회 의사당의 웅장한 대리석 돔 지붕이 육중한 그림자를 드리웠고, 그 꼭대기에 세워진 동상은 붉은 하늘에 덮인 층구름을 환상적인 후광처럼 두르고 있었다.

그가 더 컸을 때, 그의 유명한 산책이 시작되었다. 처음에는 참을성 없는 유모에게 이끌렸지만, 나중에는 몽환적인 사색에 잠겨 홀로 걸었다. 그가 깎아지른 듯한 언덕을 더 멀리까지 내려갈수록, 유구한 도시의 더 오래고 기묘한 곳에 닿았다. 그는 옛 벽과 식민지 풍의 맞배지붕이 있는 가파른 젠크스 가를 따라 허름한 베니피트 가 모퉁이로 가는 길에서 머뭇거렸다. 앞에는 입구에 한 쌍의 이오니아식 벽기둥이 있는 목조 건물, 옆에는 원래의 마당이 약간 남아 있는 맞배지붕의 집과 쇠락한 조지안 풍의 장엄함을 간직한 위대한 더피 판사의 저택이 그를 에워쌌다. 그곳은 점점 빈민가로 변하고 있었다. 그러나 거대한 느릅나무가 인근에 부활의 그림자를 드리우고 있었다. 남쪽으로 향한 소년은 중앙에 커다란 굴뚝과 고전적인 현관을 간직한 독립 전쟁 이전의 저택들이 길게 늘어선 지역을 지나곤 했다. 동쪽에는 저택들이 지하실 위로 높이 솟아 있었고, 지하실마다 난간을 두른 튼튼한 돌계단이 딸려 있었다. 어린 찰스는 거리의 초창기를 떠올리면서 색칠한 박공벽과 대조를 이루는 사람들의 빨간 하이힐과 가발을 상상할 수 있었다. 그런 박공벽은 이제 퇴색의 흔적이 역력해지고 있었다.

언덕 서쪽의 내리막길은 오르막길에 버금갈 만큼 몹시 가파른데, 이 길을 따라 내려 가면 1636년 정착민들이 강가에 세운 '타운 가'에 도착했다. 이곳의 무수한 골목마다 아주 오래된 저택들이 옹기종기 기대 있었다. 그는 그곳에 반했지만, 미지의 공포로 향하는 꿈이나 관문처럼 느껴져서 고대의 그 가파른 언덕을 거닐기까지 많은 시간이 필요했다. 베니피트 가를 따라 세인트 존 교회의 숨겨진 묘지를 에워싼 철제 울타리와 1761년에 지어진 식민 정부의 시청 뒤편을 지나 워싱턴이 묵었다는 골든 볼 여인숙으로 가는 길목이 훨씬 덜 무섭다는 것도 발견했다. 교도소 골목과 킹 가에서 이어지는 미팅 가에 이르러 동쪽을 올려다보면, 아치형 계단이 비탈을 오르는 큰길과 만나고, 서쪽을 내려다보면 식민지 시대에 벽돌로 지어진 낡은 학교 건물이 길 건너 셰익스피어의 두상이 그려진(미국독립 이전에 간행된《프로비던스《가제트》》와《컨트리 저널》의 낡은) 간판을 향해 미소 짓고 있었다. 곧이어 1775년에 지어진 제일 침례교회가 절묘한 깁스[108]식 첨탑과 조지 왕조 풍의 지붕, 돔 천장과 함께 우아한 자태를 드러냈다. 이곳에서 남쪽으로 주변 경관이 한결 나아졌고, 초기에 지어진 대저택 단지가 나타났다. 하지만 여전히 옛날의 비좁은 골목길은 박공이 많고 음산한 서쪽 지역으로 곤두박질쳤다가 온갖 부패의 기운이 요란한 부두까지 이어졌다. 여러 나라의 악덕과 누추함, 썩어가는 선창, 흐릿한 눈동자의 선구용품점 주인들을 비롯해 패킷, 불리언, 골드, 실버, 코인, 더블룬, 서버린, 길더, 달러, 다임, 센트[109] 등등의 이름으로 살아남은 골목길 속에서 낡은 부두는 동인도 회사의 전성기를 회상하고 있다.

키가 자라고 모험심이 강해진 어린 워드는 용기를 내서 빈민가의 허물어지는 집과 부서진 채광창, 뒤집힌 계단, 비틀어진 난간, 까무잡잡한 얼굴과 이름 모를 냄새 속으로 걸어 들어갔다. 여전히 만과 해협을 오가는 증기선들이 머무는 부두를 찾아서 사우스 메인에서 사우스 워터로 돌아갔고, 여전히 오래된 아치를 디디고 굳건히 서 있는 1773년의 마켓하우스[110]를 찾아서, 저지대 북쪽에 1816년 세워진 뾰족 지붕의 창고와 그레이트 브리지의 너른 광장을 지났다. 그는 광장에 멈춰 서서 동쪽 갑(岬)에 솟구친 옛 도시의 아름다움을 힘껏 빨아들였다. 런던이 세인트 폴 성당의 돔 지붕을 왕관으로 삼았듯이, 옛 도시는 조지안 양식의 첨탑으로 치장하고 새로 지은 거대한 크리스천 사이언스[111]의 돔을 왕관으로 삼았다. 마켓 하우스와 언덕의 옛 지붕과 종루에 저무는 오후 햇살이 황금빛을 던지고 프로비던스의 인도 무역선들이 닻을 내렸던 꿈결 같은 부두를 비출 때, 그는 그곳을 즐겨 찾았다. 오랫동안 그 풍광을 바라보고 있노라면 시인의 애정이 절로 샘솟아 현기증까지 느꼈다. 그리고 저녁 어스름 속에서 집으로 가는 비탈을 올라 흰색의 낡은 교회를 지나고 비좁고 가파른 길을 따라갔다. 길목마다 어스레한 황금빛이 작은 유리창에 부딪혀 되돌아왔다가 부채꼴 채광창을 통과하면서 기묘한 철제 난간이 달린 계단 위에 넓게 드리워졌다.

시간이 흐른 뒤, 그는 선명한 대조를 찾아 나섰으리라. 그의 집에서 북서쪽, 몰락한 식민지 지역은 스탬퍼스 힐의 저지대까지 가파르게 이어져 있었다. 독립전쟁 전에 보스턴 행 역마차의 출발지였던 이 일대를 중심으로 형성된 빈민가와 흑인 거주지에서 그는 산책 시간의 반을 보냈다. 이와는 대조적으로, 변함없이 훌륭한 저택과 담장이 있는 정원, 가파른 녹색 길목마다 향기로운 기억이 머물고 있는 조지 가, 베네벌런트 가, 파워 가, 윌리엄스 가의 예스러운 비탈에서 산책의 나머지 시간을 보냈다. 이런 산책과 더불어 부단한 공부로 축적된 상당량의 고대 지식 덕분에 찰스 워드의 마음에서 마침내 현대 세계는 완전히 관심 밖으로 밀려나고 말았다. 이 같은 정신적 토양에서 1919년에서 20년 사이 벌어진 기이하고도 끔찍한 사건의 씨앗이 자랐음은 분명하다.

윌렛 박사는 그해 불길한 겨울과 함께 최초의 변화가 생기기 전까지 찰스 워드가 고대 유물에 품은 관심에서 어느 모로 보나 병적인 조짐은 없었다고 자신했다. 묘지에 관심을 가진 건 오로지 예스러운 분위기와 역사적 가치 때문이었고, 그는 태어날 때부터 폭력이나 난폭함과는 거리가 먼 인물이었다. 그런데 1년 전에 계보학 연구에서 거둔 비범한 성과가 서서히 그에게 기이한 영향을 미치기 시작했다. 워드는 당시 외가 쪽 조상 중에서 1692년 3월 세일럼에서 이주한 후 아주 오랫동안 장수했다는 조지프 커웬이라는 인물을 둘러싸고 매우 독특하면서도 불안한 이야기들이 나돌았다는 것을 발견했다.

워드의 외고조 할아버지 웰컴 포터는 1785년 제임스 틸링해스트 선장과 일라이자 여사의 딸인 '앤 틸링해스트'와 결혼했지만, '틸링해스트' 집안의 부계에 관한 기록은 남아 있지 않았다. 1918년 말, 도시의 초기 역사가 기록된 필사본 한 권을 조사하면서 이 풋내기 계보학자는 1772년에 조지프 커웬의 미망인 일라이자 커웬 여사가 7살의 딸 앤과 함께 '틸링해스트'라는 처녀 시절의 성을 따라 정식으로 개명한 사실을 우연히 발견했다. 개명이 허가된 근거는 '남편이 사후 알려진 불미스러운 일로 일반인의 비난을 받는바, 오랜 풍문과 일치하는 비난의 이유가 그의 충실한 아내와는 무관하고, 어떤 의혹과도 관련이 없기 때문'이었다. 성을 변경한 상황에 대해 4쪽 분량으로 설명하는 이 서류에는 꽤 많은 분량의 수정 사항이 첨부되어 있었다.

이 기록을 통해서 찰스 워드는 지금까지 몰랐던 외현조부를 찾아냈다고 확신했다. 그 인물에 대해 이미 모호한 풍문을 듣고 흩어진 기록을 읽었으므로 워드의 흥분은 배가되었다. 외현조부에 대해서는 최근에야 공개된 기록을 포함해도 알려진 것이 거의 없는 실정인데, 그를 아예 기록에서 지워버리려는 모종의 음모가 있는 건 아닐까 의아할 정도였다. 게다가 알려진 정보가 독특하고 도발적이어서, 식민지 시대의 역사가들이 그토록 은폐하고자 했던 것이 무엇인지 궁금했다. 그리고 기록을 삭제한 이유가 분명히 있을 거라는 의심을 살만했다.

그 전까지는 워드도 조셉 커웬에 대해 되는대로 상상하고 만족했었다. 그러나 그 '쉬쉬하는' 인물과 자신과의 관련성을 깨닫고, 그에 관해서라면 무엇이든 가능한 체계적으로 찾아 나서기 시작했다. 조사하면서 줄곧 들떠 있던 워드는 내심 기대했던 것 이상의 성과를 거두었다. 거미줄이 가득한 프로비던스의 다락방을 비롯해 여러 곳에서 발견된 오래전의 편지와 일기, 미 출간된 회고록 따위는 당시 글을 쓴 사람들이 없앨 가치도 없다고 판단한 것이지만, 워드에게는 비밀로 가는 빛나는 출구나 마찬가지였다. 뉴욕처럼 먼 곳에서 의외로 중요한 자료를 입수하기도 했다. 식민지 시대에 로드아일랜드 주에서 오간 서한들이 뉴욕의 프라운시스 태번 박물관에 보관되어 있었던 것이다. 그러나 결정적인 자료이자 워드의 파멸에 직접적인 원인이었다고 윌렛 박사가 생각하는 물건은 1919년 8월 올니 코트에 있는 무너진 저택의 널벽 뒤에서 발견되었다. 그 물건이 그에게 지옥보다도 더 깊고 음산한 전망을 열어준 게 틀림없었다.

제 2 장
선조와 공포

I

워드가 듣거나 찾아낸 난삽한 전설에 따르면, 조지프 커웬은 몹시 놀라우면서도 정체가 묘연하고, 은근히 오싹한 인물이었다. 대대적인 마녀 공포가 시작될 무렵, 그는 세일럼에서 프로비던스(기인, 자유주의자, 반사회적 인물의 천국)로 이주했는데, 그 동안의 은둔 생활과 기이한 화학 및 연금술 실험 때문에 고발을 당할까 두려웠기 때문이다. 그는 서른 살가량의 창백한 사내로, 얼마 지나지 않아 프로비던스의 자유 시민이 되었다. 올니 가 초입에 있는 그레고리 덱스터의 저택 바로 북쪽에 그가 살 저택 부지를 매입한 것도 그쯤이었다. 그의 집은 나중에 올니 코트로 이름이 바뀌게 될 타운 가 서쪽의 스템퍼스 힐에 지어졌다. 1761년, 같은 부지에 집을 증축했고, 그 건물이 지금까지 남아 있다.

조지프 커웬에게서 발견된 첫 번째 이상한 점은 이주한 이후 조금도 늙지 않았다는 것이다. 그는 마일-엔드 만 인근의 부두 사용권을 사서 해운업을 했다. 1713년에는 그레이트 브리지 재건축을 도왔고, 1723년에는 언덕에 세워진 조합 교회의 설립자 중 한 사람이기도 했다. 하지만 그는 언제나 서른 혹은 많아야 서른다섯 살가량의 특징 없는 외모를 지니고 있었다. 십여 년의 세월이 흐르자, 그 같은 특징은 세인들의 많은 관심을 끌었지만 튼튼한 혈통을 물려받았고, 몸과 마음을 혹사하지 않는 소박한 생활 덕분이라는 게 커웬의 변함없는 설명이었다. 그러나 왕래가 잦은 수상쩍은 상인들과 밤새 그의 집 창가에 비추는 기이한 불빛이 소박한 생활과 무슨 관련이 있는지 마을 사람들에겐 분명치 않았다.

그래서 사람들은 그의 변함없는 청춘과 장수의 비결에 대해 그들 나름대로 생각하곤 하였다. 주로 커웬이 끊임없이 혼합하고 끓이는 화학물질이 그의 젊음과 깊은 관련이 있다는 말이 많았다. 그가 자신의 배를 이용해 런던과 인도에서 이상한 물질을 수입하거나 뉴포트, 보스턴, 뉴욕에서 사들인다는 풍문이 돌았다. 늙은 자베스 보웬 박사가 리호보스에서 이주한 뒤 그레이트 브리지 너머에 약제상을 (유니콘 상과 화포가 그려진 간판으로) 열었을 때, 과묵한 은둔자가 그 곳에서 약품과 산, 금속을 줄기차게 사들이거나 주문한다는 말이 끊이지 않았다.

커웬에게 놀랍고 신비한 의술이 있다고 생각한 온갖 병자들이 그에게 도움을 청했다. 그는 불분명한 언행으로 병자들의 믿음을 조장하는 한편, 그들의 요청에 따라 항상 기이한 색깔의 물약을 건넸지만 거의 효험을 보지 못했다. 이방인이 이주한 지도 어언 오십 년이 지났으나, 그의 얼굴과 육체에 나타난 세월의 변화는 불과 5년도 되지 않았다. 사람들의 속삭임은 더욱 어두운 쪽으로 가닥이 잡혔고, 시종일관 고독을 원하는 그의 소망도 필요 이상의 의혹을 받았다.

당시의 개인 서한과 일기에도 조지프 커웬이 무슨 연유로 경탄과 두려움의 대상이었다가, 결국에는 역병처럼 기피를 당했는지에 대해 여러 가지 이유가 나타나 있다. 그가 묘지를 너무도 (시간과 상황을 가리지 않고 묘지를 찾아갈 정도로) 좋아한 탓에 악명이 자자했다. 물론 그가 실제로 구울이라고 할 만한 행동을 했는지는 목격되지 않았다. 그는 대개 포턱셋 거리에 소유한 농장에서 여름을 보냈고, 밤낮없이 묘한 시간에 말을 타는 모습이 자주 눈에 띄었다. 농장에 있는 유일한 하인이자 농부겸 관리인은 음침해 보이는 내러갠섯 출신의 늙은 인디언 부부였다. 벙어리 남편에겐 이상한 흉터가 있었고, 아내의 몹시 추한 외모는 흑인 혈통이 섞인 탓으로 보였다. 농가에 딸린 실험실에서 대부분의 화학 실험이 이루어졌다. 작은 뒷문에 병과 자루, 상자 따위를 갖다놓는 짐꾼과 마부들은 낮은 선반으로 가득한 방에서 본 기묘한 생김새의 플라스크와 도가니, 증류기, 화덕을 놓고 서로 호기심 어린 설명을 주고받았다. 그들은 머잖아 과묵한 술사(연금술사를 자기들 방식으로 표현하는 말)가 현자의 돌[112]을 찾아낼 거라고 수군거렸다. 농장에서 가장 가까운 이웃(400미터쯤 떨어져 있는 페너 가족)은 밤마다 커웬의 농장에서 어떤 소리가 들리는 등 훨씬 더 기이한 일들이 벌어지고 있다고 주장했다. 그들의 말에 따르면, 비명과 울부짖음이 끊이지 않는데다 독신 노인과 몇 안 되는 하인들에게 필요한 고기와 우유, 양모에 비해 턱없이 많은 가축들이 목초지에 있어서 꺼림칙하다고 했다. 매주 가축들을 킹스타운에서 새로 사들이는 것 같았다. 게다가 창문을 대신해 길고 좁은 통풍구만 있는 커다란 석조 헛간 주변에서 뭔가 몹시 기분 나쁜 일이 벌어진다고 했다.

그레이트 브리지를 오가는 사람들도 올니 코트에 있는 커웬의 저택에 대해 할 말이 많았다. 커웬이 거의 백 살이 됐을 무렵인 1761년에 새로 지은 저택보다 허물어 버린 옛집이 더욱 자주 세인의 입에 오르내렸다. 옛집은 창문 없는 다락과 양쪽을 지붕널로 이은 야트막한 맞배지붕이었다. 그 집을 허문 뒤 커웬은 아주 조심스럽게 재목을 불태웠다. 솔직히 그곳은 농가에 비해 썩 기묘하지는 않았다. 하지만 묘한 시간에 보이는 불빛, 두 명이 전부인 까무잡잡한 외국인 남자 하인들의 은밀한 행동거지, 아주 나이가 많은 프랑스 가정부가 오싹할 정도로 불분명하게 내뱉는 중얼거림, 달랑 네 사람뿐인 집에 들어가는 엄청난 양의 음식, 쓸데없이 숨죽인 대화에서 종종 들려오는 어딘지 이상한 목소리 등등 그 모든 것에 포턱셋 농장의 소문까지 합해져 저택은 오명에서 벗어나지 못했다.

커웬 저택을 둘러싼 설왕설래는 상류층이라고 다르지 않았다. 이 새로운 이주자가 점점 교회의 일에 간여하고 마을의 생필품을 거래하면서 자연히 상류층과 친분을 쌓았는데, 학식 있는 그로서는 그들과의 교제와 대화에 잘 어울렸다. 세일럼의 커웬이나 코원 가문 정도면 뉴잉글랜드에 따로 소개할 필요가 없었기에 그 또한 훌륭한 혈통을 타고난 것으로 묵인되었다. 영국에서 한동안 살았고, 적어도 두 차례 동양을 다녀오는 등 조지프 커웬이 젊었을 때 여행을 많이 한 것이나 그가 학식과 교양 있는 말투를 구사한다는 점이 그런 추측에 힘을 실어 주었다. 하지만 이런저런 이유 때문에 커웬은 사교 활동에 관심을 두지 않았다. 실제로 방문객을 거절한 예는 한 번도 없으나, 언제나 침묵의 벽 뒤에 물러나 있어서 무의미한 잡담 외에는 그에게 말을 걸어볼 엄두가 나지 않았다.

더 낯설고 탁월한 존재들과 교류를 하다 보니 모든 인간은 우둔하다고 생각하는 듯한 은밀하면서도 냉소적인 오만이 그의 태도에 숨겨져 있었다. 재기 발랄한 체클리 박사가 1738년에 킹스 교회의 교구 목사로 부임했을 때, 그는 곧 이런저런 소문의 주인공을 방문했지만, 집주인의 말에서 느껴지는 사악함 때문에 부랴부랴 그 집을 나서야 했다. 어느 겨울밤, 찰스 워드가 커웬에 대해 아버지와 이야기를 나누다가 그 수수께끼 같은 노인이 쾌활한 목사에게 무슨 말을 했는지 알아내겠다고 했다. 그러나 워드가 손에 넣은 일지에는 체클리 박사가 그날 들은 내용에 대해 말하기를 꺼려했다고만 적혀 있었다. 그 선량한 목사는 큰 충격을 받아서 조지프 커웬을 떠올릴 때마다 예의 그 명랑하고 세련된 언행을 잃어버렸다.

그러나 또 한 명의 고상하고 가문도 훌륭한 사내가 이 오만한 은둔자를 피하게 된 이유는 보다 분명했다. 1746년, 문학과 과학에 조예가 깊은 영국의 노신사 존 메리트 씨가 뉴포트에서 급속히 발전 중인 이 고장으로 이주하여, 현재 가장 훌륭한 주거지역의 중심지인 넥 가에 아름다운 별장을 지었다. 그는 최고급 마차와 제복 입은 하인들을 거느리고 매우 고상하고 안락하게 생활했으며, 망원경과 현미경, 영어와 라틴어판으로 정선된 서재에 자부심이 컸다. 커웬의 서재가 프로비던스에서 가장 훌륭하다는 말을 접하고, 메리트 씨가 그를 방문했을 때, 그 집을 찾은 어느 방문객보다도 융숭한 대접을 받았다. 그리스, 라틴, 영국 고전뿐 아니라, 파라켈수스, 아그리콜라, 반 헬몬트, 실비우스, 글라우버, 보일, 부르하브, 베커, 슈탈을 비롯해 철학, 수학, 과학 서적이 망라된 커웬의 풍요로운 서재에 메리트 씨가 감탄을 자아내자, 커웬은 누구도 초대해 본 적 없는 농장과 실험실도 보여주겠다고 말했다. 그래서 두 사람은 곧장 메리트 씨의 마차를 타고 집을 나섰다.

줄곧 메리트 씨는 농장에서 썩 소름 끼치는 것은 못 봤다고 실토하면서도 커웬이 거실에 마련한 특별 서재에서 본 마법과 연금술, 신학 관련 서적들의 제목만으로도 끝없는 혐오감을 느꼈다고 말했다. 어쩌면 책들을 보여주던 주인의 표정 때문에 그런 느낌이 든 건지도 몰랐다. 메리트 씨가 부러워할 만큼 섬뜩하지 않은 보통 서적 외에도 헤브루 신비학자와 악마 연구가, 마법사와 관련해 인간에게 알려진 모든 분야가 망라돼 있었다. 게다가 연금술과 점성학 분야는 이단적인 지식의 보고라고 할만 했다.『헤르메스 트리스메지스터스』의 메스나르드 어 판본,『혼돈의 철학』, 게베르[113])의『연금술 연구서』, 아르테피우스의『지혜의 열쇠』, 헤브루의 신비학자 피터 제이미가 쓴『위대한 알베르투스』전집, 제츠너 판 레이몬드 루리의『최고의 위대한 예술』, 로저 베이컨의『화학의 보물』, 플러드의『연금술의 열쇠』, 트리세미우스의『현자의 돌』이 어깨를 나란히 했다.[114] 특히 중세의 유대와 아랍 책이 상당히 많았다. 메리트 씨는『카넌-에-이슬람』[115]이라는 산뜻한 책을 집어 들다가 안색이 창백해졌다. 그 책의 정체는 아랍의 광인 압둘 알하즈레드가 쓴『네크로노미콘』이었다. 수년 전 매사추세츠 베이의 킹스포트라는 기이한 작은 어촌에서 벌어진 정체불명의 의식[116]이 밝혀진 후 은밀히 떠돌던 책에 대한 소문을 그도 익히 들어서 알고 있었다.

그러나 이상하게도 신망이 두터웠던 그 신사가 스스로도 밝혔듯이 까닭 없이 마음의 동요를 느낀 것은 아주 사소한 이유 때문이었다. 커다란 마호가니 탁자에 놓인 보렐러스의 아주 낡은 책에 행간마다 커웬의 필체로 뜻 모를 각주와 메모가 빼곡했다. 책은 중간쯤 펼쳐져 있고, 한 단락의 불가사의한 흑색 글자 밑에 불안정하고 굵은 밑줄이 눈에 띄어서 이 방문객은 살펴보고 싶은 마음을 누를 수 없었다. 밑줄 친 문단의 내용 때문인지, 아니면 불안정하고 굵은 밑줄의 획 때문이었는지는 알 수 없으나, 이 두 가지가 묘하게 결합해서 그에게 몹시 기분 나쁘고 독특한 영향을 미쳤다. 그는 그날 저녁까지 그 내용을 기억해 두었다가 일기에 적었다. 한 번인가 절친한 사이였던 체클리 목사에게 그것을 읽어주자, 점잖은 교구 목사는 크게 동요하는 낯빛을 보였다. 그 내용은 이렇다.

동물의 필수 염분은 흔하면서도 보존이 가능하므로, 진정한 천재라면 자신의 연구실에 노아의 방주를 구현하고, 동물의 재에서 그 원래의 모습을 기꺼이 되살릴 수 있다. 동일한 방식으로 인간의 시체에서 필수 염분을 추출한다면, 현자는 범죄적인 마법의 도움 없이 화장된 선조의 유해에서 생전의 모습을 불러낼 수 있다.

그러나 조지프 커웬을 둘러싼 가장 나쁜 소문이 나돈 곳은 타운 가남쪽의 부둣가였다. 선원들은 미신에 민감한 법이다. 술과 노예, 당밀을 가득 실은 범선이나 기동력이 뛰어난 사략선을 비롯해서 브라운, 크로포드, 틸링해스트 선장의 쌍돛대 범선에 이르기까지 일당백의 선원들은 호리호리하고 거짓말처럼 젊게 보이는 금발의 사내가 약간 구부정한 모습으로 더블룬 가에 있는 커웬의 창고에 들어가거나 커웬의 선박이 한창 분주하게 선적을 하는 동안 기다란 부두에서 선장들이나 화물관리인들과 대화를 나누거나 할 때면 신의 가호를 비는 이상하고도 은밀한 표시를 해 보였다. 커웬의 밑에서 일하는 직원이나 선장들도 그를 싫어하고 두려워했다. 그가 부리는 선원들은 전부 마르티니크, 세인트 유스타티우스, 하바나, 혹은 포트로열 출신의 천민 혼혈인이었다. 선원들이 자주 바뀌었다는 점은 노인에게 따라붙는 공포의 그림자 중에서도 섬뜩하고 가장 구체적인 부분을 차지했다. 배가 부두에 정박하는 동안 선원들에게 자유가 허락되지만, 몇 명은 이런저런 잡일을 하기도 했다. 그런데 선원들이 다시 집결하는 시간이 되면 어김없이 한두 명이 모자랐다. 잡일은 대부분 포턱셋 거리에 있는 농장과 관련된 것으로, 그곳에서 목격된 선원들 중에서 다시 돌아온 경우가 거의 없다는 사실은 사람들 사이에서 쉽게 잊히지 않았다. 그래서 언젠가부터 커웬은 각양각색의 선원들을 관리하는 데 애를 먹기 시작했다. 프로비던스 부두에 떠도는 소문을 듣자마자 도망치는 선원들이 꼭 있었다. 그 빈자리를 대신하기 위해 서인도 제도에서 선원을 구하는 일도 점점 큰 골칫거리가 되었다.

1760년경, 조지프 커웬은 사실상 외톨이었다. 그는 정체를 알거나 추측할 수도 없으며 심지어 그런 존재가 있기는 한지 입증할 수 없다는 이유로 더더욱 위협적으로 보이는 어떤 괴물과 사악한 거래를 한다고 의심을 샀다. 1758년에 벌어진 한 군인의 실종 사건이 결정적이었다. 그해 3월과 4월 뉴프랑스[117]로 향하던 영국군 2개 연대가 프로비던스에 야영을 하는 동안, 군인들이 사라졌다. 일반적인 탈영의 수치를 훨씬 뛰어넘었으므로 납득하기 힘든 상황이었다. 커웬이 붉은 제복의 이방인들과 이야기를 나누고, 그들 중에서 여러 명이 사라지기 시작했다는 소문이 퍼지자, 사람들은 실종된 그의 선원들을 떠올렸다. 명령에 따른 것이 아니라면, 사라진 군인들에게 무슨 일이 벌어졌는지 누구도 알 수 없는 노릇이었다.

반면, 커웬의 사업은 번창일로를 걸었다. 그는 마을에서 거래되는 초석과 후추, 계피를 사실상 독점했다. 그리고 황동 제품과 인디고,[118] 면직물, 모직물, 소금, 삭구(索具), 철, 종이를 비롯해 모든 영국제품을 수입하는 데 있어서 브라운 가문을 제외한 여타 해운업자들을 쉽게 앞서 갔다. 칩사이드에서 코끼리 간판을 걸고 있는 제임스 그린, 다린 건너에서 검독수리 간판을 건 러셀, 뉴커피하우스 근처에서 프라이팬과 물고기 간판을 건 클라크 앤 나이팅게일 같은 상점 주인들은 물품 공급을 커웬에게 의존하다시피 했다. 게다가 그는 지역의 양조업자들이나 내러갠섯 만의 유제품업자와 말 사육자, 뉴포트의 양초 제조업자들과도 거래함으로써 식민지 시대의 거물 수출업자의 반열에 올라섰다.

그는 배척을 당했지만, 시민 정신이 부족한 인물은 아니었다. 콜로니 하우스에 화재가 났을 때, 그는 새 청사(1761년에 완공되어 지금도 옛 중심가에 남아있는 건물)의 건립 재원을 마련하기 위해 발행된 복권도 많이 구입했다. 같은 해 10월, 폭풍에 붕괴된 그레이트 브리지를 재건하는 데도 도움을 주었다. 또한 콜로니 하우스의 화재로 유실된 공공 도서관의 책 중 상당수를 교체해 주었고, 진창이었던 시장 광장과 울퉁불퉁한 타운 가를 커다란 둥근 돌로 포장하면서 벽돌 인도 혹은 중간에 보행로를 만들기 위해 발행된 복권까지 다량으로 사들였다. 그 무렵에 소박하면서도 훌륭한 새 자택을 지었고, 그 현관의 조각 장식이 지금까지도 당당함을 간직하고 있다. 그보다 앞선 1743년에 화이트필드의 추종자들이 코튼 목사의 교회에서 분파해 다리 건너에 디콘 스노 교회를 세웠을 때, 커웬도 교회를 옮겼었다. 얼마 지나지 않아 그의 열의는 시들해지고 예배에 참석하는 횟수도 줄어들었다. 그러나 나중에는 다시금 신앙심이 깊어졌다. 미리 준비를 해 두지 않으면 자신을 고립시키고, 이제는 사업마저 파멸로 이끌지 모르는 어두운 그림자를 쫓아내려는 것 같았다.

II

중년도 채 안 된 것처럼 보이지만 실제로는 백 살이었던 그 기이하고 창백한 사내가 이해하거나 분석하기에는 너무 막연했던 공포와 혐오의 그늘에서 빠져나오려고 애쓰는 모습은 가련하고 극적이면서도 경멸감을 자아냈다. 그러나 그의 재력과 표면적인 변화의 몸짓이 어느 정도 효과를 발휘해서 그를 향한 주변의 공공연한 반감이 조금 줄어들기는 했다. 특히 그의 선원들이 갑자기 실종되던 일이 멈춘 후로는 사람들의 변화가 눈에 띄었다. 묘지에서 배회하는 모습이 이후에는 한 번도 목격되지 않은 것으로 봐서 묘지 탐사도 극도로 조심하고 은밀히 행하는 것 같았다. 그와 함께 포틱셋 농장에서 들려오는 기이한 소리와 실험에 대한 소문도 줄었다. 음식량과 가축 구입은 여전히 비정상적이었다. 그러나 최근에 찰스 워드가 셰플리 도서관에 남아 있는 커웬의 장부와 송장을 확인하고, 1766년까지 기니에서 데려온 흑인과 그들을 그레이트 브리지의 노예 상인이나 내러갠섯 만의 농장주에게 팔아넘긴 후 작성한 공식 계산서 사이에 수적으로 큰 차이가 있음을 발견하기까지 아무도 (적어도 분노한 젊은이 한 명만 제외하고는) 그 같은 사실을 깨닫지 못했다. 일단 흑인들의 노동력이 필요 없게 되자, 그 혐오스러운 인물이 보여준 교활함과 용의주도함은 기가 찰 정도였다.

물론 그의 뒤늦은 노력은 별다른 효과를 보지 못했다. 지긋한 나이와는 전혀 어울리지 않을 정도로 외모가 젊다는 사실 하나만으로도 커웬은 계속해서 외면당하고 의심을 받았다. 그는 사업마저 결국에는 곤경에 빠질 거라고 생각했다. 그가 무엇을 연구하고 실험하는지는 알 수 없었지만, 그 비용을 대려면 막대한 수입이 있어야 했다. 환경을 바꾼다면 그 동안 다져놓은 사업상의 이득을 포기해야 하기에, 다른 곳에서 새 삶을 시작하는 건 당시로써 이로울 게 없었다. 프로비던스 주민들과 좋은 관계를 도모함으로써 그가 나타나면 쉬쉬하며 수군거리다가 빤한 핑계와 구실을 대고 피해버리는 상황과 전반적으로 거북하고 불편한 분위기에서 벗어날 필요가 있었다. 사람을 구하기가 어려워서 직원이라고는 게으르고 가난한 놈팡이들이 고작이라는 것도 큰 골칫거리였다. 그가 그나마 선장과 항해사를 부릴 수 있는 방법도 저당과 차용증을 잡거나 이로운 정보를 알려주는 등 상대보다 우월한 입장을 이용하는 것뿐이었다. 일지를 기록한 사람들은 많은 예를 들면서 불순한 목적으로 일가의 비밀을 캐는 데 있어 커웬은 마법사와 같은 능력을 보여주었다고 적었다. 생을 마치기까지 마지막 5년 동안 그가 줄줄이 입에 올린 얘기들은 오래전에 죽은 사람들과 직접 대화를 하지 않고서는 알아낼 수 없는 내용으로 보였다.

그 무렵, 그 교활한 학자는 마을 공동체와 유대를 맺기 위해 최후의 무모한 방법을 생각해 냈다. 그때까지 철저한 은둔자로 살아온 그가 이번에는 정략결혼의 이점을 이용하기로 마음먹은 것이다. 즉, 지위가 확실한 여성을 신부로 맞으면 고장에서도 더 이상 그를 배척하지 못할 거라는 계산이었다. 그가 결혼을 결심하게 된 또 다른 이유가 있을 수 있다. 그러나 그 이유에 대해서는 도저히 추측이 불가능해서 그가 죽은 지 150년 뒤에 발견된 서류만으로는 짐작조차 어려운데다 앞으로 밝혀질 가능성도 없을 것 같았다. 그는 자신이 보통사람처럼 청혼했다가는 두려움과 분노를 불러오리라 잘 알고 있었기에, 부모에게 적절한 압력을 행사할 수 있는 신붓감을 물색했다. 적당한 신붓감을 찾기란 녹록지 않았다. 미모와 재기, 사회적 지위를 모두 겸비해야 한다는 아주 특별한 조건 때문이었다. 마침내 그 대상은 그의 최측근에서 오랫동안 일을 해온 선장이자 혈통과 사회적 지위도 나무랄 데 없는 듀티 틸링해스트라는 홀아비로 압축되었다. 일라이저라는 그의 외동딸은 물려받을 재산이 없다는 점만 제외하면 모든 면에서 손색이 없었다. 완전히 커웬의 수중에 있었던 틸링해스트 선장은 파워스 거리 언덕에 자리한 둥근 지

붕의 저택에서 커웬과 오싹한 대화를 나눈 뒤에 그 불경한 결혼을 승낙
했다.

당시 열여덟 살의 일라이저 틸링해스트는 넉넉하지 않은 아버지의
수입이 허락하는 한에서 우아하게 자란 여성이었다. 법원 맞은편에 있
는 스티븐 잭슨 학교를 졸업했고, 1757년에 어머니를 천연두로 여읠 때
까지 집안 살림을 두루 배우고 익혔다. 그녀가 1753년 아홉 살 때 만들
었다는 수예 한 점은 지금도 로드아일랜드 역사박물관에서 볼 수 있다.
어머니가 세상을 떠난 후 그녀는 흑인 노파의 도움을 받아 집안을 잘
꾸려왔다. 커웬과의 청혼 문제로 아버지와 고통스러운 언쟁을 벌였겠
지만, 그것을 확인해 줄 만한 기록은 없다. 확실한 것은 크로포드 해운
사의 이등 항해사 에즈라 위든과 그녀의 약혼이 정중하게 파혼되었고,
1763년 3월 7일 마을에서 내로라하는 사람들이 참석한 가운데 침례교
회에서 그녀와 조지프 커웬의 결혼식이 거행됐다는 점이다. 나이가 젊
은 편이었던 새뮤얼 윌슨 목사가 주례를 맡았다. 《가제트》는 결혼식 소
식을 짤막하게 실었지만, 지금까지 남아 있는 신문에는 문제의 그 기사
가 오려지거나 찢겨 있었다. 워드는 어느 개인 수집가의 문서를 뒤진
끝에 다음과 같은 정중한 기사를 발견했다.

지난 월요일 저녁, 이 고장의 무역상인 조지프 커웬 씨가 재색을 겸비
한 듀티 틸링해스트 선장의 딸 일라이저 틸링해스트 양과 부부로서 영
원한 가약을 맺었다.

찰스 워드는 최초의 광기를 드러내기 직전에 조지 가에서 열린 멜빌
F. 피터스의 개인 소장품 전시회에서 더피와 아놀드 사이에 오간 편지

묶음을 발견했다. 커웬의 결혼보다 약간 앞선 시점의 이 편지들을 보면 마을 사람들이 두 사람의 잘못된 결혼에 분노했음을 알 수 있다. 그러나 틸링해스트 가의 사회적 영향력을 부인할 수는 없어서 두 사람의 결혼이 아니었다면 얼씬도 하지 않았을 사람들이 또다시 조지프 커웬의 집에 드나들기 시작했다. 그러나 커웬이 완전히 사람들에게 받아들여진 건 아니었고, 그의 아내는 강요된 혼인 때문에 사회적으로 더 큰 고통에 시달렸다. 어쨌든 커웬을 막아선 철저한 소외의 장벽이 어느 정도 허물어지기는 했다. 그리고 이 괴상한 신랑이 신부를 대하는 극진한 아량과 배려에 신부뿐 아니라 마을 사람들까지 깜짝 놀랄 정도였다. 머잖아 올니 코트의 새 저택은 흉흉한 소문에서 완전히 벗어났다. 아내가 한 번도 찾은 적 없는 포턱셋 농장에서 커웬이 혼자 지내는 경우가 많았으나, 그는 오랫동안의 프로비던스 생활에서 그 어느 때보다 평범한 주민처럼 보였다. 그에게 공공연히 적의를 품고 있는 유일한 사람은 일라이저 틸링해스트와 약혼했다가 느닷없이 파혼당한 젊은 항해사였다. 에즈라 위든은 복수를 하겠노라 대놓고 말하곤 했다. 조용하고 온순한 성품이었으나, 이제 그는 남편의 자리를 빼앗아 간 커웬에게 원한과 집요한 복수의 의지를 불태우고 있었다.

1765년 5월 7일에 태어난 커웬의 외동딸 앤은 킹스 교회의 존 그레이브스 목사에게 세례를 받았다. 결혼 직후 그들 부부는 각각 조합 교회와 침례교회의 신자로서 킹스 교회에 다니기로 절충을 보았던 것이다. 2년 전의 결혼식과 마찬가지로, 앤의 출생에 대한 기록은 있어야 할 교회와 향토 기록 어디에서도 눈에 띄지 않았다. 찰스 워드는 이름을 바꾼 미망인이 자신과 혈연관계라는 사실을 발견한 이후, 아주 어렵사리 교회와 향토 기록을 찾아다녔다. 그때부터 지나친 호기심에 휩쓸리면서 광기의 절정을 맞게 된 셈이었다. 앤의 출생 기록은 당시 국왕파[119]였던 그레이브스 목사의 후손들과 서신을 주고받는 과정에서 아주 기묘하게 입수되었다. 그레이브스 목사는 독립전쟁과 함께 이 고장을 떠나면서 기록의 사본을 가져갔다. 외고조 할머니 앤 틸링해스트 포터가 성공회 신자였다는 사실을 안 워드가 그레이브스 목사 쪽으로 정보를 알아본 결과였다.

딸이 태어난 직후에 자신의 초상화를 그린 것으로 봐서 커웬의 냉혹한 태도에 적지 않은 변화가 생긴 모양이다. 초상화는 당시 뉴포트에 정착해 있던 스코틀랜드 출신의 유능한 화가이자 길버트 스튜어트를 가르친 것으로도 유명한 코스모 알렉산더의 작품이었다. 올니 코트 저택의 서재에 걸려 있었다고 전해지나, 그 초상화가 어떻게 됐는지는 교회 기록이나 향토 기록 어디에도 언급이 없다. 그 무렵, 이 괴팍한 학자는 유달리 골몰한 표정일 때가 많았고, 포턱셋 농장에서 많은 시간을 보냈다. 기록에 의하면, 흥분이나 긴장감이 역력했는데, 놀라운 일을 기다리거나 기이한 발견을 목전에 둔 사람 같았다. 저택에 있던 화학과 연금술 분야의 책들을 상당수 농장으로 옮긴 것으로 봐서, 특히 그 분야에서 어떤 영향을 받은 것으로 보인다.

공공의 이익에 대한 커웬의 관심은 좀처럼 줄지 않았다. 그래서 그는 당시 뉴포트에 비해 인문 과학 분야의 후원이 뒤떨어져 있던 프로비던스의 문화 수준을 끌어올리려는 스티븐 홉킨스, 조지프 브라운, 벤저민 웨스트 등의 인사들을 기회가 되는대로 도왔다. 1763년 대니얼 젠크스가 서점을 개업하는데 도움을 준 뒤 최고의 고객이 되었고, 셰익스피어의 두상을 간판으로 걸고 수요일마다 신문을 내는《가제트》가 어려움을 겪을 때도 도움의 손길을 뻗었다. 정치적인 면에서 그는 뉴포트에서 강세를 보이던 워드 후보의 경쟁자인 홉킨스 주지사를 적극 지지했다. 1765년 헤셔 홀에서 열린 주 의회에서 북부 프로비던스를 독립 도시로 분리하자는 워드 측의 주장에 반대하여 그가 한 명연설은 그에 대한 편견을 희석시키는 데 가장 큰 역할을 했다. 그러나 그를 유심히 지켜보던 에즈라 위든은 커웬의 모든 외부 활동을 냉소하며 비아냥거렸다. 그리고 그런 행동들은 타르타로스[120]의 가장 어두운 심연과 거래하는 악덕 상인의 가면에 불과하다고 공공연히 말하고 다녔다. 복수심에 불타는 이 젊은이는 배를 타지 않는 때를 이용해서 커웬과 그의 행적을 체계적으로 연구하기 시작했다. 밤이면 부두에 평저선을 대기해 놓고 몇 시간씩 커웬의 창고를 감시했고, 때로는 남의 눈을 피해 만을 오가는 작은 배를 미행하기도 했었다. 그는 기회가 닿는 대로 포턱셋 농장도 예의주시하다가 한 번은 인디언 부부가 풀어놓은 개들한테 심하게 물리기도 했다.

III

1766년 커웬에게 마지막 변화가 일어났다. 매우 갑작스러운 일이어서 많은 사람들의 이목을 끌었다. 오랜 베일이 벗겨질 것 같은 긴장감과 기대감이 가득했고, 커웬의 얼굴에서 완벽한 승리의 쾌감을 억누른 듯한 표정이 스쳤기 때문이다. 커웬은 자신이 발견했거나 깨달았거나 혹은 만들어 낸 것을 사람들에게 알리고 싶은 마음을 가까스로 참고 있는 것 같았다. 그러나 결국엔 그가 아무런 설명을 하지 않은 것으로 봐서, 기쁨을 함께 나누고 싶은 욕구보다는 비밀 유지가 더 중요했던 모양이다. 커웬이 오래전에 죽은 선조들이 아니라면 모를만한 정보를 알고 있다며 마을 사람들을 깜짝 놀라게 한 것은 그해 7월 초, 그에게 변화가 일어난 이후였다.

그러나 변화 때문에 커웬의 광적이고 은밀한 행동이 멈춘 것은 아니었다. 오히려 더 심해져서 그의 해운업은 그가 도산하면 공멸한다는 두려움에 사로잡힌 선장들에 의해 간신히 꾸려졌다. 그는 이윤이 계속 준다는 이유로 노예장사도 그만두었다. 거의 모든 시간을 포턱셋 농장에서 보냈다. 이상한 곳에서 그를 봤다는 소문도 심심찮게 들려왔는데, 그곳이 딱히 묘지 인근은 아니어도 그와 관련된 장소였기 때문에 사려 깊은 사람들이라면 이 노상인의 오랜 괴벽이 송두리째 바뀔 리 없다고 의구심을 품을 만했다. 에즈라 위든의 경우에는 배를 타야 하기 때문에 염탐 활동이 짧고 간헐적일 수밖에 없었으나, 대부분의 현실적인 주민이나 농부들과는 달리 커웬에게 앙심을 품고 있었다. 그래서 그때까지 누구도 하지 않았던 수준까지 커웬의 일을 자세히 파고들었다.

식민지 주민들이 아주 쏠쏠한 장사를 방해하고 있던 설탕 조례에 대해 거부 움직임을 보이는 동안에도, 괴팍한 커웬의 배들은 시국의 불안을 틈타 수상한 거래를 상당 부분 용인받고 있었다. 내러갯섯 만은 여전히 밀수와 탈세의 무법 지대였고, 밤마다 불법 화물을 들여오는 일도 계속되었다. 그러나 밤마다 타운 가 부두에 있는 커웬의 창고를 감시하면서 거룻배나 작은 범선을 미행하던 위든은 얼마 지나지 않아 이 불길한 밀수업자가 두려워하는 것이 영국의 무장 함대만은 아니라고 확신하게 되었다. 1766년의 변화가 일기 전까지, 커웬의 배는 대부분 사슬에 묶인 흑인 노예를 싣고 만을 지나 포턱셋 농장의 북쪽 해안 어딘가에 내려놓았다. 그곳에서 노예들은 해안 절벽을 넘고 커웬의 농장까지

끌려간 다음, 창문 대신 다섯 개의 가는 홈만 뚫려 있는 거대한 석조 별채에 감금되었다. 그러나 변화가 생긴 후로는 모든 일정이 바뀌었다. 곧바로 노예 수입이 중단되었고, 커웬은 한동안 야간 항해를 하지 않았다. 항해가 재개된 것은 1767년 봄 무렵이었다. 음산하고 고요한 부두에서 거룻배가 다시 모습을 드러냈고, 이번에는 만을 따라 낸퀴트 갑등의 먼 곳까지 가서 각양각색의 기이한 대형 선박들로부터 화물을 넘겨받았다. 커웬의 선원들은 평소에 사용하던 해안으로 화물을 실어왔다가 육로를 통해 농장까지 옮겼다. 화물은 전에 흑인 노예들을 감금했던 정체불명의 석조 별채에 보관되었다. 화물의 대부분은 상자와 통이었고, 대체로 직사각형으로 육중해 보여서 관을 떠올리게 했다.

농장을 감시하는 위든의 끈기는 한결같았다. 오랜 시간에 걸쳐 매일 밤 농장을 찾았고, 일주일에 적어도 한 번은 눈에 찍힌 발자국을 발견했다. 그럴 때면 종종 도로 가까이 접근해 보거나 인근의 얼어붙은 강가까지 따라가 다른 흔적은 없는지 확인했다. 항해에 오를 때마다 망을 볼 수 없게 되자, 그는 자신이 없는 동안 엘리자 스미스라는 술친구에게 감시를 맡겼다. 그들은 엄청난 소문으로 번질 만한 단서들을 포착하고 있었다. 그들이 소문을 퍼뜨리지 않은 이유는 소문의 속성상 곧바로 부두 인근에 긴장감을 조성함으로써 그들의 계획을 진전시키는 데 방해가 될 거란 판단 때문이었다. 그들은 행동에 나서기 전에 확실한 뭔가를 알아내고 싶었다. 그들이 알아낸 뭔가는 분명히 충격적인 내용이겠지만, 찰스 워드는 양친에게 여러 차례 위든이 나중에 자신의 노트를 불태운 사실이 무척 안타깝다고 말했다. 그들이 무엇을 찾아냈는지 말해 줄 수 있는 것이라고는 엘리자 스미스가 마음 내킬 때마다 흘겨 쓴 메모뿐이었다. 반면에 다른 일지 기록자들과 서한 작성자들은 결론적인 말들을 소극적으로 되풀이하는 수준이었다. 즉, 농장 자체는 뭔가 거대한 위험을 감싸고 있는 껍질에 불과했고, 그 실체의 범위와 깊이는 너무 심오하고 불가사의해서 음침한 윤곽만 겨우 가늠할 수 있다는 것이었다.

위든과 스미스는 이미 초반부터 농장 지하에 거대한 땅굴과 묘지가 있고, 늙은 인디언 부부 외에도 많은 사람들이 농장에 거주한다는 확신을 갖고 있었다. 농장의 본관은 커다란 굴뚝과 마름모꼴 격자 창틀이 있는 17세기 중반의 뾰족 지붕 양식이었다. 지붕이 거의 땅에 닿는 지점에 북향으로 연결된 실험실이 있었다. 농가 한 채가 덩그러니 세워져 있었으나, 묘한 시간에 그 안에서 들려오는 여러 목소리로 미루어 지하에 비밀 통로가 있음이 틀림없었다. 1766년 전까지는 흑인들의 중얼거림이나 속삭임, 혹은 처절한 비명 소리가 기묘한 찬송이나 주문과 섞여 있었다. 그런데 그 후에는 묵묵히 지시에 따르는 힘없는 웅얼거림, 격한 공포와 분노가 느껴지는 울부짖음, 투덜거리는 대화와 다급한 간청, 절박한 숨소리와 항변하는 고함소리 등등 아주 독특하면서도 오싹한 온갖 소음들이 들려왔다. 여러 나라의 언어가 섞여 있었는데, 커웬은 그 말을 모두 알아듣는지 귀에 거슬리는 독특한 말투로 상대방에게 대답하고 꾸짖거나, 위협하고는 했다. 종종 농가에서 여러 명의 인기척이 느껴질 때도 있었다. 커웬과 몇 명의 포로 그리고 포로를 감시하는 경비병 같았다. 여러 곳의 외지를 드나든 위든과 스미스에게도 전혀 낯선 목소리가 있는가 하면, 국적을 분간할 수 있을 정도의 대화 내용도 적지 않았다. 커웬이 겁에 질려 반항하는 포로들에게 정보를 알아내려는 것처럼 대화는 주로 묻고 답하는 식이었다.

위든은 그들의 대화에서 자주 사용되는 영어와 프랑스, 스페인어를 알고 있어서 엿듣은 단편적인 이야기들을 노트에 적어 놓았으나, 그 기록은 남아 있지 않다. 그러나 프로비던스 가문들의 옛일과 관련된 부분은 도굴범의 숙덕거림 같았고, 그가 알아들은 질문과 답변의 대부분은 종종 아주 먼 곳이나 과거를 지칭하는 등 역사적이거나 과학적인 사실이었다고 말한 적이 있다. 예를 들어, 분노하고 발끈하던 어느 포로는 1370년 리모주에서 벌어진 흑태자의 학살 사건[121]에 대해 프랑스어로 질문을 받았다. 커웬에겐 그것을 알아야만 하는 뭔가 은밀한 이유가 있는 것 같았다. 커웬은 포로(그가 포로가 맞다면)에게 대성당 지하의 고대 로마 납골당에 있는 제단에서 양의 표식이 발견되었기 때문에 학살 명령이 내려진 것인지, 아니면 오뜨 비엥에서 검은 자[122]가 세 마디의 말을 했기 때문인지 물었다. 대답을 얻지 못하자, 심문자는 극단적인 방법을 동원하는 것 같았다. 침묵과 중얼거림, 쿵 하는 소리에 이어 처절한 비명 소리가 들려왔기 때문이다.

농가의 창문은 항상 커튼이 드리워져 있어서 직접 눈으로 확인한 것은 없었다. 한 번은 알아들을 수 없는 언어로 대화가 이루어지는 동안, 그림자 하나가 커튼에 비쳐 위든이 소스라치게 놀라기도 했다. 그는 1764년의 가을, 혜셔 홀에서 본 인형극의 한 장면을 떠올렸다. 당시 펜실베이니아 주의 저먼 타운에서 온 남자가 멋진 기계를 구경하라며 다음과 같이 홍보한 적이 있었다.

"유명한 도시 예루살렘을 보러 오세요. 솔로몬 신전, 솔로몬의 왕좌, 유명한 탑과 언덕뿐 아니라, 겟세마네 동산에서 골고다 언덕의 십자가까지 구세주 그리스도의 수난을 그대로 재현한 예루살렘이 있습니다. 일단 보시면 후회하지 않을, 정교한 조각품."

대화가 계속되는 동안 창문 가까이 다가가 엿듣고 있던 위든이 깜짝 놀라 도망치자, 늙은 인디언 부부가 개들을 풀어 그를 쫓게 했다. 그 이후 농가에서 더는 이야기 소리가 흘러나오지 않았고, 위든과 스미스는 커웬이 지하로 활동 무대를 옮겼다고 결론지었다.

여러 가지 사실을 놓고 볼 때, 지하에 따로 공간이 있다는 것은 분명해 보였다. 건물이 한 채도 없는 몇 군데 단단한 땅에서 이따금 희미한 울부짖음과 투덜거림이 들려왔다. 포턱셋 계곡으로 이어지는 고지대의 가파른 비탈은 강둑을 따라 우거진 수풀에 가려져 있었으나, 그 곳에서 육중한 돌로 만든 문틀과 함께 아치형의 참나무 문이 발견되었다. 언덕 속의 지하 동굴로 향하는 입구가 분명했다. 그 지하 공간이 언제 어떻게 만들어졌는지는 위든도 알 수 없었으나, 강에서 그곳까지 사람들의 눈에 띄지 않고 인부들을 데려올 수 있음을 자주 지적하고는 했다. 조지프 커웬이 혼혈인 선원들을 얼마나 다양하게 활용했던가! 1769년 봄에 폭우가 내리는 동안, 두 명의 감시인들이 지하의 공간을 찾아내기 위해 가파른 강둑을 샅샅이 뒤진 결과, 강둑에 도랑이 깊이 파인 부분에서 꽤 많은 양의 인간과 동물의 뼈를 발견했다. 목축장 뒤에서 뼈가 발견됐으니 여러 가지 설명이 가능했다. 인근 지역에서 인디언 무덤이 자주 발견되기도 했으나, 위든과 스미스는 그들 나름대로 결론을 내렸다.

위든과 스미스가 커웬을 둘러싼 괴상한 일들에 대해 뾰족한 해법을 찾지 못하고 의논만 거듭하는 동안, 포르탈레자 사건이 벌어진 것이 1770년 1월이었다. 1년 전 여름, 뉴포트에서 관세국 소속의 범선 리버티 호가 불탄 것에 격분한 관세국에서 월레스 제독 지휘 아래 선단을 조직하여 괴선박(怪船舶)에 대한 감시를 강화했었다. 이런 상황에서 찰스 레슬리 선장이 지휘하는 영국 함대 소속의 무장 스쿠너선 시그넷 호가 어느 이른 아침에 스페인 바르셀로나에서 온 대형 평저선 포르탈레자 호를 추격 끝에 곧바로 나포한 것이다. 항해 일지에 따르면 마누엘 아루다 선장이 이끄는 포르탈레자 호는 이집트의 카이로에서 출발해 프로비던스로 향하고 있었다. 밀수품을 수색하는 과정에서 놀랍게도 이 선박의 화물 중에 인수자의 이름이 '선원 A, B, C.' 식으로 적혀 있는 이집트 미라가 발견되었다. 아루다 선장은 낸쿼트 갑에서 거룻배에 화물을 옮길 거라고 밝혔지만, 인수자의 신원에 대해서는 발설하지 않겠다는 약속을 굳게 지켰다. 뉴포트의 부제독은 딱히 밀수품목이라고 할 순 없어도 불법으로 은밀히 들여온 이 화물의 처리를 놓고 고심하다가, 징수관 로빈슨의 제안대로 선박은 풀어주되 로드아일랜드의 어떤 항구에도 들어가지 못한다는 조치를 취했다. 나중에 들려온 소문에 따르면, 그 선박은 보스턴 항만에 공식적인 입항 허가를 받은 사실이 없음에도 불구하고, 보스턴 항에서 목격되었다.

이 비범한 사건은 프로비던스에서 큰 화제를 모았고, 미라와 기분 나쁜 조지프 커웬과의 관련성을 부인하는 사람은 그리 많지 않았다. 그가 기묘한 연구를 해왔고 이상한 화학 물질을 수입하고 있다는 것이 잘 알려져 있는데다, 묘지에 대한 유별난 관심도 자주 의심을 받는 부분이었다. 그렇다보니 그 기괴한 화물을 들여온 장본인에 대해 커웬 말고 달리 의심이 가는 사람도 없었다. 이 당연한 의혹을 의식한 듯, 커웬은 미라에서 발견되는 발삼의 화학적 가치에 대해 지나가는 말투로 몇 차례 언급하기도 했다. 별일 아니라는 식으로 넘어가기를 바란 것 같지만, 자신이 관련돼 있다고 인정한 적은 한 번도 없었다. 물론 이 사건의 중요성을 조금도 의심하지 않았던 위든과 스미스는 커웬과 그의 괴상한 행적에 대해 가장 화끈한 이론을 도출하는 데에 몰두하고 있었다.

이듬해 봄, 지난해와 마찬가지로 폭우가 쏟아졌다. 두 명의 감시자들은 커웬 농장의 뒤쪽 강둑을 자세히 조사했다. 빗물에 유실된 여러 곳에서 많은 양의 뼈가 발견되었으나, 지하 공간이나 동굴의 흔적은 보이지 않았다. 그런데 거기서 밑으로 1.5킬로미터쯤 떨어진 마을에서 이상한 소문이 나돌았다.

이 마을은 지리적으로 강물이 험준한 계단형 지층을 지나 골짜기로 흘러드는 지점이었다. 문제의 소문은, 통나무 다리부터 언덕까지 낡은 농가들이 모여 있고, 활기 없는 부두에 소형 어선들이 정박해 있는 이 마을에서 강물을 따라 내려온 이상한 물체들이 폭포에 휩쓸리기 직전까지 잠시 동안 사람들의 눈에 띄었다는 것이다. 물론 포틱셋을 따라 흐르는 긴 강물은 구불구불 묘지 주변을 돌아가는 지점이 많았고, 폭우까지 내린 상황이었다.

그러나 다리 인근의 어부들은 물체 하나가 잔잔한 하류로 휩쓸려 내려가면서 노려본다거나, 그것이 소리를 지를 수 없는 상태인데도 억눌린 비명을 토해낸다거나 하는, 그런 섬뜩한 광경을 좋아할 리 없었다. 그 소문을 듣고 스미스는 (위든은 마침 항해 중이었으므로) 서둘러 농장 뒤쪽의 강둑으로 달려갔다. 지하 동굴이 함몰된 증거가 남아 있을 거라고 확신했기 때문이다. 그러나 떠내려온 흙과 수풀에 뒤덮여 가파른 강둑으로 가는 입구의 흔적은 찾을 수 없었다. 스미스는 여기저기 땅을 파 보았으나, 성공하지 못했다. 아니 어쩌면 성공하는 것이 두려웠는지 모른다. 집요하고 복수심에 불타는 위든이었다면 어떤 결과가 나왔을까 흥미롭다.

IV

1770년 가을, 위든은 그 동안 발견한 내용을 다른 사람들에게 알려야 할 때라고 생각했다. 일관적인 사실을 상당수 확보했고, 또 한 명의 목격자도 있는 터라, 질투와 복수심 때문에 꾸며낸 얘기라는 비난에도 대처할 수 있었다. 그가 제일 먼저 얘기 상대로 선택한 사람은 엔터프라이즈 호의 제임스 매이터슨 선장으로, 위든 자신의 정직함을 잘 알고 있을 뿐 아니라 마을에서도 그의 말이라면 경청할 정도의 영향력이 있는 인물이었다. 두 사람의 대화는 부두 근처의 새빈 여인숙 2층에서 이루어졌고, 스미스가 동석하여 모든 사실을 일일이 확인해 주었다. 매이터슨 선장은 매우 진지하게 받아들이는 눈치였다. 여느 마을 사람들처럼 그 또한 조지프 커웬에 대해 의혹을 품고 있었다. 때문에 그를 완전히 설득하는데 스미스의 확인과 위든의 방대한 자료면 충분했다. 회동이 끝날 무렵, 그는 매우 심각한 얼굴이었고, 두 명의 젊은이도 침묵에 잠겨 있었다. 그는 프로비던스에서 가장 학식 있고 유력한 십여 명의 사람들에게 그 날 들은 이야기를 전하겠다고 말했다. 다른 사람들의 의견을 듣고, 일단은 그들이 하자는 대로 따르겠다는 것이다. 경찰이나 군대의 힘을 빌릴 문제가 아니어서 어떤 경우든 비밀을 유지하는 것이 관건이었다. 거의 백 년 전에 커웬이 그 곳으로 쫓겨왔던 세일럼의 공포보다 몇 배의 혼란이 되풀이되는 것을 막으려면, 무엇보다 흥분하기 쉬운 군중들이 모르게 할 필요가 있었다.

그는 금성의 최근 궤도에 대한 논문을 발표함으로써 학자이자 예리한 사상가의 면모를 입증한 벤저민 웨스트 박사를 비롯해서 믿을 만한 사람들에게 위든의 말을 전했다. 얼마 전 워런에서 이주한 뒤 프레스비

테리언 거리에 저택이 완공되기를 기다리며 킹 가의 교원 사택에서 잠시 머물고 있는 대학 총장, 제임스 매닝 목사. 뉴포트의 철학 학회 회원으로서 전임 주지사이자 넓은 식견을 지닌 스티븐 홉킨스.《가제트》의 발행인 존 카터. 지역의 대표적인 유지인 브라운 가의 형제들(존, 조지프, 니콜라스, 모지즈), 특히 조지프는 아마추어 과학자로도 명망이 높았다. 이밖에도 박식가이자 커웬의 기이한 주문을 제일 먼저 자세히 알았을 자베즈 보웬 박사, 행동에 나서야 할 때 진두를 지휘할 만큼 남다른 용기와 정력을 자랑하는 사략선의 선장, 아브라함 휘플 선장 등이 꼽혔다. 이들이 호의적으로 나온다면, 모두 한 자리에 모여 의논을 할 수 있을 터였다. 그리고 이들과 함께 행동에 나서기 전에 식민지 총독인 뉴포트의 조지프 원튼에게 알릴지 여부를 결정하면 되었다.

매이터슨의 계획은 예상을 뛰어넘는 호응을 이끌어냈다. 그가 거론한 사람들 중에 한두 명은 위든의 이야기에 회의적이었지만, 비밀을 유지하면서 단합된 행동을 해야 한다는 필요성에 이의를 제기하는 사람은 없었다. 커웬이 도시와 식민지의 미래에 막연하면서도 잠재적인 위협 요소라는 점은 분명했기에 어떤 대가를 치르더라도 그 싹을 잘라야 했다. 1770년 12월 말, 일단의 저명한 마을 인사들이 스티븐 홉킨스의 집에 모여 임시 조치를 의논했다. 매이터슨 선장이 가지고 있던 위든의 노트가 신중하게 읽혔다. 그들은 위든과 스미스를 불러 세부적인 설명을 들었다. 비록 휘플 선장의 퉁명스럽고 쩌렁쩌렁한 욕설이 대변하듯 두려움과 함께 비장한 결단력이 느껴졌으나, 모임이 파하기에 앞서 좌중을 사로잡은 분위기는 분명 공포였다. 초법적인 수단이 필요하다고 판단한 그들은 총독에게 알리지 않기로 결정했다. 모종의 힘을 숨기고 있는 커웬이 도시를 조용히 떠나라는 경고에 호락호락 넘어갈 위인은 아니었다. 잔혹한 보복이 이어질 수 있고, 설령 그 사악한 인간이 순순히 그들의 뜻에 따른다고 해도, 불결한 짐을 다른 곳으로 옮기는 방편에 불과했다. 당시는 무법의 시대였다. 수년 동안 영국 왕의 권능을 비웃어온 그들은 어떠한 곤경에도 굴할 위인들이 아니었다. 포턱셋 농장에 노련한 사략선 선원들로 구성된 대규모 습격대가 들이닥쳐 마지막 변명의 기회를 준다면, 커웬은 필시 깜짝 놀랄 터였다. 그가 혼자서 여러 가지 목소리를 흉내 내며 즐거워한 광인으로 밝혀진다면, 적절한 절차를 밟아 격리 수용을 하면 되었다. 그보다 심각한 일이 밝혀지거나 지하 세계의 공포가 현실로 판명된다면, 그와 함께 모든 것은 죽임을 당해야 할 터. 그 정도는 조용하게 처리할 수 있었고, 그의 아내와 장인에게 무슨 일이 벌어졌는지 굳이 설명할 필요도 없었다.

그처럼 심각한 대책들이 논의되는 동안, 너무도 끔찍하고 불가사의해서 한동안 수 킬로미터 인근 지역까지 거의 모르고 있던 일대 사건이 마을에서 일어났다. 달빛이 폭설을 비추던 1월의 깊은 밤, 강에서 언덕까지 날카로운 비명 소리가 울려 퍼지자 잠에 취한 사람들이 창문으로 모여들었다. 웨이버셋 갑 인근에 사는 사람들은 터크 헤드 앞의 눈 덮인 공간으로 황급히 뛰어드는 흰색의 거대한 물체를 보았다. 멀리서 개 짖는 소리가 들려왔지만, 이내 잠에서 깬 마을의 소동에 묻혀 버렸다. 일단의 남자들이 손전등과 장총을 들고 사정을 알아보기 위해 뛰어나갔으나, 수색 작업은 별 소득이 없었다. 그러나 다음날 아침, 애버트의 양조장 옆을 따라 롱 부두가 펼쳐져 있는 그레이트 브리지의 남쪽 교각에서 근육질의 거인이 벌거숭이 시체로 꽁꽁 얼어붙은 채 발견되었다. 그 정체를 둘러싸고 끝없는 추측과 속삭임이 일었다. 나이 지긋한 사람들만이 그 시체처럼 공포로 인해 불거져 나온 또 다른 눈동자와 빳빳한 얼굴을 알고 있었기에 젊은이보다는 노인들 사이에서 수군거림이 많았다. 노인들은 몸서리를 치며 놀라고 겁에 질린 속삭임을 주고받았다. 빳빳하게 굳은 끔찍한 시체의 모습이 거의 50년 전에 죽은 어떤 사내와 기막힐 정도로 닮아 있었기 때문이다.

에즈라 위든은 시체가 발견된 현장에 있었다. 그는 전날 밤 개 짖는 소리를 떠올리며 웨이버셋 가를 따라, 소리가 들려온 머디독 브리지를 건넜다. 기이한 예감에 사로잡혀 있던 터라, 포턱셋 거리와 합쳐지는 주거 지역의 끝에서 눈에 찍힌 발자국을 발견하고도 썩 놀라지는 않았다. 벌거숭이 거인은 일단의 사냥개와 장화 신은 남자들에게 추격을 받았다. 그들이 돌아간 발자국도 쉽게 발견할 수 있었다. 그들은 도심이 가까워지자 추적을 포기했을 터이다. 위든은 싸늘한 미소를 머금고 추적자들이 돌아간 발자국을 다시 한 번 건성으로 확인했다. 예상대로 발자국의 출발지는 조지프 커웬의 포턱셋 농장이었다. 농가 앞마당에 찍힌 발자국은 썩 어지럽지는 않을 것이었다. 커웬은 환한 대낮에 호기심을 드러낼 생각이 없었다. 그가 사정을 말하기 위해 찾아간 사람은 보웬 박사였다. 박사는 곧 기이한 시체를 부검함으로써 그 자신도 당혹스러운 몇 가지 특징을 발견했다. 거인의 소화기는 전혀 사용된 흔적이 없는데다, 피부는 거칠었고 조직 세포는 설명이 불가능할 정도로 느슨해져 있었다. 거인의 시체가 오래전에 죽은 대장장이 대니얼 그린과 놀라울 정도로 흡사하다는 노인들의 수군거림과 그린의 증손자인 아론 호핀이 커웬의 화물 관리인으로 있다는 사실에 주목한 위든은 이런저런 시답잖은 말을 주고받는 척하면서 증손자로부터 그린의 무덤이 어디에 있는지 알아낼 수 있었다. 그날 밤, 열 명의 사내가 헤렌든 거리 맞은편에 있는 낡은 노스 공동묘지를 찾아가 무덤을 파냈다. 그들이 예상한 대로 무덤은 비어 있었다.

한편 그들은 집배원과 짜고 조지프 커웬의 우편물을 중간에서 가로채 왔는데, 벌거숭이 시체가 발견되기 직전 제데디어 오르니라는 사람이 세일럼에서 보낸 편지가 특히 중요해 보였다. 찰스 워드가 스미스 가문의 개인 문서함에서 찾아낸 그 편지의 사본은 이렇다.

오랜 문제를 귀하의 방식대로 연구하고 있다니 기쁘지만, 세일럼의 허친슨 씨 집에서보다 좋은 결과는 아닌 것 같소. 허친슨 씨가 불완전하게 불러낸 결과는 참으로 참담한 것이었소. 빠진 부분이 있는지, 아니면 귀하의 언어와 필사본을 본인이 이해하지 못해서인지, 귀하가 알려준 것이 소용이 없소. 혼자서 전전긍긍하고 있다오. 보렐러스를 따르자니 화학 지식이 없고, 귀하의 조언대로 『네크로노미콘』 7권을 읽어보았으나 혼란이 더할 뿐이오. 불러내는 대상에 주의해야 하오. 매더 씨가 쓴 『매그놀리아』[123]에 각별히 유념해야만, 끔찍한 결과를 미리 예견할 수 있으니까 말이오. 다시 말하건대, 귀하가 제압할 수 없는 인물을 불러내지 마시오. 내 말은 귀하에게 저항할 만한 대상을 말하는 것인데, 그런 경우 아무리 강력한 장치를 동원해도 소용이 없을 것이오. 귀하보다 못한 자를 상대하시오. 귀하보다 뛰어난 자는 질문에 답을 하지 않고 오히려 귀하에게 명령을 할지 모르오. 벤 자리스트나미크의 흑단 상자에 숨겨진 것을 귀하가 알고 있다는 편지에 깜짝 놀랐소. 귀하가 누구에게 그 같은 정보를 얻었는지 알기 때문이오. 다시 부탁하건대, 사이먼이 아니라 제데디어라는 이름으로 편지를 보내 주시오. 여기서도 인간은 그리 오래 살지 못해서, 내 아들의 몸으로 환생하려는 본인의 계획을 귀하도 알고 있을 것이오. 로마의 지하에서 '검은 자'가 실바누스 코키디우스에게 알아낸 것이 무엇인지 가르쳐 주길 바라오. 덧붙여 일전에 말한 필사본도 빌려 주길 간청하오.

필라델피아에서 발신자의 이름 없이 보낸 편지도 비슷했는데, 특히 다음과 같은 대목이 그랬다.

거래 물품을 귀하의 선박으로 보내겠다는 말에 따르겠지만, 언제쯤 받을 수 있을지 모르겠습니다. 이 문제와 관련해, 한 가지만 요구하겠습니다. 내가 귀하의 설명을 정확히 이해하기를 바라기 때문입니다. 귀하는 어느 한 부분도 빠뜨리지 말아야 최적의 효과를 얻을 수 있다고 했지만, 귀하도 그것이 얼마나 어려운 일인지 알 겁니다. 상자 전체를 가져오기는 매우 위험하고 부담스러운 일이지요. 특히 도심에서(예를 들어 세인트 피터 성당, 세인트 폴 성당, 세인트 메리 성당, 또는 크리스트 처치)는 거의 불가능합니다. 그러나 지난 10월에 내가 불완전한 결과가 어떤 것인지 몸소 체험했고, 1766년 귀하가 성공에 이르기까지 살아 있는 표본을 숱하게 소모했음을 잘 알고 있으니, 모든 문제를 귀하의 지도에 따를 생각입니다. 귀하의 범선이 속히 도착하기를 고대하며, 비들 부두에 날마다 문의를 하겠습니다.

세 번째 의문의 편지는 불가해한 언어와 문자로 쓰여 있었다. 스미스가 그 편지에서 자주 사용된 단어를 자신의 일기에 서툴게 옮겨 적었고, 이것을 나중에 찰스 워드가 발견하여 브라운 대학의 권위자에게 문의했다. 그 결과, 내용은 알 수 없으나, 암라하[124] 어 아니면 아비시니아[125] 어로 보인다는 답변을 받았다. 그 편지들은 커웬에게 전달되지 않았으나, 프로비던스 사람들이 조용한 조치를 취하기 시작한 지 얼마 지나 않아 제데디어 오르니가 세일럼에서 실종됐다는 소식이 전해졌다. 쉬푼 박사가 필라델피아의 어느 병적인 인물에 대해 알려오는 등 펜실베이니아 역사 학회 사무실에도 몇 통의 기묘한 편지들이 도착했다. 그러나 더 확실한 조치는 아직 계획 중이었고, 백전노장의 선원들과 믿을 만한 사략선의 늙은 선원들이 브라운 창고에서 비밀리에 모임을 가졌다는 것이 무엇보다 위든의 폭로가 가져온 중요한 결실이었다. 바야흐로 조지프 커웬의 사악한 비밀을 파헤치기 위한 작전이 천천히, 확실하게 진행되고 있었다.

모두 주의를 기울였으나, 커웬이 눈치를 챈 것 같았다. 여느 때와 다르게 근심스러운 표정이 역력했기 때문이다. 그가 탄 마차는 도심과 포턱셋 거리에서 언제든 감시를 받았고, 근래에 사람들의 외면에서 벗어날 요량으로 억지로 꾸민 커웬의 온화한 태도도 조금씩 사라져갔다. 그의 농장에서 가장 가까운 이웃인 페너 가(家) 사람들은 어느 날 밤 가늘고 긴 홈만 뚫려 있는 정체불명의 석조 건물 지붕에서 거대한 광선이 솟구치는 것을 목격했다. 그 일은 곧 프로비던스의 존 브라운에게 전해졌다. 커웬을 제거하기 위해 결성된 집단의 실제적인 리더였던 브라운 씨는 페너 가족에게 모종의 조치가 곧 취해질 거라고 미리 알려주었다. 최종 습격이 일어날 경우, 페너 가족이 현장을 목격할 확률이 높아서 그 정도의 언질은 부득이했다. 그는 프로비던스의 모든 선박업자와 상인, 농부들이 공공연히 혹은 은밀히 반기를 들어온 뉴포트의 세관원에서 스파이를 보냈고, 그 스파이가 바로 커웬으로 밝혀졌다고 설명했다. 별의별 이상한 일들을 목격한 페너 가족들이 브라운의 설명을 전적으로 믿었는지는 알 수 없으나, 그들로서는 이상한 짓을 일삼는 남자가 악인이라는데 굳이 반박할 이유가 없었다. 브라운 씨는 그들 가족에게 커웬의 농장을 감시하고, 그곳에서 벌어지는 일에 대해 정기적으로 보고하는 일을 맡겼다.

V

이상한 광선 이야기까지 나온 상황이라 커웬이 눈치를 채고 수상한 짓을 벌일 가능성이 높아졌다. 마침내 진지한 시민들은 아주 신중하게 행동 계획을 세웠다. 스미스의 일기에 따르면, 1771년 4월 12일 금요일 밤 10시, 그레이트 브리지 너머 웨이버셋 갑에 황금사자 간판을 건 터스튼 여인숙의 커다란 홀에 100명가량의 남자들이 모여들었다. 존 브라운 외에 참석한 지역 인사 중에는 수술 도구를 챙겨온 보웬 박사, 가발(식민지에서 가장 큰)까지 벗어 던진 매닝 총장, 마지막에 다른 사람들의 동의를 얻어 선원인 동생 에세크와 함께 나타난 검은 외투 차림의 홉킨스 총독, 존 카터, 매튜슨 선장, 현장에서 습격대를 총지휘할 휘플 선장이 동석했다. 이 대표자들이 뒷방에서 구체적인 계획을 협의한 뒤, 휘플 선장이 여인숙의 커다란 홀에 모여 있던 선원들에게 마지막 다짐과 함께 지침을 하달했다. 엘리자 스미스는 대표자들과 함께 뒷방에서 에즈라 위든을 기다리고 있었다. 위든은 커웬의 마차가 농장으로 향하는 것을 확인한 뒤에 보고를 하기로 되어 있었다.

10시 반경, 그레이트 브리지에서 육중한 덜컹거림에 이어 마차 지나는 소리가 들려왔다. 위든의 보고를 기다릴 필요도 없이, 파멸을 앞둔 커웬이 불경한 마법의 마지막 밤을 보내러 가는 것이 분명했다. 잠시 후, 마차 소리가 머디독 다리 쪽으로 멀리 사라질 무렵 위든이 나타났다. 습격대는 조용히 거리로 나가 전열을 가다듬으며, 각자 가져온 화승총[126]과 들새 사냥 도구, 고래잡이 작살 등을 어깨에 멨다. 위든과 스미스도 그들과 함께했다. 지휘관인 휘플 선장과 에세크 홉킨스 선장, 존 카터, 매닝 총장, 매튜슨 선장, 보웬 박사, 여인숙에서 열린 예비 모임에는 불참했으나 11시에 합류한 모지즈 브라운이 신중한 시민들의 선봉을 맡았다. 지체 없이 긴 행군을 시작한 그들 대표자와 일백의 선원들은 엄숙하고 약간은 긴장한 모습으로 머디독 다리를 지나 포턱셋 가를 향해 브로드 가의 완만한 언덕길을 올랐다. 엘더 스노 교회를 지날 즈음, 몇 사람이 이른 봄날의 별빛 아래 펼쳐져 있는 프로비던스를 돌아보았다. 뾰족탑과 박공이 검게 솟아 있었고, 다리 북쪽 만에서 소금기 묻은 미풍이 잔잔히 불어왔다. 강 너머 커다란 언덕 위로 직녀성이 고개를 내밀었고, 언덕마루의 나무들은 공사 중인 대학 건물의 지붕에 가려 있었다. 그 언덕 초입과 그 기슭의 비좁은 오르막길을 따라 오랜 도시는 꿈에 잠겨 있었다. 안전하고 건전한 프로비던스를 위하여 극악하고 거대한 신성모독이 곧 종말을 고하게 될 터였다.

1시간 15분 뒤, 습격대는 예정대로 페너 농가에 도착해서 목표 대상에 대해 마지막 보고를 들었다. 30분 전에 커웬이 농장에 도착한 직후 또 한 차례 기이한 광선이 하늘로 솟구쳤으나, 창가에는 불빛이 없다고 했다. 그 소식이 전해지는 동안에도 거대한 섬광이 남쪽으로 치솟았다. 습격대는 드디어 무섭고도 기괴한 의혹의 현장에 가까이 다가섰음을 깨달았다. 휘플 선장은 인원을 3개 조로 나누었다. 20명으로 구성된 1조는 위급한 상황을 알리는 전령이 도착하지 않는 한, 엘리자 스미스의 지휘 하에 커웬의 지원군이 상륙할지 모르는 만일의 상황에 대비하여 해안을 지키기로 했다. 역시 20명으로 구성된 2조는 에세크 홉킨스 선장의 지휘 하에 커웬 농장 뒤쪽의 강둑으로 이동하여 도끼와 화약으로 참나무 문을 부수기로 했다. 3조의 목표물은 농장의 본채와 부속 건물이었다. 3조의 경우, 3분의 1은 매튜슨 선장을 따라 길고 비좁은 창문이 나 있는 비밀의 석조 건물을 맡고, 또 다른 3분의 1은 휘플이 직접 이끌고 농가 본채를 공격하기로 했다. 그리고 나머지는 비상사태가 벌어질 때까지 건물 전체를 포위할 계획이었다.

강둑을 맡은 2조는 한 번의 호각소리를 신호로 참나무 문을 부순 뒤대기하면서 무엇이든 문에서 튀어나오는 것들을 모두 붙잡기로 했다. 호각 소리가 두 번 울리면, 입구로 들어가 적을 공격하든가 나머지 습격대에 합류한다는 방침이었다. 3조 중에서 석조 건물을 맡은 대원들은 호각 소리에 맞춰 출입문을 부수고 지하로 연결된 통로를 수색한 다음, 상황에 따라 다른 습격대에 합류하든가 지하 동굴에서 필요한 대응을 하는 등 2조와 비슷한 전략을 구사할 터이다. 세 번의 호각 소리는 비상 신호로, 농장을 포위한 대원들이 즉각 전투에 참여하라는 의미였다. 이 경우 20명의 인원이 절반씩 나뉘어 농가 본채와 석조 건물로 진입하기로 했다. 휘플 선장은 지하 공간이 있을 거라고 확신했기에 전략을 구상할 때 대안을 따로 마련하지는 않았다. 소리가 크고 날카로운 호각을 준비한 그로서는 신호가 잘못 전달되는 실수 따위는 없을 거라고 믿었다. 물론 1조가 맡은 해안까지는 호각 소리가 들리지 않아서, 지원이 필요할 경우에는 전령을 보낼 필요가 있었다. 모지즈 브라운과 존카터는 홉킨스 선장과 함께 강둑으로 이동하기로 한 반면, 매닝 총장은 매튜슨 선장과 함께 석조 건물을 맡았다. 보웬 박사는 에즈라 위든과함께 휘플 조에 남아서 농가 본채를 소탕할 준비에 들어가기로 했다.

홉킨스 선장이 강둑에서 준비를 끝내고 휘플 선장에게 보고하는 대로 공격이 시작될 예정이었다. 이때를 기해 각 조의 지휘자들이 호각을 불고, 각각의 지점에서 동시 다발적인 공격이 이루어질 것이다. 새벽 1시 직전, 3개 조는 페너 농가를 출발해, 1조는 해안, 2조는 강둑, 3조의 각 분대는 커웬의 농장으로 향했다.

해안을 맡은 1조 소속의 엘리자 스미스는 이동하는 과정에서 별다른 일이 없었고, 만 주변의 절벽에서 오랫동안 대기했다고 일기에 적었다. 한 차례 멀리서 호각 소리가 들리더니 고함과 비명, 폭음이 뒤섞였다. 나중에 대원 한 사람이 희미한 총성을 들었다고 말했다. 좀 더 시간이 지나자, 스미스 본인은 공기 중에서 천둥처럼 울리는 말소리를 들은 것 같았다. 눈에 핏발이 선 전령이 옷에서 지독한 악취를 풍기며 몹시 초췌한 모습으로 나타나, 모두 조용히 집으로 돌아가되 그날 밤의 일이나 커웬에 대해 입도 뻥긋 말라고 이른 시간은 동이 트기 직전이었다. 그 전령의 태도에서 말로는 전할 수 없는 설득력이 느껴졌다. 선원인 그를 잘 아는 대원들이 적지 않았지만, 그의 영혼은 뭔가를 잃었거나 얻은 것처럼 몹시 낯설게 보였다. 공포의 농장 일대를 맡았던 다른 동료들을 나중에 만났을 때도 마찬가지였다. 그들 대부분이 이해하거나 설명할 수 없는 뭔가를 잃거나 얻은 것처럼 보였다. 그들은 인간이 아닌 어떤 것을 보거나 듣고 느꼈으며 그 경험을 잊을 수 없었다. 인간 본능이 아무리 저속하다고 해도 넘지 말아야 할 선이 있는 법이다. 그래서인지 이들 습격대에서 어떤 말도 새어나오지 않았다. 해안을 맡은 대원들은 단 한 명의 전령에게서 불가사의한 외경심을 느꼈고, 그들 또한 입을 다물어 버렸다. 습격대에서 흘러나온 말은 거의 없었다. 엘리자 스미스의 일기만이 별빛 비추는 황금 사자 간판 아래서 시작된 원정의 전모를 말해

주는 유일한 기록이었다.

그러나 찰스 워드는 페너의 친척이 살았던 뉴런던에서 페너 가의 서신을 발견함으로써 막연한 단서를 잡을 수 있었다. 불길한 농장이 멀리 내다보이는 페너의 집에서 그 가족들은 습격대의 출발을 지켜보았다. 커웬의 농장에서 개들이 사납게 짖어댄 직후 공격을 재촉하는 최초의 날카로운 호각 소리가 들려왔다. 호각 소리에 이어 석조 건물에서 거대한 광선이 솟구쳤다. 대대적인 공격을 지시하는 두 번의 호각소리가 울리자, 총성과 끔찍한 울부짖음이 들려왔다. 편지를 쓴 루크 페너는 "와아아아흐르르르-라아아아흐르르."라는 표현으로 그때의 울부짖음을 설명했다. 그런데 이 울부짖음에서 몸부림치며 괴로워하는 것 이상의 뭔가가 전달됐다. 이 편지에 따르면, 페너의 어머니는 이 소리를 듣고 기절했다고 한다. 이 울부짖음은 얼마 후부터 작은 소리로 되풀이됐지만, 억눌린 총성은 계속되었다. 그와 동시에 강둑에서 요란한 폭발음이 들려왔다. 1시간쯤 뒤, 개들이 미친 듯이 짖기 시작했고, 벽난로 선반의 촛대가 기우뚱할 만큼 땅이 흔들렸다. 짙은 황 냄새가 풍겼다. 다른 가족들과 달리, 페너의 아버지는 세 번째 비상 호각 소리를 들었다고 말했다. 억눌린 총성에 이어 전보다 날카롭진 않지만, 훨씬 소름 끼치는 저음의 비명 소리가 들려왔다. 고약한 기침 소리 아니면 그르렁거리는 것 같은 비명 소리는 청각으로 전달되는 실제 소리라기보다는 그 지속성과 심리적인 측면에서 비롯된 것임이 분명했다.

곧이어 커웬 농장 인근에서 불길이 치솟았고, 겁에 질려 다급해진 사람들의 아우성이 들려왔다. 총구가 불을 뿜었고, 불붙은 형체가 곤두박질쳤다. 불붙은 형체가 또 나타나면서, 사람들의 비명 소리가 더욱 또렷해졌다. 페너는 광기 어린 몇 마디의 외침을 알아들었다고 적었다.

"전능하신 분이여, 당신의 양을 굽어 살피소서!" 곧바로 사격이 거세졌고, 화염에 휩싸인 두 번째 형체도 쓰러졌다. 그 후 45분가량 침묵이 흘렀다. 침묵이 끝나갈 무렵, 루크의 동생인 아서 페너가 멀리 저주받은 농장에서 별을 향해 '붉은 안개'가 솟아올랐다고 소리쳤다. 이 꼬맹이 말고는 아무도 그 광경을 보지 못했으나, 루크는 그 순간 방 안에 있던 고양이 세 마리가 갑작스레 겁에 질려 등을 구부리고 털을 곤두세운 것으로 봐서 동생의 말이 사실일 수 있다고 인정했다.

5분 뒤에 찬바람과 함께 공기 중에 악취가 가득했는데, 해안을 맡은 습격대와 다른 포턱셋 주민들은 강한 바닷바람 때문에 그 악취를 맡지 못했다. 페너 가족이 난생처음으로 맡아본 그 악취는 무덤이나 납골당에서처럼 까닭 모를 공포를 일으켰다. 곧이어 한번 들으면 도저히 잊을 수 없을 만큼 끔찍한 목소리가 들려왔다. 그 목소리는 세상의 종말을 고하듯 하늘에서 쩌렁쩌렁 울렸으며 그 여운이 사라질 때까지 창문이 흔들렸다. 굵은 저음이었고 음악적인 목소리였다. 오르간 소리처럼 힘이 넘쳤으나 아랍의 금서처럼 사악했다. 그 낯선 언어를 누구도 이해할 수 없었겠지만, 루크 페너는 그때 들려온 사악한 외침을 이렇게 적어놓았다. "데스메스-제쉐트-보네도세페듀베마-엔토모스." 1919년까지 아무렇게나 적어 놓은 그 내용을 이해하는 사람은 없었다. 그러나 찰스 워드는 미란돌라[127]가 흑마법 중에서 가장 무시무시하다고 말한 주문을 떠올리며 안색이 창백하게 질렸다.

사악한 외침에 화답하듯 사람들의 고함 혹은 굵은 저음의 비명 소리가 합창처럼 이어졌다. 얼마 후 정체 모를 악취에 또 다른 냄새까지 뒤섞이기 시작했다. 어느새 비명 소리와는 전혀 다른 울부짖음이 통곡처럼 갑자기 높아졌다 낮아졌다 하며 길게 울려 퍼졌다. 간간이 불분명하면서도 의미 있는 말소리가 들려오기도 했다. 돌연 사악하고 히스테릭한 웃음이 터졌다. 곧이어 수십 명이 한꺼번에 쥐어짜듯 극도로 끔찍하고 발작적인 외침이 들려왔다. 어딘지 모를 깊숙한 곳에서 들려오는 외침이었으나, 강렬하고 또렷했다. 그 다음에는 어둠과 침묵이 천지를 지배했다. 매캐한 연기가 소용돌이치며 별빛을 가렸지만, 다음 날 아침이 밝았을 때 화염의 흔적과 불타 없어지거나 무너진 건물은 보이지 않았다.

새벽녘, 정체불명의 괴이한 악취에 찌든 전령 두 명이 겁에 질려 페너 농가의 문을 두드렸고, 넉넉한 돈을 내면서 럼주 한 통을 달라고 했다. 그 중 한 명이 페너 가족에게 조지프 커웬의 문제는 해결됐으니, 간밤의 일을 두 번 다시 입에 올리지 말라고 했다. 건방진 명령조의 말이었으나, 불쾌하기보다는 오싹한 권위가 느껴졌다. 그리하여 루크 페너가 코네티컷에 사는 친척에게 읽고 없애라고 했던 그 편지만이 유일하게 그날의 사건들을 전하고 있었다. 루크 페너의 말을 듣지 않은 친척 덕분에 그 사건은 자비로운 망각 속으로 사라지지 않았던 것이다. 찰스 워드가 조상의 전통을 연구한다며 포턱셋 지역의 주민들을 오랫동안 수소문한 결과, 한 가지를 더 알아냈다. 그것은 포턱셋에 사는 찰스 슬로컴이라는 노인이 조부한테 들었다는 괴상한 소문으로, 조지프 커웬의 사망이 알려지고 일주일 뒤, 들판에 형편없이 불탄 시체 한 구가 놓여 있었다는 내용이다. 그 시체와 관련해 가장 인상 깊은 부분은 아무리 불에 타고 뒤틀린 상태라고는 해도, 그것이 인간이라고 할 수도 없을 뿐 아니라 포턱셋 주민들이 보고 읽은 어떤 동물과도 달랐다는 점이다.

VI

그 끔찍한 습격에 가담했던 사람들 중에서 누구도 그 날의 일에 대해 입을 여는 사람은 없었다. 그나마 단편적인 정보들은 당사자가 아닌 사람들의 입에서 흘러나왔다. 그 사건에 대해 넌지시 비추기만 해도 질겁하던 습격 대원들에게서 아주 오싹한 뭔가가 느껴질 정도였다. 선원 8명이 죽었고 그 시체도 수습되지 않았으나, 유족들은 세관원들과 격렬한 충돌이 있었다는 설명을 받아들였다. 수많은 부상자들의 경우도 똑같은 설명이 뒤따랐고, 부상자들은 습격 대원이었던 자베즈 보웬 박사에게만 치료를 받고 붕대로 상처를 꼭꼭 감쌌다. 습격 대원들의 몸에 밴 정체불명의 냄새는 특히 설명이 어려운 부분으로, 몇 주 동안 사람들의 입에 오르내렸다. 대표자 중에서 휘플 선장과 모지즈 브라운이 가장 심각한 중상을 입었다. 그들의 아내들은 남편이 자초지종을 숨기고, 붕대로 철저히 상처를 가리고 있어서 몹시 당황하고 있었다. 습격 대원들은 하나같이 정신적으로 성숙해지고 침착해졌으며 어딘지 깊은 충격에 사로잡혀 있었다. 이들 모두 육체노동자로서 단순한 삶을 살았고, 신앙이 깊었다는 것이 그나마 다행이었다. 이들이 내성적이고 사고방식이 복잡했더라면, 필시 큰 병을 앓았을 것이기 때문이다. 그래서 매닝 총장에게 가해진 충격이 가장 컸다고 할 수 있다. 그러나 그 또한 가장 음산한 그림자를 극복하고 기도로써 기억을 묻을 수 있었다. 습격대의 대표자들은 나중에 각자의 분야에서 주목할 만한 활약을 보였으니 다행한 일이었는지 모른다. 1년이 채 지나지 않아, 휘플 선장은 군중을 이끌고 개스피 호를 불태우는 데 앞장섰는데, 그 용맹한 행동을 통해서 불경한 그림자에서 빠져나오려는 몸부림의 일면이 읽혔을 터이다.

현장에서 만들어진 것이 분명한 이상한 형태의 납관이 굳게 봉해진 채 그 안에 남편의 시신이 들어 있다는 말과 함께 조지프 커웬의 미망인에게 전달되었다. 자세한 내막은 공개할 수 없으나, 세관원과의 전투에서 살해됐다는 설명이 따랐다. 조지프 커웬의 최후에 대해서는 그 이상 언급되지 않았으나, 찰스 워드는 가설을 세워봄 직한 단서를 하나 찾아냈다. 지극히 사소한 그 단서는 커웬 앞으로 보낸 제데디어 오르니의 편지를 중간에서 가로챈 것이었다. 그 내용 중에서도 불안하게 밑줄이 그어진 문단의 일부는 에즈라 위든의 글에도 적혀 있었다. 스미스의 후손이 그 편지의 사본을 가지고 있었다. 기괴한 사건의 말 없는 단서로서 위든이 그 사본을 친구에게 주었는지, 아니면 좀 더 개연성이 있긴 하나, 스미스가 전부터 지니고 있다가 문답식 대화를 기억하고 직접 줄을 그었는지는 정확하지 않다. 밑줄이 그어진 내용은 길지 않았다.

다시 말하지만, 귀하가 제압할 수 없는 상대를 불러내서는 안 되오. 그들은 귀하에게 대항할 수 있으며, 그럴 경우 아무리 강력한 장치가 있다 해도 소용이 없소. 만만한 상대를 고르시오. 위대한 자는 귀하의 질문에 제대로 답하지 않을 것이며, 오히려 귀하에게 명령을 내릴 것이오.

그 문단을 읽은 찰스 워드는 습격을 당한 커웬이 과연 마지막에 어떤 동맹자를 불러냈을까 생각했다. 프로비던스의 시민들이 조지프 커웬을 실제로 죽였는지조차 의구심이 생겼다.

습격대를 이끈 대표자들의 영향력에 힘입어 프로비던스의 삶과 역사에서 커웬에 관한 기억을 모조리 말살하려는 시도가 조직적으로 전

개됐다. 처음부터 그처럼 철저한 은폐를 계획한 것은 아니었으나, 커웬의 미망인과 장인, 딸아이는 계속해서 진실을 알지 못했다. 그러나 눈치 빠른 틸링해스트 선장은 머잖아 소문들을 알아채고는 겁에 질려서 딸과 손녀의 이름을 바꾸었다. 뿐만 아니라 서재와 남겨진 책을 모두 불태웠고, 조지프 커웬의 석판 묘비에서 가족의 이름까지 파냈다. 그는 휘플 선장과 막역한 사이였으니, 저주받은 마법사의 최후에 대해 누구보다 자세한 내막을 전해 들었을지 모른다.

그때부터 커웬의 자취를 말살하려는 시도들은 더욱 거세졌고, 마침내 주민들의 동의까지 이끌어 냄으로써 마을 기록과 《가제트》의 기사에서도 커웬의 기록은 사라지게 되었다. 그것은 추문 이후 말년을 침묵과 외면 속에 지내야 했던 오스카 와일드[128], 혹은 로드 던새니의 소설에서 신이 더 이상 인간의 운명을 좌우해서는 안 되며, 앞으로도 그런 일이 없어야 한다고 절규한 루나자르의 왕에게 가해진 파멸과 비견될 만하다.

1772년 이후, 알려진 대로 틸링해스트 여사는 올리 코트의 저택을 팔고, 1817년 숨을 거둘 때까지 파워스 거리에 있는 부친의 집에서 살았다. 수년 동안 버려진 포턱셋 농장은 이상하리만큼 급격히 몰락했다. 1780년경에는 석조물과 벽돌 골조만 남았고, 1800년에는 그마저 형체도 없이 사라졌다. 누구도 참나무 문이 있는 강둑 너머의 울창한 수풀 속으로 들어갈 엄두를 내지 못했다. 조지프 커웬이 스스로 만들어 낸 공포 속에서 어떻게 세상을 떠났는지 그 정확한 사연을 알아내려는 노력도 없었다.

다만 불굴의 휘플 선장의 입에서 때때로 흘러나온 혼잣말을 듣고 놀랐다는 사람들의 이야기가 있다.

"염병할 놈······. 비명을 지르면서도 웃다니. 도무지······. 소매까지 불이 붙었단 말이야. 분명히 나는 그, 그 집을 불태웠다고."

제 3 장
추적과 부름

I

지금까지 살펴보았듯이, 찰스 워드는 1918년에 조지프 커웬이 자신의 조상임을 처음으로 알았다. 그가 그때부터 과거의 비밀에 관한 것이면 무엇이든 강한 흥미를 보였음은 분명하다. 커웬을 둘러싼 그간의 막연한 소문들은 그 혈통을 물려받은 워드 자신에게 매우 중대한 사안이었기 때문이다. 아무리 활력과 상상력이 넘치는 계보학자라도 열정적이고 체계적으로 커웬의 자료를 수집한 워드의 성과를 능가하지는 못할 것이다.

워드는 자신이 하는 일을 조금도 숨기지 않았다. 그래서 라이먼 박사는 젊은이의 광기가 시작된 시기를 1919년 이전으로 보는데 주저하고 있다. 워드는 가족(그의 어머니는 커웬과 같은 조상이 있다는 사실을 썩 유쾌하게 받아들이지 않았지만)뿐 아니라 그가 말한 여러 도서관의 사서와 박물관 직원과도 스스럼없이 얘기를 나누었다. 자료를 소장하고 있다는 집을 찾아갔을 때도, 다른 사람들과 마찬가지로 오래전의 일지나 편지에 뭐 그리 대단한 내용이 있겠느냐는 식의 약간 회의적인 태도를 보였다. 그는 아무리 그 위치를 찾아봐도 소용없는 포턱셋 농장에서 150년 전에 벌어졌다는 사건과 조지프 커웬이 실존 인물이었는지에 대해서도 강한 의문을 나타내기도 했다.

그는 스미스의 일기와 문서, 제데디어 오르니가 보낸 편지를 접하고 세일럼에서 커웬의 초기 활동과 관련성을 알아보기로 했는데, 그 계획은 1919년 부활절 연휴에 실행됐다. 어렸을 때부터 허물어진 청교도의 박공지붕으로 채워진 옛 도시를 자주 산책했던 그에게 에식스 회당[129]은 매우 낯이 익었고, 그곳에서 그는 융숭한 대접을 받으며 상당량의 커웬 자료를 수집했다. 그는 자신의 조상이 세일럼 시(市)에서 12킬로미터 떨어진, 현재 댄버스로 지명이 바뀐 세일럼 빌리지에서 1662년 혹은 1663년 2월 18일(비공식적으로)에 태어났다는 사실을 알아냈다. 그는 열다섯 살 때 배를 탔다가 9년 만에 고향에 돌아와 정착했다. 당시에 그의 말투, 옷차림, 행동은 완전히 영국 토박이처럼 변해 있었다. 그는 가족들과 왕래를 거의 끊고, 유럽에서 가져온 이상한 책들과 영국, 프랑스, 네덜란드에서 배편으로 들여온 화학 약품과 씨름하며 대부분의 시간을 보냈다. 가끔 세일럼에 다녀올 때면 마을에서 수군거림이 그치지 않았고, 한밤에 언덕에 불빛이 일렁인다는 막연한 소문도 떠돌았다.

커웬의 유일한 친구로는 세일럼 빌리지에 사는 에드워드 허친슨과 세일럼의 사이먼 오르니가 있었다. 그들과 커웬이 근방에서 만나는 모습이 자주 눈에 띄었고, 서로의 집을 방문하는 일도 잦았다. 숲 가장자리에 있는 허친슨의 집에서 밤에 이상한 소리가 들린다며 이웃들의 시선이 곱지 않았다. 그 집에 수상한 방문객들이 자주 드나들고, 창가에 비치는 불빛의 색깔도 계속 바뀐다는 소문도 있었다. 그가 오래전에 죽은 사람들과 사건에 대해 많은 것을 알고 있어서 주변에서는 극히 해로운 인물로 여겨졌는데, 마녀재판의 공포가 시작될 무렵 자취를 감춘 뒤로는 행방이 묘연했다. 조지프 커웬도 비슷한 시기에 고향을 떠났으나, 그가 프로비던스에 정착했다는 소식이 곧 알려졌다. 1720년까지 사이먼 오르니는 세일럼에 살았다. 늙지 않는 외모 때문에 세인의 관심을 끌기 시작하자, 그도 종적을 감추었고, 30년 뒤 그를 쏙 빼닮은 아들이 나타나 부친의 재산에 대해 권리를 주장했다. 사이먼 오르니의 친필로 적힌 서류들이 그의 주장에 힘을 실어 주었고, 제데디어 오르니는 1771년까지 계속 세일럼에서 살았다. 그러나 1771년 프로비던스의 주민들이 세일럼의 토마스 버나드 목사를 비롯한 몇몇 사람에게 모종의 편지를 보낸 이후, 그는 어디론가 홀연히 사라지고 말았다.

그 기이한 사건들과 관련된 자료들은 에식스 회당과 법원, 등기소에서 발견되었다. 토지 문서와 매매 계약서와 같은 평범한 서류를 비롯해 도발적이고 단편적인 자료에 이르기까지 그 종류도 다양했다. 그들의 이름이 마녀 재판에 관한 기록에서 네댓 번 정도 언급된 사실도 있었다. 1692년 7월 10일 헤이손 판사가 주재한 오이어와 터미넨 재판에서 헵지바 로슨은 "40명의 마녀와 악마가 허친슨 씨의 집 뒤쪽 숲에서 만났다."라고 증언했고, 8월 8일 기드니 판사가 주재한 연속 재판에서 아미티 하우는 "G. B(조지 버로우) 씨가 그날 밤에 브리짓 S, 조나단 A, 사이먼 O, 딜리버런스 W, 조지프 C, 수잔 P, 메히터블 C, 데보라 B에게 악마의 표식을 그려 주었다."라고 주장했다. 허친슨이 사라진 후, 그의 음산한 장서들과 난해한 암호처럼 손으로 쓰다만 문서 한 장이 발견되었다. 워드는 그 문서를 사진으로 촬영해 달라고 부탁했고, 사진을 받자마자 암호를 해독하기 시작했다. 그해 8월부터 그는 암호 해독 작업에 진심과 열성을 다했고, 그의 언행으로 보아 10월이나 11월 전에는 핵심적인 단서를 얻을 것으로 보였다. 그러나 그는 성공 여부에 대해 전혀 말을 하지 않았다.

그러나 무엇보다 워드의 관심을 사로잡은 것은 오르니의 자료였다. 그가 커웬에게 보낸 오르니의 편지를 바탕으로 필체를 확인하는데 그리 오랜 시간이 필요하지 않았다. 즉, 오르니와 그의 아들은 동일 인물이었던 것이다. 오르니가 편지에서 밝혔듯이, 세일럼에 오래 머무는 것은 위험했으므로 해외에서 30년간 체류하다가 아들의 신분으로 자신의 땅을 되찾을 수 있게 된 후에야 돌아온 셈이다. 오르니는 편지 대부분을 조심스럽게 없앤 것 같았으나, 1771년 모종의 행동에 나섰던 주민들이 놀라운 내용의 편지 몇 통과 서류들을 발견해 보관했다. 서류에는 오르니 자신과 다른 사람의 필체로 작성된 난해한 주문과 도표가 있었고, 워드는 조심스럽게 그 자료들을 필사하거나 사진으로 촬영했다. 그중에서 등기소에 발견한 몹시 기묘한 편지 한 통은 그 필체로 미루어 조지프 커웬이 쓴 것으로 보였다.

정확한 연도는 알 수 없지만, 커웬의 편지는 중간에 가로챈 오르니의 편지에 답장으로 쓴 것은 분명 아니었다. 워드는 편지 내용을 근거로 작성된 시기가 1750년 이전이라고 생각했다. 그토록 음침하고 끔찍한 이력을 지닌 사람이 글은 또 어떻게 쓰는지, 그 편지 내용을 전부 수록해도 나쁘진 않을 것이다. 수취인의 이름은 '사이먼'으로 되어 있지만, 글자 위에 줄이 그어져 있었다(줄을 친 사람이 커웬인지 오르니인지는 워드도 알 수 없었다.).

프로비던스, 5월 1일

형제여

존경하는 나의 오랜 친구여, 귀하에게 안부를 전하며, 영원한 권능이 함께 하기를 진심으로 바라오. 요즘의 어려운 분위기와 관련해 귀하도 알아두어야 할 문제가 있어서 편지를 쓰오. 프로비던스는 아직 귀하가 있는 곳처럼 기이한 일을 조사하고 재판을 여는 등의 민감한 분위기는 아니므로, 귀하처럼 종적을 감출 필요는 없을 것 같소. 해운업을 계속해야 하는 상황인데다 귀하도 알다시피 내가 다른 모습으로 돌아올 때까지 포턱셋 농장이 온전히 남아 있을 확률도 없어서 귀하와 같은 행동을 하기엔 무리가 있소.

그러나 전에도 얘기했듯이 나의 경우는 찾아올 불운에 무방비 상태나 다름없는 터라, 오랫동안 환생의 방법을 찾아온 게 사실이오. 지난밤 '요그-소토스'를 불러내는 주문을 외워 처음으로 샤카바오의 아들에 관해 말을 나누었소. 그가 말하기를, 『저주의 책』[130] 시편 3장에 핵심이 있다고 하오. 태양이 다섯 번째 궁에 오고, 토성이 3분의 1 대좌에 놓이면 오각의 불을 피우고 아홉 번째 시구를 세 번 낭송하시오. 루드마스[131]와 만성절 전야[132]에 그 시구를 반복하면, 그 물질이 외계에 자리를 잡을 것이오.

그리하여 옛 존재의 씨앗에서 태어난 자가 무엇을 찾는지도 모르고 과거를 돌아볼 것이오.

그러나 후손이 없거나 새로운 존재가 사용할 염분 혹은 염분을 만드는 방법이 없다면 무용지물이오. 여기까지가 내가 알고 있는 것이며, 별다른 진전을 보거나 많은 것을 발견하지는 못했소. 절차가 복잡하고, 인도에서 많은 선원을 데려왔음에도 여전히 표본이 모자라는 실정이오. 주변 사람들이 이상하게 여기지만, 그 정도는 내가 처리할 수 있소. 꼬치꼬치 캐묻고, 자신의 말을 신뢰하는 상류층 사람들이 일반 주민보다 다루기 어렵소. 목사와 메리트 씨가 눈치를 챘을까 걱정스럽지만, 아직까지 위험한 조짐은 없소. 이곳에는 보웬 박사와 샘 케루가 운영하는 괜찮은 약제상이 있어서 화학 약품을 구입하기는 쉬운 편이오. 보렐러스가 말한 대로 해 보았고, 압둘 알하즈레드의 일곱 번째 책도 참고했소. 내게 있는 책들을 귀하도 가지고 있을 것이오. 여기에 쓴 주문을 꼭 사용해 보시오. 나는 이미 확인한 후지만, 귀하가 직접 그분을 보고자 한다면, 소포에 함께 동봉하니 — 부분에 대한 글을 활용하시오. 루드마스와 만성절 전야에 낭송하시오. 귀하의 혈통이 끊어지지 않는다면, 시간이 흘러 누군가 나타나 과거를 살피고 자신을 위해 남겨놓은 소금이나 소금 대용물질을 사용할 것이오. 욥기 14장 14절.

귀하가 세일럼으로 돌아왔다니 무척 기쁘고, 곧 만날 수 있기를 바라오. 종마가 한 필 있는데, 이쪽 길이 나쁘긴 하지만, 메리트 씨가 가지고 있는 것과 비슷한 마차를 한 대 구입할까 생각 중이오. 여행할 일이 있으면 내게 꼭 들르시오. 보스턴에서 우편 도로를 따라 데드햄, 렌댐, 애틀보로로 올 수 있으며, 곳곳에 괜찮은 여인숙들이 있소. 렌댐의 볼컴 여인숙에서 묵으시오. 해치 여인숙보다 음식 맛은 좀 떨어지지만 여러 면에서 편할 것이오. 퍼투켓 폭포에서 프로비던스 쪽으로 방향을 틀고, 길을 따라 세일즈 여인숙을 지나시오. 내 집은 타운 가에 있는 에피네투스 올니 여인숙 맞은편으로, 올니 코트의 북쪽이라오. 보스턴에서 거리가 아마 250킬로미터쯤 될 거요.

나는 앨몬신 메트라톤에 있는 귀하의 진정한 벗이자 종임을 기억하시오.

조지프스 C.

세일럼, 윌리엄 거리

사이먼 오르니 귀하

그 편지는 워드에게 처음으로 프로비던스에 있는 커웬의 집 위치를 정확하게 알려주었다. 그때까지 입수한 자료 중에는 그런 정보가 전혀 나타나 있지 않았기 때문이다. 1761년 옛 집터에 새로 지은 저택이 낡은 모습으로 올니 코트에 여전히 남아 있었다. 옛것을 찾아 스템퍼스 언덕을 거닐던 워드가 그 집을 잘 알고 있을 터여서 편지를 발견하고 그가 느낀 흥분은 배가 되었다. 실제로 그 저택은 언덕의 고지대에 있는 워드 자신의 집에서 몇 블록밖에는 떨어져 있지 않았고, 지금은 이따금 세탁과 청소, 난방 관리를 하며 살아가는 흑인 가족이 거주하고 있었다. 멀리 떨어진 세일럼에서, 프로비던스의 낯익은 빈가(貧家)가 자신의 가족사에 중요한 의미라는 갑작스런 증거를 접하고, 워드는 깊은 인상을 받았다. 그래서 그는 집으로 돌아가는 즉시 그 장소를 조사하기로 마음먹었다. 그는 욥기 14장 14절 '사람이 죽으면 다시 살리까? 나의 변화가 올 때까지 나의 정해진 때의 모든 날들을 나는 기다리나이다.'라는 성경 구절을 짜릿한 전율 속에서 주목했지만, 엄청난 상징으로 보이는 편지의 보다 난해한 부분들에 대해서는 솔직히 어리둥절했다.

II

유쾌한 흥분 상태에서 집에 돌아온 어린 워드는 토요일 내내 올니 코트의 저택을 꼼꼼히 살피며 시간을 보냈다. 세월과 함께 몰락한 그 저택은 원래부터 대저택은 아니었다. 프로비던스 식민지에서 흔히 볼 수 있었던 2.5층짜리 소박한 목재 저택이었다. 평범한 뾰족 지붕과 커다란 중앙 굴뚝, 채광창과 함께 공들여 만든 현관, 삼각형의 박공벽, 산뜻한 도리아식 기둥으로 이루어져 있었다. 저택은 세월의 풍파에 찌들었지만 외관 자체는 크게 변하지 않아서 워드는 추적의 불길한 핵심에 아주 가까이 다가선 느낌으로 그 집을 응시하고 있었다.

현재 그 집에 살고 있는 흑인들과는 서로 잘 아는 사이여서 늙은 에이서와 그의 뚱뚱한 아내 해너의 정중한 안내를 받으며 집 안을 둘러보았다. 건물의 내부는 외관에 비해 변화가 심했다. 벽난로 위의 섬세한 소용돌이무늬와 항아리 장식, 조개껍데기 모양으로 장식한 찬장의 안감이 반은 사라진 반면, 징두리 판자를 대고 몰딩한 벽면의 3분의 1 높이까지 벗겨지고 파이거나 싸구려 벽지로 덮여 있어서 워드의 마음은 착잡했다. 전반적으로 그때의 조사에서 생각한 만큼의 성과는 없었다. 그러나 조지프 커웬이라는 무시무시한 인물이 살았던 옛 집에 들어와 있다는 사실만으로도 흥분을 느낀 건 사실이었다. 그는 문을 두드릴 때 사용하는 청동 쇠고리에서 몹시 조심스럽게 지워진 글씨를 보면서 전율을 느꼈다.

그때부터 학교를 졸업할 때까지 워드는 허친슨 암호문을 해독하고 커웬에 관한 정보를 수집하는 데 몰두했다. 전자는 난제였지만, 후자는 여러 곳에서 비슷한 단서들이 포착되어 옛 편지들을 확인하기 위해 뉴런던과 뉴욕까지 기꺼이 오갔다. 포턱셋 농장의 습격 당시를 설명하는 페너의 편지와 커웬의 서재에 초상화가 있었다는 사실을 알려준 나이팅게일과 탤버트 간의 편지를 입수하는 등 그는 여행에서 큰 성과를 얻었다. 조지프 커웬이 어떻게 생겼는지 궁금했고, 특히 초상화 부분은 그의 흥미를 끌었다. 그는 나중에 칠한 페인트나 덧바른 벽지 밑에 초상화의 흔적을 발견할 수 있을지 모른다는 생각에 두 번째 조사를 계획했다.

8월 초, 워드는 다시 그 집을 찾았고, 오래전의 사악한 건물 주인이 도서관으로 사용했을 만한 방들을 조사하며 벽면을 유심히 살폈다. 아직 남아 있는 벽난로 위의 장식 같은 것들에 특히 주의를 기울였다. 한 시간쯤 지났을 때, 그는 1층에 있는 큰방에서 벽난로 윗부분에 여러 차례 덧칠된 페인트를 벗기다가 표면이 다른 곳보다 어둡다는 사실에 가슴이 설레기 시작했다. 예리한 칼로 조심스럽게 페인트를 긁어내자, 유화로 그려진 거대한 초상화가 나타났다. 진정한 학자로서 자제심을 발휘한 이 젊은이는 곧바로 칼을 사용하여 숨겨진 그림에 손상을 입히는 대신에 전문가의 도움을 얻기 위해 한발 물러섰다. 사흘 뒤, 그는 컬리지 언덕 초입에 작업실을 갖고 있는 월터 C. 드와이트라는 경험 많은 전문가와 함께 나타났다. 이 노련한 미술품 복원 전문가는 지체 없이 적절한 방법과 화학 약품을 이용해 작업을 시작했다. 늙은 에이서와 그의 아내는 기이한 방문객들에게 당연히 화를 냈고, 그들의 가정을 침범당한 대가를 톡톡히 받았다.

날마다 복원 작업이 진행되는 동안, 찰스 워드는 오랜 망각으로부터 서서히 모습을 드러내는 그림의 선과 명암을 흥미롭게 지켜보았다. 드와이트가 아랫부분부터 작업을 시작한 반면, 초상화는 거의 전신상에 가까워서 얼굴이 드러나기까지는 꽤 시간이 걸렸다. 홀쭉한 체구지만 건강해 보이는 그림 속의 남자가 짙은 파란색 코트와 자수를 놓은 조끼, 검은색 새틴 반바지 차림에 흰색 실크 스타킹을 신고 부두와 선박이 내다보이는 창가를 배경으로 섬세하게 만들어진 의자에 앉아 있었다. 머리 부분과 함께 말끔한 가발이 나타났고, 갸름해 보이는 침착하고 평범한 얼굴은 워드와 드와이트에게 매우 낯이 익었다. 그러나 마지막 순간에 이르러서야 복원 전문가와 워드는 야위고 창백한 얼굴의 세세한 부분과 유전이 가져온 극적인 묘미에 흠칫 놀라며 숨을 죽였다. 오일로 닦고 섬세한 스크레이퍼로 다듬었을 때, 드디어 수백 년 동안 숨겨져 있던 표정까지 오롯이 드러났다. 찰스 워드는 과거 속에서 나타난 끔찍한 외현조 할아버지의 얼굴이 자신과 똑같다는 사실에 어안이 벙벙했다.

워드는 자신이 발견한 기적을 보여주기 위해 부모님을 모셔왔고, 그의 아버지는 초상화가 붙박이 화판(畵板)에 그려져 있다는 점에도 불구하고 곧바로 구입하겠다는 결정을 내렸다. 그림 속의 인물은 훨씬 나이가 들어 보였으나, 얼굴 생김새가 소년과 놀라울 정도로 닮아 있었다. 기막힌 격세유전을 통해서 조셉 커웬은 150년 후에 육체적으로 똑같은 후손을 남긴 것 같았다. 워드 부인은 아들이나 죽은 커웬과 얼굴이 비슷한 친척들을 기억해 낼 수 있었으나, 정작 그녀 자신은 조상과 닮은 구석이 전혀 없었다. 그녀는 그림을 발견한 것에 달가워하지 않았고, 그림을 집으로 가져가느니 차라리 태워버리는 편이 낫겠다고 말했다. 그림이 어딘지 불길하다고 딱 잘라 말했다. 그림 자체도 그렇고, 그림이 아들을 빼닮았다는 것도 그랬다. 그러나 정력적이고 현실적인 (포텍스 밸리의 리버포인트에 대규모 방직 공장을 운영하는 면직물 제조업자로서) 워드 씨는 여성의 걱정에 신경 쓰는 사람이 아니었다. 아들과 꼭 닮은 그림이 그에겐 대단히 인상적이었고, 아들이 그림을 선물로 받을 만한 자격이 있다고 생각했다. 찰스가 진심으로 아버지의 의견에 찬성했음은 두말할 나위가 없다. 며칠 뒤 그 건물의 소유주(얼굴이 쥐처럼 생기고 목소리는 가르랑거리는)를 찾아낸 워드 씨는 벽난로와 그림이 있는 장식 선반까지 전부 사겠다고 말했고, 엉너리를 치며 값을 흥정하려는 주인에게 매정하게 그림 값을 매겼다.

이제 화판을 떼어 집으로 가져가는 일만 남았는데, 워드의 3층 서재에는 전기로 작동하는 모형 벽난로와 함께 그림을 완벽하게 복원할 만반의 준비가 갖춰져 있었다. 그림 옮기는 작업을 직접 감독하게 된 워드는 8월 28일 크루커 장식 회사에서 나온 두 명의 인부와 함께 올드 코트의 저택에서 심혈을 기울여 떼어낸 벽난로와 화판을 트럭에 실었다. 그림이 있던 자리에 벽돌로 지은 굴뚝 벽이 나타나자, 워드는 초상화의 머리가 있던 곳에 움푹 들어가 있는 가로세로 30센티미터의 정방형 공간을 유심히 살펴보았다. 무슨 용도인지, 안에 무엇이 들었는지 궁금해진 젊은이는 가까이 다가가 안을 들여다보았다. 먼지와 그을음으로 덮인 몇 장의 누런 종이, 조잡하고 두터운 필사본, 그 나머지를 한꺼번에 묶었던 것으로 보이는 리본의 썩은 천 조각이 있었다. 그는 먼지와 재를 불어 내고, 책을 꺼내 표지에 적힌 굵은 글씨를 바라보았다. 에식스 연구소에서 본 필체로서, 제목은 『프로비던스 농장과 후기 세일럼에서 보낸 조지프 커웬의 일기와 비망록』이었다.

그 발견으로 몹시 흥분한 워드는 궁금해하는 두 명의 인부에게 그 책을 보여주었다. 책을 발견한 계기와 정황에 대해 인부들의 증언이 일치한다는 점에서 윌렛 박사는 워드의 기행이 시작될 무렵에는 아직 미친 상태가 아니었다고 생각했다. 그 밖의 문서들은 모두 커웬의 필체로 보였다. 그 중에서 특히 '나중에 오는 이에게, 그리고 그가 시공을 초월하는 방법에 대하여.'라는 오싹한 제목이 눈에 띄었다. 다른 문서는 암호로 되어 있었다. 워드는 그때까지 난제로 남아 있긴 해도 허친슨의 암호문과 같은 종류이기를 바랐다. 암호문을 푸는 열쇠로 보이는 세 번째 문서는 발굴자에게 큰 기쁨을 주었고, 네 번째와 다섯 번째 문서는 각각 '에드워드 허친슨 시종', '제데디어 오르니 향사' 혹은 '그들의 후손이나 대리인에게'라는 제목이 적혀 있었다. 여섯 번째이자 마지막 문서의 제목은 '조지프 커웬의 생애와 1678년에서 1687년까지의 여행기: 여행지와 체류지, 만난 사람들과 배운 것에 대하여'였다.

III

지금부터는 정신과 의사들이 보다 학문적으로 추정하는 찰스 워드의 발병 시기에 대해 살펴보겠다. 당시 젊은이는 발견한 책과 원고를 곧장 훑어보고 대단히 인상적인 사실을 발견했음이 틀림없다. 실제로, 인부들에게 문서의 제목은 보여주면서도 그 내용만은 극구 숨기려 한 그의 불안감은 골동품 수집가와 계보학자의 신중함을 감안하더라도 거의 설명하기 어려운 대목이었다. 집에 돌아오자마자, 그는 극도로 중요한 발견을 알리되 그 증거만은 보여주고 싶지 않은 사람처럼 곤혹스러운 표정으로 새로운 소식을 전했다. 양친에게는 문서의 제목조차 보여주지 않고, 그저 조지프 커웬의 문서를 발견했는데 '대부분 암호로 쓰여 있어서' 그 의미를 알아내려면 철저하게 연구해야 한다는 말만 했다. 인부들이 호기심을 보이지 않았더라면 그들에게도 문서의 제목을 보여주지 않았을 것 같다. 그는 문서에 대해 어떤 말이든 언급해야 하는 상황 자체를 피하고 싶었던 것이 확실하다.

그날 밤, 찰스 워드는 자신의 방에서 새로 발견한 책과 문서를 읽느라 밤을 새웠고, 날이 밝아서도 멈추지 않았다. 병이라도 났나 싶어 어머니가 걱정스레 부르자, 그는 식사를 방으로 갖다달라고 다급히 말했다. 그날 오후, 그는 서재에 커웬의 초상화와 벽난로를 설치하러 인부들이 들렀을 때만 잠깐 모습을 드러냈다. 옷을 입은 채 잠시 잠을 청한 것 외에는 그날 밤도 그는 문서를 해독하는데 매달렸다. 다음 날 아침, 그의 어머니는 아들이 예전에 자랑삼아 자주 보여주던 허친슨의 암호문에 몰두하고 있는 모습을 발견했다. 그러나 그녀가 암호를 풀었느냐고 묻자, 그는 커웬의 단서로는 해독이 어렵다고 말했다. 그날 오후, 그는 하던 일을 잠시 멈추고, 서재에서 마무리 작업을 하는 인부들을 황홀하게 지켜보았다. 굴뚝에 연결된 것처럼 북쪽 벽에서 약간 앞으로 튀어나오게 만들고 그 양쪽에 실내 분위기와 어울리는 판벽까지 두른 벽난로 장식과 진짜처럼 보이는 전기 통나무가 들어 있는 모조 벽난로 위에 초상화가 설치됐다. 초상화가 붙어 있는 판벽 뒤에 서랍장을 달 만한 공간도 만들어 놓았다. 인부들이 돌아가자, 그는 문서를 서재로 옮겨놓고, 백 년이 지나서 거울을 들여다보듯이 그를 응시하는 초상화와 암호문을 동시에 바라보았다.

그의 부모님이 기억하듯이, 그때부터 그가 동원한 은폐의 방법은 매우 흥미롭다. 그는 커웬의 난해한 고문서를 하인들이 알아볼 수 없다고 생각하고 그들 앞에서는 문서를 굳이 감추려고 하지 않았다. 그러나 부모님에 대해서는 몹시 신중한 모습을 보였다. 암호로 이루어진 문서나 수수께끼 같은 상징과 불가해한 표의문자(예를 들어 '나중에 오는 이에게' 같은 문서)로 이루어진 것을 제외하면, 아무거나 손에 잡히는 종이로 문서를 가리고서 상대방이 나가기를 기다렸다. 밤이면 문서들을 골동품 보관함에 넣고 자물쇠로 잠갔고, 방을 비울 때도 그랬다. 개학을 하고 졸업반이 되었으나, 학교 생활은 그에게 몹시 지루해 보였다. 게다가 그는 대학에 가지 않겠다는 결심을 자주 비추곤 했다. 중요하고도 특별한 연구 활동이 대학 진학보다는 훨씬 가치 있는 지식과 인문학의 길을 열어줄 거라고 생각했다.

며칠 동안 그 같은 연구를 진행해도 이상한 눈초리를 받지 않는다면, 선천적으로 학구적이고 괴팍한데다 혼자 있기를 좋아하는 사람일 것이다. 워드야말로 타고난 학자이자 은둔자였다. 때문에 그의 양친은 아들의 폐쇄적이고 은밀한 행동에 놀라기보다는 섭섭해했다. 또 한편으로는 그들도 아들이 애지중지하는 유물을 보여주거나 문서 해독에 대한 언급을 삼가는 것에 석연찮은 생각이 들기는 했다. 워드는 자신의 유별난 침묵에 대해 모종의 실마리를 찾아낼 때까지는 신중해지고 싶다는 말로 설명했지만, 별다른 진전이 없이 몇 주가 지나자 부모와 자식 간에 거북한 분위기마저 싹트기 시작했다. 아들이 커웬에 대해 몰두하는 어떤 것도 한사코 싫어했던 어머니와의 사이는 더욱 그랬다.

10월 동안, 워드는 다시 도서관을 찾기 시작했으나, 예전처럼 고대 유물에 관한 자료 때문이 아니었다. 그가 찾는 책은 마법과 요술, 신비학과 악마 연구와 관련된 것들이었다. 프로비던스의 자료가 부족함을 깨닫고 보스턴행 기차에 올랐고, 색다른 성경 연구가 가능한 코플리 스퀘어의 대형 도서관과 하버드 대학의 와이드너 도서관, 브루클린의 자이언 리서치 도서관의 문을 열심히 두드렸다. 많은 책을 사들여 서재의 나머지 책장을 으스스한 책들로 채우기도 했다. 크리스마스 연휴에는 기록 확인하고자 세일럼의 에식스 연구소를 찾아가는 등 여러 곳으로 여행을 다녀왔다.

1920년 1월 중순, 워드는 따로 설명하지는 않았으나 굉장한 성과를 거둔 것 같았다. 허친슨 암호문과 씨름하는 모습도 더는 보이지 않았다. 그보다는 화학 연구와 기록 검토에 착수하는 등의 이중적인 전략을 구사했다. 안 쓰는 다락방에 실험실을 차려 놓는 한편, 프로비던스의 온갖 통계 자료를 찾으러 다녔다. 나중에 약국과 과학 용품점 주인들을 수소문한 결과 그가 주문했다는 화학 물질과 도구가 적힌 대단히 기묘하고 무의미한 목록이 나왔다. 그러나 주 의회 의사당과 시청 및 여러 곳의 도서관 사서들은 한결같이 그의 관심이 무엇이었는지 일치된 의견을 주었다. 그가 애타가 수소문하고 있던 것은 묘비에서 이름이 지워진 지 백 년도 넘은 조지프 커웬의 무덤이었다.

워드의 가족 사이에 뭔가 잘못됐다는 생각이 점점 강해졌다. 워드는 전에도 사소한 관심을 보이다가도 변덕을 부리는 일이 잦았으나 그때처럼 이상한 연구에 갈수록 은밀하게 몰두하는 일은 전례가 없었다. 학업은 시늉에 불과했다. 시험에서 낙제한 적은 없으나, 예전의 학구열은 사라지고 없었다. 그는 다른 일에 정신이 팔려 있었다. 새로 마련한 실험실에서 케케묵은 연금술 책을 붙잡고 씨름하거나 마을의 묘지 기록을 뒤지고 다니거나 놀랍도록 (게다가 시간이 지날수록 점점 더) 닮은 조지프 커웬의 초상화가 거대한 벽난로 위의 북쪽 벽면에서 그를 빤히 노려보고 있는 서재에 틀어박혀 신비학 책에 몰두했다.

3월 말 워드는 고문서 보관소 외에도 시체를 파먹는 구울처럼 도시의 옛 묘지 여러 곳을 찾아다녔다. 시청 직원은 그가 중요한 단서를 발견한 것 같더라고 했다. 그가 찾아 헤매던 대상은 조지프 커웬의 무덤에서 내프탤리 필드의 것으로 바뀌었다. 그 이유는 그가 검토한 자료들을 확인하면 알 수 있는데, 실제로 수사관들은 백여 년 전에 잊혔다가 단편적으로 남아있는 커웬의 묘지 기록에서 '내프탤리 필드의 무덤에서 남쪽으로 3미터 서쪽으로 1.5미터 떨어진 곳에' 기이한 납관이 묻혀 있다는 글을 발견했다. 어느 묘지에 묻혔는지 기록이 남아 있지 않았기에 내프탤리 필드의 무덤을 찾는 것은 조지프 커웬의 경우처럼 녹록지 않았다. 그러나 내프탤리 필드의 기록에 대해서는 조직적으로 말소하려는 시도가 없어서 기록이 사라졌다고 해도 무작정 묘지를 뒤지다보면 찾아낼 가능성이 없지 않았다. 그리고 내프탤리 필드(1729년 사망)가 침례교도였다는 기록을 바탕으로 세인트 존 교회 묘지(예전의 킹스 교회 묘지)와 스완 포인트 묘지의 한복판에 있는 옛 조합 교회의 매장지는 워드의 조사 대상에서 제외됐다.

IV

월렛 박사가 워드 부친의 요청에 따라 예전에 가족이 워드에게서 전해 들은 커웬의 자료들을 확보하고, 워드와 직접 대화를 나눈 것은 5월경이었다. 워드가 자신이 하는 일을 매우 잘 알고 있는데다 실제로 중요한 작업에 몰두하고 있다는 느낌을 받은 터라 월렛은 상담 자체가 무의미해 보였다. 그러나 적어도 젊은이가 최근에 보여준 행동에 대해서는 이성적인 설명을 들어볼 필요가 있었다. 창백하고 냉정한 워드는 좀처럼 당황하는 기색을 보이거나 문제의 본질을 드러내지 않고도 자신이 몰두하는 일을 기꺼이 말해 주었다. 그는 대부분 암호로 이루어진 어느 선조의 문서에 초기 과학의 놀라운 비밀이 담겨 있고, 그것은 베이컨 수사[133]의 발견에 견줄 만하거나 어쩌면 그 이상일지 모른다고 말했다. 그러나 지금은 완전히 쓸모없어진 과거의 지식을 배경으로 살피지 않는다면 가치가 없으며, 현대 과학으로 무장된 오늘날의 세계에 곧바로 그 비밀을 발표한다면 그 의미와 극적인 중요성은 모조리 사라질 것이라고 했다. 인류 사상사에서 그 비밀의 지식들이 차지한 생생한 위치를 파악하려면 제일 먼저 그 배경을 알아야 하는데, 그게 바로 워드 자신이 몰두하고 있는 일이라는 것이다. 그는 커웬의 자료를 정확히 해독함으로써 폐기된 과거의 지식을 가급적 빨리 찾아내고, 때가 되면 인류와 세계 사상계가 깜짝 놀랄 만한 결과를 숨김없이 발표하는 게 소망이라고 말했다. 그는 자신의 연구 결과가 가져올 혁신성은 아인슈타인도 능가하는 것이라고 단언했다.

그는 묘지를 찾아다니는 게 사실이라고 순순히 인정했으나 어느 정도 진전이 있는지는 자세히 말하지 않았다. 그의 말에 따르면, 조지프 커웬의 훼손된 묘비에 남아 있을 것으로 추정되는 비밀의 상징(그의 뜻에 따라 새겨졌고, 그의 이름을 지운 사람들도 소홀히 했을 상징)이 암호를 해독하는 결정적인 단서였다. 그는 비밀을 지키기 위해 몹시 신중을 기했던 커웬이 자료들을 매우 독특한 방식으로 분류해 놓았을 거로 생각했다. 윌렛 박사가 비밀의 고문서들을 보여 달라고 요청하자, 워드는 몹시 망설이다가 허친슨의 암호문 사본, 오르니의 공식과 도표 등을 내밀었다. 그러나 결국에는 실제적인 커웬의 자료 중 일부, '일기와 비망록', 암호문(제목 자체도 암호로 되어 있는), 암호 메시지로 채워져 있는 '나중에 오는 이에게'를 보여주면서 난해한 문자를 살펴봐도 좋다고 말했다.

그는 보여주어도 좋다고 판단한 일기의 한쪽을 조심스럽게 펼쳤고, 윌렛은 영어로 적힌 윌렛의 필체를 바라보았다. 의사는 글쓴이가 18세기까지 생존했음에도 복잡하게 휘갈겨 쓰는 등 전반적으로 17세기 분위기가 묻어 있는 필체를 유심히 살펴보고 진품이 분명하다고 판단했다. 일기의 내용 자체는 비교적 평범한 것이라, 윌렛은 단편적으로밖에는 기억하지 못했다.

1754년 10월 16일 수요일. 런던을 떠난 위히펄 호가 인도에서 20명의 선원을 싣고 오늘 당도했다. 마르티네코 출신의 스페인 인과 수리남 출신의 네덜란드 선원들이다. 네덜란드 선원들은 뭔가 좋지 않은 얘기를 듣고 일을 그만둘 모양이나, 잘 구슬려서 붙잡아 둘 요량이다. '베이& 북' 상점의 나이트 덱스터에게 캠플릿[134] 120필, 캠플레틴[135] 100필, 푸른색 더블코트 20벌, 셜룬[136] 100필, 캘러맹코[137] 50필, 센드소이와 험험 각각 300개 납품. '코끼리' 상점의 그린에게 당밀 50갤런, 탕파[138] 20개, 제과용 당밀 15통, 불쏘시개 10개. 페리고 씨에게 송곳 1세트. 나이팅게일에게 최고급 대판 양지 50연 납품. 지난밤 '사바오스'[139]를 세 번 암송했으나 아무것도 나타나지 않았다. 트란실바니아[140]에 있는 H 씨에게 설명을 더 구해야겠다. 그러나 그와 연락하기가 힘들고, 지난 백 년간 그가 제대로 활용해 온 방법을 알려줄 수 없다니 참으로 이상한 일이다. 사이먼이 연락을 안 한 지 5주가 됐으나, 곧 소식이 있겠지.

여기까지 읽은 윌렛 박사가 다음 장을 넘겼을 때, 워드가 느닷없이 책을 빼앗다시피 낚아챘다. 그래서 윌렛 박사가 읽은 내용은 짤막한 한

문장에 불과했으나, 내용이 하도 이상해서 그의 기억에서 좀처럼 사라지지 않았다. 그 내용은 다음과 같았다.

『저주의 책』에 나오는 시구를 5년 동안 루드마스와 핼러윈에 낭송하면 그 물질이 외계에서 자랄 것이다. 내가 나중에 오는 이를 남겨 둔다면 그 물질이 그를 끌어당김으로써, 그는 과거를 돌아보며 숱한 세월을 거슬러 갈 수 있을 것이다. 나는 염분 혹은 그것을 만들어낼 만한 물질을 준비해 두어야만 한다.

윌렛은 그 이상 본 것이 없지만, 언뜻 본 내용만으로 벽난로 위에서 침착하게 시선을 던지고 있는 조지프 커웬의 초상화에서 다시금 막연한 공포를 느꼈다. 그날 이후로도 그는 이상한 생각을 (물론 의학적으로 환상에 불과하다고 스스로 타일렀으나) 품었는데, 그것은 초상화의 눈동자가 어떤 의도를 품고 뭔가를 바라듯, 방 안을 움직이는 찰스 워드를 따라다닌다는 느낌이었다. 그는 서재에서 나오기 전, 그림을 자세히 살펴보다가 신비하면서도 핏기없는 얼굴의 세세한 부분에서, 심지어 오른쪽 눈 위의 매끄러운 이마에 난 미세한 상처 혹은 마마 자국까지 워드와 닮았다는 사실에 새삼 놀라움을 금치 못했다. 코스모 알렉산더는 과연 레이번[141]을 배출하고 길버스 스튜어트가 사사할 만큼 스코틀랜드의 저명한 화가라는 생각이 절로 들었다.

워드 씨 부부는 아들의 정신 건강에 아무 문제가 없을 뿐 아니라 오히려 그의 연구가 나중에 중요한 성과로 이어질지 모른다는 의사의 말에 안도했고, 6월에 대학 진학을 하지 않겠다는 확고한 아들의 결심을 다소 여유 있게 받아들였다. 워드는 대학에 가는 것보다 훨씬 가치 있는 일이 있다고 단언했다. 게다가 미국에 없는 자료를 구하기 위해 다음 해에는 해외여행을 다녀오고 싶다고 넌지시 말하기도 했다. 워드 씨는 겨우 열여덟 살에 해외여행은 가당찮다고 불허했으나, 대학 진학 문제는 아들의 뜻을 들어주었다. 그 이후 그저 그런 성적으로 모지즈 브라운 고등학교를 졸업한 워드는 그로부터 3년 동안 신비학을 연구하고 무덤을 찾아다니는 일에 몰두했다. 그는 점점 더 괴팍해져서, 어느 때보다도 친지들과 교류를 끊고 연구에만 몰두하다가 간간이 이상한 자료를 찾기 위해 다른 도시로 여행을 다녀왔다. 한 번은 기이한 물라토[142] 한 명이 늪지대에 살고 있다는 신문 기사를 보고 그와 직접 대화를 하기 위해 남부까지 찾아간 일도 있었다. 또한 기묘한 의식이 벌어졌다는 기사에 따라 애더론댁 산맥[143]의 한 작은 마을에도 들렀다. 그러나 그의 부모님은 유럽 여행만큼은 허락하지 않았다.

1923년 4월에 성년이 되어 외조부로부터 물려받은 유산을 어느 정도 사용할 수 있게 되자, 워드는 마침내 그때까지 불허됐던 유럽 여행을 떠나기로 결심했다. 연구를 위해 여러 곳을 돌아다녀야 한다는 것외에는 여행 일정에 대해 일절 말하지 않았으나, 양친에게 잊지 않고 자세히 편지를 쓰겠다고 약속했다. 워드 씨 부부는 아들의 뜻을 되돌릴 수 없음을 깨닫자, 완강하던 반대를 철회하고 물심양면으로 여행 준비를 도와주었다. 그해 6월, 젊은이는 리버풀로 향했고, 보스턴까지 동행한 그의 부모님은 찰스턴의 화이트 스타 부두에서 작별 인사를 한 후 아들의 모습이 시야에서 사라질 때까지 손을 흔들었다. 얼마 후 무사히 런던에 도착해서 그레이트 러셀 가에 훌륭한 숙소를 정했다는 워드의 편지가 도착했다. 그는 친지들의 집을 피해 그곳에 머물면서 대영 박물관에서 자료를 찾는 일에 몰두했다. 특별할 것이 없다면서 일상에 대해서는 거의 알리지 않았다. 온종일 연구와 실험에 몰두하고, 방 하나에 실험실을 마련했다는 언급도 있었다. 하늘을 배경으로 늘어선 유서 깊은 돔형 지붕과 뾰족탑, 미로처럼 얽히다가 홀연히 매혹적이고도 놀라운 풍경으로 이끄는 도로와 골목길처럼 아름다운 옛 도시에 대해서는 일절 말이 없는 터라, 그의 부모님은 아들의 관심이 다른 곳에 쏠려 있다고 짐작하고도 남았다.

1924년 6월, 워드는 그 전에도 한두 번인가 국립 도서관의 자료를 찾기 위해 들른 적이 있는 파리로 떠난다는 짤막한 편지를 보냈다. 그로부터 3개월 동안 그는 생자크 가의 소인이 찍혀 있는 우편엽서를 통해 이름 없는 개인 수집가의 서재에서 희귀한 원고를 찾고 있다는 소식만 전했다. 그가 아는 사람들과의 접촉을 피했기에 여행을 다녀온 사람들 중에서 그를 봤다는 말은 없었다. 워드 씨 부부는 한동안 소식을 듣지 못하다가 10월이 돼서야 체코의 프라하에서 그림엽서 한 장을 받았다. 워드는 아주 흥미로운 중세 자료를 소장하고 있다는 고령의 마지막 생존자와 만나느라 옛 도시에 머물고 있다 했다. 그리고 독일의 노이슈타트에 정한 거처의 주소를 알려온 엽서에는 다음 해 1월까지 그곳에 머물겠다고 쓰여 있었다. 잠시 들른 비엔나에서도 몇 통의 엽서가 왔는데, 그곳에 거주하는 신비학 연구가의 초청을 받았다고 했다.

다음 엽서는 트란실바니아의 클라우젠버그에서 보낸 것으로, 다음 행선지를 알리고 있었다. 그는 래커스의 동쪽 산맥에 자리한 페렌치 남작의 영지를 방문할 예정이며, 그곳에서 귀족의 보살핌을 받게 되리라 적었다. 일주일 뒤 래커스에서 보낸 엽서에는 남작이 마을로 보내 준 마차를 타고 산으로 향할 것이라고 했는데, 그 후 꽤 오랫동안 연락이 없었다. 그는 실제로 5월까지 부모님의 잦은 편지에도 답장을 하지 않왔다. 워드 씨 부부가 여름 동안 유럽 여행을 계획하고 런던이나 파리, 혹은 로마에서 만나자는 소식을 전했을 때에야 곤란하다는 답장을 보내왔다. 연구하느라 현재의 숙소를 떠날 수 없고, 페렌치 남작은 방문객을 반기지 않는다는 게 이유였다. 페렌치 남작의 성은 울창한 산맥 중에서도 바위산에 있는데다가 마을 사람들이 그 지역을 피해 다닐 정도여서 보통 사람들은 편히 있을 곳이 아니라고 했다. 게다가 남작은 예의 바르고 보수적인 뉴잉글랜드의 점잖은 분들과는 어울리지 않는다는 말도 있었다. 그는 매우 독특한 용모와 태도를 지녔고, 심란할 정도로 나이가 많다고도 했다. 프로비던스로 돌아갈 날이 머지않았으니 부모님께서 그때까지 기다려 주는 편이 좋겠다는 의견이었다.

그러나 몇 장의 엽서로 소식을 전하던 젊은 방랑객이 호머릭 호를 타고 조용히 뉴욕에 돌아온 것은 1925년 5월이었다. 그는 프로비던스 행장거리 버스에 올라 신록의 언덕과 과수원의 향기를 맘껏 들이키며 봄기운이 완연한 코네티컷 주의 흰색 뾰족탑이 즐비한 도시를 지났다. 그가 예스러운 뉴잉글랜드의 정취를 느낀 건 근 4년 만이었다. 버스가 포캐턱 강을 지나 늦봄의 황금빛 오후가 내려앉은 로드아일랜드 주로 들어서자, 심장이 두근거렸다. 저수지와 엘름우드 애버뉴를 따라 나타난 프로비던스는 그 동안 탐닉해 온 금기의 학문에도 불구하고 그에게 숨막히는 감격을 선사했다. 브로드, 웨이버싯, 엠파이어 가가 만나는 고지대 광장에서 그는 저녁놀에 물든 옛 도시의 유쾌하고 익숙한 집들과 돔 지붕, 첨탑들을 내려다보았다. 버스가 빌트모어 뒤쪽의 종점을 향해 내리막길을 달리는 동안, 그는 이리저리 고개를 돌리며 강 너머 푸른 언덕의 둥그스름하고 완만한 고개와 가파른 언덕의 신록을 배경으로 저녁의 분홍빛 마법에 걸린 침례교회의 긴 첨탑을 바라보았다.

예스러운 프로비던스! 오랜 역사의 신비로운 힘으로 그를 잉태했고, 어떤 예언가도 알 수 없을 놀라움과 비밀을 향해 그를 다시 불러들인 곳. 그 동안의 여행과 집중적인 연구로 마음의 준비를 했으나, 또 어떤 비밀과 놀라움 혹은 무시무시한 공포가 기다리고 있을지 몰랐다. 택시는 멀리 강을 따라 우체국 광장과 마켓하우스를 빠르게 지나갔고, 만을 앞에 두고 워터맨에서 프로스펙트 거리로 이어지는 가파른 길을 올랐다. 북쪽으로 크리스천 사이언스 교회의 거대한 돔 지붕과 이오니아식 기둥이 석양빛에 반짝였다. 유년 시절부터 눈에 익은 여덟 개의 광장과 아름다운 저택들을 지났고, 어렸을 때 자주 걷던 예스러운 벽돌 보도가 스쳐 갔다. 이윽고 오른쪽에 아담한 흰색의 농가가 나타났고, 오른쪽에는 고전적인 아담 양식의 현관과 웅장한 외관을 자랑하는 벽돌집이 보였으니, 바로 그가 태어난 집이었다. 황혼녘, 찰스 덱스터 워드는 집에 돌아왔다.

V

라이먼 박사보다 격식을 중시하지 않는 정신과 의사들은 워드의 진정한 광기는 유럽 여행을 계기로 시작됐다고 보고 있다. 그가 여행을 떠났을 때는 제정신이었으나, 여행에서 돌아오자마자 보여준 행동에서 불행한 변화의 조짐이 나타났다는 의견들이었다. 그러나 그 같은 주장에 대해서도 윌렛 박사는 동의하지 않았다. 그는 여행 이후 나타난 워드의 기행은 해외에서 알게 된 의식을 실천한 것으로, 매우 기이했던 게 사실이나, 의식에 몰두했다고 해서 정신 이상이라고 볼 수는 없다고 했다. 워드는 나이가 들고 냉담해진 모습이긴 했으나 전반적인 태도는 여전히 정상이었다. 윌렛 박사가 수차례 워드와 대화를 나눈 결과, 워드는 정신적으로 건강했고, 그 정도의 균형 상태라면 정신질환자가 (초기 환자라고 해도) 오랜 기간 지속적으로 꾸며낼 수 있는 성질의 것은 아니었다. 그 시기를 워드의 발병 시기로 보는 이유는 그가 대부분의 시간을 홀로 지내는 다락방 실험실에서 아무 때나 들려오는 소리 때문이었다. 섬뜩한 리듬으로 단조로운 말투를 되풀이하거나 암송하고, 고함처럼 장광설이 터져 나왔다. 워드의 목소리였으나, 주문의 억양과 어감에서 듣는 이의 피를 얼어붙게 하는 소름 끼치는 무엇인가가 담겨 있었다. 워드의 목소리가 들려올 때면, 오랫동안 집에서 사랑을 받아온 늙은 검은 고양이 니그가 털을 곤두세우고 등을 잔뜩 구부렸다.

실험실에서 때때로 풍기는 냄새도 몹시 이상했다. 가끔은 냄새가 지독했지만, 그보다는 환상적인 이미지를 불러내는 힘처럼 집요하고 야릇한 향일 때가 더 많았다. 그 향기를 맡으면, 낯선 언덕이나 스핑크스와 히퍼그리프가 끝없이 줄지어 있는 거리와 거대한 풍경의 신기루를 잠시 마주하곤 했다. 워드는 예전처럼 산책하러 다니는 대신, 자신의 공간에 틀어박혀 외국에서 가져온 이상한 책들을 연구하는 데 골몰했다. 그는 유럽에서 입수한 자료들 덕분에 연구의 가능성이 한층 넓어졌다고 설명했고, 몇 년 안에 위대한 발견을 할 수 있으리라 자신감을 내비치기도 했다. 나이 든 그의 외모는 서재에 있는 커웬의 초상화와 점점 더 놀라울 정도로 닮아갔다. 집에 들를 때마다 윌렛 박사는 초상화 앞에 자주 멈춰 서서 내심 탄성을 자아내며, 그림 속 인물의 오른쪽 눈 위에 난 작은 흉터가 오래전에 죽은 그 마법사와 현재의 젊은이를 구분해 주는 유일한 특징이라고 생각했다. 워드 씨 부부의 요청으로 이루어진 윌렛 박사의 방문은 어찌 보면 기묘한 일과였다. 워드가 곧바로 그를 내친 적은 없지만, 그는 자신이 결코 젊은이의 깊숙한 내면까지 꿰뚫지는 못할 거라고 예감하고 있었다. 선반이나 탁자에 있는 이상한 모양의 작은 밀랍 상(象), 깨끗하게 치워진 큰방의 한복판에 분필이나 숯으로 그렸다가 지운 듯 반쯤 남아 있는 원, 삼각형, 오각형 등등 윌렛 박사는 이상한 것들을 자주 발견했다. 그리고 밤이 되면 언제나 이상한 리듬을 타고 시끄러운 주문이 들려오는 바람에 워드가 미쳤다고 수군거리는 하인들의 입을 막기도 어려워졌다.

1927년 1월, 이상한 사건이 벌어졌다. 어느 날 밤 자정 무렵, 워드가 낭송하는 예의 그 기이한 주문이 아래층에 으스스하게 메아리치고 있는 동안, 만에서 불어온 차가운 돌풍과 함께 이웃 주민들 누구나 느꼈을 정도로 미세한 지진이 일었다. 그와 동시에 고양이가 겁에 질린 행동을 보였고, 수 킬로미터 반경에서 개들이 시끄럽게 짖어댔다. 곧이어 계절에 어울리지 않는 거센 뇌우(雷雨)와 함께 쿵 하는 소리가 들리자, 워드 씨 부부는 집에 벼락이 떨어졌다고 생각했다. 그들은 피해 정도를 알아보기 위해 위층으로 달려갔다. 그러나 찰스 워드는 다락방 문 앞에서 그들을 막아섰다. 창백하고 단호하며 엄숙한 그의 얼굴에 소름 끼칠 정도로 승리감과 진지함이 뒤섞여 있었다. 집에 벼락이 떨어지지 않았고, 폭풍도 곧 그칠 것이라고 그는 부모님을 안심시켰다. 창 밖을 내다보던 워드 씨 부부는 아들의 말이 사실임을 알았다. 번개의 섬광은 점점 멀어졌고, 나무들도 바다에서 불어온 이상하고 싸늘한 돌풍에 더 이상 휘지 않았다. 메마른 웅얼거림처럼 잦아들던 천둥소리도 결국 완전히 사라졌다. 별들이 모습을 드러냈고, 찰스 워드의 얼굴에 새겨진 승리감은 몹시 독특한 표정으로 굳어졌다.

그 사건 이후 거의 두 달 동안, 워드는 이전보다는 실험실을 자주 비웠다. 그는 날씨에 특히 관심을 보이면서 얼어붙은 땅이 언제 녹을 것인지 이상한 질문을 하기도 했다. 3월의 어느 늦은 밤, 자정이 넘어 집을 나갔던 그는 아침 무렵까지 돌아오지 않았다. 그의 어머니는 차고 쪽으로 다가오는 자동차 엔진 소리에 잠이 깼다. 나직이 다그치는 소리를 듣고 창가로 다가간 워드 부인은 워드의 지시에 따라 네 명의 검은 그림자가 길고 육중한 상자를 트럭에서 내려 옆문 안쪽에 갖다놓는 광경을 목격했다. 계단을 올라가는 가쁜 숨소리와 묵직한 발소리에 이어 다락방에서 둔탁한 소리가 들려왔다. 다시 계단을 내려오는 발소리, 밖으로 나온 네 명은 이내 트럭을 타고 멀어졌다.

다음날 찰스는 다락방의 고립된 생활을 다시 시작했다. 이번에는 실험실 창문마다 어두운 커튼을 치고 금속 물질 같은 것을 실험하는 것 같았다. 그는 누구에게도 방 문을 열어주지 않았고, 가져온 음식까지 완강히 거절했다. 정오 무렵에 비트는 듯한 소리와 함께 끔찍한 비명이 들려오더니 이내 뭔가 넘어지는 소리가 났다. 워드 부인이 황급히 다락방 문을 두들기자, 아무 일도 없다는 희미한 목소리가 안에서 들려왔다. 그는 방에서 나는 정체불명의 고약한 악취는 전혀 해롭지 않고, 어쩔 수 없이 실험에 꼭 필요한 것이라고 말했다. 혼자 있는 것이 무엇보다 중요하다면서 저녁 식사 시간에 내려가겠다고 했다. 그날 오후, 굳게 잠긴 문 뒤에서 이상한 쇳소리가 들린 뒤, 마침내 그가 모습을 나타냈다. 그는 몹시 초췌한 모습으로 무슨 일이 있어도 실험실에 들어가는 사람이 있어서는 안 된다고 말했다. 그때부터 비밀을 유지하려는 그의 전략도 바뀌었다. 비밀스러운 다락방 실험실뿐 아니라 그 옆의 저장실을 치우고 대충 침실로 꾸민 신성불가침의 공간에는 아무도 출입할 수 없었다. 나중에 포턱셋에 방갈로를 구입하고 과학 장비를 모두 그곳으로 옮길 때까지, 그는 아래층 서재에서 다락방으로 책을 옮겨놓고 생활했다.

그날 저녁, 찰스는 다른 가족들이 보기 전에 신문을 가져가 어떤 사건과 관련된 기사를 오렸다. 나중에 윌렛 박사는 집안사람들의 진술을 바탕으로 《저널》사옥을 직접 방문하여 그날 일자의 신문에서 오려진 다음과 같은 기사를 발견했다.

한밤에 노스 공동묘지를 습격한 도굴범들

오늘 새벽, 노스 공동묘지의 야간 관리인인 로버트 하트 씨는 묘지의 가장 오래된 묘역에서 트럭을 타고 나타난 네댓 명의 남자들을 발견, 그들이 특별한 행동을 취하기 전에 쫓아냈다.

괴한들이 목격된 시간은 새벽 4시경, 숙소 밖에서 들려오는 자동차 소리에 하트 씨가 주의를 살폈을 때였다. 그는 순찰 도중 20미터 전방의 중앙 도로에서 대형 트럭을 발견했지만, 자갈길에서 발소리가 날 것을 염려해 접근하지는 못했다. 낌새를 눈치 챈 괴한들은 다급히 커다란 상자를 트럭에 싣고 도로 쪽으로 달아났다. 훼손된 무덤이 없는 것으로 미루어, 하트 씨는 그들이 상자를 묻으려 했던 것 같다고 말했다.

길가에서 뒤쪽으로 멀리 떨어진 위치에 대부분의 묘비도 오래전에 사라진 아마사 필드에서 하트 씨가 발견한 커다란 구덩이는 도굴범들이 오랫동안 은밀히 작업을 진행해 왔음을 알려준다. 크기와 깊이가 무덤과 비슷한 구덩이는 비어있는 상태다. 묘지 기록으로 확인한 바에 따르면, 그 곳에 매장된 시신은 없었다.

현장을 조사한 제2경찰국의 라일리 경사는 섬뜩하고 독특한 방법으로 안전한 주류 저장고를 확보하려는 주류 밀매 업자들의 소행일 가능성을 피력했다. 한편, 도주 트럭이 사라진 방향을 묻는 질문에 하트 씨는 확실하진 않지만 로챔보 애버뉴 방면 같다고 답했다.

그 후 며칠 동안, 찰스 워드는 집안에서 거의 모습을 드러내지 않았다. 그는 다락방에 잠자리를 마련했고, 문 앞에 갖다놓은 음식도 하인들이 사라진 후에야 안으로 들여갔다. 일정한 간격을 두고 단조로운 주문과 이상한 리듬의 낭송이 나른하게 들려왔으며, 간헐적으로 유리가 딸그락거리고 화학 약품이 쉭쉭하는 소리, 물이 흐르고 가스 불꽃이 요란하게 타오르는 소리도 났다. 예전과 다르면서도 도무지 정체를 알 수 없는 냄새가 간간이 문틈에서 새어나왔다. 젊은 은둔자가 잠깐 모습을 보일 때마다, 흥분감과 예리한 통찰력 같은 긴장감이 느껴졌다. 한번은 책이 필요하다며 서둘러 아테네 도서관에 다녀왔고, 사람을 고용해 보스턴에서 극히 기묘한 책을 가져오도록 했다. 시시각각 긴장감이 팽배해지는 가운데, 그의 가족과 윌렛 박사는 마땅히 대처할 방법을 몰라 곤혹스러워했다.

VI

4월 15일, 이상한 변화의 조짐이 일었다. 크게 달라진 것은 없어 보였지만, 지금까지의 양상과는 확실한 차이가 있었다. 윌렛 박사는 그때의 변화에 큰 의미를 두었다. 이 날은 성금요일[144]로, 하인들은 이 상황에 대해 말이 많았으나, 다른 이들은 그저 우연의 일치에 불과하다고 가볍게 여겼다. 이날 오후 늦게 워드가 큰 소리로 되풀이해서 주문을 낭송하기 시작하자, 그와 동시에 코를 찌를 듯 뭔가 타는 냄새가 집 안 전체에 가득해졌다. 주문 소리는 문 밖 복도에서도 또렷하게 들려왔고, 걱정스레 문 앞을 서성이던 워드 부인은 그 내용을 쉽게 잊을 수 없어서 나중에 윌렛 박사에게 적어 주었다. 윌렛 박사가 아래와 같은 주문에 대해전문가들로부터 들은 설명에 따르면, 엘리파스 레비[145]의 비서(秘書)에 있는 내용과 유사한 것으로 숨겨진 영혼이 금기의 문틈으로 빠져나가 그 너머의 끔찍한 광경을 목격하는 주문이었다.

> 페르 아도나이 엘로임, 아도나이 제호바
> 아도나이 사바오스, 메트라톤 온 아그라 매톤
> 베르범 피소니쿰, 미스테리움 살라마드라에
> 컨벤투스 실보룸, 안트라 그노모룸
> 다에모니아 코엘리 갓, 앨몬신, 길보르, 제슈아
> 에밤, 자리아트나트믹, 베니, 베니, 베니.[146]

변화나 휴식 없이 주문은 두 시간 동안 계속되었고, 이웃의 개들이 전부 미친 듯이 짖어댔다. 다음날 신문 기사로 실릴 정도로 아주 먼 곳에서도 개들이 짖었으나, 정작 워드의 집 안에서는 곧이어 풍겨온 이상한 냄새가 더 심각했다. 사람들이 전에도, 그 후에도 두 번 다시 맡아본 적 없는 냄새가 온 집 안을 뒤덮었다. 악취에 휩싸인 집 안에 한낮인데도 눈이 부실만큼 강렬한 섬광이 번개처럼 번뜩였다. 곧이어 어떤 소리가 들려왔는데, 찰스 워드의 목소리와는 전혀 딴판으로 아득한 천둥소리 같고, 어찌나 음산하고 굵은 저음이던지 사람들의 뇌리에서 영원히 사라지지 않았다. 목소리는 집을 뒤흔들었고, 인근에서 적어도 두 집에서 개 짖는 소리를 압도하는 그 목소리를 들었다. 아들의 잠긴 실험실 밖에서 절망에 빠져 있던 워드 부인은 지옥에서 새어나오는 그 목소리를 듣고 몸서리쳤다. 아들이 말해 주던 악명 높은 금서(禁書)와 조지프 커웬이 죽던 날 요란한 목소리가 들려왔다는 페너의 편지가 떠올랐기 때문이다. 커웬에 대해 아들이 솔직히 말해 주었을 때 똑똑히 들은 내용이라 착각일 리는 없었다. 그러나 정체 모를 그 고어에서 그녀가 기억하는 것은 단편적인 부분이었다.

"디에스 미에스 제셰트 보에네 도에세프 두베마 에니트마우스."

천둥 같은 목소리가 절정에 달했고, 해가 지려면 이른 시간임에도 순간적으로 사위가 어둠에 빠졌다. 처음과 다르면서도 역시 견딜 수 없는 정체불명의 악취가 보태졌다. 찰스는 또 다시 주문을 외웠다. 그의 어머니는 "이-나쉬-요그-소토스-헤-글브-파이스로닥"이라는 몇 마디와 주문 막바지에 고막을 찢어댈 듯 광적으로 울리는 "야!"라는 말을 들었다. 잠시 후, 지금까지의 기억을 모조리 지워버릴 만큼 광기 어린 비명이 터졌다가 점차 사악하고 발작적인 웃음소리로 변해갔다. 워드 부인은 공포와 모성애의 뒤엉킴 속에서 미친 듯이 방 문을 두드렸으나, 아무런 인기척도 없었다. 그녀는 다시 한 번 문을 두드리다가 이번에는 아들의 목소리가 분명하되 여전히 웃음기가 묻어 있는 두 번째 비명이 들리자 힘없이 물러섰다. 그녀는 곧 정신을 잃었고, 지금도 그 정확한 이유를 기억하지 못하고 있다. 기억은 때때로 자비로운 망각으로 이어지는 법이니까.

6시 15분, 일을 마치고 돌아온 워드 씨는 아내가 보이지 않아 의아해하다가, 겁에 질린 하인들로부터 아내가 평소보다 끔찍한 소리가 들려온 찰스의 방 문을 지키고 있을 거라는 말을 들었다. 그는 단숨에 계단을 올랐고, 실험실 밖 복도에 쓰러져 있는 아내를 발견했다. 아내가 기절한 것을 알아챈 그는 복도 끝에 있는 탁자에서 물 한 컵을 급히 가져왔다. 워드 씨는 아내의 얼굴에 찬물을 뿌리고 근심스레 상태를 지켜보았다. 어리둥절한 표정으로 눈을 뜨는 아내의 모습에서 싸늘한 냉기와 함께 그 자신은 정작 아내가 빠져나오는 혼미한 상태로 빨려드는 느낌이 들었다. 겉으로는 조용해 보이는 실험실에서 평소와는 달리 알아들을 수 없을 정도로 억눌린, 그러면서도 몹시도 불길한 느낌의 대화 소리가 웅얼웅얼했다.

물론 찰스 워드가 주문을 웅얼거리는 게 새삼스러운 일은 아니었다. 그러나 그때의 웅얼거림은 분명히 달랐다. 두 사람이 나누는 대화처럼 들리기도 했고, 한 사람이 목소리를 바꿔 질문하고 답하거나 진술하고 반박하는 것 같았다. 하나의 목소리는 틀림없이 찰스의 것이었지만, 다른 하나는 아들이 제대로 흉내 낼 수 없는 낮고 공허한 목소리였다. 오싹하고 불경하고 비정상적인 목소리였지만, 의식을 회복한 아내가 비명을 지르는 소리에 그는 보호본능과 함께 퍼뜩 정신을 차렸다. 그러나 자신은 절대로 기절 따위는 하지 않는다던 시어도어 홀랜드 워드의 호언장담은 1년도 안 돼 깨질 것 같았다. 그는 아내가 이상한 말소리를 알아채기 전에 그녀를 팔에 안고 재빨리 계단을 내려갔다. 그러나 발길을 막아서는 소리 때문에 그는 아내를 안은 채로 위태롭게 휘청거렸다. 워드 부인의 비명을 다락방 안에서도 알아챘는지, 문 뒤에서 처음으로 알아들을 수 있는 목소리가 들려왔던 것이다. 몹시 흥분한 찰스의 목소리가 분명했지만, 아버지가 듣기에는 까닭 모를 공포가 어려 있었다. 아들은 이렇게 말했다.

"쉿! 글로 쓰세요!"

워드 씨 부부는 저녁 식사를 마치고 오랫동안 의논을 한 끝에 워드 씨가 그날 밤 단호하고 진지하게 찰스와 얘기를 해 보기로 결정했다. 아무리 중대한 일이라고 해도, 그 같은 행동을 더는 방관할 수 없었다. 최근에 벌어지는 일들은 상식을 벗어난 것이고, 집안 전체의 질서와 행복을 위협하고 있다는 판단 때문이었다. 그날 오후처럼 난폭하게 비명을 지르고 목소리를 꾸며 대화까지 하는 걸 보면, 아들이 미쳤다고밖에 볼 수 없었다. 당장 중단시키지 않는다면, 워드 부인은 곧 몸져눕게 될 것이고 하인들을 다루기도 불가능해질 것이다.

워드 씨는 식탁에서 일어나 찰스의 실험실을 향해 계단을 올랐다. 그러나 3층에 이르렀을 때, 더 이상 사용되지 않는 아들의 서재에서 인기척이 났다. 워드 씨는 책과 서류들이 어지럽게 널려 있는 방 안으로 들어서다가 온갖 종류의 책을 한 아름 안고 있는 아들과 맞닥뜨렸다. 몹시 지치고 초췌한 모습의 찰스는 아버지의 목소리를 듣고 깜짝 놀라 들고 있던 책들을 떨어뜨렸다. 그는 아버지의 말대로 순순히 의자에 앉아서 반박하기 어려운 꾸지람을 한참 동안 묵묵히 들었다. 두 사람 사이에 별다른 일은 벌어지지 않았다. 워드 씨의 장황한 훈계가 끝나자, 찰스는 아버지의 말이 옳다고, 자신의 목소리와 중얼거림, 주문과 화학 약품 냄새에 대해 변명의 여지가 없을 정도로 잘못됐다고 시인했다. 그는 계속해서 철저한 비밀을 유지해야 한다고 고집했으나, 앞으로는 조용히 일을 하겠다고 말했다. 순수하게 책을 보는 것으로 연구를 대신하고, 의식의 절차상 소리를 내야 할 필요가 있으면 나중에 따로 장소를 알아보겠다고 했다. 어머니가 겁에 질려 기절까지 했다는 말에 찰스 워드는 진심으로 뉘우쳤고, 나중에 들린 대화 소리는 정신적인 분위기를 만들기 위해 일부러 꾸민 상징적인 장치의 일부라고 설명했다. 아들이 난해한 전문 용어를 들먹이는 바람에 약간 어리둥절해진 워드 씨는 방 안에 팽배한 기이한 긴장감을 느끼면서도 아들이 제정신이고 합리적이라고 생각했다. 그들의 대화는 별다른 결론에 이르지 못했다. 찰스가 책을 한 아름 안고 방을 나가자, 워드 씨는 어찌할 바를 몰라 난감할 뿐이었다. 한 시간 전에는 늙은 고양이 니그가 눈을 치켜뜨고 겁에 질려 입을 일그러뜨린, 빳빳한 사체로 지하실에서 발견된 터라 이 모든 것이 참 묘한 일이었다.

어리둥절한 상태에서 막연한 호기심을 느낀 아버지는 다락방으로 가져간 책이 무엇인지 알아내려고 비어 있는 책장을 살폈다. 명확하고 정확하게 분류되어 있는 아들의 서재에서 누구든 책장만 훑어봐도 없어진 책을 알 수 있었다. 워드 씨는 얼마 전에 옮긴 책 외에는 신비학과 고고학 책들이 그대로 있다는 사실에 적잖이 놀랐다. 없어진 책은 모두 현대의 저작물로, 역사서와 과학 논문, 지리학, 문학 개론서, 철학서를 비롯해 최근의 신문과 잡지 따위였다. 찰스 워드의 독서 편력이 바뀌었다는 의미인데, 그의 아버지는 점점 커지는 당혹감과 기이함을 느끼면서 우두커니 있었다. 기이한 느낌은 너무도 강렬한 것이어서, 무엇이 잘못되었는지 방 안을 살펴보던 워드 씨는 자신의 가슴을 잡아 뜯을 정도로 답답했다. 추상적인 것뿐 아니라 실제로도 뭔가 잘못된 게 분명했다. 아들의 서재에 들어선 이후 줄곧 기이한 느낌에 사로잡혔던 그는 마침내 그 정체를 알게 되었다.

올니 코트의 저택에서 옮겨온 벽난로 장식이 여전히 북쪽 벽에 남아 있었으나, 문제가 생긴 곳은 조심스럽게 복원한 커웬의 대형 초상화였다. 세월의 흐름과 불규칙한 난방이 주된 원인이었으나, 최근에 방을 청소한 이후 최악의 사태까지 이른 것 같았다. 그림의 표면이 벗겨지고 점점 말려 올라가다가 마침내는 조각조각 부서져 있었기 때문이다. 이런 과정은 기분 나쁠 정도로 조용하고 갑작스레 진행됐음이 분명한데, 자신과 닮은 젊은이를 말없이 감시하던 조셉 커웬의 초상화는 어느새 푸르스름한 잿빛 먼지가 되어 바닥에 흩어져 있었다.

제 4 장
변이와 광기

I

인상적인 성금요일 이후 한 주 동안, 찰스 워드는 평소보다 자주 모습을 드러냈고, 계속해서 책을 들고 서재와 다락방 실험실을 오갔다. 그의 행동은 침착하고 이성적이었지만, 쫓기는 듯한 표정 때문에 어머니는 불안해졌고, 걸신들린 듯한 식욕 때문에 요리사는 식단을 다시 짜야 했다.

월렛 박사는 성금요일의 소동을 전해 듣고, 다음 주 화요일에 초상화가 사라진 서재에서 젊은이와 장시간 대화를 나누었다. 여느 때와 다름없이, 그들의 대화에는 뚜렷한 결론이 없었다. 하지만 지금도 월렛은 당시에 자기 자신과 찰스 둘 다 제정신이었다고 맹세하고 있다. 찰스는 곧 내막을 밝히겠다고 약속하면서 실험실을 다른 곳으로 옮겨야겠다

고 말했다. 초상화가 부서졌음에도 처음의 열정과는 달리 그리 아쉬워
하는 기색이 아니었고, 갑작스레 가루로 변한 그림에서 오히려 긍정적
인 부분을 찾아낸 것처럼 보였다.

두 주가 지날 무렵, 찰스는 오랫동안 집을 비우기 시작했는데, 어느
날 봄 청소를 돕기 위해 찾아온 착한 헤너가 요즘 들어 부쩍 올니 코트
의 집으로 찰스가 커다란 가방을 들고 와서 지하실에서 뭔가 열심히 일
한다는 소식을 전했다. 예나 지금이나 헤너와 늙은 에이서에게 격의 없
이 대해주기는 하지만, 예전과는 달리 안색이 어두워서 찰스가 태어날
때부터 지켜본 그녀로서는 매우 걱정된다고 했다. 워드 씨 부부의 친구
들이 포턱셋에서 찰스를 멀리서나마 자주 봤다는 소식도 전해졌다. 그
는 로드-온-더-포턱셋의 유흥지와 카누 보관소를 돌아다니는 모양이
었다. 윌렛 박사가 그 이유를 묻자, 찰스는 오랜만에 북쪽으로 산책하
는데, 강둑에 울타리가 있어서 지름길을 찾기 위해서라고 대답했다.

5월 말경, 다락방의 실험실에서 잠깐 동안 이상한 제의 소리가 들려
온 일 때문에 워드 씨가 엄하게 꾸짖자, 찰스는 건성으로 주의하겠다고
약속했다. 어느 날 아침, 성금요일의 소동 때 들려왔던 가상의 대화가
또다시 시작된 것 같았다. 젊은이는 스스로를 심하게 다그치고 충고하
는 듯했고, 이어서 완전히 낯선 목소리가 시끄럽게 다른 요구를 하고
거절하는 것 같았다. 그 때문에 워드 부인은 곧장 위층으로 올라가 다
락방 문에 귀를 기울였다. 그녀가 '3개월 동안 붉게 만들어야 한다.'는
평범한 말만 알아듣고서 방문을 두드리자, 갑자기 말소리가 뚝 그쳤다.
찰스는 나중에 아버지의 추궁에 이렇게 답했다. 의식의 다른 영역에서
서로 충돌이 있었고, 그 같은 문제는 위대한 기술에 의해서만 피할 수
있으나 어쨌든 영역을 옮겨보겠다고.

6월 중순경, 한밤중에 기이한 일이 벌어졌다. 초저녁부터 위층 실험실에서 여러 가지 소음과 쿵쾅거리는 소리가 들려서 워드 씨가 알아보려는데 갑자기 조용해졌다. 자정쯤, 모두 잠자리에 든 후 집사가 현관문을 잠글 때, 찰스 워드가 커다란 여행 가방을 들고 계단을 내려오더니 나가야겠다며 어색하게 손짓을 했다. 젊은이는 말을 하지 않았으나, 요크셔 출신의 유능한 집사는 단번에 핏발선 그의 눈동자가 불안하게 떨리는 것을 알아챘다. 집사가 문을 열어주자, 워드는 밖으로 나갔다. 집사는 그 사실을 아침 일찍 워드 부인에게 알렸다. 그는 자신을 바라보던 찰스의 시선이 꺼림칙했다고 말했다. 젊은 신사분이 정직한 사람을 그런 시선으로 쳐볼 수는 없는 법이니, 그는 단 하루도 그 집에 더 있을 수 없다고 했다. 워드 부인은 굳이 집사를 붙잡지 않았으나, 집사의 말을 심각하게 받아들이지 않았다. 그녀가 깨어 있을 때까지만 해도 위층 실험실에서 힘없는 소리가 들려왔기 때문에 찰스가 간밤에 사납게 변해 있더라는 말은 터무니없었다. 그것은 흐느끼며 방 안을 오가다가 한숨짓는 소리 같아서 찰스가 깊은 절망에 빠져 있다는 것만 알려주었다. 종잡을 수 없는 아들의 문제에 신경이 곤두서 있던 워드 부인은 밤마다 습관적으로 위층의 소리에 귀를 기울여왔다.

다음 날 저녁, 거의 석 달 전의 저녁처럼, 찰스 워드는 제일 먼저 신문을 가져갔다가 실수로 1면을 잃어버렸다고 했다. 그 일이 다시 거론된 것은 윌렛 박사가 미해결 부분과 여러 가지 관련성을 찾을 때였다. 윌렛 박사는 《저널》사 사무실에서 찰스가 잃어버렸다고 한 것으로 보이는 두 개의 기사를 발견했다. 기사는 다음과 같았다.

도굴은 끝나지 않았다

오늘 아침, 노스 공동묘지의 야간 경비원, 로버트 하트 씨는 오래된 묘역에서 또다시 도굴의 흔적을 발견했다. 거칠게 파헤쳐져 조각난 석판 묘비에 따르면, 도굴된 묘지는 1740년에 태어나 1824년에 숨진 에즈라 위든의 것으로, 인근의 도구 보관실에서 훔친 삽을 도굴에 이용한 것으로 보인다.

백 년이 넘은 무덤에 무엇이 들어 있었는지는 알 수 없지만, 썩은 나무 조각 몇 개를 제외하고 무덤은 완전히 비어 있었다. 바퀴 자국은 없지만, 경찰은 인근에서 상류 계층의 값비싼 장화로 보이는 발자국을 발견했다고 밝혔다.

하트 씨는 이번 사건이 지난 3월 트럭을 타고 도주한 일단의 괴한들과 관련이 있는 것 같다고 말했다. 그러나 제2경찰국의 라일리 경사는 그런 주장을 일축하며 두 사건의 차이점을 지적했다. 3월의 사건은 무덤이 없는 지역에서 발생한 것이며, 이번 경우는 눈에 띄게 잘 보관된 무덤을 용의주도하게 도굴한 것으로 전날만 해도 멀쩡하던 비석을 부순 것으로 봐서 계획적이고 악의적인 범행이라고 했다.

이 소식을 접한 위든 가문의 후손들은 놀라움과 유감을 표하며 조상의 무덤을 훼손당할 만한 원한을 산 적이 없다고 말했다. 에인절 가 598번지에 사는 해저드 위든은 독립 전쟁 직전에 에즈라 위든이 매우 특별한 상황에 연루됐다는 얘기가 전해지긴 하나, 명예롭지 못한 일은 아니었다고 밝히면서 그밖에 그가 모르는 최근의 불화나 비밀 같은 것도 없다고 말했다. 이번 사건을 맡은 커닝햄 수사관은 조속한 시일 내에 단서를 찾아내겠다고 말했다.

포틱셋 개들의 소동

포틱셋 주민들은 오늘 새벽 3시경, 로드-온-더-포틱셋의 강 북부에서 개들이 시끄럽게 짖는 바람에 밤잠을 설쳤다. 주민 대부분은 개 짖는 소리가 유별났다고 말했다. 로드에서 야간 당직을 선 프레드 렘딘은 극도의 공포와 고통에 사로잡힌 인간의 비명이 섞여 있었다고 주장했다. 강둑 인근에서 순식간에 뇌우가 몰아쳤다가 격렬한 소동으로 끝났다. 만을 따라 설치된 기름 탱크에서 유출되었을 역겹고 이상한 악취도 이 사건과 깊은 관련이 있는 것으로 보이며 개들이 소동을 일으킨 원인 중 하나로 추정된다.

그 당시 매우 수척해진 찰스는 매사에 쫓기는 인상이었고, 몇 번인가 자신을 사로잡고 있는 공포에 대해 밝히려는 것 같았다는 게 주변의 지배적인 의견이었다. 밤마다 병적일 정도로 소리에 민감해진 그의 어머니는 아들의 야행이 잦아졌다고 말했다. 대부분의 정신과 의사들은 당시 신문 기사에서 전하는 끔찍한 흡혈귀가 찰스 워드라고 단정했으나, 범인으로 단정할 만한 확증은 나오지 않았다. 이 사건들은 최근에 벌어졌고 세인에게 잘 알려져 있어서 자세히 거론할 필요는 없으나, 피해자의 연령과 유형을 가리지 않는다는 특징 외에 범행 지역이 두 곳으로 압축되는 양상을 띠고 있다. 요컨대 두 지역은 워드의 집에서 가까운 노스 엔드 주거지와 포틱셋 인근의 크랜스턴 강 건너의 교외다. 밤늦게 길을 가던 여행객과 창문을 열어놓고 잠든 주민들이 공격을 당했다. 생존자들의 일치된 진술에 따르면, 이글거리는 눈동자를 지닌 마르고 유연하며 민첩한 괴물이 목이나 위팔을 물고 게걸스럽게 피를 빨았다고 한다.

찰스 워드의 광증을 이 시기보다 늦춰 잡는 것마저 인정하지 않는 윌렛 박사는 조심스럽게 이 끔찍한 사건들을 설명하고 있다. 그 나름대로 생각하는 것이 있으나 완강한 반론에 대해서는 솔직히 자신의 주장만 고집할 수 없다고 했다.

"아닙니다." 그는 이렇게 말하고 있다. "일련의 공격과 살인에 대해 개인적인 내 의견이나 누구를 범인으로 여기는지는 밝히고 싶지 않아요. 그러나 찰스 워드가 결백하다는 사실만은 꼭 말하고 싶습니다. 워드는 남의 피를 먹지 않습니다. 실제로도 점점 심해진 빈혈증과 창백한 안색만 봐도 설명이 따로 필요 없을 겁니다. 워드는 매우 오싹한 문제에 관련됐지만, 그만한 대가를 치렀고, 괴물이나 악인은 결코 아닙니다. 지금 당장은 이 문제를 생각하고 싶지 않군요. 어떤 변화가 생겼을 것이고, 저는 늙은 찰스 워드가 그 때문에 죽었을 거라고 믿고 있습니다. 어쨌든 그의 영혼만은 죽은 게 틀림없지요. 웨이트의 병원에서 사라진 광인은 다른 영혼을 갖고 있었으니까요."

신경 쇠약 증세를 보이기 시작한 워드 부인을 진찰하기 위해 워드의 집을 자주 방문했던 윌렛은 자신 있게 말하고 있다. 밤마다 민감해진 워드 부인의 청각은 그에게 고백했듯이 병적인 환청 단계에 접어들었고, 그는 농담으로 받아넘기면서도 혼자 있는 시간이면 곰곰이 생각에 잠긴다고 했다. 환청은 언제나 다락방 실험실과 침실에서 들려온다고 했다. 뜻밖의 시간에 억눌린 한숨을 쉬거나 흐느끼는 소리라고 했다. 7월 초 윌렛은 워드 부인에게 장기 요양을 위해 애틀랜틱 시로 거처를 옮기라고 충고했고, 워드 씨와 수척해진 찰스에게는 안부편지만 보내라고 주의를 주었다. 그녀가 지금까지 제정신으로 살아남을 수 있었던 것은 그때 본인의 의사에 반해서 강제적으로 이루어진 요양 덕분이었다.

II

어머니가 떠난 지 얼마 지나지 않아, 찰스 워드는 포턱셋의 방갈로를 물색하기 시작했다. 누추하고 아담한 목조 건물인 이 방갈로에는 콘크리트로 지은 차고가 딸려 있었다. 로즈에서 약간 위쪽 강둑으로 동떨어진 위치였으나, 찰스가 이곳을 고집할 만한 몇 가지 이유가 있었다. 그는 부동산 업자를 졸라서 몹시 미온적이던 소유주에게 거금을 주고 이 방갈로를 구입했다. 방갈로가 비워지자마자 한밤중에 대형 컨테이너 트럭으로 기이한 책과 현대 저작물을 포함해 다락방 실험실의 장비를 몽땅 옮겼다. 오밤중에 짐을 실었기 때문에 그의 아버지는 잠결에 들은 숨죽인 다그침과 물건을 옮기는 발걸음 소리만 겨우 기억해 냈다. 이때부터 찰스는 3층에 있는 원래의 자기 방으로 돌아왔고, 다시는 다락방을 찾지 않았다.

두 명의 동료가 생겼다는 점만 제외하고, 찰스는 다락방의 비밀을 그대로 포턱셋 방갈로에 옮겨 놓았다. 동료 한 명은 사우스 메인 가의 부두에서 온 험상궂게 생긴 포르투갈 출신의 흑백 혼혈아(물라토)로 하인처럼 행세했다. 나머지 한 명은 학자연한 마른 체구의 이방인으로 검은 안경을 끼고 염색한 짧은 수염을 길렀는데, 찰스와 동등한 신분 같았다. 이웃들은 그 이상한 사람들에게 말을 걸어보려고 했으나 헛수고였다. 혼혈아인 고메즈는 영어를 거의 하지 못했고, 앨런 박사로 불리는 수염 기른 사내는 스스로 말하기를 꺼렸다. 워드 자신은 이웃에게 상냥하게 굴리고 노력했으나, 화학 연구에 대한 두서없는 설명 때문에 오히려 호기심만 부추겼다. 머지않아 방갈로에서 밤새 불빛이 이글거린다는 등의 이상한 소문이 나돌기 시작했다. 불빛이 갑자기 멈춘 후에는 푸줏간에서 대량으로 주문한 고기와 방갈로 지하에서 들려오는 듯한 억눌린 외침, 낭송, 비명 따위를 둘러싸고 더 기이한 소문이 퍼졌다. 소문 대부분은 새로 이주해 온 이상한 사람들에 대해 인근의 정직한 서민들이 곱지 않은 시선을 보낸 게 원인이었다. 게다가 이웃들의 적개심이 최근의 흡혈귀와 살인 사건으로 연결되면서 워드 일행을 두고 음산한 의혹들이 떠돌게 된 것도 그리 놀라운 일은 아니었다. 특히 범행 장소가 포턱셋과 그 인근의 엣지우드 거리로 좁혀지면서 이런 의혹은 더욱 강해졌다.

워드는 대부분의 시간을 방갈로에서 보내면서 이따금 집에서도 잠을 잤기에 여전히 아버지와 한 지붕에서 생활하는 것으로 간주되었다. 일주일 여정으로 도시를 비운 적이 두 차례 있었으나, 그 목적지는 아직까지 정확하게 밝혀지지 않았다. 그는 전보다 더 창백해지고 야위어 갔고, 윌렛 박사에게 장래에 밝히겠다던 예전의 중요한 연구 문제를 말할 때도 자신감이 없는 것 같았다. 윌렛은 워드 씨의 근심과 당혹감 때문에 워드가 집에 머물 때면 방문하는 일이 잦았다. 워드 씨는 극도로 비밀이 많고 독립적인 아들에게 가능한 건전한 감독자가 있어야 한다고 생각했다. 의사는 여전히 이 젊은이의 정신에 문제가 없다면서 그간 둘이서 나눈 많은 대화 내용을 그 근거로 제시했다.

9월경, 흡혈귀와 관련된 의혹은 뜸해졌으나, 이듬해 1월 워드는 심각한 문제에 휩쓸릴 뻔했다. 한동안 포턱셋 방갈로에 밤을 틈타 드나드는 트럭에 대한 말이 많았던 시점에서 뜻밖의 사건으로 트럭의 내용물 중

적어도 한 가지의 정체가 밝혀졌기 때문이다. 호프 밸리 인근의 한적한 지역은 주류 운반 차량을 노리는 '노상강도' 사건이 자주 발생하는 곳이지만, 이번에 더 크게 놀란 쪽은 강도들이었다. 그들이 기다란 상자를 열었을 때 발견한 것은 몹시 끔찍한 물체였다. 사실 너무 끔찍해서 범죄자들의 세계에서도 비밀이 유지되지 못했다. 강도들은 탈취한 물체를 급히 묻었으나, 주경찰이 수상한 단서를 잡고 철저한 수사에 착수했다. 최근에 붙잡힌 범죄자 한 명이 여죄를 추궁하지 않는다는 언질을 받고 경찰에게 암매장 장소를 알려주었다. 그곳에서 다급히 묻힌 아주 무시무시하고 고약한 물체가 발견되었다. 경악을 금치 못한 경찰들이 무엇을 발견했는지 외부에 알려진다는 것은 미국민의 정서상 (전 세계인의 정서까지) 적절하지 못할 것이다. 아무리 신중하지 못한 경찰이라도 그 정도는 모를 리 없었다. 워싱턴으로 다급한 전문이 보내졌다.

상자의 수취인이 포턱셋 방갈로의 찰스 워드였기 때문에 즉각 주경찰과 연방수사국 요원들이 삼엄하게 그를 방문했다. 수사관들은 두 명의 이상한 동료와 함께 있는 창백하고 초조해 보이는 워드를 발견했고, 그로부터 충분한 설명과 결백의 증거를 입수한 것으로 보인다. 그는 지난 십여 년 동안 자신을 알고 지낸 사람이라면 누구든 그 심오함과 중요성을 인정할 만한 연구의 한 부분으로서 해부학 표본이 필요했기에 합법적이라고 판단한 대행업체로부터 실험에 필요한 종류와 수만큼 표본을 주문했다고 했다. 그는 시체의 신원에 대해서는 전혀 알지 못한다고 말했으며, 이 문제가 세상에 알려지면 국민 정서와 자긍심에 엄청난 파장이 미칠 거라는 수사관들의 설명에 무척 놀랐다. 수염을 기른 앨런 박사가 워드의 예민한 말투에 비해 공허하지만 이상할 정도로 확신을 주는 목소리로 그의 진술을 강하게 뒷받침해 주었다. 결국 수사관들은 모종의 조치를 취하는 대신, 수사에 협조하기 위해 워드가 알려준 뉴욕의 거래처와 주소를 신중하게 받아 적었으나 그 역시 이상한 점이 발견되지 않았다. 표본은 신속하고도 조용하게 원래의 자리로 돌아갔다. 일반 사람들은 앞으로도 이 불경한 사건에 대해 알지 못하리라는 점만 여기서 밝혀두는 편이 적절하겠다.

1928년 2월 9일, 윌렛 박사는 찰스 워드로부터 한 통의 편지를 받았다. 이 편지는 매우 중요한 의미이자 라이먼 박사와 잦은 논쟁의 원인이 되기도 했다. 라이먼은 이 편지의 내용을 상당히 진행된 조발성 치매의 증거로 보는 반면, 윌렛은 절망에 빠진 청년이 완벽한 정신 상태를 보여주는 마지막 시기로 간주했다. 그는 정상적인 필체에 특히 주목해 주기를 바랐다. 약간 신경질적인 흔적이 있긴 하나, 분명 워드의 필체가 분명했다. 편지의 전문은 다음과 같다.

로드아일랜드 주 프로비던스
프로스펙스 가 100번지
1928년 2월 8일

윌렛 박사님께

오래전부터 제가 약속했고, 선생님도 자주 물어 오신 결과에 대해 밝힐 때가 된 것 같습니다. 인내하고 기다려주신 점, 그리고 항상 저의 정신 상태에 대해 확신을 가지고 성심으로 대해 주신 데 늘 감사합니다.

저는 이제 사실을 밝힐 만큼 마음의 준비를 끝냈고, 스스로 꿈꾸었던 승리와 성취에 부끄러움을 느낄 수밖에 없습니다. 제가 발견한 것은 승리감이 아니라 공포였습니다. 이렇게 선생님에게 편지를 띄우는 이유는 자랑하기 위함이 아니라 인간의 개념이나 계산을 뛰어넘는 공포로부터 저와 이 세계를 구하기 위해 도움과 조언을 얻고자 위함입니다. 포틱셋 습격대에 대해 쓴 페너 편지를 기억하실 겁니다. 그와 똑같은 일이 빠른 시일 내에 다시 벌어져야 합니다. 모든 문명과 모든 자연법칙, 심지어 태양계와 우주의 운명까지 우리의 손에 달려 있습니다. 저는 끔찍한 괴물을 살려냈지만, 그것은 순수한 지식 때문이었습니다. 지금은 모든 생명과 자연을 위해 그것을 다시 어둠 속으로 돌려보낼 수 있도록 선생님이 도와주셔야 합니다.

저는 포틱셋을 영원히 떠났습니다. 삶이든 죽음이든 그곳에서의 모든 흔적을 지워야만 합니다. 다시는 그곳에 가지 않을 것이고, 제가 혹시 그곳에 나타났다는 말을 들어도 믿지 마세요. 그 이유는 직접 찾아뵙고 말하겠습니다. 저는 지금 집에 돌아와 있으니, 대 여섯 시간 정도 저의 이야기를 들어주실 만한 시간이 생기는 대로 방문해 주세요. 이야기하자면 시간이 오래 걸립니다. 이 문제보다 선생님의 직업에서 중대한 의무는 없다는 점, 믿어주십시오. 저의 삶과 이성은 경각에 달려 있습니다.

아버지는 모든 내막을 이해하실 수 없을 것이기에 차마 알리지 못했습니다. 그러나 제가 처한 위험에 대해서는 말씀드렸고, 그 때문에 아버님은 탐정 네 명을 고용해 저를 보호하고 있습니다. 선생님도 상상하거나 이해할 수 없을 그 힘에 대항해서 그들이 얼마나 도움이 될지는 모르겠습니다. 살아 있는 저를 보고 싶다면, 그리고 선생님이 어떻게 끔찍한 지옥으로부터 우주를 구할 수 있는지 알고 싶다면 속히 저를 찾아주십시오.

아무 때나 좋습니다. 저는 집 안에만 있을 겁니다. 누가 혹은 무엇이

엿들을지 모르니 미리 전화하지 마십시오. 신이 존재한다면 부디 우리의 만남을 막지 말아 달라고 기도해야겠습니다.

극도의 고뇌와 절박감에서 드림.

찰스 덱스터 워드.

추신. 앨런 박사를 보는 대로 사살하고 그 시체를 산(酸)으로 녹여버려야 합니다. 불태우면 안 됩니다.

윌렛 박사는 오전 10시 30분경 이 편지를 받았고, 곧장 오후와 저녁 일정을 취소하고 필요하다면 밤늦게까지 워드를 만날 계획이었다. 그는 오후 4시경에 도착하기로 마음먹고 그때까지는 온갖 난폭한 생각에 사로잡혀 대부분의 일과를 건성으로 처리할 수밖에 없었다. 모르는 사람이라면 이 편지를 광기로 받아들이겠으나, 찰스 워드의 기행을 숱하게 지켜본 윌렛은 단순히 미친 소리로 치부할 수는 없었다. 뭔가 미묘하고도 오래된 공포가 주변을 서성이는 느낌이 들었다. 특히 앨런 박사에 대한 언급은 그 동안 워드의 기이한 동료들을 둘러싸고 포턱셋에 나돈 소문을 생각하면 충분히 납득할 만한 내용이었다. 윌렛은 앨런을 직접 본 적이 없었으나, 그의 외모에 대해서는 많은 이야기를 들었고, 검은 안경에 가려져 있다는 그의 눈동자에 당연히 의혹이 일었다.

윌렛 박사는 4시 정각에 워드의 저택에 도착했으나, 워드가 집에 있겠다던 약속을 어긴 것을 알고 조바심이 났다. 그 곳에 있던 경호원들은 젊은이가 소심증을 이겨낸 것 같다고 말했다. 탐정 중 한 사람이 말하기를, 워드는 그날 아침 겁에 질린 표정으로 전화기에 대고 언쟁을 벌였고, 그 과정에서 이상한 목소리로 "나는 몹시 지쳐서 쉬어야 한단 말이야.", "한동안은 아무도 만나고 싶지 않아.", "나를 용서해 줘.", "타협점을 찾을 때까지는 계획을 미뤄달란 말이야.", "정말 미안하지만 나는 완전히 손을 떼겠어. 나중에 얘기하자고." 하는 따위의 말을 했다고 한다. 그런데 생각 끝에 갑자기 용기를 냈는지, 아무도 모르게 집을 빠져나갔다가 1시쯤에 돌아와 한마디 말도 없이 그냥 집 안으로 들어갔다는 것이다. 그는 위층으로 올라갔는데, 두려움이 약간 되살아난 것 같았다. 왜냐하면, 서재에 들어가자마자 아주 비통한 울부짖음이 들려왔고, 그 후에는 울음을 참으며 흐느끼는 것 같았기 때문이다. 그러나 집사가 문제를 알아보기 위해 위층으로 갔을 때, 그는 아주 담담하게 문간에 서서 무서운 표정으로 집사에게 물러가라고 손짓했다. 그리고 덜커덕거리고 쿵쾅거리는 소리가 이어진 것으로 봐서 책장을 정리하는 것 같았다. 잠시 후에 모습을 나타낸 그는 곧바로 집을 나섰다. 월렛은 무슨 메모라도 남겨놓았는지 물었으나, 탐정들은 고개를 저었다. 집사는 찰스의 표정과 태도 때문에 몹시 심란해하면서 그의 신경 발작을 치료할 가능성이 있기는 한지 월렛에게 은근히 물어보기까지 했다.

거의 두 시간 가까이 월렛 박사는 찰스 워드의 서재에서 빈자리마다 먼지가 끼어 있는 책장을 바라보며 기다렸다. 그는 1년 전에 조지프 커웬의 초상화가 내려다보던 북쪽 벽의 벽난로 장식을 바라보며 쓴웃음을 지었다. 잠시 후에 땅거미가 지기 시작했고, 황혼의 활력은 조금씩 밤을 앞둔 음영처럼 모호한 공포로 변해갔다. 이윽고 집에 돌아온 워드 씨는 아들을 지켜주려는 모든 노력에도 불구하고 또다시 아들이 집을 비운 것에 대단히 놀라고 분노했다. 찰스와 월렛 간의 약속을 몰랐던 그는 아들이 돌아오면 알려주겠다고 월렛에게 말했다. 밤 인사를 나누던 워드 씨가 아들에 관한 당혹감을 호소하면서 무슨 일이 있더라도 아들을 정상인으로 돌려놓아 달라고 월렛에게 부탁했다. 사라진 초상화가 악령을 남겨놓은 것처럼 서재에서 오싹하고 꺼림칙한 느낌이 들던 터라, 월렛은 그곳에서 벗어날 수 있어서 다행이라고 생각했다. 그는 애초부터 그 초상화를 좋아하지 않았으나, 강인한 신경의 소유자인 그로서도 이제는 텅 빈 판벽에 이상한 뭔가가 숨어 있는 것 같아서 속히 밖으로 나가 깨끗한 공기를 마시고 싶었다.

III

다음 날 아침 월렛은 찰스의 여전한 부재를 알리는 워드 씨의 전갈을 받았다. 워드 씨에 따르면, 앨런 박사가 전화를 걸어와 찰스는 한동안 포턱셋에 머물 예정이고 방해를 받아서는 안 된다고 했다는 것이다. 앨런 자신이 갑자기 무기한 출장을 떠나게 돼서 찰스가 연구 과제를 지켜봐야 하기에 어쩔 수 없다는 얘기였다. 찰스의 안부를 대신 전하면서 갑자기 계획을 바꿔 죄송하다는 말도 했다는 것이다. 그 전화를 통해 워드 씨는 처음으로 앨런 박사의 목소리를 들었다. 어딘지 알 듯 말 듯 한 막연한 기억을 되살리는 한편 공포감을 주는 목소리였다고 했다.

월렛 박사는 당황스럽고도 모순되는 전갈을 받고, 솔직히 어떻게 해야 할지 난감했다. 찰스가 보낸 편지의 절박한 진심을 부인할 수 없었으나, 스스로 한 말을 순식간에 저버리는 그를 어떻게 받아들여야 할까? 워드는 그 동안의 연구가 불경하고 위험한 것으로 변했고, 자신은 두 번 다시 포턱셋으로 돌아가지 않겠다고 편지를 보냈었다. 그러나 방금 전에 들은 소식에 따르면, 스스로 한 말을 모두 잊고 묘연한 미궁 속으로 돌아간 셈이었다. 젊은이의 변덕을 모른 척하는 것이 무방하겠으나, 윌렛의 깊숙한 본능은 그 다급한 편지를 무시할 수 없게 만들었다. 윌렛은 편지를 다시 읽어보았다. 장황하고 책임감이 부족한 느낌은 들지언정 그 본질까지 공허한 헛소리로 치부하기는 어려웠다. 그가 이미 알고 있는 사실이긴 하나, 편지에 담긴 공포는 몹시 깊고도 현실적이며, 시공을 초월한 괴물의 존재를 생생하게 암시하고 있어서 그저 냉소로 넘길 문제는 아니었다. 정체불명의 공포가 존재하고, 그것에 대처할 방법이 전무하다고 해도, 당장 조치를 취할 수 있도록 준비를 해 둘 필요는 있었다.

일주일 동안, 윌렛 박사는 딜레마에 빠져 고민을 거듭하다가 찰스 워드를 만나기 위해 포턱셋의 방갈로를 직접 방문해야 한다는 생각이 강해졌다. 젊은이의 주변 인물 중에서 금지된 은둔의 장소를 찾아간 사람은 없었다. 그의 아버지조차 간접적인 설명에 의존해 방갈로의 내부를 짐작하는 정도였다. 그러나 윌렛은 환자와 직접 대면해야 한다는 필요성을 느끼고 있었다. 워드 씨는 아들로부터 짤막하고 무성의한 편지를 받았고, 애틀랜틱에 있는 워드 부인에게 보내는 편지도 별반 다를 것이 없었다. 마침내 윌렛 박사는 조지프 커웬에 관한 옛 전설이 던져주는 기괴한 감정에도 불구하고, 찰스 워드가 최근에 보여준 고백과 경고에 더 무게를 두었다. 그래서 강 상류의 절벽 가에 있다는 방갈로를 향해 결연히 출발했다.

윌렛은 단순한 호기심에 이끌려 전에 한 번 커웬의 포턱셋 농장을 방문한 적이 있어서 (물론 안까지 들어가거나 방문한 사실을 알리지는 않았으나) 길을 정확히 알고 있었다. 2월 말의 어느 이른 오후, 그는 자신의 소형차를 몰고 브로드 가를 달리고 있었다. 157년 전, 아무도 이해하지 못할 끔찍한 사명을 띠고 똑같은 길을 따라갔을 음산한 무리들이 그의 뇌리를 스쳐 갔다.

얼마 후에 영락한 도시의 외곽을 빠져나가자, 산뜻한 엣지우드와 나른한 포턱셋이 눈앞에 펼쳐졌다. 월렛은 우회전을 한 뒤, 록우드 가로 접어들어 가능한 시골 길을 따라 달렸다. 그는 차에서 내려 아름다운 강의 굴곡과 그 너머 안개 낀 목초지 일대를 배경으로 솟아있는 북쪽 절벽을 향해 걸어갔다. 인가는 거의 눈에 띄지 않았고, 왼쪽 고지대에 콘크리트 차고와 함께 모습을 드러낸 외딴 방갈로를 알아보기는 어렵지 않았다. 자갈길을 재빨리 걸어 올라간 뒤, 그는 힘차게 문을 두드렸다. 그리고 문을 연 포르투갈 출신의 험상궂은 혼혈인에게 망설임 없이 말했다.

그는 몹시 중대한 일 때문에 찰스 워드를 당장 만나봐야 한다고 말했다. 안 된다는 변명 따위는 필요 없고, 거절한다면 워드의 부친에게 전모를 알릴 수밖에 없다고 했다. 망설이던 혼혈인은 월렛이 문을 열려고 하자 밀쳐냈다. 그러나 의사는 더욱 목소리를 높여 똑같은 요구를 되풀이했다. 그때 어두운 내부에서 허스키한 속삭임이 들려왔다. 월렛은 그 목소리에서 까닭모를 냉기를 느꼈다.

"모시고 와, 토니." 목소리가 말했다. "지금 말하는 편이 좋겠어."

그러나 기분 나쁜 속삭임에 이어 더 섬뜩한 공포가 뒤따랐다. 마루가 삐걱거리는 소리와 함께 말한 이가 모습을 드러낸 것이다. 기이하게 울리는 목소리의 주인공은 다름 아닌 찰스 덱스터 워드였다.

월렛 박사가 기억하고 기록한 그날 오후의 대화 내용은 그가 이 시점에 부여하는 중요성을 뒷받침하는 자료다. 결국에는 찰스 덱스터 워드의 정신에 중대한 변화가 생겼음을 윌렛도 인정했고, 방갈로에서의 대화는 지난 26년 동안 그가 지켜본 인물의 두뇌와 무기력한 이방인의 두뇌를 오가는 젊은이의 목소리라고 생각했기 때문이다. 라이먼 박사와의 논쟁에서 구체적인 증거를 요구받자, 윌렛은 찰스 워드의 발병 시기에 대해 양친에게 타자기로 친 편지를 보내기 시작한 무렵이라고 보았다. 그 편지들은 워드의 평소 스타일과 달랐다. 윌렛에게 마지막으로 다급하게 보낸 편지 역시 마찬가지다. 그 편지들은 젊은이의 마음이 무의식중에 고대 유물에 관심을 가졌던 소년기로 돌아가 독특한 취향과 인상을 한꺼번에 토로하듯, 생경하면서도 예스러웠다. 현대풍으로 보이려는 노력이 역력했으나, 그 정신과 언어는 분명 과거의 것이었다.

과거의 기운은 음침한 방갈로에서 의사를 맞는 워드의 말투와 몸짓에서도 분명했다. 그는 눈인사와 함께 윌렛에게 앉으라는 시늉을 한 뒤, 기이한 (윌렛이 초기에 그 정체를 밝히려고 애썼던) 속삭임으로 느닷없이 말을 시작했다.

"폐결핵에 걸렸습니다." 그는 그렇게 말했다. "저주받은 강변의 공기 때문이지요. 내 말투를 이해해 주시기를. 아마 내게 무슨 문제가 있는지 알아봐 달라는 아버님의 부탁 때문에 선생님이 직접 오셨으리라 생각합니다. 아버님에게 심려를 끼칠 말은 삼가시길 바랍니다."

윌렛은 긁어대는 듯한 말투에 주의를 기울이면서 동시에 말하는 이의 얼굴을 더욱 유심히 관찰하고 있었다. 어딘지 이상한 느낌이 들었다. 그는 어느 날 밤엔가 요크셔 출신의 집사가 겁에 질려 했다는 말을 떠올렸다. 방 안이 너무 어두워서 꺼림칙했으나, 블라인드를 걷어달라고 요구하지는 않았다. 그 대신 일주일 전에 다급하게 보낸 편지에서 한 말을 왜 어겼는지 워드에게 물었다.

"어쩌다 보니 그리됐습니다." 워드가 대답했다. "선생님도 아시다시피, 저는 지금 극도로 신경 상태가 좋지 않아서 까닭 모를 기이한 언행을 일삼고 있습니다. 전에도 종종 말했듯이, 저는 중대한 귀로에 서 있습니다. 사안의 중요성 때문에 현기증이 날 지경입니다. 누구든 제가 발견한 결과에 두려움을 느끼겠지만, 더는 미룰 수도 없는 노릇이지요. 집에 경호원을 두고 계획에 차질을 빚다니 저는 참 우둔한 인간입니다. 제가 머물 집은 바로 이곳이니까요. 엿보기 좋아하는 이웃들에 대해서는 말하고 싶지 않은데, 아마도 몸이 허해지니 귀가 얇아지는 모양이지요. 제가 제대로만 임한다면, 지금의 일에 해로울 것은 조금도 없습니다. 넉넉잡고 반년만 기다려 주십시오. 선생님이 기다려주신 인내에 충분한 보답이 있을 겁니다.

제가 책보다 더 확실한 방법을 통해서 과거의 지식을 구해 왔다는 건 선생님도 잘 아실 겁니다. 제가 새로운 방식을 통해서 습득한 역사, 철학, 예술의 중요성에 대해서는 선생님 스스로 판단해도 좋습니다. 엿보기 좋아하는 불한당 두 놈 때문에 시해를 당하셨을 때, 저의 선조는 이미 모든 걸 알고 계셨습니다. 저도 그분과 똑같은 상황에 있으나, 아직은 저의 지식이 불완전한 것인지 모릅니다. 이번만은 아무 일도 없어야 합니다. 저 자신의 우둔한 공포 때문에 일을 그르친다면 더더욱 아니 될 일이지요. 제가 보낸 편지에 대해서는 괘념치 마십시오. 이곳이나 여기 있는 이들에 대해서도 두려워 마십시오. 앨런 박사는 훌륭한 사람입니다. 그 사람에 대해서 험담을 했으니 제가 사과할 일입니다. 그 사람도 우리와 함께 시간을 보냈으면 좋겠지만, 할 일이 있어 타지에 가 있습니다. 모든 문제에 있어서 그 사람의 열의 또한 대단하지요. 제가 이번 일에 두려움을 느낄 때마다 가장 큰 조력자인 그 사람 역시 두려위했던 모양입니다."

　워드가 말을 멈추자, 의사는 어떻게 받아들이고 말을 해야 할지 갈피를 잡지 못했다. 편지의 내용을 침착하게 부인하는 워드를 면전에 두고, 그는 자신이 바보가 된 기분이 들었다. 그러나 지금 워드의 말이 기이하고 낯설며 명백한 광기라면, 비극적인 편지는 그가 알고 있는 찰스 워드의 본질에 가깝고 자연스러웠다. 윌렛은 이제 친근한 분위기를 되살리기 위해 어린 시절을 떠올리게 할 만한 지난 사건들을 말하기 시작했다. 그러나 찰스의 반응은 기이하기 짝이 없었다. 나중에 그를 상담한 정신과 의사들이 경험하게 될 상황과 똑같았다. 찰스 워드에게 축적된 정신적 이미지 중에서 주로 현대와 개인적 삶이 차지하는 중요한 부분은 사라지고 없었다. 반면, 옛것에 몰두했던 소년기의 모습이 깊은 무의식 속에서 솟구쳐 현대적이고 개인적인 기억을 흡수해 버렸다. 젊은이가 옛것에 대해 알고 있는 지식은 비정상적이고 불경한 것이었는데, 그는 애써 그 사실을 숨기려고 노력했다. 소년 시절에 그가 가장 좋아했던 고대 연구의 주제를 윌렛이 언급할 때마다, 그는 종종 감쪽같이 시치미를 떼면서 보통 사람으로서는 도저히 상상할 수 없는 식견을 내비치곤 했다. 윌렛은 워드의 이야기 중에 교묘한 암시가 스칠 때마다 몸서리를 쳤다.

　이를테면, 1762년 2월 11일 목요일에 킹 가의 더글러스 히스트리오닉 아카데미 극장에서 상연한 연극 도중에 뚱뚱한 주(州)장관 역을 맡은 배우가 몸을 수그리다 가발을 떨어뜨렸다는 것을 알고 있다면, 흔한 일이 아니었다. 또한 배우들이 「스틸의 정부(情婦)」 대본을 함부로 찢어버려서 침례교도의 압력을 받은 당국이 보름 뒤에 그 극단을 폐쇄했으니 얼마나 기쁘냐는 식의 이야기도 그렇다. 토마스 새빈의 보스턴 마차가 '더럽게 불편하다'는 이야기는 옛날 편지에는 나올법한 이야기이다. 그러나 에피네투스 올니의 새 간판이 삐꺼덕거리는 소리(올니는 여인숙 이름을 '크라운 커피하우스'로 바꾼 뒤 촌스러운 왕관 모양의 간판을 달았다.)가 포턱셋의 라디오 방송에서 들려온 재즈 신곡의 첫 소절과 완전히 똑같았다고 말하는 사람을 어떻게 받아들여야 할까?

그러나 워드는 한참 동안 의사의 궁금증을 받아주지 않았다. 현대적이고 개인적인 화제에 대해서는 대충 얼버무리고, 지나간 일들에 대해서는 몹시 지루하다는 반응을 보였다. 그의 속셈은 방문객을 안심시켜서 다시는 그 곳을 찾지 않도록 하는 것이었다. 그 목적을 이루기 위해서 그는 윌렛에게 집 안을 구경시켜 주겠다며 지하실에서 다락방까지 속속들이 안내하기 시작했다. 윌렛은 유심히 살펴보았으나, 워드의 서재에 횅하게 비어 있던 책장에서 옮겨왔다고 하기엔 그곳엔 책이 거의 없었고, 실험실이라고 안내된 곳은 어둡고 보잘것없는 공간에 불과했다. 다른 곳에 서재와 실험실을 따로 마련해 두었음이 틀림없었으나, 정확히 어디인지는 알 수 없었다. 딱히 설명할 수 없는 낭패감을 느낀 윌렛은 저녁이 되기 전에 시내로 돌아가서 워드 씨에게 방갈로에 다녀온 이야기를 빠짐없이 알려주었다. 그들은 워드가 제정신이 아니라는 데 의견을 모았으나, 당장은 과감한 조치를 취하지 않기로 했다. 무엇보다 워드 부인에게 타자기로 친 아들의 편지를 계속 전하되 이상한 낌새를 채지 않도록 주의할 필요가 있었다.

워드 씨는 불시에 아들을 직접 방문하기로 마음먹었다. 어느 날 저녁, 윌렛 박사는 자신의 차에 워드 씨를 태우고 방갈로가 보이는 곳까지 안내한 뒤 참을성 있게 그가 돌아오기를 기다렸다. 한참 만에 워드 씨가 슬프고 당황한 기색으로 나타났다. 윌렛과 비슷한 대접을 받은 모양인데, 다른 점이 있다면 홀로 안내되어 포르투갈 인을 재촉하고도 한참 뒤에야 찰스가 나타났다는 것이다. 게다가 변해 버린 아들의 태도에는 아버지를 향한 일말의 애정도 보이지 않았다. 집 안은 어둠침침했으나, 젊은이는 그마저 너무 눈이 부시다고 불평했다. 그는 목을 다쳤다며 소리를 죽여 말했다. 그러나 귀에 거슬리는 아들의 속삭임에서 워드 씨는 도저히 뇌리에서 지울 수 없을 만큼 막연하고 불안한 기운을 느껴야 했다.

이제 찰스의 정신을 구하기 위해 모든 노력을 기울이기로 의기를 투합한 워드 씨와 윌렛 박사는 병증과 관련된 자료를 샅샅이 수집하기 시작했다. 우선은 포턱셋에 떠도는 소문을 조사했다. 마침 그 지역에 두 사람이 아는 친구들이 있어서 자료 수집이 어렵지 않았다. 찰스를 둘러싼 소문이니만큼 사람들은 그 아버지보다는 윌렛에게 솔직히 전하기가 쉬웠다. 그래서 그가 대부분의 자료를 수집했고, 그 결과 찰스의 삶이 너무도 기이하게 바뀌었음을 알 수 있었다. 대부분의 사람들은 지난 여름에 벌어진 흡혈귀 사건과 찰스의 방갈로를 여전히 관련지어 생각했고, 한밤에 오가는 트럭들이 그런 흉흉한 소문을 거들고 있었다. 지역 상인들도 험악하게 생긴 혼혈인이 사가는 물건 때문에 말이 많았다. 특히 방갈로와 가까운 푸줏간 두 군데에서 주문하는 고기와 신선한 피의 양이 지나치게 많아서 의심을 사고 있었다. 세 명이 먹기에는 터무니없이 많은 양이었기 때문이다.

뿐만 아니라, 땅 밑에서 소리가 들려온다는 소문도 있었다. 두서없는 소문들이었지만, 한결같이 막연한 암시를 통해서 가리키는 공통점이 있기는 했다. 제식을 치르는 소리가 분명하고, 방갈로가 어둠에 잠겨 있을 때 종종 그런 소리가 들려온다고 했다. 어딘가 지하에서 나는 소리 같았지만, 소문들은 그보다 더 깊고 광범위한 지하 토굴이라고 단정하고 있었다. 월렛과 워드 씨는 조지프 커웬의 지하 토굴에 관한 오래 전 이야기를 떠올리고, 현재의 방갈로가 초상화 뒤에서 발견된 어느 문서에서 커웬의 옛 농장이 있었다는 지점과 관련이 있을 것으로 추정하면서 특히 그런 소문들에 주목했다. 그들은 고문서에서 언급된 강독의 출입구를 수없이 찾아보았지만, 소득이 없었다. 방갈로 거주자들에 대한 주변 이웃들의 평가를 보면, 불한당 같은 포르투갈 인에 대해서는 질겁하며 피했고, 수염을 기르고 안경을 쓴 앨런 박사는 두려움의 대상인 반면 창백한 안색의 젊은 학자는 극도의 혐오를 받았다. 지난 일이 주 동안 워드에게 큰 변화가 생겼는데, 그동안 사람들에게 상냥하게 대하려던 노력을 포기하고 필요한 경우에만 귀에 거슬리고 혐오스러운 속삭임을 내뱉기 시작했다.

이처럼 여기저기서 수집한 단편적인 내용을 놓고 워드 씨와 월렛 박사는 오랫동안 심각하게 의논했다. 그들은 연역적 사고와 귀납적 사고, 극단적인 상상력까지 총동원하면서 찰스의 최근 생활과 관련을 지으려고 노력했다. 월렛 박사는 찰스의 절박한 편지를 워드 씨에게 보여주었고, 빈약하지만 입수할 수 있는 조지프 커웬의 문서 자료를 함께 검토했다. 찰스가 옛 마법사와 그의 행동에서 무엇을 알아냈는지가 광기의 열쇠인 만큼, 그들은 찰스가 발견한 문서들을 검토하는데 많은 시간을 할애했다.

IV

그러나 그 독특한 병증이 어떻게 진행될지는 워드 씨나 윌렛 박사 모두 속수무책이었다. 형체도 실체도 없어서 싸우기엔 벅찬 그림자에 지치고 혼란스러웠던 아버지와 의사가 잠시 불편한 휴식을 취하는 동안, 부모님에게 전해지던 타이핑한 워드의 편지들은 점점 뜸해졌다. 다음 달 초, 일상적인 금융 정산 문제를 취급하는 과정에서 일부 은행의 직원들이 고개를 갸웃거리며 다른 은행에 전화를 걸기 시작했다. 찰스 워드를 만난 적 있는 직원들이 방갈로에 찾아와 최근에 수표의 서명이 달라진 이유를 묻자, 쉰 목소리의 젊은이는 신경 발작 때문에 손에 문제가 생겨 정상적으로 글을 쓰지 못한다고 미심쩍은 설명을 내놓았다. 그는 글을 쓸 수 없어서 부모님에게 보내는 편지조차 타자기를 이용하고 있으니 확인해 보면 알 것이라고 덧붙였다.

그와 비슷한 선례가 있고 본질적인 문제도 아닌데다, 은행 직원들 중에서 한두 명도 알고 있는 포턱셋의 소문까지 그 일과는 무관하다고 생각했기에 그들이 혼란에 빠진 이유는 단지 달라진 서명 때문만은 아니었다. 그들을 당혹스럽게 만든 것은 젊은이의 두서없는 대화였다. 그의 말을 듣고 보니 겨우 한두 달 전에 자신이 직접 처리한 재정 문제에 대해 전혀 기억하지 못하는 것 같았기 때문이다. 뭔가 문제가 생긴 게 분명했다. 겉으로 보기엔 일관적이고 이성적으로 말하고 있음에도 불구하고, 중대한 문제에 대해 일부러 모른 척할 이유가 없었다. 게다가 그들 중에서 워드를 잘 아는 사람은 없었지만, 그의 말과 태도에 변화가 생겼다는 점은 그냥 지나치기 어려웠다. 그들은 워드가 골동품 수집가라는 이야기를 들었지만, 아무리 정신 나간 골동품 수집가라도 까마득한 옛 말투와 제스처를 일상적으로 사용하진 않을 것이었다. 쉰 목소리와 마비된 손, 손상된 기억력, 달라진 말투와 태도 따위는 워드에게 심상찮은 문제나 질병이 생겼음을 알려주는 증거이자 인근에 파다하게 퍼져 있는 소문의 근간이 분명했다. 그래서 은행 직원들은 방갈로를 떠나면서 워드 씨와 상의를 해보는 수밖에 없다는 결정을 내렸다.

그리하여 1928년 3월 6일, 워드 씨의 사무실에서 장시간의 심각한 회의가 열렸고, 그 직후 완전히 얼이 빠져버린 아버지는 자포자기 심정으로 윌렛 박사를 불렀다. 윌렛은 부자연스럽고 서툰 수표의 서명을 확인하고, 최근에 받았던 다급한 편지의 필체를 비교해 보았다. 분명히, 필체는 갑작스럽고 확연히 변해 있었지만, 수표의 서명도 어딘지 기분 나쁠 정도로 눈에 익은 느낌이 들었다. 매우 독특하게 흘려 쓴 고서체로서, 찰스 워드가 늘 사용하던 필법과도 전혀 달랐다. 이상하긴 한데 어디선가 본 듯한 느낌, 어디서 봤을까? 전반적으로 찰스가 미쳤다는 것은 분명했다. 의심할 여지가 없었다. 그가 직접 재산을 관리하거나 지속적으로 바깥일을 처리하기는 어려워서 그를 관찰하고 치료할 만한 조치가 시급했다. 프로비던스의 펙 박사와 웨이트 박사, 보스턴의 라이먼 박사 등의 정신과 의사들이 초청된 것도 이때였다. 워드 씨와 윌렛 박사가 그들에게 병증의 진행 과정을 힘겹게 설명한 뒤, 마침내 그들은 버려진 서재에서 젊은 환자의 습관적인 정신 취향을 좀 더 알아보기 위해 남겨진 책과 서류들을 검토하기 시작했다. 서재의 책과 윌렛에게 전달된 불길한 편지를 살펴본 그들은 찰스 워드의 연구 내용이 정상적인 지식인을 미치게 만들거나 적어도 일탈에 빠뜨릴 수 있다는 데 의견을 모으고, 좀 더 중요한 책과 서류들을 봐야겠다며 열의를 보였다. 그러나 그것은 방갈로에서 큰 소동을 벌인 후에야 가능한 일이었다. 윌렛은 대단한 열정으로 모든 자료를 다시 검토하기 시작했다. 찰스가 커웬의 문서들을 발견했을 때 지켜봤다는 인부들의 증언을 확보하고, 직접 신문사를 찾아가 사라진 기사를 확인한 것도 그 무렵이었다.

3월 8일 목요일은 워드 씨와 함께 윌렛, 펙, 라이먼, 웨이트 박사가 찰스의 방갈로를 찾은 중요한 날이었다. 그들은 찾아온 목적을 숨기지 않고, 이제 환자로 인정된 찰스에게 매우 세세한 질문을 던졌다. 찰스는 한참 만에 기이하고 지독한 실험실의 악취를 풍기며 불안한 모습으로 나타났지만, 방문객들에게 고집을 부리거나 반발하지는 않았다. 오히려 그는 난해한 연구에 몰두하느라 기억력과 정신 건강에 문제가 생겼다고 스스럼없이 인정했다. 거처를 다른 곳으로 옮겨야 한다는 주장에도 반대하지 않았다. 그는 흐릿한 기억력과는 달리 상당한 지력을 보여주었다. 실제로 그가 집요하게 고어체를 현대 언어로 바꾸려고 시도함으로써 비정상적인 구시대의 사고 체계를 은연 중에 드러내지 않았더라면, 방문객들은 당혹감 속에서 그 곳을 나올 수밖에 없었을 정도로 그의 행동은 나무랄 데가 없었다. 연구 내용에 대해서는 일전에 가족과 윌렛 박사에게 알려준 것 이상은 말하지 않았다. 한 달 전에 윌렛에게 보낸 다급한 편지에 대해서도 그저 신경 쇠약과 히스테리에 불과했다는 말로 얼버무렸다.

그는 방갈로에 따로 은밀하게 숨겨둔 서재나 실험실은 없다고 주장했다. 그의 옷에 짙게 배어 있는 악취가 집 안에서는 나지 않는다는 지적에 대해서도 난해한 설명으로 무마했다. 이웃의 소문에 대해서는 호기심이 채워지지 않자 아무렇게나 지어낸 말들에 불과하다고 했다. 앨런 박사가 어디에 있는지 묻자, 그는 함부로 밝힐 수 있는 문제는 아니라고 하면서도, 수염을 기르고 안경을 쓴 그 사람은 일을 마치면 언제든지 돌아올 것이라고 방문객들을 안심시켰다. 방문객들의 질문에는 한사코 답변을 거부하는 무신경한 혼혈인과 여전히 방갈로 주변에서 느껴지는 음산한 비밀에 대해서도 워드는 뭔가 희미한 소리에 귀 기울이는 것처럼 잠시 말을 멈추는 것 외에는 동요하는 기색이 없었다. 그는 초연하고 담담한 태도를 보였는데, 거처를 옮기는 문제도 일시적일 뿐 그리 큰 문제는 아니고 오히려 한 번은 겪어야 할 일이니 빨리 치르고 나면 낫겠다 싶은 마음인 것 같았다. 냉철한 이성을 보여줌으로써 혼란스러운 기억, 잃어버린 목소리와 필체, 은밀하고 괴팍한 행동들이 불러온 의혹을 무마할 수 있을 거라고 믿는 눈치였다.

그의 어머니에게는 아들의 변화를 알리지 않고, 아버지가 아들 이름으로 타이핑한 편지를 보내기로 의견이 모아졌다. 찰스는 코네티컷 아일랜드에 위치한 웨이트 박사의 경치 좋은 개인 병원으로 무사히 옮긴 후, 관련 분야의 전문의들로부터 면밀한 진찰과 상담을 받았다. 육체적 이상이 발견된 것은 이 과정에서였다. 신진대사 능력이 떨어지고, 피부에 변화가 생겼으며, 신경 반응도 정상이 아니라는 결과가 나왔다. 지금까지 워드의 주치의였던 윌렛 박사는 육체적 이상이 심각하다는 결과에 누구보다 당황할 수밖에 없었다. 심지어 선천적으로 오른쪽 엉덩이에 남아 있던 커다란 올리브색 모반(母斑)이 사라지는 대신, 커다란 사마귀처럼 거무스름한 반점이 가슴에 새로 생겼는데, 이 때문에 윌렛은 황량하고 외딴 곳에서 몸에 마녀의 표식을 남기는 것으로 알려진 비밀 집회에 워드가 참석했을지 모른다고 생각했다. 의사는 언젠가 워드가 보여준 세일럼의 마녀 재판 기록을 마음에서 떨칠 수 없었다. 그 기록에는 "G. B(조지 버로) 씨가 그날 밤에 브리짓 S, 조녀선 A, 사이먼 O, 딜리버런스 W, 조지프 C, 수잔 P, 메히터블 C, 데보라 B에게 악마의 표식을 그려 주었다."라고 적혀 있었다. 워드의 얼굴에서 느껴지는 까닭 모를 두려움에 대해서도 마침내 그 이유를 알게 되었다. 젊은이의 오른쪽 눈 위에 전에 없던 작은 흉터 같은 것이 보였기 때문인데, 조지프 커웬의 부서진 초상화의 그것과 똑같았다. 이것은 두 사람이 일정한 시차를 두고 참석했을 제의적인 표식의 증거일지 몰랐다.

워드의 존재가 병원의 모든 의사들을 당혹감에 빠뜨리는 동안, 워드뿐 아니라 워드 씨의 집으로 전달하도록 조치해 둔 앨런 박사의 편지에 대해 철저한 감시가 이루어지고 있었다. 중요한 문제에 대해서는 인편을 통해 의견을 주고받을 것이기 때문에 편지에서 찾아낼 만한 단서는 거의 없을 거라는 게 윌렛 박사의 예상이었다. 그러나 3월 말 프라하에서 앨런 박사에게 보낸 편지가 도착하자, 의사와 워드 씨는 깊은 시름에 잠겼다. 흘려 쓴 고서체의 편지였다. 외국인이 쓴 것은 분명 아니었지만, 찰스 자신의 말투처럼 현대 영어와는 동떨어진 문체였다. 내용은 이랬다.

프라하 알트슈타트
클라인스트라쎄 11번지
1928년 2월 11일

앨모신-메트라톤의 형제에게

내가 귀하에게 보낸 염분에서 어떤 결과가 나왔는지 오늘 연락을 받았소. 그건 잘못된 결과이며, 바네버스가 표본을 내게 가져왔을 때 묘비가 바뀐 것이 분명하오. 그런 일이 종종 벌어지기도 하니까 말이오.

1769년 킹스 채펄 묘지에서 꺼낸 것과 1690년 올드 공동묘지에서 꺼낸 것을 잘 구별해야 하오. 나도 이집트에서 75년 전에 흡사한 일을 경험했는데, 그 때문에 1924년에 만신창이가 된 소년이 나를 찾아왔다오. 오래전에 내가 말했듯이, 귀하가 제압할 수 없는 상대를 불러내서는 아니 되오. 죽은 자의 염분에서 불러내든, 외계에서 불러내든 꼭 유념하시오. 항상 주문을 준비해 두었다가 귀하가 불러낸 대상이 누구인지 의심스러울 때 사용해야 할 것이오. 지금은 묘비의 열에 아홉은 바뀌어 있을 터, 직접 확인하지 않으면 낭패를 보기 십상이오. 군인들과 문제가 생겼다는 H에게서 오늘 연락이 왔소. 그는 트란실바니아가 헝가리에서 루마니아로 넘어간 것이 애석한 모양인데, 그 성이 우리의 예상만큼 완벽하지 않을 경우에 거처를 옮기겠다고 합디다. 그러나 이 문제에 대해서는 필시 귀하에게도 직접 편지를 보낼 것이오. 다음번에는 동양의 산중 묘지에서 얻은 것을 보낼까 하오. 아마 귀하도 무척 기뻐할 게요. 혹시 귀하가 나를 대신해서 확보할 수 있다면 B. F.를 속히 받았으면 좋겠소. 필라델피아의 G에 대해서는 나보다 귀하가 더 잘 알고 있을 게요.[147] 귀하의 의향에 따라 그를 먼저 보내도 좋으나, 그를 너무 혹사시키면 곤란하오. 나도 그와 말을 해봐야 하니까 말이오.

요그-소토스 . 네블로드 진
사이먼 O.

프로비던스
J. C. 씨 귀하

워드 씨와 윌렛 박사는 편지에서 암시되는 광기를 접하고 완전히 할 말을 잃었다. 그들은 편지가 암시하는 것들의 일부만 받아들일 수 있었다. 찰스 워드가 아니라 부재중인 앨런 박사가 포턱셋의 핵심적인 인물이란 말인가? 이것은 젊은이가 최근에 보낸 다급한 편지에서 거칠게 고발하려던 인물이 앨런이라는 것으로 설명이 가능했다. 그렇다면 수염을 기르고 안경을 쓴 인물에게 'J. C.'라는 이름으로 편지가 온 이유는 무엇일까? 설명할 길은 없지만, 기괴한 일이 벌어지고 있는 것만은 분명했다. 사이먼 O, 혹시 4년 전 워드가 프라하에서 방문했다는 노인은 아닐까? 수 세기 전에도 또 다른 사이먼 O, 즉 제데디어라는 가명을 사용하다 1771년 종적을 감춘 세일럼의 사이먼 오르니가 존재했었다. 윌렛 박사는 찰스가 언젠가 보여주었던 오르니의 주문 사본과 함께 그 독특한 필체를 기억해 냈다. 150년 만에 첨탑과 돔으로 이루어진 프로비던스를 찾아든 공포와 비밀은 무엇이고, 자연법칙의 모순과 어긋남은 또 무엇인가?

아버지와 늙은 의사는 망연자실한 가운데, 가능한 조심스럽게 앨런 박사에 대해 그리고 프라하를 방문했을 때와 세일럼의 사이먼 혹은 제데디어 오르니에게 알아낸 것이 무엇인지 병상의 찰스에게 물어보았다. 그들의 질문에 젊은이는 거슬리는 속삭임으로 공손하되 막연하게 답했다. 앨런 박사는 과거의 영혼과 놀라운 영적인 교감을 나누는 인물이고, 그와 서신을 주고받는 프라하의 인물 역시 비슷한 능력의 소유자라고 했다. 병실을 나서면서, 워드 씨와 윌렛 박사는 유도신문에 넘어간 쪽은 정작 자신들이었다고 안타까워했다. 중요한 문제에 대해서는 언급을 회피하면서도 감금된 젊은이는 그들로부터 노련하게 프라하에서 온 편지의 내용을 전부 전해 들었던 것이다.

펙, 웨이트, 라이먼 박사는 워드의 동료 앞으로 왔다는 기이한 편지에 대해 그다지 큰 의미를 두지 않았다. 정신질환자와 편집증 환자들은 서로 긴밀한 유대감을 느끼는 경향이 있는데, 찰스나 앨런도 비슷한 처지의 동료를 발견한 것이고, 아마 그 상대방은 어디선가 본 오르니의 필체를 모방해 과거의 인물이 환생한 것처럼 꾸몄을 거라는 게 그들의 생각이었다. 앨런도 역시 비슷한 병을 앓고 있는 인물로서 찰스가 스스로 오래전에 숨진 커웬의 분신으로 믿도록 설득했을 거라는 설명이었다. 이런 사례가 전에도 있었기 때문에 완고한 의사들은 찰스 워드의 필체에 대해 점점 심해지는 윌렛의 불안감을 무시한 채, 그저 다양하고 우연히 확보한 증례 중 하나로 치부했다. 윌렛은 마침내 필체가 익숙한 이유를 알아내고, 그것이 조지프 커웬의 필체와 어렴풋이나마 비슷하다고 생각했다. 그러나 다른 의사들은 그 점에 대해서도 광증에서 흔히 일어날 수 있는 모방에 불과하다고 주목하지 않았다. 동료들의 고지식한 태도 때문에 윌렛은 4월에 레이커스에서 앨런 박사 앞으로 온 두 번째 편지를 워드 씨에게 비밀리에 보관하라고 충고했다. 그 편지의 필체는 허친슨의 것과 아주 똑같아서 두 사람은 놀라움으로 잠시 머뭇거리다가 봉투를 뜯었다. 편지의 내용은 다음과 같다.

페렌치 성에서
1928년 3월 7일

C 귀하
스무 명의 군인들이 몰려와 인근에 퍼진 소문의 진상을 알아내겠다고 하는구려. 땅을 더 깊이 파서 소리를 줄여야겠소. 루마니아 인들이 정말

성가시게 구는데, 술과 음식만 주면 헝가리 사람도 살 수 있는 이곳에서 유독 건방을 떨고 까다롭게 구니 말이오.

지난달에 M이 아크로폴리스에서 스핑크스 상이 있는 석관 다섯 개를 보내주며, 내가 찾는 대상일 거라고 말했소. 그래서 그 안에 든 자를 세 번 불러서 얘기를 나눠 보았다오. 석관은 곧 프라하에 있는 S.O.에게 보내졌다가, 귀하에게 도착할 거요. 상대가 아주 완고한 편이나, 귀하라면 다루는 방법을 알고 있을 거라 믿소.

전처럼 많이 불러내지 않도록 하시오. 경비병을 세울 필요도 없고 머리를 뜯어 먹히게 하는 불상사도 막을 수 있을 것이오. 물론 문제가 생겼을 때 대처하기 쉽다는 점은 귀하도 잘 알고 있을 것이오. 귀하는 살인을 하지 않아도 되는 곳으로 이동해 일을 할 수 있을 거요. 물론 그 일 때문에 귀하에게 너무 일찍 곤란한 일이 생기지 않기를 바라오.

귀하가 위험천만한 외계에 자주 나가지 않는다니 무척 기쁘오. 우호적이지 않은 대상에게 보호를 요청했을 때 벌어지는 일을 특히 유념하길 바라오.

귀하가 나보다 앞서 주문을 알아냈고, 또 어떤 이는 이미 그 주문으로 성공을 거두었다는 말도 있지만, 보렐러스는 정확한 주문을 사용해야 성공에 이를 수 있다고 했소. 그 아이가 주문을 자주 사용합디까? 여기서 15개월 가까이 그 아이를 데리고 있어서 그럴 줄은 알았지만, 점점 까탈을 부리는 것 같아 걱정이구려. 하나, 귀하가 그 아이를 잘 다룰 거라고 믿소. 주문은 염분에서 불러낼 때만 작용하는 것이니, 주문으로 아이를 제압할 생각은 마시구려. 그보다는 귀하의 강한 손아귀 힘이나 칼, 권총 같은 것을 사용해 보시오. 그 다음으로 매장하는 것도 어렵지 않고, 산으로 태우는 것도 그리 혐오스럽지는 않으리다.

O의 얘기를 들으니, 그에게 B.F.를 주겠다고 약속했다지요. 그 다음은 내 차례였으면 좋겠소. B가 곧 귀하를 찾아가 귀하가 원하는 멤피스 밑의 어둠의 물질을 줄 것이오. 상대를 불러낼 때 신중하고, 그 아이를 각별히 주의하시오.

1년쯤 지나면 지하에서 대군을 끌어모을 수 있으니, 그때는 드디어 우리 세상이 되오. 귀하가 이 문제에 동참하기 전부터 나와 O는 이미 150년의 세월을 연구해 왔으니, 내 말을 믿으시오.

네프렌-카 나이 하도스

에드 H.

프로비던스

J. 커웬 씨 귀하

월렛과 워드 씨는 다른 의사들에게 이 편지를 숨기기로 했지만, 그렇다고 수수방관만 하고 있을 수는 없었다. 기이하게 수염을 기르고 안경을 쓴 앨런 박사는 찰스의 다급한 편지에서 흉포하고 위협적인 존재로 지목된 인물이고, 그가 긴밀히 편지를 주고받은 불길한 두 명의 상대는 워드가 여행 때 방문한 인물들이자 커웬의 옛 세일럼 동료들로서 지금까지 생존했거나 환생했다고 주장하는 자들임은 어떤 궤변으로도 반박할 수 없는 사실이었다. 그리고 앨런 박사는 자신을 조지프 커웬의 분신으로 자처하며 '아이'를 살해할 계획인데 (적어도 그렇게 하라고 조언을 받고 있는데) 그 소년은 찰스 워드가 거의 확실했다. 조직적으로 무시무시한 일이 진행 중인 상황이었다. 누가 시작했는지는 알 수 없지만, 현재로서는 사라진 앨런이 그 근원이었다. 이 같은 상황 판단 하에서, 찰스가 안전하게 병원에 있다는 사실을 천만다행이라고 여긴 워드 씨는 지체 없이 탐정을 고용해 수수께끼 같은 앨런 박사를 찾아내는 데 총력을 기울였다. 즉, 그가 포턱셋에 도착한 시점을 비롯해 그 지역에 알려진 그의 행적, 그리고 가급적 그가 현재 어디에 있는지 모든 정보를 수집하기 시작했다. 그는 찰스에게서 넘겨받은 방갈로 열쇠를 탐정들에게 주면서, 찰스가 짐을 꾸리면서 알려준 앨런의 빈방을 수색하고 그가 어디로 떠났는지 가능한 단서를 뭐든 입수하라고 지시했다. 워드 씨는 아들의 옛 서재에서 탐정들과 대화를 나누었는데, 그들은 서재를 나오면서 큰 안도감을 느꼈다. 탐정들이 서재에 막연하지만 사악한 기운이 가득한 느낌을 받았기 때문이다. 어쩌면 그들도 악명 높은 마법사의 초상화가 한때 벽난로 장식 위에서 방 안을 응시하고 있었다는 소문을 들었든가, 아니면 전혀 상관없는 요인이 작용했는지도 모를 일이었다. 그러나 이유야 어찌 됐든, 그들은 모두 초상화가 걸려있던 빈자리에서 묘한 독기를 느꼈고, 이따금 어떤 강렬한 물질이 방사되는 것을 감지하기도 했다.

제 5 장
악몽과 격변

Ǐ

이 끔찍한 경험은 매리너스 빅넬 윌렛의 영혼에 씻을 수 없는 공포의 흔적을 남겨 놓았고, 이미 젊음을 훨씬 넘긴 나이에 또 십 년의 세월이 순식간에 보태진 것 같았다. 윌렛 박사는 결국 워드 씨와 의논을 했고, 몇 가지 점에 대해서는 정신과 의사들이 웃어넘길 것이라고 결론지었다. 그들은 세일럼의 마녀 재판보다 더 오래된 마법과 관련된 모종의 오싹한 움직임이 진행 중이라는데 의견을 모았다. 적어도 두 사람(그 정체를 상상하기도 힘든)이 1690년 초반이나 그 이전에 살았던 사람의 정신 혹은 정체성을 소유한 채 살고 있음은 어떤 자연법칙으로도 반박할 수 없었다. 이 끔찍한 존재들(찰스 워드를 포함해서)이 무슨 짓을 벌이고 계획하고 있는지에 대해서는 그들의 편지와 그 사건에 관련된 여러 자료들을 보면 분명해졌다. 그들은 시대를 초월해 세계에서 가장 지혜롭고 위대한 사람들의 무덤을 도굴함으로써 이미 한 번은 증명된 비밀 지식을 통해서 과거의 유골을 소생시키려는 것이었다.

이 끔찍한 도굴범 사이에서 학생들이 서로 책을 바꿔보듯 저명한 인물의 유해를 교환하는 일이 벌어지고 있었다. 그리고 수백 년이 지난 유해의 먼지에서 그들이 끄집어내려는 것은 지금까지 우주에서 어느 개인이나 집단에게도 허락된 적이 없는 권능과 지혜였다. 같은 육체를 이용하든 그렇지 않든 간에 그들의 정신을 계속 살아남게 하는 불경한 방법을 발견했고, 그들이 함께 끌어모은 망자의 의식을 가로채는 방법 또한 성공을 거두었다. 가장 오래된 유해라도 '본질적인 염분'만 남아 있다면 기나긴 죽음의 그림자에서 살아 있는 물질을 끌어낼 수 있다고 한 보렐러스의 말은 어느 정도 진실인 것 같았다. 주문은 죽음의 그림자를 깨우는 것과 반대로 잠들게 하는 두 종류가 있었다. 현재 주문은 완벽한 상태여서 성공적으로 전수될 수 있을 것이다. 오래된 무덤의 묘비가 늘 정확한 것이 아니므로 상대를 불러낼 때 각별히 주의해야 한다는 말도 그럴듯해 보였다.

윌렛과 워드 씨는 새로운 결론에 도달할 때마다 몸서리를 쳤다. 소생의 대상(존재 혹은 목소리)은 무덤뿐 아니라 미지의 장소에서도 소환될 수 있었고, 이 과정에서도 주의가 필요한 것 같았다. 조지프 커웬은 분명 숱한 존재들을 불러냈을 것인데, 찰스의 경우는 어떻게 받아들여야 할까? 조지프 커웬의 시대에서 찾아와 망각된 비밀로 그를 이끌었던 '외계'의 힘은 과연 무엇일까? 그는 분명 모종의 방법들을 찾아내도록 안내를 받았고, 그 방법을 사용했다. 프라하에서 무시무시한 사내와 대화를 나누었고, 트란실바니아의 산악에서 어떤 존재와 오랫동안 머물렀다. 그리고 마침내 조지프 커웬의 무덤을 찾아냈음이 틀림없다. 신문 기사와 그의 어머니가 밤마다 들었다는 소리들은 매우 중요한 것이라 그냥 무시해 버릴 수 없었다. 그는 무엇인가를 불러냈고, 그것은 실제로 모습을 나타냈다. 성금요일에 우레처럼 들려왔던 강렬한 목소리와 잠긴 다락방 실험실에서 났던 기이한 목소리에 주목할 필요가 있다. 저음의 공허한 목소리 같았다고 하지 않았던가? 으스스한 저음의 목소리로 말했다는 섬뜩한 이방인, 앨런 박사의 존재를 알리는 증거는 아닐까? 그랬다. 그래서 워드 씨는 그 사람(사람이 맞다면)과 단 한 번의 전화 통화에서 막연한 공포를 느꼈던 것이다!

잠긴 문 뒤에서 찰스 워드의 비밀 의식에 응답한 의식이나 목소리, 병적인 그림자 혹은 유령의 정체는 과연 무엇일까? 언쟁을 벌이던 목소리("3개월 동안 붉게 만들어야 한다."), 아, 이럴 수가! 흡혈귀 사건이 벌어지기 직전의 일이 아니던가? 에즈라 위든의 오랜 무덤이 파헤쳐지고, 나중에 포턱셋에서 비명이 들려왔으니, 복수와 함께 불경한 옛 농장을 되살리려고 마음먹은 자가 과연 누구일까? 곧바로 방갈로와 수염 기른 이방인, 소문 그리고 공포가 잇따랐다. 찰스의 결정적인 광기에 대해서는 아버지도 의사도 설명할 길이 없었으나, 조지프 커웬의 영혼이 되살아나 과거의 기행을 계속하고 있다는 것만은 확실히 느낄 수 있었다. 악령에 사로잡힌다는 것이 과연 가능한 일인가? 앨런이 그 일과 관련이 있기에 탐정들은 찰스 워드의 삶을 위협한 그자에 대해 가능한 많은 정보를 찾아내야 한다. 윌렛과 워드 씨는 정신과 의사들의 냉소적인 태도를 염두에 두고, 마지막 상의를 한 끝에 좀 더 철저히 비밀을 파헤치기로 결심했다. 그들은 건물 탐색과 지하 수색에 필요한 장비와 가방을 준비해 다음 날 아침 방갈로에서 만나기로 약속했다.

4월 6일의 화창한 아침이 밝았고, 두 명의 탐험가는 10시 정각에 방갈로에서 만났다. 열쇠를 지니고 있던 워드 씨가 방갈로에 들어가자마자 신속한 조사가 시작되었다. 앨런 박사의 방이 어질러져 있었으므로 탐정들이 다녀간 것이 분명했고, 두 명의 수색자들은 앞서 간 이들이 중요한 단서를 찾아냈기를 빌었다. 물론 그들의 주요 목표는 지하실이었다. 그래서 곧바로 지하실로 내려가 미친 찰스가 있었을 때처럼 입구를 찾아 주변을 뒤지기 시작했으나, 역시 소득이 없었다. 두 사람은 한동안 어리둥절해 있었다. 흙바닥과 돌벽은 거의 물샐 틈 하나 없어서 지하로 뚫린 구멍이 나 있을 거라는 그들의 기대는 빗나가고 말았다. 원래의 지하실은 그 밑에 따로 토굴이 있으리란 예상을 하지 못한 상태에서 지어졌을 것이었다. 그래서 윌렛은, 괴소문을 듣고 그 지하실을 조사한 찰스 워드와 그의 동료들이 지하 토굴의 입구를 최근에 새로 파냈을 거라고 생각했다.

의사는 찰스의 입장에서 지하 토굴을 어떻게 연결했을지 생각해 보았으나, 딱히 떠오르는 영감이 없었다. 그래서 그는 하나씩 대상을 줄

여나가는 방식으로 신중하게 바닥과 벽을 빈틈없이 살피기 시작했다. 이윽고 세탁통 앞에 있는 조그만 단(壇)만 남았는데, 처음에 살폈을 때도 입구 같은 것은 없었다. 이번에는 이러저런 방법으로 온 힘을 다해 흔들어보자, 단의 맨 윗부분이 한쪽 모서리를 축으로 미끄러지듯 움직였다. 그 밑으로 매끈한 콘크리트 표면과 철로 만든 맨홀 뚜껑이 나타났고, 곧바로 워드 씨가 흥분한 얼굴로 다가왔다. 썩 무겁지 않은 맨홀 뚜껑을 혼자 들어 올리던 워드 씨가 얼굴을 찡그리는 바람에 옆에서 윌렛이 힐끔거렸다. 워드 씨는 몸을 흔들다가 현기증으로 고개를 가누지 못했다. 어두운 지하의 틈에서 솟구친 바람에 실려 지독한 악취를 풍겼기 때문에 의사도 그럴 만하다고 생각했다.

곧바로 윌렛 박사는 기절한 동료를 바닥에 눕히고 차가운 물로 의식을 되찾게 했다. 워드 씨는 조금은 정신을 차렸으나, 지하에서 올라온 악취 때문에 속이 몹시 거북한 모양이었다. 무리할 필요는 없다고 생각한 윌렛은 급히 브로드 가로 나가 택시를 불렀고, 희미한 목소리로 저항하는 워드 씨를 택시에 태워 집으로 보냈다. 그는 손전등을 꺼낸 뒤 살균한 거즈로 코를 막고 다시 지하실로 내려가 토굴 입구를 들여다보았다. 악취가 약간 수그러진 틈을 타 스틱스[148]의 세계에 전등불을 비춰 볼 수는 있었다. 깊이 3미터 정도의 완벽한 원통형 공간이 콘크리트 벽면과 함께 수직으로 뚫려 있었고, 철제 사다리가 벽에 매달려 있었다. 통로는 낡은 돌계단으로 이어져 있는데, 원래는 건물의 남서쪽으로 연결됐던 계단 같았다.

II

월렛은 잠시 커웬에 관한 오랜 전설을 떠올리다가 악취 나는 심연으로 홀로 들어가기가 몹시 망설여졌다. 그 기괴했던 최후의 밤을 묘사한 루크 페너의 글을 좀처럼 뇌리에서 떨칠 수 없었다. 곧이어 자신의 의무라고 마음을 다잡고, 혹시 매우 중요한 서류들을 발견할지 모른다는 생각에 커다란 가방을 들고 지하로 내려가기 시작했다. 나이가 적지 않은 만큼 천천히 계단을 내려간 그는 이윽고 미끄러운 돌계단에 발을 디뎠다. 손전등 불빛에 나타난 내부는 오래전에 지은 석조물이었다. 물이 뚝뚝 떨어지는 벽면은 수백 년의 세월을 암시하듯 기분 나쁜 이끼로 덮여 있었다. 계단은 끝없이 밑으로 이어졌다. 나선형이 아니라 세 차례에 걸쳐 갑작스럽게 꺾이는 지점이 나타났다. 두 사람이 겨우 지나갈 수 있을 정도로 비좁은 편이었다. 계단의 수를 서른까지 셌을 때, 아주 희미한 소리가 들려왔다. 그 후로는 더는 계단을 세고 싶지 않아졌다.

불경한 소리였다. 의도적인 것은 아닌 듯했으나 낮게 깔린 소리에서 음산한 분노가 느껴졌다. 힘없는 통곡 같기도 하고, 운명에 짓눌린 흐느낌 혹은 영혼을 상실하고 고뇌와 비탄에 빠진 육체의 무력한 울부짖음으로 표현한다고 해도, 그 근원적인 혐오감과 영혼을 쥐어짜는 분위기만은 제대로 전할 말이 없었다. 찰스 워드가 병원으로 옮기던 날에 귀를 기울였던 것이 바로 그 소리였을까? 월렛에게 일생에서 가장 충격적이었던 그 소리는 가늠할 수 없는 방향에서 계속해서 이어지고 있었다. 의사는 마지막 계단을 내려서서 거석의 둥근 천장과 무수한 입구가 뚫려 있는 복도의 높은 벽면에 손전등을 비춰 보았다. 복도의 높이는 바닥에서 중앙에 있는 둥근 천장까지 대략 4.5미터, 폭은 3미터에서

3.5미터 정도로 보였다. 바닥에는 큼지막하게 잘라낸 판돌이 깔려 있었고, 벽면과 지붕은 석조물로 장식돼 있었다. 어둠 속으로 끝없이 이어진 통로의 길이는 짐작조차 가지 않았다. 벽면에 무수히 뚫려 있는 입구 중에서 6개의 판자로 이루어진 식민지 시대의 출입문이 있는 반면, 구멍만 눈에 띄는 곳도 있었다.

월렛은 악취와 울부짖음에서 일었던 두려움을 이겨내고, 출입문을 하나씩 살펴보기 시작했다. 출입문 너머에 둥근 천장으로 이루어진 공간들이 나타났다. 크기는 중간쯤으로 이상한 목적으로 사용된 것 같았다. 대부분 벽난로가 설치돼 있었는데, 굴뚝이 지나는 윗부분은 흥미로운 공법으로 지어져 있었다. 생전 처음 보는 도구 혹은 그렇게 보이는 물건들이 150년 세월의 두터운 먼지와 거미줄 속에 파묻혀 희미한 모습을 드러냈다. 그중 상당수가 오래전 습격대에 의해 아무렇게나 팽개쳐진 것 같았다. 방마다 최근에 찍힌 발자국은 없는 것으로 봐서, 아주 오래전 조지프 커웬의 실험실로 사용된 모양이었다. 마침내 현대적인 분위기가 확연한 방 하나가 나타났고, 적어도 최근에 사용한 흔적이 역력했다. 석유스토브, 책장과 탁자, 의자와 캐비닛, 과거와 현대의 다양한 서류들이 쌓여 있는 책상도 눈에 띄었다. 촛대와 석유램프가 곳곳에 놓여 있었다. 월렛은 마치 준비라도 해놓은 듯한 성냥까지 발견하고 석유램프에 불을 붙였다.

방 안이 환해지자, 최근까지 찰스 워드의 서재나 연구실로 사용된 공간임이 분명해졌다. 월렛의 눈에 익은 책들이 많았고, 가구의 상당수는 프로스펙트 가의 저택에서 가져온 것이었다. 그밖에도 여기저기에서 눈에 띄는 물건들이 낯이 익다는 생각을 하느라 월렛은 자칫 계단 끝에 서보다 훨씬 또렷해진 소음과 울음소리를 놓칠 뻔했다. 시급한 일은 오랫동안 계획한 대로 중요한 서류들을 찾아서 가져가는 거였다. 특히 오래전 찰스가 올니 코트의 초상화 뒤에서 발견한 불경한 서류들이 필요했다. 서류를 찾다가 그는 그것이 얼마나 복잡한 일인지 깨달았다. 수북이 쌓여 있는 서류들은 대부분 기묘한 필체와 문양으로 기록되어 있어서 완전히 해독하고 편집하려면 몇 달 아니 몇 년이 걸릴지 몰랐기 때문이다. 일단 프라하와 래커스의 소인이 찍혀 있는 커다란 편지 묶음 세 개를 발견하고, 오르니와 허친슨의 필체를 확인한 뒤 가방에 집어넣었다.

드디어 한때 워드 씨의 저택을 장식했던, 잠겨 있는 마호가니 캐비닛에서 윌렛은 커웬의 서류 뭉치를 발견했다. 몇 년 전 망설이던 찰스가 잠시 살펴봐도 좋다고 했던 문서들이니 쉽게 알아볼 수 있었다. 젊은이가 문서를 발견했을 때와 거의 똑같은 상태로 보관해 둔 터라, 오르니와 허친슨의 관련 자료 외에는 인부들이 말한 문서들과 핵심적인 암호문까지 그대로 남아 있었다. 윌렛은 서류를 빠짐없이 가방에 넣고 계속해서 다른 뭉치들을 살펴보기 시작했다. 찰스 워드가 현재 처해 있는 상황이 무엇보다 중요했기에, 최근의 문서부터 검토했다. 최근의 방대한 서류에서 몹시 이상한 점이 눈에 띄었다. 찰스가 정상적인 필체로 작성한 것이 거의 없다는 점인데, 실제로 두 달 전부터 현재까지의 서류들은 아예 그의 필체와는 전혀 달랐다. 반면, 조지프 커웬의 고문서와 똑같이 흘겨 쓴 필체가 상징과 공식, 역사적인 주석, 철학적인 논평과 아울러 최근의 문서들을 수놓고 있었다. 그것이 전부 죽은 마법사의 필체를 용의주도하게 모사한 것이라면 찰스는 참으로 놀라운 능력을 보여준 셈이었다. 앨런의 것으로 추정될 만한 제3의 필체는 보이지 않았다. 그가 핵심적인 역할을 했다면, 찰스에게 비서 역할을 하도록 강요했을 것이었다.

새로운 자료 중에서 한 개의 비밀 주문 혹은 한 쌍의 주문에 가까운 내용이 자주 눈에 띄자, 윌렛은 검토를 끝내기 전에 암기해 버렸다. 주문은 2단으로 나란히 적혀 있었다. 왼쪽의 주문은 '용의 머리'로 불리는 고대 상징 기호로서 매듭이 위로 향해진 그림 밑에 쓰여 있었고, 오른쪽의 주문은 '용의 꼬리'라는 기호로서 아래쪽으로 매듭이 향해진 그림 밑에 쓰여 있었다. 지금까지 언급한 것이 주문의 전반적인 형태인데, 윌렛은 거의 무의식적으로 오른쪽 주문은 맨 마지막 단어와 요그-소토스라는 이상한 이름을 제외하고 왼쪽 주문의 음절을 거꾸로 배열한 것임을 깨달았다.[149] 요그-소토스는 다른 문서에서도 접했듯이 여러 가지 변형된 철자로 사용되며 오싹한 문제와 관련이 있다는 사실을 그도 알고 있었다. 공식은 아래와 같으며(윌렛이 정확히 일치한다고 자신하는) 첫 번째 음절은 특히 거북할 정도로 익숙한 느낌이 들었다. 나중에 그는 지난해 성금요일에 벌어진 소동을 떠올리다가 그때 들려왔다는 주문임을 깨달았다.

이아 은그은가   오그스로드 아이프
요그-소토스   게브르-이
이-르게브   요그-소토스
프아이 스로오도그   은가은그 아이
우아아   즈로

주문들이 집요하게 머릿속에서 떠도는데다 서류마다 자주 등장하는 바람에 의사는 자기도 모르게 주문을 되뇌고 있었다. 그러나 당장 활용할 수 있을 만한 자료들은 그 정도면 충분하다고 생각했다. 일단 냉소적인 정신과 의사들이 보다 광범위하고 체계적인 조사에 나서도록 설득할 만큼의 자료만 가져가기로 마음먹었다. 그는 여전히 비밀의 실험실을 찾고 있었다. 그래서 램프 불빛이 환한 방에 가방을 놔둔 채, 희미하고 오싹한 흐느낌이 끝없이 메아리치는 어두운 복도로 발길을 돌렸다.

다음에 살펴본 몇 개의 방들은 모두 버려진 상태거나 부서진 상자와 오싹하게 생긴 납관들만 가득했다. 그러나 조지프 커웬이 엄청난 일을 벌였다는 사실에 새삼 간담이 서늘해졌다. 윌렛은 사라진 노예와 선원, 전 세계 곳곳에서 도굴되는 무덤에 이어 최후의 습격대가 목격했을 것들을 떠올렸다. 이내 그는 그런 생각을 머리에서 떨쳐 버렸다. 오른쪽으로 거대한 돌계단이 나타나자, 그는 커웬 농장의 별채(기다란 홈 같은 창문이 나 있었다는 그 말 많은 석조 건물)로 이어지는 계단이라고 생각했다. 뾰족 지붕의 농가에서 이어진 듯한 계단을 따라 몇 걸음 내려갔다. 돌연 앞쪽의 벽이 사라져 버렸고, 악취와 흐느낌이 강해졌다. 윌렛은 탁 트인 넓은 공간에 들어선 것을 깨달았는데, 손전등 불빛이 미치지 못할 정도로 거대한 공간이었다. 앞으로 걸어가는 동안 이따금 지붕을 받치고 있는 튼튼한 기둥들이 나타났다.

얼마 후 스톤헨지의 돌기둥처럼 원형으로 둘러서 있는 기둥에 다다르자, 한복판에 3단으로 이루어진 받침대 위에 커다란 제단이 놓여 있었다. 제단의 조각 장식이 매우 기묘해서 그는 가까이 다가가 손전등을 비춰 보았다. 그는 불빛에 드러난 모습을 보고 몸서리를 치며 뒤로 물러서면서도 제단 표면에서 양쪽으로 가늘게 퍼져 있는 검은 자국을 계속 바라보았다. 멀리 벽면에 이따금 음산한 출입구가 뚫려 있고, 쇠창살로 막힌 무수한 감옥에 팔목과 발목을 묶어놓는 쇠사슬이 뒷벽의 움푹한 곳에 매달려 있었다. 감옥은 비어 있었으나, 여전히 지독한 악취와 음산한 신음 소리는 어느 때보다도 더 강해졌다. 그리고 이따금 쿵하는 묘한 소리와 함께 여러 소음들이 뒤엉켰다.

III

윌렛은 지독한 악취와 기묘한 소음 때문에 다른 생각을 할 수 없었다. 거대한 기둥이 늘어선 공간에서 어느 곳보다 악취와 소음이 가장 강하고 고약했으나, 한편으로는 어둠에 물든 비밀의 지하 세계인 그곳보다도 더 아래쪽이 그 진원지라는 막연한 느낌이 들었다. 음산한 아치형 통로로 이어진 계단을 더 내려가기에 앞서 그는 포석이 깔린 바닥을 손전등으로 살펴보았다. 포석은 몹시 듬성듬성 깔려 있었고, 이따금 작은 구멍이 아무렇게나 뚫려 있는 이상한 석판이 나타났는데, 그 한쪽에 아주 기다란 사다리가 매달려 있었다. 사다리 자체도 기묘하기는 마찬가지였으나, 주위에 가득한 악취가 유독 사다리에서 심하게 풍기는 것 같았다. 천천히 발걸음을 옮기다가 불현듯 구멍이 뚫린 이상한 석판에서 악취와 소음이 가장 심하다는 것을 깨달았다. 석판은 마치 더 깊은 공포의 세계로 내려가는 투박한 해치 같았다. 무릎을 꿇고 석판 하나를 움직여 보았으나, 결코 만만치가 않았다. 석판을 움직이는 그의 손길에 아래쪽에서 신음 소리가 더 커지자, 그는 온몸을 부들거리며 힘껏 육중한 돌을 들어 올렸다. 그는 밑에서 솟구치는 정체불명의 악취에 현기증까지 느끼면서 석판을 내려놓고, 직경 1미터 정도의 구멍을 향해 손전등을 비추었다.

가장 혐오스러운 심연으로 가는 계단이 나타나기를 기대했더라면, 윌렛은 실망했을 것이다. 뒤섞인 악취와 신음 속에서 그가 발견한 것은 맨 위에 벽돌을 두른 1.5미터 지름의 원통형 공간이었다. 사다리처럼 밑으로 내려갈 만한 장치는 보이지 않았다. 불빛이 비추자, 흐느낌은 돌연 섬뜩한 울부짖음으로 바뀌었고, 무작정 기어오르다가 미끄러져 쿵 하고 떨어지는 소리가 또다시 들려왔다. 윌렛은 몸서리를 치며 그 어둠 속에 무엇이 숨겨져 있는지 상상하기도 싫었으나, 곧 마음을 다잡고 구멍 가장자리를 힐끔거리다가 구멍 속으로 팔을 쭉 뻗어 손전등을 비추었다. 처음에는 미끈미끈 이끼에 뒤덮인 벽돌 벽이 음침하고 불결하고 고통에 찬 어둠 속으로 끝없이 내려가는 것밖에는 보이지 않았다. 그런데 잠시 후에 어두운 형체가 좁은 바닥에서 서툰 동작으로 미친 듯이 뛰어오르는 것이 눈에 띄었다. 윌렛이 엎드려 있는 돌바닥에서 6, 7미터쯤 떨어진 위치였다. 그는 흔들리는 손전등에 의지해 이상한 우물 같은 어둠 속에 감금된 생명체가 과연 무엇인지 다시 한 번 내려다보았다. 의사들이 찰스 워드를 데려간 뒤 한 달 내내 굶주림에 허덕였을 그것은 구멍 뚫린 석판으로 단단히 막아놓은 우물 같은 공간 속에 갇혀 있는 숱한 포로 중의 하나일 것이었다. 그들의 정체가 무엇이든, 눕지도 못할 만큼 비좁은 공간에 웅크린 채 주인이 무심히 떠나버린 이후 몇 주 동안 힘없이 울부짖으며 기다리다가 부질없이 뛰어오르곤 떨어지기를 수없이 되풀이해 왔을 것이다.

그러나 매리너스 빅넬 윌렛은 구멍 속을 다시 내려다본 깃을 후회했다. 수술대 앞에 숱하게 섰던 노련한 외과 의사였으나, 그는 다시는 예전의 모습으로 돌아오지 못했다. 어떤 대상을 어렴풋이 한 번 본 것만으로 한 인간이 그토록 충격에 빠지고 변할 수 있는지 설명하기는 녹록지 않다. 여기서 말할 수 있는 것이라고는, 거기에 상징과 암시의 힘으로 예민한 지성인의 통찰력에 강렬한 영향을 끼친 어떤 윤곽과 실체들이 있었고, 상식적인 시야에 비친 안전한 환영을 뛰어넘는 범우주적인 관계와 무시무시한 실상을 모호하게 암시하는 속삭임이 있었다는 정도다. 그 윤곽 혹은 실체를 스치듯 봤을 뿐인 윌렛, 그러나 그는 웨이트의 개인정신병원에 수용된 미치광이처럼 한동안 광기에 빠져들었다. 근력이 풀어지고 신경 체계에 이상이 생겼는지 그는 손전등을 떨어뜨렸고, 구덩이 밑에서 이를 덜덜 부딪치는 소리도 들을 수 없었다. 자신도 전혀 알 수 없는 목소리로 공포에 짓눌린 비명을 지르고 또 질렀다. 일어설 수도 없었으나, 필사적으로 구르고 기어서 그 지옥의 우물에서 멀어지려고 몸부림쳤다. 그의 미친 비명에 답하듯 수 십 개의 우물 속에서 힘없는 흐느낌과 울부짖음이 계속됐다. 거친 돌부리에 손이 찢기고 기둥에 부딪힌 머리에 피멍이 들었으나, 그는 멈추지 않았다. 이윽고 완전한 어둠과 악취 속에서 조금씩 정신을 차렸고, 울부짖음으로 변한 흐느낌이 잦아드는 동안 귀를 막았다. 온몸은 식은땀으로 흥건했고, 손전등도 잃어버렸다. 공포의 어두운 심연에 짓눌리고 유린당한 그에겐 지울 수 없는 기억이 자리를 잡았다. 그의 발밑에 숱한 존재들이 살아 있었고, 그 중 한 곳의 뚜껑을 열어봤을 뿐이다. 그들이 미끄러운 벽을 결코 기어오르지 못하리라 잘 알면서도, 혹시 생각지 못한 발판이라도 있지는 않을까 싶어 그는 몸서리를 쳤다.

그것이 무엇이었는지 그는 결코 말하지 않을 것이다. 오싹한 제단 위에 있던 조각 장식과 흡사했으나, 그것은 살아 있었다. 자연은 그런 형태를 잉태한 적이 없었다. 미완이었음에도 너무도 분명한 형태였기 때문이다. 그 불완전성이야말로 더없이 충격적이었다. 그 일그러진 기형을 도저히 말로 표현할 수는 없을 터이다. 윌렛이 말할 수 있는 것이라고는, 워드가 불완전한 염분에서 불러낸 존재들이 틀림없고, 노예나 제식에 사용할 목적으로 감금해 놓았다는 정도다. 그저 무의미한 존재에 불과하다면, 그 섬뜩한 제단에 모습이 새겨져 있을 리 없었다. 제단에 새겨진 것 중에서 더 끔찍한 모습도 있었으나, 윌렛은 다른 구덩이를 열어보지 않았다. 그때 처음으로 오래전에 보았던 커웬의 자료 중에서 한 구절이 그의 뇌리에 연결 고리처럼 떠올랐다. 사이먼 혹은 제데디어 오르니의 이름으로 죽은 마법사에게 보낸 편지를 중간에서 가로챘을 때 알려진 문구는 이런 것이었다.

"허친슨 씨가 불완전하게 불러낸 결과는 참으로 참담한 것이었소."

곧이어 그 끔찍한 기억을 덜어내기는커녕 오싹함을 더하는 오래전의 소문이 떠올랐다. 커웬 농장이 습격을 받은 지 일주일 뒤에 들판에서 불타고 뒤틀린 시체가 발견됐다는 소문 말이다. 찰스 워드는 슬로컴 노인에게 그 소문을 들었다고 윌렛에게 말한 적이 있다. 즉, 그 시체는 인간이 아니었고, 그렇다고 포턱셋 사람들이 보거나 어디에서 읽은 적이 있는 동물의 모습도 아니었다.

의사는 초석(硝石)이 깔린 바닥에 웅크리고 앉아 앞뒤로 몸을 흔들었고, 그의 머릿속에는 소문들이 꼬리를 물었다. 잡념을 떨쳐 버리기 위해 주기도문을 외웠고, T. S. 엘리엇의 『황무지』를 기억술 연습을 하듯 뒤죽박죽 낭송하기도 했다. 결국에는 얼마 전에 워드의 지하 서재에서 찾아 자기도 모르게 되뇌던 두 개의 주문까지 입에 올렸다. "야이 엔가

엔가하, 요그-소토스"에서 밑줄이 쳐 있던 마지막의 "자로"까지. 주문의 효험을 봤는지 마음이 진정되는 것 같자, 그는 비틀거리며 일어섰다. 겁에 질려 손전등을 잃어버린 것을 자책하면서 칠흑같이 어두운 냉기 속에 혹시 불빛이 비추는 곳은 없는지 황망히 둘러보았다. 그럴 리는 없다고 생각하면서도 석유램프를 밝혀 둔 서재에서 새어나온 희미한 반짝임이나 음영이라도 보일지 몰라 눈에 잔뜩 힘을 주었다. 언뜻 아주 먼 곳에서 빛이 스친 것 같자, 그는 그쪽을 향해 악취와 울부짖음을 헤치고 고통스럽게 손과 무릎으로 기어가기 시작했다. 무수한 기둥에 부딪히지 않으려고, 뚜껑이 열린 끔찍한 구덩이 속에 빠지지 않으려고 매 순간 앞을 더듬거려야 했다.

부들거리는 손가락 끝에 무엇인가 닿았다. 그는 오싹한 제단으로 향하는 계단임을 직감하고 움찔했다. 잠시 후에는 그가 치워두었던 석판이 나타났고, 이때부터 그는 가련할 정도로 조심스럽게 움직였다. 어쨌든 그는 무시무시한 구멍에 빠지지 않았고, 그를 붙잡으려고 뭔가가 구멍에서 솟구치지도 않았다. 구멍 속에 있는 것은 소리를 내지도 않았고 움직이지도 않았다. 떨어진 손전등을 씹어 먹다가 탈이라도 난 게 틀림없었다. 손가락에 구멍 뚫린 석판이 닿을 때마다 그는 부르르 떨었다. 그 위를 지나갈 때 갑자기 신음 소리가 커질 때도 있었으나, 조용히 움직인 덕분에 대체로 별다른 반응은 없었다. 움직이는 동안 불빛이 눈에 띄게 약해지자, 그는 서재에 밝혀둔 초와 램프가 하나씩 꺼져 간다는 것을 깨달았다. 악몽 같은 미로의 지하 한복판에서 성냥 하나 없이 길을 잃을지 모른다는 생각에 그만 그는 벌떡 일어서서 달리기 시작했다. 구덩이가 나 있는 지역은 이미 지나와서 달리는 데 문제는 없었다. 불빛이 모두 꺼져 버린다면 그가 살아서 구조될 수 있는 유일한 희망은 워드 씨가 제때에 그의 실종 사실을 알고 구조대를 보내는 것뿐이었다. 그러나 그는 이제 넓은 공간에서 비좁은 복도로 접어들었고, 오른쪽 문에서 흘러나오는 불빛의 위치도 정확히 알아낼 수 있었다. 곧 그는 그곳에 다다랐다. 그는 워드의 비밀 서재에 들어서면서 안도감에 몸을 떨었다. 그를 무사히 그곳까지 인도해 준 마지막 램프가 타닥타닥 소리를 내며 꺼져가고 있었다.

IV

그는 전에 봐 두었던 석유통으로 서둘러 램프를 채웠다. 방 안이 다시 환해지자, 나머지 탐사에 필요한 손전등이 있는지 주위를 살폈다. 그는 겁에 질려 있었으나, 결연한 의무감은 여전히 그 무엇보다 중요했다. 찰스 워드의 기막힌 광기 이면에 도사리고 있는 무시무시한 비밀을 밝혀내기 위해 단서 하나라도 놔두고 떠날 생각은 추호도 없었다. 손전등을 발견하지 못하자, 가장 작은 램프와 초 그리고 성냥, 1갤런(약 3.7리터)짜리 석유 한 통을 가져가기로 했다. 불경한 제단과 정체불명의 우물들이 가득한 그 섬뜩하고 넓은 공간 너머에서 혹시 비밀 실험실을 발견한다면, 그때 석유를 사용할 생각이었다. 그 공간을 다시 지나기 위해서는 극한의 의지가 필요했지만, 그는 그렇게 해야만 했다. 다행히 오싹한 제단이나 구덩이는 지하 토굴과 경계를 이루는 거대한 벽에서 거리가 멀었다. 윌렛의 다음 목표가 벽면에 뚫려 있는 수수께끼의 아치형 통로들이었기 때문이다.

윌렛은 거대한 기둥이 늘어선 공간으로, 악취와 고통스러운 울부짖음 속으로 돌아갔다. 끔찍한 제단이나 구멍 난 석판 뚜껑이 열려 있는 지하 구덩이가 어렴풋이나마 시야에 미치는 것을 막기 위해 램프의 불빛을 줄였다. 대부분의 아치형 통로는 작은 공간으로 연결되어 있었다. 텅 빈 공간도 있었고, 저장실 용도로 사용한 공간도 있었다. 후자에는 매우 독특하고 다양한 물건들이 쌓여 있었다. 어느 방에는 먼지더미 속에서 썩어가는 옷가지들이 가득했다. 월렛은 그것이 150년 전의 옷들이라고 생각하고 전율을 느꼈다. 또 다른 방에 쌓여 있는 최근의 옷가지들은 꽤 많은 남자들을 위해 차근차근 준비해 온 것처럼 가짓수가 엄청나게 많았다. 그러나 가장 꺼림칙한 물건은 이따금 나타나는 큼지막한 구리 통으로 겉에 기분 나쁜 장식이 그려져 있었다. 가장자리에 역겨운 찌꺼기가 묻어 있는 이상한 모양의 납 그릇에서 지하 동굴 전체에 배어 있는 냄새보다 더 고약한 악취가 풍겼으나, 여전히 구리로 만든 통이 훨씬 더 기분이 나빴다. 벽을 반쯤 돌았을 때, 처음에 지나왔던 것과 비슷한 복도가 나타났고, 역시 무수한 출입구가 열려 있었다. 그는 조사를 시작했다. 특별한 것이 없는 중간 크기의 방 세 개를 지나자마자 타원형의 커다란 부속 공간이 나타났다. 이곳엔 그럴듯한 수조와 탁자, 소각로, 현대적인 실험 기구, 책더미, 단지와 병들이 놓여 있는 무수한 선반 따위가 있었다. 그가 오랫동안 찾아다닌 찰스 워드의 실험실이자, 그 전에는 조지프 커웬이 사용했던 공간이 틀림없었다.

월렛 박사는 실험실에서 찾아낸 세 개의 램프에 석유를 채워 불을 붙인 뒤, 아주 흥미롭게 내부와 실험 장비를 관찰했다. 선반에 놓여 있는 여러 가지 시약으로 봐서, 찰스 워드의 주된 관심사는 유기 화학의 한 분야임이 틀림없었다. 소름 끼치는 해부대를 포함해서 전반적으로 과학적인 분위기와는 거리가 먼 실험실이 꽤 실망스러웠다. 책 중에서 고딕체로 쓰인 보렐러스의 너덜너덜한 책이 눈에 띄었는데, 150년 전에 선량한 메리트 씨가 커웬의 농장을 방문했을 때 그 책에서 언급했던 대목에 찰스 워드가 밑줄을 그어 놓았다는 것이 섬뜩하면서도 흥미로웠다. 물론 그 책은 최후의 습격 때 커웬의 서재에 있던 다른 책들과 함께 사라졌을 터이다. 또 다른 세 개의 통로가 실험실에 뚫려 있어서, 박사는 차례로 그곳에 들어가 보았다. 그 중 두 개의 통로가 연결된 곳은 그저 조그만 창고에 불과했다. 그러나 그가 조심스럽게 그 안을 살피자, 관들이 손상된 상태로 쌓여 있었다. 그 중에 몇 개의 명찰을 알아낸 월렛은 소스라치게 놀라고 말았다. 이 창고 두 곳에는 옷가지들도 잔뜩 쌓여 있었고, 못을 빼지도 않은 새 상자 몇 개도 있었으나 그는 굳이 발길을 멈추고 살펴보지는 않았다. 그에게 무엇보다 흥미로웠던 것은 조지프 커웬의 실험 도구였다. 습격으로 인해 많이 파손된 상태였으나, 조지 왕조 시대의 화학 실험도구라는 특징은 그대로 남아 있었다.

세 번째 통로가 연결된 아주 커다란 방에는 선반들이 빼곡했고, 한복판에 두 개의 램프가 놓여 있는 탁자가 있었다. 월렛이 탁자 위의 램프에 불을 붙이자, 그를 둘러싼 무수한 선반이 불빛에 드러났다. 위쪽 선반의 일부는 텅 비어 있었으나, 나머지는 이상하게 생긴 납단지로 채워져 있었다. 납단지의 생김새는 주로 그리스 레키토스[150] 혹은 향유 단지처럼 손잡이 없이 길쭉한 것과 팔레론 물병처럼 한쪽에만 손잡이가 달린 것 등의 두 종류였다. 두 가지 모두 금속 뚜껑이 달려 있었고, 낮은 돋을새김으로 독특한 상징이 새겨져 있었다. 의사는 곧 단지들이 아주 엄격한 기준으로 분류돼 있다는 것을 깨달았다. 레키토스는 '쿠스토드'라는 커다란 나무 팻말 아래 한쪽 벽면을 채웠고, 팔레론은 맞은편 벽면에 '마테리아'라는 팻말 밑에 모여 있었다.

비어 있는 위쪽 선반을 제외하고 단지마다 붙어 있는 마분지 꼬리표에는 목록을 의미하는 숫자가 적혀 있었다. 윌렛은 곧바로 목록을 찾아보기로 결심했다. 그러나 이내 전반적인 단지의 배치에 더 관심이 쏠렸고, 레키토스와 팔레론 몇 개를 열어 보았다. 내용물은 일정했다. 두 가지 종류의 단지 모두 독특한 물질이 소량씩 담겨 있었다. 아주 가볍고 미세한 가루로, 탁한 무채색을 띠고 있었다. 차이가 있다면 그 색깔인데, 어떤 방식으로 분류했는지는 도저히 알 수 없었다. 때문에 레키토스과 팔레론 단지에 들어 있는 물질에 차이가 있는 것 같지는 않았다. 푸르스름한 잿빛 가루가 담긴 레키토스는 분홍빛이 나는 흰색 옆에 나란히 놓여 있었고, 팔레론 물병에 들어 있는 가루들도 똑같은 방식으로 배치되어 있었다. 가루의 가장 큰 특징은 점착성이 없다는 점이었다. 윌렛은 분말을 손에 쏟았다가 다시 단지에 담은 후, 손바닥에 아무것도 남아 있지 않다는 것을 확인했다.

두 개의 팻말이 가리키는 의미도 그를 어리둥절하게 만들었고, 실험실의 다른 선반에 있는 유리병과는 달리 유독 그 두 종류의 단지에 들어 있는 물질만 따로 분류해 놓았는지 의아했다. '쿠스토드'와 '마테리아'는 라틴어로 각각 '경비병'과 '재료'를 뜻했다. 문득 예전에 섬뜩한 비밀과 관련해서 '경비병'이라는 단어를 본 기억이 떠올랐다. 물론 그 글자는 에드윈 허친슨이라는 이름으로 앨런 박사에게 보내진 최근의 편지에서 본 것으로 그 구절은 다음과 같았다. '경비병을 세울 필요도 없고 머리를 뜯어 먹히게 하는 불상사도 막을 수 있을 것이오. 물론 문제가 생겼을 때 대처하기 쉽다는 점은 귀하도 잘 알 것이오.' 이 말은 무슨 의미일까? 잠깐, 그가 허친슨의 편지를 읽을 당시에는 기억하지 못했더라도, 혹시 또 다른 곳에서 '경비병'이라는 언급을 본 적은 없을까?

워드가 스스럼없이 연구 주제를 알려주던 무렵, 커웬 농장에 대한 스미스와 위든의 염탐 활동을 기록해 놓은 엘리자 스미스의 일기에 늙은 마법사가 지하에서 혼자 대화를 중얼거렸다는 언급이 있다고 했다. 일기에 적힌 스미스와 위든의 주장에 따르면, 커웬으로 보이는 인물과 그의 '포로' 그리고 '포로를 감시하는 경비병들' 사이에 끔찍한 대화가 오갔다고 했다. 그리고 허친슨 혹은 그의 분신은 그 경비병들에 대해 '머리를 뜯어 먹히거나'라고 표현했으니까 앨런 박사는 그들을 본래의 온전한 모습으로 거느리고 있었던 것이 아니다. 온전한 모습이 아니라면, 일단의 마법사들이 몰두했던 인간의 시체나 유골뿐 아니라 '염분' 자체의 형태로도 자신들의 꼭두각시를 만들어낼 수 있다는 말일까?

그렇다면 레키토스에 담겨 있는 것이 무엇인지 알 것 같았다. 신성을 모독하는 제식과 악행의 기괴한 결과물, 요컨대 소름 끼치는 주문에 의해 소환되어 불경한 주인을 보호하거나 비협조적인 상대를 위압하는 존재가 아닐까? 월렛은 손바닥에 닿았다가 사라진 가루를 떠올리며 몸서리쳤고, 공황 상태에 빠져들었다. 침묵의 감시자로 채워진 끔찍한 선반과 그 동굴에서 무조건 도망치고 싶었다. 그런데 '마테리아'(맞은편 선반의 팔레론에 담긴 또 다른 염분)는 '경비병'이 아니라면 무엇의 염분일까? 헉! 시대를 초월한 대(大)사상가들의 유골 상당수가 안전하게 묻혀 있어야 할 무덤에서 극악한 구울의 무리에게 파헤쳐져 그 곳으로 옮겨지는 일이 과연 가능할까? 일단의 광인들이 여전히 강렬하고 가공할 만한 지식을 빼내기 위해 그들의 유골을 꼭두각시로 만든다니 말이다. 가엾은 찰스의 편지에서 '모든 문명과 자연법칙, 심지어 태양계와 우주의 운명' 운운했던 부분이 바로 그 같은 일을 암시한 것은 아닐까? 그렇다면 매리너스 빅넬 월렛은 직접 그들의 유해를 만진 것이 아닌가!

그는 그때 맞은 편 벽면에서 조그만 문을 발견했다. 마음을 추스르고 문 위에 새겨진 조악한 표식들을 살펴보기로 했다. 상징에 불과했지만, 그는 막연하고 추상적인 공포에 사로잡혔다. 언젠가 병적인 몽상가 친구 하나가 잠의 어두운 심연에서 중요한 의미를 지니는 것이라며 종이에 그려 보이던 그림이 떠올랐기 때문이다. 몽상가들이 황혼 속에서 홀로 서 있는 어느 검은 탑의 출입문 위에서 발견하곤 한다는 '코스'라는 기호, 윌렛은 당시에 그 상징의 힘을 알려주던 몽상가 친구 랜돌프 카터의 말이 꺼림칙했었다. 그러나 그는 곧 악취 가득한 공기 중에 또 다른 냄새가 섞여 있음을 깨닫고 기호 생각은 잊어버렸다. 동물의 것이라기보다는 화학 약품에 가까운 냄새가 작은 문 뒤에서 새어나오고 있었다. 의사들이 찰스 워드를 데려가던 날, 그의 옷에 짙게 배어 있던 냄새가 분명했다. 그렇다면 의사들의 방 문을 받을 때까지 그는 이곳에 있었던 것일까? 그가 저항을 하지 않았던 것만큼은 조지프 커웬보다 현명했다고 볼 수 있다. 윌렛은 이 지하의 왕국에 간직되어 있을 악몽과 경이로움을 낱낱이 파헤치기로 굳게 결심한 뒤, 작은 램프를 들고 문지방을 넘었다. 정체 모를 공포의 물결이 그를 휘감았지만, 마음을 되돌리거나 직감 따위에 움찔할 생각은 없었다. 그에게 해를 가할 만한 생물은 그곳에 없었고, 찰스를 가두었던 섬뜩한 장막 속에서 오래 머물 마음도 없었다.

문 뒤에서 나타난 방은 중간 크기로, 탁자와 의자 한 개, 집게와 바퀴가 달려 있는 기묘한 장비 두 세트 외에 다른 가구는 보이지 않았다. 곧이어 윌렛은 중세의 고문 도구 같은 것을 발견했다. 출입문 한쪽 옆으로 흉한 채찍들이 줄줄이 걸려 있었고, 그 위쪽 선반에는 받침대가 달려 있는 (그리스 레키토스 모양을 본 떠 납으로 만든) 컵들이 놓여 있었다. 그 맞은편 탁자에는 고성능의 아르강 램프, 종이철과 연필, 뚜껑 달린 레키토스 두 개가 놓여 있었다. 특히 레키토스는 잠시 탁자에 올려놓았거나 서두르다 제자리에 갖다놓지 못한 것 같았다. 램프에 불을 밝힌 윌렛은 워드가 방문을 받기 직전까지 무엇을 하고 있었는지 알아보기 위해 종이철을 유심히 살폈다. 흘려 쓴 커웬의 필체로 다음과 같이 적혀 있었지만, 무슨 의미인지 짐작조차 가지 않았다.

'B는 죽지 않음. 벽을 뚫고 탈출한 뒤, 아래쪽에서 발견됨.'

'늙은 V를 만나 사바오스를 말하고, 그 방법을 배움.'

'요그-소토스를 세 번 외치자 다음날 나타남.'

'F가 외계에서 그들을 불러내는 방법을 모조리 없애고자 함.'

환한 아르강 램프의 불빛이 방 안 전체를 밝히는 동안, 의사는 출입문 반대편, 즉 양쪽 구석에 놓여 있는 고문 장치 사이의 벽면을 바라보았다. 못에 걸린 누르스름한 흰색 옷들이 벽을 가리고 있었다. 그러나 좀 더 흥미를 끈 것은 텅 비어 있던 두 개의 벽면으로; 신비한 상징과 주문들이 반질반질한 돌벽에 아무렇게나 새겨져 있었다. 역시 장식이 새겨져 있는 축축한 바닥 한복판에서 커다란 오각형 무늬뿐 아니라 방구석마다 그려져 있는 지름 1미터 정도의 원을 쉽게 알아볼 수 있었다. 네 개의 원 중에서 누르스름한 옷이 늘어져 있는 구석 쪽의 원 내부에는 받침대가 달린 레키토스 모양의 납 컵이, 바깥쪽에는 옆방의 선반에서 가져온 팔레온 단지가 118번[151]이라는 꼬리표와 함께 놓여 있었다. 그 단지는 뚜껑이 벗겨진 상태라 안이 비어 있음을 확인할 수 있었다. 그러나 원 내부의 납 컵을 보는 순간 탐험가는 온몸을 떨어야 했다. 컵의 깊이는 얕았지만, 동굴에 바람 한 점 없어서 바삭바삭하고 푸르스름한 빛깔의 가루가 온전히 들어 있었는데, 팔레온 단지에서 옮겨 담은 것이 분명했다. 지금까지의 장면과 여러 문건들을 토대로 조금씩 상황을 그려보던 윌렛은 현기증을 느꼈다. 채찍과 고문 도구, '마테리아' 단지에 들어 있는 먼지 혹은 염분, '쿠스토드' 선반에서 가져온 두 개의 레키토스 단지, 옷가지, 벽에 새겨진 주문, 종이철의 메모, 편지와 전설들이 전하는 암시, 스쳐 가는 숱한 장면과 의혹 그리고 주변 사람들과 찰스 워드의 부모님을 괴롭히던 추측들, 그 모든 것이 공포의 물결이 되어 그에게 쇄도하고 있었다. 그는 받침대 달린 납 컵 속의 푸르스름한 가루에서 시선을 떼지 못했다.

그러나 윌렛은 마음을 단단히 먹고 벽면에 새겨진 주문을 살펴보기 시작했다. 염료를 사용하고 장식을 두른 글자들은 조지프 커웬의 생존 당시에 새겨진 것이 분명했다. 윌렛이 지금까지 검토한 많은 분량의 커웬 자료 혹은 참고용으로 읽은 마법의 역사 같은 곳에서 본 듯한 익숙함이 느껴졌다. 특히 의사가 보기에 확연히 눈에 익은 주문 하나는 워드 부인이 성금요일의 소동 때 아들이 외웠다고 알려준 것으로, 그가 전문가에게 의뢰한 결과, 정체 모를 외계의 신들을 불러낼 때 사용하는 주문이라고 했었다. 벽면에 새겨진 그 주문은 워드 부인의 기억력에서 나온 것이나 전문가가 보여준 엘리파스 레비의 금서와 정확히 일치하지는 않았다. 그러나 사바오스, 메트라톤, 앨몬신, 자리아트나트믹 같은 단어들은 그에게 공포를 불러내기에 충분했고, 방안의 한쪽 모퉁이에 불과한 협소한 공간에서 무한한 혐오감을 느끼게 했다.

그 주문은 출입구 왼쪽 벽에 새겨져 있었다. 역시 주문이 빼곡한 오른쪽 벽에서 윌렛은 얼마 전 서재에서 자주 발견했던 한 쌍의 주문을 알아보았다. 찰스의 글에 있던 '용의 머리'와 '용의 꼬리' 같은 고대의 기호를 사용하는 등 대체로 서로 똑같은 형태였다. 그러나 서재에서 발견한 주문과 비교하면 철자에서 큰 차이가 있었다. 커웬이 발음을 기록하는 그만의 독특한 방법이 있었던 것인지, 아니면 계속된 연구를 통해서 문제의 주문보다 강력하고 완벽한 변형을 발전시켰는지 모를 일이었다. 의사는 벽면에 새겨진 주문과 머릿속을 집요하게 떠도는 또 다른 주문과의 공통점을 찾아내려고 애썼으나, 쉽지 않았다. 머릿속의 주문은 '야이 엔가엔가하, 요그-소토스'로 시작하는 반면, 벽면의 주문은 '아이, 크엔게엔가하 요기-소토사'였다. 그래서 두 번째 단어를 음절로 나누기가 특히 어려웠다.

나중에 발견한 주문이 점점 눈에 익자, 두 개의 주문에서 발견되는 차이 때문에 그는 불안해졌다. 그는 벽에 새겨진 글자를 억지로 끼워 맞추듯 자기도 모르게 서재에서 발견한 주문을 외우고 있었다. 그의 목소리는 이 오래되고 불경한 지하에서 기묘하고도 위협적으로 울려 퍼졌다. 목소리의 억양은 과거와 미지의 주문을 뚫고 들려오는, 또한 구덩이 속에서 인간의 것이 아닌 운율로 높아졌다가 악취와 어둠 어딘가로 아득히 낮아지는 단조롭고 불경한 통곡을 뚫고 들려오는 나른한 노랫가락 같았다.

야이 엔가엔가하

요그-소토스

히-라게브

파이 스로덕

우아아하

그러나 주문을 외울 때부터 불어오던, 생기마저 느껴지는 싸늘한 바람의 정체는 무엇일까? 애처로이 흔들리는 램프의 불빛, 어둠의 그늘은 더욱 짙어져 벽면의 글자를 거의 알아볼 수 없었다. 연기가 피어올랐다. 멀리 우물에서 솟구친 악취를 휘젓는 또 다른 냄새가 있었다. 얼마 전에도 풍겨왔던 그 냄새는 훨씬 지독해져 있었다. 그는 벽에서 고개를 돌려 괴이한 물건들로 채워져 있는 방 안을 둘러보다가 기분 나쁜 가루가 담겨 있는 납 컵을 바라보았다. 그곳에서 검푸른 연기가 자욱이 피어오르고 있었다. 헉! '마테리아' 선반에서 가져온 가루에서 대체 지금 무슨 일이 벌어지고 있는 걸까? 그가 암송하던 주문은 왼쪽의 용의 머리에 해당하는 부분인데, 아, 이럴 수가, 혹시…….

의사는 비틀거렸다. 지금까지 조지프 커웬과 찰스 덱스터 워드의 소름 끼치는 사건에 대해 보고, 듣고, 읽은 모든 것들이 조각조각 흩어지고 뒤엉키는 혼란에 빠져들었다. "다시 말하건대, 귀하가 제압할 수 없는 상대를 불러내서는 안 되오……. 항상 주문을 준비해 두었다가 귀하가 불러낸 대상이 누구인지 의심스러울 때 사용해야 합니다……. 그 안에 든 자를 세 번 불러서 얘기를 나눠 보았다오……." 아, 맙소사, 갈라지는 연기 너머에서 나타난 저것은 무언인가?

V

매리너스 빅넬 윌렛은 절친한 친구들을 제외하면 누구도 자신의 이야기를 믿어줄 거라고 생각하지 않았다. 그래서 가장 가까운 주변 사람들 외에는 그때의 일을 입에 올리지 않았다. 몇 명의 외부인들도 그의 이야기를 전해 듣기는 했지만, 대부분 웃어넘기며 의사가 늙어가는 징조라고 말했다. 그는 충분한 휴식을 취하고, 앞으로 정신질환자는 가능한 진찰을 피하라는 조언도 받았다. 그러나 경험 많은 의사가 무시무시한 진실만을 오롯이 말했다는 것을 워드 씨는 알고 있었다. 그도 방갈로의 지하실에서 악취가 솟구치는 구멍을 직접 보지 않았던가? 그 불길한 아침 11시 정각에 쓰러진 그를 집에 돌려보낸 이가 바로 윌렛이 아니던가? 그날 저녁과 다음 날 아침 의사에게 전화했지만 소용이 없자, 오후에 직접 방갈로를 찾아갔고, 외상을 입진 않았지만, 위층 침실에 의식을 잃고 쓰러져 있는 그 의사 친구를 발견한 사람이 바로 워드 자신이잖은가? 워드 씨가 차에서 가져온 브랜디를 입에 넣어주자, 윌렛은 거칠게 숨을 토하며 천천히 눈을 떴다. 그리고 온몸을 떨며 비명을 질렀다.

"그 수염…….. 그 눈동자……. 아니, 당신 누구요?"

찰스의 유년 시절부터 서로 잘 알고 지내온 푸른 눈의 말끔한 신사를 보고 윌렛이 그런 말을 했으니 참 이상한 노릇이었다.

환한 정오의 햇빛 속에서 오두막은 전날 아침에 비해 달라진 것이 없었다. 얼룩과 무릎 부분이 헤진 것 외에 윌렛의 옷차림은 크게 흐트러지지 않았고, 아들을 병원으로 옮기던 날 옷에 배어 있던 시큼한 냄새가 희미하게 풍겨왔을 뿐이다. 의사의 손전등은 온데간데없었지만, 가방은 텅 빈 원래의 상태 그대로였다. 자초지종을 설명하기에 앞서 윌렛은 몹시 힘겹게 이리저리 비틀거리며 지하실로 내려가 세탁통 앞의 받침대를 열어 보았다. 움직이지 않았다. 그는 전날에 가져왔다가 아직 사용하지 않은 공구 가방이 있는 곳으로 가더니 끌을 꺼내서 튼튼한 받침대의 판자를 들어 올렸다. 매끄러운 콘크리트는 어제와 다름없었지만, 열거나 구멍을 뚫은 흔적은 보이지 않았다. 어리둥절한 표정으로 의사의 뒤를 따라 내려온 워드 씨를 괴롭힐 만한 것은 없었다. 받침대 밑에는 매끄러운 콘크리트만 있을 뿐, 지독한 악취가 나던 맨홀 뚜껑, 공포의 지하 세계, 숨겨진 서재, 커웬의 고문서, 악취와 울부짖음이 솟구치던 끔찍한 구덩이, 실험실과 선반, 벽에 새겨진 주문……. 아무것도 없었다. 윌렛 박사는 창백해진 얼굴로 자신보다 나이가 어린 워드 씨를 부여잡았다.

"어제," 그는 힘없이 물었다. "자네도 여기서 직접 보고……. 냄새를 맡았잖아?" 놀라움과 두려움에 얼어붙었던 워드 씨가 간신히 고개를 끄덕이자, 의사는 한숨을 쉬면서 역시 고개를 끄덕거렸다. "그렇다면 내가 얘기해 주지."

그로부터 한 시간 동안, 햇빛이 가장 잘 드는 위층 방에서 의사는 당혹스러운 표정의 워드 씨에게 자신이 겪은 끔찍한 일을 속삭였다. 그러나 납으로 만든 컵에서 피어오른 검푸른 연기가 갈라지면서 무엇이 나타났는지에 대해서는 전혀 말이 없었고, 지칠 대로 지친 윌렛 자신도 실제로 무슨 일이 벌어졌는지 자문할 여력이 없었다. 어리둥절해진 두 사람은 헛되이 고개만 저었다. 이윽고 워드 씨가 숨죽인 목소리로 침묵을 깼다.

"땅을 파보면 어떨까요?"

의사는 아무 말도 하지 않았다. 미지의 힘이 거대한 심연의 반대편인 현세까지 그토록 생생히 침입한 지금, 인간의 머리로 구할 수 있는 해답은 없었기 때문이다. 워드 씨는 다시 물었다.

"하지만 어디로 갔단 말인가요? 박사님도 알다시피, 그것이 박사님을 이쪽으로 오게 한 뒤 이제는 구멍을 막아버린 겁니다."

윌렛은 여전히 침묵했다.

그러나 사건은 그것으로 끝나지 않았다. 방갈로를 떠나기 위해 자리에서 일어서던 윌렛은 손수건을 찾아 주머니를 뒤적이다가 종이를 발견했다. 뒤이어 이미 사라져 버린 동굴에서 호주머니에 집어넣었던 양초와 성냥도 나왔다. 종이는 평범한 것으로, 공포의 지하 어느 방에서 싸구려 종이철을 찢어낸 것 같았고, 연필로 쓴 글씨가 보였다. 틀림없이 종이철 옆에 있던 연필일 것이었다. 지하 토굴에서 맡았던 시큼한 냄새가 희미하게 묻어 있다는 점만 아니라면, 아무렇게 접힌 종이는 분명 이 세상의 물건이었다. 그러나 종이에 적혀 있는 내용은 오리무중이었다. 현대의 언어가 아니라 중세 암흑기의 부자연스러운 필체였다. 잔뜩 긴장하고 그것을 들여다보는 두 명의 속인에게는 도무지 불가해한 내용이었다. 그러나 막연하게나마 어디서 본 듯한 상징의 조합으로 이루어져 있었다.

Copuynur qleandur Cyt
Cadaugi ag popez ayydubnaum
nce chga nazyhcndaum
Zacc uf poccy.

짧막하게 흘려 쓴 내용은 위와 같았고, 그 수수께끼는 의기소침한 두 사람에게 또 다른 목적의식을 심어주었다. 그들은 침착하게 워드 씨의 차로 걸어갔다. 먼저 식당에 들렀다가 언덕 위의 존 헤이 도서관으로 가라고 운전사에게 일렀다.

도서관에서 괜찮은 고문서 안내서를 구하기는 어렵지 않았기에, 두 사람은 저녁 무렵 커다란 샹들리에에 불이 들어올 때까지 수수께끼를 풀기 위해 골몰했다. 마침내 그들은 무엇이 필요한지 알아냈다. 글자들은 상상으로 만들어낸 것이 아니라, 아주 오래전에 사용된 평범한 필적이었다. 서기 8~9세기경에 사용된 색슨의 고서체로, 신흥 기독교가 고대의 종교와 신념을 은밀히 파고들며 꾸준히 세를 확장할 무렵의 고단했던 기억을 담고 있었다. 그것은 영국의 창백한 달빛이 때때로 칼리온과 헥서스의 로마 폐허에서 벌어지는 기이한 행동과 허물어져 가는 하드리아누스 방벽[152]을 따라 늘어선 탑들을 묵묵히 비추던 기억이기도 했다. 단어들은 야만의 시대를 떠올리게 할 만큼 오래전의 라틴어로 이루어져 있었다. '코르위너스 네칸두스 에스트. 카다베르 아크(와) 포르티 디솔벤둠, 넥 알리크(위)드 레티넨둠. 타체 우트 포테스.' 이것을 대충 번역하면, "커웬을 죽여야 한다. 시체는 질산으로 녹여야 하며, 아무것도 남겨두지 말아야 한다. 기필코 침묵을 지켜라."였다

월렛과 워드 씨는 낭패감에 할 말을 잃었다. 그들은 미지의 것과 만났으면서도, 그에 합당한 반응을 보일 수 없을 정도로 감정이 메말라 있었다. 특히 월렛은 새로운 감정을 받아들이기에는 기진맥진해 있었다. 무력감 속에서 잠자코 앉아 있던 그들은 도서관 폐관 시간이 가까워져 오자 어쩔 수 없이 그곳을 빠져나왔다. 그들은 힘없이 프로스펙트 가에 있는 워드 씨의 저택으로 향했고, 별다른 생각 없이 밤늦게까지 얘기를 나누었다. 의사는 다음 날 아침까지 휴식을 취했지만, 집으로 돌아가지 않았다. 월렛이 아직 그곳에 있던 일요일 정오, 앨런 박사를 찾기 위해 고용된 탐정들에게서 전화가 왔다.

잠옷 차림으로 초조히 오가던 워드 씨가 직접 전화를 받았다. 그는 보고서가 거의 마무리 됐다는 탐정의 말을 듣고 다음 날 아침 일찍 집으로 찾아오라고 일렀다. 월렛 박사와 워드 씨는 사건이 새로운 국면을 맞는 것 같아서 기뻤다. 그 기이한 고서체를 누가 작성했든, 반드시 죽

여야 한다는 '커웬'의 정체가 수염을 기르고 검은 안경을 쓴 이방인이 분명했기 때문이다. 찰스도 그 남자를 두려워하여, 절박한 편지에서 그를 죽이고 시체를 산으로 녹여야 한다고 썼더랬다. 게다가 앨런은 커웬이라는 이름으로 유럽에 거주하고 있는 이상한 마법사들로부터 편지를 받았고, 오래전에 죽은 마법사의 화신이라고 자처했다. 그리고 이제 근원을 알 수 없는 새 메시지가 '커웬'을 죽이고 산에 녹여야 한다고 말하고 있었다. 서로의 관련성이 분명했기에 날조된 것으로 보기 어려웠다. 더구나 앨런은 허친슨이라고 불리는 누군가의 충고에 따라 찰스 워드를 죽이려고 계획하고 있지 않은가? 물론 그 편지는 수염 기른 이방인에게 결코 전해지지 않았다. 하지만 편지 내용대로라면, 젊은이가 너무 '까탈을 부리는' 경우를 대비해서 앨런은 이미 처치 계획을 세워놓고 있음이 틀림없었다. 당연히 앨런은 체포되어야 했다. 극단적인 조치는 취할 수 없더라도, 적어도 찰스 워드에게 해를 입힐 수 없는 곳으로 보낼 필요는 있었다.

그날 오후, 미궁의 수수께끼에 대해 일말의 단서를 줄 수 있는 유일한 인물을 만나기 위해 워드 씨와 의사는 입원 중인 찰스 워드를 찾아갔다. 윌렛은 자신이 겪은 일을 간략하면서도 진지하게 말하는 동안, 찰스의 창백한 안색이 변하는 정도에 따라 어디까지 진실인지를 파악하려고 노력했다. 의사는 최대한 극적인 방법으로 말했고, 석판으로 덮여 있는 구덩이와 그 안의 변종 생물에 대한 이야기를 시작하면서 찰스가 움찔하는지 살폈다. 그러나 찰스는 움찔하지 않았다. 윌렛은 잠시 멈추었다가 말을 이었는데, 그 생물이 얼마나 굶주림에 시달리고 있는지 말할 때는 목소리까지 격앙되었다. 그는 몹시 비정한 짓이라며 젊은이를 책망하다가 답변처럼 들려오는 냉소적인 웃음소리를 듣고 소스라치게 놀랐다. 반면, 지하 동굴에 대해 모른 척해 봤자 이득이 없다고 생각한 찰스는 그 일이 재미있다는 식으로 기분 나쁜 표정을 지었다. 게다가 뭐가 우스운지 쉰 소리로 낄낄거리는 것이었다. 곧이어 그는 쉰 목소리 때문에 훨씬 소름 끼치는 말투로 이렇게 속삭였다.

"빌어먹을, 녀석들도 먹는단 말이야. 그러나 녀석들은 먹을 필요가 없다 이 말씀이야! 농담 한번 잘 하시네! 당신, 지금 한 달 동안 굶주렸다고 했소? 임자는 참 신중한 사람일세! 혹시 알고 계시나, 휘플 늙은이가 고결한 척 임자와 똑같이 고함을 쳤으렷다! 그 작자가 전부 죽었다고? 허허, 반 귀머거리에다 바깥의 소란 때문에 그자가 우물 속에 뭐가 있는지 무슨 소리가 들리는지 알 턱이 있었겠나! 그 밑에 뭔가 있을 거라고는 상상도 못했지! 빌어먹을, 그 저주받은 놈들은 커웬이 죽은 후에도 백오십 년 동안 줄기차게 울어대고 있는 걸!"

그러나 윌렛은 젊은이에게서 더는 아무것도 끌어낼 수 없었다. 겁에 질렸지만 가까스로 마음을 추스른 그는 광기 어린 상대방의 침착함을 깨고 혹시 허를 찌를 수 있기를 바라면서 이야기를 계속했다. 그는 젊은이의 얼굴을 바라보며, 최근 몇 달간 일어난 변화에 공포를 느껴야 했다. 실제로, 찰스는 하늘 저 너머 미지의 공포로부터 불려 온 존재 같았다. 벽에 가득한 주문과 푸르스름한 가루가 있는 방에 대해 말하자, 찰스의 얼굴에 처음으로 생기가 돌았다. 윌렛이 종이에 적힌 내용을 말하는 동안, 젊은이의 얼굴에 난처한 표정이 스쳤다. 찰스 워드는 한결 누그러진 목소리로 그 내용은 오래전의 것이며, 마법의 역사에 깊이 파고들지 않은 사람에게는 아무 의미가 없다고 말했다. 그러나 그는 이렇게 덧붙였다.

"혹여 임자가 컵에서 나온 존재를 집결시키는 주문까지 알았더라면,

지금처럼 이곳에서 내 말을 듣고 있지는 않았겠지. 118번이었군. 다른 방에 있는 목록을 봤더라면, 임자는 아마 기절초풍을 했을 거야. 내가 직접 키운 건 아니나, 나를 이곳으로 데려오던 날에도 그것을 불러내려고 노력 중이었지.”

이때 윌렛은 자신이 외웠던 주문과 피어오른 검푸른 연기에 대해 말했다. 그 말을 하는 동안, 그는 처음으로 찰스 워드의 얼굴에 공포가 드리워지는 것을 목격했다.

“그것이 나왔는데도, 임자가 멀쩡하게 살아 있다는 말인가?”

억누른 것을 뱉어낸 듯한 찰스 워드의 거친 목소리는 이내 동굴 속의 메아리처럼 잦아들었다. 갑자기 떠오른 영감에 윌렛은 쾌재를 부르며 좋은 기회라고 판단, 기억나는 편지의 내용을 활용하여 조심스럽게 찰스에게 답했다.

“118번이라고? 그러나 무덤 중에서 열에 아홉은 묘비가 바뀌었다는 것을 잊지 말게. 직접 찾지 않으면 알 수 없는 법!”

그리고 느닷없이 고서체의 종이를 꺼내 환자 앞에 내밀었다. 뜻밖에도 그는 가장 강렬한 반응을 이끌어냈다. 찰스가 기절한 것이다.

물론, 광인을 착란 상태까지 몰고 갔다고 정신과 의사들이 윌렛과 환자의 아버지를 비난할 것이므로, 그때의 회합은 철저히 비밀리에 이루어졌다. 다른 의사들의 도움을 받을 수 없는 상황에서 윌렛 박사와 워드 씨는 기절한 젊은이를 조심스럽게 소파에 눕혔다. 환자는 의식을 회복하는 과정에서 당장 오르니와 허친슨에게 연락을 해야 한다고 수차례 중얼거렸다. 그래서 그가 어느 정도 정신을 수습하자, 윌렛은 그들 중에서 적어도 한 명은 위험한 적이고, 앨런 박사에게 그를 암살하라는 획책까지 했다고 알려주었다. 그럼에도 찰스는 별다른 내색을 하지 않았으나, 월렛과 워드 씨는 이미 찰스의 얼굴에서 쫓기는 사람의 표정을 알아채고 있었다. 그때부터 그는 대화를 계속할 수 있는 상황이 아니어서, 월렛과 워드 씨는 곧바로 병실을 나섰다. 그들은 수염 기른 앨런을 조심하라고 당부를 잊지 않았으나, 젊은이는 그를 안전하게 처치해 놓았으니 아무런 해도 끼칠 수 없다고만 대답했다. 그는 그렇게 말하면서 듣기 고약한 소리로 낄낄거렸다. 병원에서 환자가 보내는 우편물을 감시하고 위험하거나 엉뚱한 내용을 차단하기 때문에 찰스가 유럽에 있는 극악무도한 두 명의 인물과 연락을 할지 몰라 걱정할 필요는 없었다.

그러나 실제로 그들이 국외로 도주한 마법사들이 맞다면, 오르니와 허친슨의 문제도 독특하게 전개되고 있는 셈이었다. 두려움과 막연한 예감에 사로잡힌 월렛은 프라하와 동부 트란실바니아에서 발생하는 범죄와 사고 가운데 특기할 만한 기사를 보내 달라고 기사 클리핑을 전문으로 하는 국제 통신사에 연락을 취해 놓았다. 6개월 뒤, 월렛은 번역되어 전달된 무수한 기사 중에서 매우 의미심장한 두 개의 사건을 발견했다. 그 중 하나는 한밤중에 프라하의 가장 오래된 지역에서 집 한 채가 완전히 무너졌고, 이웃에서도 그 존재를 전혀 몰랐던 조세프 내이더라는 사악한 노인이 실종됐다는 기사였다. 또 다른 기사는 래커스 동쪽의 트란실바니아 산맥에서 대규모 폭발이 일어나, 소문이 좋지 않았던 페렌치 성의 거주자 전원이 사망했다는 내용이었다. 페렌치의 성주는 그러잖아도 인근 농민과 군인 사이에 원성이 자자했는데, 이번 사고로 사람들의 기억에서 사라지지 않았다면, 얼마 후에 부카레스트로 소환되어 엄중한 심문을 받을 예정이었다고 했다. 월렛은 종이에 고서체로 전문을 작성한 인물이 한발 앞서 강력한 수단을 동원한 것이라고 생각했다. 고서체의 주인공은 커웬의 처리 문제를 월렛의 몫으로 남겨놓았으나, 오르니와 허친슨의 경우는 직접 찾아내 처치한 것이다. 그들이 과연 어떤 최후를 맞았을지, 월렛은 애써 생각하고 싶지 않았다.

VI

다음 날 아침, 월렛 박사는 탐정들이 도착하는 시간에 맞춰 부랴부랴 워드 씨의 저택으로 찾아갔다. 그는 어떤 대가를 치르더라도 앨런(혹은 그가 행세하고 있는 커웬)을 죽이거나 감금해야 한다고 생각했고, 탐정을 기다리는 동안 자신의 그런 생각을 워드 씨에게 알렸다. 그 무렵부터 저택의 위층은 역겨운 악취 탓에 사람들이 꺼려서 그들은 아래층에 있었다. 늙은 하인들은 구역질나는 악취에 대해 없어진 커웬의 초상화가 저주를 내린 것이라고 수군거렸다.

9시 정각에 도착한 세 명의 탐정들은 곧바로 그 동안의 조사 내용을 보고했다. 그들이 혼혈인 토니 고메즈의 행방뿐 아니라 앨런 박사의 행적이나 소재지를 전혀 알아내지 못한 것은 매우 유감이었다. 하지만 그들은 과묵한 이방인에 대해 인근에서 떠도는 소문과 정보를 꽤 많이 입수했다고 밝혔다. 앨런은 포턱셋 주민들에게 거북스러운 존재로 알려져 있었고, 옅은 갈색의 수염도 염색을 했거나 가짜라는 게 일반적인 시각이었다. 나중에 방갈로의 그의 방에서 가짜 수염과 검은 안경이 발견됐으니, 결과적으로 소문은 사실로 밝혀진 셈이다. 그와 전화 통화를 했던 워드 씨도 인정했듯이, 저음의 공허한 그의 목소리는 쉽게 잊을 수 없을 만큼 독특했다. 게다가 검은색 뿔테 안경으로 가렸을 때조차 그의 눈빛은 간악하게 느껴졌다. 어느 상점 주인은 거래를 할 때 본 앨런의 필체가 몹시 독특하게 흘려 쓴 것이라고 했는데, 탐정들은 아무렇게나 연필로 흘려 쓴 메모를 그의 방에서 발견하고 상인에게 확인을 받기도 했다. 작년 여름에 무성했던 흡혈귀 소문과 관련해서, 대체로 워드보다는 앨런이 흡혈귀라는 믿음이 강하게 퍼져 있었다. 꺼림칙한 트럭 강도 사건 때문에 방갈로를 방문했던 경찰관들로부터 나온 이야기도 있었다. 경찰은 앨런 박사에게 특별히 혐의를 둘 만한 범죄 성향은 없었다고 했지만, 그가 음침하고 기묘한 방갈로의 핵심 인물임을 알 수 있었다고 했다. 그들은 실내가 어두워서 그의 외모를 자세히 살피진 못했어도, 얼굴을 보면 알아볼 수는 있다고 했다. 수염은 이상하게 보였고, 검은 안경으로 가려진 오른쪽 눈 위에 작은 흉터를 본 것 같다고도 했다. 탐정들은 앨런의 방을 수색했으나, 수염과 안경, 연필로 휘갈겨 쓴 몇 장의 메모밖에 발견하지 못했다. 월렛이 그 메모를 즉시 확인한 결과, 커웬의 고문서뿐 아니라 흔적도 없이 사라진 공포의 지하 동굴에서 찰스 워드가 최근에 작성한 상당량의 메모에서 본 필체와도 동일하다는 것을 알 수 있었다.

월렛 박사와 워드 씨는 자료들을 통해 조금씩 드러나는 실체에서 깊고도 미묘하고 신성을 모독하는 우주적 공포와도 같은 감정에 사로잡혔고, 동시에 그들의 머릿속에 떠오르는 막연하고도 섬뜩한 생각에 몸서리쳤다. 가짜 수염과 안경, 흘려 쓴 커웬의 필체, 옛 초상화와 작은 흉터, 입원 중인 젊은이에게도 나타난 흉터, 전화에서 들려온 저음의 공허한 목소리, 워드 씨가 병원에서 아들이 가엾게 뱉어내던 소리와 비슷하다고 생각한 그 목소리가 아니던가? 찰스와 앨런이 함께 있는 모습을 본 사람이 있을까? 물론 경찰관들이 한 번 본적이 있다지만, 그 후에는? 앨런이 행방을 감춘 시기는 찰스가 갑자기 점점 강해지는 공포를 이기지 못하고 방갈로로 거처를 완전히 옮긴 후가 아니던가? 커웬-앨런-찰스 워드, 두 세대와 두 사람이 관련된 불경하고 혐오스러운 이 융합의 정체는 과연 무엇인가? 찰스와 영락없이 닮았던 초상화는 찰스를 응시하고 노려보면서 그가 방 안을 움직일 때마다 그를 따라 눈동자를 굴리지 않았던가? 게다가 무슨 까닭에 앨런과 찰스는 각자 공공연히 조지프 커웬의 필체를 모방한 것일까? 그들이 남긴 섬뜩한 글과 하룻밤 만에 윌렛 박사를 수십 년은 더 늙게 만들었던 공포의 지하 동굴. 악취 나는 구덩이 속의 굶주린 괴물들. 예측 불허의 결과를 가져오는 오싹한 주문들. 윌렛의 주머니에서 발견된 고서체의 종이. 서류와 편지, 그리고 무덤과 '염분', 발견에 관한 이야기들. 이것들이 안내하는 곳은 어디인가? 결국 워드 씨는 가장 합리적인 결정을 내렸다. 자기 자신도 그 이유를 몰랐지만, 그는 앨런 박사를 봤다는 포턱셋의 상점 주인에게 보여주라며 탐정들에게 뭔가를 건네주었다. 그것은 불운한 아들의 사진이었다. 그는 탐정들이 앨런의 방에서 가져온 두꺼운 안경과 수염을 잉크로 조심스럽게 사진에다 그려 넣었다.

위층 서재의 판자벽에서 공포와 독기가 슬금슬금 새어나오는 음침한 저택에서 워드 씨는 의사와 함께 두 시간 동안 기다렸다. 이윽고 탐정들이 돌아왔다. 예상대로, 사진은 앨런 박사와 정확히 일치했다. 워드 씨의 안색이 창백해졌고, 윌렛은 손수건으로 이마의 식은땀을 닦았다. 앨런 박사 ― 찰스 워드 ― 커웬, 그저 소름이 끼칠 뿐이었다. 한 젊은이가 무(無)의 공간에서 불러낸 것은 무엇이고, 그것은 또 젊은이에게 어떤 짓을 한 걸까? 처음부터 끝까지, 대체 무슨 일이 벌어졌던 것일까? 너무 '까다롭다'며 찰스를 죽이려고 한 앨런의 정체는 무엇이며, 또 어떤 이유에서 그의 희생자로 지목된 찰스는 절박한 편지의 추신에서 앨런의 시체를 산으로 완전히 녹여야 한다고 했을까? 누가 작성했는지 오리무중인 고서체의 쪽지에서도 '커웬'을 같은 방법으로 없애라고 한 이유는 무엇일까? 찰스에게 일어난 변화의 본질은 무엇이고, 결정적인 변화의 시점은 언제일까? 그의 절박한 편지가 윌렛에게 도착했던 날, 그는 분명 아침 내내 초조한 기색이었다가 그 후로 변하고 말았다. 몰래 집을 빠져나갔다가, 돌아올 때는 경호원들이 보란 듯이 당당하게 지나쳤다. 그가 집을 나가 있는 동안 변화가 생긴 것이다. 아니, 그가 서재로 들어갈 때 공포의 비명을 질렀다고 하지 않았던가? 그는 서재에서 무엇을 발견한 것일까? 아니면 무엇이 그를 발견하기 위해 그곳에서 기다리고 있었을까? 몰래 나갔다가 당당하게 들어온 그자는 낯선 그림자이자 공포의 근원으로, 정작 집을 나간 적도 없는 인물에게 오히려 두려움을 주지 않았을까? 집사가 이상한 소리를 들었다고 말하지 않았던가?

월렛은 벨을 눌러 집사를 불렀고, 부드러운 목소리로 질문을 던졌다. 분명히 이상한 일이었다는 대답이 나왔다. 비명 소리와 헐떡거림, 목멘 소리, 달그락 삐거덕 쿵쿵 하는 소리까지 소음이 심했다는 것이다. 게다가 말없이 슬그머니 빠져나가던 찰스 씨는 평소와 달랐다고 했다. 집사는 말하는 동안 몸서리를 쳤고, 위층의 열린 창문에서 새어 나오는 탁한 공기에 코를 쿵쿵거렸다. 공포의 그림자가 저택에 드리워졌지만, 사무적인 탐정들만 그런 분위기를 눈치 채지 못했다. 물론 그들도 기분 나쁜 배경에 막연한 단서만이 떠도는 사건을 맡고 불안할 수밖에 없었다. 월렛 박사는 신중하면서도 신속하게 생각을 정리했는데, 사실 그 생각은 오싹한 것이었다. 그는 새롭고도 더욱 끔찍해진 사건의 결정적인 연결 고리를 떠올리며 혼잣말처럼 중얼거릴 뿐 쉽게 자신의 생각을 말하지 못했다.

그때 워드 씨가 모임이 끝났다는 손짓을 보내자, 그와 의사를 제외한 사람들은 방에서 나갔다. 한낮이었건만, 밤을 예고하는 짙은 어스름이 으스스한 저택을 집어삼켰다. 윌렛은 심각한 어조로 앞으로는 혼자서 조사를 하겠다고 집주인에게 말했다. 불미스러운 일이 있을지 모르니, 당사자인 가족보다는 친구가 처리하는 편이 좋겠다는 취지였다. 가족 주치의로서 그 정도의 재량은 있을 터이니 버려진 서재에서 잠시 홀로 있게 해 달라고 요구했다. 그가 말한 서재의 예스러운 벽난로 주변에는 조지프 커웬의 초상화가 교활하게 내려다보고 있을 때보다 더 지독한 악취와 공포의 기운이 감돌고 있었다.

워드 씨는 기괴하고 병적인 분위기와 상상을 초월한 광기의 암시만 가득한 상황에서 어찌할 바를 모르고 의사의 말을 받아들였다. 30분 후, 의사는 올니 코트에서 옮겨온 판자벽으로 가려진 찰스의 서재에 들어가 문을 잠갔다. 문 밖에서 귀를 기울이던 워드 씨는 이리저리 움직이고 뒤적이는 소리를 들었다. 이윽고 꽉 물린 벽장문이 열리듯, 삐거덕거리는 소리가 들려왔다. 곧이어 억눌린 비명이 새어나왔고, 열었던 것을 다급하게 닫는지 쾅 소리가 났다. 그 순간 방 문 손잡이가 덜커덕거리더니 윌렛이 초췌하고 음울한 모습으로 복도에 나타나 서재 남쪽의 진짜 벽난로에 땔 장작을 갖다 달라고 했다. 소각로는 너무 작아서 소용이 없고, 전기 통나무는 당연히 쓸모가 없다고 했다. 애가 타면서도 자초지종을 물을 엄두가 나지 않았던 워드 씨가 하인에게 장작을 가져오라고 지시했다. 하인은 악취 나는 서재에서 몸서리를 치며 튼튼한 소나무 장작을 벽난로 쇠살대에 갖다 놓았다. 한편, 윌렛은 버려진 실험실로 올라가 지난 7월 이사할 때 남겨 놓았던 잡동사니들을 가지고 내려왔다. 물건들은 담요에 덮여 있어서 워드 씨는 내용물이 무엇인지 볼 수 없었다.

이윽고 의사는 다시 서재로 들어가 문을 잠갔다. 굴뚝에서 나온 연기가 창문을 따라 내려온 것으로 봐서 그가 벽난로에 불을 지폈음을 알 수 있었다. 신문지를 부스럭거리는 소리가 난 뒤에 삐걱거리는 소리가 다시 들려왔다. 곧이어 듣는 이의 가슴을 철렁하게 만드는 쿵 소리가 났다. 잇따라 월렛의 억눌린 신음 소리가 두 차례 들려왔고, 극도의 혐오감으로 무엇인가를 마구 휘젓는 소리가 새어나왔다. 마침내 바람에 밀려 굴뚝에서 밑으로 쫓겨 오던 연기가 아주 짙은 색깔을 띠며 매캐한 냄새를 풍기자, 사람들은 풍향이 바뀌어 역한 냄새와 숨 막힘을 덜어 주기를 바랐다. 워드 씨는 현기증을 느꼈고, 하인들은 한데 모여 오싹한 검은 연기가 가라앉는 광경을 바라보았다. 연기가 엷게 변하기까지 몇 년의 시간을 기다린 것 같았고, 잠겨 있는 문 안쪽에서 쓸고 긁는 등 뭔가 잡다한 소음이 들려왔다. 이윽고 벽장문이 쾅 닫히는 소리가 난 뒤에 월렛이 나타났다. 슬픔에 잠긴 초췌하고 창백한 모습이었고, 실험실에서 내려왔을 때처럼 천으로 덮인 통 하나를 들고 있었다. 그가 창문을 열어 두어서 저주받은 서재에는 신선한 공기와 방금 뿌린 듯한 소독약의 묘한 냄새가 뒤섞이기 시작했다. 예스러운 벽난로 장식은 그대로 남아 있었다. 그러나 사악한 느낌은 사라진 것 같았다. 판자벽도 조지프 커웬의 초상화가 있던 자리라고는 생각할 수 없을 정도로 정결하게 변해 있었다. 밤이 다가왔으나, 어둠 속에는 숨겨진 공포의 그림자 대신에 부드러운 우울함이 담겨 있었다. 서재에서 무엇을 했는지 의사는 밝힐 마음이 없는 것 같았다. 그는 워드 씨에게 말했다.

"내가 답해 줄 수는 없지만, 다른 종류의 마법이 있다고만 말하겠네.

위대한 정화(淨化) 의식을 치렀다고 할까, 아무튼 이 집에서 모두들 편히 잘 수 있을 거야."

VII

노의사가 그날 밤 집에 오자마자 완전히 녹초가 되어 버린 걸 보면, 그 '정화 의식'이란 것이 지금은 사라지고 없는 지하 토굴 속에서 헤맸던 것만큼이나 신경이 곤두서는 일이었지 싶다. 나중에 하인들이 수요일 밤 자정이 넘어서 현관문이 슬며시 열렸다 닫혔을 때 그의 인기척을 들었다고 수군거렸지만, 그는 사흘 동안 자신의 방에서 꼼짝도 안 하고 줄곧 휴식을 취했다. 다행히 하인들의 상상력에는 한계가 있었는데, 그렇지 않았다면 목요일 석간신문에 실린 다음과 같은 기사 때문에 설왕설래가 오갔을 것이다.

노스 엔드에 다시 나타난 도굴범

노스 엔드 공동묘지에 안장된 위든 씨의 무덤에 야만적인 행위가 가해진 지 10개월 만인 오늘 새벽, 신원 미상의 인물이 같은 묘역을 배회하다가 야간 경비원, 로버트 하트 씨에게 발각되었다. 새벽 2시경, 숙소에서 북서쪽 묘역에 스치는 손전등 불빛을 우연히 발견한 하트 씨가 숙소 문을 열자, 인근 가로등 불빛을 배경으로 한 남자와 그의 손에 들려진 흙손의 또렷한 그림자가 보였다고 말했다. 그는 즉시 추적에 나섰지만, 남자는 서둘러 묘지 정문으로 향했으며, 미처 손을 써 보기도 전에 거리로 사라지고 말았다.

지난해의 첫 번째 도굴 미수 사건과 마찬가지로, 이번 침입자도 발각되기 전까지 실제로 무덤을 훼손하지는 않았다. 워드 가문의 묘역 중에서 빈자리에 지표면을 약간 파낸 흔적이 있지만, 무덤 크기의 구덩이나 기존 무덤을 훼손한 흔적은 없다.

하트 씨는 작은 체구에 수염이 덥수룩했다는 것 외에 괴한의 인상착의를 정확히 설명하지 못했으며, 세 번의 도굴 사건 모두 동일범의 소행으로 보고 있다. 그러나 제2경찰국은 관을 훔치고 묘비를 훼손했던 두 번째 도굴의 악랄한 성향에 주목, 이번 사건을 별개로 보고 있다.

1년 전인 지난해 3월, 묘지에 뭔가를 매장하려다 실패한 것으로 보이는 첫 번째 사건의 경우, 저장고를 물색하던 밀주업자들의 소행으로 추정되고 있다. 라일리 경사는 이번 사건도 그와 유사한 동기에 의한 것일 수 있다고 밝혔다. 현재 제2경찰국은 계속적으로 범법 행위를 일삼는 범죄자 무리를 검거하는데 총력을 기울이고 있다.

지나간 무엇에서 회복하거나, 아니면 다가올 무엇을 위해 마음을 다잡으려는 것처럼, 윌렛 박사는 목요일에도 하루 종일 휴식을 취했다. 그날 저녁 그는 워드 씨에게 편지를 썼고, 다음 날 아침에 전해진 편지는 반쯤 얼이 빠져 있던 워드 씨를 오랫동안 깊은 시름에 잠기게 만들었다. 심란한 탐정들의 보고와 불길한 '정화 의식'으로 채워진 월요일의 충격 이후, 워드 씨는 일손을 놓고 있었다. 그에게 주는 약속이자 새로운 미스터리의 예고처럼 보이는 의사의 편지에서 워드 씨는 절망과 함께 조금씩 평온을 느꼈다.

로드아일랜드, 프로비던스

반스 가 10번지

1928년 4월 12일.

시어도어에게

내일 계획하는 일을 하기에 앞서 자네에게 몇 마디 알려줘야 할 것 같
네. 그것으로 우리가 겪은 참담한 일도 끝을 맺겠지만 (땅을 파도 우리
가 목격했던 그 끔찍한 장소를 다시 찾을 수는 없을 걸세.), 그 결과를
미리 귀띔이라도 해주지 않으면 자네가 방황할 것 같아 마음이 놓이지
않아.

자네가 어렸을 때부터 서로 알고 지냈으니, 때로는 문제를 파헤치지
말고 그냥 놔두는 편이 최선이라는 내 말을 자네가 아니라고 부정하지
는 않을 테지. 찰스 사건에 대해서 자네가 더 이상 깊이 파고들지 않는
편이 나을 것이고, 자네 아내에게도 이미 짐작하고 있는 것만큼은 알려
줘야 할 걸세. 내일 자네를 만나러 갈 무렵에는 찰스는 아마 탈출했을 거
야. 그것이 모든 사람들에게 기억되어야 할 결말이네. 찰스는 미쳤고, 병
원에서 탈출한 거지. 찰스 이름으로 타이핑해 보내는 편지를 중단하고,
차근차근 조심스럽게 아들의 광기에 대해 말해 보게. 자네도 애틀랜틱
시티에 가서 부인과 함께 휴식을 취하게. 이 같은 충격을 겪었으니, 자네
도, 나도 휴식이 필요하다는 걸 신은 알고 계실 테니까. 나는 마음을 진
정시키고 원기를 되찾을 동안 남부에 가 있을 생각이네.

그러니 내가 찾아갔을 때 아무 질문도 말아 주게. 일이 잘못될 수도
있겠지만, 그런 일이 생기면 내가 알려 주겠네. 잘 되겠지. 찰스는 아주

안전하게 지낼 테니, 자네는 걱정일랑 말게. 그 아이는 자네가 상상하는 것보다 훨씬 안전하다네. 앨런에 대해서도 그 정체가 무엇이든 걱정할 것 없어. 그는 조지프 커웬의 초상화와 마찬가지인 존재여서, 내가 자네 집에서 벨을 누를 때쯤에는 더 이상 이 세상에 없을 걸세. 고서체의 쪽지도 앞으로 자네와 자네 가족을 괴롭히지 않을 걸세.

그러나 자네는 슬픔에 익숙해져야 할 거야. 자네 부인도 마찬가지니, 마음의 준비를 할 수 있도록 도와주게. 찰스가 탈출한다고 해서 다시 자네에게 돌아간다는 의미가 아님을 솔직히 말해야겠네. 찰스는 지금 정신적, 육체적으로 독특한 병에 시달리고 있다는 사실을 잊지 말게. 그 아이를 다시 볼 수 있기를 바라서는 안 되네. 찰스는 악마도 미친 사람도 아니야. 단지 열정적이고 학문을 좋아하며 신비한 것과 과거를 좋아하는 등 호기심 많아서 결국 이 같은 불행을 당했을 뿐이지. 이것으로 그나마 자네에게 위안이 됐으면 좋으련만. 그 아이는 인간이 알아서는 안 되는 비밀을 우연히 접했고, 아무도 도달할 수 없는 과거의 시간을 보았네. 그 과거에서 나온 어떤 것이 그를 파멸로 이끈 게지.

이제 무엇보다 자네가 나를 믿어야 한다는 말을 해야겠군. 앞으로 찰스의 운명과 관련해서 불확실한 것은 전혀 없을 걸세. 1년쯤 뒤에 자네가 원한다면 자네 손으로 합당한 결말을 지을 수도 있지. 그 아이는 존재하지 않을 테니까 말일세. 그때, 노스 공동묘지에 있는 자네의 선친 묘에서 서쪽으로 정확히 3미터 떨어진 지점에 묘비를 세워도 좋겠지. 그곳이 바로 자네 아들의 진정한 안식처가 될 테니까. 또다시 바른길을 벗어난 일이나 변화가 생길 거라고 두려워 말게. 그 무덤에 묻힌 재는 참다운 찰스(태어날 때부터 자네가 줄곧 보살펴온 진짜 찰스 덱스터 워드)의 뼈와 살에서 나온 것이네. 엉덩이에 모반이 있되, 가슴에 악마의 검은 표시나

이마에 흉터가 없는 원래 찰스의 일부이니까. 실제로 악행을 저지르지 않았지만, '까다롭다'는 이유로 목숨을 잃은 찰스 말일세.

이제 할 말은 다 한 셈이군. 찰스는 탈출할 것이네. 지금으로부터 1년 뒤 자네는 그 아이의 묘비를 세워 주게. 내일 아무 질문도 하지 말게. 앞으로 명예로운 자네의 가문은 예전처럼 오롯이 명맥을 이어갈 것이니, 내 말을 믿어 주게.

마음 속 깊은 연민과 함께 꿋꿋하고 침착하기를, 결연하기를 당부하면서.

자네의 진실한 벗,

매리너스 B. 윌렛.

1928년 4월 13일 아침, 매리너스 빅넬 윌렛은 코네티컷 아일랜드에 위치한 웨이트 박사의 개인 병원에 입원 중인 찰스 덱스터 워드를 찾아갔다. 그의 방문을 피하는 기색은 없었지만, 젊은이는 침울해 있었다. 물론 윌렛이 원하는 대화에 응하지 않을 것처럼 보였다. 의사가 지하 토굴을 발견하고 그곳에서 끔찍한 경험을 한 뒤로 그들 사이에는 새로운 어색함이 가로놓여 있었다. 그래서 두 사람은 형식적인 인사를 나누고는 한동안 머뭇거리고 있었다. 워드가 의사의 가면 같은 얼굴에서 전에 없이 처절한 목적을 알아채면서 그들 사이에는 새로운 긴장감이 감돌았다. 환자는 최근의 만남에서 이상한 조짐을 눈치채고 풀이 죽어 있었고, 진심 어린 가족의 주치의는 냉혹하고 무자비한 복수의 화신으로 변해 있었다.

워드의 안색이 창백해지자, 의사가 먼저 말문을 열었다.

"더 많은 것이 발견됐어. 자네가 대가를 치러야 할 때가 머지않았다고 경고해야겠네."

"또 땅을 팠나 보군. 그래서 굶주린 애완동물이라도 또 발견하셨나?" 젊은이가 비아냥거렸다. 그는 끝까지 허세를 부릴 작정이었다.

그러자 월렛이 천천히 말했다.

"아니, 이번에는 땅을 팔 필요가 없었네. 사람을 시켜 앨런 박사를 찾아보라고 했는데, 그들이 방갈로에서 가짜 수염과 안경을 가져왔거든."

불편한 기색의 환자는 상대에게 모욕을 주려고 애쓰며 말했다.

"잘났군, 그래서 당신 면상에 있는 안경과 수염보다는 더 잘 어울린다는 걸 알아챈 거군!"

"자네한테 잘 어울릴 걸세." 담담하고 신중한 답변이었다. "예전에는 진짜 잘 어울렸을 테니까."

월렛이 말을 마치자, 바닥의 그림자에는 변화가 없었으나, 구름이 태양을 가리며 지나는 것 같았다. 이윽고 워드가 말했다.

"그래서 대가를 치러야 한다느니 열변을 토하셨군? 생각해 보시오. 때로는 한 사람이 둘이 되는 것도 쓸모가 있지 않겠소?"

그러자 월렛이 근엄하게 말했다.

"아니, 자네가 또 틀렸어. 이중의 삶을 살든 말든 내가 알 바 아니니까. 그자가 이 세상에 존재할 일말의 권리가 있다면, 또 어느 공간에서 자신을 불러준 사람을 파멸시키지만 않는다면 말이지."

워드는 깜짝 놀랐다.

"흠, 선생, 대체 뭘 찾아낸 거요? 내게 원하는 게 뭐요?"

의사는 효과적인 답변을 찾듯이 약간 시간을 끌었다. 이윽고 그가 말했다.

"내가 발견한 것이 뭔고 하니, 일전에 그림이 걸려 있던 벽난로 선반 뒤에 있는 벽장 속에 들어 있더군. 그래서 그것을 불태우고 찰스 덱스터 워드의 무덤이 있어야 할 자리에 그 재를 묻어 주었네."

광인은 숨을 몰아쉬며 의자에서 벌떡 일어섰다.

"이 빌어먹을 늙은이, 어디 가서 떠들어 보시지. 이미 두 달이나 지난 일이고, 그 모습으로 내가 이렇게 버젓이 살아 있는데, 죽은 놈이 그 녀석이라는 걸 누가 믿어 주겠어? 대체 무슨 꿍꿍이야?"

윌렛은 왜소한 편이었으나 손짓으로 환자를 진정시키는 모습에서 판관의 위엄이 느껴졌다.

"아무에게도 말하지 않았네. 이건 보통 사건과는 다르니까. 시간을 뛰어넘는 광기이고, 공간을 초월한 공포인 이 사건에 대해, 경찰도, 변호사도, 법원, 정신과 의사 어느 누구도 그 본질을 이해하지 못할 걸세. 이 사건의 본질을 생각하면서 길을 잃지 않도록 상상력의 불꽃을 내게 주신 하늘에 감사할 일이지. 나를 속이진 못해, 조지프 커웬. 당신이 사용하는 저주받은 마법의 실체를 알고 있으니까!

당신이 시대를 뛰어넘어 어떻게 마법을 심어 놓고 후손을 꼼짝 못하게 만들었는지 다 알고 있소. 당신이 찰스를 과거로 끌어들여 끔찍한 무덤에서 당신을 불러내게 한 것도 말이오. 그 아이가 당신을 숨겨주는 동안, 당신은 현대의 지식을 공부하면서 밤마다 흡혈귀의 행각을 벌였잖소. 그리고 아무도 찰스와 당신이 닮았다는 사실을 눈치채지 못하도록 당신은 나중에 수염과 안경으로 변장하고 나타났지. 전 세계의 무덤을 파헤치는 당신의 극악무도함에 대해 찰스가 불만을 드러내자, 당신이 무슨 생각을 했는지도 알고 있소. 당신이 무슨 계획을 세웠고, 실제로 그렇게 했다는 것도 알고 있소.

당신은 안경과 수염을 떼고 집을 지키는 경호원들을 잘도 속였겠지. 그들은 집으로 돌아오는 당신이 찰스라고 생각했고, 당신이 목 졸라 죽인 그 아이의 시체를 숨겨두고 밖으로 나왔을 때도 역시 당신의 정체를 알아채지 못했소. 그러나 당신은 서로 다른 두 개의 정신에 담긴 내용도 또한 다르다는 것까지는 계산하지 못한 거요. 단순히 외모만 닮으면 된다고 생각했으니, 당신은 참으로 바보요, 조지프 커웬. 말과 목소리와 필체는 왜 생각하지 못했소? 어쨌든 당신은 실패했소. 누가 고서체의 쪽지를 썼는지 당신이 나보다 더 잘 알겠지만, 그것이 헛된 내용이 아니라는 걸 경고하겠소. 뿌리 뽑아야 할 혐오와 불경한 것들이 더 있으니, 그 쪽지를 쓴 인물이 오르니와 허친슨에게 응당한 대가를 치르게 할 거라고 믿소. 일전에 그 중 하나가 당신에게 편지를 보낸 일이 있소. '제압할 수 없는 상대를 불러내지 말라.' 당신은 전에도 그 같은 실수를 범했고, 그자와 마찬가지로 당신 자신의 사악한 마법이 당신을 다시 옛날로 돌려놓을 것이오. 커웬, 인간은 한계를 뛰어넘어 자연의 섭리에 관여해서는 안 되는 법, 당신이 뿌린 악의 씨앗은 당신 스스로 거둘 것이오."

　그러나 의사는 갑자기 터진 비명 소리에 말을 멈추었다. 무기 하나 없이 무기력하게 궁지에 몰렸지만, 물리적 폭력을 행사한다면 병원 관계자들이 몰려올 것이기에 조지프 커웬은 옛 동료에게 의지할 생각으로 검지를 들어 밀교의 제식과도 같은 행동을 시작했다. 어느새 그는 꾸며낸 쉰 목소리가 아니라 저음의 공허한 목소리로 오싹한 주문의 도입부를 크게 외쳤다.

　"페르 아도나이 엘로임, 아도나이 제호바, 아도나이 사바오스, 메트라톤……."

그러나 월렛이 한발 빨랐다. 바깥에서 이미 개들이 짖어대고 만에서 느닷없이 싸늘한 바람이 불어왔으나, 의사는 엄숙하고 신중한 억양으로 주문을 외기 위해 자세를 취했다. 눈에는 눈, 마법에는 마법. 지하의 심연에서 배운 주문이 얼마나 효과가 있는지 알아보는 수밖에! 매리너스 빅넬 월렛은 청아한 목소리로 고서체의 주인공을 불러낸 왼쪽 주문과 한 쌍을 이루는 오른쪽('용의 꼬리'라는 매듭이 아래로 향해진 기호 밑에 있는) 주문을 외기 시작했다.

오그스로드 아이프

게브르-이

요그-소토스

은가은그 아이

즈로

월렛의 입에서 첫 단어가 흘러나오자, 먼저 주문을 외우기 시작한 환자가 순간 멈칫했다. 괴물은 말을 할 수 없어서 팔을 휘저으며 몸짓으로 대신하려고 했으나, 팔도 역시 곧 얼어붙었다. 요그-소토스라는 섬뜩한 이름이 말해지자, 무시무시한 변화가 일기 시작했다. 단순히 녹아 없어지는 것이 아니라 변형이나 연쇄적으로 개체 발생이 일어나는 것 같았다. 월렛은 주문을 다 외기 전에 정신을 잃지 않으려고 두 눈을 감았다.

그러나 월렛은 정신을 잃지 않았고, 불경한 세월과 금기의 비밀을 간직한 그 사내는 다시는 세상을 괴롭힐 수 없었다. 시간을 초월한 광기는 진정되었고, 찰스 덱스터 워드와 관련된 사안도 끝이 났다. 공포의 병실에서 비틀거리며 나가기 직전에 눈을 뜬 윌렛 박사는 자신의 기억해 둔 것이 틀리지 않았음을 확인했다. 예상한 대로, 산은 필요 없었다. 1년 전 저주받은 자신의 초상화처럼, 조지프 커웬은 지금 푸르스름한 잿빛 먼지가 되어 바닥에 흩어져 있었다.

....

106) 보렐러스(Giovanni Alfonso Borelli 1608~1679):이탈리아의 생리학자 겸 물리학자로 갈릴레이의 영향을 받아 수학과 천문학을 연구했고, 주요 저서로『동물의 운동에 관하여 De motu animalium』가 있다.

107) 모지즈 브라운 고등학교(Moses Brown School): 1784년 로드아일랜드 주 프로비던스에 설립된 학교.

108) 제임스 깁스 (Gibbs James, 1682~1754): 영국바로크와 신고전주의 건축가. '세인트 마틴 인 더 즈' 교회를 비롯해 건축사에서 중요하게 평가받는 작품을 남기는 등 영국 신고전주의 양식에 큰 영향을 미쳤다.

109) 패킷에서 센트까지는 돈과 관련된 화폐의 단위로 이중에서 패킷(Packet)은 큰돈 다발, 불리언(Bullion)은 금은괴, 더블룬(Doubloon)은 스페인의 옛날 금화, 서버린(Sovereign)은 영국의 옛날 1파운드 금화, 길더(Guilder)는 네덜란드의 옛 금화 혹은 은화이며 다임(Dime)은 10센트 은화다.

110) 마켓 하우스 (Market House): 마을 시장에 있는 건물. 1층은 장터로 위층은 공공 목적으로 사용되었다고 한다. 영국 시골에서 발전된 형태로 나중에 영국 식민지까지 퍼졌고, 건물은 주로 시장 광장이나 부두에 자리 잡았다.

111) 크리스천 사이언스 (Christian Science): 1866년 미국의 에디(Eddy) 부인이 창립한 기독교의 한 파로 1879년 보스턴에 모교회를 설립하였다. 그리스도를 본받으면 만병을 고칠 수 있다는 심리 요법으로 교세를 확장하였다.

112) 현자의 돌(philosopher's stone): 중세의 연금술사들이 돌이나 보통 금속을 황금으로 바꾸고 병을 치료할 수 있다고 믿었던 신비의 돌.

113) 게베르(Geber, 721~?): 아라비아의 연금술 학자. 8세기에서 9세기까지 활동하며 연금술 학자로 명성을 떨쳤고, 연금술 관련 책을 다수 집필했다.

114) 이 문장에서 열거한 책들은 「사악한 목사 The Evil Clergyman」(1933)에도 똑같이 등

장한다.

115) 러브크래프트가 창조한 가상의 책『네크로노미콘』을 달리 칭하는 이름.

116) 킹스포트라는 어촌에서 벌어진 의식은 러브크래프트의 단편「축제 The Festival」 (1923)의 중심 소재다.

117) 뉴프랑스(New France): 북아메리카에 있던 프랑스의 식민지. 영국의 진출과 함께 벌어진 '프렌치 인디언 전쟁'(1756~1763)으로 프랑스는 북아메리카의 식민지를 모두 잃었다. 여기에 등장하는 영국군의 이동도 이 전쟁과 관련된 것으로 보인다.

118) 인디고(indigo): 파란색의 천연물감.

119) 국왕파(Loyalist): 18세기 미국독립혁명 당시 미국이 영국으로부터의 독립하는 것을 반대한 사람들을 이른다.

120) 타르타로스(Tartaros): 그리스 신화에서 지하의 가장 밑에 있는 지옥의 세계를 지칭한다.

121) 흑태자 에드워드(Edward, the Black Prince, 1330~1376)는 잉글랜드의 에드워드 3세의 장남으로, 리모주를 포위하여 함락하는데 성공했으나 여자와 아이를 포함해 3000명을 학살했다.

122) 검은 자(Dark Man): 이 작품에 등장하는 검은 자(Dark Man, Black Man)는 니알라토텝을 가리킨다는 의견이 많다. 니알라토텝의 피부가 '까무잡잡하다'는 묘사는 있지만, 'dark'나 'black'은 음산하다는 의미도 있기 때문에 니알라토텝과 일치하는지는 정확하지 않다.

123) 코튼 매더(Cotton Mather, 1663~1728): 미국의 회중파 교회 목사로서 방대한 양의 저술을 남겼다. 뉴잉글랜드의 청교도 사회를 지배한 가문의 후손으로, 신권 정치에 힘을 쏟았다. 주요 저서인 『보이지 않는 세계의 경이 Wonders of the Invisible World』(1693)는 세일럼 마녀 재판에 관한 저작이며, 『매그놀리아Magnalia』(1702)는 『미국 내 그리스도의 위업 Magnalia Christ Americana』을 말하는 것으로 초기 뉴잉글랜드의 교회 역사를 담고 있다.

124) 암라하 어: 고대 에티오피아의 언어.

125) 아비시니아: 고대 에티오피아를 지칭하는 이름.

126) 화승총(firelock, 火繩銃): 화승의 불로 터지게 만든 구식총으로 17~18세기에 사용되었다.

127) 피코 델라 미란돌라(Giovanni Pico della Mirandola, 1463~1494): 이탈리아의 인문주의자. 법학과 철학을 공부하고, 신비철학의 요소로 그리스도교 신학을 보완하려고 했

다. 젊은 나이에 요절하기 전까지 많은 저서를 남겼으나, 1486년에 발표한 『인간의 존엄에 관하여』때문에 교황청으로부터 이단자로 몰려 프랑스로 망명하기도 했다.

128) 아일랜드 출신의 시인, 극작가이자 소설가인 오스카 와일드(Oscar Wilde, 1854~ 1900)는 말년에 동성애 혐의로 유죄 판결을 받고 2년간 수감되었다. 출소 후 파리에서 친구들의 도움을 받으며 어려운 생활을 했던 것으로 알려져 있다. 주요 저서로는 유일한 장편소설 『도리언 그레이의 초상 The Picture of Dorian Gray』(1889)이 있다.

129) 에식스(Essex): 매사추세츠 세일럼에 있는 에식스 박물관(Essex Museum)을 지칭하는 것으로 보인다. 이 박물관에는 우리나라 최초의 방미 사절단 중에서 유길준이 유학을 결심하고 미국에 체류하다가 남긴 유품이 전시되어 있다.

130) 저주의 책(Liber-Damnatus): 라틴어로 쓰인 가공의 책으로, 요그-소토스를 불러내는 주문이 담겨 있다. 위대한 죽음을 통해서 인간이 그레이트 올드원과 만날 수 있고, 차원의 장벽이 얇아지는 지점을 알려주는 내용도 있다.

131) 루드마스(Roodmas): 루드마스의 정확한 의미에 약간의 논란이 있을 수 있다. 십자가를 뜻하는 '루드(rood)'와 제식(祭式)을 의미하는 'mass'가 결합해 '십자가의 날(9월 14일)'로 보는 견해가 있다. 그러나 이 소설에서는 고대 켈트족의 축제와 관련해, 오월제, 만성절 전야(할로윈) 등과 같은 맥락으로 보는 편이 타당할 것 같다. 그래서 켈트족의 중요한 축제 중 하나로서 겨울의 끝과 여름의 시작, 신의 소생을 의미하는 벨타네(Beltane)에서 유래한 발푸르기스의 밤이나 오월제와 같은 의미로 볼 수 있다. 켈트족의 네 가지 불의 축제(사빈, 임볼릭, 벨타네, 루나사)가 모두 3일 동안 거행됐다는 점에서 루드마스는 5월 1일에서 3일 사이가 된다. 「더니치 호러Dunwich Horror」에도 이와 유사한 주문과 제식이 나온다.

132) 만성절 전야(Halloween): 10월 31일. '모든 성인의 날' 전야로서 오월제 전야(May Eve)와 함께 켈트족의 가장 큰 축제로 알려져 있다. 한해의 끝과 시작이자 여름의 끝과 겨울의 시작되는 날을 기념하는 켈트족의 축제, 사빈(Samhain)에서 유래했다.

133) 베이컨(Roger Bacon, 1214~1294): 영국의 중세 철학자로 경험적, 실험적 방법을 중시함으로써 근대 과학의 선구자로 평가된다. 저서에 『대저작 Opus majus』, 『소저작 Opus minus』 등이 있다.

134) 캠블렛(Camblet): 비단이나 낙타의 털로 만든 직물의 일종.

135) 캠블레틴(Cambleteens): 직물의 일종

136) 셜룬(Shalloon): 가늘고 느슨하게 짠 능직물의 일종.

137) 캘러맹코(Calamanco): 윤이 나는 모직물의 일종.

138) 탕파 (湯婆): 뜨거운 물을 넣고 잠자리에서 몸을 덥게 하는 기구로 쇠나 자기 따위로 만든다.

139) '사바오스 (Sabaoth)'는 '만군의 주'라는 뜻이며, 여기서는 특별한 제식을 위한 주문의 일부로 사용됐다. 「더니치 호러」에서 '아크로 사바오스(Aklo Sabaoth)'라는 이와 비슷한 제식이 등장한다.

140) 트란실바니아(Transylvania): 루마니아 북서부 지방으로 북쪽은 러시아, 서쪽은 헝가리, 남서쪽은 유고슬라비아와 접하며, 동쪽과 남쪽으로 카르파티아 산맥이 경계를 이룬다.

141) 레이번(Henry Raeburn, 1756~1823): 스코틀랜드 출신의 초상화가로 조지 4세의 전속 화가로 활동하기도 했다.

142) 물라토 (mulatto): 라틴 아메리카에 있는 백인과 흑인의 혼혈 인종으로, 백인과 흑인의 제1대 혼혈아를 가리킨다.

143) 애디론댁 산맥(Adirondacks): 미국 뉴욕 주 북동쪽에 있는 산맥.

144) 성금요일: 부활절 전 금요일로 수난일이라고도 하며, 예수가 십자가에 못 박힌 날을 기념한다.

145) 엘리파스 레비(Eliphas Levi, 1810~1875): 유명한 신비주의자로 타로와 히브루의 신비주의 체계인 카발라의 연관성을 밝혔다. 이 책에 나오는 주문은 그의 라틴어 저서를 러브크래프트가 영어로 번역된 『초월 마법 Transcendental Magic』에서 인용한 것으로 알려져 있다.

146) 이 주문은 엘리파스 레비의 저서에서 인용한 것으로 알려져 있다. 라틴어 원문은 다음과 같다.

"Per Adonai Eloim, Adonai Jehova,

Adonai Sabaoth, Metraton On Agla Mathon,

verbum pythonicum, mysterium salamandrae,

conventus sylvorum, antra gnomorum,

daemonia Coeli God, Almonsin, Gibor, Jehosua,

Evam, Zariatnatmik, veni, veni, veni."

러브크래프트는 영역본 『초월 마법 Transcendental Magic』(A. E. 웨이트 번역)을 보고 자신이 직접 라틴어로 옮겼다고 한다. 영역본의 해당 주문을 국역하면 다음과 같다.

"엘로임 신이여, 제호바 신이여,

사바오스 신이여, 그대 권능과 불멸의 이름으로,

용의 신비, 뱀의 언어로

땅의 요정, 공기의 요정,

전능하신 앨몬신의 악마들이여, 앨몬신, 기보르, 제호슈

에밤, 자리아트나트믹이여, 오라, 오라, 오라!"

147) B.F.라는 이니셜은 나중에 등장하는 118번과 함께 그 정체에 대해 궁금증을 일으킨 다. B.F.는 벤저민 프랭클린(Benjamin Franklin, 1706~1790)이라고 생각하는 독자들 이 많다. 커웬을 비롯한 마법사 무리가 불러내서 정보를 알아내고 싶을 만큼 모든 방 면에서 박학다식했다는 이유와 묘지가 필라델피아에 있다는 점 때문이다.

148) 스틱스(Styx): 그리스 신화에서 저승을 흐르는 강.

149) 15~18세기의 악마 연회(Witches Sabbath)에서 주문을 거꾸로 외웠던 것과 관련이 있는 것으로 보인다.

150) 레키토스(lekythos): 그리스에서 만들어진 항아리 모양의 병으로 기름이나 향유를 담 는 그릇으로 쓰였다.

151) 118번의 정체에 대해서는 B.F.에 비해 접근이 쉽지 않다. '니알라토텝'이라는 의견도 있고, 그리스도처럼 신과의 중개자 능력이 있었다는 신화적인 인물 '메를린(Merlin)' 이라는 의견 등이 있다.

152) 하드리아누스 방벽(Hadrian's Wall): 영국의 컴브리아 주, 노섬벌랜드 주, 타인위어 주 에 있는 고대 방위 시설.

옮긴이 | 정진영

홍익대 영문학과를 졸업했다. 현대 호러의 모태가 되는 고딕(Gothic) 소설과 장르 문학에 특히 관심이 많다. 국내에 잘 알려지지 않은 걸작들을 소개하려고 노력하고 있다. 주요 역서로는 『세계 호러 걸작선』 시리즈, 스티븐 킹의 『그것』, 『아울크리크 다리에서 생긴 일』 외에 필명(정탄)으로 『피의 책』, 『셰익스피어는 없다』 등이 있다.

러브크래프트 전집 3

1판 1쇄 펴냄 2012년 3월 9일
1판 20쇄 펴냄 2023년 5월 17일

지은이 | H. P. 러브크래프트
옮긴이 | 정진영
발행인 | 박근섭
편집인 | 김준혁
펴낸곳 | 황금가지

출판등록 | 2009. 10. 8 (제2009-000273호)
주소 | 06027 서울 강남구 도산대로 1길 62 강남출판문화센터 5층
전화 | 영업부 515-2000 편집부 3446-8774 **팩시밀리** 515-2007
홈페이지 | www.goldenbough.co.kr

도서 파본 등의 이유로 반송이 필요할 경우에는 구매처에서 교환하시고
출판사 교환이 필요할 경우에는 아래 주소로 반송 사유를 적어 도서와 함께 보내주세요.
06027 서울 강남구 도산대로 1길 62 강남출판문화센터 6층 민음인 마케팅부

© ㈜민음인, 2012. Printed in Seoul, Korea

ISBN 978-89-6017-208-1 04840
ISBN 978-89-6017-205-0 04840 (세트)

㈜민음인은 민음사 출판 그룹의 자회사입니다.
황금가지는 ㈜민음인의 픽션 전문 출간 브랜드입니다.